suhrkamp taschenbuch 4381

Mario, gerade achtzehn Jahre alt, träumt von seinem zukünftigen Leben als Schriftsteller über den Dächern von Paris und verdient mit einem Job beim Radio etwas Geld. Da taucht seine wunderschöne, kapriziöse Tante Julia in Lima auf und Mario verliebt sich in sie. Aus dem unwahrscheinlichen Flirt wird die große Liebe, der Skandal ist perfekt: Um jeden Preis versucht der Familienclan, ihr Glück zu verhindern. Mario und Tante Julia fliehen, und auf einer irrwitzigen Fahrt durchs Land suchen sie einen bestechlichen Bürgermeister, der den Minderjährigen mit seiner Tante traut.

Einer der berühmtesten Romane der lateinamerikanischen Literatur und der beliebteste Roman des Nobelpreisträgers Mario Vargas Llosa: eine rasante Liebes- und Gesellschaftskomödie voll lebensklugem Witz.

Mario Vargas Llosa, geboren 1936 in Arequipa/Peru, lebt heute in Madrid und Lima. Neben zahlreichen anderen Auszeichnungen erhielt er 2010 den Nobelpreis für Literatur. Sein Werk erscheint auf Deutsch im Suhrkamp Verlag.

Thomas Brovot lebt als Übersetzer (u. a. Juan Goytisolo, Federico García Lorca, Leopoldo Brizuela) in Berlin.

Mario Vargas Llosa

Tante Julia und der Schreibkünstler

Roman

Aus dem Spanischen von
Thomas Brovot

Suhrkamp

Die Originalausgabe erschien 1977 unter dem Titel
La tía Julia y el escribidor
bei Seix Barral, Barcelona

Umschlagfoto: Condé Nast Archive/Corbis

3. Auflage 2014

Erste Auflage 2012
suhrkamp taschenbuch 4381

Druck: CPI – Ebner & Spiegel, Ulm
Printed in Germany
Umschlag: Cornelia Niere
ISBN 978-3-518-46381-9

Für Julia Urquidi Illanes,
der dieser Roman und ich
so viel verdanken.

Ich schreibe. Ich schreibe dass ich schreibe. Im Geiste sehe ich wie ich schreibe dass ich schreibe und mir dabei zusehe wie ich sehe dass ich schreibe. In meiner Erinnerung schrieb ich schon und sah mir zu wie ich schrieb. Und ich sehe wie ich mich erinnere dass ich sehe wie ich schreibe und mich erinnere wie ich sehe dass ich mich erinnere wie ich schrieb und schreibe während ich sehe wie ich schreibe dass ich mich erinnere gesehen zu haben wie ich schrieb dass ich sah wie ich schrieb in meiner Erinnerung gesehen zu haben wie ich schrieb dass ich schrieb und dass ich schrieb dass ich schreibe dass ich schrieb. Ich kann mir auch vorstellen wie ich schreibe ich hätte schon geschrieben ich würde mir vorstellen wie ich schreibe ich hätte geschrieben ich stellte mir vor wie ich schreibe dass ich sehe wie ich schreibe dass ich schreibe.

Salvador Elizondo, *Der Graphograph*

I

In jenen fernen Tagen war ich noch sehr jung und lebte bei meinen Großeltern in Miraflores, in einem weißgestrichenen kleinen Haus in der Calle Ocharán. Ich studierte an der San Marcos, Jura, glaube ich, und durfte mich darauf gefasst machen, meinen Lebensunterhalt einmal mit einem bürgerlichen Beruf zu verdienen, auch wenn ich eigentlich lieber Schriftsteller werden wollte. Ich hatte einen Job mit pompösem Namen, mäßigem Gehalt, fragwürdigen Beschaffungsmethoden und geschmeidigen Arbeitszeiten: Nachrichtenchef von Radio Panamericana. Es ging darum, aus den Zeitungen die interessantesten Meldungen auszuschneiden und sie ein wenig zu retuschieren, bevor sie gesendet wurden. Die mir unterstellte Redaktion bestand aus einem jungen Mann mit Pomadefrisur und einem Faible für Katastrophen namens Pascual. Nachrichten gab es jede Stunde, eine Minute lang, außer mittags um zwölf und abends um neun, da waren es fünfzehn, aber wir stellten immer gleich mehrere zusammen, so dass ich oft draußen unterwegs war, auf einen Kaffee in der Avenida Colmena, gelegentlich bei einer Vorlesung, wenn nicht in den Räumlichkeiten von Radio Central, wo es munterer zuging als bei uns.

Beide Sender hatten denselben Eigentümer und lagen in unmittelbarer Nachbarschaft in der Calle Belén, unweit der Plaza San Martín. Sie ähnelten sich in nichts. Wie diese Schwestern aus dem Drama, von denen die eine voller Anmut auf die Welt kam und die andere voller Makel, zeichneten sie sich durch ihre Gegensätze aus. Radio Panamericana belegte das Obergeschoss und das Dach eines schicken Neubaus und gab sich mit seinem Personal ambitioniert und programmbewusst, weltoffen und ein wenig snobistisch, man war modern, jugendlich, aristokratisch. Die Sprecher waren zwar keine Argentinier, hätten es (um mit Pedro Camacho zu sprechen) aber verdient. Es wurde viel Musik gespielt, jede Menge Jazz und Rock, eine Prise Klassik auch, der Sender war der erste in Lima, der die neuesten Hits aus New York und Europa in den Äther schickte, aber auch lateinamerikanische Musik wurde nicht geringgeschätzt, solange sie nur ein Minimum an Raffinement bewies; wogegen die heimische mit Vorsicht genossen wurde, ein Vals musste es schon sein. Es gab Sendungen mit einem gewissen intellektuellen Biss, Porträts aus der Historie, Kommentare zum Weltgeschehen, und selbst im seichteren Programmteil, den Ratespielen oder dem Sprungbrett zum Ruhm, war man merklich bestrebt, allzu Plumpes oder Triviales zu meiden. Ein Ausweis seines kulturellen Engagements war auch ebenjener Nachrichtendienst, den Pascual und ich fütterten, in einer Bretterbude auf dem Dach, von wo aus die letzten verbliebenen Lichtkuppeln über den Häusern von Lima und die Müllkippen zu erkennen waren. Hinauf gelangte man mit einem Aufzug, dessen Tür die beunruhigende Angewohnheit hatte, sich vorzeitig zu öffnen.

Radio Central dagegen quetschte sich in ein altes Gebäude mit zahllosen Innenhöfen und verschlungenen Gängen, und man brauchte nur die hemdsärmeligen, im Slang badenden Sprecher zu hören, und es war klar, dass man sich hier bodenständig gab und an die Masse richtete, das gemeine Volk. Nachrichten wurden kaum welche gesendet, Königin und Herrscherin war die peruanische Musik einschließlich jener der Anden, und nicht selten traten die aus den Stadien bekannten indianischen Sänger bei Publikumsveranstaltungen auf, zu denen sich schon Stunden vor Beginn die Menschen an den Türen drängten. Auch reichlich karibische, mexikanische und argentinische Musik ließ von hier aus den Äther erbeben, und die Sendungen waren so schlicht und einfallslos wie erfolgreich: Hörerwünsche, Geburtstagsständchen, Klatsch und Tratsch aus der Welt der Show, der Film- und Plattenstars. Die Hauptattraktion aber, immer wieder, sturzbachgleich, was dem Sender nach allen Umfragen seinen ungeheuren Zuspruch sicherte, waren die Hörspielserien.

Täglich brachten sie ein halbes Dutzend mindestens, und es bereitete mir großes Vergnügen, den Darstellern bei den Aufnahmen über die Schulter zu schauen, abgetakelten, hungrigen, zerlumpten Schauspielerinnen und Schauspielern, deren jugendliche, schmelzende, glockenhelle Stimmen auf erschreckende Weise mit ihren alten Gesichtern, den bitteren Mündern und müden Augen kontrastierten. »An dem Tag, an dem das Fernsehen nach Peru kommt, bleibt ihnen nur der Selbstmord«, prophezeite Genaro junior und deutete durch die Scheiben des Studios, wo sie, wie in einem großen Aquarium, Skripte in der Hand, um das Mikrophon Aufstellung genommen hatten, bereit für Folge vierundzwanzig von *Die Familie Alvear*. Und tatsächlich, wie enttäuscht wären all die Hausfrauen gewesen, denen bei Luciano Pandos Stimme das Herz aufging, hätten sie seinen verwachsenen Körper und seine schielenden Blicke gesehen; wie enttäuscht all die Rentner, die bei Josefina Sánchez' wohlklingendem Raunen in Erinnerungen schwelgten, hätten sie von ihrem Doppelkinn gewusst, ihrem Damenbart, ihren Segelohren und den Krampfadern. Aber die Ankunft des Fernsehens in Peru lag noch in weiter Ferne, und das diskrete Überleben der Hörspielfauna schien vorerst gesichert.

Schon immer hätte ich gerne gewusst, welche Schriftsteller all die Serien fabrizierten, die die Nachmittage meiner Großmutter begleiteten, diese Geschichten, mit denen man mir in den Ohren lag, wenn ich Tante Laura, Tante Olga, Tante Gaby oder meine vielen Cousinen besuchte (unsere Familie war von biblischer Zahl, altes Miraflioriner Blut, man hielt zusammen). Ich hatte schon den Verdacht, dass die Hörspiele Importe waren, aber dann erfuhr ich zu meiner

Überraschung, dass die Genaros sie nicht aus Mexiko oder Argentinien bezogen, sondern aus Kuba. Produziert wurden die Serien von CMQ, einem regelrechten Radio- und Fernsehimperium, das Goar Mestre regierte, ein Herr mit meliertem Haar, den ich einmal, als er auf Durchreise in Lima war, auf den Fluren von Radio Panamericana gesehen hatte, eskortiert von den beflissenen Chefs und den ehrerbietigen Blicken aller Anwesenden. Ich hatte schon so viel über diesen kubanischen Sender gehört – für die Sprecher, Moderatoren und Techniker war er ein ebensolcher Mythos wie das damalige Hollywood für die Filmliebhaber –, dass Javier und ich einmal, als wir beim Kaffee im Bransa saßen, unserer Phantasie freien Lauf ließen und uns das Heer der Vielschreiber ausmalten, wie sie im fernen Havanna mit seinen Palmen, paradiesischen Stränden, Pistoleros und Touristen in der Zitadelle von Goar Mestre in klimatisierten Büros saßen und acht Stunden am Tag auf dahinsurrenden Schreibmaschinen diese Flut an Seitensprüngen, Selbstmorden, Leidenschaften produzierten, an Bekanntschaften und Erbschaften, Zufällen, Zuneigungen und Verbrechen, eine Flut, die sich von der Antilleninsel über ganz Lateinamerika ergoss, um, Klang geworden in den Stimmen der Luciano Pandos und Josefina Sánchez, die Nachmittage der Großmütter, Tanten, Cousinen und Rentner eines jeden Landes mit Träumen zu erfüllen.

Genaro junior kaufte (besser gesagt: CMQ verkaufte) die Hörspiele nach Gewicht und telegraphischer Order. Er selbst hatte es mir einmal erzählt, als ich ihn zu seinem Erstaunen fragte, ob er, seine Brüder oder sein Vater die Skripte absegneten, bevor sie über den Sender gingen. »Wärst du in der Lage, siebzig Kilo Papier zu lesen?«, meinte er nur und sah mich mit jener milden Nachsicht an, die er für Intellektuelle übrighatte, ein Status, den er meiner Person zugestanden hatte, als er eine Erzählung von mir in der Sonntagsbeilage von *El Comercio* entdeckte. »Was schätzt du, wie lange würde es dauern, einen Monat, zwei? Wer hat schon Monate Zeit, Hörspiele zu *lesen*? Das machen wir auf gut Glück, und gottlob hat uns der Herr der Wunder bisher beschützt.« Wenn es gut lief, fand Genaro junior über irgendeine Werbeagentur oder über Kollegen und Freunde heraus, wie viele Länder und mit welchen Hörerzahlen eine angebotene Serie gekauft hatten; wenn nicht, entschied er je nach Titel oder warf eine Münze. Nach Gewicht wurden die Serien gehandelt, weil es eine weniger betrugsanfällige Methode war als nach Seitenzahl oder Zahl der Wörter, letztlich war es die einzig überprüfbare. »Klar«, sagte Javier, »wenn keine Zeit ist, sie zu lesen, dann erst recht nicht, die ganzen Wörter zu zählen.« Er fand es reizvoll, sich einen Roman von achtundsechzig Kilo und dreißig Gramm vorzustellen, dessen Preis, wie der von Kühen, Butter oder Eiern, eine Waage bestimmte.

Dergleichen Verfahren bereitete den Genaros aber auch Scherereien. Die Texte strotzten von kubanischen Wörtern und Wendungen, die Luciano, Josefina und ihre Kollegen Minuten vor der Sendung eigenhändig und so gut sie konnten (immer schlecht) ins Heimatidiom übertrugen. Bisweilen kam hinzu, dass auf dem Weg von Havanna nach Lima, in den Bäuchen der Schiffe oder Flugzeuge oder auch beim Zoll, die vollgetippten Papierstöße beschädigt wurden und ganze Folgen verlorengingen, die Feuchtigkeit machte sie unlesbar, Seiten gerieten durcheinander, die Mäuse im Magazin von Radio Central fraßen sie auf. Da dies erst in letzter Minute, wenn Genaro senior die Skripte verteilte, auffiel, kam es zu beängstigenden Situationen. Sie wurden gemeistert, indem man die abhandengekommene Folge ohne Rücksicht auf Verluste übersprang oder, in diffizileren Fällen, Luciano Pando oder Josefina Sánchez für einen Tag aufs Krankenlager schickte, so dass vierundzwanzig Stunden Zeit blieb, die verschwundenen Gramme oder Kilos unter einem Flicken zu verbergen, wiederzubeleben oder ohne allzu traumatische Begleiterscheinungen zu streichen. Da CMQ noch dazu saftige Preise verlangte, war Genaro junior verständlicherweise hocherfreut, als er von der Existenz und den außerordentlichen Talenten Pedro Camachos erfuhr.

Ich erinnere mich noch genau an den Tag, als er mir von dem Rundfunkphänomen erzählte, denn an ebenjenem Tag, zur Mittagessenszeit, sah ich Tante Julia zum ersten Mal. Sie war die Schwester der Frau meines Onkels Lucho und am Abend zuvor aus Bolivien gekommen. Frisch geschieden, wollte sie ein wenig Ruhe finden und sich von ihrem Ehedebakel erholen. »Sich bloß einen neuen Mann angeln«, wie Tante Hortensia, das größte Lästermaul unter meinen Verwandten, bei einem Familientreffen befand. Donnerstags aß ich immer bei Onkel Lucho und Tante Olga zu Mittag, und an besagtem Tag war die Familie noch im Schlafanzug und verdaute bei pikanten Muscheln und einem kühlen Bier die feuchtfröhliche Nacht. Bis in den Morgen hatten sie mit dem Besuch gequatscht und getratscht und zu dritt eine Flasche Whisky geleert. Sie hatten einen Brummschädel, Onkel Lucho jammerte, in seinem Büro herrsche bestimmt das Chaos, Tante Olga meinte, es sei eine Schande, an einem Wochentag die Nacht durchzumachen, und die Angereiste, im Morgenrock, ohne Schuhe und mit Lockenwicklern im Haar, leerte einen Koffer. Es schien sie nicht zu stören, dass ich sie in einem Aufzug sah, in dem niemand sie für eine Schönheitskönigin gehalten hätte.

»Du bist also der Sohn von Dorita«, sagte sie und drückte mir einen Kuss auf die Wange. »Die Schule hast du aber schon hinter dir, oder?«

Wie ich sie hasste. Wenn ich mit der Familie immer mal wieder aneinandergeriet, dann weil alle meinten, sie müssten mich noch wie ein Kind behandeln und nicht wie das, was ich war, nämlich schon achtzehn und ein ganzer Mann. Nichts brachte mich so zur Weißglut wie dieses *Marito*; der Diminutiv, hatte ich das Gefühl, schickte mich zurück in die kurzen Hosen.

»Er studiert schon seit langem Jura und arbeitet als Journalist«, erklärte Onkel Lucho und hielt mir ein Glas Bier hin.

»Ehrlich gesagt«, konnte Tante Julia sich nicht verkneifen, »du siehst immer noch aus wie ein kleiner Junge, Marito.«

Während des Mittagessens fragte sie mich in diesem anschmiegenden Ton, den Erwachsene anschlagen, wenn sie mit Schwachsinnigen oder Kindern sprechen, ob ich eine Freundin hätte, ob ich auf Feten ginge, welchen Sport ich machte, und dann riet sie mir – mir war nicht klar, ob diese abartige Bemerkung Absicht war oder Naivität, jedenfalls traf sie mich ins Herz –, ich solle mir *sobald wie möglich* einen Schnurrbart wachsen lassen. Dunklen Typen stehe das, und bei den Mädchen würde es mir die Sache erleichtern.

»Der denkt nicht an Weib und Gesang«, erklärte Onkel Lucho. »Er ist ein Intellektueller. Er hat eine Erzählung in der Sonntagsbeilage von *El Comercio* veröffentlicht.«

»Nicht dass Doritas Junge uns noch andersrum wird«, lachte Tante Julia, und in einem Anfall von Solidarität musste ich an ihren Exmann denken. Aber ich lächelte und spielte das Spiel mit. Dann erzählte sie ein paar grauenvolle bolivianische Witze und zog mich weiter auf. Als ich mich verabschiedete, sah es so aus, als wollte sie sich für ihre spitze Zunge entschuldigen, denn sie sagte mir im liebenswürdigsten Ton, ich solle sie doch mal abends ins Kino begleiten, sie sei ganz verrückt aufs Kino.

Ich kam gerade noch rechtzeitig zu Radio Panamericana, um Pascual daran zu hindern, die gesamten Drei-Uhr-Nachrichten einer Keilerei zwischen Totengräbern und Leprakranken in den exotischen Straßen von Rawalpindi zu widmen, *Ultima Hora* hatte die Meldung gebracht. Nachdem ich auch die beiden nächsten Nachrichten aufbereitet hatte, ging ich einen Kaffee trinken. Am Eingang von Radio Central traf ich einen überschwänglichen Genaro junior. Er packte mich am Arm und schleppte mich ins Bransa: »Ich muss dir etwas Unglaubliches erzählen.« Er war ein paar Tage in La Paz gewesen, in Geschäften, und hatte ihn dort in Aktion erlebt, diesen vielfachen Menschen: Pedro Camacho.

»Nein, kein Mensch, eine Fabrik«, korrigierte er sich voller Bewunderung. »Er schreibt alle Theaterstücke, die in Bolivien aufgeführt werden, und spielt in allen mit. Und er schreibt alle Hörspiele und führt Regie und ist in allen der Liebhaber.«

Mehr noch als seine Produktivität und Vielseitigkeit hatte ihn jedoch seine Beliebtheit beeindruckt. Um ihn im Teatro Saavedra von La Paz sehen zu können, hatte er sich die Eintrittskarten auf dem Schwarzmarkt besorgen müssen, zum doppelten Preis.

»Wie beim Stierkampf, nicht zu fassen«, wunderte er sich immer noch. »Davon können die Theater in Lima nur träumen.«

Er erzählte, zwei Tage hintereinander habe er gesehen, wie die Frauen, ob jung oder alt, sich an den Ausgängen von Radio Illimani drängten und für ein Autogramm auf ihr Idol warteten. Die örtliche Filiale von McCann Erickson hatte ihm außerdem versichert, dass die Serien von Pedro Camacho die meisten Hörerzahlen aller bolivianischen Sender hätten. Genaro junior war, was man damals einen fortschrittlichen Unternehmer zu nennen begann: Das Geschäft interessierte ihn mehr als alle Ehrentitel, er war kein Mitglied des Club Nacional und auch nicht darauf aus, er befreundete sich mit aller Welt, und seine Dynamik war anstrengend. Als Mann der schnellen Entschlüsse überredete er Pedro Camacho nach seinem Besuch bei Radio Illimani, exklusiv für Radio Central nach Peru zu kommen.

»Das war ein Leichtes, die haben ihn dort kurzgehalten«, meinte er. »Er wird die Serien übernehmen, und die kubanischen Haie von CMQ jage ich zum Teufel.«

Ich versuchte ihm seine Freude ein wenig zu vergällen und sagte, wie ich soeben hätte feststellen dürfen, seien die Bolivianer fürchterliche Unsympathen. Pedro Camacho würde sich mit den Leuten von Radio Central nur in der Wolle liegen, sein Akzent würde den Hörern wie Kieselsteine in den Ohren klingen, und da er Peru nicht kenne, würde er von einem Fettnapf in den nächsten treten. Doch Genaro junior lächelte nur, meine defätistischen Prophezeiungen perlten an ihm ab. Pedro Camacho sei zwar noch nie hier gewesen, aber er habe ihm von der Seele Limas erzählt wie ein echter Bajopontino, und seine Aussprache sei vorzüglich, ohne überbetonte s und r, Kategorie Samt.

»Luciano Pando und die anderen Schauspieler werden ihn schon zusammenstauchen, unseren Ausländer«, träumte Javier. »Oder die schöne Josefina Sánchez vergewaltigt ihn.«

Wir saßen in der Dachbude und unterhielten uns, während ich, Adjektive und Adverbien austauschend, Meldungen aus *El Comercio* und *La Prensa* für El Panamericano in die Maschine tippte, das Nachrichtenmagazin um zwölf. Javier war mein bester Freund, und wir sahen uns jeden Tag, und sei es nur kurz, um uns zu vergewissern, dass es uns gab. Er war ein Mensch von wechselnden und widersprüchlichen, immer aber aufrichtigen Schwärmereien. Im Fachbereich Literaturwissenschaft an der Católica war er der Star gewesen, nie zuvor hatte man einen so fleißigen Studenten erlebt, nie einen so luziden Leser von Lyrik, nie einen so geistreichen Exegeten schwieriger Texte. Für alle stand außer Frage, dass er sein Studium mit einer brillanten Arbeit abschließen, ein brillanter Professor und ein ebenso brillanter Dichter oder Kritiker würde. Doch eines Tages hatte er, ohne ein Wort der Erklärung und zur allgemeinen Enttäuschung, die Abschlussarbeit hingeworfen, der Literatur und der Universidad Católica den Rücken gekehrt und sich an der San Marcos in Wirtschaftswissenschaften eingeschrieben. Als jemand ihn fragte, was der Grund für diesen Sinneswandel sei, gestand (oder scherzte) er, die Arbeit, an der er schreibe, habe ihm die Augen geöffnet. Ihr vorgesehener Titel war *Die Parömien bei Ricardo Palma*, und so hatte er, auf der Jagd nach Sprichwörtern, die *Peruanischen Überlieferungen* unter die Lupe genommen und es mit seiner Gewissenhaftigkeit und Akribie geschafft, einen ganzen Karteikasten mit gelehrten Kärtchen zu füllen. Eines Morgens dann verbrannte er die Kiste samt Kärtchen auf einem Feld — wir beide vollführten einen Indianertanz um das philologische Feuer – und beschloss, fortan die Literatur zu hassen, selbst die Wirtschaftswissenschaften seien da noch besser. Sein Praktikum machte Javier bei der Zentralbank von Peru, wo er immer einen Vorwand fand, vormittags auf einen Sprung bei Radio Panamericana vorbeizukommen. Von seinem parömiologischen Albtraum war ihm die Angewohnheit geblieben, mich mit den wildesten Sprichwörtern zu traktieren.

Es wunderte mich sehr, dass Tante Julia, obwohl sie Bolivianerin war und in La Paz lebte, noch nie von Pedro Camacho gehört hatte. Aber sie erklärte mir, sie habe noch nie ein Hörspiel gehört und auch in kein Theater mehr einen Fuß gesetzt, seit sie im *Tanz der Stunden* als Morgenröte aufgetreten sei, in ihrem letzten Schuljahr bei den irischen Nonnen (»Frag mich bloß nicht, wie lange das her ist, Marito«). Wir waren auf dem Weg von Onkel Luchos Haus am Ende der Avenida Armendáriz zum Kino Barranco. Sie selbst hatte mir am Mittag die Einladung aufgedrängt, und das auf die hinterhältigste Art. Es war der Donnerstag nach ihrer Ankunft, und auch wenn mir die Aussicht, wieder bolivianischen Scherzen zum Opfer zu fallen, alles andere als behagte, wollte ich beim wöchentlichen Mittagessen nicht fehlen. Ich hatte die Hoffnung, sie nicht anzutreffen, da ich am Abend zuvor – mittwochs wurde Tante Gaby besucht – gehört hatte, wie Tante Hortensia in einem Tonfall, als kennte sie das Geheimnis der Götter, bekanntgab:

»In ihrer ersten Woche in Lima ist sie viermal ausgegangen, mit vier verschiedenen Verehrern, einer davon verheiratet. Die Geschiedene hat was vor!«

Als ich gleich nach dem Mittagsmagazin zu Onkel Lucho kam, war ausgerechnet einer ihrer Verehrer da. Kaum trat ich ins Wohnzimmer, verspürte ich die süße Lust der Rache, denn neben ihr, mit Erobererblick zu ihr hingewandt und von sprühender Lächerlichkeit in seinem altmodischen Anzug mit Fliege und Nelke im Knopfloch, saß Onkel Pancracio, ein leiblicher Cousin meiner Großmutter. Er war schon seit Ewigkeiten Witwer, hielt beim Gehen die Füße auf zehn nach zehn, und seine Besuche wurden in der Familie stets bissig kommentiert, da er es sich nicht nehmen ließ, vor aller Augen die Dienstmädchen zu kneifen. Er färbte sich die Haare, trug eine Taschenuhr mit Silberkettchen, und jeden Nachmittag Punkt sechs konnte man ihm begegnen, wie er an einer Ecke des Jirón de la Unión stand und der aus den Büros strömenden Damenwelt Komplimente nachrief. Als ich mich zu der Bolivianerin beugte, um ihr einen Begrüßungskuss zu geben, flüsterte ich ihr voll Schadenfreude ins Ohr: »Welch eine Eroberung, Julita.« Sie zwinkerte mir zu und nickte. Beim Essen dann, nachdem Onkel Pancracio erst einen Vortrag über Volksmusik gehalten hatte, für die er Experte war – bei Familienfesten legte er immer ein Solo auf dem Cajón hin –, wandte er sich an Tante Julia, und wie ein geleckter Kater schnurrte er: »Apropos, donnerstags abends trifft sich immer der Club Felipe Pinglo in La Victoria, dort schlägt das kreolische Herz. Hättest du nicht Lust, einmal richtige peruanische Musik zu hören?« Ohne eine Sekunde zu zögern und mit untröstlicher Miene, was der Verleumdung noch die Beleidigung aufsetzte, deutete Tante Julia auf mich und antwortete: »Ach, wie schade. Marito hat mich ins Kino eingeladen.« Onkel Pancracio zeigte Sportsgeist und verbeugte sich: »Der Jugend den Vortritt.« Als er gegangen war, dachte ich, ich wäre davongekommen, denn Tante Olga fragte: »Das mit dem Kino war nur, um den alten Lustmolch loszuwerden, oder?« Aber Tante Julia verwahrte sich: »Von wegen, meine Liebe, ich wünsche mir nichts sehnlicher, als diesen Film im Barranco zu sehen, er ist für junge Damen nicht empfohlen.« Dann wandte sie sich an mich, der ich hatte zuhören dürfen, wie sich mein abendliches Schicksal entschied, und zu meiner Beruhigung schickte sie noch eine erlesene Artigkeit hinterher: »Wegen des Geldes mach dir keine Sorgen, Marito. Ich lade dich ein.«

Und da liefen wir dann über die dunkle Quebrada de Armendáriz, die breite Avenida Grau, einem Film entgegen, der noch dazu ein mexikanischer war und *Mutter und Geliebte* hieß.

»Das Schlimmste für eine geschiedene Frau ist nicht, dass alle Männer glauben, sie seien verpflichtet, dir Sachen vorzuschlagen«, klärte Tante Julia mich auf. »Aber sie denken, weil du geschieden bist, ist alles Romantische überflüssig. Sie machen dir nicht den Hof, sagen dir keine galanten Worte, sie fallen einfach mit der Tür ins Haus, und das auf die plumpeste Weise. Die können mich mal. Ehe die mich zum Tanz auffordern, gehe ich lieber mit dir ins Kino.«

Ich bedankte mich für die Blumen.

»Die sind so dumm und halten jede geschiedene Frau für ein leichtes Mädchen«, fuhr sie fort und ignorierte meine Bemerkung. »Außerdem denken sie nur an das eine. Wobei das doch gar nicht das Schönste ist, sondern sich zu verlieben, etwa nicht?«

Ich erklärte ihr, die Liebe gebe es nicht, das sei eine Erfindung der provenzalischen Troubadoure und eines Italieners namens Petrarca. Was die Leute für das lautere Plätschern der Gefühle hielten, für reinsten Herzenserguss, sei nichts anderes als das triebgesteuerte Verhalten rolliger Katzen, verborgen hinter schönen Worten und den Mythen der Literatur. Ich glaubte selber nichts davon, aber ich wollte mich wichtigtun. Im Übrigen reagierte Tante Julia recht ungläubig auf meine erotisch-biologische Theorie – glaubte ich wirklich diesen Quatsch?

»Ich bin gegen die Ehe«, sagte ich und gab mich so altklug wie möglich. »Ich bin für das, was man freie Liebe nennt. Nur sollten wir es, wenn wir ehrlich sind, besser freies Kopulieren nennen.«

»Kopulieren meint das eine, ja?«, sagte sie und lachte. Aber sofort zog sie ein enttäuschtes Gesicht: »Zu meiner Zeit schrieben die jungen Männer noch Akrostichen, schickten den Mädchen Blumen, brauchten Wochen, bis sie sich trauten, ihnen einen Kuss zu geben. Was für ein läppisches Zeug die Liebe unter den jungen Leuten von heute geworden ist, Marito.«

An der Kasse gab es ein kleines Geplänkel zu der Frage, wer von uns den Eintritt zahlt, und nachdem wir anderthalb Stunden Dolores del Río ertragen hatten, wie sie stöhnte, umarmte, liebte, weinte und mit wehendem Haar durch den Urwald lief, gingen wir zurück zu Onkel Lucho, wieder zu Fuß und unter einem Nieselregen, der unsere Haare und Kleider durchnässte. Erneut kamen wir auf Pedro Camacho zu sprechen. War sie wirklich sicher, dass sie noch nie von ihm gehört hatte? Schließlich war er, hatte Genaro junior gesagt, in Bolivien eine Berühmtheit. Nein, sein Name sagte ihr nichts. Ich dachte, dann hatte man Genaro junior wohl einen Bären aufgebunden, oder die angebliche bolivianische Hörspielindustrie war bloß seine eigene Erfindung, um irgendeinen einheimischen Schreiberling werbewirksam zu vermarkten. Drei Tage später lernte ich Pedro Camacho leibhaftig kennen.

Ich war gerade mit Genaro senior aneinandergeraten, weil Pascual mit seinem überschießenden Hang zu Grausigkeiten die Elf-Uhr-Nachrichten komplett einem Erdbeben in Isfahan gewidmet hatte. Was den alten Genaro so erzürnte, war weniger, dass Pascual andere Meldungen aussortiert hatte, um in aller Ausführlichkeit zu berichten, wie die Perser, die den Einsturz ihrer Häuser überlebten, von Schlangen attackiert wurden, welche beim Zusammenbruch ihrer Nester mit wütendem Zischen an die Oberfläche schossen, sondern dass das Erdbeben schon vor Wochen stattgefunden hatte. Es ließ sich nicht bestreiten, dass Genaro senior recht hatte, und um mich abzureagieren, warf ich Pascual an den Kopf, er sei unzurechnungsfähig. Woher hatte er die ollen Kamellen?

Aus einer argentinischen Zeitschrift. Und warum ausgerechnet etwas so Absurdes? Weil es keine aktuelle Meldung gab, die sich lohnte, und diese sei wenigstens amüsant. Als ich ihm erklärte, dass wir nicht fürs Amüsement der Hörer bezahlt würden, sondern für den Service, ihnen die Meldungen des Tages zusammenzufassen, kam Pascual mir, begütigend den Kopf wiegend, mit seinem unwiderleglichen Argument: »Wir haben nun mal unterschiedliche Auffassungen vom Journalismus, Don Mario.« Ich wollte ihm gerade sagen, dass wir, falls er es darauf anlegte und jedes Mal, kaum dass ich ihm den Rücken zukehrte, mit Schreckensnachrichten seine Auffassung vom Journalismus in die Tat umsetzte, alle beide bald auf der Straße stehen würden, als in der Tür unserer Dachbude eine unvermutete Gestalt erschien. Es war ein winziges Kerlchen, an der Grenze zwischen einem klein gewachsenen Mann und einem Zwerg, mit einer großen Nase und außergewöhnlich lebhaften Augen, in denen etwas Maßloses brodelte. Er trug Schwarz, einen recht verschlissen wirkenden Anzug, und Hemd und Fliege hatten Flecken, doch in der Art, wie er seine Kleidung trug, lag zugleich etwas Tadelloses und Gepflegtes, etwas Strenges auch, wie auf diesen alten Fotografien, auf denen die Herrschaften in ihren steifen Gehröcken und Angströhren festzustecken scheinen. Er mochte jeden Alters zwischen dreißig und fünfzig sein und trug sein öliges schwarzes Haar schulterlang. Seine Haltung, seine Bewegungen, seine Miene waren ein einziger Einspruch gegen alles Spontane und Natürliche, man musste sogleich an eine Gliederpuppe denken, an Marionettenfäden. Er machte einen Diener, und mit einer Feierlichkeit, die so ungewöhnlich war wie seine ganze Person, stellte er sich vor:

»Ich komme, Ihnen eine Schreibmaschine zu entwenden, meine Herren. Für Ihre Hilfe wäre ich Ihnen sehr verbunden. Welche der beiden können Sie empfehlen?«

Mit dem Zeigefinger deutete er abwechselnd auf meine Schreibmaschine und auf die von Pascual. Den Kontrast zwischen Stimme und Äußerem war ich von meinen Ausflügen zu den Studios von Radio Central zwar gewohnt, doch es verblüffte mich, wie aus einem Knirps von so hilfloser Erscheinung eine so feste und wohlklingende Stimme tönen konnte, eine so vollendete Ausdrucksweise. Es war, als paradierten in dieser Stimme nicht nur alle Buchstaben, ohne dass ein einziger Schaden litt, sondern auch die Teilchen und Atome eines jeden einzelnen, die Töne ihres Klangs. Ungeduldig und ohne Notiz zu nehmen von unserer Verwunderung über seinen Aufzug, seine Dreistigkeit und seine Stimme, hatte er sich gleich darangemacht, die beiden Schreibmaschinen zu begutachten und fast zu beschnuppern. Er entschied sich für meine altgediente, riesige Remington, eine richtige Leichenkutsche, der die Jahre nicht anzumerken waren. Pascual reagierte als Erster:

»Sind Sie ein Einbrecher oder was?«, fuhr er ihn an, und ich merkte, dass er die Scharte mit dem Erdbeben von Isfahan auswetzen wollte. »Glauben Sie, Sie können einfach so die Schreibmaschinen des Nachrichtendienstes mitnehmen?«

»Die Kunst ist wichtiger als dein Nachrichtendienst, du Kobold«, fauchte das Männlein und warf ihm einen Blick zu, wie man es zertretenem Ungeziefer hinterherschickt. Darauf setzte er die Aktion fort, und unter den verblüfften Augen Pascuals, der sich ohne Zweifel (genau wie ich) fragte, was er mit Kobold meinte, versuchte der Besucher, die Remington anzuheben. Er schaffte es, das Trumm in die Arme zu nehmen, was ihn eine solche Anstrengung kostete, dass die Halsadern anschwollen und die Augen fast aus den Höhlen sprangen. Sein Gesicht lief granatrot an, auf seiner schmalen Stirn stand der Schweiß, aber er ließ nicht ab. Mit zusammengebissenen Zähnen schwankte er ein paar Schritte auf die Tür zu und musste sich geschlagen geben – noch eine Sekunde, und die Fracht hätte ihn zu Boden gerissen. Er setzte die Remington auf Pascuals Tischchen ab und schnaufte. Doch kaum war er wieder bei Atem, hatte er uns, ohne etwas auf das

Grinsen zu geben, das dieses Schauspiel uns entlockte (Pascual tippte sich ein ums andere Mal an die Stirn, da war uns wohl ein Verrückter untergekommen), schon scharf gerügt:

»Stehen Sie nicht untätig herum, meine Herren, ein wenig menschliche Solidarität. Fassen Sie mit an.«

Ich sagte, so leid es mir tue, aber wenn er die Remington mitnehmen wolle, dann nur über Pascuals Leiche und zur Not auch über meine. Der Knirps rückte sich die Fliege zurecht, die bei dem Einsatz leicht verrutscht war, und zu meiner Überraschung erwiderte er, ernst nickend, mit verdrießlicher Miene und deutlichen Anzeichen, dass Humor ihm völlig fremd war:

»Ein Mann aus gutem Hause wird eine Herausforderung zum Kampf nicht zurückweisen. Ort und Uhrzeit, meine Herren.«

Wie vom Himmel gesandt, tauchte Genaro junior in unserer Bude auf und vereitelte, was eine Aufforderung zum Duell zu sein schien. Er kam genau in dem Moment herein, als das zähe Männlein erneut und mit violett anlaufendem Gesicht versuchte, die Remington in die Arme zu nehmen.

»Lassen Sie, Pedro, ich helfe Ihnen«, sagte er und schnappte sich die Schreibmaschine, als wäre sie eine Streichholzschachtel. Als er mir und Pascual ansah, dass er uns eine Erklärung schuldete, tröstete er uns fröhlich flötend: »Es ist niemand gestorben, kein Grund, traurig zu sein. Sie bekommen von meinem Vater bald eine neue.«

»Wir sind hier das fünfte Rad am Wagen«, protestierte ich, um der Form Genüge zu tun. »Wir dürfen in dieser schäbigen Bude hocken, einen Schreibtisch hat man mir schon weggenommen und dem Buchhalter gegeben, und jetzt auch noch die Remington. Noch dazu ohne jede Vorankündigung.«

»Wir dachten, der Herr wäre ein Einbrecher«, sprang Pascual mir bei. »Kommt einfach herein, beleidigt uns und spielt sich auf.«

»Unter Kollegen streitet man doch nicht«, sagte Genaro junior salomonisch. Er hatte sich die Remington auf die Schulter gepackt, und ich sah, dass das Männlein ihm genau bis zum Revers ging. »Hat mein Vater Sie noch nicht einander vorgestellt? Dann tue ich es, und alle sind glücklich.«

Sogleich streckte der Knirps mit einer raschen, automatischen Bewegung eins seiner Ärmchen aus, ging ein paar Schritte auf mich zu, reichte mir sein Patschhändchen und stellte sich mit wundervoller Tenorstimme und erneutem Kratzfuß vor:

»Ein Freund: Pedro Camacho aus Bolivien, Künstler.«

Er wiederholte die Geste, die Verbeugung und die Worte gegenüber Pascual, der offensichtlich einen Moment tiefster Verstörung durchlebte und nicht zu entscheiden vermochte, ob dieser Mensch sich über uns lustig machte oder einfach so war. Nachdem er uns feierlich die Hand geschüttelt hatte, wandte Pedro Camacho sich an den Nachrichtendienst en bloc, und in der Mitte der Bude stehend, im Schatten von Genaro junior, der sich hinter ihm wie ein Riese ausnahm und ihn sehr ernst beobachtete, zog er die Oberlippe hoch und runzelte das ganze Gesicht, eine Bewegung, die ein paar gelbe Zähne bloßlegte – eine Karikatur oder das Phantom eines Lächelns. Er wartete ein paar Sekunden ab, bevor er uns, begleitet von der Abschiedsgebärde eines Gauklers, folgende wohltönende Worte schenkte:

»Ich trage es Ihnen nicht nach, das Unverständnis der Menschen bin ich gewohnt. Gehaben Sie sich wohl, meine Herren!«

Er verschwand durch die Tür, hüpfend wie ein Wichtelmännchen, um den fortschrittlichen Unternehmer einzuholen, der, die Remington auf der Schulter, mit ausgreifenden Schritten zum Aufzug strebte.

II

Es war einer dieser sonnigen Frühlingsmorgen in Lima, wenn die Geranien den Tag glühender, die Rosen duftender und die Bougainvilleen fülliger begrüßen, als ein berühmter Arzt der Stadt, Dr. Alberto de Quinteros – breite Stirn, Adlernase, durchdringender Blick, von aufrechtem Sinn und gütigem Wesen –, in seiner geräumigen Villa in San Isidro die Augen aufschlug und sich rekelte. Durch die Gardinen sah er, wie die Sonne den Rasen des gepflegten, von Wundersträuchern umfriedeten Gartens vergoldete, sah die Makellosigkeit des Himmels, die Fröhlichkeit der Blumen, und er spürte jenes Wohlgefühl, das acht Stunden erholsamen Schlafs und ein ruhiges Gewissen schenken.

Es war Samstag, und wenn es bei der Frau mit den Drillingen nicht im letzten Moment zu Komplikationen kam, musste er nicht in die Klinik und konnte sich am Vormittag noch ein wenig bewegen und in die Sauna gehen, bevor die Trauung von Elianita begann. Seine Frau und seine Tochter waren in Europa, wo sie sich der Pflege ihres Geistes und der Erneuerung ihrer Garderobe hingaben, erst in einem Monat würden sie zurückkehren. Jeder andere, zumal bei seinem Vermögen und seinem Aussehen – sein schlohweißes Schläfenhaar, sein distinguiertes Auftreten und die Eleganz seiner Umgangsformen weckten begehrliche Blicke selbst bei den unbestechlichsten Damen –, jeder andere hätte den vorübergehenden Junggesellenstand ausgenutzt und sich eine vergnügte Zeit gemacht. Aber Alberto de Quinteros war ein Mann, den weder das Spiel noch die Frauen oder der Alkohol über Gebühr lockten, und unter seinen Bekannten – deren Zahl Legion war – kursierte folgender

Spruch: »Ein Mann, drei Laster: Wissenschaft, Familie und Fitness.«

Er wies den Hausdiener an, das Frühstück zu richten, und während es zubereitet wurde, rief er in der Klinik an. Der diensthabende Arzt teilte ihm mit, dass die Frau mit den Drillingen eine ruhige Nacht verbracht habe und dass die Blutungen der Frau, der er ein Fibrom entfernt hatte, gestillt seien. Er gab ein paar Anweisungen und sagte, falls es einen Zwischenfall gebe, möge man ihn im Studio Remigius anrufen oder, in der Mittagszeit, bei seinem Bruder Roberto, am Abend komme er vorbei. Als der Diener ihm seinen Papayasaft, seinen schwarzen Kaffee und sein Toastbrot mit Bienenhonig brachte, hatte Alberto de Quinteros sich bereits rasiert und trug eine graue Cordhose, leichte Mokassins und einen grünen Rollkragenpulli. Während er frühstückte, warf er einen flüchtigen Blick auf die morgendlichen Katastrophen und Ränkespielchen in den Zeitungen, nahm seine Sporttasche und trat hinaus. Im Garten blieb er noch kurz stehen, um Puck zu tätscheln, den verwöhnten Foxterrier, der ihn unter herzlichem Gebell verabschiedete.

Das Studio Remigius lag nur wenige Straßen weiter in der Calle Miguel Dasso, und Dr. Quinteros ging gerne den Weg zu Fuß. Er ging stets langsam, erwiderte den Gruß der Nachbarn, blickte in die Gärten, die um diese Uhrzeit gesprengt und beschnitten wurden, und verweilte meist noch kurz in der Buchhandlung Castro Soto, um sich den einen oder anderen Bestseller auszusuchen. Auch wenn es noch früh war, standen vor dem Davory schon die unausbleiblichen jungen Männer mit den offenen Hemden und den Wuschelköpfen. Auf ihren Motorrädern oder den Kotflügeln ihrer Sportwagen sitzend, schleckten sie Eis, zogen sich gegenseitig auf und planten die abendliche Party. Sie grüßten ihn respektvoll, doch kaum war er an ihnen vorbei, schwang einer sich auf und rief ihm einen dieser Ratschläge nach, die im Studio sein tägliches Brot waren, immergleiche Witze über sein Alter und seinen Beruf, die er mit gelaunter Geduld ertrug: »Nicht überanstrengen, Doktor, denken Sie an Ihre Enkel.« Kaum hörte er es, musste er daran denken, wie hübsch Elianita in ihrem Brautkleid aussehen würde, eigens für sie entworfen von Christian Dior, Paris.

Im Studio war an diesem Morgen nicht viel Betrieb. Außer Coco, dem Trainer, waren nur zwei fanatische Freunde des Krafttrainings da, Blacky Humilla und Pit Sarmiento, drei Muskelberge, die zehn Männern üblichen Formats entsprachen. Sie mussten eben erst gekommen sein, noch waren sie beim Aufwärmen.

»Sieh an, der Klapperstorch«, begrüßte Coco ihn und gab ihm die Hand.

»Immer noch auf den Beinen, nach all den Jahrhunderten?«, winkte Blacky Humilla ihn gleich ab.

Pit schnalzte nur mit der Zunge und streckte zwei Finger in die Luft, sein typischer Gruß, den er aus Texas mitgebracht hatte. Dr. Quinteros mochte diese Ungezwungenheit, diese Vertraulichkeiten, die seine Fitnesskollegen sich ihm gegenüber herausnahmen, als würde die Tatsache, dass man sich nackt sah und zusammen schwitzte, sie in einer brüderlichen Freundschaft vereinen, in der alle Alters- und Statusunterschiede verflogen. Er antwortete ihnen, wenn sie seine Dienste benötigten, stehe er ihnen zur Verfügung, bei Übelkeit oder abnormen Gelüsten sollten sie gleich zu ihm in die Sprechstunde kommen, der Gummihandschuh liege schon zum Abtasten bereit.

»Zieh dich um und mach dich ans Warm-up«, sagte Coco, der schon wieder auf der Stelle hüpfte.

»Wenn du einen Herzinfarkt kriegst, gehst du ja bloß hops, Oldie!«, ermunterte ihn Pit und nahm Cocos Rhythmus auf.

»Drinnen ist der Surfer«, hörte er Blacky Humilla sagen, als er in den Umkleideraum trat.

Tatsächlich war dort sein Neffe Richard, schon im blauen Trainingsanzug, und zog sich die Turnschuhe an. Er tat es lustlos, als wären seine Hände Lappen, und machte ein säuerliches, abwesendes Gesicht. Dabei blickte er ihn mit völlig ausdruckslosen blauen Augen und einer so vollkommenen Gleichgültigkeit an, dass Dr. Quinteros sich fragte, ob er vielleicht unsichtbar geworden war.

»Nur Verliebte können so weggetreten sein«, sagte er, ging zu ihm und wuschelte ihm über den Kopf. »Komm runter von deiner Wolke, Junge.«

»Entschuldige, Onkel.« Richard wachte auf und wurde knallrot, als hätte man ihn bei etwas Unanständigem ertappt. »Ich habe nachgedacht.«

»Wüsste nur zu gern, worüber, muss ja schlimm sein«, sagte Dr. Quinteros lachend, während er seine Tasche öffnete, einen Spind wählte und sich auszog. »Bei dir zu Hause geht es bestimmt drunter und drüber. Ist Elianita sehr aufgeregt?«

Richard blitzte ihn an, in einer Art Spontanhass, und der Arzt fragte sich, was nur mit dem Jungen los war. Doch dann zeigte sein Neffe, mit einer unübersehbaren Anstrengung, sich natürlich zu geben, ein kleines Lächeln:

»Ja, drunter und drüber, deshalb bin ich hier. Ein bisschen Fett verbrennen, bis es so weit ist.«

Der Arzt dachte, er würde jetzt sagen, »aufs Schafott zu steigen«. Seine Stimme ächzte vor Traurigkeit, und auch seine Gesichtszüge, die ungeschickte Art, wie er sich die Schuhe zuband, und die ruckartigen Bewegungen seines Körpers verrieten ein beschwertes Gemüt, tiefes Unbehagen, Ruhelosigkeit. Er konnte die Augen nicht still halten, schlug sie auf, schloss sie, fixierte einen Punkt, schweifte davon, kehrte zurück und wandte sie wieder ab, als suchte er etwas Unmögliches. Er war der knackigste Junge der Welt, ein von Wind und Wetter geschliffener junger Gott – selbst in den feuchtesten Monaten des Winters surfte er noch und glänzte auch im Basketball, im Tennis, beim Schwimmen und beim Fußball –, und der Sport hatte ihm einen jener Körper geschenkt, die Blacky Humilla einen Schwulentraum nannte: kein

Gramm Fett, breite Schultern, die sich in einer Folge glatter Muskeln bis zur schmalen Taille verjüngten, und lange, feste, federnde Beine, dass der beste Boxer vor Neid erblasst wäre. Alberto de Quinteros hatte öfter gehört, wie seine Tochter Charo und ihre Freundinnen Richard mit Charlton Heston verglichen und befanden, er sei noch viel schnuckeliger, dagegen sehe der Schauspieler echt alt aus. Richard studierte im ersten Jahr Architektur, und laut Roberto und Margarita war er immer ein vorbildlicher Sohn gewesen: fleißig, gehorsam, zuvorkommend zu seinen Eltern und zu seiner Schwester, grundehrlich, ein sympathischer Kerl. Elianita und der Junge waren ihm die Liebsten unter den Nichten und Neffen, und während er sich noch den Jockstrap anzog, den Trainingsanzug und die Turnschuhe – Richard wartete bei den Duschen auf ihn und trommelte auf die Kacheln –, betrübte es Dr. Quinteros immer mehr, ihn so verstört zu sehen.

»Etwas auf der Seele, Junge?«, fragte er ihn wie beiläufig und lächelte gütig. »Etwas, wobei dein Onkel dir helfen kann?«

»Nein, wie kommst du darauf«, antwortete Richard rasch und wurde wieder rot wie eine Tomate. »Mir geht's prima, es juckt mich schon, mich aufzuwärmen.«

»Ist mein Geschenk für deine Schwester gekommen?«, fiel dem Arzt plötzlich ein. »Bei Murgía hat man mir versprochen, es gestern zu liefern.«

»Ein tolles Armband.« Richard hüpfte nun auf den weißen Fliesen des Umkleideraums. »Die Kleine hat sich wahnsinnig gefreut.«

»Sonst kümmert sich ja deine Tante darum, aber da sie noch auf Europatour ist, musste ich es selber aussuchen.« Dr. Quinteros machte eine gerührte Miene: »Elianita im Brautkleid, das wird ein Bild.«

Die Tochter seines Bruders Roberto war nämlich als Frau, was Richard als Mann war: eine dieser Schönheiten, welche der menschlichen Spezies ein würdiges Antlitz verleihen und bei deren Anblick all die Vergleiche von den Mädchen mit Zähnen wie Perlen, Augen wie Sternen, einer Haut wie Pfirsich und Haaren wie Ährengold ärmlich wirken. Zierlich, dunkelhaarig, von sehr heller Haut und anmutig selbst in ihrer Art zu atmen, hatte sie ein klassisch geschnittenes Gesichtchen, dessen Züge von einem Miniaturenmaler aus dem Orient hätten stammen können. Sie war ein Jahr jünger als Richard und hatte gerade die Schule beendet, und ihr einziger kleiner Makel war ihre Schüchternheit – eine so maßlose, dass sie zur Verzweiflung der Veranstalter nicht zu überreden war, an der Wahl zur Miss Peru teilzunehmen –, so dass niemand, auch nicht Dr. Quinteros sich erklären konnte, warum sie so früh heiratete und dann auch noch wen. Zwar hatte der junge Antúnez, Rotfuchs genannt, einige Vorzüge – ein warmes Herz, ein Diplom in Business Administration der Universität von Chicago, die Düngemittelfirma, die er einmal erben würde, und mehrere Pokale im Radrennen –, aber unter den unzähligen Jungs von Miraflores und San Isidro, die Elianita den Hof gemacht hatten und selbst vor einem Verbrechen nicht zurückgeschreckt wären, um sie zu heiraten, war er ohne Zweifel der am wenigsten attraktive und (Dr. Quinteros schämte sich, dass er sich ein solches Urteil über jemanden erlaubte, der in wenigen Stunden sein Neffe sein würde) der fadeste und dusseligste.

»Du bist beim Umziehen ja noch langsamer als meine Mutter«, beschwerte sich Richard und hüpfte weiter.

Als sie in die Halle kamen, machte Coco, dem das Pädagogische mehr Passion denn Profession war, gerade Blacky Humilla ausgestreckten Fingers mit einem Grundsatz seiner Philosophie vertraut:

»Wenn du isst, wenn du arbeitest, wenn du im Kino sitzt, wenn du mit deiner Alten rummachst, wenn du säufst, in jeder Sekunde deines Lebens und, wenn du kannst, auch noch im Sarg: Zieh den Bauch ein!«

Dann gab der Trainer Anweisung: »Zehn Minuten Warm-ups, um das Gerippe in Schwung zu bringen, Methusalem.«

Seilspringend neben Richard, spürte Dr. Quinteros, wie eine angenehme Wärme in seinem Körper aufstieg, und er dachte, dass es im Grunde gar nicht so schlimm war, fünfzig Jahre alt zu sein, wenn man sie wie er im Griff hatte. Wer von seinen gleichaltrigen Freunden konnte mit einem so flachen Bauch, einer so munteren Muskulatur aufwarten? Er brauchte gar nicht in die Ferne zu schweifen, sein Bruder Roberto etwa, auch wenn der drei Jahre jünger war, schien mit seiner rundlichen, gedunsenen Figur und dem vorzeitig gekrümmten Rücken zehn Jahre älter zu sein. Armer Roberto, er war sicher sehr traurig, dass Elianita heiratete, sein Augenstern. Stimmte ja auch, in gewisser Weise verlor er sie. Auch Charo, seine eigene Tochter, konnte jeden Moment heiraten – Tato Soldevilla, ihr Freund, machte bald sein Ingenieursexamen –, und auch ihm selbst würde dann weh ums Herz und er würde sich älter fühlen. Dr. Quinteros hüpfte, ohne sich im Seil zu verheddern oder aus dem Rhythmus zu kommen, mit der Leichtigkeit des Wohltrainierten, linker Fuß, rechter Fuß, dabei die Arme kreuzend, ein echter Athlet. Dafür sah er im Spiegel, wie sein Neffe viel zu schnell sprang, ohne Sinn und Verstand, und stolperte. Ihm stand der Schweiß auf der Stirn, er hatte die Zähne zusammengebissen und hielt die Augen geschlossen, als könnte er sich so besser konzentrieren. Eine Frauengeschichte vielleicht?

»Schluss mit Seilchen, ihr faulen Säcke!« Coco, der mit Pit und Blacky Humilla Gewichte stemmte, hatte sie gleichwohl nicht aus den Augen gelassen und stoppte die Zeit. »Jetzt Situps, drei Durchgänge. Aber zack, zack, ihr Fossilien.«

Die Bauchmuskelübungen waren für Dr. Quinteros die Kraftprobe. Er absolvierte sie in hohem Tempo, die Hände im Nacken, das Brett auf der zweiten Stufe, der Rücken knapp über dem Boden und dann mit der Stirn bis fast an die Knie. Zwischen jedem Durchgang von dreißig Beugen blieb er eine Minute liegen und atmete tief durch. Nach der neunzigsten setzte er sich auf und stellte zufrieden fest, dass er Richard hinter sich gelassen hatte. Jetzt schwitzte auch er selber am ganzen Körper und spürte, wie sein Herz raste.

»Ich kann einfach nicht begreifen, wieso Elianita den Rotfuchs heiratet«, hörte er sich plötzlich sagen. »Was findet sie an dem?«

Es war ein Fauxpas, und er bereute ihn sofort, aber Richard schien nicht verwundert. Noch keuchend – er war mit den Sit-ups gerade fertig –, antwortete er wie zum Scherz:

»Liebe macht blind, Onkel, heißt es nicht so?«

»Er ist ein großartiger Junge, und ich bin sicher, er wird sie sehr glücklich machen«, rückte Dr. Quinteros die Dinge leicht betreten wieder zurecht. »Ich meinte nur, unter den Verehrern deiner Schwester waren die besten Partien von Lima. Und dann schnippt sie sie alle weg und nimmt den Antúnez. Ein guter Junge, bestimmt, aber so, wie soll ich sagen …«

»So eine Pflaume, meinst du?«, sprang Richard ihm bei.

»Na ja, so direkt hätte ich es nicht gesagt«, antwortete Dr. Quinteros, atmete tief ein und wieder aus, dabei die Arme ausstreckend und verschränkend. »Aber er macht schon einen etwas unbedarften Eindruck. Bei jeder anderen wäre es perfekt, aber Elianita, so hübsch, so lebendig, da kommt der Ärmste nicht mit.« Seine Freimütigkeit war ihm unangenehm. »Du nimmst es mir doch nicht übel, Junge, oder?«

»Keine Sorge, Onkel«, sagte Richard lächelnd. »Der Rotfuchs ist ein prima Kerl, und wenn die Kleine ihn genommen hat, wird sie schon wissen, warum.«

»Dreimal dreißig Side-bends, ihr Schwachmaten!«, brüllte Coco mit seinen achtzig Kilo über dem Kopf, aufgepumpt wie ein Frosch. »Bauch einziehen, nicht rausstrecken!«

Dr. Quinteros dachte, beim Training würde Richard seine Probleme vergessen, aber während er die Seitbeugen machte, sah er, wie der Junge die Übungen genauso grimmig wie eben ausführte: Sein Gesicht verzog sich wieder und war nur Kummer und schlechte Laune. Ihm fiel ein, dass es in der Familie Quinteros nicht wenige Neurotiker gab, vielleicht war es Robertos Ältestem ja beschieden, diese Tradition in der jüngeren Generation fortzuführen, und dann schweiften seine Gedanken ab, und er sagte sich, dass es vielleicht doch besser gewesen wäre, vor dem Studio in der Klinik vorbeizuschauen und nach der Frau mit den Drillingen und der frisch Operierten zu sehen. Dann dachte er nichts mehr, denn die körperliche Anstrengung nahm ihn völlig in Anspruch, und während er die Beine hob und senkte (Leg-raises, fünfzig Stück!), den Rumpf beugte (Trunk-twist mit Stange, drei Durchgänge, bis euch die Lunge hochkommt!), den Rücken, den Oberkörper, die Unterarme, den Hals stimulierte, immer den Anweisungen von Coco folgend (Nicht schlappmachen, Uropi! Schneller, du Wasserleiche!), war er nur noch Lunge, die Luft aufnahm und ausstieß, Haut, die Schweiß spuckte, und Muskeln, die sich spannten, erlahmten und litten. Als Coco rief, dreimal fünfzehn Pull-overs mit Hanteln!, war er an seiner Grenze. Sein Stolz trieb ihn zwar an, zumindest einen Durchgang mit zwölf Kilo zu probieren, aber er schaffte es nicht. Er war erschöpft. Beim dritten Versuch glitt ihm das Gewicht aus der Hand, und er musste die Spötteleien der Gewichtheber ertragen (Mumien ins Grab, Störche in den Zoo! Wo bleibt der Bestatter! Möge er in Frieden ruhen, Amen!), und voll stummem Neid sah er, wie Richard – immer hastig, immer wütend – sein Pensum mühelos bewältigte. Disziplin und Ausdauer reichten eben doch nicht, dachte Dr. Quinteros, nicht die ausgewogene Ernährung und nicht ein geregeltes Leben. Das alles konnte die Unterschiede zwar bis zu einem gewissen Grad ausgleichen, aber darüber hinaus schuf das Alter unüberwindliche Distanzen und Mauern. Als er später nackt in der Sauna saß und der Schweiß ihm über die Wimpern rann, dass er kaum aus den Augen schauen konnte, sagte er sich immer wieder voll Wehmut einen Satz, den er einmal in einem Buch gelesen hatte: O Jugend, verzweiflungbringende Erinnerung! Als er herauskam, sah er, dass Richard bei den Gewichthebern war und es mit ihnen aufnahm. Coco deutete mit einer spöttischen Handbewegung auf ihn:

»Unser Sonnyboy hat beschlossen, sich umzubringen, Doktor.«

Richard lächelte nicht einmal. Er hielt die Gewichte gestemmt, und auf seinem Gesicht, schweißnass, hochrot, die Adern geschwollen, lag eine Erbitterung, die sich gleich gegen sie zu richten schien. Dem Doktor kam der Gedanke, sein Neffe könnte ihnen allen vieren plötzlich mit diesen Gewichten den Schädel einschlagen. Er verabschiedete sich und murmelte: »Wir sehen uns in der Kirche, Richard.«

Als er wieder zu Hause war, nahm er beruhigt die Nachricht zur Kenntnis, dass die Mutter der Drillinge mit ein paar Freundinnen im Krankenzimmer Bridge spielen wollte und die Frau mit der Geschwulstoperation gefragt hatte, ob sie heute schon pürierte Wan Tan mit Tamarindensoße essen dürfe. Er genehmigte Bridge und Wan Tan und zog sich in aller Ruhe einen dunkelblauen Anzug an, mit weißem Seidenhemd und einer silbergrauen Krawatte, die er mit einer Perlennadel feststeckte. Er parfümierte gerade sein Taschentuch, als ein Brief seiner Frau eintraf, dem Charo noch ein PS beigefügt hatte. Sie hatten ihn in Venedig aufgegeben, Stadt Nummer vierzehn auf ihrer Tour, und schrieben: »Wenn Du diesen Brief erhältst, haben wir schon mindestens sieben weitere Städte gemacht, alle wunderschön.« Sie waren überglücklich, und Charito schwärmte von den Italienern, »echte Filmschauspieler, Papi, Du glaubst nicht, was die für Komplimente kennen, aber kein Wort zu Tato, tausend Küsse, tschau.«

Er ging zu Fuß zur Kirche Santa María am Óvalo Gutiérrez. Es war noch früh, gerade kamen die ersten Gäste. Er setzte sich in eine der vorderen Bänke und schaute sich den mit Lilien und weißen Rosen geschmückten Altar an, die hohen Fenster, aufragend wie Bischofsmützen. Ein weiteres Mal stellte er fest, dass ihm die Kirche gar nicht gefiel, diese belanglose Kombination aus Backstein und Stuck mit ihren angeberischen länglichen Bögen. Hier und da grüßte er ein bekanntes Gesicht mit einem Lächeln. Klar, es war nicht anders zu erwarten, alle kamen sie in die Kirche: weitläufigste Verwandte, Freunde, die nach Jahrhunderten wieder auf der Bildfläche erschienen, und natürlich die Hautevolee der Stadt, Bankiers, Botschafter, Geschäftsleute, Politiker. Ach, Roberto, Margarita, immer so leichtfertig, dachte Dr. Quinteros, aber ohne jede Bitterkeit, vielmehr voller Wohlwollen gegenüber den Schwächen seines Bruders und seiner Schwägerin. Für die Festtafel würden sie sich bestimmt nicht lumpen lassen. Als der Hochzeitsmarsch begann und er die Braut hereinkommen sah, war er gerührt. Sie war wirklich wunderschön in ihrem duftigen weißen Kleid, und so wie sie auf den Altar zuschritt, die Augen niedergeschlagen, am Arm ihres Vaters, der, wohlbeleibt und hocherhaben, seine Aufregung hinter der Pose eines Weltenherrschers verbarg, hatte ihr Gesichtchen, das sich unter dem Schleier abzeichnete, etwas außerordentlich Zierliches, Leichtes, Vergeistigtes. In seinem nagelneuen Cut und vor Seligkeit strahlend, sah der junge Antúnez gar nicht mehr so hässlich aus, und selbst seine Mutter – eine schlaksige Engländerin, die zwar seit einem Vierteljahrhundert in Peru lebte, aber noch immer die Präpositionen verwechselte –, selbst sie gab in ihrem langen dunklen Kleid und ihrer mehrstöckigen Frisur das Bild einer attraktiven Dame ab. Schon wahr, dachte Dr. Quinteros, Ausdauer wird belohnt. Denn der arme Rotfuchs hatte Elianita schon von Kindesbeinen an verfolgt, hatte sie mit den liebenswürdigsten Aufmerksamkeiten belagert, die sie ein ums andere Mal mit stolzer Verachtung entgegennahm. Aber er hatte alle Abfuhren und Ungezogenheiten Elianitas ertragen, auch die dummen Bemerkungen, mit denen die Jungs aus der Nachbarschaft über seine Ergebenheit juxten. Ein sturer Bursche, sagte sich Dr. Quinteros, er hatte es geschafft, und da stand er nun, vor Aufregung ganz blass, und streifte dem schönsten

Mädchen von Lima den Ring über den Finger. Nach der Zeremonie ging Dr. Quinteros, inmitten der lärmenden Menge und mit einem grüßenden Nicken in alle Richtungen, zum Gemeindesaal der Kirche, als er plötzlich Richard erblickte, direkt an einer Säule, als wollte sein Neffe sich angewidert von den Leuten abwenden.

Während er anstand, um zum Brautpaar zu gelangen, durfte Dr. Quinteros sich ein Dutzend Witze über die Regierung anhören, die ihm die Brüder Febre erzählten, Zwillinge von einer solchen Ähnlichkeit, dass nicht einmal ihre Frauen, sagte man, sie unterscheiden konnten. Der Saal platzte bei dem Gedränge schon aus allen Fugen, und viele Leute waren im Garten geblieben und warteten, bis sie hereinkonnten. Kellner schwärmten aus und boten Champagner an. Gelächter war zu hören, Scherze, Trinksprüche, und allenthalben hieß es, die Braut sei wunderschön. Als Dr. Quinteros endlich bis zu ihr vorgedrungen war, stellte er fest, dass Elianita trotz Hitze und Enge noch gut beieinander und munter war. »Alles Glück auf Erden, meine Kleine«, sagte er, während er sie umarmte, und sie flüsterte ihm ins Ohr: »Charito hat mich heute Morgen aus Rom angerufen und mir gratuliert, ich habe auch mit Tante Mercedes gesprochen. Wie lieb, mich anzurufen!« Der Rotfuchs, schwitzend und mit glühenden Bäckchen, sprühte vor Seligkeit: »Muss ich zu Ihnen jetzt auch Onkel sagen, Don Alberto?« Dr. Quinteros klopfte ihm auf die Schulter: »Aber sicher, mein Neffe, und du musst mich duzen.«

Halb erstickt verließ er den Empfangssaal der Brautleute, und unter Geschiebe und Gegrüße und den Blitzlichtern der Fotografen gelangte er schließlich in den Garten. Dort war die Besucherdichte geringer, und es ließ sich atmen. Er trank ein Glas und sah sich, in einer Runde befreundeter Ärzte, im Mittelpunkt zahlloser Scherze, welche die Reise seiner Frau zum Thema hatten: Mercedes würde nicht zurückkommen, sie würde bei irgendeinem Franzmann bleiben, rechts und links an seiner Stirn wüchsen ja schon die Hörner. Während

Dr. Quinteros dem Affen noch Zucker gab, musste er an das Fitnessstudio denken und sagte sich, dass es heute wohl sein Schicksal war, veralbert zu werden. Über das Meer der Köpfe hinweg sah er immer wieder Richard, am anderen Ende des Saals, inmitten lachender junger Leute; ernst und verkniffen trank er den Champagner wie Wasser. Vielleicht schmerzt es ihn, dass Elianita Antúnez heiratet, dachte er, Richard hätte sich bestimmt auch einen brillanteren Mann für seine Schwester gewünscht. Aber nein, wahrscheinlich war es nur eine typische Übergangskrise. Und Dr. Quinteros erinnerte sich, wie auch er, als er in Richards Alter war, eine schwere Zeit durchgemacht hatte, weil er sich zwischen Medizin und Raumfahrttechnik nicht entscheiden konnte. (Sein Vater hatte ihn mit einem gewichtigen Argument überzeugt: Als Raumfahrtingenieur wäre ihm in Peru kein anderer Ausweg geblieben, als sich mit Drachen oder Modellflugzeugen zu beschäftigen.) Roberto war, da immer von seinen Geschäften in Anspruch genommen, vielleicht nicht der Richtige, dem Jungen einen Rat zu geben. Und in seiner umstandslosen Art, wie man sie allenthalben an ihm schätzte, beschloss Dr. Quinteros, in den nächsten Tagen und mit dem gebotenen Feingefühl seinen Neffen einzuladen; und so diskret wie möglich würde er dann erkunden, wie er ihm helfen konnte.

Das Haus von Roberto und Margarita lag an der Avenida Santa Cruz, nur wenige Straßen von der Kirche Santa María entfernt, und nach dem Empfang in der Pfarrei zogen die zum Essen geladenen Gäste unter den Bäumen und der Sonne von San Isidro zu dem großen roten, von Rasen, Blumen, Gittern umgebenen Backsteinhaus mit den holzgedeckten Dächern, das man für das Fest liebevoll geschmückt hatte. Kaum stand Dr. Quinteros in der Tür, wusste er, dass die Feier seine eigenen Vorhersagen übertreffen würde und er einem Ereignis beiwohnte, das die Klatschkolumnisten als »grandios« bezeichnen würden.

Im Garten hatte man längs und quer Tische und Sonnenschirme aufgestellt, und ganz hinten, bei den Hundezwingern, spannte sich ein riesiges Sonnensegel über einem Tisch, der sich die ganze Wand entlangzog, gespickt mit Schüsseln voll bunter Vorspeisen auf einem schneeweißen Tuch. Die Bar befand sich neben dem Teich mit seinen imposanten japanischen Fischen, und es waren so viele Gläser und Flaschen zu sehen, so viele Mixbecher und Karaffen mit Erfrischungsgetränken, als gälte es, eine durstige Armee zu versorgen. Kellner in weißen Jacken und Mädchen mit Schürze und Häubchen empfingen die Gäste und drückten ihnen gleich an der Tür einen Pisco Sour in die Hand, einen Algarrobina-Cocktail, Wodka mit Maracuja, Whisky, Gin oder Champagner, dazu Käsestangen, Chilikartöffelchen, speckgefüllte Kirschen, frittierte Garnelen, Blätterteigpastetchen und sonstige Köstlichkeiten, die das erfindungsreiche Lima aufbot, um den Appetit anzuregen. Im Haus standen riesige Gestecke und Sträuße von Rosen, Gladiolen und Levkojen, von Narden und Nelken dicht an dicht die Wände entlang und die Treppe hinauf, auf Fensterbänken und Möbelstücken, ein herzerquickender Anblick. Das Parkett war gewachst, die Gardinen leuchteten, Porzellan und Silber blitzten, und Dr. Quinteros musste lächeln bei der Vorstellung, man könnte selbst die präkolumbischen Keramiken in den Vitrinen gewienert haben. In der Diele gab es ebenfalls ein Buffet, und im Esszimmer wogte ein Meer von Süßspeisen – Marzipan, Käseeis, Seufzerchen, Falsche Eier, Dotterchen, Kokosbällchen, Sirupnüsse –, darin sich die eindrucksvolle Hochzeitstorte erhob, ein stolzer Traum in Creme, Tüll und Säulen, der den Frauen juchzende Bewunderung entlockte. Doch was die weibliche Neugier vor allem anstachelte, waren die Geschenke im ersten Stock; um sie zu begutachten, hatte sich eine so lange Schlange gebildet, dass Dr. Quinteros gleich beschloss, davon Abstand zu nehmen, auch wenn er gerne gewusst hätte, wie sein Armband sich im Gesamtbild ausnahm.

Nachdem er überall ein wenig geschnuppert hatte – Hände schüttelnd, Umarmungen verteilend und entgegennehmend –, ging er wieder in den Garten und setzte sich unter einen Sonnenschirm, um in Ruhe das zweite Glas des Tages zu genießen. Alles war bestens, Roberto und Margarita verstanden es, im großen Stil zu feiern. Und auch wenn er die Idee mit der Kapelle für eher unpassend hielt – man hatte die Teppiche, den Beistelltisch und die Anrichte mit den Elfenbeinschnitzereien fortgeräumt, damit die Paare Platz zum Tanzen hatten –, entschuldigte er diesen Mangel an Eleganz als Zugeständnis an die jüngere Generation, denn für die Jugend, das war bekannt, war ein Fest ohne Tanz kein Fest. Schon wurden der Truthahn und der Wein gereicht, und Elianita, die auf der zweiten Stufe vor dem Eingang stand, warf ihren Brautstrauß, nach dem Dutzende von Schulkameradinnen und Freundinnen aus dem Viertel die Hände reckten. In einer Ecke des Gartens erkannte Dr. Quinteros die alte Venancia, Elianitas Kindermädchen von der Wiege an; tief gerührt trocknete sich die alte Frau mit dem Saum ihrer Schürze die Tränen.

Die genaue Herkunft des Weins konnte sein Gaumen nicht schmecken, aber er wusste sofort, dass es ein ausländischer war, ein spanischer vielleicht oder ein chilenischer, und bei all dem Irrsinn dieses Tages mochte er nicht ausschließen, dass er aus Frankreich kam. Der Truthahn war zart, das Püree wie Butter, und es gab einen Kohlsalat mit Rosinen, von dem er sich, seine diätetischen Grundsätze außer Acht lassend, eine zweite Portion gönnte. Er kostete ein weiteres Glas Wein und verspürte schon eine angenehme Benommenheit, als er Richard auf sich zukommen sah. Ein Glas Whisky schaukelte in seiner Hand, seine Augen waren glasig, die Stimme verhuscht:

»Gibt es etwas Blöderes als ein Hochzeitsfest, Onkel?«, grummelte er, machte eine abfällige Handbewegung in die Runde und ließ sich auf den Stuhl neben ihm fallen. Seine Krawatte war verrutscht, ein frischer Fleck prangte auf dem

Revers seines grauen Anzugs, und in seinen Augen schwappte, abgesehen von den Spuren des Alkohols, eine unendliche Wut.

»Na ja, ehrlich gesagt, ich bin kein großer Freund von Festen«, sagte Dr. Quinteros offenherzig. »Aber du, in deinem Alter, das wundert mich, Junge.«

»Ich hasse Feste aus tiefster Seele«, murmelte Richard und schaute sich um, als wollte er alle Leute verschwinden lassen. »Ich weiß nicht, warum ich überhaupt hier bin.«

»Stell dir vor, wie es für deine Schwester wäre, wenn du nicht zu ihrer Hochzeit kämst«, sagte Dr. Quinteros und musste daran denken, was die Menschen für dummes Zeug reden, wenn der Alkohol ihnen die Zunge löst – oder hatte er nicht selbst gesehen, dass Richard sich auf Festen amüsierte wie alle anderen auch? War er nicht ein begnadeter Tänzer? Wie oft hatte sein Neffe die Clique von Mädels und Jungs angeführt, wenn sie zu Charito kamen, um in einem ihrer Zimmer einen kleinen Schwof hinzulegen? Aber er sagte kein Wort davon, er sah nur zu, wie Richard seinen Whisky austrank und den Kellner bat, ihm einen weiteren zu bringen.

»Wie auch immer, mach dich schon mal bereit«, sagte er, »denn wenn du heiratest, richten deine Eltern dir ein noch größeres Fest aus.«

Richard hob das neue Glas Whisky an die Lippen und trank, die Augen halb geschlossen, langsam einen Schluck. Und ohne den Kopf zu heben, mit einer dumpfen Stimme, die den Doktor erreichte wie etwas sehr Zähes, fast unhörbar, brummte er:

»Ich werde niemals heiraten, Onkel, das schwöre ich, bei Gott.«

Noch bevor er antworten konnte, stand die blaue Gestalt eines schlanken Mädchens mit aschblondem Haar und entschlossener Miene vor ihnen, nahm Richard bei der Hand und zwang ihn, ohne seine Reaktion abzuwarten, sich zu erheben:

»Schämst du dich nicht, hier bei den Alten zu hocken? Komm mit tanzen, du Träne.«

Dr. Quinteros sah sie in der Diele verschwinden, und er spürte, wie ihm der Appetit verging. In seinen Ohren klingelte noch wie ein böses Echo dieses kleine Wort, das die jüngste Tochter des Architekten Aramburú mit solcher Natürlichkeit und so charmanter Stimme ausgesprochen hatte: bei den »Alten«. Nach dem Kaffee stand er auf und warf einen Blick ins Wohnzimmer.

Das Fest war auf dem rauschenden Höhepunkt, und der Tanz hatte von jenem Nabel aus, welcher der Kamin war und wo man die Kapelle platziert hatte, seine Kreise bis in die Nebenräume gezogen, wo ebenfalls Paare tanzten und aus vollem Halse die Cha-Cha-Chas und Merengues, die Cumbias und Valses mitsangen. Befeuert von der Musik, der Sonne und dem Alkohol, war die Fröhlichkeit von der Jugend auf die Erwachsenen und von den Erwachsenen auf die Alten übergeschwappt, und Dr. Quinteros sah staunend, wie selbst Don Marcelino Huapaya, ein achtzigjähriger angeheirateter Onkel der Familie, zum Takt von *Nube gris* und mit der Brautmutter in den Armen mutig seine knirschenden Knochen schwenkte. Diese Atmosphäre, in der sich Lärm und Bewegung, Licht, Qualm und Glückseligkeit verbanden, verursachte Dr. Quinteros ein leichtes Schwindelgefühl; und so stützte er sich aufs Geländer und schloss für einen Moment die Augen. Dann beobachtete er, vergnügt und glücklich auch er selbst, wie Elianita, noch immer im Brautkleid, aber nun ohne Schleier, das Fest in Schwung hielt. Sie ruhte nicht eine Sekunde. Nach jedem Stück umringten sie zwanzig Burschen und warben um ihre Gunst, und mit rosigen Wangen und leuchtenden Augen wählte sie jedes Mal einen anderen und stürzte sich wieder ins Getümmel. Auf einmal stand sein Bruder Roberto neben ihm. Statt Cut trug er jetzt einen leichten braunen Anzug und war verschwitzt vom Tanzen.

»Ich kann es kaum glauben, dass sie Hochzeit feiert, Alberto«, sagte er und deutete auf Elianita.

»Sie sieht bezaubernd aus.« Dr. Quinteros lächelte. »Du hast dich nicht lumpen lassen, Roberto.«

»Für meine Tochter nur das Beste«, rief sein Bruder, und seine Stimme hatte einen traurigen Unterton.

»Wo werden sie die Flitterwochen verbringen?«, fragte der Arzt.

»In Brasilien und Europa. Das Hochzeitsgeschenk der Eltern vom Rotfuchs«, und amüsiert deutete er zur Bar. »Abreise ist morgen früh, aber wenn das so weitergeht, wird mein Schwiegersohn kaum dazu imstande sein.«

Eine Schar junger Leute hatte den Bräutigam umzingelt und stieß abwechselnd mit ihm an. Er war so rot wie noch nie, lachte unruhig und versuchte zu schummeln, indem er sich nur die Lippen benetzte, aber seine Freunde protestierten und forderten ihn auf, das Glas auszutrinken. Dr. Quinteros hielt nach Richard Ausschau, sah ihn aber weder an der Bar noch auf der Tanzfläche, auch nicht in dem Bereich des Gartens, der durch die Fenster zu überblicken war.

In dem Moment passierte es. Der Vals *Ídolo* war gerade zu Ende, die Paare schickten sich an zu applaudieren, die Musiker nahmen die Finger von den Gitarrensaiten und der Rotfuchs den zwanzigsten Trinkspruch entgegen, als die Braut auf einmal, wie um eine Mücke zu verscheuchen, die rechte Hand vor die Augen hob, wankte und, noch ehe ihr Tanzpartner sie halten konnte, zu Boden sank. Ihr Vater und Dr. Quinteros standen reglos da, vielleicht war sie ja nur ausgerutscht und stand gleich herzlich lachend wieder auf, doch bei dem plötzlichen Tumult im Salon – es wurde gerufen, geschubst, die Mutter schrie: »Mein Liebes, Eliana, Elianita!« – eilten auch sie zu Hilfe. Der Rotfuchs war bereits hingesprungen, hielt sie in den Armen und trug sie, begleitet von einer ganzen Gruppe, die Treppe hinauf, vorneweg Señora Margarita, die immer wieder sagte: »Hier entlang, in ihr Zimmer, langsam, ganz vorsichtig«, und nach einem Arzt verlangte, »ruf doch jemand einen Arzt!« Ein paar Angehörige – Onkel Fernando, ihre Cousine Chabuca, Don Marcelino – beruhigten die Freunde und sagten den Musikern, man solle weiterspielen. Dr. Quinteros sah, wie sein Bruder Roberto ihn vom oberen Treppenabsatz heraufwinkte: Mensch, Kerl, war er nicht Arzt? Worauf wartete er noch? Und in wenigen Sätzen sprang er zwischen den Leuten, die ihm freie Bahn machten, die Stufen hinauf.

Sie hatten Elianita in ihr Schlafzimmer getragen, ein Zimmer zum Garten hin und ganz in Rosa. Um das Bett, auf dem das noch kreidebleiche Mädchen langsam wieder zu Bewusstsein kam und blinzelte, standen Roberto, der Rotfuchs und Venancia, das Kindermädchen, während die Mutter an ihrer Seite saß und ihr mit einem alkoholgetränkten Taschentuch die Stirn tupfte. Der Rotfuchs hielt ihre Hand und blickte sie so verzückt wie verängstigt an.

»Erst einmal gehen alle hier raus und lassen mich mit der Braut allein«, bestimmte Dr. Quinteros und schlüpfte in seine Rolle. Und während er sie zur Tür brachte: »Keine Sorge, es ist bestimmt nichts Schlimmes. Und jetzt hinaus, ich muss sie untersuchen.«

Die Einzige, die sich weigerte, war die alte Venancia; Margarita musste sie fast hinausschleifen. Dr. Quinteros trat ans Bett und setzte sich neben Elianita, die ihn, verstört und beklommen, durch ihre langen schwarzen Wimpern ansah. Er gab ihr einen Kuss auf die Stirn, und während er die Temperatur maß, lächelte er: Es passierte schon nichts, es gab keinen Grund, sich zu ängstigen. Ihr Puls raste ein wenig, und sie atmete schwer. Der Arzt bemerkte, dass ihr Kleid die Brust einschnürte, und half ihr, es aufzuknöpfen.

»Da du dich sowieso umziehen musst, kannst du es auch gleich tun, mein Mädchen.«

Als er das viel zu eng geschnürte Mieder sah, begriff er sofort, aber er ließ sich nichts anmerken und stellte auch keine Fragen, die seiner Nichte verraten könnten, dass er Bescheid wusste. Beim Ausziehen war Elianita puterrot geworden, und jetzt war sie so verlegen, dass sie weder aufschaute noch einen Mucks von sich gab. Dr. Quinteros sagte ihr, es sei nicht nötig, die Unterwäsche auszuziehen, nur das Mieder, so könne sie nicht atmen. Und lächelnd – wobei er ihr mit scheinbar zerstreuter Miene versicherte, es sei das Natürlichste der Welt, wenn eine Braut an ihrem Hochzeitstag, bei all der Aufregung, den Strapazen und der Hektik vor dem großen Ereignis, zumal wenn sie dann auch noch so verrückt sei und stundenlang pausenlos tanze, in Ohnmacht falle –, lächelnd tastete er ihre Brüste und den Bauch ab (der, kaum befreit von der mächtigen Umklammerung des Mieders, buchstäblich hervorgesprungen war) und kam, mit der Gewissheit eines Fachmanns, durch dessen Hände Tausende von schwangeren Frauen gegangen waren, zu dem Schluss, dass sie bereits im vierten Monat sein musste. Er untersuchte ihre Pupillen, stellte ein paar dumme Fragen, um sie in die Irre zu führen, und riet ihr, noch ein paar Minuten auszuruhen, ehe sie weiterfeierte. Nur tanzen solle sie nicht mehr so viel.

»Du siehst, es war nur eine kleine Erschöpfung, meine liebe Nichte. Für alle Fälle werde ich dir etwas geben, was die Eindrücke dieses Tages ein wenig auffängt.«

Er strich ihr übers Haar, und um ihr Gelegenheit zu geben, sich wieder zu fassen, bevor ihre Eltern hereinkamen, stellte er ihr ein paar Fragen zur Hochzeitsreise. Sie antwortete mit matter Stimme. Eine solche Reise, sagte er, gehöre zum Schönsten, was ein Mensch erleben dürfe; er selbst könne sich bei all der Arbeit niemals die Zeit für eine so große Fahrt nehmen, schon fast drei Jahre sei er nicht mehr in London gewesen, seiner Lieblingsstadt. Und während er sprach, sah er, wie Elianita unauffällig das Mieder versteckte, sich einen Morgenrock überzog, ein Kleid und eine Bluse mit besticktem Kragen und bestickten Ärmelaufschlägen über den Stuhl hängte und ein Paar Schuhe bereitstellte, ehe sie sich wieder ins Bett legte und zudeckte. Er fragte sich, ob es nicht besser gewesen wäre, freiheraus mit seiner Nichte zu sprechen und ihr ein paar Ratschläge für die Reise zu geben. Aber nein, die Ärmste hätte nur noch mehr gelitten, es wäre ihr höchst unangenehm gewesen. Außerdem hatte sie bestimmt die ganze Zeit heimlich einen Arzt aufgesucht und wusste genau, was zu tun war. Wie auch immer, ein so enges Mieder zu tragen war jedenfalls riskant, sie hätte eine böse Überraschung erleben oder dem Kind Schaden zufügen können. Es berührte ihn, dass Elianita, diese Nichte, die in seiner Vorstellung nur das keuscheste Kind war, dass ausgerechnet sie schwanger war. Er ging auf die Tür zu, öffnete sie und beruhigte die Familie mit lauter Stimme, damit die Braut ihn hörte:

»Sie ist gesünder als wir alle zusammen, aber völlig erschöpft. Besorgt ihr das Beruhigungsmittel hier und lasst sie ein wenig ausruhen.«

Venancia war gleich ins Schlafzimmer gestürzt, und Dr. Quinteros sah aus den Augenwinkeln, wie die alte Frau Elianita streichelte. Auch die Eltern kamen herein, Antúnez schickte sich ebenfalls an, doch der Doktor nahm ihn diskret am Arm, ging mit ihm ins Badezimmer und schloss die Tür:

»Das war leichtsinnig, dass sie in ihrem Zustand den ganzen Nachmittag so herumtanzt, Rotfuchs«, sagte er im natürlichsten Ton der Welt, während er sich die Hände einseifte. »Sie hätte eine Fehlgeburt haben können. Sag ihr, sie soll kein Mieder tragen, erst recht nicht so eng. In welchem Monat ist sie? Im dritten, vierten?«

Im selben Moment schoss Dr. Quinteros, rasch und tödlich wie der Biss einer Kobra, ein Verdacht durch den Kopf. Und erschrocken, mit einem Gefühl, als hätte sich die Stille im Bad elektrisch aufgeladen, blickte er zum Spiegel. Der Rotfuchs hatte die Augen ungläubig aufgerissen und den Mund zu einer Grimasse verzerrt, die seinem Gesicht etwas Absurdes gab. Er war leichenblass.

»Dritten, vierten Monat?«, hörte er ihn schlucken. »Eine Fehlgeburt?«

Er spürte, wie sich der Boden unter seinen Füßen auftat. Was bist du nur für ein Esel, dachte er. Und mit der Wucht eines Blitzes fiel ihm ein, dass Elianitas Verlobung und Hochzeit die Sache von wenigen Wochen gewesen war. Er hatte den Blick von Antúnez gewandt, trocknete sich die Hände bewusst langsam, und sein Verstand suchte fiebrig nach irgendeiner Lüge, einer Ausrede, um den Jungen aus dieser Hölle zu reißen, in die er ihn gestoßen hatte. Aber er schaffte es nur, ihm etwas zu sagen, was auch bloß eine Dummheit war:

»Elianita soll nicht wissen, dass ich im Bilde bin. Ich habe ihr weisgemacht, ich hätte nichts gemerkt. Vor allem aber mach dir keine Sorgen. Es geht ihr gut.«

Er ging zur Tür und warf dem Jungen einen verstohlenen Blick zu. Der stand noch an derselben Stelle und starrte ins Leere, mit offenem Mund jetzt, das Gesicht schweißbedeckt. Dann hörte er, wie das Badezimmer von innen abgeschlossen wurde. Gleich wird er heulen, dachte Dr. Quinteros, wird mit dem Kopf gegen die Wand schlagen und sich an den Haaren reißen, wird mich verfluchen und noch mehr hassen als sie und – ja, wen? Langsam ging er die Treppe hinunter, mit einem fürchterlichen Gefühl von Schuld und voller Zweifel, wobei er den Leuten wie ein Automat immer wieder sagte, Elianita fehle nichts, sie komme gleich herunter. Er trat in den Garten, die frische Luft tat ihm gut. Dann ging er zur Bar, trank einen Whisky pur und beschloss, nach Hause zu gehen, ohne den Ausgang des Dramas abzuwarten, das er mit seiner Naivität, wenn auch in bester Absicht ausgelöst hatte. Ihm war danach zumute, sich ins Arbeitszimmer zurückzuziehen und, bequem in seinem schwarzen Ledersessel, in Mozarts Klängen zu versinken.

Vor dem Hauseingang sah er, in erbärmlichem Zustand auf dem Rasen sitzend, seinen Neffen Richard. Wie ein Buddha hatte er die Beine gekreuzt und lehnte mit dem Rücken am Gitter, der Anzug zerknautscht und fleckig, voller Gras und Staub. Aber es war sein Gesicht, das den Doktor aus der Erinnerung an Elianita und den Rotfuchs riss, und er blieb stehen: In seinen entzündeten Augen schienen der Alkohol und die Wut sich aufgeschaukelt zu haben, Speichelfädchen hingen ihm aus den Mundwinkeln, sein Ausdruck war so jämmerlich wie grotesk.

»Ist das denn die Möglichkeit, Richard«, sagte er, beugte sich zu ihm und versuchte ihn aufzurichten. »Deine Eltern dürfen dich so nicht sehen. Komm, wir gehen zu mir nach Hause, bis es vorbei ist. Ich hätte nie gedacht, dir einmal in einem solchen Zustand zu begegnen, Junge.«

Richard schaute ihn an, ohne ihn zu sehen, mit hängendem Kopf, aber er gehorchte und versuchte aufzustehen, doch die Beine spielten nicht mit. Der Doktor musste ihn an den Armen nehmen und hochziehen. Dann packte er ihn bei den Schultern, und sie gingen los. Richard schwankte wie eine Stoffpuppe und schien jeden Moment auf die Nase zu fallen. »Vielleicht bekommen wir ein Taxi«, sagte der Arzt, stellte sich an den Bordstein der Avenida Santa Cruz und hielt Richard untergehakt, »zu Fuß schaffst du es ja nicht mal bis zur Ecke, Junge.« Ein paar Taxis kamen vorbei, aber besetzt. Der Doktor hielt die Hand ausgestreckt. Das Warten, dazu die Erinnerung an Elianita und Antúnez und die Sorge um den Zustand seines Neffen machten ihn nervös, ausgerechnet ihn, wo er sonst die Ruhe in Person war. Da hörte er plötzlich aus dem leisen Gebrabbel, das aus Richards Mund drang, das Wort Revolver heraus. Er musste lächeln, machte gute Miene zum bösen Spiel und sagte wie zu sich selbst, als erwartete er nicht, dass Richard ihm zuhörte oder antwortete:

»Wozu denn ein Revolver, Junge?«

Die Antwort, die Richard gab, während er mit Killeraugen ins Leere schweifte, kam langsam, heiser, überdeutlich:

»Um den Rotfuchs umzubringen«, sagte er, jede Silbe mit eiskaltem Hass betonend. Er machte eine Pause, und mit brüchiger Stimme fügte er hinzu: »Oder mich.«

Er konnte jetzt nur noch stammeln, und Alberto de Quinteros verstand nicht mehr, was er sagte. Endlich hielt ein Taxi. Der Arzt schob Richard hinein, nannte dem Fahrer die Adresse, stieg ebenfalls ein. Als der Wagen anfuhr, brach Richard in Tränen aus. Er schaute zu dem Jungen hin, und der sank gegen ihn, legte den Kopf an seine Brust und schluchzte nur noch, der ganze Körper ein einziges nervöses Zittern. Der Doktor strich ihm über die Schulter, wuschelte ihm durchs Haar, wie er es eben bei Richards Schwester gemacht hatte, und mit einer Handbewegung, die bedeuten sollte: »Der Junge hat zu viel getrunken«, beruhigte er den Fahrer, der sie im Rückspiegel beobachtete. Und er zuckte nicht einmal mit der Wimper, noch flatterte ihm das Herz, als er aus dem unverständlichen Selbstgespräch seines Neffen, der nun zusammengesunken an seiner Brust lag und weinte und mit Tränen, Rotz und Speichel seinen blauen Anzug und die silbergraue Krawatte besudelte, zwei- oder dreimal jenen Satz heraushörte, der, so fürchterlich er war, auch schön klang, sogar rein: »Denn ich liebe sie wie ein Mann, alles andere ist mir egal, Onkel.« Als sie ankamen, übergab sich Richard unter heftigem Röhren im Garten, was den Foxterrier erschreckte und dem Hausdiener wie den Dienstmädchen zu tadelnden Blicken Anlass gab. Dr. Quinteros nahm Richard am Arm und führte ihn ins Gästezimmer. Er ließ ihn sich den Mund ausspülen, zog ihn aus, steckte ihn ins Bett, verabreichte ihm ein starkes Schlafmittel und blieb an seiner Seite, um ihn mit liebevollen Worten und Gesten zu besänftigen – auch wenn er wusste, dass der Junge nichts hörte und nichts sah –, bis er merkte, dass er den tiefen Schlaf der Jugend schlief.

Dann rief er in der Klinik an und sagte dem diensthabenden Arzt, dass er, außer im Katastrophenfall, erst morgen komme, schärfte dem Diener ein, dass er für niemanden zu sprechen sei, schenkte sich einen doppelten Whisky ein und zog sich in sein Musikzimmer zurück. Auf den Plattenteller legte er einen Stoß mit Stücken von Albinoni, Vivaldi und Scarlatti, denn ein paar venezianische Stunden, sagte er sich, barock und oberflächlich, waren gewiss das beste Mittel gegen die schweren Schatten auf seinem Gemüt, und versunken in der wohlig weichen Wärme seines Ledersessels, die schottische Meerschaumpfeife dampfend im Mund, schloss er die Augen und wartete darauf, dass die Musik ihr unfehlbares Wunder verrichtete. Dies war, dachte er, eine seltene Gelegenheit, die moralische Regel auf die Probe zu stellen, die er sich schon in seiner Jugend zu eigen gemacht hatte und wonach man die Menschen lieber verstehen als beurteilen sollte. Er war weder entsetzt noch empört, auch nicht allzu überrascht. Er spürte vielmehr eine tiefe Ergriffenheit, eine unerschütterliche Gewogenheit, in die sich Zärtlichkeit und Mitleid mischten, als er sich sagte, dass jetzt allerdings völlig klar war, warum ein so hübsches Mädchen beschlossen hatte, von heute auf morgen einen solchen Tölpel zu heiraten, und warum man den König des Wellenreitens, den prächtigsten Jungen des ganzen Viertels, noch nie verliebt gesehen hatte und warum er immer, ohne je aufzubegehren, mit lobenswerter Beflissenheit für seine jüngere Schwester den Anstandswauwau gegeben hatte. Und während er den Duft des Tabaks einsog und ihm das behagliche Feuer des Getränks über den Gaumen kroch, sagte er sich, dass er sich um Richard keine allzu großen Sorgen machen musste. Irgendwie würde er Roberto schon dazu bringen, den Jungen zum Studieren ins Ausland zu schicken, nach London zum Beispiel, eine Stadt, in der es so viel Neues und Anregendes zu entdecken gab, dass die Vergangenheit ins Vergessen geriet. Was ihn allein beunruhigte, was ihn vor Neugier schier zerfraß, war, was wohl aus den beiden anderen Personen der Geschichte würde. Und während die Musik ihn in ihren Rausch zog, wirbelte, immer schwächer und in immer größeren Abständen, ein Strudel von Fragen ohne Antwort durch seinen Kopf: Würde der Rotfuchs noch heute seine leichtfertige Ehefrau verlassen? Hatte er es vielleicht schon? Oder würde er schweigen und, als unerkanntes Zeichen seiner Gutherzigkeit oder Dummheit, bei dem betrügerischen Mädchen bleiben, um das er sich so bemüht hatte? Würde es zum Skandal kommen, oder legte sich ein verschämter Schleier aus Heuchelei und niedergetretenem Stolz für immer über diese Tragödie von San Isidro?

III

Wenige Tage nach dem Vorfall sah ich Pedro Camacho wieder. Es war morgens um halb acht, und nachdem ich die ersten Nachrichten zusammengestellt hatte, machte ich mich für einen Milchkaffee auf den Weg ins Bransa und kam gerade an der Pförtnerloge von Radio Central vorbei, als ich meine Remington erkannte. Ich hörte sie in Betrieb, hörte, wie ihre schweren Tasten die Typen gegen die Walze schlugen, aber ich sah niemanden hinter der Maschine. Ich steckte den Kopf durchs Fenster, und es war Pedro Camacho. Man hatte ihm in dem Kabäuschen des Pförtners ein Büro eingerichtet. In dem niedrigen kleinen Raum, wo die Feuchtigkeit der Jahre und die Schmierereien die Wände völlig ruiniert hatten, stand jetzt ein Schreibtisch, leicht einsturzgefährdet, aber ebenso wuchtig wie die Maschine, die auf der Platte donnerte. Das Möbel und die Remington waren von solchen Ausmaßen, dass sie die kleine Gestalt Pedro Camachos buchstäblich verschluckten. Er hatte sich ein paar Kissen auf den Stuhl gelegt, aber noch immer reichte sein Kopf nicht über die Tasten hinaus, so dass er mit den Händen auf Höhe der Augen schrieb und den Eindruck erweckte, er würde boxen. Er war vollkommen konzentriert und bemerkte mich nicht, obwohl ich mich gleich neben ihm befand. Die weit aufgerissenen Augen hatte er aufs Blatt geheftet, tippte mit zwei Fingern, biss sich auf die Zunge. Er trug denselben schwarzen Anzug wie am ersten Tag, weder Jacke noch Fliege hatte er abgelegt, und als ich ihn so sah, selbstvergessen und geschäftig, mit seinem langen Haar und der Kledage eines Dichters des neunzehnten Jahrhunderts, steif und ernst vor diesem Schreibtisch und dieser Schreibmaschine, die für ihn viel zu groß waren, in diesem Loch, das für alle drei viel zu klein war, da empfand ich so etwas wie Bedauern und Belustigung in einem.

»So früh schon auf den Beinen, Señor Camacho«, begrüßte ich ihn und schob mich halb durchs Fenster.

Ohne den Blick vom Blatt zu wenden, deutete er mit einer gebieterischen Kopfbewegung an, ich solle schweigen oder warten, oder beides. Ich entschied mich für Letzteres, und während er seinen Satz beendete, sah ich, dass der Tisch mit beschriebenen Blättern bedeckt war; auf dem Boden lagen ein paar zerknüllte Bögen, die er mangels Papierkorb dort hingeworfen hatte. Kurz darauf nahm er die Hände von der Tastatur, sah mich an, stand auf, streckte mir seine feierliche Rechte entgegen und erwiderte meinen Gruß mit einer Sentenz:

»Die Kunst kennt keine Uhrzeit. Einen guten Tag, mein Freund.«

Ich fragte erst gar nicht, ob er in diesem Kabuff unter Klaustrophobie litt, bestimmt hätte er mir geantwortet, das Unbequeme sei der Kunst förderlich. Ich lud ihn vielmehr zu einem Kaffee ein. Er konsultierte ein prähistorisches Artefakt, das um sein dürres Handgelenk schlotterte, und murmelte: »Nach eineinhalb Stunden Produktion habe ich eine kleine Stärkung verdient.« Auf dem Weg ins Bransa fragte ich ihn, ob er immer so früh mit der Arbeit beginne, und er erwiderte, im Unterschied zu anderen *Schöpfern* verhalte sich bei ihm die Inspiration proportional zum Tageslicht.

»Sie erwacht mit der Sonne, und mit ihr wärmt sie sich auf«, erklärte er in seinem Singsang, während ein verschlafener Bursche um uns herum die Sägespäne mit den Kippen und sonstigen Abfällen des Bransa aufkehrte. »Mit dem ersten Tageslicht beginne ich zu schreiben. Am Mittag ist mein Gehirn eine Fackel. Danach verliert es an Feuer, und am späten Nachmittag höre ich auf, weil nur noch die Glut glimmt. Aber das bekümmert mich nicht, denn am Abend und in der

Nacht ist der Schauspieler am leistungsfähigsten. Ich habe ein ausgewogenes System.«

Er sprach viel zu ernst und schien kaum zu bemerken, dass ich noch da war; er war einer dieser Menschen, die Gesprächspartner nicht dulden, nur Zuhörer. Wie beim ersten Mal verwunderte mich seine völlige Humorlosigkeit, trotz des puppenhaften Grinsens – die Lippen hochgezogen, die Stirn gekräuselt, die Zähne gebleckt –, mit dem er seinen Monolog garnierte. Er sagte alles äußerst feierlich, und es war offensichtlich, dass er selber, was er sagte, Wort für Wort glaubte, er war der affektierteste und zugleich aufrichtigste Mensch der Welt. Ich versuchte ihn von den künstlerischen Höhen seines Vortrags auf das mediokre Terrain der praktischen Dinge herunterzuholen und fragte, ob er schon eine Wohnung habe, Freunde hier, wie es ihm in Lima gehe. Dergleichen irdische Themen interessierten ihn nicht die Bohne. Mit einem Anflug von Ungeduld antwortete er, er habe sich ein Atelier besorgt, nicht weit von Radio Central, am Jirón Quilca, und er fühle sich überall wohl, oder war des Künstlers Heimat nicht die ganze Welt? Statt eines Kaffees bestellte er einen Tee mit Minze und Zitronenkraut, der, wie er mich belehrte, nicht nur dem Gaumen schmeichle, sondern auch ein »Tonikum für den Geist« sei. Er schlürfte ihn in kurzen, bemessenen Schlucken, als zählte er die Sekunden ab, ehe er die Tasse an den Mund hob, und kaum hatte er ausgetrunken, stand er auf, beharrte darauf, für sich selbst zu bezahlen, und bat mich, ihn beim Kauf eines Stadtplans mit allen Vierteln und Straßen von Lima zu begleiten. Wir fanden das Gewünschte bei einem fliegenden Händler auf dem Jirón de la Unión. Er hielt den ausgefalteten Plan gegen den Himmel und nahm zufrieden die Farben zur Kenntnis, welche die Bezirke markierten. Er verlangte eine Quittung über die zwanzig Sol, die der Plan kostete.

»Ein Arbeitsmittel, die Krämer werden es mir erstatten«, verfügte er, als wir uns auf den Rückweg machten. Sein Gang war ebenfalls originell: hurtig und nervös, als fürchtete er, den Zug zu verpassen. Als wir uns am Eingang von Radio Central verabschiedeten, deutete er auf sein beengtes Büro, als wollte er mir einen Palast vorführen:

»Es liegt praktisch auf der Straße«, sagte er, zufrieden mit sich und der Welt. »Als würde ich auf dem Bürgersteig arbeiten.«

»Lenken die Menschen und die Autos Sie nicht ab mit ihrem Lärm?«, fragte ich vorsichtig nach.

»Im Gegenteil«, beruhigte er mich, glücklich darüber, mich mit einem abschließenden Diktum zu beschenken: »Ich schreibe über das Leben, und meine Werke verlangen nach Wirklichkeit.«

Ich wollte gerade gehen, als mich sein Zeigefinger zurückrief. Er wies auf den Stadtplan und bat raunend, ich möge ihm, später am Tag oder morgen, mit einigen Angaben aushelfen. Ich sagte, mit dem größten Vergnügen.

Als ich wieder in meine Dachbude bei Panamericana kam, war Pascual mit den Neun-Uhr-Nachrichten schon fertig. Sie begannen mit einer jener Meldungen, wie er sie schätzte. Er hatte sie aus *La Crónica* abgeschrieben und mit Vokabular aus seinem bunten Repertoire geschmückt: »Im sturmgepeitschten karibischen Meer versank in der letzten Nacht der panamaische Frachter Shark. Alle acht Besatzungsmitglieder kamen ums Leben, ertrunken oder zerkaut von Haien, die jenes besagte Meer heimsuchen.« Ich ersetzte »zerkaut« durch »gefressen« und strich »sturmgepeitscht« und »besagt«, bevor ich sie genehmigte. Er war nicht böse, denn das war Pascual nie, aber er gab seinen Einspruch zu Protokoll:

»Dieser Don Mario, immer verhunzt er mir meinen Stil.«

Die ganze Woche hatte ich versucht, eine Erzählung zu schreiben, ausgehend von einer Geschichte, die einmal mein Onkel Pedro erzählte, Arzt auf einer Hazienda in Ancash. Ein Bauer hatte eines Nachts einen anderen erschrecken wollen und ihm als *Pishtaco* (Teufel) verkleidet mitten in einem

Zuckerrohrfeld aufgelauert. Das Opfer des Scherzes war so erschrocken gewesen, dass der Mann mit der Machete zuschlug und den Pishtaco mit gespaltenem Schädel ins Jenseits beförderte. Danach floh er in die Berge. Einige Zeit später hatte eine Gruppe von Bauern, die von einem Fest kamen, einen Pishtaco erwischt, der sich zwischen den Häusern herumtrieb, und ihn totgeprügelt. Wie sich herausstellte, war der Tote der Mörder des ersten Pishtacos, und die Teufelsmaske hatte er sich aufgesetzt, um nachts seine Familie zu besuchen. Die Mörder waren nun ihrerseits in die Berge geflohen und kamen nachts als Pishtacos verkleidet in die Dörfer, wo zwei von ihnen bereits mit Machetenhieben umgebracht worden waren, getötet von panischen Bauern, die nun ihrerseits et cetera. Was ich erzählen wollte, war weniger, was auf der Hazienda meines Onkels geschehen war, als vielmehr das Ende, das ich mir ausgedacht hatte: dass sich irgendwann, quicklebendig, unter all die unechten Pishtacos der Leibhaftige mischt. Ich wollte die Erzählung *Der qualitative Sprung* nennen, und sie sollte kühl, intellektuell, knapp und ironisch sein wie eine Erzählung von Borges, den ich in diesen Tagen entdeckt hatte. Jede freie Minute, die ich fand, in der Redaktion von Panamericana, in der Universität oder beim Kaffee im Bransa, saß ich an der Erzählung, ich schrieb auch, wenn ich mittags und abends bei meinen Großeltern zu Hause war. In dieser Woche aß ich bei keinem meiner Onkel, ließ die üblichen Besuche bei den Cousinen aus und ging auch nicht ins Kino. Ich schrieb und zerriss es, besser gesagt, kaum hatte ich einen Satz geschrieben, fand ich ihn fürchterlich und fing von vorne an. Ich war überzeugt, dass eine unschöne Schrift oder ein Rechtschreibfehler kein Zufall waren, sondern ein Appell, ein Warnhinweis (des Unterbewusstseins, von Gott oder jemand anderem), dass der Satz nichts taugte und umgeschrieben werden musste. Pascual maulte: »Himmel, wenn die Genaros diese Papierverschwendung sehen, ziehen sie es uns vom Gehalt ab.« Schließlich, es war Donnerstag, glaubte ich, die Erzählung sei fertig: ein Monolog von fünf Seiten, und am Ende stellt sich heraus, dass der Erzähler selbst der Teufel ist. Nach dem Mittagsmagazin las ich Javier in unserer Dachbude *Der qualitative Sprung* vor.

»Ausgezeichnet, Bruder«, urteilte Javier und applaudierte. »Aber kann man heute noch über den Teufel schreiben? Warum nicht eine realistische Geschichte? Warum nicht den Teufel streichen, und das alles spielt sich unter den unechten Pishtacos ab? Oder von mir aus eine phantastische Erzählung, mit so vielen Gespenstern, wie du willst. Aber ohne Teufel, bloß keinen Teufel, das riecht nach Religion, nach frommer Soße, nach Mottenkiste.«

Als er draußen war, zerriss ich den *Qualitativen Sprung*, warf die Schnipsel in den Papierkorb, beschloss die Pishtacos zu vergessen und ging zum Mittagessen zu Onkel Lucho. Dort erfuhr ich, dass so etwas wie eine Romanze aufgekeimt war zwischen der Bolivianerin und einem Mann, den ich nur vom Hörensagen kannte: dem Gutsbesitzer und Senator Adolfo Salcedo aus Arequipa, mit unserem Familienclan um drei Ecken verschwägert.

»Der Vorteil ist, dass der Bewerber Geld und Status hat und dass er es mit Julia ehrlich meint«, bemerkte Tante Olga. »Er hat ihr einen Heiratsantrag gemacht.«

»Der Nachteil ist, dass Don Adolfo schon fünfzig ist und dieser ungeheuerlichen Anschuldigung bisher nicht widersprochen hat«, entgegnete Onkel Lucho. »Wenn deine Schwester ihn heiratet, muss sie keusch bleiben oder zur Seite springen.«

»Die Geschichte mit Carlota ist doch typischer Schmäh aus Arequipa«, widersprach Tante Olga. »Adolfo strahlt aus, was einen ganzen Mann ausmacht.«

Die *Geschichte* vom Senator und Doña Carlota kannte ich gut, sie war Thema einer anderen Erzählung gewesen, die Javiers Lob auf den Müll beförderte. Ihre Ehe hatte im Süden der Republik Wellen geschlagen, denn alle beide, Don

Adolfo und Doña Carlota, besaßen Ländereien in Puno, und ihre Verbindung hatte nachhaltige Folgen für das Latifundienwesen. Es war eine Hochzeit im großen Stil gewesen, die Trauung fand in der wunderschönen Kirche von Yanahura statt, mit Gästen aus ganz Peru und einem Bankett, dass sich die Tische bogen. Nach zwei Wochen Hochzeitsreise hatte die Braut ihren Mann an irgendeinem Zipfel der Welt sitzenlassen und war mutterseelenallein nach Arequipa zurückgekehrt, wo sie zur allgemeinen Bestürzung verkündete, sie werde Rom bitten, die Ehe für nichtig zu erklären. Adolfo Salcedos Mutter traf Doña Carlota eines Sonntags nach der Elfuhrmesse, und noch auf dem Vorhof der Kathedrale fuhr sie sie wütend an:

»Warum hast du meinen armen Sohn verlassen, du falsches Luder!«

Und mit pompöser Geste hatte die Großgrundbesitzerin von Puno lauthals, damit alle es hörten, geantwortet:

»Weil Ihr Sohn mit dem, was die Herren der Schöpfung haben, nur pinkeln kann, gnädige Frau.«

Sie hatte es geschafft, die kirchliche Trauung annullieren zu lassen, und fortan war Adolfo Salcedo bei Familienzusammenkünften ein unerschöpflicher Quell der Heiterkeit. Seit er Tante Julia kennengelernt hatte, bestürmte er sie mit Einladungen ins Grill Bolívar und ins 91, schenkte ihr Parfums und überhäufte sie mit Rosenkörben. Ich war froh über die Nachricht von der Romanze und freute mich auf Tante Julias Auftritt, so konnte ich die ein oder andere bissige Bemerkung über ihren aktuellen Bewerber anbringen. Aber sie drehte mir eine Nase, denn sie selbst war es, die, als sie zum Kaffee ins Esszimmer kam – in den Armen einen Berg von Paketen –, unter Gelächter verkündete:

»Die Gerüchte stimmen. Der Hengst schnaubt nicht.«

»Julia, um Himmels willen, wie benimmst du dich«, protestierte Tante Olga. »Man könnte meinen …«

»Der Herr Senator hat es mir selber erzählt, heute Morgen«, erklärte Tante Julia, glücklich über die Tragödie des Großgrundbesitzers.

Bis zum Alter von fünfundzwanzig Jahren war er völlig normal gewesen. Dann, während eines unseligen Urlaubs in den USA, passierte das Missgeschick. In Chicago, San Francisco oder Miami – Tante Julia wusste es nicht mehr – hatte der junge Adolfo in einem Nachtclub eine Dame erobert (glaubte er), die ihn in ein Hotel mitnahm, und er war gerade mitten in Aktion, als er im Rücken die Spitze eines Messers spürte. Er drehte sich um und sah einen Einäugigen, zwei Meter groß. Sie taten ihm nichts, schlugen ihn nicht, sie raubten ihm nur die Uhr, ein Medaillon, seine Dollars. So fing es an. Nie wieder. Seit damals, kaum dass er mit einer Dame zusammen war und in Aktion treten wollte, spürte er die kalte Klinge an der Wirbelsäule, sah das lädierte Gesicht des Einäugigen, schwitzte, und alle Lust verging. Er hatte reihenweise Ärzte aufgesucht, Psychologen, selbst einen Wunderheiler aus Arequipa, der ihn hieß, sich in Vollmondnächten am Fuße der Vulkane lebendig zu begraben.

»Sei nicht so garstig, du machst dich nur lustig, der arme Kerl«, Tante Olga bebte vor Lachen.

»Wenn ich sicher wüsste, dass es immer so bleibt, ich würde ihn heiraten, des Geldes wegen«, sagte Tante Julia, ohne mit der Wimper zu zucken. »Aber was, wenn ich ihn kuriere? Kannst du dir den alten Knacker vorstellen, wie er versucht, die verlorene Zeit mit mir nachzuholen?«

Ich musste daran denken, wie glücklich Pascual über das Abenteuer des Senators aus Arequipa gewesen wäre, wie begeistert er ihm eine ganze Nachrichtensendung gewidmet hätte. Onkel Lucho wies Tante Julia darauf hin, dass sie, wenn sie so anspruchsvoll sei, nie und nimmer einen peruanischen Ehemann finden würde; worauf die sich beklagte, dass hier wie in Bolivien die gutaussehenden Männer arm und die reichen hässlich seien, und wenn mal ein gutaussehender Reicher auftauche, sei er garantiert verheiratet. Plötzlich sah sie mich an und fragte, ob ich mich die ganze Woche nicht hätte blicken lassen, weil ich Angst hätte, sie würde mich wieder ins Kino schleifen. Ich sagte nein, erzählte von irgendwelchen Prüfungen und schlug vor, dass wir am selben Abend gingen.

»Prima, dann ins Leuro«, bestimmte sie. »Da läuft ein Film, da bleibt kein Taschentuch trocken.«

Im Sammeltaxi, auf dem Rückweg zu Radio Panamericana, ging mir die Idee durch den Kopf, noch einmal eine Erzählung mit der Geschichte von Adolfo Salcedo zu versuchen; etwas Leichtes, Heiteres, à la Somerset Maugham, oder mit spitzer Erotik wie bei Maupassant. Im Sender sah ich, wie Nelly, die Sekretärin von Genaro junior, allein an ihrem Schreibtisch saß und lachte. Wo war der Witz?

»Bei Radio Central haben sich Pedro Camacho und Genaro senior in die Haare gekriegt«, erzählte sie. »Der Bolivianer will keine argentinischen Sprecher bei den Hörspielen, sonst geht er. Er hat Luciano Pando und Josefina Sánchez auf seine Seite gezogen und sich durchgesetzt. Die Verträge werden wieder aufgelöst, gut, nicht?«

Es gab eine erbarmungslose Konkurrenz zwischen den einheimischen Ansagern, Moderatoren und Darstellern und den argentinischen – sie kamen in hellen Scharen nach Peru, viele aus politischen Gründen –, und ich dachte mir, der bolivianische Schreibkünstler hätte diesen Schachzug unternommen, um die Sympathie seiner peruanischen Arbeitskollegen zu gewinnen. Aber nein, zu einem solch berechnenden Vorgehen war er, wie ich bald feststellte, gar nicht in der Lage. Sein Hass auf die Argentinier im Allgemeinen und auf die argentinischen Sprecherinnen und Sprecher im Besonderen schien davon unbeeinflusst. Nach den Sieben-Uhr-Nachrichten ging ich zu ihm, ich wollte ihm sagen, dass ich gerade Zeit hätte und ihm mit den benötigten Angaben aushelfen könne. Er bat mich in sein Kabäuschen, und mit großzügiger Geste bot er mir die einzig mögliche Sitzgelegenheit an, die es außer seinem Stuhl gab: eine Ecke des Tisches, der ihm als Schreibtisch diente. Noch immer trug er Jackett und Fliege, die beschriebenen Bögen hatte er sorgfältig neben der Remington gestapelt. Der Stadtplan von Lima nahm, mit Reißzwecken befestigt, einen Teil der Wand ein. Weitere Farben waren darauf zu erkennen, ein paar seltsame, mit Rotstift gezeichnete Linien und diverse Buchstabenkombinationen in jedem Stadtteil. Ich fragte ihn, was diese Zeichen und Buchstaben zu bedeuten hätten.

Pedro Camacho nickte und zeigte dabei sein kleines mechanisches Lächeln, in dem stets eine tiefe Befriedigung wie auch etwas Wohlwollendes lag. Nachdem er auf seinem Stuhl Platz genommen hatte, hob er an:

»Ich schreibe über das Leben. Meine Werke halten sich an die Wirklichkeit wie die Rebe an den Stock. Dafür brauche ich Sie. Ich muss wissen, ob die Welt so ist oder nicht.«

Dabei zeigte er auf den Stadtplan, und ich beugte mich vor und versuchte herauszufinden, was er mir sagen wollte. Die Abkürzungen blieben rätselhaft, sie deuteten auf keine erkennbare Institution oder Person. Eindeutig war lediglich, dass er die ungleichen Stadtteile Miraflores und San Isidro, La Victoria und Callao rot eingekreist hatte. Ich sagte ihm, ich würde gar nichts verstehen, er möge es mir erklären.

»Das ist sehr einfach«, erwiderte er, ungeduldig und im pastoralen Ton. »Das Wichtigste ist die Wahrheit, sie ist immer Kunst; die Lüge aber ist es nicht, oder nur sehr selten. Ich muss wissen, ob Lima so ist, wie ich es auf dem Plan markiert habe. Gehören zu San Isidro zum Beispiel die beiden A? Ist es ein Stadtteil des Alten Adels, der Auskömmlichen Aristokratie?«

Er betonte die Anfangs-A besonders, als wollte er sagen, nur Blinde sehen das Licht der Sonne nicht. Er hatte Limas Stadtviertel nach ihrer gesellschaftlichen Bedeutung eingeteilt. Etwas sonderbar war jedoch die Art der Bezeichnung und auf welche Weise er sie katalogisierte. In einigen Fällen traf er den Nagel auf den Kopf, in anderen war es völlige

Willkür. So räumte ich ein, dass die Abkürzung MSH (Mittelklasse Selbständige Hausfrauen) auf Jesús María zutreffe, allerdings wies ich ihn darauf hin, dass es sicher nicht gerechtfertigt sei, La Victoria und El Porvenir mit diesem fürchterlichen ASSH abzustempeln (Asoziale Schwule Spitzbuben Hetären), und äußerst fragwürdig auch, Callao auf MFM zu verkürzen (Matrosen Fischer Zambos) oder die Altstadt und El Augustino auf MALI (Mägde Arbeiter Landvolk Indios).

»Es handelt sich nicht um eine wissenschaftliche Klassifizierung, sondern eine künstlerische«, klärte er mich auf und schwang seine Pygmäenhändchen, als zeigte er einen Zaubertrick. »Ich interessiere mich nicht für *alle* Leute, die einen Stadtteil bewohnen, sondern für die auffälligsten, die einem Ort seinen Duft und seine Farbe geben. Wenn eine Person Gynäkologe ist, muss sie an einem Ort leben, der ihr zukommt, und genauso ein Polizeisergeant.«

Er unterzog mich einem ausführlichen und amüsanten Verhör zur menschlichen Topographie der Stadt (amüsant für mich, denn er wahrte seine Bestattermiene), und was ihn am meisten interessierte, betraf die Extreme: Millionäre und Bettler, Weiße und Schwarze, Heilige und Verbrecher. Je nach meiner Antwort ergänzte, änderte oder tilgte er Abkürzungen auf dem Plan, das alles mit einem Federstrich und ohne eine Sekunde zu zögern, woraus ich schloss, dass er dieses originelle taxonomische System schon seit langem anwandte. Aber warum hatte er lediglich Miraflores, San Isidro, La Victoria und Callao markiert?

»Weil sie zweifelsohne die wichtigsten Schauplätze sein werden«, sagte er und ließ seine Glubschaugen mit napoleonischer Selbstgewissheit über die vier Bezirke schweifen. »Ich bin kein Mann der Halbheiten, der trüben Wasser, des Blümchenkaffees. Ich mag Ja oder Nein, männliche Männer und weibliche Frauen, Tag oder Nacht. In meinen Werken gibt es immer Aristokraten oder Plebs, Prostituierte oder Madonnen. Das laue Dazwischen inspiriert weder mich noch mein Publikum.«

»Sie ähneln den Schriftstellern der Romantik«, fiel mir unpassenderweise ein.

»Wenn, dann ähneln sie mir«, rief er gekränkt und fuhr auf seinem Stuhl hoch. »Noch nie habe ich ein Werk plagiiert. Alles mag man mir vorwerfen, aber nicht eine solche Niedertracht. Mich dagegen hat man auf die ruchloseste Art geplündert.«

Ich wollte ihm sagen, dass ich mit meiner Bemerkung zu den Romantikern keineswegs im Sinn gehabt hätte, ihn zu beleidigen, es sei nur ein Scherz gewesen, aber er hörte gar nicht zu, denn auf einmal war er nur noch unglaublich wütend, und wild gestikulierend, als befände er sich vor einem erwartungsvollen Auditorium, polterte er mit seiner großartigen Stimme:

»Ganz Argentinien ist überschwemmt von meinen Werken, und die Schreiberlinge vom Río de la Plata haben sie verdorben. Sind Sie jemals einem Argentinier begegnet? Wenn Sie einen sehen, wechseln Sie die Straßenseite, denn das argentinische Wesen ist ansteckend wie die Masern.«

Er war bleich geworden, seine Nase zitterte. Er presste die Zähne zusammen und zog ein angewidertes Gesicht. Mich verwirrte diese neue Seite seiner Persönlichkeit, und ich stammelte etwas Unbestimmtes und Allgemeines, wie bedauerlich es sei, dass es in Lateinamerika kein Urheberrechtsgesetz gebe, dass geistiges Eigentum keinen Schutz genieße. Wieder war ich ins Fettnäpfchen getreten.

»Darum geht es nicht, es ist mir egal, wenn jemand bei mir abschreibt«, erwiderte er, nun noch wütender. »Wir Künstler arbeiten nicht für den Ruhm, sondern aus Liebe zum Menschen. Was wünschte ich mehr, als dass mein Werk in die Welt hinausgeht, und sei es unter anderem Namen. Unverzeihlich aber ist, dass diese Kakographen vom La Plata meine Skripte entstellen, dass sie ihr Luderwesen mit ihnen treiben. Wissen Sie, was sie mit ihnen machen? Abgesehen davon, dass sie natürlich die Titel und die Namen der Personen ändern. Sie würzen sie immer mit einem Schuss argentinischer Essenz …«

»Mit Arroganz«, warf ich ein, und ich war mir sicher, dass ich diesmal den Nagel auf den Kopf getroffen hatte, »mit Kitsch.«

Er schüttelte verächtlich den Kopf, und mit trauriger Feierlichkeit und langsamer, hohler Stimme, die in dem Kabuff widerhallte, sprach er die beiden einzigen derben Wörter, die ich je aus seinem Mund hörte:

»Mit Dummscheiß und Schwulendreck.«

Ich hätte ihm gerne auf den Zahn gefühlt, hätte gerne gewusst, warum sein Hass auf die Argentinier größer war als auf andere Menschen, aber er war so außer sich, dass ich mich nicht traute. Er zog eine bittere Miene und wischte sich über die Augen, als wollte er ein Gespenst verscheuchen. Dann schloss er wie beleidigt die Fenster des Kabuffs, schob die Walze der Remington zurück und deckte sie ab, rückte seine Fliege gerade, nahm aus seinem Schreibtisch ein dickes Buch, das er sich unter die Achsel klemmte, und bedeutete mir mit einem Wink, dass wir nun gingen. Er löschte das Licht, und als wir draußen waren, schloss er seine Höhle ab. Ich fragte ihn, was für ein Buch dies sei. Zärtlich strich er über den Rücken, eine Liebkosung, die genauso einer Katze hätte gelten können.

»Ein alter Gefährte im Abenteuer«, murmelte er ergriffen und reichte es mir. »Ein treuer Freund und guter Gehilfe bei der Arbeit.«

Das Buch, vor Urzeiten bei Espasa Calpe erschienen – der schwere Einband versammelte alle Flecken und Kratzer der Welt, die Seiten waren vergilbt –, stammte von einem so unbekannten wie hochtrabenden Akademiker (Adalberto Castejón de la Reguera, examiniert an der Universität Murcia in Klassischer Philologie, Grammatik und Rhetorik), und der

Titel holte weit aus: *Zehntausend literarische Zitate der hundert besten Schriftsteller der Welt.* Dazu gab es einen Untertitel: *Was Cervantes, Shakespeare, Molière etc. uns zu sagen haben über Gott, das Leben, den Tod, die Liebe, das Leid etc. etc.*

Wir waren bereits in der Calle Belén. Als ich ihm die Hand gab, warf ich einen Blick auf die Uhr. Ich bekam einen Riesenschreck: Es war schon zehn. Mir war, als wäre ich nur eine halbe Stunde mit dem Künstler zusammen gewesen, und in Wirklichkeit hatten sich Stadtklatsch und Stadtkunde, dazu die Verwünschungen der Argentinier über drei Stunden hingezogen. Ich lief zum Sender und war mir sicher, dass Pascual die fünfzehn Minuten des Abendmagazins irgendeinem Pyromanen in der Türkei oder einem Kindsmord in El Porvenir gewidmet hatte. Aber allzu schlimm konnte es nicht gewesen sein, denn im Aufzug traf ich die beiden Genaros, und sie schienen nicht erbost zu sein. Sie erzählten mir, am Nachmittag hätten sie Lucho Gatica verpflichtet, für eine Woche nach Lima zu kommen, exklusiv für Radio Panamericana. In meiner Dachbude sah ich die Nachrichten durch, sie waren passabel. In aller Ruhe ging ich zur Plaza San Martín und nahm das Sammeltaxi nach Miraflores.

Um elf war ich schließlich bei meinen Großeltern; sie schliefen schon. Das Essen stellten sie immer in den Ofen, aber diesmal fand ich außer dem Teller mit Paniertem, Reis und Spiegelei – meinem beständigen Menü – noch eine Nachricht, geschrieben in zittriger Schrift: »Onkel Lucho hat angerufen. Du hast Julita sitzenlassen, Ihr wolltet ins Kino gehen. Ein Lümmel bist Du und sollst sie anrufen und Dich entschuldigen. Großvater.«

Das war zu viel, klar, erst die Nachrichten vergessen und dann eine Verabredung mit einer Dame, und alles wegen dieses bolivianischen Künstlers. Peinlich berührt und mit einer Hundelaune ob meines versehentlich unhöflichen Benehmens ging ich ins Bett. Bevor ich einschlief, wälzte ich mich herum und versuchte mir einzureden, es sei ihre Schuld, sie hatte mir die Kinobesuche aufgenötigt, diese schrecklichen Schinken, und ich überlegte mir eine Entschuldigung für meinen Anruf am nächsten Tag. Mir fiel nichts Plausibles ein, und die Wahrheit zu sagen traute ich mich nicht. Eine heroische Tat war es dann immerhin: Nach den Acht-Uhr-Nachrichten ging ich in einen Blumenladen im Zentrum und schickte ihr einen Strauß Rosen, der mich hundert Sol kostete, dazu eine Karte, auf die ich nach langem Zögern schrieb, was mir ein Wunder an Lakonie und Eleganz erschien: »Untertänigste Entschuldigung.«

Zwischen den Nachmittagsmeldungen machte ich ein paar Entwürfe für meine schelmenhaft-erotische Erzählung über die Tragödie des Senators aus Arequipa. Am Abend wollte ich kräftig daran arbeiten, aber nach dem Magazin um neun kam Javier vorbei und nahm mich mit zu einer spiritistischen Sitzung in Barrios Altos. Das Medium war ein kleiner Angestellter, den er bei der Zentralbank kennengelernt hatte. Javier hatte viel von ihm gesprochen, denn er erzählte ihm immer von seinen Missgeschicken mit den Seelen, die sich nicht nur mit ihm in Verbindung setzten, wenn er sie bei einer offiziellen Séance rief, sondern aus freien Stücken, wenn er am wenigsten damit rechnete. Sie trieben ihre Späße mit ihm, ließen etwa in der Frühe das Telefon klingeln, und wenn er dann den Hörer abnahm, hörte er am anderen Ende der Leitung das unverwechselbare Gelächter seiner Urgroßmutter, verstorben vor einem halben Jahrhundert und seither mit Wohnsitz (hatte sie selbst ihm gesagt) im Fegefeuer. Sie erschienen ihm im Bus, im Sammeltaxi, wenn er zu Fuß ging. Sie raunten ihm ins Ohr, und er musste wohl oder übel stumm bleiben und ungerührt tun (»sie brüskieren« nannte er es offenbar), damit die Leute ihn nicht für verrückt hielten. Ich war fasziniert gewesen und hatte Javier gebeten, eine Séance mit dem Bankmedium zu organisieren. Der hatte zugesagt, uns aber wochenlang mit Hinweis auf die klimatischen Gegebenheiten vertröstet. Es sei unerlässlich, bestimmte Mondphasen abzuwarten, den Wechsel der Gezeiten und noch speziellere Faktoren, da die Seelen, wie es schien, empfindlich auf Feuchtigkeit, die Stellung der Gestirne und Wind reagierten. Endlich war der Tag gekommen.

Es war ein mühsames Unterfangen, die Behausung des Bankmediums ausfindig zu machen, ein schäbiges Loch am Ende einer engen Wohnpassage am Jirón Cangallo. Der Herr war in Wirklichkeit sehr viel weniger interessant als in Javiers Erzählungen. Um die sechzig, Junggeselle, mit spärlichem Haupthaar und dem ätherischen Duft eines Einreibemittels, glotzte er wie eine Kuh und war im Gespräch so unverdrossen banal, dass niemand auf ein inniges Verhältnis mit Geistern geschlossen hätte. Er empfing uns in einem schmuddeligen Zimmerchen, wo alles schon aus dem Leim ging, und bot uns ein paar Cracker mit aufgetupftem Frischkäse und eine Miniflasche Pisco an. Bis Mitternacht erzählte er uns mit unverdächtiger Miene von seinen Erfahrungen mit dem Jenseits. Begonnen hatte es, als er vor zwanzig Jahren Witwer wurde. Der Tod seiner Frau hatte ihn in eine unendliche Traurigkeit gestürzt, bis eines Tages ein Freund ihm den rettenden Weg des Spiritismus wies. Es war das Wichtigste, was ihm in seinem Leben passiert war:

»Nicht nur, weil man da die Gelegenheit hat, seine Lieben mal wieder zu hören und zu sehen«, sagte er, in einem Tonfall, als berichtete er von einer Taufe, »sondern weil es so unterhaltsam ist. Die Stunden vergehen wie im Fluge.«

Wenn man ihn hörte, konnte man meinen, mit den Toten zu sprechen sei im Wesentlichen nicht viel anders, als einen Film zu sehen oder ein Fußballspiel (wenn auch zweifellos weniger amüsant). Seine Darstellung des Jenseits war erschreckend gewöhnlich und deprimierend. Den Dingen nach zu urteilen, die sie ihm erzählten, gab es gar keinen *qualitativen* Unterschied zwischen dort und hier; die Geister wurden krank, verliebten sich, heirateten, pflanzten sich fort, verreisten, mit dem einzigen Unterschied, dass sie niemals starben.

Ich warf Javier schon vernichtende Blicke zu, als es schließlich Mitternacht schlug. Das Medium bat uns, rings um einen Tisch Platz zu nehmen (es war kein runder, sondern ein viereckiger), löschte das Licht und sagte uns, wir sollten uns an den Händen halten. Ein paar Sekunden war es totenstill, und vom Warten genervt, gab ich mich der Hoffnung hin, nun würde es interessant. Aber die ersten Geister erschienen, und der Herr begann, sie mit derselben Sofastimme von vorhin die langweiligsten Sachen der Welt zu fragen: »Mensch, Zoilita, wie geht es dir? Schön, dich zu hören. Weißt du, ich bin hier mit ein paar Freunden, sehr nette Leute, sie möchten mit deiner Welt in Verbindung treten, Zoilita. Was sagst du? Ich soll sie grüßen? Aber sicher doch, Zoilita, von dir, ja. Sie sagt, ich soll Sie sehr herzlich grüßen, und Sie möchten, wenn es geht, ab und zu für sie beten, damit sie schneller aus dem Fegefeuer kommt.« Nach Zoilita erschienen eine Reihe weiterer Verwandter und Freunde, mit denen er ähnliche Gespräche führte. Alle waren im Fegefeuer, alle ließen uns grüßen, alle baten, für sie zu beten. Javier bestand darauf, jemanden zu rufen, der in der Hölle war, um alle Zweifel zu zerstreuen, doch mit der größten Selbstverständlichkeit erklärte uns das Medium, das sei unmöglich: *herbeirufen* könne man die von *drüben* nur an den ersten drei Tagen eines ungeraden Monats, und ihre Stimmen seien kaum zu hören. Darauf bat Javier um die Kinderfrau, die seine Mutter, ihn und seine Brüder großgezogen hatte. Doña Gumercinda machte ihre Aufwartung, ließ grüßen, sagte, sie habe sehr liebevolle Erinnerungen an Javier und schnüre bereits ihr Bündel, um das Fegefeuer zu verlassen und vor den Herrn zu treten. Ich bat darum, meinen Bruder Juan zu rufen, und zu meiner Überraschung (ich hatte nie einen Bruder) kam der und ließ mir durch die gütige Stimme des Mediums ausrichten, ich möge mir um ihn keine Sorgen machen, er sei beim Herrgott und bete immer für mich. Die Neuigkeit beruhigte mich, und so kümmerte ich mich nicht weiter um die Séance und schrieb in Gedanken an meiner

Erzählung über den Senator. Mir fiel ein etwas dunkler Titel ein: *Das Ohngesicht.* Und während der unermüdliche Javier den Bankangestellten bat, irgendeinen Engel herbeizurufen oder wenigstens eine historische Gestalt wie Manco Cápac, beschloss ich, den Senator sein Problem am Ende durch eine freudsche Phantasie lösen zu lassen: Beim Liebesakt würde er seiner Frau die Augenklappe eines Piraten überziehen.

Die Sitzung endete gegen zwei Uhr morgens. Während wir durch die Straßen von Barrios Altos liefen und nach einem Taxi Ausschau hielten, um zur Plaza San Martín zu kommen und dort das Sammeltaxi zu nehmen, setzte ich Javier damit zu, dass seinetwegen das Jenseits für mich alle Poesie und jedes Geheimnis verloren hätte, seinetwegen hätte ich nun den Beweis dafür, dass die Toten verblödeten, seinetwegen könnte ich nun nicht mehr Agnostiker sein und müsste mit der Gewissheit leben, dass mich im Jenseits, und das *gebe* es ja, eine Ewigkeit voll Schwachsinn und Langeweile erwartete. Schließlich fanden wir ein Taxi, und zur Strafe zahlte Javier.

Zu Hause fand ich neben Paniertem, Reis und Ei eine weitere Nachricht: »Julita hat angerufen. Sie hat die Rosen bekommen, sind sehr schön, haben ihr gefallen. Aber Du sollst nicht glauben, dass Du wegen der Rosen jetzt nicht mehr mit ihr ins Kino zu gehen brauchst, irgendwann dieser Tage. Großvater.«

Am nächsten Tag war Onkel Luchos Geburtstag. Ich kaufte ihm als Geschenk eine Krawatte und wollte mittags bei ihm vorbeischauen, aber Genaro junior kam ins Dachbüro hereingeplatzt und nötigte mich, mit ihm im Raimondi essen zu gehen. Er wollte, dass ich ihm beim Text für die Anzeigen half, die am Sonntag in den Zeitungen erscheinen sollten, um Pedro Camachos Hörspielserien anzukündigen, die am Montag starteten. Wäre es nicht logischer gewesen, wenn der Künstler selbst beim Schreiben der Anzeigen Hand anlegte?

»Das Dumme ist, er hat sich geweigert«, erklärte Genaro junior, rauchend wie ein Schlot. »Seine Skripte benötigten keine Unterstützung durch Werbeknechte, sie würden sich allein durchsetzen und was weiß ich für einen Quatsch. Der Kerl wird langsam kompliziert, ziemlich viele Macken. Das mit den Argentiniern hast du mitbekommen, ja? Er hat uns gezwungen, Verträge zu kündigen, Abfindungen zu zahlen. Ich kann nur hoffen, dass die Sendungen seine Hochnäsigkeit rechtfertigen.«

Während wir die Anzeigen aufsetzten, zwei Portionen Seebarsch vertilgten, eisgekühltes Bier tranken und immer wieder zusahen, wie über das Gebälk des Raimondi die grauen Mäuschen zogen, die man dort wie zum Beweis für das Alter des Lokals platziert zu haben schien, erzählte Genaro junior mir von einer weiteren Reiberei mit Pedro Camacho. Der Grund: die Hauptpersonen der vier Serien, mit denen er in Lima debütierte. In allen vieren war der Liebhaber ein Fünfzigjähriger, »der auf wundersame Weise seine Jugend bewahrt hat«.

»Wir haben ihm erklärt, dass nach sämtlichen Umfragen die Zuhörer Liebhaber zwischen dreißig und fünfunddreißig wollen, aber er ist stur wie ein Bock«, sagte Genaro junior betrübt, während er aus allen Löchern qualmte. »Und wenn es ein Fehlgriff war und der Bolivianer ein Reinfall wird?«

Mir fiel ein, dass der Künstler sich gestern Abend, im Verlauf unseres Gesprächs in seinem Kabuff bei Radio Central, mit Feuereifer über den Mann von fünfzig Jahren ausgebreitet hatte. Das Alter des intellektuellen Gipfels und der sinnlichen Kraft, hatte er gesagt, der verdauten Erfahrung. Das Alter, in dem man von den Frauen begehrt und von den Männern gefürchtet werde wie nie. Und auf verdächtige Weise hatte er betont, Altern sei letztlich nur eine *Option*. Woraus ich schloss, dass der bolivianische Schreiber fünfzig war und das Altwerden ihn schreckte – ein Hauch menschlicher Schwäche in diesem marmornen Geist.

Als wir die Anzeigen aufgesetzt hatten, war es zu spät, um noch nach Miraflores zu fahren, so dass ich Onkel Lucho anrief und ihm sagte, ich käme am Abend, ihn an mein Herz zu drücken. Ich rechnete damit, einen ganzen Pulk von Familienangehörigen anzutreffen, die ihn hochleben ließen, aber es war niemand da, abgesehen von Tante Olga und Tante Julia, die Verwandtschaft war tagsüber bereits vorbeidefiliert. Sie saßen beim Whisky und schenkten mir ein Glas ein. Tante Julia bedankte sich noch einmal für die Rosen – ich sah sie auf dem Buffet im Wohnzimmer, ein dürres Sträußlein –, und gleich witzelte sie wieder los und meinte, ich könne ruhig zugeben, welche Art *Programm* mir an dem Abend, als ich sie versetzt hatte, dazwischengekommen sei: irgendein *Mädel* von der Uni? Oder so ein Mäuschen vom Sender? Sie trug ein blaues Kleid, weiße Schuhe, war geschminkt und beim Friseur gewesen; sie lachte laut und freiheraus und hatte eine raue Stimme und freche Augen. Erst allmählich fiel mir auf, dass sie eine attraktive Frau war. In einem plötzlichen Anfall von Begeisterung sagte Onkel Lucho, dass man nur einmal im Leben fünfzig werde, warum wir nicht ins Grill Bolívar gingen. Ich musste daran denken, dass dies schon der zweite Tag in Folge war, an dem ich meine Erzählung über den perversen Eunuchensenator vergessen konnte (und wenn ich ihr diesen Titel gäbe?). Aber ich bedauerte es nicht, ich war froh, dass ich bei dem Fest mit von der Partie sein durfte. Tante Olga musterte mich und befand, dass meine Garderobe nicht die allergeeignetste für den Grill Bolívar sei, worauf sie Onkel Lucho drängte, mir ein sauberes Hemd und eine farbenfrohe Krawatte zu leihen, um die Knitterfalten meines alten Anzugs ein wenig zu überspielen. Das Hemd war zu groß, und mir wurde bange um meinen schlackernden Hals (für Tante Julia der Anlass, mich fortan Popeye zu nennen).

Ich war noch nie im Grill Bolívar gewesen, es schien mir der feinste und eleganteste Ort der Welt zu sein, und das Essen war das Köstlichste, was ich je probiert hatte. Eine Kapelle spielte Boleros, Paso doble und Blues, und der Star der Show war eine Französin mit einer Haut wie Alabaster, die ihre Lieder mit viel Schmelz in der Stimme sang und das Mikrophon hielt, als würde sie es masturbieren, während Onkel Lucho, dessen gute Laune von Glas zu Glas wuchs, ihr in einem Kauderwelsch zujubelte, das er Französisch nannte: »Bravoooo! Bravoooo Mamuasell Scheriie!« Der Erste, der auf die Tanzfläche stürzte, und das mit Tante Olga, war zu meiner Verwunderung ich selbst, denn ich konnte gar nicht tanzen (ich war damals fest davon überzeugt, dass eine literarische Berufung unvereinbar war mit Tanzen und Sport), doch zum Glück war das Lokal voll, und bei dem Schummerlicht und dem Gedränge fiel es nicht auf. Tante Julia stellte ihrerseits Onkel Lucho auf eine harte Probe, als sie ihn zwang, sich von ihr zu lösen und Figuren zu tanzen. Sie tanzte gut, die Blicke vieler Herren folgten ihr.

Beim nächsten Stück forderte ich Tante Julia auf und sagte ihr gleich, dass ich nicht tanzen könne, aber da es ein sehr langsamer Blues war, schlug ich mich tapfer. Wir tanzten ein paar Stücke und entfernten uns unmerklich vom Tisch von Onkel Lucho und Tante Olga. Als die Musik aufhörte und Tante Julia eine Bewegung machte, um sich von mir zu lösen, hielt ich sie zurück und küsste sie auf die Wange, ganz dicht bei den Lippen. Sie sah mich staunend an, als erlebte sie ein Wunder. Die Kapelle wechselte, und wir mussten zurück an unseren Tisch. Tante Julia fing gleich an, Onkel Lucho wegen seiner fünfzig Jahre aufzuziehen, das Alter, wenn die Männer altersgeil würden. Ab und zu warf sie mir einen raschen Blick zu, als wollte sie sehen, ob ich auch wirklich da war, und an ihren Augen konnte ich deutlich ablesen, dass sie immer noch nicht begreifen konnte, dass ich sie geküsst hatte. Tante Olga war müde und wollte gehen, aber ich beharrte darauf, noch einmal zu tanzen. »Der Verstand gibt seinen Geist auf«, konstatierte Onkel Lucho, und dann schleifte er Tante Olga zu einem letzten Tänzchen. Ich forderte Tante Julia auf, und während wir tanzten, blieb sie (zum ersten Mal) stumm. Als Onkel Lucho und Tante Olga unter all den Paaren entschwanden, zog ich sie ein wenig an mich und legte meine Wange an die ihre. Ich hörte, wie sie verwirrt murmelte: »Sag mal, Marito …«, aber ich unterbrach sie und flüsterte ihr ins Ohr: »Wenn du mich noch einmal Marito nennst …!« Sie legte den Kopf ein wenig in den Nacken, um mich anzuschauen, und versuchte zu lächeln, und da beugte ich mich, eine fast mechanische Bewegung, über sie und küsste sie auf die Lippen. Es war eine nur kurze Berührung, aber sie hatte nicht damit gerechnet, und in ihrer Verblüffung hielt sie im Tanzen inne. Jetzt war sie vollkommen sprachlos: Sie riss die Augen auf und stand mit offenem Mund da. Als das Stück zu Ende war, zahlte Onkel Lucho, und wir gingen. Auf der Fahrt nach Miraflores – wir saßen beide auf dem Rücksitz – nahm ich Tante Julias Hand, drückte sie zärtlich und hielt sie umschlossen. Sie zog sie nicht zurück, aber die Überraschung war ihr noch immer anzumerken, sie sagte keinen Ton. Als ich beim Haus meiner Großeltern ausstieg, fragte ich mich, wie viele Jahre älter als ich sie wohl war.

IV

In der Nacht von Callao, feucht und dunkel wie das Maul eines Wolfes, stellte Sergeant Lituma den Kragen seines Mantels hoch, rieb sich die Hände und schickte sich an, seine Pflicht zu erfüllen. Er war ein Mann im besten Alter, fünfzig Jahre, respektiert von der gesamten Guardia Civil, und er hatte auf den opferbereitesten Wachen gedient, ohne sich je zu beklagen; sein Körper zeigte so manche Narbe von den Schlachten gegen das Verbrechen, und in Perus Gefängnissen wimmelte es von Strolchen, denen er die Handschellen angelegt hatte. Bei Tagesbefehlen hatte man ihn als Vorbild genannt, in offiziellen Reden lobend erwähnt, zweimal wurde er ausgezeichnet, doch aller Ruhm hatte ihm nichts von seiner Bescheidenheit genommen, die so bemerkenswert war wie seine Tapferkeit und redliche Art. Seit einem Jahr leistete er seinen Dienst im Vierten Revier von Callao, und schon seit drei Monaten war er mit der härtesten Pflicht betraut, die das Schicksal einem Sergeanten im Hafen auferlegen kann: dem nächtlichen Streifengang.

Im fernen Carmen de la Legua schlugen die Glocken der Kirche Unserer Lieben Frau Mitternacht, und Sergeant Lituma – breite Stirn, Adlernase, durchdringender Blick, von aufrechtem Sinn und gütigem Wesen – machte sich pünktlich wie immer auf den Weg. Hinter ihm blieb, eine Fackel in der Finsternis, der alte Holzbau des Vierten Reviers zurück. Im Geiste sah er sie: Leutnant Jaime Concha, wie er Donald-Duck-Hefte las, die beiden Guardias Popel Camacho und Bäckchen Arévalo, wie sie sich Zucker in ihren frisch gebrühten Kaffee schütteten, und den einzigen Häftling des Tages – ein Taschendieb, in flagranti erwischt im Omnibus der Linie Chucuito-La Parada und, mit Prellungen übersät, von einem halben Dutzend wütender Fahrgäste auf die Wache gebracht –, wie er zu einem Haken gekrümmt auf dem Boden der Arrestzelle lag und schlief.

Er begann seine Runde im Viertel Puerto Nuevo, wo Stups Soldevilla Dienst hatte, ein Mann aus Tumbes, der mit begnadeter Stimme Tonderos sang. Puerto Nuevo war der Schrecken der Guardias wie auch der Kriminalpolizisten von Callao, denn in seinem Labyrinth aus Elendshütten, errichtet mit Brettern, Kanistern, Wellblech und Lehmziegeln, verdiente sich nur ein verschwindend geringer Teil der Bewohner seinen Lebensunterhalt als Hafenarbeiter oder Fischer. Die meisten waren Herumtreiber, Diebe oder Säufer, Drogensüchtige, Zuhälter oder Tunten (um nicht von den zahllosen Prostituierten zu sprechen), die unter jedem Vorwand mit dem Messer, wenn nicht mit Schusswaffen aufeinander losgingen. Dieses Viertel ohne fließend Wasser noch Kanalisation, ohne Strom und ohne befestigte Straßen hatte sich nicht wenige Male mit dem Blut der Hüter des Gesetzes gefärbt. Doch heute war es außergewöhnlich ruhig. Und während er, über unsichtbare Steine stolpernd, in der sich kräuselnden Nase die Dünste von Verfaultem und Exkrementen, durch die Windungen des Viertels lief und nach dem Stups Ausschau hielt, dachte Sergeant Lituma, dass die Kälte die Nachtschwärmer früh ins Bett gescheucht hatte. Denn es war Mitte August, tiefster Winter, und ein dichter Nebel, der alles verwischte und verzerrte, und ein zäher Nieselregen, der die Luft sättigte, hatten die Nacht in eine triste und unwirtliche Landschaft verwandelt. Aber wo steckte der Stups bloß? Diesem Waschlappen aus Tumbes war zuzutrauen, dass er sich aus Angst vor der Kälte oder den Halunken ein warmes Eckchen samt Schlückchen in den Kneipen an der Avenida Huáscar gesucht hatte. Obwohl, nein, das würde er nicht wagen, dachte Sergeant Lituma, er weiß, dass ich auf Streife bin, und wenn er seinen Posten verlässt, kann er was erleben.

Schließlich fand er ihn unter einer Laterne, an der Ecke gegenüber dem staatlichen Kühlhaus. Er rieb sich wie wild die Hände, sein Gesicht war hinter einem gespenstischen Schal verschwunden, der nur die Augen frei ließ. Als er ihn sah, zuckte er und fasste an das Holster. Doch kaum hatte er Lituma erkannt, schlug er die Hacken zusammen.

»Sie haben mich erschreckt, Sergeant«, sagte er und lachte. »So von weitem, wie Sie aus der Dunkelheit kommen, dachte ich, es wäre ein Geist.«

»Ein Geist, von wegen.« Lituma gab ihm die Hand. »Du hast gedacht, ich wäre ein Halunke.«

»Bei der Kälte laufen keine Halunken herum, wo denken Sie hin.« Der Stups rieb sich wieder die Hände. »Die einzigen Verrückten, denen es heute Nacht einfällt, draußen herumzulaufen, sind Sie und ich. Und die da.«

Er deutete auf das Dach des Kühlhauses, und mit zusammengekniffenen Augen konnte der Sergeant ein halbes Dutzend Rabengeier ausmachen, die Schnäbel unter die Flügel gesteckt, dicht an dicht auf dem First des Wellblechs. Was die für einen Hunger haben müssen, dachte er, selbst wenn sie erfrieren, sie bleiben dort und wittern den Tod. Im tranigen Licht der Laterne zeichnete Soldevilla mit einem abgekauten Bleistiftstummel zwischen seinen Fingern den Bericht ab. Nicht ein Vorfall: keine Straftat, kein Unfall, kein Betrunkener.

»Wünsche eine ruhige Nacht, Sergeant«, sagte er und begleitete ihn noch ein Stück in Richtung Avenida Manco Cápac. »Ich hoffe, es bleibt so bis zu meiner Ablösung. Danach kann die Welt von mir aus zusammenklappen.«

Er lachte, als hätte er etwas besonders Witziges gesagt, und Sergeant Lituma sagte sich, nicht zu glauben, was für eine Einstellung manche Polizisten sich leisten. Und als hätte er es gehört, fügte Soldevilla ernst hinzu:

»Ich bin nämlich nicht wie Sie, Sergeant. Ich tue das hier nicht gern. Ich trage die Uniform nur, damit ich etwas zu essen habe.«

»Wenn es nach mir ginge, würdest du sie nicht tragen«, murmelte der Sergeant. »Ich würde nur die in der Truppe lassen, die an die Sache glauben.«

»Dann wäre es bei der Guardia Civil ziemlich leer«, erwiderte Stups.

»Besser allein als in schlechter Gesellschaft«, sagte der Sergeant und lachte.

Der Stups lachte auch. Sie liefen im Dunkeln über das offene Gelände rings um die Guadalupe-Werke, wo die Straßenjungen immer mit Steinen die Laternen zerdepperten. In der Ferne war das Rauschen des Meeres zu hören, ab und zu ein Taxi, das über die Avenida Argentina fuhr.

»Sie hätten gern, dass wir alle Helden sind«, sagte Stups auf einmal. »Dass wir uns die Seele aus dem Leib schinden, um diesen Dreck hier zu beschützen«, und er deutete auf Callao, auf Lima, auf die Welt. »Danken sie es uns etwa? Haben Sie nicht gehört, was man uns auf der Straße nachruft? Respektiert uns irgendwer? Die Leute verachten uns, Sergeant.«

»Hier trennen wir uns«, sagte Lituma, als sie die Avenida Manco Cápac erreichten. »Du bleibst in deinem Bereich. Und lass dir keine grauen Haare wachsen. Du kannst es kaum erwarten, die Truppe zu verlassen, aber an dem Tag, an dem sie dich verabschieden, wirst du leiden wie ein Hund. So ist es Tittie Antezana ergangen. Er kam auf die Wache, um uns zu sehen, und ihm standen die Tränen in den Augen. ›Ich habe meine Familie verloren‹, sagte er.«

Er hörte, wie der Stups hinter ihm grummelte: »Eine Familie ohne Frauen, was für eine Familie soll das sein.«

Vielleicht hatte Soldevilla recht, dachte Sergeant Lituma, während er auf der menschenleeren Avenida durch die Nacht ging. Es stimmte ja, die Leute mochten die Polizei nicht, sie erinnerten sich an sie, wenn sie vor etwas Angst hatten. Na und? Er schindete sich nicht, damit die Leute ihn respektierten oder mochten. Die Leute sind mir schnuppe, dachte er. Aber warum nahm er die Guardia Civil dann nicht wie seine Kameraden, ohne sich abzurackern, warum versuchte er nicht, es sich gutgehen zu lassen, einen ruhigen Lenz zu schieben oder die Gelegenheit zu nutzen und sich, wenn kein Vorgesetzter in der Nähe war, ein paar schmutzige Sols zu verdienen? Warum, Lituma? Er dachte: Weil es dir gefällt. Weil du, so wie andere Fußball oder Pferderennen, deine Arbeit liebst. Und wenn ihn das nächste Mal irgendein Fußballverrückter fragte: »Bist du Fan von Sport Boys oder von Chalaco, Lituma?«, würde er antworten: »Ich bin Fan der Guardia Civil.« Er musste lachen, trotz Nebel, Niesel, dunkler Nacht, froh über seinen Einfall, und da hörte er den Lärm. Er zuckte, griff nach dem Holster, blieb stehen. Es kam so plötzlich aus dem Nichts, dass er sich fast erschreckt hätte. Nur fast, dachte er, denn du hast die Angst nicht gekannt und wirst sie nicht kennen, du weißt gar nicht, wie das geht, Lituma. Zu seiner Linken war das freie Gelände und zu seiner Rechten der wuchtige Umriss der ersten Lagerhalle des Frachthofs vom Hafen. Von dort war der Lärm gekommen: sehr laut, ein Gepolter von Kisten und Dosen, die herabstürzen und andere Kisten und Dosen mitreißen. Aber jetzt war alles wieder still, und er hörte nur das ferne Schwappen des Meeres und das Pfeifen des Windes, wie er auf das Wellblech traf und sich in den Zäunen des Hafens verfing. Eine Katze, die eine Ratte jagt, dachte er, und dabei hat sie eine Kiste umgestoßen und die wieder eine andere und so die Lawine ausgelöst. Er musste an die arme Katze denken, wie sie mit aufgeplatztem Bauch neben der Ratte unter einem Berg von Ballen und Fässern lag. Er war nun in dem Bereich von Nippel Román. Aber natürlich war der nicht in der Nähe; Lituma wusste genau, dass er auf der anderen Seite war, im Happy Land oder im Blue Star oder in irgendeiner der Kaschemmen und Hafenpuffs, die sich am Ende der Avenida aneinanderreihten, in diesem Sträßchen, das der Volksmund von Callao die Schankergasse nannte. Bestimmt war er dort, an einer der splittrigen Theken, und schnorrte ein Bier. Und während Lituma auf die Spelunken zuging, malte er sich das erschrockene Gesicht von Román aus, wenn er plötzlich hinter ihm stand: »Soso, alkoholische Getränke im Dienst. Das war's dann, Nippel.«

Er war kaum zweihundert Meter gegangen, als er plötzlich stehenblieb. Er schaute zurück: Dort drüben, im Schatten, wo das spärliche Licht einer von den Steinschleudern der Straßenjungen wie durch ein Wunder verschonten Laterne eine ihrer Seiten nur zaghaft beleuchtete, lag, nun wieder stumm, die Lagerhalle. Nein, das ist keine Katze, dachte er, auch keine Ratte. Es war ein Einbrecher. In seiner Brust begann es heftig zu schlagen, und er spürte, wie seine Stirn und seine Hände feucht wurden. Ein Einbrecher war das, ein Einbrecher. Er blieb ein paar Sekunden reglos stehen, aber er wusste, dass er umkehren würde. Er war sich sicher, dieses Gefühl hatte er schon öfter gehabt. Er zog seine Pistole, entsicherte sie und hielt die Taschenlampe mit der Linken. Mit großen Schritten ging er zurück und spürte, wie ihm das Herz in der Kehle schlug. Ja, ganz sicher, das war ein Einbrecher. Auf Höhe der Lagerhalle blieb er erneut stehen, er keuchte. Und wenn es nicht einer war, sondern eine Bande? Wäre es nicht besser, Stups zu holen, oder Nippel? Er schüttelte den Kopf, er brauchte niemanden, er konnte sich selber helfen. Und wenn es mehrere waren, umso schlimmer für sie, umso besser für ihn. Er lauschte, das Ohr an der Holzwand: Totenstille. Nur das Meer und das eine oder andere Auto waren in der Ferne zu hören. Von wegen Einbrecher, Lituma, du träumst, dachte er. Es war eine Katze, eine Ratte. Alle Kälte war aus ihm gewichen, ihm war heiß, er spürte Müdigkeit. Er ging um die Halle herum und suchte nach der Tür. Als er sie fand, stellte er im Licht der Taschenlampe fest, dass das Schloss nicht aufgebrochen war. Er wollte gerade gehen, sagte sich schon, so ein Reinfall, Lituma, dein Riecher ist auch nicht mehr, was er einmal war, als sich, bei einem unwillkürlichen Schwenk seiner Hand, im gelblichen Kegel der Lampe die Öffnung abzeichnete. Nur ein paar Meter neben der Tür hatte jemand die Wand mit roher Gewalt aufgebrochen, die Bretter eingetreten oder mit der Axt eingeschlagen. Das Loch war groß genug, dass ein Mensch hindurchkriechen konnte.

Sein Herz raste wie verrückt. Er knipste die Taschenlampe aus, vergewisserte sich, dass die Pistole entsichert war, schaute sich um: nur Schatten und, am Horizont, wie brennende Streichhölzer, die Laternen der Avenida Huáscar. Er pumpte seine Lungen auf und brüllte, so laut er konnte:

»Korporal, nehmen Sie Ihre Männer und umstellen Sie das Lager. Wenn einer versucht zu entkommen, Feuer frei. Beeilung, Jungs!«

Und damit es glaubhafter klang, rannte er mit trampelnden Schritten ein paarmal hin und her. Dann stellte er sich vor die Wand der Lagerhalle und schrie aus vollem Hals:

»Es ist aus, Pech gehabt. Ihr seid umstellt. Und jetzt einer nach dem anderen rauskommen, auf demselben Weg wie rein. Ich gebe euch dreißig Sekunden!«

Er hörte, wie sich das Echo seiner Stimme in der Nacht verlor, dann das Meer, Hundegebell. Er zählte nicht dreißig Sekunden, sondern sechzig. Und dachte: Was bist du nur für ein Clown, Lituma. Er spürte, wie die Wut in ihm kochte. Er rief:

»Augen auf, Jungs. Und brennt ihnen gleich eins auf den Pelz, Korporal!«

Beherzt ging er auf alle viere und kroch, wendig trotz seiner Jahre und der Winteruniform, durch das Loch. Drinnen stand er rasch auf, sprang auf Zehenspitzen zur Seite und drückte sich mit dem Rücken an die Wand. Er konnte nichts sehen, wollte die Taschenlampe nicht anmachen. Er hörte keinen Laut, war sich aber wieder völlig sicher. Dort war jemand, versteckt in der Dunkelheit genau wie er, lauschte und versuchte etwas zu sehen. Ihm war, als hörte er ein Atmen, ein Keuchen. Er hatte den Finger am Abzug, die Pistole auf Höhe der Brust. Er zählte bis drei und machte Licht. Der

Schrei kam so plötzlich, dass ihm vor Schreck die Taschenlampe aus der Hand glitt und über den Boden rollte, Bündel und Ballen enthüllte, Baumwolle offenbar, Fässer, Balken und (flüchtig, wie aus dem Boden gewachsen, unwirklich) die Gestalt des Schwarzen, splitternackt und zusammengekauert, wie er mit den Händen versuchte, sich das Gesicht zu bedecken, und gleichwohl durch die Finger hindurchsah, die riesigen, entsetzten Augen starr auf die Taschenlampe gerichtet, als käme alle Gefahr allein von dem Licht.

»Keine Bewegung, oder ich knall dich ab! Keine Bewegung, oder du bist ein toter Mann, Zambo!«, brüllte Lituma, dass es ihm in der Kehle stach, worauf er in die Hocke ging und nach der Lampe tastete. Und dann, mit wilder Genugtuung: »Es ist aus, Zambo! Pech gehabt, Zambo!«

Von seinem Gebrüll war er selbst wie betäubt. Er hatte die Taschenlampe wieder in der Hand, und der Lichtkegel flatterte umher und suchte nach dem Schwarzen. Er war nicht geflohen, er war noch dort, und Lituma riss die Augen auf, er konnte nicht glauben, was er da sah. Es war keine Einbildung gewesen, kein Traum. Er war nackt, ja, nackt, wie er auf die Welt gekommen war: ohne Schuhe, ohne Unterhose, ohne Hemd, ohne alles. Und er schien sich weder zu schämen noch überhaupt zu bemerken, dass er nackt war, er bedeckte nicht einmal sein Gemächt, das ihm im Licht der Taschenlampe fröhlich herabbaumelte. Noch immer kauerte er sich zusammen, das Gesicht hinter den Fingern halb verborgen, und rührte sich nicht, wie hypnotisiert von dem runden Licht.

»Hände über den Kopf, Zambo«, befahl der Sergeant, ohne weiter auf ihn zuzugehen. »Und ganz ruhig, sonst hast du eine Kugel im Balg. Du bist festgenommen wegen unbefugten Betretens eines Privatgrundstücks und weil du mit deinen Bällchen an der frischen Luft spazierst.«

Und zugleich – ganz Ohr, das kleinste Geräusch konnte einen Komplizen im Dunkel des Lagers verraten – sagte sich

Lituma: Das ist kein Einbrecher, das ist ein Verrückter. Nicht nur, weil er mitten im Winter nackt herumlief, sondern wegen des Schreis, den er bei seiner Entdeckung ausgestoßen hatte. Das war nicht der Schrei eines normalen Menschen gewesen, dachte er. Ein sehr seltsamer Laut, etwas zwischen Heulen, Gelächter, Iahen und Gebell. Ein Laut, der nicht nur aus der Kehle kam, sondern aus dem Bauch, dem Herzen, der Seele.

»Hände über den Kopf, verdammt noch mal«, rief der Sergeant und machte einen Schritt auf ihn zu. Der Mann gehorchte nicht, rührte sich nicht. Er war sehr dunkelhäutig und so dünn, dass Lituma im diffusen Licht die Rippen unter der gespannten Haut erkennen konnte, die Beine wie Stecken, aber er hatte einen riesigen Bauch, der ihm über die Scham quoll, und Lituma musste gleich an die spindeldürren Kinder in den Armenvierteln denken, die Bäuche von Parasiten aufgebläht. Der Zambo hielt noch immer das Gesicht bedeckt, ganz ruhig, und der Sergeant ging zwei weitere Schritte auf ihn zu, ihn belauernd, ganz sicher würde er jeden Moment losrennen. Verrückte, dachte er, haben keinen Respekt vor Schusswaffen, und er machte noch einmal zwei Schritte. Er war nur noch ein paar Meter von dem Schwarzen entfernt, und erst jetzt konnte er die Narben erkennen, die seine Schultern, die Arme, den Rücken musterten. Mannomann, ich glaube, ich seh nicht recht, dachte Lituma. Waren die von einer Krankheit? Von Verletzungen oder Verbrennungen? Und er sprach ganz leise, um ihn nicht noch mehr zu ängstigen:

»Langsam, ganz ruhig, Zambo. Hände über den Kopf und dann zu dem Loch, durch das du hereingekommen bist. Wenn du dich benimmst, bekommst du auf der Wache einen Kaffee. Du musst ja halb erfroren sein, so nackt, bei dem Wetter.«

Er wollte gerade noch einen Schritt auf den Schwarzen zugehen, als der plötzlich die Hände vom Gesicht nahm –

Lituma war wie vom Donner gerührt, als er unter dem struppigen, verfilzten Schopf die erschrockenen Augen sah, die fürchterlichen Narben, das riesige Maul, in dem ein einziger langer, spitzer Zahn stak – und wieder diesen hybriden, unverständlichen, unmenschlichen Schrei ausstieß, nach rechts und links schaute, unruhig, unbeugsam, nervös wie ein Tier, das nach einem Fluchtweg sucht, und schließlich, so ein Dummkopf, den falschen wählte, den der Sergeant mit seinem Körper versperrte, und er stürzte sich nicht einfach auf ihn, sondern versuchte, durch ihn hindurch zu entfliehen. So unerwartet rannte er los, dass Lituma ihn nicht stoppen konnte, er spürte nur, wie er gegen ihn prallte. Aber der Sergeant hatte seine Nerven im Griff; der Finger zuckte nicht, es löste sich kein Schuss. Beim Aufprall schnaubte der Zambo, und Lituma brauchte ihm nur einen Schubs zu geben, und er sackte zu Boden wie ein Lappen. Damit er Ruhe gab, versetzte er ihm noch einen Tritt.

»Steh auf«, rief er. »Du bist nicht nur verrückt, du bist auch noch dumm. Und wie du stinkst!«

Es war ein undefinierbarer Geruch, nach Teer, Azeton, Urin und Katze. Er lag nun auf dem Rücken und blickte ihn panisch an.

»Wo du bloß herkommst«, murmelte Lituma. Er hielt die Taschenlampe etwas näher und betrachtete verwirrt dieses unglaubliche Gesicht, kreuz und quer durchzogen von geraden Schnitten, ein feinrippiges Muster, das über seine Wangen, seine Nase, seine Stirn, sein Kinn lief und sich den Hals hinab verlor. Wie hatte ein Typ, der so aussah, durch die Straßen von Callao wandern können, mit den Bällchen an der frischen Luft, ohne dass jemand es meldete?

»Steh endlich auf, oder soll ich dir eine klatschen«, sagte Lituma. »Verrückt oder nicht, jetzt reicht's.«

Der Kerl rührte sich nicht. Aus seinem Mund kamen jetzt irgendwelche Geräusche, ein unverständliches Säuseln, ein Schnurren, ein Wispern, etwas, das mehr mit Vögeln, Insekten oder Raubtieren zu tun hatte als mit Menschen. Und noch immer starrte er mit grenzenlosem Entsetzen auf die Lampe.

»Steh auf, hab keine Angst«, sagte der Sergeant, streckte die Hand aus und packte den Zambo am Arm. Der sträubte sich nicht, tat aber auch nichts, um auf die Füße zu kommen. Wie dünn du bist, dachte Lituma, fast belustigt über das unaufhörliche Maunzen, Glucksen, Brabbeln des Mannes, und was für eine Angst du vor mir hast. Er zwang ihn auf die Beine und konnte kaum glauben, wie leicht er war; ein kleiner Schubs in Richtung auf das Loch in der Wand, schon taumelte er und fiel hin. Doch diesmal erhob er sich von allein und zog sich, wenn auch mit Mühe, an einem Ölfass hoch.

»Bist du krank?«, sagte der Sergeant. »Du kannst ja kaum laufen, Zambo. Wo zum Teufel so eine Witzfigur wie du nur herkommt.«

Er schleifte ihn zu der Öffnung, duckte ihn und zwang ihn vor sich her ins Freie. Der Schwarze stieß weiter Laute aus, pausenlos, als hätte er ein Stück Draht im Mund und versuchte es auszuspucken. Ja, dachte der Sergeant, ein Verrückter. Der Nieselregen hatte aufgehört, aber jetzt pfiff ein kräftiger Wind durch die Straßen und heulte ringsumher, und Lituma schlug, den Zambo mit kleinen Schubsern vor sich hertreibend, den Weg zur Wache ein. Unter seinem Mantel fröstelte ihn.

»Du musst ja durchgefroren sein, Freundchen«, sagte Lituma. »Nackt bei dem Wetter, um diese Zeit. Wenn du keine Lungenentzündung bekommst, ist das ein Wunder.«

Dem Schwarzen klapperten die Zähne, und er hielt die Arme über der Brust verschränkt und rieb sich mit seinen langen, knochigen Pranken die Seiten, als setzte ihm die Kälte vor allem an den Rippen zu. Immer noch röhrte, kollerte, krächzte er, aber jetzt bei sich, und folgsam nahm er die Richtung, die der Sergeant ihm wies. Auf den Straßen begegneten ihnen weder Autos noch Hunde oder Betrunkene. Als sie zum Revier kamen – das Licht in den Fenstern mit seinem öligen Schein erfreute Lituma wie einen Schiffbrüchigen der helle Saum des Ufers –, schlug der heisere Glockenturm der Kirche Unserer Lieben Frau vom Karmel zwei Uhr.

Beim Anblick des Sergeanten mit dem nackten Schwarzen fiel dem schmucken jungen Leutnant Jaime Concha zwar nicht sein Donald Duck aus der Hand – es war der vierte, den er in der Nacht gelesen hatte, neben drei Supermännern und zwei Mandrakes –, aber ihm klappte der Mund so weit auf, dass er sich fast das Kinn ausrenkte. Die Guardias Camacho und Arévalo, die gerade eine Partie Halma spielten, rissen ebenfalls die Augen auf.

»Wo hast du denn die Vogelscheuche her?«, sagte der Leutnant schließlich.

»Ist das ein Mensch, ein Tier oder ein Ding?«, fragte Bäckchen Arévalo und stand auf, um den Schwarzen zu beschnuppern. Der war, seit er die Wache betreten hatte, verstummt und drehte den Kopf in alle Richtungen, mit einer angstverzerrten Miene, als sähe er zum ersten Mal in seinem Leben elektrisches Licht, Schreibmaschinen, Polizisten. Doch als Bäckchen auf ihn zukam, stieß er wieder sein schauerliches Heulen aus – Lituma sah, wie Leutnant Concha vor Schreck fast mit Stuhl und Lektüre zu Boden ging und Popel Camacho die Figuren umstieß – und versuchte wieder auf die Straße zu kommen. Der Sergeant hielt ihn fest, schüttelte ihn sanft: Ruhig, Zambo, brauchst keine Angst zu haben.

»Ich habe ihn in dem neuen Lager vom Frachthof gefunden, Herr Leutnant«, sagte er. »Er hat die Wand aufgebrochen und ist hinein. Schreibe ich in den Bericht Diebstahl, unbefugtes Betreten, unsittliches Verhalten oder alles zusammen?«

Der Zambo hatte sich wieder in sich verkrochen, während der Leutnant, Camacho und Arévalo ihn von Kopf bis Fuß unter die Lupe nahmen.

»Das sind keine Pockennarben, Herr Leutnant«, sagte Bäckchen und deutete auf die Schnitte im Gesicht und am

Körper. »Die stammen von einem Messer, auch wenn es unglaublich klingt.«

»Einen so dünnen Kerl habe ich in meinem Leben noch nicht gesehen«, sagte Popel und besah sich das Gerippe des Nackten. »Einen so hässlichen auch nicht. Und dieser Krauskopf, meine Güte, diese Quanten.«

»Spann uns nicht auf die Folter«, sagte der Leutnant. »Erzähl uns aus deinem Leben, Bimbo.«

Sergeant Lituma hatte sich die Mütze abgenommen und den Mantel aufgeknöpft und saß an der Schreibmaschine, um den Bericht zu tippen.

»Er spricht nicht, Herr Leutnant«, rief er hinüber. »Er macht nur Laute, die keiner versteht.«

»Bist du so einer, der sich verrückt stellt?«, fragte der Leutnant. »Wir sind nicht so dumm, wie wir aussehen. Erzähl uns, wer du bist, wo du herkommst, wer deine Mutter ist.«

»Oder wir geben dir eins aufs Maul, bis du sprudelst«, fügte Bäckchen hinzu. »Los, Zambito, sing. Wie ein Kanarienvogel.«

»Bloß, wenn diese Streifen von Messern stammen, dann hätte man ihm tausend Schnitte zufügen müssen«, wunderte sich Popel, der immer wieder auf die Narben schaute, die den Schwarzen kreuz und quer musterten. »Aber wie kann das sein, dass ein Mensch derart gezeichnet ist?«

»Der erfriert noch«, sagte Bäckchen. »Dem klappern ja die Zähne wie eine Rassel.«

»Die Backenzähne«, präzisierte Popel und besah ihn sich von ganz nahem, wie eine Ameise. »Siehst du nicht, dass er vorne nur einen Zahn hat, den Elefantenzahn hier? Menschenskinder, was für ein Typ, ein Albtraum.«

»Ich glaube, der ist nicht ganz dicht«, sagte Lituma, ohne im Schreiben innezuhalten. »So rumzulaufen, bei dieser Kälte, normale Menschen tun das nicht, oder, Herr Leutnant?«

Im selben Augenblick hörte er einen Tumult und schaute auf: Der Zambo hatte, von irgendetwas elektrisiert, den

Leutnant beiseitegestoßen und schoss wie ein Pfeil zwischen Camacho und Arévalo hindurch. Aber nicht auf die Straße, sondern zum Tisch mit dem Halmabrett; und Lituma sah, wie er sich auf ein halb aufgegessenes Sandwich stürzte und es in einer einzigen mühsamen, tierischen Bewegung in den Mund stopfte und hinunterschlang. Als Arévalo und Camacho bei ihm waren und ihm ein paar Schläge versetzten, verschlang der Schwarze gerade ebenso gierig die Reste eines anderen Sandwichs.

»Nicht schlagen, Jungs«, sagte der Sergeant. »Bietet ihm lieber einen Kaffee an, seid barmherzig.«

»Wir sind hier nicht bei der Wohlfahrt«, sagte der Leutnant. »Ich weiß nicht, was zum Teufel ich mit dem Kerl anfangen soll«, und er betrachtete den Zambo, der, nachdem die Sandwichs verschlungen waren, ungerührt die Schläge von Popel und Bäckchen hingenommen hatte und jetzt ruhig, sanft schnaufend auf dem Boden lag. Schließlich erbarmte er sich und grummelte: »Schon gut. Gebt ihm einen Schluck Kaffee und steckt ihn in die Zelle.«

Popel hielt ihm einen halb vollen Becher Kaffee aus der Thermosflasche hin. Der Schwarze trank langsam, die Augen schließend, und als er ausgetrunken hatte, leckte er auf der Suche nach den letzten Tröpfchen das Aluminium ab, bis es glänzte. Dann ließ er sich friedlich in die Zelle führen.

Lituma las sich den Bericht noch einmal durch: versuchter Diebstahl, unbefugtes Betreten, unsittliches Verhalten. Leutnant Jaime Concha hatte sich wieder an den Schreibtisch gesetzt und ließ seinen Blick schweifen:

»Jetzt weiß ich es, jetzt weiß ich, wem er ähnelt«, sagte er und zeigte Lituma mit einem stolzen Lächeln den Stapel bunter Heftchen. »Den Negern aus den Tarzan-Geschichten. Die aus Afrika.«

Camacho und Arévalo hatten ihre Halmapartie wieder aufgenommen, Lituma setzte sich seine Mütze auf und knöpfte den Mantel zu. Als er hinausging, hörte er die Schreie des

Taschendiebs, der aufgewacht war und gegen seinen Zellengenossen Einspruch erhob:

»Hilfe, holt mich hier raus, der vergewaltigt mich!«

»Halt die Klappe, oder wir vergewaltigen dich«, warnte der Leutnant ihn. »Lass mich in Ruhe meine Witze lesen.«

Von der Straße aus konnte Lituma sehen, dass der Zambo sich auf den Boden gelegt hatte, gleichgültig gegenüber den Schreien des Taschendiebs, eines schmächtigen Chinesen, der aus dem Schrecken nicht herauskam. Aufzuwachen und dem Schwarzen Mann zu begegnen, sagte sich Lituma, und er musste lachen, und wieder durchbrach er mit seiner massigen Gestalt den Nebel, den Wind, die Schatten. Die Hände in den Taschen, den Mantelkragen hochgeschlagen, mit gesenktem Kopf und ohne Eile setzte er seine Runde fort. Zuerst ging er in die Schankergasse, wo er Nippel Román antraf; im Happy Land hing er an der Theke und lachte über die Witze von Paloma Lamento, der alten Tunte mit dem gefärbten Haar und dem künstlichen Gebiss, die dort den Barmann gab. Im Bericht vermerkte er, dass der Guardia Román »den Anschein erweckte, im Dienst alkoholische Getränke zu sich genommen zu haben«, auch wenn er wusste, dass Leutnant Concha, ein Mann mit Verständnis für die Schwächen seiner selbst wie auch der anderen, ein Auge zudrücken würde. Dann ließ er das Meer hinter sich und ging die Avenida Sáenz Peña hinauf, wo es um die Uhrzeit toter war als auf dem Friedhof, und er suchte sich die Augen wund, ehe er auf Humberto Quispe traf, der den Bereich um den Markt hatte. Die Stände waren geschlossen, und es waren weniger Obdachlose als sonst dort, zusammengekauert auf Säcken und Zeitungen, unter Treppen und Lastwagen. Erst nach mehreren vergeblichen Runden und etlichen Trillerpfiffen mit dem Erkennungszeichen hatte er Quispe schließlich an der Ecke Colón und Cochrane gefunden, wo er einem Taxifahrer half, dem ein paar Straßenräuber den Schädel eingeschlagen hatten. Sie brachten ihn zur Unfallstation, damit man ihm die Wunde vernähte. Danach aßen sie ein Fischkopfsüppchen am ersten Marktstand, der aufmachte, dem von Doña Gualberta. Ein Streifenwagen sammelte Lituma an der Sáenz Peña auf und nahm ihn ein Stück mit bis zur Festung Real Felipe, vor deren Mauern Patsche Rodríguez, der Benjamin des Reviers, Wache schob. Er ertappte ihn dabei, wie er Himmel und Hölle spielte, ganz allein und im Dunkeln. Sehr ernst hüpfte er von Kästchen zu Kästchen, auf einem Fuß, auf zweien, und als der Junge den Sergeanten sah, stand er stramm:

»Ein bisschen Bewegung, und einem wird wieder warm«, sagte er und deutete auf die Kreidequadrate auf dem Bürgersteig. »Haben Sie als kleiner Junge nie Himmel und Hölle gespielt, Herr Sergeant?«

»Eher mit dem Kreisel, und ich war unheimlich gut im Drachensteigenlassen«, antwortete Lituma.

Patsche Rodríguez berichtete ihm von einem Vorfall, der ihm, wie er sagte, die Wache aufgeheitert habe. Er war auf der Calle Paz Soldán unterwegs gewesen, so gegen Mitternacht, als er sah, wie eine Person durch ein Fenster einstieg. Er hatte ihn mit gezücktem Revolver gestellt, aber der Kerl fing an zu heulen und schwor, er sei kein Dieb, sondern ein Ehemann, es sei der Wunsch seiner Frau, dass er so, ganz im Dunkeln, durchs Fenster hereinkomme. Und warum nicht durch die Tür, wie alle Welt? »Weil sie ein bisschen verrückt ist«, wimmerte der Mann. »Nicht zu glauben, aber wenn sie mich als Einbrecher hereinkommen sieht, bringt sie das in Stimmung. Manchmal soll ich sie auch mit dem Messer erschrecken oder mich als Teufel verkleiden. Und wenn ich ihr nicht entgegenkomme, bekomme ich nicht mal einen Kuss.«

»Der hat gesehen, was für ein Grünschnabel du bist, und dich gehörig verschaukelt«, sagte Lituma mit einem Lächeln.

»Das ist die reine Wahrheit«, beharrte Patsche. »Ich habe an die Tür geklopft, wir sind hinein, und die Frau, eine kleine Mulattin, ein echtes Vollblutweib, meinte ja, das stimmte, und ob sie nicht das Recht hätten, Einbrecher zu spielen, sie und ihr Mann. Was man in unserem Beruf nicht alles erlebt, Herr Sergeant, oder?«

»So ist es, mein Junge«, sagte Lituma und musste an den Schwarzen denken.

»Also, mit so einer Frau, da würde man sich nie langweilen, Herr Sergeant«, sagte Patsche und leckte sich die Lippen.

Der Junge begleitete ihn bis zur Avenida Buenos Aires, wo sie sich verabschiedeten, und während Lituma weiterging bis an die Grenze von Bellavista – die Calle Vigil, die Plaza de la Guardia Chalaca –, eine lange Strecke, auf der sonst Erschöpfung und Müdigkeit einsetzten, dachte der Sergeant über den Schwarzen nach. Ob er aus der Irrenanstalt ausgerissen war? Aber das Larco Herrera lag so weit entfernt, dass irgendein Polizist oder Streifenwagen ihn gesehen und aufgegriffen hätte. Und all die Narben? Ob man sie ihm tatsächlich mit dem Messer beigebracht hatte? Meine Güte, musste das weh tun, wie auf kleiner Flamme schmoren. Dass man jemandem Zentimeter für Zentimeter die Haut aufritzte, bis das ganze Gesicht vollgekritzelt war, nicht zu fassen. Und wenn er so auf die Welt gekommen war? Noch war es finstere Nacht, aber der Morgen kündigte sich schon an: Autos, ab und zu ein Lastwagen, Schemen von Frühaufstehern. Der Sergeant fragte sich: Mensch, wo du so viele sonderbare Typen gesehen hast, warum lässt dir dieser Nackte keine Ruhe? Er zuckte mit den Schultern: schlichte Neugier, eine Art, auf seinem Rundgang den Kopf in Bewegung zu halten.

Er hatte keine Mühe, Zárate zu finden, einen Polizisten, der mit ihm in Ayacucho gedient hatte. Der Bericht war schon fertig und unterschrieben: nur ein Blechschaden, keine Verletzten, nichts von Bedeutung. Lituma erzählte ihm die Geschichte von dem Schwarzen, und das Einzige, was er witzig fand, war die Episode mit den Sandwichs. Sein Hobby waren Briefmarken, und während er den Sergeanten ein paar Straßen begleitete, erzählte er ihm, dass er am Morgen ein paar dreieckige Marken aus Äthiopien erworben habe, mit

Löwen und Schlangen, in Grün, Rot und Blau, die seien sehr selten, er habe sie gegen fünf argentinische getauscht, völlig wertlose.

»Die sich aber garantiert für wertvoll halten«, unterbrach ihn Lituma.

Zárates Steckenpferd, das er andere Male mit Humor nahm, machte ihn jetzt ungeduldig, und er war froh, als sie sich trennten. Ein bläulicher Schimmer erhellte den Himmel, und aus der schwarzen Nacht erhoben sich, gespenstisch, dämmergrau, rostfarben, dicht an dicht, die Häuser von Callao. Der Sergeant fiel fast in Trab und zählte die Blocks, die ihn noch von der Wache trennten. Doch diesmal, musste er sich eingestehen, rührte seine Eile weniger von der Anstrengung der Nacht und dem weiten Weg als vielmehr von dem Wunsch, noch einmal den Schwarzen zu sehen: Als würdest du denken, das alles wäre nur ein Traum und den Bimbo gäbe es gar nicht, Lituma.

Aber es gab ihn, dort lag er, auf dem Boden, wie zu einem Knoten verschlungen, und schlief. Der Taschendieb war am anderen Ende der Zelle irgendwann eingenickt, aus seinem Gesicht sprach noch der Schrecken. Auch die anderen schliefen: Leutnant Concha mit der Nase auf einem Stapel Witzblättchen und Camacho und Arévalo Schulter an Schulter auf dem Bänkchen am Eingang. Lituma betrachtete eine ganze Weile den Schwarzen: die hervorstehenden Knochen, das krause Haar, die große Schnauze, den verwaisten Zahn, die tausend Narben, die Schauer, die ihn durchfuhren. Wo du wohl herkommst, Zambo, dachte er. Schließlich gab er den Bericht dem Leutnant, der seine verquollenen, geröteten Augen aufschlug:

»Haben wir's endlich hinter uns«, sagte er mit schwerer Zunge. »Ein Tag weniger Dienst, Lituma.«

Und ein Tag weniger Leben, das auch, dachte der Sergeant. Er verabschiedete sich mit einem festen Hackenschlag. Es war sechs Uhr morgens, und er war frei. Wie immer ging er zum

Markt, zu Doña Gualberta, um eine brodelnd heiße Suppe zu essen, ein paar Empanadas, Bohnen mit Reis, eine Karamellcreme, und dann in seine kleine Wohnung in der Calle Colón. Er konnte lange nicht einschlafen, und als er endlich schlief, träumte er gleich von dem Schwarzen. Er sah ihn umzingelt von Löwen und roten, grünen und blauen Schlangen, im Herzen Abessiniens, mit Zylinder, Stiefeln und Dompteurpeitsche. Zum Takt der Peitsche zeigten die wilden Tiere Kunststücke, und eine Menschenmenge, die sich zwischen Lianen, Baumstämmen und dem von Vogelgezwitscher und Affengekreisch flirrenden Astwerk drängte, applaudierte wie toll. Doch statt sich vor dem Publikum zu verbeugen, kniete der Schwarze nieder, streckte wie flehend die Arme aus, seine Augen wurden feucht, seine große Schnauze öffnete sich, und beängstigend, ungestüm, lärmend quoll sein Kauderwelsch hervor, seine absurde Musik.

Gegen drei Uhr nachmittags wachte Lituma auf, schlechtgelaunt und todmüde, obwohl er sieben Stunden geschlafen hatte. Wahrscheinlich haben sie ihn schon rüber nach Lima gebracht, dachte er, und während er sich nach einer Katzenwäsche anzog, malte er sich den Weg des Schwarzen aus. Bestimmt hatte ihn der Streifenwagen, der um neun kam, mitgenommen, man hatte ihm irgendeinen Lumpen gegeben, damit er sich bedeckte, hatte ihn auf der Präfektur abgegeben, hatte eine Akte angelegt, hatte ihn in die Zelle für die Unzurechnungsfähigen gesteckt, und in diesem dunklen Loch, unter den Herumtreibern, Dieben, Schlägern und Radaubrüdern der letzten vierundzwanzig Stunden, saß er jetzt zitternd vor Kälte und halb verhungert und lauste sich den Pelz.

Es war ein feuchter, grauer Tag, wie Fische im Abwasser bewegten sich die Leute durch den Dunst, und Lituma trottete, seinen Gedanken nachhängend, auf einen Imbiss zu Doña Gualberta: zwei Brötchen, Frischkäse, Kaffee.

»Was ist mit dir, du bist so seltsam«, sagte Doña Gualberta, eine alte Frau, die das Leben kannte. »Geld oder die Liebe?«

»Ich muss an einen Bimbo denken, den ich letzte Nacht aufgegriffen habe«, sagte der Sergeant und probierte den Kaffee mit der Zungenspitze. »Er war in ein Lager im Frachthof eingestiegen.«

»Und was ist daran seltsam?«, fragte Doña Gualberta.

»Er war splitternackt, voller Narben, die Haare wie ein Dschungel, und er kann nicht sprechen«, erklärte Lituma. »Wo mag so ein Kerl wohl herkommen?«

»Aus der Hölle«, lachte die alte Frau und nahm den Geldschein entgegen.

Lituma ging zur Plaza Grau, um sich mit Pedralbes zu treffen, einem Maat der Marine. Sie hatten sich vor Jahren kennengelernt, als der Sergeant noch ein einfacher Polizist war und Pedralbes ein einfacher Matrose, beide dienten in Pisco. Dann hatten sich ihre Wege für fast zehn Jahre getrennt, doch vor zwei Jahren hatte das Schicksal sie wieder zusammengeführt. Ihre freien Tage verbrachten sie gemeinsam, und bei den Pedralbes fühlte sich Lituma wie zu Hause. Sie gingen nach La Punta, in den Club der Maate und Matrosen, um ein Bier zu trinken und Sapo zu spielen. Als Erstes erzählte ihm der Sergeant die Geschichte mit dem Schwarzen. Pedralbes hatte gleich eine Erklärung:

»Das ist ein Wilder aus Afrika, er ist als blinder Passagier auf einem Schiff gekommen. Während der Überfahrt hat er sich versteckt, und als sie in Callao anlegten, ist er nachts ins Wasser gesprungen und hat sich so ins Land geschmuggelt.«

Lituma fühlte sich, als ginge die Sonne auf: Alles war plötzlich glasklar.

»Du hast recht, das ist es«, sagte er, schnalzte mit der Zunge und klatschte in die Hände. »Er ist aus Afrika gekommen. Klar, das ist es. Und aus irgendeinem Grund haben sie ihn hier in Callao an Land gesetzt. Um nicht für ihn zu bezahlen, weil sie ihn im Laderaum entdeckt haben. Um ihn loszuwerden.«

»Sie haben ihn nicht den Behörden übergeben, weil sie

wussten, dass man ihn nicht aufnehmen würde«, komplettierte Pedralbes die Geschichte. »Sie haben ihn an Land gezwungen: Sieh zu, wie du zurechtkommst, wilder Mann.«

»Das heißt, der Bimbo weiß nicht mal, wo er ist«, sagte Lituma. »Das heißt, diese Laute sind nicht die eines Verrückten, sondern die eines Wilden, diese Laute sind seine Sprache.«

»Das ist, als würdest du in ein Flugzeug steigen und dann auf dem Mars landen, Bruder«, sprang Pedralbes ihm bei.

»Wir sind ganz schön intelligent«, sagte Lituma. »Wir haben das ganze Leben von diesem Bimbo herausgefunden.«

»Ich bin ganz schön intelligent, wolltest du sagen«, protestierte Pedralbes. »Was sie jetzt wohl mit dem Schwarzen machen?«

Weiß der Himmel, dachte Lituma. Sie spielten sechs Partien Sapo, viermal gewann der Sergeant, traf ins Maul des Frosches, also zahlte Pedralbes. Danach gingen sie in die Calle Chanchamayo, wo Pedralbes wohnte, in einem kleinen Haus mit vergitterten Fenstern. Domitila, seine Frau, gab gerade noch den drei Kindern zu essen, und kaum sah sie die Männer hereinkommen, steckte sie den Kleinsten ins Bett und sagte den anderen beiden, sie sollten bloß nicht an die Tür gehen. Sie machte sich rasch das Haar zurecht, hakte sich bei den Männern unter, und so zogen sie los. Sie gingen ins Kino Porteño, in der Sáenz Peña, ein italienischer Film. Lituma und Pedralbes mochten ihn nicht, aber Domitila sagte, sie würde ihn sich noch einmal ansehen. Dann kehrten sie zurück in die Calle Chanchamayo – die Kinder schliefen schon –, und Domitila wärmte ihnen ein paar leckere Ollucos mit Dörrfleisch auf. Als Lituma sich verabschiedete, war es halb elf. Beim Vierten Revier traf er ein, als sein Dienst begann: Punkt elf Uhr.

Leutnant Jaime Concha ließ ihm nicht die kleinste Atempause. Er rief ihn beiseite und rasselte ihm die Anweisungen in ein paar nüchternen Sätzen herunter. Lituma war schwindlig, ihm sausten die Ohren.

»Befehl von oben, und die wissen, was sie tun«, sagte der

Leutnant und gab ihm einen ermutigenden Klaps auf die Schulter. »Sie haben ihre Gründe, das muss man verstehen. Die Vorgesetzten irren sich nie, etwa nicht, Lituma?«

»Nein, natürlich nicht«, stammelte der Sergeant.

Bäckchen und Popel taten vielbeschäftigt. Aus den Augenwinkeln sah Lituma, wie der eine Strafzettel durchsah, als wären es Nacktfotos, und der andere seinen Schreibtisch aufräumte, alles umräumte, wieder zurückräumte.

»Darf ich etwas fragen, Herr Leutnant?«, sagte Lituma.

»Darfst du«, sagte der Leutnant. »Nur weiß ich nicht, ob ich es dir beantworten kann.«

»Warum hat man mich ausgewählt für diesen Job?«

»Das kann ich dir allerdings sagen«, sagte der Leutnant. »Aus zwei Gründen. Weil du ihn aufgegriffen hat, und es ist nur gerecht, dass den Spaß beendet, wer ihn angefangen hat. Und zweitens, weil du der beste Polizist im Revier und vielleicht in ganz Callao bist.«

»Welch eine Ehre«, murmelte Lituma, ohne sich im Geringsten zu freuen.

»Die da oben wissen genau, dass es eine schwere Aufgabe ist, und deshalb vertraut man sie dir an«, sagte der Leutnant. »Du solltest stolz sein, dass sie unter den Hunderten von Guardias in ganz Lima dich ausgewählt haben.«

»Nicht doch, soll ich mich jetzt auch noch bedanken?«, sagte Lituma perplex und schüttelte den Kopf. Er überlegte einen Moment und fügte leise hinzu: »Muss es jetzt gleich sein?«

»Auf der Stelle«, sagte der Leutnant und gab sich aufgeräumt. »Was du heute kannst besorgen, das verschiebe nicht auf morgen.«

Lituma dachte, jetzt weißt du, warum dir das Gesicht des Schwarzen nicht aus der Birne gegangen ist.

»Willst du einen von denen mitnehmen, damit er dir hilft?«, hörte er die Stimme des Leutnants.

Lituma merkte, wie Camacho und Arévalo versteinerten.

Eine eisige Stille legte sich über die Wache, während der Sergeant die beiden Polizisten beobachtete, und ganz bewusst, um sie zu piesacken, ließ er sich Zeit bei der Auswahl. Bäckchen saß mit einem tanzenden Packen Strafzettel zwischen den Fingern da, Popel hielt den Kopf auf dem Schreibtisch vergraben.

»Den da«, sagte Lituma und zeigte auf Arévalo. Er hörte, wie Camacho tief durchatmete, und sah, wie sich in den Augen von Bäckchen aller Hass der Welt sammelte. Er verstand, dass der Mann ihn in die Hölle wünschte.

»Ich bin vergrippt und wollte Sie gerade bitten, mich vom Nachtdienst draußen zu befreien, Herr Leutnant«, stotterte Arévalo und machte ein schwachsinniges Gesicht.

»Pack dir an die Eier und wirf dich in den Mantel«, schwang Lituma sich auf und ging an ihm vorbei, ohne ihn anzusehen. »Bringen wir es hinter uns.«

Er ging zur Zelle und schloss sie auf. Zum ersten Mal seit dem Morgen betrachtete er den Schwarzen. Sie hatten ihm eine zerlumpte Hose angezogen, die kaum bis zu den Knien reichte, Brust und Rücken bedeckte ein Jutesack mit einem Loch für den Kopf. Schuhe hatte man ihm nicht gegeben, und ruhig schaute er Lituma in die Augen, ohne Freude, ohne Angst. Er hockte auf dem Boden und kaute etwas; statt Handschellen hatte er einen Strick um die Handgelenke, ausreichend lang, damit er sich kratzen oder essen konnte. Der Sergeant bedeutete ihm aufzustehen, aber der Schwarze schien nicht zu begreifen. Lituma trat auf ihn zu und nahm ihn am Arm, der Mann stand gehorsam auf und ging vor ihm her, mit derselben Gleichgültigkeit, mit der er ihn empfangen hatte. Bäckchen Arévalo hatte sich schon den Mantel angezogen und den Schal um den Hals geschlungen. Leutnant Concha drehte sich nicht um, als sie gingen; er hatte sich in einen Donald Duck vergraben (der merkt nicht mal, dass er auf dem Kopf steht, dachte Lituma). Camacho kondolierte ihnen mit einem Lächeln.

Als sie auf der Straße waren, nahm der Sergeant die Straßenseite und überließ die Häuserseite Arévalo. Der Schwarze ging zwischen ihnen, im selben Tempo wie sie, mit langen, wie unbeteiligten Schritten, stur kauend.

»Schon seit zwei Stunden kaut er an dem Stück Brot«, sagte Arévalo. »Als sie ihn heute Abend aus Lima zurückbrachten, haben wir ihm das ganze alte Brot aus der Vorratskammer gegeben, diese Kanten, die schon steinhart sind. Und er hat sie alle gegessen. Wie ein Mühlstein kaut der. Was für ein schrecklicher Hunger, nicht?«

Erst die Pflicht, dann die Gefühle, dachte Lituma. Er ging in Gedanken die Strecke durch: die Calle Carlos Concha hoch bis zur Contralmirante Mora, dann die Avenida hinunter bis zum Ufer des Rímac und am Fluss entlang bis zum Meer. Dreiviertel Stunde hin und zurück, überschlug er, eine Stunde höchstens.

»Das ist Ihre Schuld, Sergeant«, knurrte Arévalo. »Wer hat Ihnen gesagt, dass Sie ihn festnehmen sollen. Als klar war, dass er kein Einbrecher ist, hätten Sie ihn laufenlassen sollen. Was Sie uns damit eingebrockt haben. Sagen Sie, glauben Sie wirklich, was die da oben denken? Dass er als blinder Passagier auf einem Schiff gekommen ist?«

»Dieselbe Idee hatte Pedralbes auch«, sagte Lituma. »Gut möglich, ja. Denn wenn nicht, wie zum Teufel erklärst du dir, dass ein Typ, der so aussieht, mit diesen Haaren, diesen Narben, splitternackt und mit diesem Gebrabbel, dass so einer von heute auf morgen im Hafen von Callao auftaucht? Wird schon so sein, wie sie sagen.«

Auf der dunklen Straße hallten ihre zwei Stiefelpaare wider; die nackten Füße des Zambos machten kein Geräusch.

»Wenn es nach mir ginge, hätte ich ihn hinter Gittern gelassen«, ergriff Arévalo wieder das Wort. »Ein Wilder aus Afrika, Herr Sergeant, ist ja nicht schuld, dass er ein Wilder aus Afrika ist.«

»Ebendeshalb kann er nicht hinter Gittern bleiben«, murmelte Lituma. »Du hast ja gehört, was der Leutnant sagt: Das Gefängnis ist für Diebe, Mörder und Banditen. Wozu soll der Staat ihn im Gefängnis behalten?«

»Dann sollte man ihn in sein Land zurückschicken«, brummte Arévalo.

»Und wie zum Teufel willst du herausfinden, welches das ist?«, raunzte Lituma. »Du hast den Leutnant doch gehört. Die Vorgesetzten haben in allen Sprachen versucht, mit ihm zu sprechen, auf Englisch, auf Französisch, sogar auf Italienisch. Er spricht keine Sprachen, er ist ein Wilder.«

»Das heißt, Sie finden es gut, dass wir ihn, weil er ein Wilder ist, einfach abknallen?«, brummte Bäckchen Arévalo wieder.

»Ich sage nicht, dass ich es gut finde«, murmelte Lituma. »Ich wiederhole nur, was der Leutnant sagt, was die da oben sagen. Stell dich nicht so blöd.«

Als sie auf die Avenida Contralmirante Mora einbogen, schlugen die Glocken der Kirche Unserer Lieben Frau vom Karmel Mitternacht, ein düsterer Klang in Litumas Ohren. Er versuchte beharrlich, geradeaus zu schauen, aber wie von allein drehte sich sein Kopf immer wieder nach links, und er warf einen Blick auf den Schwarzen. Wenn sie durch den blässlichen Lichtkegel einer Laterne kamen, sah er ihn für eine Sekunde, und immer sah er gleich aus: mit großem Ernst die Kinnladen bewegend, im Rhythmus seiner Begleiter schreitend, ohne das geringste Anzeichen von Angst. Wie es scheint, ist Kauen das Einzige auf der Welt, was ihm wichtig ist, dachte Lituma. Und kurz darauf: Er ist ein zum Tode Verurteilter, der nicht weiß, dass er es ist. Und fast im selben Moment: ein Wilder, ganz bestimmt. Da hörte er Arévalo:

»Nur eins noch«, murrte er, »warum lassen die ihn nicht einfach laufen, und er kann zusehen, wie er zurechtkommt? Dann ist er ein weiterer Obdachloser unter den vielen von Lima. Einer mehr oder weniger, was macht das schon.«

»Du hast den Leutnant doch gehört«, sagte Lituma. »Die

Guardia Civil darf dem Verbrechen keinen Vorschub leisten. Und wenn du ihn einfach freilässt, würde ihm nichts anderes übrigbleiben, als zu stehlen. Oder er würde krepieren wie ein Hund. Im Grunde tun wir ihm einen Gefallen. Ein Schuss ist eine Sekunde. Besser so, als langsam zu verrecken, an Hunger, Kälte, Einsamkeit, Traurigkeit.«

Doch Lituma merkte, dass seine Stimme nicht sehr überzeugend klang, und so wie er sich hörte, hatte er das Gefühl, er hörte jemand anderen.

»Wie auch immer, lassen Sie mich Ihnen eines sagen«, hörte er Bäckchen. »Die Sache gefällt mir nicht, und Sie haben mir nicht gerade einen großen Gefallen getan, als Sie mich auswählten.«

»Ja glaubst du, mir gefällt es?«, murmelte Lituma. »Haben die Vorgesetzten mir etwa einen Gefallen getan, als sie mich auswählten?«

Sie kamen an der Marinewerft vorbei, wo eine Sirene heulte, und als sie das freie Feld durchquerten, auf Höhe des Trockendocks, schoss ein Hund aus dem Schatten und bellte sie an. Sie gingen schweigend weiter, hörten das dumpfe Aufschlagen der Stiefel, das nahe Rauschen des Meeres, in der Nase die feuchte, salzige Luft.

»Auf dem Gelände hier haben sich letztes Jahr ein paar Zigeuner einen Platz gesucht«, sagte Bäckchen plötzlich mit gebrochener Stimme. »Sie haben ihre Zelte aufgebaut und eine Zirkusvorstellung gegeben, aus der Hand gelesen, gezaubert. Aber der Bürgermeister hat dafür gesorgt, dass wir sie vertreiben, sie hatten keine Genehmigung von der Stadt.«

Lituma sagte nichts. Er schämte sich, nicht nur wegen des Schwarzen, sondern auch wegen Bäckchen und der Zigeuner.

»Und wir lassen ihn am Ufer liegen, damit die Albatrosse ihn aufpicken?«, fragte Bäckchen und schluchzte fast.

»Wir lassen ihn auf der Kippe, dann finden ihn die Müllwagen, bringen ihn ins Leichenschauhaus und schenken ihn der Medizinischen Fakultät, und die Studenten können ihn obduzieren«, sagte Lituma verärgert. »Du hast die Anweisungen doch gehört, Arévalo, soll ich sie wiederholen?«

»Ich habe sie gehört, aber es will mir nicht in den Kopf, dass wir ihn umbringen sollen, einfach so, kaltblütig«, sagte Bäckchen ein paar Minuten später. »Und Ihnen auch nicht, auch wenn Sie es versuchen. Ich höre doch an Ihrer Stimme, dass Sie auch nicht einverstanden sind mit dem Befehl.«

»Unsere Pflicht ist nicht, mit dem Befehl einverstanden zu sein, sondern ihn auszuführen«, sagte der Sergeant matt. Und nach einer Pause, noch langsamer: »Aber da hast du recht. Ich bin auch nicht einverstanden. Ich gehorche, weil man gehorchen muss.«

Im selben Moment endeten der Asphalt, die Avenida, die Laternen, und im Finstern gingen sie weiter über den weichen Boden. Ein dichter, fast greifbarer Gestank umhüllte sie. Sie waren bei den Müllkippen am Ufer des Rímac, nahe dem Meer, an jenem Areal zwischen Strand, Flussbett und Avenida, wo ab sechs Uhr morgens die Lastwagen der Müllabfuhr die Abfälle aus Bellavista, La Perla und Callao abluden und zur gleichen Zeit eine Schar von Kindern, Männern, alten Leuten und Frauen anfing, auf der Suche nach Wertgegenständen in dem Unrat zu wühlen und den Seevögeln, Geiern und streunenden Hunden die unter dem Müll verstreuten Essensreste streitig zu machen. Nahe diesem Ödland waren sie, Richtung Ventanilla, Ancón, wo sich die Fischmehlfabriken von Callao aneinanderreihten.

»Das hier ist die beste Stelle«, sagte Lituma. »Die Müllwagen kommen alle hier vorbei.«

Das Meer dröhnte. Bäckchen blieb stehen, der Schwarze ebenfalls. Die Polizisten hatten ihre Taschenlampen angeknipst und besahen sich im zittrigen Licht dieses schraffierte, unverdrossen kauende Gesicht.

»Das Schlimmste ist, dass er überhaupt nicht reagiert und gar nichts ahnt«, murmelte Lituma. »Jeder andere hätte es gemerkt und bekäme Angst, würde versuchen zu fliehen. Was mich fertigmacht, ist seine Ruhe, sein Vertrauen in uns.«

»Ich habe eine Idee, Sergeant«, sagte Arévalo, und seine Zähne klapperten, als würde er gleich erfrieren. »Lassen wir ihn laufen. Wir sagen, wir hätten ihn erschossen, und dann irgendeine Geschichte, wieso die Leiche verschwunden ist …«

Lituma hatte seine Pistole gezogen und entsicherte sie.

»Du wagst es, mir vorzuschlagen, ich soll einen Befehl von oben verweigern und noch dazu lügen?«, hallte die bebende Stimme des Sergeanten. Seine rechte Hand hielt den Lauf der Waffe auf die Schläfe des Schwarzen gerichtet.

Doch zwei, drei, mehrere Sekunden vergingen, ohne dass er schoss. Würde er es tun? Würde er gehorchen? Würde der Schuss loskrachen? Würde der mysteriöse Einwanderer in den unergründlichen Müll sinken? Oder würde ihm das Leben geschenkt, und er würde blind, wild über die Strände fliehen, während inmitten von fauligen Gerüchen und dem Schaukeln der Wellen ein untadeliger Sergeant zurückblieb, verwirrt und bedrückt, weil er seine Pflicht verletzt hat? Wie würde sie enden, diese Tragödie von Callao?

V

Lucho Gaticas Gastspiel in Lima wurde von Pascual in unseren Nachrichten als »künstlerisches Ereignis von Rang und nationaler Hörfunk-Hit« gefeiert. Mich selbst kostete der Spaß eine Erzählung, eine Krawatte und ein Hemd, beide fast neu, und dass ich Tante Julia zum zweiten Mal sitzenließ. Vor der Ankunft des chilenischen Bolerosängers hatte ich in den Zeitungen schon ein vermehrtes Aufkommen von Fotos und Lobesartikeln bemerkt (»unbezahlte Werbung, die bringt am meisten«, sagte Genaro junior), aber richtig zu Bewusstsein kam mir sein Ruhm erst, als ich all die Frauen sah, die in der Calle Belén nach Freikarten für das Konzert anstanden. Da es ein kleiner Saal war, etwa hundert Plätze, konnten nur wenige den Aufnahmen beiwohnen. Am Abend der Premiere war der Auflauf vor den Türen von Radio Panamericana so groß, dass Pascual und ich nur über die Dachterrasse des Nachbargebäudes zu unserer Bretterbude hinaufkamen. Wir stellten die Sieben-Uhr-Nachrichten zusammen, aber es war nicht möglich, sie in den unteren Stock zu bringen:

»Da ist ein Rudel Frauen und verstopft die Treppe und den Aufzug«, sagte Pascual. »Ich habe sie gebeten, mich durchzulassen, aber sie dachten, ich wollte mich vordrängeln.«

Ich rief Genaro junior an, er sprühte vor Seligkeit:

»Noch eine Stunde bis zu Luchos Auftritt, und auf der Belén kommt schon kein Auto mehr durch. Ganz Peru hört jetzt Radio Panamericana.«

Ich fragte, ob wir angesichts der Ereignisse nicht die Nachrichten um sieben und um acht streichen sollten, aber er war ein findiger Kopf und meinte, dann sollten wir eben die Nachrichten den Sprechern per Telefon diktieren. So machten wir es, und in den Pausen lauschte Pascual verzückt der Stimme von Lucho Gatica im Radio, während ich mir noch einmal die vierte Version meiner Erzählung vom Eunuchensenator durchlas, der ich nun den Titel eines Horrorromans gegeben hatte: *Das verstümmelte Gesicht*. Punkt neun hörten wir das Ende der Sendung, die Stimme von Martínez Morosini, wie er Lucho Gatica verabschiedete, und den donnernden Applaus des Publikums, der diesmal nicht von der Schallplatte kam, sondern echt war. Zehn Sekunden später klingelte das Telefon, und ich hörte die alarmierte Stimme von Genaro junior:

»Kommt runter, wie auch immer, das wird hier langsam gruselig.«

Es war ein Heidenakt, auf der Treppe den Pulk der Frauen zu durchdringen, die Jesusito, der beleibte Pförtner, an der Tür des Sendesaals nur mühsam zurückhielt. Pascual rief: »Sanitäter, Sanitäter! Wir müssen zu einem Verletzten!« Die Frauen, die meisten von ihnen noch jung, schauten uns gleichgültig an oder lächelten, wichen aber kein Stück, so dass wir sie beiseiteschieben mussten. Drinnen erwartete uns ein verstörendes Schauspiel. Der gefeierte Künstler, ein kleiner Mann, leichenblass und voller Hass auf seine Verehrerinnen, verlangte Polizeischutz, während der fortschrittliche Unternehmer beschwichtigend auf ihn einsprach: Die Polizei zu rufen würde keinen guten Eindruck machen, die Horde junger Frauen sei eine Hommage an sein Talent. Doch Seine Berühmtheit ließ sich nicht beirren:

»Die Sorte kenne ich«, sagte er, und seine wütende Stimme zitterte. »Zuerst wollen sie nur ein Autogramm, und dann wird gekratzt und gebissen.«

Wir mussten lachen, aber die Wirklichkeit sollte ihm recht geben. Genaro junior entschied, noch eine halbe Stunde zu warten, im Glauben, die Verehrerinnen würden irgendwann aufgeben und gehen. Um Viertel nach zehn (ich hatte mich mit Tante Julia zum Kino verabredet) hatten wir die Nase voll, weiter darauf zu warten, dass die Frauen die Nase voll hatten, und beschlossen, einen Versuch zu wagen. Genaro junior, Pascual, Jesusito, Martínez Morosini und ich hakten uns unter und bildeten einen Kreis um Seine Berühmtheit, deren Blässe, kaum dass wir die Tür aufmachten, ins Farblose sackte. Die ersten Treppenstufen schafften wir ohne größere Blessuren, stießen mit Ellbogen, Knien, Kopf und Brust in die weibliche Flut, und fürs Erste begnügte man sich damit, zu applaudieren, zu seufzen und die Hände auszustrecken, um das Idol zu berühren – das, ein schneeweißes Lächeln im Gesicht, vor sich hin zischte: »Nur nicht loslassen, Kameraden« –, doch bald mussten wir uns eines regelrechten Überfalls erwehren. Sie gingen uns an die Wäsche, zerrten an uns, und unter lautem Heulen fuhren sie ihre Fingernägel aus und rissen ihrem Liebling Stücke aus dem Hemd und aus dem Anzug. Als wir uns nach zehn Minuten halb erstickt zur Eingangsdiele durchgeboxt hatten, glaubte ich schon, wir könnten uns nicht halten, und hatte eine Vision: Der kleine Bolerosänger ward uns entrissen und vor unseren Augen von seinen Verehrerinnen zerstückelt. Dazu kam es nicht, aber als wir ihn in den Wagen von Genaro senior schoben, der seit anderthalb Stunden am Steuer saß und wartete, waren wir, Lucho Gatica und seine eiserne Garde, die Überlebenden einer Katastrophe. Mir hatten sie die Krawatte vom Hals gezerrt und das Hemd zerfetzt, Jesusito die Uniform zerrissen und die Mütze geklaut, und Genaro junior trug von einer Handtasche einen blauen Fleck auf der Stirn. Der große Star war unverletzt, aber von seiner Kleidung waren nur die Schuhe und die Unterhose heil geblieben. Am nächsten Tag, als wir bei unserem Zehn-Uhr-Tässchen im Bransa saßen, erzählte ich Pedro Camacho von den schwungvollen Verehrerinnen. Er war nicht im mindesten überrascht:

»Mein junger Freund«, sagte er, ganz Philosoph, und betrachtete mich von ferne, »*auch* die Musik erreicht die Seele der Masse.«

Während ich um die körperliche Unversehrtheit von Lucho Gatica gekämpft hatte, hatte die Señora Agradecida im Dachbüro geputzt und die vierte Version meiner Senatorengeschichte in den Müll geworfen. Statt Trübsal zu blasen, fühlte ich mich von einer Last befreit und sah darin ein Zeichen der Götter. Als ich Javier mitteilte, dass ich sie nicht noch einmal schreiben würde, versuchte er nicht, mich von meinem Entschluss abzubringen, sondern beglückwünschte mich.

Tante Julia amüsierte sich köstlich über meine Erfahrung als Leibwächter. Seit dem Abend der flüchtigen Küsse im Grill Bolívar sahen wir uns fast täglich. Gleich am Tag nach Onkel Luchos Geburtstag war ich in die Avenida Armendáriz geflitzt, und zum Glück war Tante Julia allein.

»Sie sind bei deiner Tante Hortensia«, sagte sie und führte mich ins Wohnzimmer. »Ich bin nicht mitgegangen. Ich weiß doch genau, dass diese Tratsche nur über mich herzieht.«

Ich fasste sie um die Taille, zog sie an mich und wollte sie küssen. Sie wies mich nicht ab, küsste aber auch nicht zurück, und ich spürte ihre kalten Lippen auf den meinen. Als wir uns lösten, schaute sie mich an, ohne zu lächeln. Nicht wie am Abend zuvor, verwundert, eher mit einer gewissen Neugier und leicht spöttisch.

»Sieh mal, Marito«, ihre Stimme war liebevoll, ruhig. »Ich habe in meinem Leben schon allen Unsinn gemacht, aber *das* werde ich nicht tun«, und sie lachte schallend. »Ich und Verführung Minderjähriger? Ganz bestimmt nicht!«

Wir setzten uns und unterhielten uns fast zwei Stunden lang. Ich erzählte ihr mein ganzes Leben, nicht das vergangene, sondern mein zukünftiges, wenn ich einmal in Paris lebte und Schriftsteller wäre. Ich sagte ihr, dass ich schreiben wollte, seit ich zum ersten Mal Alexandre Dumas gelesen hätte, und seither träumte ich davon, nach Frankreich zu gehen und in einer Mansarde im Künstlerviertel zu leben und mich ganz der Literatur zu widmen, dem Tollsten der

Welt. Ich erzählte ihr, dass ich Jura nur studierte, um der Familie einen Gefallen zu tun, für mich sei der Anwaltsberuf der dümmste und unerträglichste überhaupt und ich würde ihn niemals ausüben. Irgendwann merkte ich, wie ich mich in Fahrt geredet hatte, und sagte, dass ich solch vertrauliche Dinge zum ersten Mal nicht einem Freund erzählte, sondern einer Frau.

»Ich erinnere dich an deine Mutter, und das verleitet dich, mir etwas anzuvertrauen«, psychoanalysierte mich Tante Julia. »Doritas Sohn ein Bohemien, sieh einer an. Das Dumme ist, dass du verhungern wirst, mein Kleiner.«

Sie erzählte, in der Nacht habe sie kein Auge zugetan, immer habe sie an die verstohlenen Küsse im Grill Bolívar denken müssen. Dass der Sohn von Dorita, der kleine Junge, den sie gestern noch, in Cochabamba, zusammen mit der Mutter in die La-Salle-Schule gebracht hatte, der Lausebengel, den sie noch in kurzen Hosen wähnte, der Bubi, von dem sie sich hatte ins Kino begleiten lassen, um nicht allein zu gehen, dass ausgerechnet der sie mir nichts, dir nichts auf den Mund küsst, als wäre er ein ganzer Mann, es wollte ihr nicht in den Kopf.

»Ich bin ein ganzer Mann«, sagte ich, nahm ihre Hand und küsste sie. »Ich bin achtzehn. Und meine Jungfräulichkeit habe ich schon vor fünf Jahren verloren.«

»Und was bin ich dann, wo ich zweiunddreißig bin und sie vor fünfzehn verloren habe?« Sie lachte. »Eine alte Schachtel!«

Sie hatte ein kräftiges, raues Lachen, fröhlich und direkt, das ihren großen Mund mit den vollen Lippen weit aufriss und ihre Augen zusammenkniff. Sie schaute mich leicht spöttisch an, maliziös, immer noch nicht wie einen ganzen Mann, aber auch nicht mehr wie ein Jüngelchen. Sie stand auf, um mir einen Whisky einzuschenken:

»Nach dem, was du dir gestern Abend herausgenommen hast, kann ich dir keine Coca-Cola mehr anbieten«, sagte sie und tat bekümmert. »Jetzt muss ich dich wie einen meiner Verehrer behandeln.«

Ich sagte, so riesig sei der Altersunterschied auch nicht.

»Was heißt riesig«, erwiderte sie. »Es fehlt nicht viel, und du könntest mein Sohn sein.«

Sie erzählte mir die Geschichte ihrer Ehe. Die ersten Jahre war alles prima gelaufen. Ihr Mann hatte eine Hazienda im Altiplano, und sie hatte sich so ans Landleben gewöhnt, dass sie nur selten nach La Paz fuhr. Das Gutshaus war sehr gemütlich, und sie mochte die Ruhe dort sehr, das gesunde, einfache Leben: reiten, Ausflüge unternehmen, die Feste der Indios besuchen. Erste graue Wolken zogen auf, als sie keine Kinder bekam; ihrem Mann machte die Vorstellung zu schaffen, keine Nachkommen zu haben. Er hatte angefangen zu trinken, und von da an ging es in einer einzigen Abfolge von Streitereien, Trennungen und Versöhnungen mit der Ehe immer weiter bergab. Bis zum letzten Streit. Nach der Scheidung waren sie gute Freunde geblieben.

»Wenn ich einmal heirate, will ich keine Kinder haben«, sagte ich. »Kinder und die Literatur sind unvereinbar.«

»Soll das heißen, ich kann meine Bewerbung einreichen und mich hinten anstellen?«, kokettierte Tante Julia.

Sie hatte Witz und Schlagfertigkeit, erzählte pikante Geschichten mit viel Charme und war (wie alle Frauen, die ich bisher kannte) fürchterlich literaturfern. Man konnte meinen, sie hätte in den langen Mußestunden auf der bolivianischen Hazienda nur argentinische Zeitschriften gelesen, die ein oder andere Delly-Schnulze und ein paar Romane, die sie für denkwürdig erachtete: *Der Scheich* und *Der Sohn des Scheichs* von einer gewissen E. M. Hull. Als ich mich verabschiedete, fragte ich sie, ob wir ins Kino gehen könnten, und sie sagte, »das ja«. Seither waren wir fast jeden Abend in die Spätvorstellung gegangen, und abgesehen davon, dass wir jede Menge mexikanische und argentinische Melodramen durchstanden, hatten wir uns eine beträchtliche Anzahl Küsse gegeben. Die

Filme wurden für uns zum Vorwand, und damit wir länger zusammen sein konnten, wählten wir die Kinos, die am weitesten von der Avenida Armendáriz entfernt lagen (das Montecarlo, das Colina, das Marsano). Nach der Vorstellung gingen wir noch lange spazieren, machten Pastetchen (so nannte man, erzählte sie, in Bolivien das Händchenhalten), liefen im Zickzack durch die leeren Straßen von Miraflores (kaum tauchte ein Fußgänger oder ein Auto auf, ließen wir uns los), unterhielten uns über Gott und die Welt, und der Nieselregen – es war diese unentschlossene Jahreszeit, die man in Lima Winter nennt – durchnässte uns bis auf die Knochen. Tante Julia ging immer noch mit ihren zahlreichen Bewerbern aus, zum Mittagessen oder zum Tee, aber die Abende waren für mich reserviert. Das Kino besuchten wir im Grunde nur, um uns im Parkett in die hinteren Reihen zu setzen, wo wir uns (vor allem, wenn der Film sehr schlecht war) küssen konnten, ohne andere Besucher zu stören und ohne dass jemand uns erkannte. Unsere Beziehung hatte sich bald im Formlosen gefestigt, irgendwo zwischen den entgegengesetzten Kategorien Verliebte und Geliebte. Es war ein immer wiederkehrendes Thema in unseren Gesprächen. Mit den Geliebten teilten wir das Heimliche, die Angst vor Entdeckung, das Gefühl der Gefahr, aber Geliebte waren wir nur im Geiste, nicht körperlich, denn wir schliefen nicht miteinander (und hatten uns, wie Javier später entrüstet anmerkte, »nicht einmal berührt«); mit den Verliebten dagegen teilten wir die Achtung vor einigen klassischen Ritualen der halbwüchsigen Paare aus dem Miraflores jener Tage (ins Kino gehen, sich während des Films küssen, Hand in Hand über die Straße gehen) und das keusche Benehmen (in dieser Steinzeit ging ein Mirafloriner Mädchen jungfräulich in die Ehe und gab ihre Brüste und ihr Geschlecht nur zur Berührung frei, wenn der Freund in aller Form zum Zukünftigen aufgestiegen war) – aber wie hätten wir Verliebte sein können bei dem Altersunterschied und wo wir verwandt waren? Angesichts des Uneindeutigen und Extravaganten unserer Romanze tauften wir sie zum Spaß »Englisches Verlöbnis«, »Schwedische Romanze«, »Türkisches Drama«.

»Die Amouren eines kleinen Jungen und einer alten Frau, die noch dazu so etwas wie seine Tante ist«, sagte Tante Julia eines Abends, als wir durch den Parque Central spazierten. »Genau das Richtige für ein Radiodrama von Pedro Camacho.«

Ich erinnerte sie daran, dass wir nur verschwägert waren, und sie erzählte mir, dass in der Serie um drei ein Junge aus San Isidro, blendend aussehend und ein großer Wellenreiter, eine Beziehung mit niemand Geringerem als seiner Schwester habe, die, Schreck im Himmel, von ihm schwanger sei.

»Seit wann hörst du Radioserien?«, fragte ich.

»Meine Schwester hat mich angesteckt«, antwortete sie. »Die auf Radio Central sind wirklich phantastisch, es zerreißt dir das Herz.«

Und sie musste zugeben, dass ihr und Tante Olga manchmal die Tränen in den Augen standen. Für mich war es der erste Hinweis darauf, wie Pedro Camacho in den heimischen Stuben von Lima einschlug. Weitere sammelte ich in den nächsten Tagen in den Häusern der Verwandtschaft. Ich schaute bei Tante Laura vorbei, und kaum stand ich in der Tür zum Wohnzimmer, legte sie den Finger an die Lippen, ich solle still sein, während sie stumm dasaß, zum Rundfunkgerät vorgebeugt, als wollte sie die Stimme des bolivianischen Künstlers (bebend oder harsch, feurig, kristallklar) nicht nur hören, sondern auch riechen, anfassen. Ich kam zu Tante Gaby und traf sie und Tante Hortensia an, wie ihre versonnenen Finger ein Knäuel entwirrten, während sie einem von gelehrten Wörtern und geschraubten Sätzen strotzenden Dialog zwischen Luciano Pando und Josefina Sánchez lauschten. Selbst zu Hause bei meinen Großeltern, die schon immer »eine Schwäche für Romänchen« hatten, wie Oma Carmen sagte, waren sie jetzt einer echten Hörspielleidenschaft verfallen. Morgens beim Aufwachen vernahm ich schon die Erkennungsmelodie von Radio Central – mit krankhafter Vorfreude bereiteten sie sich auf die erste Serie vor, die um zehn –, beim Mittagessen hörte ich die Serie um zwei, und wann immer ich im Laufe des Tages zurückkam, traf ich die beiden älteren Herrschaften und die Köchin in einer Ecke des kleinen Wohnzimmers an, hoch konzentriert bei dem Rundfunkgerät, das groß und schwer war wie eine Anrichte und zu allem Überfluss immer auf voller Lautstärke dröhnte.

»Warum hängst du so an den Hörspielen?«, fragte ich eines Tages meine Großmutter. »Was haben sie, was Bücher nicht haben?«

»Es ist viel lebendiger, und wenn man die Leute sprechen hört, ist es echter«, erklärte sie nach einigem Überlegen. »Außerdem, in meinem Alter, da benehmen sich die Ohren besser als die Augen.«

Auf ähnliche Weise versuchte ich es bei anderen Verwandten, aber die Ergebnisse meiner Umfrage waren nicht eindeutig. Tante Gaby, Tante Laura, Tante Olga und Tante Hortensia gefielen die Serien, weil sie unterhaltsam waren, traurig oder heftig, weil sie ablenkten und zum Träumen einluden und man Dinge erlebte, die im wirklichen Leben unmöglich waren; weil sie Wahrheiten aussprachen oder weil man eben ein bisschen romantisch veranlagt war. Als ich sie fragte, warum sie ihnen lieber seien als Bücher, gab es prompten Protest: So ein Unsinn, das konnte man doch nicht vergleichen, Bücher waren Kultur, die Radioserien bloß Schnickschnack, mit dem man sich die Zeit vertrieb. Wie auch immer, sie hingen nur noch am Radio, nicht ein einziges Mal habe ich auch nur eine von ihnen ein Buch aufschlagen sehen. Bei unseren abendlichen Wanderungen fasste Tante Julia manchmal ein paar Folgen, die sie besonders beeindruckt hatten, für mich zusammen, und ich erzählte ihr von meinen Unterhaltungen mit dem Schreibkünstler, so dass auf unmerkliche Weise Pedro Camacho zu einem Teil unserer Romanze wurde.

Genaro junior persönlich bestätigte mir den Erfolg der neuen Hörspielserien an dem Tag, an dem ich es nach tausend Protesten geschafft hatte, dass man mir eine neue Schreibmaschine gab. Er kam zu uns aufs Dach, eine Mappe in der Hand, und strahlte wie ein Honigkuchenpferd:

»Er übertrifft die optimistischsten Schätzungen«, sagte er. »In zwei Wochen sind die Hörerzahlen um zwanzig Prozent gestiegen. Wisst ihr, was das bedeutet? Wir können unseren Werbekunden zwanzig Prozent mehr berechnen!«

»Und wir bekommen zwanzig Prozent mehr Gehalt, Don Genaro?« Pascual sprang von seinem Stuhl auf.

»Ihr arbeitet nicht bei Radio Central, sondern bei Radio Panamericana«, rief Genaro junior uns in Erinnerung. »Und das ist ein Sender, der etwas auf sich hält, wir senden keine Hörspiele.«

Die Zeitungen verbreiteten auf ihren Unterhaltungsseiten bald die Hörerzahlen, die die neuen Serien erobert hatten, und brachten Lobesartikel über Pedro Camacho. In seiner Kolumne in *Última Hora* verlieh Guido Monteverde ihm schließlich die höheren Weihen, wo er schrieb, Camacho sei »ein erfahrener Rundfunkautor von tropischer Phantasie und romantischer Ader, ein unerschrockener Symphoniker des Hörspiels und wandlungsfähiger Darsteller mit einer Stimme wie Karamell«. Doch der Empfänger dieser Attribute stellte sich taub gegenüber den Begeisterungswellen ringsum. Als ich ihn in diesen Tagen auf dem Weg ins Bransa abholte, um mit ihm einen Kaffee zu trinken, sah ich im Fenster seines Kabuffs einen Anschlag hängen mit folgender, in ungeschliffener Handschrift hingeworfener Nachricht: »Kein Empfang von Journalisten und keine Ausgabe von Autogrammen. Der Künstler arbeitet! Bitte um Respekt!«

»Ist das ernst gemeint oder ein Scherz?«, fragte ich ihn, während ich meinen Espresso mit Milch trank und er sein Hirntonikum mit Minze und Zitronenkraut.

»Sehr ernst«, antwortete er. »Die örtliche Vielschreiberschaft hat angefangen, mich zu bedrängen, und wenn ich sie nicht in die Schranken weise, stehen die Zuhörer bald Schlange bis hier«, und wie beiläufig deutete er zur Plaza San Martín, »bitten mich um Fotografien und Unterschriften. Meine Zeit ist Gold wert, ich kann sie nicht mit Albernheiten vertun.«

Es lag keine Spur von Eitelkeit in dem, was er sagte, nur aufrichtige Sorge. Er trug seinen üblichen schwarzen Anzug, seine Fliege und rauchte scheußlich stinkende Zigaretten einer Marke namens Aviación. Wie immer war er überaus ernst. Ich glaubte ihm zu schmeicheln, als ich ihm erzählte, dass alle meine Tanten zu echten Fans seiner Serien geworden waren und dass Genaro junior vor Freude über die Ergebnisse der Umfragen zu den Hörerzahlen Luftsprünge machte. Doch mit gelangweilter Miene gebot er mir Schweigen, als wäre all das unvermeidlich, als hätte er es schon immer gewusst; und teilte mir mit, dass er empört sei über die mangelnde Sensibilität der *Krämer* (ein Wort, das er fortan immer benutzte, wenn er von den Genaros sprach).

»Da gibt es einen Schwachpunkt bei den Serien. Meine Aufgabe ist es, Abhilfe zu schaffen, und ihre, mir dabei zu helfen«, insistierte er mit gerunzelter Stirn. »Aber bekanntermaßen sind die Kunst und das Geld Todfeinde, wie die Perlen und die Säue.«

»Schwachpunkt?«, fragte ich verwundert. »Aber sie sind ein voller Erfolg!«

»Die Krämer wollen Pablito nicht entlassen, obwohl ich es gefordert habe«, erklärte er. »Aus Gefühlsduselei, er sei schon seit wer weiß wie vielen Jahren bei Radio Central und dergleichen Unsinn. Als hätte die Kunst mit Barmherzigkeit zu tun! Die Inkompetenz dieses kranken Mannes ist eine Sabotage meiner Arbeit!«

Der Große Pablito war eine dieser unbeschreiblichen, pittoresken Gestalten, wie sie die Welt des Radios anlockt oder hervorbringt. »Pablito« legte nahe, dass es sich um einen Jungen handelte, aber es war ein fünfzigjähriger Mestize, der beim Gehen schlurfte und mit seinen Asthmaanfällen die Luft verseuchte. Von morgens bis abends wuselte er bei Radio Central und Radio Panamericana herum, war Mädchen für alles, ob er den Straßenkehrern half, den Genaros Eintrittskarten fürs Kino oder zum Stierkampf besorgte oder Freikarten für die Rundfunkkonzerte verteilte. Seine beständigste Arbeit waren die Hörspiele, bei denen er für die Geräusche zuständig war.

»Die glauben, die Geräuscheffekte seien Kinkerlitzchen, die jeder Eckensteher zustande bringt«, wetterte Pedro Camacho mit eisigem Stolz. »In Wahrheit sind auch sie eine Kunst, und was versteht von Kunst schon dieser sich tothechelnde Brachyzephalus?«

Er versicherte mir, dass er, »wenn es so weit kommt«, nicht zögern würde, mit eigenen Händen zu beseitigen, was die »Vollkommenheit meiner Arbeit« behindere (und so wie er es sagte, glaubte ich ihm). Zerknirscht fügte er hinzu, dass er keine Zeit habe, einen Spezialisten für Geräuscheffekte auszubilden und ihm von A bis Z alles beizubringen; nach einer raschen Erkundung der *inländischen Stationsskala* habe er jedoch gefunden, wonach er suche. Er senkte die Stimme, warf einen Blick in die Runde und schloss mephistophelisch:

»Die für uns geeignete Person ist bei Radio Victoria.«

Javier und ich analysierten die Wahrscheinlichkeit, dass Pedro Camacho seine mörderischen Pläne gegenüber dem Großen Pablito in die Tat umsetze, und wir stimmten darin überein, dass dessen Schicksal ausschließlich von den Umfragen abhing: Wenn die Hörerzahlen weiter zulegten, würde er erbarmungslos geopfert. Und tatsächlich, kaum eine Woche war vergangen, da stand Genaro junior in unserer Dachbude – ich schrieb gerade an einer neuen Erzählung, was er gemerkt haben musste, so verwirrt, wie ich das Blatt aus der Schreibmaschine riss und es unter die Nachrichten mischte, aber er war so taktvoll, nichts zu sagen –, und mit großer Mäzenatengeste wandte er sich an Pascual und mich:

»Nach all dem Gejammer bekommt ihr euren dritten Redakteur, ihr Faulpelze. Der Große Pablito wird mit euch arbeiten. Und ruht euch nicht auf euren Lorbeeren aus!«

Die Verstärkung des Nachrichtendienstes war mehr moralischer als materieller Natur, denn als der Große Pablito am nächsten Morgen um sieben Uhr, auf die Minute pünktlich, ins Büro kam und mich fragte, was er tun solle, und ich ihn beauftragte, einen Parlamentsbericht umzustricken, machte er ein erschrockenes Gesicht, bekam einen Hustenanfall, bis er violett anlief, und stammelte, das sei unmöglich:

»Ich kann doch gar nicht lesen und nicht schreiben, Don Mario.«

Ich schätzte es als subtile Kostprobe seines heiteren Gemüts, dass Genaro junior uns als neuen Redakteur einen Analphabeten schickte. Pascual, den die Aussicht, dass die Wege der Redaktion sich zwischen ihm und dem Großen Pablito teilten, nervös gemacht hatte, nahm die Nachricht vom Analphabetismus mit entschiedener Freude auf. Vor meinen Augen schalt er den neuen Kollegen für seine Antriebslosigkeit, da er nicht imstande gewesen sei, etwas zu lernen, so wie er selbst, als Erwachsener, als er die kostenlosen Kurse auf der Abendschule besuchte. Der Große Pablito war so erschrocken, dass er nur nickte und wie ein Automat immer wieder sagte, »das stimmt, daran hatte ich nicht gedacht, so ist es, Sie haben völlig recht«, und dabei schaute er mich an, als würde er gleich entlassen. Ich beruhigte ihn und sagte, seine Aufgabe sei es, die Nachrichten zu den Sprechern hinunterzubringen. Tatsächlich wurde er zu einem Sklaven Pascuals, der ihn den ganzen Tag vom Dach auf die Straße und wieder hoch traben ließ, um für ihn Zigaretten zu holen oder gefüllte Kroketten, die ein fliegender Händler in der Calle Carabaya verkaufte, oder einfach nur, um nachzuschauen, ob es regnete. Der Große Pablito ertrug seine Knechtschaft mit beachtlichem

Opfergeist und zeigte gegenüber seinem Peiniger sogar mehr Respekt und Freundschaft als gegenüber mir. Wenn er nicht für Pascual Besorgungen machte, kauerte er sich im Büro in eine Ecke, den Kopf an der Wand, und schlief auf der Stelle ein. Er schnarchte mit dem beständigen, quietschenden Surren eines rostigen Ventilators.

Pablito hatte ein großmütiges Wesen und trug es Pedro Camacho nicht im Geringsten nach, dass er ihn durch einen Hereingeschneiten von Radio Victoria ersetzte. Er sprach immer in den höchsten Tönen von dem bolivianischen Künstler, für den er nur echte Bewunderung empfand. Oftmals bat er mich um Erlaubnis, zu den Proben für die Aufnahmen zu gehen. Wenn er zurückkam, kannte seine Begeisterung keine Grenzen:

»Der Mann ist ein Genie«, japste er und erstickte fast. »Dem fallen die unglaublichsten Sachen ein.«

Immer hatte er ein paar lustige Anekdoten von Pedro Camachos künstlerischen Großtaten im Gepäck. Einmal schwor er uns, dieser habe Luciano Pando geraten, sich selbst zu befriedigen, bevor er einen Liebesdialog spiele, mit dem Argument, es schwäche die Stimme und erzeuge einen sehr romantischen Atem. Luciano Pando hatte sich geweigert.

»Jetzt verstehe ich, warum Don Pedro jedes Mal, wenn es eine Liebesszene gibt, vorher in den Hof aufs Klo geht, Don Mario«, und der Große Pablito bekreuzigte sich und küsste seine Finger. »Um zu wichsen, wozu sonst. Deshalb ist seine Stimme so schön sanft.«

Javier und ich diskutierten eingehend, ob es stimmte oder der Phantasie des neuen Redakteurs entsprang, und wir kamen zu dem Schluss, dass es zumindest ausreichend Anhaltspunkte dafür gab, es nicht für absolut unmöglich zu halten.

»Darüber solltest du eine Erzählung schreiben, nicht über Doroteo Martí«, mahnte mich Javier. »Radio Central ist eine wahre Fundgrube für die Literatur.«

Die Erzählung, die zu schreiben ich mir in diesen Tagen

in den Kopf gesetzt hatte, stützte sich auf eine kleine Geschichte, die mir Tante Julia erzählte, sie selbst hatte sie in La Paz im Teatro Saavedra erlebt. Doroteo Martí war ein spanischer Schauspieler, der durch Amerika tourte und mit *Die Ungeliebte* und *Ein ganzer Mann* oder noch trüberen Unsäglichkeiten die Massen zu heißen Tränen rührte. Selbst in Lima, wo das Theater seit dem vergangenen Jahrhundert nur noch eine Kuriosität war, hatte die Truppe von Doroteo Martí das Stadttheater mit einer Aufführung voll bekommen, die, wie es hieß, das Nonplusultra im Repertoire war: *Leben, Leiden und Sterben Jesu Christi*. Der Mime hatte einen ledernen Sinn fürs Praktische, und böse Zungen behaupteten, einmal habe er, Jesus, seine schluchzende Schmerzensnacht im Olivenhain unterbrochen, um mit liebenswürdigster Stimme dem hochansehnlichen Publikum zu verkünden, dass die Truppe am nächsten Tag eine Sondervorstellung gebe, bei der jeder Herr seine Dame gratis mitnehmen dürfe (worauf er seinen Passionsweg fortsetzte). Eine dieser Aufführungen von *Leben, Leiden und Sterben* war es gewesen, die Tante Julia im Teatro Saavedra gesehen hatte. Es war der Höhepunkt des Stücks, auf dem Berg Golgatha, Jesus Christus hing unter Wolken von Weihrauch am Kreuz und starb, als die Zuschauer merkten, wie der Balken, an dem man Jesus Christus-Martí festgebunden hatte, sich neigte. Drohte ein Unglück, war es ein beabsichtigter Effekt? Vorsichtig, verstohlene Blicke wechselnd, begannen die Jungfrau Maria, die Apostel, die Legionäre, das ganze Volk zurückzuweichen, fort von dem schwankenden Kreuz, an dem Doroteo-Jesus, den Kopf noch auf der Brust, jetzt leise, in den ersten Reihen des Parketts aber gut hörbar murmelte: »Ich falle, ich falle.« Vor lauter Angst, ein Sakrileg zu begehen, traute keiner der unsichtbaren Kulissenschieber sich herbei, um das Kreuz zu halten, das nun, unter Herausforderung zahlreicher physikalischer Gesetze und einem entsetzten Raunen, das an die Stelle der Gebete trat, zu tänzeln begann. Sekunden später konnte das Publikum von La Paz sehen, wie Martí aus Galiläa unter dem Gewicht des heiligen Holzes der Länge nach auf die Bretter seines Ruhms schlug, mit einem Krachen, dass das ganze Theater erbebte. Tante Julia schwor mir, Christus hätte es, bevor er auf dem Boden zu Klump ging, noch geschafft, wie wild zu brüllen: »Ich falle, verdammte Scheiße!« Vor allem diesen Schluss wollte ich nachschaffen; genau so würde die Erzählung enden, effekthascherisch, mit einem brüllenden und fluchenden Jesus. Es sollte eine komische Erzählung werden, und um mir die Techniken des Humors anzueignen, las ich im Sammeltaxi, im Expressbus und vor dem Schlafen im Bett alle Schriftsteller der heiteren Art, die mir in die Hände kamen, von Mark Twain und Bernard Shaw bis zu Jardiel Poncela und Fernández Flórez. Aber wie immer gelang es mir nicht, und Pascual und der Große Pablito zählten die Blätter, die ich in den Papierkorb jagte. Zum Glück zeigten die Genaros sich in puncto Papier dem Informationsdienst gegenüber von ihrer spendablen Seite.

Es vergingen zwei oder drei Wochen, bevor ich den Mann von Radio Victoria, der den Großen Pablito ersetzt hatte, kennenlernen durfte. Anders als früher, als man noch jederzeit der Aufnahme der Hörspielserien beiwohnen konnte, hatte Pedro Camacho verboten, dass wer auch immer, außer den Akteuren und Technikern, das Studio betrat, und zur Sicherheit verschloss er die Tür und postierte davor Jesusitos einschüchternde Gestalt. Nicht einmal Genaro junior blieb davon ausgenommen. Ich erinnere mich noch an den Nachmittag, als er wie immer, wenn er Probleme hatte und eine tröstende Seele brauchte, mit bebenden Nüstern in unserer Dachbude erschien und mir seine Klage vortrug:

»Ich wollte das Studio betreten, aber er hat sofort unterbrochen und sich geweigert, die Folge aufzunehmen, solange ich nicht verschwinde«, sagte er mit aufgelöster Stimme. »Wenn ich noch einmal die Probe unterbreche, wirft er mir das Mikrophon an den Kopf, hat er versprochen. Was soll ich tun? Ihn hochkantig rauswerfen oder die Kröte schlucken?«

Ich sagte ihm, was er höre wollte: Dass er angesichts des Erfolgs der Serien (»um des nationalen Hörfunks willen« et cetera) die Kröte schlucken und seine Nase nicht mehr in den Herrschaftsbereich des Künstlers stecken solle. So machte er es, und ich verging vor Neugier, einmal bei einer Aufnahme der Serien dabei zu sein.

Eines Vormittags, zur Stunde unserer üblichen Stärkung und nachdem ich wie die Katze um den heißen Brei geschlichen war, traute ich mich vorzufühlen. Ich würde gerne einmal den Neuen für die Geräusche in Aktion sehen, sagte ich Pedro Camacho, würde gerne sehen, ob er tatsächlich so gut war, wie er gesagt hatte.

»Ich sagte nicht gut, sondern einigermaßen«, korrigierte er mich sogleich. »Aber ich bilde ihn aus, und er könnte einmal gut werden.«

Er trank einen Schluck seines Kräutertees und betrachtete mich mit förmlichen, kalten Äuglein, von inneren Zweifeln gepackt. Schließlich fand er sich ab und stimmte zu:

»Nun denn. Kommen Sie morgen, zu der um drei. Aber es wird sich nicht wiederholen, so leid es mir tut. Ich mag es nicht, wenn die Darsteller abgelenkt werden, jede Anwesenheit stört sie, sie entgleiten mir, und dann ade Katharsis. Die Aufnahme einer jeden Folge ist eine Messe, mein Freund.«

In Wahrheit war es noch feierlicher. Bei keiner Messe, an die ich mich erinnerte (seit Jahren ging ich nicht mehr in die Kirche), hatte ich jemals eine so innige Zeremonie erlebt, ein so lebendiges Ritual wie bei dieser Aufnahme der siebzehnten Folge von *Freud und Leid des Don Alberto de Quinteros*, zu der man mich zuließ. Das Schauspiel mochte nicht länger als dreißig Minuten gedauert haben – zehn für die Probe und zwanzig für die Aufnahme –, aber am Ende dachte ich, es müssten Stunden gewesen sein. Gleich zu Beginn beeindruckte mich die andächtige Atmosphäre, die in diesem von einer Scheibe abgetrennten und mit einem muffigen grünen Teppich ausgelegten Loch herrschte, das auf den Namen Radio Central, Aufnahmestudio Nummer eins hörte. Nur der Große Pablito und ich waren als Zuschauer dabei, alle anderen waren Aktive. Doch Pedro Camacho hatte uns, als er hereinkam, mit martialischem Blick mitgeteilt, dass wir wie Salzsäulen dazuhocken hätten. Der Autor und Regisseur schien wie verwandelt: größer, kräftiger, ein General, der disziplinierte Truppen befehligt. Diszipliniert? Eher berückt, verzaubert, aufgeputscht. Es kostete mich einige Mühe, die schnurrbärtige und krampfadrige Josefina Sánchez, die ich so oft ihre Monologe hatte aufnehmen sehen – kaugummikauend, strickend, völlig unbekümmert und mit einem Gesicht, als wüsste sie nicht, was sie sprach –, in dieser ernsthaften kleinen Person wiederzuerkennen, die, wenn sie nicht in dem Manuskript las wie in einem Gebetbuch, nur Augen hatte, um ehrfurchtsvoll und gelehrig, mit dem unschuldigen Zittern des kleinen Mädchens, das am Tag der ersten heiligen Kommunion zum Altar blickt, den Künstler anzuschauen. Und das Gleiche geschah mit Luciano Pando und den drei übrigen Darstellern (zwei Frauen und ein noch sehr junger Mann). Sie wechselten kein Wort miteinander, schauten sich nicht an, ihre Augen flogen, magnetisch angezogen, vom Manuskript zu Pedro Camacho, und selbst Ochoa, der Tontechniker, dieser Schmalzdackel, teilte ihre Verzückung: Mit großem Ernst und strenger Miene überprüfte er die Regler, drückte Knöpfe und Lämpchen und verfolgte aufmerksam, was hinter der Studioscheibe passierte.

Die fünf Schauspieler standen in einem Kreis um Pedro Camacho, der sie – wie stets im schwarzen Anzug, mit Fliege und flatterndem Haar – in die aufzunehmende Folge einwies. Aber es waren keine Anweisungen, die er ihnen erteilte, zumindest nicht im prosaischen Sinne von konkreten Hinweisen, wie sie ihre Monologe zu sprechen hätten – zurückhaltend oder theatralisch, langsam oder schnell –, sondern, seiner Gewohnheit gemäß, ein vornehmes, erhabenes Dozieren über den ästhetischen und philosophischen Kern ihres Tuns. Natürlich waren es die Wörter »Kunst« und »künstlerisch«, die in seiner fiebrigen Rede am häufigsten hervortraten, gleich Zauberworten, die alles öffneten und erklärten. Doch noch ungewöhnlicher als die Worte des bolivianischen Künstlers war, mit welcher Inbrunst er sie hervorstieß und, vielleicht mehr noch, welche Wirkung sie hatten. Er fuchtelte mit den Armen, bäumte sich auf, sprach mit der eifernden Stimme eines Mannes, der im Besitz einer brennenden Wahrheit ist und sie kundtun, teilen, durchsetzen muss. Was ihm vollauf gelang: Wie beduselt hingen die fünf Schauspieler an seinen Lippen, staunend, die Augen aufgerissen, um all die Sentenzen über ihre Arbeit (»Ihre Mission«, sagte der Autor und Regisseur) aufsaugen zu können. Ich bedauerte, dass Tante Julia nicht dabei war, sie würde mir bestimmt nicht glauben, wenn ich ihr erzählte, wie sich vor meinen Augen eine ewige, halbe Stunde lang diese Handvoll Vertreter des erbärmlichsten Berufsstands von Lima unter der sprudelnden Rhetorik Pedro Camachos verwandelte, schöner wurde, vergeistigte. Der Große Pablito und ich saßen in einer Ecke des Studios auf dem Boden, und vor uns, umgeben von einem kuriosen Arsenal von Gegenständen, befand sich die letzte Neuerwerbung: der Überläufer von Radio Victoria. Auch er hatte in mystischer Verzückung der Ansprache des Künstlers zugehört, doch kaum begann die Aufnahme, wurde er für mich zum Mittelpunkt des Geschehens.

Er war ein kleiner, stämmiger Kerl mit kupferfarbener Haut und steifen Haaren, gekleidet fast wie ein Bettler: zerschlissener Overall, Hemd mit Flicken und riesige Schuhe ohne Schnürsenkel (später erfuhr ich, dass man ihn unter dem rätselhaften Spitznamen Batán kannte, »Mahlstein«). Seine Arbeitsgeräte waren eine Bohle, eine Tür, eine Waschschüssel voll Wasser, eine Trillerpfeife, ein Bogen Stanniolpapier, ein Ventilator und andere häuslich anmutende Ge-

genstände. Batán war ein Schauspiel für sich: Er war Bauchredner, Akrobat, mehrere Personen zugleich, ein Feuerwerk an körperlicher Phantasie. Kaum hatte der Regisseur und Schauspieler das Zeichen gegeben – ein schulmeisterliches Schwingen des Zeigefingers durch die von Dialogen, Wehlauten und Seufzern schwere Luft –, führte Batán, in einem klug abnehmenden Rhythmus über die Bohle laufend, die Schritte der Personen in die Nähe oder in die Ferne, und auf ein anderes Zeichen ließ er, den Ventilator in unterschiedlichen Geschwindigkeiten auf das Silberpapier gerichtet, den Regen prasseln oder den Wind brausen, und auf wieder ein anderes erfüllte er, sich drei Finger in den Mund steckend, das Studio mit dem Zwitschern, das an einem Frühlingmorgen die Heldin in ihrem Landhaus weckt. Besonders beeindruckend war, wie er die Geräusche der Stadt nachmachte. Einmal gingen zwei Personen über die Plaza de Armas spazieren und unterhielten sich. Der schmalzige Ochoa schickte vom Tonband Motor- und Hupgeräusche in den Raum, doch alle anderen Effekte stellte Batán her, schnalzend, glucksend, zischelnd, säuselnd (all das offenbar gleichzeitig), und man musste nur die Augen schließen, schon hörte man, nachgebildet in dem kleinen Studio von Radio Central, die Stimmen, Wörter, Lacher, Flüche, die man auf einer belebten Straße nur nebenbei hört. Doch als wäre es damit nicht genug, und während er zugleich Dutzende von menschlichen Stimmen erzeugte, lief oder sprang er über die Bohle, gab die Schritte der Passanten auf den Bürgersteigen wieder und wie sich ihre Körper streiften. Er *lief* zugleich auf Füßen und Händen (über die er ein Paar Schuhe gezogen hatte), in der Hocke, die Arme wie ein Affe zu Boden gestreckt, sich mit Ellbogen und Unterarmen auf die Schenkel schlagend. Nachdem er (akustisch) die Plaza de Armas zur Mittagszeit gewesen war, schien es fast ein Kinderspiel, als er – zwei kleine Eisenstücke aneinanderklirren lassend, über eine Scheibe kratzend und, um Stühle und Füße auf weichen Teppichen zu imitieren, ein paar Brettchen an seinem Hosenboden scheuernd – die Villa einer vornehmen Dame der feinen Gesellschaft von Lima zu Gehör brachte, die ihren Freundinnen – in Tassen aus chinesischem Porzellan – Tee anbietet; oder, fauchend, krächzend, schnüffelnd, heulend, den Zoo von Barranco (den er dabei um viele Exemplare bereicherte). Als die Aufnahme zu Ende war, schien er einen Marathonlauf hinter sich zu haben: Er keuchte, hatte Ringe um die Augen und schwitzte wie ein Pferd.

Pedro Camacho hatte die Mitarbeiter mit seinem Grabesernst angesteckt. Es war eine unglaubliche Veränderung, denn bei den Aufnahmen der kubanischen Serien von CMQ hatte oftmals eine Atmosphäre wie auf dem Rummel geherrscht, und während die Darsteller ihre Rollen sprachen, spielten sie sich Streiche oder zeigten obszöne Gesten, veralberten sich selbst und das Gesprochene. Wenn jetzt jemand einen Witz gemacht hätte, wären die anderen wahrscheinlich über ihn hergefallen und hätten ihn wegen Frevels belangt. Irgendwann dachte ich, dass sie sich aus Unterwürfigkeit gegenüber ihrem Chef vielleicht nur verstellten, um nicht wie die Argentinier einer Säuberung zum Opfer zu fallen, und dass sie sich gar nicht so sicher waren, hier die *Priester der Kunst* zu sein, aber ich hatte mich getäuscht. Auf dem Rückweg zu Panamericana begleitete ich ein paar Schritte Josefina Sánchez, die zwischen den Aufnahmen der Serien auf ein Tässchen Tee nach Hause ging, und fragte sie, ob der bolivianische Künstler jedes Mal eine solche einleitende Ansprache halte oder ob es etwas Außergewöhnliches gewesen sei. Sie sah mich mit einer Verachtung an, dass ihr Doppelkinn zitterte:

»Heute hat er nur wenig gesprochen, er war nicht sehr inspiriert. Manchmal zerreißt es einem das Herz, wenn man daran denkt, dass diese Ideen der Nachwelt vorenthalten bleiben.«

Ich fragte sie, ob sie mit ihrer »langjährigen Erfahrung«

wirklich dächte, dass Pedro Camacho ein großes Talent sei. Sie rang um die richtigen Worte, ehe sie ihren Gedanken formulierte:

»Dieser Mann heiligt den Beruf des Künstlers.«

VI

An einem strahlenden Sommermorgen trat, wie immer tadellos gekleidet und auf die Minute pünktlich, Dr. Don Pedro Barreda y Zaldívar, Untersuchungsrichter am Obergericht von Lima (erste Kammer, Strafsachen), in seine Dienststube im Justizpalast. Er war im besten Mannesalter, fünfzig Jahre, und in seiner Person – breite Stirn, Adlernase, durchdringender Blick, von aufrechtem Sinn und gütigem Wesen – verband sich sein hohes Ethos auf eine Weise mit seinem Äußeren, dass es ihm auf der Stelle den Respekt der Menschen eintrug. Er kleidete sich mit der Schlichtheit, die einem mager besoldeten, der Bestechung von Grund auf unzugänglichen Richter zukommt, doch mit einer Korrektheit, dass es den Eindruck von Eleganz erweckte. Der Justizpalast rekelte sich allmählich aus seiner nächtlichen Ruhe, und ein emsiger Schwarm von Pförtnern, Anwälten, Winkeladvokaten und Klägern, von Notaren, Testamentsvollstreckern, Jurastudenten und Kiebitzen rauschte in das wuchtige Gebäude. Im Herzen dieses Bienenstocks öffnete Dr. Don Barreda Zaldívar seinen Aktenkoffer, nahm zwei Mappen heraus, setzte sich an seinen Schreibtisch und schickte sich an, den Arbeitstag zu beginnen. Sekunden später erschien, jäh und lautlos wie ein Meteorit im All, der Sekretär in seinem Zimmer, Dr. Zelaya, ein Männlein mit Brille und einem Zweifingerbärtchen, das ihm beim Sprechen rhythmisch folgte.

»Einen schönen guten Morgen, Herr Doktor«, grüßte er den Richter und warf sich tief ins Hüftscharnier.

»Dasselbe wünsche ich Ihnen, Zelaya«, sagte Dr. Don Barreda y Zaldívar und lächelte leutselig. »Was hält der Tag für uns bereit?«

»Notzucht an einer Minderjährigen mit seelischer Gewalt als erschwerendem Umstand«, worauf der Sekretär eine dickleibige Akte auf den Schreibtisch legte. »Der Beschuldigte, ein Anwohner aus La Victoria mit allen Merkmalen nach Lombroso, bestreitet die Tat. Die Hauptzeugen sind auf dem Flur.«

»Vor der Anhörung muss ich mir erst den Polizeibericht und die Anzeige der Geschädigten durchlesen«, erinnerte ihn der Richter.

»Sie werden so lange warten«, erwiderte der Sekretär und verließ den Raum.

Unter dem festen Panzer des Juristen Dr. Don Barreda y Zaldívar wohnte die Seele eines Dichters. Eine Lektüre der eisigen Justizdokumente genügte, und allein mit seiner Vorstellung, die rhetorische Kruste aus Klauseln und lateinischen Brocken ablösend, drang er zum Sachverhalt vor. So rekonstruierte er, während er den in La Victoria aufgesetzten Bericht las, bis ins lebhafteste Detail das Geschehen hinter der Anzeige. Er sah, wie am vergangenen Montag die dreizehnjährige Sarita Huanca Salaverría, Schülerin der Lehranstalt Mercedes Cabello de Carbonera, auf dem Revier jenes bunten Bezirks erschien. Sie hatte verweinte Augen, blaue Flecken im Gesicht und an Armen und Beinen und kam in Begleitung ihrer Eltern, Don Casimiro Huanca Padrón und Doña Catalina Salaverría Melgar. Am Vorabend war die Minderjährige in ihrem Mietshaus an der Avenida Luna Pizarro Nr. 12, Wohnung H, von einem gewissen Gumercindo Tello, Mieter desselben Hauses (Wohnung J), entehrt worden. Ihre Verwirrung und Niedergeschlagenheit überwindend, hatte Sarita den Polizisten enthüllt, dass die Schändung nur der tragische Schlusspunkt einer langen, heimlichen Belagerung gewesen sei, der sie sich seitens des Vergewaltigers ausgesetzt gesehen habe. Tatsächlich hatte dieser bereits seit acht Monaten – seit dem Tag, an dem er sich, ein unheilkündender komischer Kauz, in dem Mietshaus Nr. 12 einquartierte –

Sarita Huanca nachgestellt und sie, ohne dass ihre Eltern oder die Nachbarn etwas bemerkten, mit geschmacklosen Komplimenten und forschen Andeutungen verfolgt (etwa indem er ihr sagte: »Wie gerne würde ich die Zitronen in deinem Garten auspressen« oder »Bald werde ich dich melken«). Von der Prophezeiung war Gumercindo Tello zur Tat geschritten und hatte mehrmals Versuche unternommen, das mannbare Mädchen unsittlich zu berühren oder zu küssen, sei es im Hof des Mietshauses Nr. 12 oder in den umliegenden Straßen, wenn sie von der Schule kam oder einkaufen ging. Aus natürlicher Scham hatte das Opfer ihre Eltern nicht über die Belästigung ins Bild gesetzt.

Am Sonntagabend, zehn Minuten nachdem ihre Eltern sich auf den Weg zum Kino Metropolitan gemacht hatten, hörte Sarita Huanca, während sie über den Schularbeiten saß, ein zartes Klopfen an der Tür. Sie öffnete, und vor ihr stand Gumercindo Tello. »Was wünschen Sie«, fragte sie höflich. Mit der harmlosesten Miene der Welt gab der Vergewaltiger vor, ihm sei der Brennstoff für seinen Kocher ausgegangen, und da es zu spät sei, noch welchen zu kaufen, komme er, sich ein bisschen Kerosin zu leihen, um sich das Essen zu bereiten (morgen, versprach er, würde er es zurückbringen). Freigebig und ohne Arg ließ die kleine Huanca Salaverría die Person herein und bedeutete ihr, dass der Kerosinkanister zwischen dem Herd und dem als Klosett dienenden Eimer stehe.

(Dr. Don Barreda y Zaldívar musste schmunzeln über diesen Ausrutscher des Ordnungshüters, der die Anzeige protokolliert hatte und, gewiss ohne Absicht, bei den Huanca Salaverrías jene Angewohnheit der Einwohner von Buenos Aires verriet, im selben Raum, in dem man isst und schläft, die Notdurft auf einem Eimer zu verrichten.)

Kaum war es ihm mit dergleichen List gelungen, in die Wohnung H einzudringen, verriegelte der Beschuldigte die Tür. Sodann kniete er nieder, und mit gefalteten Händen säuselte er Worte der Liebe, die er für Sarita Huanca Salaverría empfinde, welche sich erst jetzt um ihr Schicksal zu sorgen begann. In einer Ausdrucksweise, die das Mädchen als romantisch beschrieb, riet Gumercindo Tello ihr, sich seinen Wünschen nicht zu verschließen. Und die waren? Sie möge ihre Kleidungsstücke ablegen und sich berühren, küssen und das Hymen pflücken lassen. Sarita Huanca gab sich einen Ruck und wies die Vorschläge energisch zurück, tadelte Gumercindo Tello scharf und drohte, die Nachbarn zu rufen. Als er dieses vernahm, gab der Beschuldigte seine bittende Haltung auf, zog ein Messer unter seiner Kleidung hervor und drohte dem Mädchen, sie beim leisesten Schrei zu erstechen. Er erhob sich, ging auf Sarita zu und sagte: »Komm schon, komm, mein Schatz, du ziehst dich jetzt aus«, und da sie ihm trotz allem nicht gehorchte, drosch er mit Händen und Füßen auf sie ein, bis sie niederfiel. Und als sie auf dem Boden lag, jetzt derart nervös, dass ihr, so das Opfer, die Zähne klapperten, riss der Vergewaltiger ihr die Kleider vom Leib, knöpfte sich sodann auch seine eigenen auf und warf sich auf sie, bis er, ebendort auf dem Boden, den Geschlechtsakt beging, der aufgrund des Widerstands seitens des Mädchens von erneuten Schlägen begleitet wurde, welche Spuren in Form von Blutergüssen und Beulen hinterließen. Nachdem seine Begierden gestillt waren, verließ Gumercindo Tello die Wohnung H, nicht ohne Sarita Huanca Salaverría anzuempfehlen, kein Wort über das Vorgefallene zu verlieren, wenn sie sich eines langen Lebens erfreuen wolle (und schwang das Messer, um anzudeuten, dass er es ernst meinte). Als die Eltern vom Kino Metropolitan zurückkehrten, fanden sie ihre Tochter in Tränen aufgelöst und mit geplündertem Leib vor. Sie versorgten zunächst ihre Wunden und mahnten sie dann, ihnen zu sagen, was geschehen sei, doch aus Scham weigerte sie sich. Und so verging die ganze Nacht. Am nächsten Morgen jedoch, als sie sich von dem Gefühlsschock über den Verlust der Jungfernschaft ein wenig erholt hatte, erzählte sie ihren Eltern alles, worauf diese sich sogleich zur Wache von

La Victoria begaben, um den Vorfall zur Anzeige zu bringen.

Dr. Don Barreda y Zaldívar schloss die Augen. Es tat ihm (trotz seiner täglichen Berührung mit dem Verbrechen war er nicht abgestumpft) sehr leid, was der Kleinen passiert war, aber er sagte sich auch, dass es sich auf den ersten Blick um ein Verbrechen ohne Geheimnis handelte, ein prototypisches, das millimetergenau ins Strafgesetzbuch passte, zu den Tatbeständen Notzucht und Missbrauch Minderjähriger mit ihren charakteristischen, strafverschärfenden Merkmalen Vorsatz, Tätlichkeit und seelische Gewalt.

Das nächste Schriftstück, das er sich durchlas, war der Bericht der Ordnungshüter, welche die Verhaftung von Gumercindo Tello vorgenommen hatten.

Auf Anweisung ihres Vorgesetzten, des Hauptmanns der Guardia Civil Enrique Soto, hatten die Polizisten Alberto Cusicanqui Apéstegui und Huasi Tito Parinacocha sich mit einem Haftbefehl in dem Mietshaus Nr. 12 an der Avenida Luna Pizarro eingefunden, aber die gesuchte Person war nicht zu Hause. Sie erkundigten sich bei den Nachbarn und erfuhren, dass er von Beruf Automechaniker war und in der Werkstatt für Motorreparaturen und autogenes Schweißen El Inti arbeitete, am anderen Ende des Bezirks gelegen, fast am Hang des Hügels El Pino. Die Polizisten begaben sich sogleich dorthin. In der Werkstatt hörten sie zu ihrer Überraschung, dass Gumercindo Tello fortgegangen sei, überdies teilte der Besitzer der Werkstatt, Señor Carlos Príncipe, ihnen mit, der Gesuchte habe ihn wegen einer Tauffeier um Erlaubnis gebeten. Als die Polizisten die anderen Mechaniker fragten, in welcher Kirche man ihn antreffen könne, tauschten diese verschmitzte Blicke und grinsten. Señor Príncipe erklärte, Gumercindo Tello sei nicht katholisch, sondern Zeuge Jehovas, und in dieser Religionsgemeinschaft werde die Taufe nicht in der Kirche und mit Pfarrer gefeiert, sondern unter freiem Himmel und mit Untertauchen.

Argwöhnend, dass die besagte Gemeinschaft womöglich (wie schon einmal vorgekommen) eine Vereinigung von Homosexuellen war, forderten Cusicanqui Apéstegui und Tito Parinacocha sie auf, sie zu dem Ort zu führen, wo sich der Beschuldigte befand. Nach einigem Zaudern und langem Hin und Her fuhr der Chef von El Inti sie schließlich persönlich zu dem Ort, an dem Tello sich befinden mochte, denn einmal, sagte er, aber das sei schon länger her, habe der ihn, als er die Belegschaft und ihn selbst zu missionieren versuchte, eingeladen, dort einer Feier beizuwohnen (eine Erfahrung, die den Genannten ganz und gar nicht überzeugt hatte).

Señor Príncipe brachte die Polizisten in seinem Wagen zu einem offenen Gelände jenseits der Calle Maynas und des Parque Martinetti, wo die Bewohner der Umgebung ihren Müll verbrannten und ein kleiner Nebenarm des Rímac floss. Tatsächlich waren die Zeugen Jehovas dort. Cusicanqui Apéstegui und Tito Parinacocha erblickten ein Dutzend Personen unterschiedlichen Alters und Geschlechts bis zur Hüfte in den schlammigen Wassern, nicht im Badezeug, sondern wohlbekleidet, die Männer mit Krawatte und einer sogar mit Hut. Gleichgültig gegenüber den Scherzen, Sticheleien, fliegenden Küchenabfällen und sonstigen volksbelustigenden Späßen der Anwohner, die sich am Ufer drängten und ihnen zuschauten, fuhren sie sehr ernst mit einer Zeremonie fort, welche den Ordnungshütern zunächst nichts anderes zu sein schien als ein kollektiver Mordversuch durch Untertauchen. Was sich vor ihren Augen abspielte: Während die Zeugen Jehovas mit fester Stimme seltsame Gesänge anstimmten, hielten sie einen alten Mann im Poncho und mit bunter Wollmütze an den Armen und versenkten ihn in der stinkenden Brühe – in der Absicht, ihn ihrem Gott zu opfern? Doch als die Polizisten, Revolver in der Hand und Gamaschen im Schlamm, ihnen befahlen, die kriminelle Handlung unverzüglich einzustellen, war der alte Mann der Erste, der sich beschwerte, er forderte sie auf, sich zurückzuziehen, und bedachte sie mit merkwürdigen Bezeichnungen (wie »Römer« und »Papisten«). Die Ordnungshüter mussten notgedrungen das Ende der Taufe abwarten, ehe sie Gumercindo Tello, den sie dank Señor Príncipe identifiziert hatten, festnehmen konnten. Die Zeremonie dauerte noch einige Minuten, in deren Verlauf die Gebete und das Untertauchen des Täuflings weitergingen, bis dieser die Augen verdrehte, Wasser schluckte und keine Luft mehr bekam, worauf die Zeugen Jehovas beschlossen, ihn ans Ufer zu ziehen, wo sie ihn zu seinem neuen Leben beglückwünschten, das, wie sie sagten, ebenjetzt beginne.

In genau dem Moment nahmen die Polizisten Gumercindo Tello fest. Der Mechaniker leistete nicht den geringsten Widerstand, versuchte nicht zu fliehen, zeigte sich nicht überrascht von seiner Verhaftung und sagte, als man ihm die Handschellen anlegte, zu den anderen lediglich: »Brüder, ich werde euch nie vergessen.« Die Zeugen fielen gleich in neue Gesänge ein, die Augen himmelwärts verdreht, und so begleiteten sie ihn zum Wagen des Señor Príncipe, der die Polizisten und den Festgenommenen zum Revier von La Victoria fuhr, wo man ihn mit einem Dank für die geleisteten Dienste verabschiedete.

Auf der Wache fragte Hauptmann GC Enrique Soto den Beschuldigten, ob er seine Schuhe und seine Hose im Hof trocknen wolle, doch Gumercindo Tello erwiderte, er sei es gewohnt, nasse Kleidung zu tragen, der Grund sei die in letzter Zeit in Lima zu verzeichnende erhebliche Zunahme an Bekehrungen zum wahren Glauben. Sogleich begann Hauptmann Sotelo ihn zu vernehmen, wobei der Beschuldigte sich kooperativ zeigte. Auf die Fragen zur Person antwortete er, er heiße Gumercindo Tello und sei der Sohn von Doña Gumercinda Tello, gebürtig aus Moquegua und bereits verstorben, sowie eines unbekannten Vaters, und wahrscheinlich sei er selbst ebenfalls, vor fünfundzwanzig oder achtundzwanzig Jahren, in Moquegua geboren. Auf Nachfrage zu diesem

Punkt erklärte er, seine Mutter habe ihn kurz nach der Geburt in ein Waisenhaus für Knaben gegeben, welches in der nämlichen Stadt von der papistischen Sekte geleitet werde, in deren Irrglauben, sagte er, er erzogen worden sei und von der er sich mit fünfzehn oder achtzehn Jahren glücklicherweise losgesagt habe. Er gab an, bis zu diesem Alter habe er in dem Waisenhaus gelebt, doch dann sei es bei einem Großbrand untergegangen, wobei auch alle Archive verbrannten, weshalb sein genaues Alter für ihn ein Geheimnis bleibe. Die Brandkatastrophe, erklärte er, habe der Himmel in sein Leben geschickt, denn in der Folge habe er zwei weise Menschen getroffen, die über Land von Chile nach Lima reisten und den Blinden die Augen und den Tauben die Ohren öffneten, auf dass sie die Wahrheiten der Philosophie erkannten. Er fügte hinzu, dass er mit diesen beiden nach Lima gekommen sei, deren Namen, entschuldigte er sich, er nicht offenbaren wolle, denn es genüge zu wissen, dass es sie gebe, man müsse sie nicht auch noch benennen, und seither habe er hier gelebt und seine Zeit aufgeteilt zwischen der Arbeit als Autoschlosser (ein Beruf, den er im Waisenhaus erlernte) und dem Verbreiten der Erkenntnis der Wahrheit. Er sagte, er habe in Breña gelebt, in Vitarte, in Barrios Altos und sich vor acht Monaten in La Victoria niedergelassen, nachdem er eine Anstellung in der Werkstatt für Motorreparaturen und autogenes Schweißen El Inti gefunden habe, die von seinem früheren Wohnsitz zu weit weg gelegen sei.

Der Beschuldigte gab zu, seither in dem Mietshaus Nr. 12, Avenida Luna Pizarro, zu wohnen. Ebenso wusste er, wer die Familie Huanca Salaverría war, der er, sagte er, mehrmals erleuchtende Gespräche und die rechte Lektüre angeboten habe, jedoch ohne Erfolg, da sie, genau wie die anderen Mieter, von den römischen Irrlehren vergiftet seien. Konfrontiert mit dem Namen seines mutmaßlichen Opfers, der kleinen Sarita Huanca Salaverría, sagte er, er erinnere sich an sie, und da es sich um eine Person in noch zartem Alter handele, gebe er die Hoffnung nicht auf, dass sie eines Tages auf den rechten Weg einschwenke. Über den Tatvorwurf in Kenntnis gesetzt, zeigte sich Gumercindo Tello äußerst überrascht und bestritt alles, doch gleich darauf brach er (eine geistige Störung vortäuschend im Blick auf seine zukünftige Verteidigung?) in ein zufriedenes Lachen aus und sagte, dies sei die Prüfung, die Gott ihm vorbehalten habe, um seinen Glauben und seinen Opferwillen zu messen. Worauf er hinzufügte, dass er jetzt verstehe, warum er für den Militärdienst nicht ausgelost worden sei, er habe schon ungeduldig auf die Gelegenheit gewartet, mit gutem Beispiel voranzugehen und die Uniform und den Treueeid auf die Fahne zu verweigern, diese Insignien des Teufels. Hauptmann GC Enrique Soto fragte ihn, ob sich das Gesagte gegen Peru richte, worauf der Beschuldigte antwortete, davon könne keine Rede sein, er beziehe sich ausschließlich auf religiöse Anschauungen. Und sodann hob er an, in feurigem Ton Hauptmann Soto und den Guardias zu erklären, dass Christus nicht Gott sei, sondern Sein Zeuge, und es sei falsch, dass man ihn, wie die lügnerischen Papisten behaupteten, ans Kreuz geschlagen hätte, vielmehr habe man ihn an einen Baumstamm genagelt, was die Bibel beweise. Zu dem betreffenden Punkt empfahl er ihnen, die Zeitschrift *Erwachet* zu lesen, die halbmonatlich erscheine und zum Preis von zwei Sol alle Zweifel zu diesem und anderen kulturellen Aspekten ausräume und heilsames Vergnügen bereite. Hauptmann Soto hieß ihn schweigen und machte ihn darauf aufmerksam, dass auf dem Gelände des Reviers jegliche Werbung für kommerzielle Produkte verboten sei; und forderte ihn auf, nunmehr zu sagen, wo er sich am Vorabend aufgehalten und was er um die Uhrzeit getan habe, als Sarita Huanca Salaverría, wie sie behauptete, von ihm vergewaltigt und geschlagen worden sei. Gumercindo Tello versicherte, den Abend habe er so wie jeden Abend in seiner Wohnung verbracht, allein, und über den Stamm nachgedacht und dass es nicht stimme, auch wenn manche Leute es glauben machen wollten, dass alle Menschen am Tag des Jüngsten Gerichts auferstünden, vielmehr würden viele niemals auferstehen, was ein Beweis sei für die Sterblichkeit der Seele. Erneut zur Ordnung gerufen, bat er um Entschuldigung und sagte, es sei keine Absicht, aber er könne sich nicht enthalten, bei jeder Gelegenheit ein wenig Licht auf die Mitmenschen zu werfen, da es ihn in die Verzweiflung treibe, wenn er sehe, in welcher Finsternis die Leute lebten. Worauf er angab, er erinnere sich nicht, Sarita Huanca Salaverría am Abend gesehen zu haben, auch nicht an dem Abend zuvor, und er bat, im Protokoll festzuhalten, dass er, auch wenn man ihn verleumde, keinen Groll gegen das Mädchen hege, er sei ihr sogar dankbar, denn er vermute, Gott wolle durch sie die Muskulatur seines Glaubens prüfen. Als Hauptmann GC Enrique Soto sah, dass es unmöglich war, von Gumercindo Tello weitere Angaben zu den erhobenen Vorwürfen zu erhalten, beendete er die Vernehmung und überstellte den Tatverdächtigen in die Gewahrsamszelle des Justizpalasts, damit der Untersuchungsrichter die Sache auf den weiteren Weg brachte.

Dr. Don Barreda y Zaldívar schloss die Akte und dachte, während die Mühlen der Justiz schon geräuschvoll durch den Morgen mahlten, über den Fall nach. Zeugen Jehovas? Die kannte er gut. Vor einigen Jahren hatte ein Mann, der sich auf dem Fahrrad um die Welt bewegte, bei ihm zu Hause an die Tür geklopft und die Zeitschrift *Erwachet* angeboten, die er in einem Moment der Schwäche erwarb. Seither hatte der Zeuge mit der Regelmäßigkeit eines Wandelsterns zu allen Tages- und Nachtzeiten sein Haus umkreist und darauf gedrängt, ihn zu erleuchten, hatte ihn mit Broschüren, Büchern, Zeitschriften unterschiedlichen Umfangs und Inhalts überhäuft, bis der Richter sich angesichts der Unmöglichkeit, den Zeugen auf zivilisierte Weise, durch Überredung, inständiges Bitten und Insgewissenreden von seinem Wohnsitz fernzuhalten, schließlich an die Polizei wandte. Er war also einer dieser ungestümen Missionierer, dieser Vergewaltiger. Der

Fall, sagte sich Dr. Don Barreda y Zaldívar, wurde langsam interessant.

Es war noch Vormittag, und während der Richter zerstreut über die stählerne Klinge des Brieföffners mit dem Griff aus Tiahuanaco strich, der vor ihm auf dem Schreibtisch lag (zum Zeichen der Gewogenheit hatten seine Vorgesetzten, Kollegen und Untergebenen ihm diesen geschenkt, als er sein fünfundzwanzigjähriges Jubiläum in Diensten der Justiz feierte), rief er den Sekretär und wies ihn an, die Aussagenden hereinzubitten.

Zuerst kamen die Polizisten Cusicanqui Apéstegui und Tito Parinacocha, bestätigten in respektvollem Ton die Umstände der Verhaftung von Gumercindo Tello und führten aus, dieser habe sich, außer dass er die Tatvorwürfe bestritt, entgegenkommend gezeigt, wenngleich ein wenig aufdringlich mit seinem religiösen Fimmel. Während die beiden sprachen, setzte Dr. Zelaya, die Brille wie ein Schaukelpferdchen auf der Nase, das Protokoll auf.

Danach kamen die Eltern der Minderjährigen, ein Paar, dessen Äußeres den Richter überraschte: Wie hatten diese alten Knochen noch vor dreizehn Jahren ein Kind zeugen können? Zahnlos und mit käsigen Augen zeichnete der Vater, Don Isaías Huanca, den Polizeibericht, soweit er ihn betraf, rasch ab und wollte sodann mit aller Dringlichkeit wissen, ob Sarita nun mit dem Herrn Tello die Ehe schließe. Kaum hatte er seine Frage gestellt, trat Señora Salaverría de Huanca, eine kleine, runzlige Frau, auf den Richter zu, küsste ihm die Hand und bat mit flehender Stimme, er möge so gut sein und dem Herrn Tello das Versprechen abnehmen, Sarita zum Altar zu führen. Es kostete Dr. Don Barreda y Zaldívar einige Mühe, den alten Leutchen zu erklären, dass zu den hohen Aufgaben, die ihm anvertraut seien, nicht das Stiften einer Ehe gehöre. Offenbar schien das Paar mehr daran interessiert, das Mädchen zu verheiraten, als den Missbrauch zu bestrafen, denn sie erwähnten ihn nur, wenn sie dazu gedrängt wurden, und zählten des Langen und Breiten Saritas Vorzüge auf, als stünde sie zum Verkauf.

Innerlich schmunzelnd, dachte der Richter, dass diese einfachen Leute vom Lande – es gab keinen Zweifel, dass sie aus den Anden kamen und nah an der Scholle gelebt hatten – ihm doch tatsächlich das Gefühl einimpften, er sei ein unerbittlicher Vater, der seinem Sohn die Zustimmung zur Hochzeit verweigert. Er hielt sie an, es noch einmal zu überdenken: Wie konnten sie für ihre Tochter einen Ehemann wünschen, der es fertigbrachte, Notzucht an einem wehrlosen Mädchen zu begehen? Aber sie rissen das Wort an sich, beharrten darauf, Sarita werde eine vorbildliche Ehefrau sein, trotz ihrer jungen Jahre könne sie kochen, nähen, alles, sie selbst seien schon alt und wollten das Kind nicht ganz allein auf der Welt zurücklassen, der Herr Tello mache den Eindruck eines ernsthaften und fleißigen Menschen, und außer dass er an dem Abend mit Sarita zu weit gegangen sei, habe man ihn noch nie betrunken gesehen, er sei sehr rücksichtsvoll und gehe in aller Frühe zur Arbeit, in der einen Hand seinen Werkzeugkoffer und in der anderen einen Packen mit diesen Heftchen, die er an den Haustüren verkaufe. War ein Junge, der so um das Leben kämpfte, etwa nicht eine gute Partie für Sarita? Und die beiden Alten hoben die Hände: »Erbarmen Sie sich und helfen Sie uns, Herr Richter.«

Wie eine kleine, schwarze, regenschwere Wolke ging Dr. Don Barreda y Zaldívar eine Hypothese durch den Kopf: Und wenn alles eine Finte der beiden war, um ihren Spross unter die Haube zu bringen? Doch der medizinische Befund war eindeutig: Das Mädchen war vergewaltigt worden. Nicht ohne Schwierigkeiten entließ er die Zeugen. Worauf das Opfer hereinkam.

Der Auftritt von Sarita Huanca Salaverría warf ein helles Licht in die gestrenge Amtsstube des Untersuchungsrichters. Als Mann, der alles gesehen hatte und vor dem, ob Verbrecher oder Opfer, alle menschlichen wie psychischen

Absonderlichkeiten aufmarschiert waren, sagte sich Dr. Don Barreda y Zaldívar, dass sie es hier mit einem wahrlich originellen Exemplar zu tun hatten. War Sarita Salaverría noch ein Kind? Zweifellos, wenn man sie nach ihrem Alter an Jahren beurteilte, ihrem kleinen Körper, an dem die Rundungen der Weiblichkeit sich zaghaft andeuteten, den Zöpfen, zu denen ihr Haar gebunden war, ihrer Schultracht mit Rock und Bluse. In ihrer Art jedoch, wie sie sich bewegte, so katzengleich, und sich hinstellte, die Beine auseinander, das Becken zur Seite, die Schultern zurückgeworfen und die kleinen Hände mit auffordernder Lässigkeit in die Hüften gestemmt; vor allem aber in der Art, wie sie ihn ansah, mit diesen samtigen, abgeklärten Augen, und sich mit ihren Mausezähnchen auf die Unterlippe biss, schien Sarita Huanca Salaverría eine weitgespannte Erfahrung zu haben, ein Wissen von Jahrhunderten.

Dr. Don Barreda y Zaldívar zeigte ein außerordentliches Feingefühl, wenn es um die Vernehmung Minderjähriger ging. Er verstand es, ihnen Vertrauen einzuflößen und sich ins Ungefähre zu schlagen, um ihre Gefühle nicht zu verletzen und sie mit sanfter Geduld dazu zu bringen, Heikles auszusprechen. Doch seine Erfahrung nutzte ihm diesmal nichts. Denn kaum hatte er die Minderjährige mit vielen Umschweifen gefragt, ob es stimme, dass Gumercindo Tello sie seit einiger Zeit mit Unhöflichkeiten belästige, legte Sarita Huanca schon los. Ja, seit er nach La Victoria gezogen sei, zu jeder Tageszeit, überall. Er habe auf sie an der Bushaltestelle gewartet und sie bis nach Hause begleitet und zu ihr gesagt: »Ich möchte deinen Honig schlecken«, »Du hast zwei Apfelsinchen und ich ein Banänchen«, »Für dich zerfließe ich in Liebe«. Aber es war nicht diese bildkräftige, aus dem Mund eines kleinen Mädchens so unpassende Ausdrucksweise, was die Wangen des Richters erglühen und Dr. Zelayas Finger über der Schreibmaschine stocken ließ, sondern die Art, wie Sarita nun die Nachstellungen veranschaulichte. Der Autoschlosser habe immer versucht sie anzufassen, hier, und beide Händchen fuhren auf, wölbten sich über den zarten Brüsten und rieben sie liebevoll. Und auch hier, und die Händchen fielen auf die Knie herab und strichen, hoch, höher, den Rock knitternd, über die (bis vor kurzem noch ungereiften) Schenkel. Dr. Don Barreda y Zaldívar blinzelte verstört, hustete, wechselte einen raschen Blick mit dem Sekretär und erklärte der Kleinen väterlich, dass es nicht nötig sei, so deutlich zu werden, sie könne es beim Allgemeinen belassen. Aber er habe sie auch hier gekniffen, unterbrach ihn Sarita, drehte sich halb um und streckte ihm einen Hintern entgegen, der plötzlich zu wachsen schien, sich aufzublähen wie ein Ballon. Den Richter überkam die schwindelerregende Ahnung, dass seine Dienststube sich jeden Moment in einen Tempel des Striptease verwandeln könnte.

Dr. Don Barreda y Zaldívar riss sich zusammen, um seine Nervosität in den Griff zu bekommen, und mit ruhiger Stimme ermunterte er die Minderjährige, die Vorreden beiseitezulassen und nunmehr zum Sachverhalt der Vergewaltigung zu kommen. Er erklärte ihr, dass es, auch wenn sie das Geschehen objektiv wiederzugeben habe, nicht unbedingt erforderlich sei, sich bei den Einzelheiten aufzuhalten, und er erließ ihr jene, welche – mit einem Räuspern half er sich über seine kleine Verlegenheit – ihr Schamgefühl verletzten. Der Richter wollte die Einvernahme abkürzen, sie aber auch in gesittetere Bahnen lenken, und er dachte, wenn das Mädchen erst von dem erotischen Überfall berichtete, würde sie, da zwangsläufig erschüttert, so rasch wie behutsam, schematisch wie oberflächlich die Dinge benennen.

Doch als Sarita Huanca Salaverría die Anregung des Richters vernahm, entflammte sie wie ein kleiner Kampfhahn, der Blut wittert, blühte erst richtig auf und warf sich mit Haut und Haar in einen lüsternen Monolog und ein mimisches Samenspiel, das Dr. Don Barreda y Zaldívar den Atem nahm und Dr. Zelaya in eine eindeutig unanständige (gar masturbatorische?) körperliche Unruhe stürzte. An die Tür geklopft habe der Autoschlosser so, und als sie öffnete, da habe er so geschaut und so geredet, und dann habe er sich da hingekniet und hier ans Herz gefasst und sich ihr auf diese Weise erklärt und ihr geschworen, dass er sie liebe, so. Ganz benommen, wie hypnotisiert, sahen der Richter und der Sekretär die Kindfrau mit den Armen flattern wie ein Vogel, sich auf die Fußspitzen stellen wie eine Tänzerin, sahen, wie sie sich bückte und wieder aufstand, lächelte und außer sich geriet, ihre Stimme modulierte und auf diese antwortete, sich selbst und Gumercindo Tello nachahmte und schließlich niederkniete und (sich, ihr) die Liebe erklärte. Dr. Don Barreda y Zaldívar streckte die Hand aus, stammelte, es sei genug, doch das redselige Opfer erklärte bereits, dass der Schlosser sie mit so einem Messer bedroht und sich so auf sie gestürzt habe, und ausgerutscht sei sie dann so, worauf er sich da auf sie geworfen und ihr hier unter den Rock gepackt habe, und an diesem Punkt erhob sich der Richter – bleich, vornehm, majestätisch, ein zorniger biblischer Prophet – und brüllte: »Genug! Es reicht!« Es war das erste Mal in seinem Leben, dass er laut wurde.

Vom Boden aus, wo sie sich hingestreckt hatte, als sie zum kritischen Punkt ihrer anschaulichen Aussage kam, sah Sarita Huanca Salaverría erschrocken auf den Richterfinger, der einen Blitz auf sie herabzuschleudern schien.

»Mehr muss ich nicht wissen«, sagte der Richter noch einmal, nun etwas sanfter. »Steh auf, streich dir den Rock glatt und geh wieder zu deinen Eltern.«

Das Opfer stand auf, nickte mit einem Gesichtchen, aus dem nichts Komödiantisches oder Schamloses mehr sprach, nun wieder ein kleines Mädchen, sichtlich zerknirscht. Mit züchtigen Knicksen wich sie zurück und trat durch die Tür. Der Richter wandte sich jetzt an den Sekretär, und in gemessenem Ton, ohne jede Ironie, legte er ihm nahe, das Tippen einzustellen, oder merkte er nicht, dass das Blatt auf den Boden geglitten war und er auf die blanke Walze schrieb? Puterrot stotterte Dr. Zelaya, das Vorgefallene habe ihn verwirrt. Dr. Don Barreda y Zaldívar schenkte ihm ein Lächeln:

»Heute war es uns gegeben, einem außergewöhnlichen Schauspiel beizuwohnen«, philosophierte der Richter. »Diese Kleine hat den Teufel im Blut, und schlimmer noch, wahrscheinlich weiß sie es nicht einmal.«

»Ist sie das, was man in den USA eine Lolita nennt, Doktor?«, fragte der Sekretär in dem Wunsch, seine Kenntnisse zu erweitern.

»Ohne Zweifel, eine typische Lolita«, befand der Richter. Und fügte, gute Miene zum bösen Spiel, ein alter Seebär, der selbst aus Wirbelstürmen optimistische Lehren zieht, hinzu: »Freuen wir uns, dass zumindest auf dem Gebiet der Koloss im Norden kein Exklusivrecht hat. Diese Heimatpflanze spannt noch jeder Gringo-Lolita den Kerl aus.«

»Verständlich, dass sie dem Arbeitnehmer den Kopf verdreht und der sie vergewaltigt hat«, ließ der Sekretär seine Gedanken schweifen. »Wer sie gesehen und gehört hat, könnte schwören, dass sie es war, die ihn entjungfert hat.«

»Schluss jetzt, ich verbiete Ihnen derartige Mutmaßungen«, tadelte ihn der Richter, und der Sekretär wurde bleich. »Keine Ratespiele auf Verdacht. Gumercindo Tello soll vortreten.«

Zehn Minuten später, als er ihn in Begleitung zweier Polizisten in die Dienststube treten sah, begriff Dr. Don Barreda y Zaldívar sofort, dass die Einordnung des Sekretärs unzutreffend gewesen war. Es handelte sich nicht um einen Verbrechertypus nach Lombroso, sondern um etwas gewissermaßen sehr viel Schlimmeres: um einen Gläubigen. Als der Richter Gumercindo Tellos Gesicht sah, musste er, mit einem das Gedächtnis anregenden Schauder, dass sich ihm die Nackenhaare aufstellten, an den unerschütterlichen Blick des Mannes mit dem Fahrrad und der Zeitschrift *Erwachet* denken, einen Blick, der ihn noch in seinen Albträumen verfolgte, diesen in sich ruhenden, sturen Blick des Wissenden, der keine Zweifel kennt, der alle Probleme gelöst hat. Er war recht jung, gewiss noch keine dreißig, von dunklem Teint und eher klein, die Haare stoppelkurz, und sein hageres Äußeres, nur Haut und Knochen, schrie die Verachtung in die Welt, die er für das Essen und alles Stoffliche übrighatte. Er trug Nebelgrau, weder Dandy noch Bettler, einen Kleineleuteanzug, der mittlerweile getrocknet war, aber arg zerknittert nach dem Täuflingsbad, dazu ein weißes Hemd und Schnürstiefel mit Beschlägen. Dem Richter, einem Mann mit anthropologischem Riecher, genügte ein kurzer Blick, und er erkannte sein Seelengewand: Zurückhaltung und Genügsamkeit, Zwangsvorstellungen, Unbeirrbarkeit, höhere Berufung. In manierlichstem Ton wünschte der, kaum dass er über die Schwelle trat, dem Richter und dem Sekretär einen guten Tag.

Dr. Don Barreda y Zaldívar wies die Polizisten an, ihm die Handschellen abzunehmen und hinauszugehen. Es war eine Gewohnheit, die seine Gerichtslaufbahn von Anfang an begleitete. Selbst die verludertsten Kriminellen hatte er allein vernommen, ohne Zwang, auf väterliche Art, und bei diesen Tête-à-Têtes schlossen sie ihm irgendwann ihr Herz auf wie bußfertige Seelen dem Beichtvater. Noch nie hatte er dergleichen riskante Praxis bereuen müssen. Gumercindo Tello rieb sich die Handgelenke und bedankte sich für den Vertrauensbeweis. Der Richter wies ihm einen Stuhl, und der Automechaniker nahm Platz, vorn auf der Kante, in aufrechter Haltung, ein Mensch, dem schon die Vorstellung von Bequemlichkeit unbequem war. Der Richter legte sich in Gedanken das Motto zurecht, das zweifelsohne über dem Leben des Zeugen Jehovas stand: Müde aus dem Bett aufstehen, hungrig vom Tisch und aus dem Kinosessel (wenn er denn einen Film sah) vor dem Ende. Er versuchte sich vorzustellen, wie er unter den aufreizenden Sticheleien des kindlichen Vamps von La Victoria in Wallung geriet, doch sogleich verbat er sich diesen Eingriff seiner Phantasie, es verletzte das Recht des

Beschuldigten auf Verteidigung. Gumercindo Tello hatte das Wort ergriffen:

»Es stimmt, dass wir keinen Regierungen, Parteien, Armeen und sonstigen sichtbaren Institutionen dienen, die alle Stieftöchter des Teufels sind«, sagte er mit sanfter Stimme, »dass wir keinem bunten Stück Stoff die Treue schwören und keine Uniform tragen, weil keine Zier und keine Maske uns blendet, und dass wir keine Hauttransplantation und keine Bluttransfusion akzeptieren, denn was Gott zusammengefügt hat, soll die Wissenschaft nicht trennen. Aber das alles soll nicht heißen, dass wir unseren Pflichten nicht nachkommen, Herr Richter. Was es auch sei, ich stehe Ihnen zur Verfügung, und Sie sollen wissen, dass ich Ihnen, selbst wenn es Gründe gäbe, den Respekt nicht versage.«

Er sprach bedächtig, wie um dem Sekretär die Arbeit zu erleichtern, der seinen Sermon mit Schreibmaschinenklängen unterlegte. Der Richter dankte ihm für seine freundlichen Vorsätze, ließ ihn wissen, dass er alle Ansichten und Anschauungen achte, ganz besonders die religiösen, und erlaubte sich, ihn daran zu erinnern, dass er nicht für sein Bekenntnis in Haft genommen sei, sondern weil er beschuldigt werde, eine Minderjährige geschlagen und vergewaltigt zu haben.

Ein abstraktes Lächeln flog über das Gesicht des jungen Mannes aus Moquegua.

»Zeuge ist einer, der für etwas zeugt, der Zeugnis ablegt, der bezeugt«, zeigte er sich in semantischen Feinheiten beschlagen und sah den Richter fest an, »einer, der weiß, dass es Gott gibt, und dies kundtut, der die Wahrheit kennt und sie verbreitet. Ich bin ein solcher Zeuge, und mit ein wenig gutem Willen könnten Sie beide es auch sein.«

»Danke, ein andermal«, unterbrach ihn der Richter, hob die schwere Akte und hielt sie ihm vor Augen, als wäre sie ein Teller voller Speisen. »Die Zeit drängt, und auf das hier kommt es an. Kommen wir zum Kern der Sache. Und für den Anfang einen Rat: In Ihrem eigenen Interesse empfehle ich Ihnen, die Wahrheit zu sagen und nichts als die Wahrheit.«

Wie von einer tiefen Erinnerung berührt, tat der Beschuldigte einen schweren Seufzer.

»Die Wahrheit, die Wahrheit«, murmelte er traurig. »Welche, Herr Richter? Geht es nicht vielmehr um all die Verleumdungen, die Einflüsterungen, die abersinnigen Lügen des Vatikans, die man uns, auf die Arglosigkeit des einfachen Volkes bauend, als die Wahrheit verkaufen will? Ganz unbescheiden: Ich glaube, ich kenne die Wahrheit, aber, ohne Ihnen nahe treten zu wollen, kennen Sie sie?«

»Meine Absicht ist es, sie kennenzulernen«, sagte der Richter gewitzt und tätschelte die Mappe auf seinem Tisch.

»Die Wahrheit über das Hirngespinst vom Kreuz, den Scherz mit Petrus und dem Felsen, die Bischofsmützen, den päpstlichen Schwindel von der Unsterblichkeit der Seele?«, fragte Gumercindo Tello höhnisch, wie zu sich selbst.

»Die Wahrheit über das Verbrechen, als Sie die minderjährige Sarita Huanca Salaverría missbrauchten«, ging der Richter zum Gegenangriff über. »Die Wahrheit über den Überfall auf eine unschuldige Dreizehnjährige. Die Wahrheit über die Schläge, die Sie ihr versetzt haben, die Drohungen, mit denen Sie sie eingeschüchtert, die Vergewaltigung, mit der Sie sie gedemütigt und vielleicht geschwängert haben.«

Die Stimme des Richters war immer lauter geworden, anklagend, hochfahrend, Zeus auf dem Olymp. Gumercindo Tello schaute ihn ernst an, starr wie der Stuhl, auf dem er saß, ohne Anzeichen von Verlegenheit oder Reue. Schließlich wiegte er den Kopf, sanft wie ein Ochse:

»Ich bin bereit für jede Prüfung, die Jehova mir auferlegt«, versicherte er.

»Es geht nicht um Gott, sondern um Sie«, sagte der Richter und holte ihn auf die Erde zurück. »Um Ihre Gelüste, Ihre Triebe, Ihre Libido.«

»Es geht immer um Gott, Herr Richter«, beharrte Gumercindo Tello stur. »Nicht um Sie, nicht um mich, nicht um sonst wen. Um Ihn geht es, nur um Ihn.«

»Stellen Sie sich Ihrer Verantwortung«, mahnte der Richter. »Halten Sie sich an die Fakten. Geben Sie Ihr Vergehen zu, und die Justiz mag es berücksichtigen. Verhalten Sie sich wie der religiöse Mensch, der zu sein Sie mir weismachen wollen.«

»Ich bereue alle meine Fehler, und die sind ohne Zahl«, sagte Gumercindo Tello düster. »Ich weiß nur zu gut, dass ich ein Sünder bin, Herr Richter.«

»Schön, dann zum konkreten Sachverhalt«, drängte Dr. Don Barreda y Zaldívar. »Erzählen Sie in allen Einzelheiten, ohne ins Morbide abzuschweifen und ohne Jammerreden, wie Sie sie vergewaltigt haben.«

Doch der Zeuge Jehovas war in Schluchzer ausgebrochen und barg das Gesicht in den Händen. Der Richter blieb ungerührt. Er war die extremen Stimmungsschwankungen der Verdächtigen gewohnt und wusste sich ihrer für die Ermittlung des Tathergangs zu bedienen. Als er Gumercindo Tello so sah, den Kopf gesenkt, sich schüttelnd, die Hände tränenfeucht, sagte sich Dr. Don Barreda y Zaldívar mit dem nüchternen Stolz des Profis, der die Wirksamkeit seiner Technik registriert, dass der Beschuldigte diesen höchsten Erregungszustand erreicht hatte, in dem er sich nicht länger verstellen konnte und der Wahrheit die Schleusentore öffnete.

»Fakten, Fakten«, insistierte er. »Wer, wann, wie und wo, was gesagt und was getan. Na los, nur Mut!«

»Ich kann einfach nicht lügen, Herr Richter«, stammelte Gumercindo Tello, von Schluckauf unterbrochen. »Ich bin bereit, was auch immer auf mich zu nehmen, Beleidigungen, Gefängnis, Schande. Aber ich kann nicht lügen! Ich habe es nie gelernt, ich schaffe es nicht!«

»Schon gut, schon gut, Ihr Unvermögen ehrt Sie«, rief der Richter, und mit einer ermunternden Handbewegung: »Dann beweisen Sie es. Kommen Sie, wie haben Sie sie vergewaltigt?«

»Das ist ja das Problem«, sagte der Zeuge, verzweifelt schluckend. »Ich habe sie gar nicht vergewaltigt!«

»Ich werde Ihnen etwas sagen, Señor Tello«, sagte der Richter, Silbe für Silbe betonend, eine geschmeidige Schlange, die ihre Verachtung zeigt. »Sie sind ein falscher Zeuge Jehovas! Ein Betrüger!«

»Ich habe sie nicht berührt, ich habe nie allein mit ihr gesprochen, gestern habe ich sie nicht einmal gesehen«, rief, ein blökendes Lämmchen, Gumercindo Tello.

»Ein Zyniker sind Sie, ein Heuchler, ein spiritueller Beuger des Rechts«, urteilte, eine Eisscholle, der Richter. »Wenn Recht und Moral Ihnen nichts bedeuten, achten Sie wenigstens diesen Gott, den Sie im Munde führen. Denken Sie daran, dass er Sie sieht. Und wie angewidert er sein muss, wenn er Sie lügen hört.«

»Nicht mit den Augen und nicht in Gedanken bin ich dem Kind je zu nahe getreten«, beharrte Gumercindo Tello in herzzerreißendem Ton.

»Sie haben sie bedroht, geschlagen und vergewaltigt«, die Stimme des Richters überschlug sich fast. »Mit Ihrer schmutzigen Geilheit, Señor Tello!«

»Mit-mei-ner-schmut-zi-gen-Geil-heit?«, wiederholte der Zeuge Jehovas, vom Hammerschlag noch benommen.

»Mit Ihrer schmutzigen Geilheit, jawohl, mein Herr«, bekräftigte der Richter, und nach einer schöpferischen Pause: »Mit Ihrem sündigen Johannes!«

»Mit-mei-nem-sün-di-gen-Jo-han-nes?«, stammelte der Beschuldigte, die Stimme ermattend, das Gesicht erstarrt. »Mei-nem-sün-di-gen-Jo-han-nes-ha-ben-Sie-ge-sagt?«

Und seine Augen sprangen, wild zuckend, bizarr schielend, zwei verdutzte Heuschrecken, vom Sekretär zum Richter, vom Boden zur Decke, vom Stuhl zum Schreibtisch und verweilten dort, flogen über Papiere, Akten, Löschpapier. Bis sie, angezogen von dem Brieföffner aus Tiahuanaco, der unter all den Gegenständen seinen präkolumbisch-künstlerischen

Glanz verstrahlte, plötzlich aufleuchteten. Und mit einer so raschen Bewegung, dass weder der Richter noch der Sekretär auch nur den Versuch unternehmen konnten, ihn daran zu hindern, streckte Gumercindo Tello die Hand aus und schnappte sich den Dolch. Eine drohende Gebärde machte er nicht, im Gegenteil, er drückte sich, eine Mutter, die ihr Kleines beschützt, das silberne Messer an die Brust und richtete einen beschwichtigenden, gütigen, traurigen Blick auf die beiden Männer, die wie versteinert dasaßen.

»Sie beleidigen mich, wenn Sie glauben, ich könnte Ihnen etwas antun«, sagte er mit zagem Stimmchen.

»Seien Sie kein Narr, Sie kommen niemals hier heraus«, bemerkte der Richter, der sich langsam wieder fasste. »Der Justizpalast ist voller Polizisten, man wird Sie töten.«

»Ich und fliehen?«, fragte der Automechaniker spöttisch. »Wie wenig Sie mich kennen, Herr Richter.«

»Sehen Sie nicht, wie Sie sich selber verraten?«, insistierte der Richter. »Geben Sie mir den Brieföffner zurück.«

»Ich habe ihn mir nur geborgt, um meine Unschuld zu beweisen«, erklärte Gumercindo Tello gelassen.

Der Richter und der Sekretär blickten sich an. Der Beschuldigte stand mit Büßermiene da, das Messer in seiner rechten Hand sandte ein ahnungsvolles, schreckliches Funkeln. Ganz ruhig glitt seine linke Hand zum Hosenschlitz, unter dem sich der Reißverschluss verbarg, und mit schmerzerfüllter Stimme sprach er:

»Ich bin unschuldig, Herr Richter, denn ich habe nie eine Frau erkannt. Was andere benutzen, um zu sündigen, dient mir nur zum Pipimachen …«

»Schluss jetzt«, unterbrach ihn Dr. Don Barreda y Zaldívar, den ein fürchterlicher Verdacht überkam. »Was tun Sie da?«

»Ihn abschneiden und in den Müll werfen, um Ihnen zu beweisen, wie wenig er mir gilt«, erwiderte der Beschuldigte und deutete mit dem Kinn zum Papierkorb.

Er sprach ohne jeden Hochmut, mit ruhiger Entschlossenheit. Dem Richter und dem Sekretär stand der Mund offen, doch kein Schrei drang heraus. In der Linken hielt Gumercindo Tello bereits das Corpus Delicti, und nun hob er das Messer, um es, ein Henker, der die Axt schwingt und die Bahn bis zum Nacken des Verurteilten bemisst, niedersausen zu lassen und den unfassbaren Beweis zu erbringen.

Würde er es tun? Würde er sich auf diese Weise, mit einem raschen Schnitt, seiner Vollständigkeit berauben? Würde er, als ethisch-abstrakte Demonstration, seinen Körper opfern, seine Jugend, seine Ehre? Würde Gumercindo Tello die geachtetste Richterstube von Lima in einen Opferaltar verwandeln? Wie würde dieses Gerichtsdrama enden?

VII

Die Liaison mit Tante Julia gedieh prächtig, aber die Dinge verkomplizierten sich, weil es schwer war, sie weiter geheim zu halten. Wir vereinbarten, dass ich, um in der Familie keinen Verdacht zu erregen, meine Besuche bei Onkel Lucho und Tante Olga drastisch reduzierte. Nur donnerstags erschien ich pünktlich zum Mittagessen. Für das Kino am Abend dachten wir uns verschiedene Tricks aus. Tante Julia ging früh los, rief Tante Olga an, um ihr zu sagen, sie werde bei einer Freundin essen, und wartete an einem verabredeten Ort auf mich. Doch die Methode hatte den Nachteil, dass Tante Julia, bis ich von der Arbeit kam, Stunden auf der Straße zubringen musste und noch dazu meist hungern durfte. Manchmal holte ich sie auch mit dem Taxi ab, ohne auszusteigen; sie war auf dem Quivive und flitzte hinaus, kaum dass der Wagen hielt. Es war ein riskantes Manöver, denn wenn sie mich entdeckten, wussten sie sofort, dass etwas zwischen uns beiden war, und ohnehin würde dieser mysteriöse Gentleman, der sich da im Fond eines Taxis verschanzte, irgendwann die Neugier anstacheln, zu dummen Bemerkungen Anlass geben, vielen Fragen …

Deshalb hatten wir beschlossen, uns weniger abends und mehr tagsüber zu sehen, wann immer ich im Sender eine Lücke hatte. Tante Julia nahm ein Sammeltaxi ins Zentrum, und gegen elf Uhr vormittags oder fünf Uhr nachmittags wartete sie in einem Café am Jirón Camaná auf mich, oder im Cream Rica am Jirón de la Unión. Ich hatte dann schon ein paar Nachrichten bearbeitet, und wir konnten zwei Stunden gemeinsam verbringen. Das Bransa an der Colmena hatten wir ausgeschlossen, weil dort alle Leute von Panamericana und Radio Central hingingen. Ab und zu (genauer gesagt, am Zahltag) lud ich sie zum Mittagessen ein, dann waren wir bis zu drei Stunden zusammen. Nur erlaubte mein mageres Gehalt solche Ausschweifungen eigentlich nicht. Immerhin gelang es mir eines Morgens, Genaro junior, der gerade ob Pedro Camachos Erfolgen in Hochstimmung war, mit einem geschliffenen Vortrag zu einer Gehaltserhöhung zu bewegen, womit ich auf fünftausend Sol kam. Zweitausend gab ich meinen Großeltern, mein Beitrag zum Haushalt, die dreitausend übrigen hätten mir früher mehr als ausgereicht, um meine Laster zu finanzieren: Zigaretten, Kino und Bücher. Doch seit meiner Liaison mit Tante Julia verflüchtigten sie sich sofort, und ich war immer blank, musste mir oft etwas pumpen und ging sogar zur Staatlichen Pfandleihanstalt an der Plaza de Armas. Da ich andererseits, was das Verhältnis von Männern und Frauen betraf, tief in spanischen Vorurteilen befangen war und nicht gestattete, dass Tante Julia auch nur einmal die Rechnung bezahlte, nahm meine ökonomische Situation dramatische Ausmaße an. Um sie zu mildern, begann ich mit etwas, was Javier ernsthaft als »Prostitution meiner Feder« bezeichnete. Das heißt, ich schrieb Buchrezensionen und Reportagen für die Feuilletons und Zeitschriften von Lima. Ich veröffentlichte sie unter Pseudonym, um mich ihrer minderen Qualität nicht allzu sehr zu schämen. Die zusätzlichen zwei- oder dreihundert Sol im Monat taten meinem Budget jedenfalls gut.

Unsere Treffen in den Cafés der Altstadt von Lima waren recht züchtig, wir führten lange und sehr romantische Gespräche, hielten Händchen, schauten uns in die Augen und rieben, wenn die Lokalität es erlaubte, unsere Knie aneinander. Wir küssten uns nur, wenn niemand uns sehen konnte, was selten der Fall war, da zu diesen Uhrzeiten die Cafés immer voller vorlauter Büroangestellter waren. Wir sprachen von uns, klar, von den Risiken, dass ein Mitglied der Familie uns erwischte, und wie sich diese Gefahr abwenden ließe, erzählten uns in aller Ausführlichkeit, was wir seit dem letzten Mal gemacht hatten (das heißt, ein paar Stunden vorher oder am Vortag), nur die Zukunft planten wir nie. Die Zukunft war etwas, was wir stillschweigend aus unseren Zwiegesprächen ausblendeten, sicher weil wir beide davon überzeugt waren, dass unsere Beziehung keine haben würde. Gleichwohl denke ich, dass das, was wie ein Spiel begonnen hatte, bei diesen keuschen Begegnungen in den rauchigen Cafés der Altstadt ernst wurde, wo wir uns, ohne es zu merken, ineinander verliebten.

Wir sprachen auch viel von Literatur, oder besser gesagt, Tante Julia hörte zu und ich erzählte von der Mansarde in Paris (für mich untrennbar verknüpft mit meiner Berufung) und von all den Romanen, Dramen, Essays, die ich schreiben würde, wenn ich einmal Schriftsteller war. An dem Vormittag, als Javier uns entdeckte, saßen wir im Cream Rica, ich las Tante Julia gerade meine Erzählung über Doroteo Martí vor. Sie war fünf Seiten lang, und ich hatte ihr tatsächlich den mittelalterlich angehauchten Titel *Die Erniedrigung des Kreuzes* gegeben. Es war das erste Mal, dass ich ihr eine Geschichte vorlas, und ich las ganz langsam, um zu überspielen, wie sehr ich ihrem Urteil entgegenfieberte. Für die Empfindsamkeit des angehenden Schriftstellers war die Erfahrung eine Katastrophe. Je weiter ich in der Erzählung vorankam, desto öfter unterbrach mich Tante Julia:

»Aber das war doch gar nicht so, du hast ja alles auf den Kopf gestellt«, sagte sie überrascht, fast verärgert, »aber das war doch gar nicht, was er gesagt hat, aber …«

In meiner Unruhe hielt ich ein und machte ihr klar, dass das eben Gehörte nicht die getreue Schilderung der Anekdote war, die sie mir erzählt hatte, sondern *eine Erzählung, eine Erzählung*, und dass alles Hinzugefügte und Weggelassene Mittel waren, um eine bestimmte Wirkung zu erzielen:

»Eine *komische* Wirkung«, unterstrich ich, das musste sie doch verstehen und, sei es aus Mitleid, wenigstens lächeln.

»Im Gegenteil«, protestierte Tante Julia aufgebracht, »mit deinen Änderungen ist der ganze Witz weg. Wer glaubt schon, dass so viel Zeit vergeht von dem Punkt, wo das Kreuz anfängt zu wackeln, bis es fällt. Was soll daran komisch sein?«

Ich gab mich gerade, auch wenn mein gedemütigtes Herz schon beschlossen hatte, die Erzählung über Doroteo Martí in den Papierkorb zu werfen, einer hitzigen, schmerzhaften Verteidigung des Rechts auf die literarische Kraft der Phantasie hin, des Rechts, die Wirklichkeit zu überschreiten, als ich spürte, wie mir jemand auf die Schulter tippte.

»Wenn ich störe, sagt es mir und ich gehe, Stehgeiger ist nichts für mich«, sagte Javier, zog einen Stuhl herbei, setzte sich und bestellte einen Kaffee. Er lächelte Tante Julia zu: »Angenehm, ich bin Javier, der beste Freund dieses Meisters der Prosa. Die hast du ja gut versteckt, alter Knabe.«

»Das ist Julita, die Schwester meiner Tante Olga«, erklärte ich ihm.

»Wie bitte? Die famose Bolivianerin?«, sagte Javier, und all sein Schwung ging dahin. Er hatte uns händchenhaltend angetroffen, wir hatten uns nicht losgelassen, und jetzt starrte er, ganz ohne die selbstgewisse Weltläufigkeit von vorhin, auf unsere verschlungenen Finger. »Mensch, Varguitas, sieh einer an.«

»Ich die famose Bolivianerin?«, fragte Tante Julia. »Wieso famos?«

»Weil unausstehlich, wegen deiner plumpen Scherze am Anfang«, setzte ich sie ins Bild. »Javier kennt nur den ersten Teil der Geschichte.«

»Den besten hattest du mir verheimlicht, mein schlechter Erzähler und noch schlechterer Freund«, sagte Javier, der seine Ungezwungenheit wiedergefunden hatte und auf unser »Pastetchen« zeigte. »Was gibt's Neues, na los.«

Er war unheimlich nett, plapperte, was das Zeug hielt, und alberte herum, Tante Julia war entzückt. Ich freute mich, dass er uns erwischt hatte; zwar hatte ich nicht vorgehabt, ihm von meiner Liebelei zu erzählen, weil er Vertraulichkeiten der gefühligen Art nicht ausstehen konnte (umso weniger in einem so verzwickten Fall), aber da der Zufall ihn ins Geheimnis gezogen hatte, war ich froh, mit ihm den weiteren Verlauf des Abenteuers besprechen zu können. An diesem Vormittag verabschiedete er sich mit einem Wangenkuss von Tante Julia und machte eine Verbeugung:

»Ich bin ein erstklassiger Kuppler, ihr könnt immer auf mich zählen.«

»Sag doch gleich, dass du uns das Bett machst«, schimpfte ich am Nachmittag mit ihm, kaum dass er, nach Einzelheiten lechzend, meinen Olymp bei Radio Panamericana betrat.

»Sie ist so etwas wie deine Tante, oder?«, sagte er und tätschelte mich. »Schon gut, ich bin beeindruckt. Eine reiche, geschiedene Alte als Geliebte: volle Punktzahl!«

»Sie ist nicht meine Tante, sondern die Schwester der Frau meines Onkels«, erklärte ich, was er längst wusste, während ich eine Meldung aus *La Prensa* über den Krieg in Korea umschrieb. »Sie ist nicht meine Geliebte, keine alte Frau und auch nicht vermögend. Nur das geschieden stimmt.«

»Mit alt meinte ich älter als du, und reich war keine Kritik, sondern ein Glückwunsch, ich bin ein Verfechter der Geldheirat«, lachte Javier. »Sie ist also nicht deine Geliebte? Was dann? Deine Freundin?«

»Etwas dazwischen«, sagte ich und wusste genau, dass es ihn reizen würde.

»Ah, den Geheimnisvollen willst du spielen, dann pack lieber gleich ein«, machte er mir klar. »Außerdem bist du ein Lump: Ich erzähle dir all meine Liebesmüh mit der kleinen Nancy, und das mit der Geldpartie hast du mir verschwiegen.«

Ich erzählte ihm die Geschichte von Anfang an, die Schwierigkeiten, uns zu sehen, und er verstand, warum ich ihn in den letzten Wochen ein paarmal angepumpt hatte. Er zeigte Anteilnahme, überschüttete mich mit Fragen und schwor mir am Ende, er würde zu meiner guten Fee. Doch als er sich verabschiedete, wurde er ernst:

»Ich nehme an, das ist nur ein Spiel«, mahnte er mich und schaute mir in die Augen wie ein besorgter Vater. »Dass der Herr nur nicht vergisst, dass wir beide trotz allem noch zwei Teenies sind.«

»Wenn ich schwanger werde, lasse ich abtreiben, das schwöre ich«, beruhigte ich ihn.

Schließlich ging er wieder, und während Pascual den Großen Pablito mit einer Massenkarambolage in Deutschland bei Laune hielt – zwei Dutzend Autos hatten sich ineinander verkeilt, weil ein unachtsamer belgischer Tourist seinen Wagen mitten auf der Fahrbahn anhielt, um ein Hündchen aufzusammeln –, dachte ich über seine Worte nach. Stimmte es, dass die Sache zwischen Tante Julia und mir nichts Ernstes war? Ja, stimmte. Es war eine andere Erfahrung, etwas reifer und gewagter als alles, was ich erlebt hatte, nur durfte sie, damit wir sie in guter Erinnerung behielten, nicht allzu lange währen. So weit waren meine Überlegungen gediehen, als Genaro junior hereinkam und mich zum Mittagessen einlud. Er führte mich nach Magdalena, in ein Gartenrestaurant mit einheimischer Küche, nötigte mir Reis mit Ente und ein paar Hefekringel mit Honig auf, und als wir beim Kaffee waren, präsentierte er die Rechnung:

»Du bist sein einziger Freund, sprich mit ihm, er bringt uns in Teufels Küche. Ich selbst kann nicht, für ihn bin ich ein Ignorant und Banause, und meinen Vater hat er gestern einen Mesokraten genannt. Ich will keinen weiteren Ärger. Ich müsste ihn hinauswerfen, und das wäre eine Katastrophe für das Unternehmen.«

Das Problem war ein in giftigen Worten gesetzter Brief des argentinischen Botschafters an Radio Central, in dem er gegen die »verleumderischen, perversen und psychotischen« Anspielungen auf das Vaterland von Sarmiento und San Martín protestierte, die allenthalben in den Hörspielserien auftauchten (welche der Diplomat »dramatische Geschichten in Fortsetzungsform« nannte). Der Botschafter führte einige Beispiele an, die, wie er betonte, nicht gezielt ausgewählt worden seien, sondern die das Personal der Gesandtschaft, das »dieser Art von Sendungen gewogen« sei, aufs Geratewohl zusammengetragen habe. In einer der Sendungen sei nichts Geringeres angedeutet worden, als dass die sprichwörtliche Männlichkeit der Argentinier ein Mythos sei, da fast alle die Homosexualität praktizierten (vorzugsweise die passive); in einer anderen, dass man in den Familien von Buenos Aires, gewöhnlich von Herdenstärke, die unnützen Mäuler – Alte und Kranke – verhungern lasse, um die Haushaltskasse zu schonen; in wieder einer anderen, dass die Sache mit den Rindern nur für den Export sei, da die begehrteste Speise am häuslichen Esstisch Pferdefleisch sei; dass die verbreitete Praxis des Fußballspielens das heimische Erbgut geschädigt habe, vor allem wegen der Kopfstöße, was die rasante Zunahme an Oligophrenie, Akromegalie und sonstigen Unterarten von Kretinismus an den Ufern des falben Flusses erkläre; dass es in den heimischen Stuben von Buenos Aires – »dergleichen Kosmopolis«, stellte der Brief klar – üblich sei, die biologischen Bedürfnisse im selben Raum zu verrichten, wo man esse und schlafe, über einem schlichten Eimer …

»Du lachst, das haben wir auch«, sagte Genaro junior und knabberte an den Fingernägeln, »aber heute kam ein Anwalt und hat uns das Lachen ausgetrieben. Wenn die Botschaft bei der Regierung Protest einlegt, können sie uns die Hörspiele streichen, mit einer Geldstrafe belegen, den Sender schließen. Bitte ihn, drohe ihm, kein Wort mehr über die Argentinier.«

Ich versprach, das Mögliche zu tun, doch ohne allzu große Hoffnung, denn der Schreibkünstler war ein Mann von felsenfesten Überzeugungen. Zwar fühlte ich mich durchaus als sein Freund, und abgesehen von meiner entomologischen Neugier schätzte ich ihn. Aber war es umgekehrt genauso? Pedro Camacho schien nicht in der Lage, seine Zeit und seine Energie auf eine Freundschaft oder sonst etwas zu verschwenden, was ihn von seiner *Kunst* ablenkte, das heißt von seiner Arbeit oder seinem Laster, diesem Drang, der alles hinwegfegte, Menschen, Dinge, Bedürfnisse. Wenngleich es stimmte, dass er zu mir toleranter war als zu allen anderen; wir gingen zusammen Kaffee trinken (er Minze und Zitronenkraut), oder ich kam in sein Kabuff und diente ihm als Ruhepol zwischen zwei Seiten. Auch hörte ich ihm mit größter Aufmerksamkeit zu, was ihm vielleicht schmeichelte, womöglich hielt er mich auch für einen Schüler; oder ich war ihm, was der alten Jungfer das Schoßhündchen und dem Rentner das Kreuzworträtsel: jemand, etwas, womit er die Leere ausfüllte.

Drei Dinge faszinierten mich an Pedro Camacho: was er sagte, die nüchterne Strenge seines ganz einer Obsession hingegebenen Lebens und seine Leistungsfähigkeit. Vor allem Letzteres. In Emil Ludwigs Biographie hatte ich von der Standhaftigkeit Napoleons gelesen und wie er, wenn seine Sekretäre schon zusammenbrachen, noch weiterdiktierte, und ich stellte mir den Kaiser der Franzosen mit dem großnasigen Gesicht des Schreibkünstlers vor, den wir, Javier und ich, eine Zeitlang unseren Napoleon vom Altiplano nannten (zur Abwechslung auch den kreolischen Balzac). Aus Neugier rechnete ich aus, wie viele Stunden am Tag er arbeitete, und sooft ich es auch überprüfte, es kam mir unmöglich vor.

Er begann mit vier Serien pro Tag, aber angesichts des Erfolgs waren es irgendwann bis zu zehn, die montags bis samstags ausgestrahlt wurden, jede Folge von einer halben Stunde Länge (eigentlich dreiundzwanzig Minuten, die Werbung beanspruchte sieben). Da er bei allen Regie führte und mitspielte, musste er etwa sieben Stunden täglich im Studio verbringen, wenn man berücksichtigte, dass Probe und Aufnahme jeder Sendung vierzig Minuten dauerten (zehn bis fünfzehn für seine Ansprache und die Anweisungen). Die einzelnen Stücke schrieb er je nach Stand der Serie, und wie ich feststellte, brauchte er für jede Folge kaum doppelt so lang wie für die Aufnahme, eine Stunde. Was immerhin bedeutete, dass er etwa zehn Stunden an der Schreibmaschine saß. Etwas weniger wurde es dank der Sonntage, seinem freien Tag, den er selbstverständlich in seinem Kabuff verbrachte, um im Wochenpensum voranzukommen. Seine Arbeitszeit betrug also wochentags zwischen fünfzehn und sechzehn Stunden und sonntags zwischen acht und zehn. So gut wie alle waren produktiv, von reichem *künstlerischem* Ertrag.

Um acht Uhr morgens kam er zu Radio Central, und gegen Mitternacht ging er; seine einzigen Ausflüge machte er mit mir, ins Bransa, um seinen Hirntee einzunehmen. Zu Mittag aß er in seinem Kabuff, ein Sandwich und eine Brause, die ihm Jesusito, der Große Pablito oder einer seiner Mitarbeiter untertänigst besorgten. Niemals akzeptierte er eine Einladung, nie hörte ich von ihm, dass er im Kino gewesen wäre, im Theater, beim Fußball oder auf einem Fest. Nie sah ich ihn ein Buch lesen, eine Zeitschrift oder eine Zeitung, abgesehen von diesem Zitatenwälzer und den Stadtplänen, die seine *Arbeitsmittel* waren. Obwohl, nein, einmal entdeckte ich bei ihm ein Vereinsblatt des Club Nacional.

»Ich habe den Pförtner mit ein paar Münzen bestochen«, erklärte er, als ich ihn nach dem Heftchen fragte. »Wo sollte ich sonst die Namen meiner Aristokraten hernehmen? Für die anderen reichen mir meine Ohren: Die Plebs sammle ich aus der Gosse.«

Die Herstellung eines Hörspielmanuskripts, die Stunde, die er brauchte, um es in einem Zug herunterzuschreiben, verblüffte mich ein ums andere Mal. Oft sah ich zu, wie er die einzelnen Folgen tippte. Im Gegensatz zu den Aufnahmen, deren Geheimnis er eifersüchtig hütete, war es ihm egal, wenn man ihm beim Schreiben zusah. Während er in die Tasten seiner (meiner) Remington schlug, kamen die Darsteller, Batán oder der Tontechniker herein und unterbrachen ihn. Er schaute auf, löste die Fragen, gab eine verschnörkelte Anweisung, verabschiedete den Besuch mit einem aufgeklebten kleinen Lächeln, das so weit von einem Lachen entfernt war, wie ich es noch nie gesehen habe, und schrieb weiter. Ich kam oft unter dem Vorwand in sein Kabäuschen, ich müsse büffeln, in meiner Dachbude gehe es zu wie im Taubenschlag (in den Juravorlesungen standen die Prüfungen an, und nachdem ich sie hinter mich gebracht hatte, vergaß ich alles wieder; dass ich nicht ein einziges Mal durchgefallen bin, sagt nichts über mich, aber viel über die Universität). Pedro Camacho erhob keine Einwände, es hatte gar den Anschein, dass ihm diese menschliche Anwesenheit nicht unangenehm war, die da zuhörte, wie er *schöpfte*.

Ich setzte mich aufs Fensterbrett und steckte meine Nase in irgendein Gesetzbuch. In Wirklichkeit spionierte ich. Er schrieb mit zwei Fingern, sehr schnell. Und ich traute meinen Augen nicht: Niemals stockte er, um nach einem Wort zu suchen oder über eine Idee nachzusinnen, niemals lag auf diesen fanatischen Glubschäugelchen der Schatten eines Zweifels. Es sah so aus, als würde er einen Text, den er auswendig kannte, ins Reine schreiben, als würde er tippen, was man ihm diktierte. Aber wie konnte er in dieser Geschwindigkeit, mit der seine Fingerchen auf die Tasten herabsausten, neun, zehn Stunden am Tag schreiben und sich für mehrere unterschiedliche Geschichten die Situationen, Anekdoten, Dialoge *ausdenken*? Und doch war es möglich: Eins nach dem anderen kamen die Skripte aus diesem beharrlichen Köpfchen und diesen unermüdlichen Händchen gerattert, im passenden Format, wie aus der Wurstmaschine. Sobald eine Folge fertig war, korrigierte er sie nicht, er las sie nicht einmal durch; er gab sie der Sekretärin, damit sie Abschriften machte, und begab sich ohne Unterbrechung an die Verfertigung der nächsten. Einmal sagte ich zu ihm, wenn ich ihm beim Arbeiten zusähe, erinnere mich das an die Theorie der französischen

Surrealisten vom automatischen Schreiben, das direkt aus dem Unbewussten sprudele, vorbei an der Zensur des Verstandes. Ich erhielt eine nationalistische Antwort:

»Die Gehirne unseres mestizischen Amerika bringen Besseres hervor als die Froschbeißer. Nur keine Komplexe, mein Freund.«

Aber warum nahm er als Grundlage für seine Geschichten aus Lima nicht die, die er in Bolivien geschrieben hatte? Ich fragte es ihn, und er antwortete mit Allgemeinplätzen, denen man unmöglich etwas Konkretes abgewinnen konnte. Um die Hörer zu erreichen, müssten die Geschichten frisch sein, genau wie Obst oder Gemüse, die Kunst dulde keine Konserven und erst recht keine Nahrung, welche die Zeit verdorben habe. Außerdem müssten es »Geschichten aus dem landsmannschaftlichen Umfeld der Hörer« sein. Wie sollten diese sich, wo sie in Lima lebten, für Episoden interessieren, die in La Paz spielten? Aber derlei Gründe führte er nur an, weil bei ihm der Drang, zu theoretisieren und alles als unpersönliche Wahrheit, als ewiges Axiom zu formulieren, so zwanghaft war wie das Schreiben. Der wahre Grund, warum er nicht auf seine alten Serien zurückgriff, war zweifellos viel einfacher: weil er nicht das geringste Interesse hatte, sich Arbeit zu ersparen. Leben hieß für ihn Schreiben. Es war ihm völlig egal, ob seine Werke überdauerten. Einmal gesendet, vergaß er die Stücke. Von keinem einzigen seiner Hörspiele, versicherte er, bewahre er eine Kopie. Er hatte sie mit dem unausgesprochenen Vorsatz verfasst, dass sie sich verflüchtigten, indem das Publikum sie verdaute. Einmal fragte ich ihn, ob er nie daran gedacht habe, einen Text zu veröffentlichen.

»Was ich schreibe, wird an einem Ort bewahrt, der unvergänglicher ist als die Bücher«, belehrte er mich: »Im Gedächtnis der Rundfunkhörer.«

Über die argentinische Beschwerde sprach ich mit ihm noch an dem Tag, als ich mit Genaro junior zu Mittag gegessen hatte. Gegen sechs stand ich in seinem Kabuff und lud ihn ins Bransa ein. Aus Angst vor seiner Reaktion teilte ich ihm die Nachricht scheibchenweise mit: Es gebe empfindliche Menschen, die keine Ironie ertrügen, außerdem seien in Peru die Gesetze, was Verleumdung angehe, äußerst streng, ein Rundfunksender könne wegen eines Nichts geschlossen werden. Die argentinische Botschaft habe sich, womit sie wenig Weltkenntnis beweise, durch ein paar Anspielungen beleidigt gefühlt und drohe mit einer Protestnote beim Außenministerium …

»In Bolivien hat man einmal mit dem Abbruch der Beziehungen gedroht«, ging er dazwischen. »Irgendein Käseblatt raunte sogar von einem Truppenaufmarsch an den Grenzen.«

Er sagte es achselzuckend, als dächte er: Aufgabe der Sonne ist es, ihre Strahlen auszusenden, was soll man da tun, wenn es irgendwo brennt.

»Die Genaros bitten Sie, es möglichst zu vermeiden, in den Serien schlecht von den Argentiniern zu sprechen«, gestand ich, und ich fand ein Argument, das ihn, nahm ich an, beeindrucken würde: »Am besten beschäftigen Sie sich gar nicht mit denen, oder sind sie es etwa wert?«

»Das sind sie, denn sie *inspirieren* mich«, erklärte er, womit die Sache für ihn beendet war.

Auf dem Rückweg zum Sender teilte er mir mit einem kecken Schlenker im Tonfall mit, dass sie wegen des Skandals von La Paz »angefressen« seien, Auslöser sei ein Theaterstück über »die viehischen Sitten der Gauchos« gewesen. Bei Panamericana sagte ich Genaro junior, er solle sich über meine Vermittlungserfolge keine Illusionen machen.

Zwei oder drei Tage später lernte ich Pedro Camachos Pension kennen. Tante Julia war gekommen, als die letzten Nachrichten liefen, wir wollten einen Film sehen, der im Metro gezeigt wurde, mit einem der Traumpaare des Kinos: Greer Garson und Walter Pidgeon. Als wir dann gegen Mitternacht über die Plaza San Martín zum Sammeltaxi gingen, sah ich Pedro Camacho aus dem Eingang von Radio Central treten. Kaum deutete ich auf ihn, wollte Tante Julia, dass ich ihn ihr vorstellte. Wir gingen zu ihm, und als ich ihm sagte, sie sei eine Landsmännin von ihm, war er die Liebenswürdigkeit in Person.

»Ich bin eine große Bewunderin von Ihnen«, sagte Tante Julia, und um ihm zu gefallen, flunkerte sie: »Seit ich Sie in Bolivien gehört habe, lasse ich keins Ihrer Stücke aus.«

Fast ohne dass wir es merkten, gingen wir weiter in Richtung Jirón Quilca, und auf dem Weg führten Pedro Camacho und Tante Julia ein sehr heimatverbundenes Gespräch, aus dem ich ausgeschlossen blieb und durch das die Minen von Potosí und das Taquiña-Bier defilierten, diese Maissuppe, die sie Lagua nennen, Maisbrei mit Frischkäse, das Klima in Cochabamba, die Schönheit der Frauen aus Santa Cruz und was alles das Herz des Bolivianers höherschlagen lässt. Der Künstler schwärmte von seinem Land und schien es zu genießen. Als wir an ein Haus mit Balkons und Gitterfenstern kamen, blieb er vor der Tür stehen. Aber er verabschiedete sich nicht:

»Kommen Sie mit hoch«, schlug er vor. »Mein Abendessen ist ein schlichtes Mahl, aber wir können es uns teilen.«

Die Pension La Tapada war eins dieser alten zweigeschossigen Häuser im Zentrum von Lima, die im vergangenen Jahrhundert erbaut worden und einmal geräumig, komfortabel und vielleicht sogar luxuriös gewesen waren und die später, als die wohlhabenden Bewohner in die Badeorte abwanderten und das alte Lima an Klasse verlor, aufgelöst und vollgestopft und immer wieder unterteilt wurden, bis sie Bienenkörben glichen: Trennwände verdoppelten oder vervierfachten die Zimmer, neue Gehäuse wurden irgendwie in Flurportale, auf Dächer und selbst auf Balkons und ins Treppenhaus gesetzt. Die Pension La Tapada machte den Eindruck, als wollte sie gleich zusammenstürzen; die Stufen, über die wir zu Pedro Camachos Zimmer hinaufstiegen, schaukelten unter unserem Gewicht, und unsere Schritte wirbelten Staubwölkchen auf, dass Tante Julia niesen musste. Eine dicke Schmutzschicht bedeckte Wände und Böden, offensichtlich war in dem Haus noch nie gewischt oder auch nur gekehrt worden. Das Zimmer von Pedro Camacho sah aus wie eine Zelle. Es war sehr klein und fast leer: ein einfaches Bett ohne Kopfteil, darauf eine verschossene Decke und ein Kissen ohne Bezug, ein Tischchen mit einem Wachstuch und ein Strohstuhl, ein Koffer und eine von Wand zu Wand gespannte Leine, an der ein paar Unterhosen und Strümpfe baumelten. Dass der Schreibkünstler seine Wäsche selber wusch, verwunderte mich nicht, sehr wohl aber, dass er sich das Essen zubereitete. Auf dem Fensterbrett standen ein Kocher, eine Kerosinflasche, Blechteller und -besteck, ein paar Gläser. Mit ausladender Geste bot er Tante Julia den Stuhl an und mir das Bett:

»Nehmen Sie Platz. Die Heimstatt ist ärmlich, aber das Herz ist groß.«

In zwei Minuten hatte er das Essen fertig. Die Zutaten hingen in einem Nylonbeutel im Fenster an der frischen Luft. Das Menü bestand aus Brühwürstchen mit Spiegelei, Brot mit Butter und Käse und einem Joghurt mit Honig. Wir sahen ihn geschickt hantieren, als wäre er es gewohnt, dies jeden Tag zu tun, und ich war mir sicher, dass es auch seine übliche Kost war.

Beim Essen plauderte er überaus galant und ließ sich gar herab, Themen zu behandeln wie das Rezept für Vanilleflan (Tante Julia hatte ihn darum gebeten) und das preisgünstigste Waschpulver für weiße Wäsche. Seinen Teller aß er nicht auf; als er ihn beiseiteschob, deutete er auf die Reste und erlaubte sich einen kleinen Scherz:

»Für den Künstler ist Essen ein Laster, meine Freunde.«

Da er so gut gelaunt schien, wagte ich es, ihm ein paar Fragen zu stellen. Ich sagte, dass ich ihn um seine Ausdauer beneidete, trotz seiner Galeerenschufterei sehe er niemals müde aus.

»Ich habe meine Strategien, mir den Arbeitstag vielfältig zu gestalten«, verriet er uns.

Und mit leiser Stimme, wie um geisterhaften Konkurrenten nicht sein Geheimnis preiszugeben, sagte er, dass er nie länger als sechzig Minuten an einer Geschichte schreibe und dass es erfrischend sei, von einem Thema zum nächsten zu springen, so habe er jede Stunde das Gefühl, mit der Arbeit zu beginnen.

»In der Abwechslung liegt das Vergnügen, Herrschaften«, betonte er, mit aufgeregten Augen und dem Grinsen eines unheimlichen Kobolds.

Deshalb sei es auch wichtig, die Geschichten nicht nach Ähnlichkeit, sondern nach Gegensätzlichkeit anzuordnen, und der vollständige Wechsel von Klima, Ort, Thema und Personen verstärke dieses Gefühl der Erneuerung. Darüber hinaus seien die Tässchen Minze mit Zitronenkraut nützlich, sie entstopften die Gehirnkanäle, und die Phantasie danke es. Und dass er zwischendurch immer wieder die Schreibmaschine verlasse, um ins Studio zu gehen, dass er vom Schreiben zum Regieführen und Darstellen wechsle, sei auch Erholung, ein Übergang mit belebender Wirkung. Allerdings habe er im Laufe der Jahre noch etwas anderes herausgefunden, etwas, das stumpfen Zeitgenossen und Banausen vielleicht als Kinderei erscheine. Aber wen kümmerte es, was diese Sorte Menschen dachte? Wir sahen, wie er zögerte, schwieg, und sein karikatureskes Gesichtchen wurde traurig:

»Im Radio kann ich es zu meinem Leidwesen nicht praktizieren«, sagte er wehmütig. »Nur sonntags, wenn ich allein bin. Unter der Woche gibt es zu viele Gaffer, sie würden es nicht verstehen.«

Woher auf einmal diese Skrupel, wo er so stolz auf die Sterblichen herabsah? Tante Julia war ebenso begierig wie ich, es zu erfahren:

»Jetzt machen Sie uns doch nicht den Mund wässrig«, sagte sie. »Welches Geheimnis, bitte, Señor Camacho?«

Er betrachtete uns still, ein Illusionist, der zufrieden in die gespannte Erwartung seines Publikums blickt. Dann stand er auf, mit priesterlicher Langsamkeit (er saß auf der Fensterbank, neben dem Kochgerät), ging zu seinem Koffer, öffnete ihn und zog, wie der Zauberer Fähnchen und Tauben aus den Tiefen des Zylinders, eine unerwartete Sammlung von Gegenständen hervor: eine englische Richterperücke, Schnurrbärte in verschiedenen Größen, einen Feuerwehrhelm, ein Militärabzeichen, die Masken einer dicken Frau, eines alten Mannes, eines dummen Kindes, den Stock eines Verkehrspolizisten, die Mütze und die Pfeife eines alten Seebären, den weißen Kittel eines Arztes, falsche Nasen, künstliche Ohren, Wattebärte ... Wie am Schnürchen zeigte er uns die Artefakte und zog sie sich über – um uns ihre Wirkung anschaulich vorzuführen, aus einem inneren Bedürfnis heraus? –, rückte sie zurecht und nahm sie ab, mit einem Geschick, das lange Gewohnheit und eifrigen Umgang verriet. Auf diese Weise verwandelte sich Pedro Camacho mit seinen Kostümwechseln vor Tante Julia und mir, die wir ihm verblüfft zusahen, in einen Arzt, einen Seemann, einen Richter, eine alte Frau, eine fromme Frau, einen Bettler, einen Kardinal ... Und während er diese Umzüge vornahm, sprach er mit glühender Stimme:

»Warum soll ich, um mit Personen meines Eigentums wesenseins zu werden, nicht das Recht haben, diesen ähnlich zu sehen? Wer verbietet mir, während ich sie schreibe, ihre Nasen zu tragen, ihre Frisur, ihre Röcke?«, und er tauschte einen Kardinalshut gegen eine Tabakspfeife, die Tabakspfeife gegen einen Kittel und den Kittel gegen eine Krücke. »Wen hat es zu kümmern, wenn ich die Phantasie mit ein paar Fetzen schmiere? Was ist der Realismus, Herrschaften, der vielgerühmte Realismus, was ist er? Gibt es Besseres, um realistische Kunst zu schaffen, als sich stofflich mit der Wirklichkeit zu identifizieren? Und wird der Arbeitstag so nicht erträglicher, lieblicher, bewegter?«

Aber klar – seine Stimme wurde zunächst wütend, dann

untröstlich –, die Menschen in ihrem Unverständnis und ihrer Torheit missdeuteten alles. Wenn sie ihn bei Radio Central kostümiert an der Schreibmaschine sähen, würde das Munkeln beginnen, würde das Gerücht umgehen, er sei ein Transvestit, sein Büro würde zu einem Magneten für die krankhafte Neugier des gemeinen Volkes. Er verstaute die Masken und sonstigen Utensilien, schloss den Koffer und ging wieder zum Fenster. Jetzt war er traurig. Er murmelte, in Bolivien, wo er immer in seinem eigenen Atelier arbeite, habe er »mit den Fetzen« nie Probleme gehabt. Hier dagegen könne er nur sonntags so schreiben, wie es seiner Gewohnheit entspreche.

»Beschaffen Sie sich die Kostüme je nach den Personen, oder erfinden Sie die Personen je nach den Kostümen, die Sie schon haben?«, fragte ich, nur um etwas zu sagen, immer noch bass erstaunt.

Er sah mich an wie ein Neugeborenes:

»Man merkt, dass Sie noch sehr jung sind«, tadelte er mich sanft. »Wissen sie nicht, dass am Anfang immer das Wort ist?«

Als wir, nachdem wir ihm von Herzen für die Einladung gedankt hatten, wieder hinausgingen, sagte ich zu Tante Julia, dass Pedro Camacho uns, indem er uns an seinem Geheimnis teilhaben ließ, einen außerordentlichen Vertrauensbeweis gegeben habe, ich sei ganz gerührt. Sie war glücklich: Nie hätte sie sich vorgestellt, dass Intellektuelle so unterhaltsame Typen sein konnten.

»Na ja, nicht alle«, sagte ich und musste selber schmunzeln. »Pedro Camacho ist ein Intellektueller in Gänsefüßchen. Hast du gesehen, dass in seinem Zimmer nicht ein einziges Buch steht? Er liest nicht, sagt er, damit es seinen Stil nicht beeinflusst.«

Hand in Hand gingen wir durch die verschwiegenen Gassen der Altstadt zurück zur Haltestelle der Sammeltaxis, und ich sagte ihr, eines Sonntags würde ich zu Radio Central gehen und mir ansehen, wie der Künstler sich mit seinen Masken in Leib und Blut in seine Geschöpfe verwandelte.

»Er lebt wie ein Habenichts, das darf doch nicht wahr sein«, protestierte sie, »wo seine Hörspielserien so berühmt sind. Ich dachte, er würde jede Menge Geld verdienen.«

Es ließ ihr keine Ruhe, dass in der Pension weder eine Wanne noch eine Dusche zu sehen waren, bloß ein schmutziger Abtritt und ein schimmeliges Waschbecken auf dem Treppenabsatz. Ob ich glaubte, dass Pedro Camacho sich niemals wusch? Ich sagte, solche banalen Dinge interessierten den Schreibkünstler nicht die Bohne. Sie verriet mir, dass ihr, als sie den Dreck in der Pension sah, schlecht geworden sei, nur mit einer übermenschlichen Anstrengung habe sie das Würstchen und das Ei hinunterbekommen. Als wir dann im Sammeltaxi saßen, einer alten Klapperkiste, die an jeder Ecke der Avenida Arequipa hielt, und ich sie zart aufs Ohr küsste, auf den Hals, hörte ich sie besorgt sagen:

»Das heißt, Schriftsteller sind elende Hungerleider. Was bedeutet, dass du in deinem Leben aus dem Schlamassel nicht herauskommst, Varguitas.«

Seit sie es von Javier gehört hatte, nannte auch sie mich Varguitas.

VIII

Don Federico Téllez Unzátegui schaute auf die Uhr, stellte fest, dass es Punkt zwölf war, sagte dem halben Dutzend Mitarbeiter der Nager-Stop AG, sie könnten essen gehen, und musste sie nicht daran erinnern, um drei zurück zu sein, nicht eine Minute später, weil sie alle zur Genüge wussten, dass in der Firma Unpünktlichkeit ein Sakrileg war, es bedeutete eine Geldstrafe, wenn nicht die Entlassung. Als sie gegangen waren, schloss er, wie es seine Gewohnheit war, das Büro zweifach ab, setzte seinen mausgrauen Hut auf und begab sich inmitten der Menschenmenge über den Bürgersteig des Jirón Huancavelica zu dem Parkplatz, wo sein Wagen stand (eine Dodge-Limousine).

Er war ein Mann, der Furcht einflößte, finstere Gedanken, man musste ihm nur auf der Straße begegnen und wusste gleich, dass er anders war als seine Mitbürger. Er war im besten Alter, fünfzig Jahre, und seine besonderen Kennzeichen – breite Stirn, Adlernase, durchdringender Blick, von aufrechtem Sinn und gütigem Wesen – hätten ihn zu einem Don Juan machen können, wenn er sich für Frauen interessiert hätte. Aber Don Federico Téllez Unzátegui hatte sein Leben einem Kreuzzug gewidmet, und er duldete es nicht, dass wer oder was auch immer – abgesehen von den unerlässlichen Stunden Schlaf, der Nahrungsaufnahme und dem Umgang mit der Familie – ihn davon ablenkte. Diese Schlacht schlug er seit vierzig Jahren, und sein Ziel war die Ausrottung aller Nagetiere auf dem Staatsgebiet.

Woher diese Wahnidee rührte, wusste keiner seiner Bekannten, nicht einmal seine Frau und seine vier Kinder. Don Federico Téllez Unzátegui verheimlichte den Grund, vergaß ihn aber nicht: Tag und Nacht rumorte es in seiner Erinnerung, ein anhaltender Albtraum, aus dem er stets neue Kraft bezog, frischen Hass, um in diesem Kampf zu bestehen, den manche für wunderlich hielten, andere für abstoßend, die meisten für reines Geschäft. Ebenjetzt, als er auf den Parkplatz trat, mit einem raschen Kondorblick zur Kenntnis nahm, dass man seinen Dodge gewaschen hatte, den Wagen anließ und zwei (mit der Uhr gestoppte) Minuten wartete, dass der Motor warm wurde, flogen seine Gedanken ein weiteres Mal, Schmetterlinge, die auf die Flammen zuflattern, an denen ihre Flügel verbrennen, in der Zeit und im Raum zurück zu der Urwaldsiedlung seiner Kindheit, zu dem Schrecken, der sein Schicksal besiegelte.

Geschehen war es in der ersten Dekade des Jahrhunderts, als Tingo María kaum mehr als ein Kreuz auf der Landkarte war, eine Lichtung mit ein paar Hütten, umgeben von einer Dschungelwand. Zuweilen gelangten, nach unendlichen Strapazen, Glücksritter dorthin, die aus der Behaglichkeit der Hauptstadt ausbrachen, um den Urwald zu erobern. So kam auch der Ingenieur Hildebrando Téllez in diese Gegend, zusammen mit seiner jungen Frau (durch deren Adern, wie ihr Vorname Mayte und ihr Nachname Unzátegui verkündeten, bläuliches Baskenblut floss) und einem kleinen Sohn: Federico. Den Ingenieur beflügelten großartige Pläne: Wälder roden, Edelhölzer für Haus und Mobiliar der Wohlhabenden exportieren, Avocados, Melonen und Ananas anbauen, Guanábanas und Lúcumas für die exotischen Gaumen der Welt, irgendwann dann die Inbetriebnahme einer Dampfschifffahrt auf den Flüssen des Amazonas. Doch die Götter und die Menschen waren davor, und vom Feuer blieb nur die Asche. Naturkatastrophen – Regenfälle, Plagen, Überschwemmungen – und menschliche Unzulänglichkeiten – fehlende Arbeitskräfte, Faulheit und Einfalt der vorhandenen, kaum Kredit, Alkohol – begruben nach und nach die Ideale des Pioniers, der zwei Jahre, nachdem er nach Tingo

María gekommen war, den Lebensunterhalt auf bescheidenere Weise verdienen musste, mit einer kleinen Süßkartoffelfarm flussaufwärts am Río Pendencia. Ebendort, in einer Palmhütte, hatten in einer lauen Nacht die Ratten die erst vor kurzem geborene, ohne Moskitonetz in ihrer Wiege liegende María Téllez Unzátegui bei lebendigem Leibe aufgefressen.

Passiert war es auf so einfache wie schreckliche Weise. Vater und Mutter waren als Paten auf einer Taufe und verbrachten die Nacht, jenseits des Flusses, bei den üblichen Festlichkeiten. Die Farm blieb unter der Aufsicht des Vorarbeiters, der mit den beiden Tagelöhnern in einer Laubhütte lebte, in einiger Entfernung von der Hütte ihres Chefs, wo Federico und seine Schwester schliefen. Doch der Junge war es gewohnt, in der heißen Jahreszeit seine Pritsche ans Ufer des Pendencia zu stellen und sich vom Fluss in den Schlaf wiegen zu lassen. Genau das tat er auch an diesem Abend (und sollte es sich sein Leben lang vorwerfen). Er wusch sich im Mondlicht, legte sich hin und schlief ein. Dabei war ihm, als hörte er das Wimmern eines Kindes. Aber es war nicht so laut, dass es ihn weckte. Als es Tag wurde, spürte er schneidende Zähnchen an den Füßen. Er schlug die Augen auf und dachte, er würde sterben, oder vielmehr, er sei gestorben und in der Hölle: Dutzende von Ratten wimmelten um ihn herum, stolpernd, sich schubsend, mit wiegendem Gang, vor allem aber alles verschlingend, was ihnen vor die Schnauze kam. Er sprang auf, griff nach einem Stock, alarmierte mit seinem Geschrei den Vorarbeiter und die beiden Tagelöhner. Gemeinsam, mit Fackeln, Knüppeln, Fußtritten verscheuchten sie das Volk der Eindringlinge. Doch als sie in die Hütte traten, war von dem kleinen Mädchen (dem Hauptgericht beim Festschmaus der Hungrigen) nur noch ein Häuflein Knochen übrig.

Die zwei Minuten waren um, und Don Federico Téllez Unzátegui fuhr los. Er reihte sich in die Kolonne ein und fuhr die Avenida Tacna hinunter, dann über die Wilson und die Arequipa bis nach Barranco, wo das Mittagessen auf ihn wartete. Wenn er an den Ampeln bremste, schloss er die Augen und spürte, so wie immer, wenn er sich an jenen terpentinigen Morgen erinnerte, ein ätzendes Schäumen. Denn wie der Volksmund sagt, ein Unglück kommt selten allein. Seine Mutter, die junge Frau baskischer Abkunft, zog sich als Folge der Tragödie einen chronischen Schluckauf zu, der zu Erbrechen führte, sie am Essen hinderte und die Leute zum Lachen brachte. Sie sprach kein Wort mehr, nur noch gurgelnde Laute und heiseres Krächzen. So lebte sie dahin, das Entsetzen in den Augen, hicksend, sich verzehrend, bis sie nach wenigen Monaten an Entkräftung starb. Der Vater ließ sich gehen, verlor jeden Ehrgeiz, alle Kraft, wusch sich nicht mehr. Als die aufgelassene Farm versteigert wurde, bestritt er seinen Lebensunterhalt eine Zeitlang als Fährmann, brachte Menschen, Güter und Tiere von einem Ufer des Huallaga zum anderen. Doch eines Tages schmetterten die Fluten des anschwellenden Flusses das Floß gegen die Bäume, und er fand nicht die Kraft, ein neues zu bauen. Er drang ein in die lasziven Flanken jenes Gebirges mit den mütterlichen Zitzen und den gierigen Lenden, das man die Schlafende Schöne nennt, errichtete sich einen Unterschlupf aus Blättern und Stängeln, ließ sich Haare und Bart wachsen und blieb viele Jahre dort, aß Gräser und rauchte Blätter, die starke Übelkeit verursachten. Als Federico herangewachsen war und den Dschungel verließ, war der ehemalige Ingenieur in Tingo María als der Hexer bekannt, und er lebte in der Nähe einer Grotte, der Cueva de las Pavas, im Konkubinat mit drei indianischen Frauen aus Huánuco, mit denen er ein paar ballonbäuchige kleine Wilde zeugte.

Nur Federico vermochte der Katastrophe schöpferisch zu begegnen. Noch am selben Morgen, nachdem er zunächst die Peitsche zu spüren bekam, weil er seine Schwester allein in der Hütte gelassen hatte, fiel der (innerhalb von Stunden zum Mann gereifte) Junge bei dem kleinen Hügel, der Marías

Grab war, auf die Knie und schwor, sein Leben bis zum letzten Atemzug der Vernichtung der mörderischen Spezies zu widmen. Und um seinen Schwur zu bekräftigen, tropfte er Peitschenblut auf die Erde, welche das Mädchen bedeckte.

Es war die Beharrlichkeit der Rechtschaffenen, die Berge versetzt, und so konnte Don Federico Téllez Unzátegui sich vierzig Jahre später, während seine Limousine dem frugalen Mittagsmahl entgegenglitt, auf die Schulter klopfen und sagen, dass er ein Mann war, der Wort hielt. Denn in all dieser Zeit waren, ob durch seine Hand oder von ihm inspiriert, gewiss mehr Nager verendet als Peruaner auf die Welt gekommen. Eine harte, selbstlose, ungedankte Arbeit, die aus ihm einen rigiden Menschen gemacht hatte, ohne Freunde und mit eigenartigen Gewohnheiten. Am Anfang, noch als Kind, war für ihn das Schwierigste gewesen, den Ekel vor den graubraunen Viechern zu überwinden. Seine anfängliche Technik war primitiv: Fallen. Von seinem Taschengeld kaufte er sich in der Matratzen- und Gemischtwarenhandlung Zum tiefen Schlaf auf der Avenida Raimondi ein Exemplar, das ihm als Modell für viele weitere diente. Er schnitt das Holz und bog den Draht, und zweimal am Tag brachte er sie in den Grenzen der Farm aus. Manchmal lebten ein paar der gefangenen Tierchen noch. Ganz erregt brachte er sie langsam um, oder er quälte sie, stach sie, verstümmelte sie, riss ihnen die Augen aus.

Doch so jung er noch war, sagte ihm seine Intelligenz, dass er, wenn er sich diesen Neigungen überließ, nur scheitern konnte: Der Maßstab, den er sich gesetzt hatte, war quantitativer Natur, nicht qualitativer. Es ging nicht darum, das größtmögliche Leid pro Feindeinheit herbeizuführen, sondern die größtmögliche Anzahl von Einheiten in der geringstmöglichen Zeit zu vernichten. Mit einer für sein Alter bemerkenswerten Willenskraft und Klarheit merzte er alles Gefühlige in seinem Herzen aus und schritt, eiskalt, statistisch, wissenschaftlich berechnend, auf seinem völkermordenden Weg voran. Viele Stunden zwackte er der Schule der kanadischen Patres und dem Schlaf ab (der Freizeit nicht, denn seit der Tragödie spielte er nicht mehr) und perfektionierte die Fallen, in welche er eine Klinge einbaute, die den Körper der Opfer durchschnitt, so dass sie nie und nimmer am Leben blieben (nicht um ihnen den Schmerz zu ersparen, sondern um keine Zeit mit dem Fangstoß zu verlieren). Dann baute er Mehrfamilienfallen mit breiter Bodenplatte, in denen eine verschnörkelte Gabel gleichzeitig Vater, Mutter und vier Junge erschlagen konnte. Seine Tätigkeit sprach sich bald herum, und unmerklich wurde aus Rache und persönlicher Buße ein (gering, aber immerhin vergüteter) Dienst an der Gemeinschaft. Man rief den Jungen zu benachbarten und ferneren Höfen, kaum dass es Anzeichen für eine Invasion gab, und mit einem Ameisenfleiß, der alles vermag, säuberte er sie binnen Tagen. Selbst aus Tingo María kamen nun Anfragen – Hütten, Häuser, Büros –, und der Junge erlebte seinen großen Auftritt, als der Hauptmann der Guardia Civil ihn beauftragte, die vom Feind besetzte Wache zu räumen. Alles Geld, das er bekam, investierte er in die Herstellung neuer Fallen, um auszuweiten, was schlichte Gemüter für eine Perversion oder sein Geschäft hielten. Als der ehemalige Ingenieur in das erotoide Dickicht der Schlafenden Schönen eindrang, begann Federico, der die Schule verlassen hatte, die blanke Waffe der Falle um eine weitere, subtilere zu ergänzen: Gift.

In einem Alter, in dem andere noch mit dem Kreisel spielen, erlaubte ihm seine Arbeit bereits, davon zu leben. Aber sie machte ihn auch zu einem Aussätzigen. Die Leute riefen ihn, damit er die flinken Tierchen tötete, aber niemals baten sie ihn an ihren Tisch oder schenkten ihm ein liebevolles Wort. Ob er darunter litt? Er ließ sich nichts anmerken, und man hätte meinen können, die Abneigung der Mitmenschen schmeichle ihm. Er war ein ungeselliger, einsilbiger Jugendlicher, niemand konnte von sich behaupten, er habe ihn je zum Lachen gebracht oder lachen sehen, und seine einzige Leidenschaft schien es zu sein, das liederliche Gezücht zu vernichten. Er nahm für seine Arbeit nur einen mäßigen Lohn, sah es aber als seine Ehrenpflicht, auch Feldzüge in den Häusern der Armen zu unternehmen, bei denen er, kaum dass der Feind sein Lager aufschlug, mit einem Sack voll Fallen und Giftfläschchen vorstellig wurde. Zur Tötung des bleifarbenen Geziefers mit Techniken, die der junge Mann ohne Unterlass verfeinerte, gesellte sich das Problem der Beseitigung der Kadaver. Den Familien, Hausfrauen und Dienstmädchen bereitete dies den größten Ekel. Also weitete Federico sein Unternehmen aus und lernte den Dorftrottel an, einen schielenden Buckligen, der bei den Dienerinnen des heiligen Josef wohnte und nun, gegen einen Beitrag für Kost und Logis, die Überreste der Hingerichteten in einen Hanfsack sammelte, sie hinter dem Coliseo Abad verbrannte oder den Hunden, Katzen, Schweinen und Geiern von Tingo María zum Schmaus reichte.

Wie lange war das alles her! Aber er hatte, sagte sich Don Federico Téllez Unzátegui vor der Ampel an der Javier Prado, ohne Zweifel Fortschritte gemacht seit damals, als er, der Halbwüchsige, von früh bis spät durch die schlammigen Straßen von Tingo María zog und auf handwerkliche Art, den Trottel im Schlepp, seinen Krieg gegen Marías Mörder führte. Er hatte nicht mehr, als er am Leib trug, und nur einen einzigen Gehilfen. Fünfunddreißig Jahre später führte er einen technisch-kommerziellen Unternehmenskomplex, der seine Fühler nach allen Städten Perus ausstreckte und zu dem ein Fuhrpark mit fünfzehn Lieferwagen gehörte; achtundsiebzig Fachleute besorgten das Ausräuchern von Verstecken, das Mischen von Gift und das Ausbringen der Fallen. Die Männer operierten an vorderster Front – Straßen, Häuser, Felder im ganzen Land –, durchkämmten, umzingelten, vernichteten und erhielten Order, Rat und logistische Unterstützung vom Generalstab, den er befehligte (die sechs Technokraten, die eben in die Mittagspause gegangen waren). Doch abgesehen von diesem Aufgebot beteiligten sich an dem Kreuzzug zwei Labors, mit denen Don Federico Verträge geschlossen hatte (was de facto auf eine Subvention hinauslief), so dass sie ungehindert mit neuen Giften experimentieren konnten, denn der Feind zeigte erstaunliche Immunreaktionen: Nach zwei oder drei Aktionen waren die toxischen Substanzen wirkungslos, Speisen für jene, die sie töten sollten. Außerdem hatte Don Federico – der jetzt, als es grün wurde, den ersten Gang einlegte und seine Fahrt in Richtung der Küstenviertel fortsetzte – ein Stipendium eingerichtet, mit dem die Nager-Stop AG jedes Jahr einen frisch diplomierten Chemiker an die Universität von Baton Rouge schickte, damit er sich auf Rattengift spezialisierte.

Ebendies, die Wissenschaft im Dienst seiner Religion, hatte Don Federico Téllez Unzátegui vor zwanzig Jahren auch bewogen, sich zu verheiraten. Letzten Endes war auch er nur ein Mensch, und so war eines Tages in seinem Gehirn der Gedanke an eine stramme Phalanx von Jungs aufgekeimt, alle von seinem Blut und seinem Geist, denen er schon im Säuglingsalter die Wut auf die Widerlinge einimpfen würde und die, nach dem Genuss einer außergewöhnlichen Erziehung, seine Mission fortsetzten, vielleicht sogar jenseits der Landesgrenzen. Das Bild von sechs, sieben Téllez mit Doktortiteln der angesehensten Hochschulen vor Augen, wie sie seinen Schwur wiederholten und in die Ewigkeit fortschrieben, veranlasste ihn, auch wenn er die Eheabstinenz in Person war, sich an eine Heiratsvermittlung zu wenden, die ihm, gegen ein leicht überhöhtes Entgelt, eine Frau von fünfundzwanzig Jahren verschaffte, nicht unbedingt von strahlender Schönheit – ihr fehlten Zähne, und wie jene Dämchen aus der Region am Río de la Plata, die dieser (hyperbolisch) so genannte Silberfluss bewässert, hatte sie überflüssige Fleischröllchen an der Hüfte und an den Waden –, aber mit den drei Eigenschaften, die er sich ausbedungen hatte:

untadelige Gesundheit, unversehrtes Hymen und Fortpflanzungsfähigkeit.

Doña Zoila Saravia Durán war eine Frau aus Huánuco, deren Familie nach einem dieser Rückschläge des Lebens, das zum Zeitvertreib gern Wippe spielt, vom Provinzadel ins hauptstädtische Subproletariat abgesunken war. Man hatte sie an der kostenlosen Schule erzogen, welche die Salesianerinnen – aus Gewissens- oder Werbegründen? – neben der kostenpflichtigen unterhielten, und wie alle ihre Mitschülerinnen war sie mit einem Komplex argentinischen Formats aufgewachsen, der sich in ihrem Fall in Fügsamkeit, Schweigsamkeit und heißem Hunger äußerte. Ihr ganzes Leben hatte sie als Aufsichtsperson bei den Salesianerinnen gearbeitet, und der unbestimmte Status ihrer Tätigkeit – Dienstmädchen, Arbeiterin, Angestellte? – verstärkte noch ihre Unterwürfigkeit und Unsicherheit, weshalb sie, ochsengleich nickend, allem zustimmte. Als sie mit vierundzwanzig Jahren Waise wurde, fasste sie sich ein Herz und trug es, nach Überwindung brennender Zweifel, zu einer Heiratsvermittlung, welche sie mit dem Mann bekanntmachte, der ihr Gebieter werden sollte. Die erotische Unerfahrenheit der Hochzeiter brachte es mit sich, dass der Vollzug der Ehe zu einem langsamen Prozess geriet, einer Fortsetzungsgeschichte, bei der sich, begleitet von stets neuen Ansätzen und Fiaskos – zu früh, nicht zielgenau, der falsche Weg –, eine Folge an die nächste reihte, die Spannung wuchs und das sture Häutchen undurchstoßen blieb. Paradoxerweise, schließlich waren sie ein tugendhaftes Paar, verlor Doña Zoila ihre Jungfernschaft zuerst (nicht aus Frivolität, sondern wegen eines dummen Zufalls und mangelnder Übung der Frischvermählten) auf heterodoxe, will heißen sodomitische Art.

Abgesehen von diesem abscheulichen Missgeschick war das Leben des Paares untadelig verlaufen. Doña Zoila war eine emsige und sparsame Ehefrau, eifrig bestrebt, die Prinzipien ihres Mannes (die manch einer exzentrisch nennen würde) zu achten. Niemals hatte sie Einwände erhoben, etwa gegen das von Don Federico auferlegte Verbot, warmes Wasser zu benutzen (weil es den Willen schwäche und zu Erkältung führe), auch wenn sie selbst jetzt, nach zwanzig Jahren, noch blau anlief, kaum dass sie unter die Dusche stieg. Niemals hatte sie jener Bestimmung des (nicht aufgeschriebenen, aber auswendig gekannten) Familienkodex widersprochen, wonach keiner im Haus länger als fünf Stunden schlafen durfte, um nicht der Verweichlichung Vorschub zu leisten, auch wenn jeden Morgen um fünf, sobald der Wecker klingelte, die Scheiben unter ihrem Krokodilsgähnen erzitterten. Sie hatte sich damit abgefunden, dass aus ihrem familiären Zeitvertreib, da dem sittlichen Empfinden nicht zuträglich, Kino, Tanz, Theater und Radio ausgeschlossen blieben, desgleichen, da das Haushaltsbudget belastend, Restaurantbesuche, Reisen und jegliches modische Beiwerk, ob am Körper getragen oder als immobiles Dekorationselement. Nur was ihre Sünde betraf, die Völlerei, war sie nicht in der Lage gewesen, dem Herrn des Hauses zu gehorchen. Oftmals waren auf dem Speiseplan Fleisch, Fisch und cremige Desserts aufgetaucht. Es war der einzige Lebensbereich, in dem Don Federico Téllez Unzátegui seinen Willen nicht hatte durchsetzen können: einen strengen Vegetarismus.

Doch Doña Zoila hatte nie versucht, ihrem Laster hinterrücks zu frönen, ohne Wissen ihres Mannes, der in ebendiesem Augenblick seine Limousine in das kokette Viertel Miraflores lenkte und sich sagte, dass ihre Aufrichtigkeit sie zwar nicht von der Sünde freisprach, diese aber zumindest ins Lässliche hob. War ihr Drang stärker als ihr Gehorsamsgeist, verschlang sie ihr Zwiebelsteak, ihren Seebarsch in Chilisauce oder ihren Apfelkuchen mit Schlagsahne vor seinen Augen, puterrot vor Scham und gefasst der jeweiligen Strafe entgegensehend. Nie hatte sie gegen die Sanktionen protestiert. Wenn Don Federico ihr (wegen eines Stücks Grillfleisch oder eines Riegels Schokolade) für drei Tage die Befugnis zu sprechen entzog, knebelte sie sich, um auch nicht im Schlaf zu fehlen, und wenn die Strafe zwanzig Schläge aufs Gesäß waren, beeilte sie sich, das Mieder zu lösen und Arnika bereitzustellen.

Nein, sagte sich Don Federico Téllez Unzátegui, während er einen zerstreuten Blick auf den grauen (er hasste diese Farbe) Pazifik warf, jenseits des Malecón, auf den seine Limousine gerade eingebogen war, trotz allem hatte Doña Zoila ihn nicht enttäuscht. Der große Reinfall seines Lebens waren die Kinder. Was für ein Unterschied zwischen dem erträumten Stoßtrupp von Fürsten der Vernichtung und diesen vier Erben, mit denen Gott und die Gefräßige ihn geschlagen hatten.

Zunächst waren es nur zwei männliche Nachkommen gewesen. Ein harter, unvorhergesehener Schlag. Nie wäre ihm in den Sinn gekommen, dass Doña Zoila Mädchen gebären könnte. Das erste war eine Enttäuschung, mochte aber dem Zufall geschuldet sein. Doch als die vierte Schwangerschaft ebenfalls auf ein Wesen ohne sichtbaren Phallus noch Testikel hinauslief, unterband Don Federico, entsetzt über die Aussicht, weiterhin unvollständige Geschöpfe zu produzieren, strikt jede Anwandlung, Nachwuchs zu zeugen (wozu er das Doppelbett durch zwei Einzelbetten ersetzte). Nicht dass er Frauen hasste; nur war er weder Erotomane noch Schlemmer, und wozu konnten ihm Menschen nützlich sein, deren Begabungen sich im Huren und Kochen erschöpften? Sich fortzupflanzen hatte für ihn keinen anderen Beweggrund gehabt, als seinen Kreuzzug weiterzuführen. Mit der Ankunft von Teresa und Laura war diese Hoffnung zerstoben, denn Don Federico gehörte nicht zu jenen sich modern gebenden Menschen, die predigen, die Frau habe außer einer Klitoris auch Verstand und könne von Gleich zu Gleich mit dem Mann verkehren. Außerdem quälte ihn die Vorstellung, dass sein Name durch den Schmutz wälzte. Sagten nicht alle Statistiken bis zum Erbrechen, dass fünfundneunzig Prozent aller Frauen Dirnen sind, waren oder einmal sein werden? Damit seine Töchter den Weg in die Fünf-Prozent-Nische der Tugendhaften fanden, hatte Don Federico ihr Leben nach einem peniblen Reglement eingerichtet: nie und nimmer Dekolleté, winters wie sommers dunkle Strümpfe und langärmlige Blusen und Pullover, kein Nagellack, Lippenstift, Augen-Make-up oder Rouge, weder Zöpfe, Pony noch Pferdeschwanz oder was sich an Ködern versammeln ließ, um Kerle zu angeln; kein Sport oder sonstige Vergnügungen, welche, wie Strandgänge oder Geburtstagsfeste, die Nähe eines Mannes bedeuteten. Zuwiderhandlungen wurden mit körperlicher Züchtigung bestraft.

Entmutigend aber war nicht nur, dass Frauen sich unter seine Nachkommen mischten. Die Knaben – Ricardo und Federico junior – hatten keine der Tugenden des Vaters geerbt. Sie waren weichlich, träge, liebten fruchtlose Tätigkeiten (Kaugummikauen, Fußball) und hatten nicht die geringste Begeisterung gezeigt, als Don Federico ihnen die für sie ausersehene Zukunft erläuterte. Wenn er sie in den Ferien, um sie einzutrainieren, zu den Kämpfern an vorderster Front schickte, gaben sie sich unentschlossen, gingen mit offenkundigem Widerwillen aufs Schlachtfeld. Und einmal ertappte er sie, wie sie die Köpfe zusammensteckten, sein Lebenswerk mit Obszönitäten bedachten und bekannten, sie schämten sich ihres Vaters. Wie Häftlingen hatte er ihnen die Köpfe geschoren, das verstand sich, aber es hatte ihn nicht von dem Gefühl des Verrats befreit, das ihr konspiratives Gespräch ihm bereitete. Don Federico machte sich keine Illusionen mehr. Er wusste, wenn er einmal tot war oder die Jahre ihn aufs Altenteil streckten, würden Ricardo und Federico junior sich abwenden von dem Pfad, den er ihnen vorgezeichnet hatte, würden den Beruf wechseln (und einen wählen, der pekuniäre Anreize bot), und so bliebe sein Werk – wie jene berühmte Symphonie – unvollendet.

Im selben Moment, und zu seinem seelischen und körperlichen Leidwesen, erblickte Don Federico Téllez Unzátegui die Illustrierte, die ihm ein Zeitungsjunge durchs offene Fenster hielt, das bunte Titelblatt, das sündig in der Mittagssonne glänzte. Sein Gesicht verzog sich zu einer missfälligen Miene, als er sah, dass das Umschlagbild ein Strandfoto war, darauf zwei Badende in diesem Nichts von einem Badeanzug, wie sie manche Hetären zu tragen sich trauten, doch dann, ein beängstigender Riss des Sehnervs, den Mund aufreißend wie ein Wolf, der den Mond anheult, erkannte Don Federico die zwei halbnackten und schamlos fröhlichen Nixen. Ihn befiel ein Entsetzen, wie er es von jenem amazonischen Morgen an den Ufern des Río Pendencia kannte, als er in einer von Kötteln geschwärzten Wiege das aufgelöste Skelett seiner Schwester erblickte. Die Ampel zeigte Grün, die Autos hinter ihm hupten.

Mit stumpfen Fingern nahm er sein Portemonnaie, zahlte für das liederliche Druckerzeugnis und fuhr an; doch ihm war, als würde er gleich kollidieren – das Lenkrad entglitt, der Wagen schlingerte –, und so bremste er und fuhr an den Bordstein.

Wie benebelt saß er da, zitterte und betrachtete minutenlang das schreckliche Beweisstück. Jeder Zweifel war ausgeschlossen, es waren seine Töchter. Überrascht von irgendeinem Fotografenlümmel, der sich bestimmt unter die Badenden gemischt hatte, schauten die Mädchen nicht in die Kamera, sie schienen sich vielmehr zu unterhalten, ausgestreckt in einem wollüstigen Sand, der zu Agua Dulce oder La Herradura gehören mochte. Langsam kam Don Federico wieder zu Atem; und bei aller Fassungslosigkeit gelang es ihm, sich die unglaubliche Verkettung von Zufällen zu vergegenwärtigen. Dass ein vagabundierender Knipser Laura und Teresa aufs Bild bannte, dass eine schäbige Illustrierte sie vor der verderbten Welt ausstellte, dass er selbst sie entdeckte … Und so erstrahlte, vom Zufall ins Werk gesetzt, die ganze ungeheuerliche Wahrheit vor seinen Augen. Also gehorchten seine Töchter ihm nur, wenn er da war; also verhöhnten sie, kaum dass er ihnen den Rücken kehrte – im Bunde gewiss mit ihren Brüdern und, ach, Don Federico spürte einen Pfeil in seinem Herzen, mit seiner eigenen Frau – alle Gebote und gingen zum Strand hinunter, zogen sich aus und zeigten sich. Tränen rannen ihm übers Gesicht. Er besah sich die Badeanzüge: zwei derart reduzierte Teile, dass ihre Funktion nicht darin bestand, etwas zu verbergen, sondern die Phantasie in die schmutzigsten Sphären zu katapultieren. Da lagen sie, für jedermann erreichbar: Beine, Arme, Schultern, Hälse, Bäuche von Laura und Teresa. Er kam sich unsagbar lächerlich vor bei dem Gedanken, dass er selbst diese Körperpartien, die jetzt vor aller Welt zur Schau standen, niemals gesehen hatte.

Er trocknete sich die Tränen und ließ den Motor wieder an. Nach außen hin hatte er sich beruhigt, aber in seinem Innern prasselte ein Feuer. Während die Limousine langsam auf sein kleines Haus an der Avenida Pedro de Osma zusteuerte, sagte er sich, dass sie, so wie sie nackt an den Strand gingen, in seiner Abwesenheit natürlich auch auf Feste gingen, Hosen trugen, Männer besuchten, sich verkauften – ihre Liebhaber gar in den eigenen vier Wänden empfingen? War Doña Zoila womöglich damit beauftragt, die Preise festzusetzen und zu kassieren? Ricardo und Federico junior hatten dann wahrscheinlich das schändliche Handwerk übernommen, Kundschaft anzuwerben. Nach Luft ringend, sah Don Federico Téllez Unzátegui, wie das erschütternde Bild sich fügte: deine Töchter Huren, deine Söhne Zuhälter und deine Frau die Kupplerin.

Im täglichen Umgang mit der Gewalt – schließlich hatte er ganze Heerscharen von Lebewesen umgebracht – war Don Federico zu einem Mann geworden, den man nicht ungestraft provozierte. Einmal hatte sich ein Agronom, der als Ernährungsexperte auftrat, in seiner Gegenwart zu der Ansicht verstiegen, dass es in Anbetracht der geringen Viehbestände in Peru für die Versorgung des Landes unabdingbar sei, die Zucht von Meerschweinchen voranzutreiben. In aller Form erinnerte Don Federico Téllez Unzátegui ihn daran, dass das Meerschweinchen ein Vetter ersten Grades der Ratte war. Doch der nassforsche Herr wurde gleich rückfällig, führte Statistiken an, sprach von nahrhaften Eigenschaften und delikatem Fleisch. Worauf Don Federico ihm eine schallende Ohrfeige gab, und als der selbsternannte Experte über den Boden rollte und sich das Gesicht rieb, nannte er ihn, was er war: einen unverfrorenen Kerl und Werbeknecht einer Mörderbande. Als er jetzt aus dem Wagen stieg, ihn abschloss und ohne Eile, düsteren Blicks und sehr bleich auf die Tür seines Hauses zuschritt, spürte der Mann aus Tingo María, wie in seinem Inneren, so wie damals, als er den Agronomen zurechtwies, die Lava eines Vulkans aufstieg. In seiner Rechten hielt er, einer glühenden Eisenstange gleich, die infernalische Illustrierte, und in den Augen spürte er ein heftiges Brennen.

Er war so verstört, dass ihm keine der Verfehlung angemessene Strafe in den Sinn kam. In seinem Kopf war Nebel, der Zorn löste die Gedanken auf, was Don Federico umso mehr erbitterte, als er ein Mann war, bei dem der Verstand immer das Verhalten bestimmte; er verachtete diesen primitiven Menschenschlag, der wie die Tiere aus Instinkt und dem Bauch heraus mehr denn aus Überzeugung handelte. Doch diesmal, und nur mit Mühe, denn die Wut lähmte seine Finger, zog er den Schlüssel aus der Tasche, drehte ihn im Schloss und stieß die Haustür auf, diesmal begriff er, dass er nicht auf seinen klaren Kopf vertrauen und berechnend vorgehen konnte, sondern dass er, unter dem Diktat des Zorns, der Eingebung des Augenblicks folgen musste. Er schloss die Tür hinter sich, atmete tief durch und versuchte sich zu beruhigen. Eine Schande wäre es, wenn diese Undankbaren bemerkten, wie gedemütigt er war.

Das Haus hatte unten eine kleine Diele, ein kleines Wohnzimmer, Esszimmer und Küche, die Schlafzimmer lagen oben. Don Federico erblickte seine Frau von der Wohnzimmertür aus. Sie stand bei der Anrichte und kaute verzückt auf irgendeiner widerlichen Süßigkeit – Karamell, Schokolade, dachte Don Federico, Fruchtgummi, Toffee –, deren Reste noch an ihren Fingern hingen. Als sie ihn sah, lächelte sie ihm verschüchtert zu und deutete mit klebriger Ergebenheit auf das, was sie aß.

Don Federico trat ohne Hast auf sie zu, die Illustrierte mit beiden Händen entrollend, damit seine Frau die Titelseite in all ihrer Schändlichkeit betrachtete. Er hielt sie ihr vor Augen, ohne ein Wort, und genoss, wie sie erbleichte, um Fassung rang und den Mund aufriss, aus dem ein von Kekskrümeln verunreinigtes Speichelfädchen troff. Der Mann aus Tingo María holte mit seiner Rechten weit aus und gab der zitternden Frau eine Ohrfeige. Sie stieß einen Schrei aus, stolperte und fiel auf die Knie, schaute weiter auf das Titelblatt, in ihrem Gesicht ein Ausdruck von Verzückung, von mystischer Erleuchtung. Hoch über ihr, anklägerisch, gerecht, schaute Federico auf sie herab. Und rief barsch nach den Schuldigen:

»Laura! Teresa!«

Stimmen waren zu hören, und er drehte sich um. Dort standen sie, am Fuß der Treppe. Er hatte nicht bemerkt, wie sie herunterkamen. Teresa, die ältere, trug einen Kittel, als hätte sie geputzt, und Laura ihre Schuluniform. Verwirrt schauten die Mädchen auf die kniende Mutter, auf den Vater, der ihnen langsam, weihevoll entgegenschritt, ein Hohepriester im Anblick des Opfersteins, wo ihn die Vestalin und das Messer erwarten, und schließlich auf die Illustrierte, die Don Federico ihnen, als er bei ihnen war, richterlich vor Augen hielt. Die Reaktion seiner Töchter war nicht die erwartete. Statt schreckensbleich zu werden, niederzuknien und Erklärungen zu stammeln, wechselten die Frühreifen errötend einen raschen Blick, der nur Komplizenschaft bedeuten konnte, und auf dem Grund seiner Trostlosigkeit und seiner Wut sagte sich Don Federico, dass er noch nicht alle Galle dieses Morgens getrunken hatte. Laura und Teresa *wussten*, dass man sie fotografiert hatte, dass man das Foto veröffentlichen würde, und dieser Umstand – was konnte das Blitzen in ihren Pupillen anderes bedeuten? – freute sie sogar. Die Entdeckung, dass er in seinem heimischen Nest, das er für rein hielt, nicht nur das stadtnotorische Laster des Strandnudismus ausgebrütet hatte, sondern auch Exhibitionismus (und, warum nicht, die Nymphomanie), nahm seinen Muskeln die Spannung, legte ihm einen kalkigen Geschmack in den Mund und führte ihn zu der Überlegung, ob es für das Leben eine Rechtfertigung gab; und er fragte sich – das alles dauerte keine Sekunde –, ob die einzig angemessene Buße für dergleichen Schandtat nicht der Tod sei. Die Vorstellung, zu einem Kindesmörder zu werden, quälte ihn weniger als das Wissen, dass Tausende von Menschen (nur mit den Augen?) in Intimkontakt mit seinen Töchtern getreten waren.

Und so schritt er zur Tat. Er ließ die Illustrierte fallen, um Handlungsfreiheit zu gewinnen, packte Laura mit seiner Linken bei der Schuljacke, zog sie ein paar Zentimeter zu sich, um sie in Schlagweite zu bringen, hob die rechte Hand so weit, dass die Wucht des Aufpralls ihr Maximum fände, und entlud all seinen Groll. Im selben Moment erlebte er – ach, welch unerhörter Tag – die zweite kapitale Überraschung, das Augenlicht noch trübender vielleicht als der Anblick der obszönen Gazette. Statt Lauritas zarten Bäckchens traf seine Hand die Leere und erlitt, blamiert, frustriert, eine Zerrung. Aber das war noch nicht alles, das Schlimmste kam danach. Denn die Kleine wich nicht nur der Ohrfeige aus – was, soweit Don Federico sich in seinem dumpfen Hirn erinnerte, kein Mitglied der Familie je gewagt hatte –, sondern stürmte nach ihrem Manöver, das vierzehnjährige Gesichtchen hassverzerrt, auf ihn zu – auf ihn, auf ihn! – und fing an, ihn mit den Fäusten zu schlagen, ihn zu kratzen, zu schubsen, zu treten.

Sein Blut war wie betäubt, schien zu stocken. Als würden

die Gestirne plötzlich aus ihren Bahnen schießen, aufeinanderstürzen, zusammenprallen, zerbrechen, hysterisch durch Raum und Zeiten purzeln. Er konnte nicht reagieren, wich zurück, die Augen tellergroß, bedrängt von der Kleinen, die jetzt auftrumpfend, in blinder Rage, nicht nur schlug, sondern auch schrie: »Verfluchter Schinder, ich hasse dich, stirb doch, krepier endlich.« Er glaubte schon den Verstand zu verlieren, als er – alles ging so schnell, dass die Situation, kaum wurde er sich ihrer bewusst, schon eine andere war – Teresa auf ihn zurennen sah, doch statt ihrer Schwester in den Arm zu fallen, half sie ihr. Jetzt griff auch seine ältere Tochter ihn an, schrie die abscheulichsten Beleidigungen – »Geizhals, Dummkopf, Wahnsinniger, Widerling, Tyrann, Irrer, Rattensack« –, und die beiden halbwüchsigen Furien trieben ihn an die Wand. Endlich hatte er zur Verteidigung angesetzt, brach aus seinem lähmenden Entsetzen aus und versuchte sich das Gesicht zu bedecken, als er etwas Spitzes spürte. Er wandte den Kopf: Doña Zoila hatte sich angeschlossen und biss ihn in den Rücken.

Noch konnte er sich wundern, als er sah, dass seine Frau, mehr noch als seine Töchter, wie verwandelt war.

Aber war Doña Zoila, die Frau, die niemals eine Klage gesäuselt, die Stimme erhoben, schlechte Laune gehabt hatte, war sie diese Person mit den unbändigen Augen und rauflustigen Händen, die ihm ins Gesicht, auf den Schädel schlug, die ihn anspuckte, sein Hemd zerriss und wie verrückt kreischte: »Bringen wir ihn um, rächen wir uns, soll er an seinem Fimmel ersticken, reißt ihm die Augen aus«? Alle drei johlten, und Don Federico dachte schon, ihm platzten die Trommelfelle. Er wehrte sich nach Kräften, versuchte zurückzuschlagen, aber es gelang ihm nicht, denn sie waren – eine Technik praktizierend, die sie auf niederträchtige Weise trainiert hatten? – immer zu zweit und wechselten sich ab, hielten ihn an den Armen, während die dritte auf ihn eindrosch. Er spürte Hitze, Schwellungen, Stiche, sah Sterne, und auf einmal verrieten ihm die Flecken an den Händen der Angreiferinnen, dass er blutete.

Er machte sich keine Hoffnungen, als er am Treppengeländer Ricardo und Federico junior sah. Binnen Sekunden zum Skeptiker gewendet, wusste er, dass sie sich der Meute anschließen und ihm den letzten Tritt versetzen würden. Bestürzt ließ er Würde und Ehre fahren und dachte nur daran, die Haustür zu erreichen, auf die Straße zu entkommen. Aber es war nicht leicht. Zwei, drei rasche Schritte schaffte er, ehe ein quergestelltes Bein ihn zu Fall brachte und er der Länge nach hinschlug. Zusammengekrümmt, seine Männlichkeit schützend, sah er, wie die beiden Erben ihn mit fliegenden Füßen traktierten, während seine Frau und seine Töchter sich mit Besen, Staubwedeln, dem Schürhaken bewaffneten und weiter auf ihn einhieben. Bevor er sich noch sagen konnte, dass er nichts verstand, außer dass die Welt absurd geworden war, hörte er, wie auch seine Söhne ihn im Takt der Tritte einen Wahnsinnigen, Geizhals, Dreckskerl, Rattensack schimpften. Und während die Finsternis in ihm aufstieg, kam – klein, grau, urplötzlich, okkupatorisch – aus einem unsichtbaren Löchlein in einer Ecke des Esszimmers ein Mausetier mit weißen Schneidezähnen hervor und betrachtete den Gestürzten, ein spöttisches Leuchten in den wachen Augen …

War Don Federico Téllez Unzátegui gestorben, der nimmermüde Henker der Nagetiere Perus? War ein Patrizid vollzogen worden, ein Epithalamizid? Oder war er nur besinnungslos, dieser Gatte und Vater, der inmitten eines Chaos sondergleichen unter dem Esszimmertisch lag, während seine Angehörigen, ihre Habe rasch in den Koffer gepackt, das Heim frohlockend verließen? Wie würde sie enden, diese unglückliche Geschichte aus Barranco?

IX

Die Pleite mit der Erzählung über Doroteo Martí nahm mir tagelang allen Mut. Doch an dem Morgen, als ich hörte, wie Pascual dem Großen Pablito von seiner Entdeckung am Flughafen berichtete, spürte ich, wie meine Berufung wieder zum Leben erwachte, und ich fing an, mir eine neue Geschichte auszudenken. Pascual hatte ein paar streunende Jungs beobachtet, die einen aufregenden und riskanten Sport praktizierten. Sie legten sich, wenn es dunkel wurde, ans Ende der Startbahn des Flughafens Limatambo, und jedes Mal, schwor Pascual, wenn ein Flugzeug losflog, hoben sie wegen des Unterdrucks durch die verdrängte Luft ein paar Zentimeter vom Boden ab und schwebten, wie bei einem Zaubertrick, bis sie ein paar Sekunden später, sobald der Effekt nachließ, wieder auf den Boden schlugen. Ich hatte in diesen Tagen einen mexikanischen Film gesehen (erst Jahre später erfuhr ich, dass er von Buñuel war und wer Buñuel war), und er hatte mich nicht mehr losgelassen: *Die Vergessenen.* Ich beschloss, eine Geschichte im selben Geist zu schreiben, eine Erzählung von Kindern, die schon erwachsen waren, junge Wölfe, abgehärtet vom rauen Leben in den Vorstädten. Javier gab sich skeptisch und versicherte, die Sache könne nicht stimmen, der Druck durch die startenden Flugzeuge hebe nicht mal ein Neugeborenes in die Luft. Wir stritten uns, ich sagte, in meiner Erzählung werde geschwebt, und dennoch sei es eine realistische Erzählung (»nein, eine phantastische«, rief er), und zuletzt verabredeten wir uns, einmal abends mit Pascual zu dem offenen Gelände der Corpac zu gehen und selber zu sehen, was dran war an diesen gefährlichen Spielen (so der Titel, den ich für meine Erzählung gewählt hatte).

Tante Julia hatte ich an diesem Tag nicht gesehen, aber ich hoffte, sie am nächsten zu sehen, am Donnerstag, bei Onkel Lucho. Doch als ich dann zum üblichen Mittagessen in die Armendáriz kam, war sie nicht da. Tante Olga erzählte mir, jemand habe sie zum Essen eingeladen, *eine gute Partie*: Dr. Guillermo Osores. Er war ein mehr oder weniger mit der Familie verbandelter Arzt, ein sehr vorzeigbarer Fünfziger, nicht unvermögend, vor nicht langer Zeit verwitwet.

»Eine gute Partie«, betonte Tante Olga und zwinkerte mir zu. »Ernsthaft, reich, gutaussehend und nur zwei Kinder, und die sind schon groß. Ist das nicht der Mann, der zu meiner Schwester passt?«

»Die letzten Wochen hat sie ihre Zeit nur verplempert«, bemerkte Onkel Lucho, ebenfalls sehr zufrieden. »Sie wollte mit niemandem ausgehen, hat gelebt wie eine alte Jungfer. Aber der Endokrinologe hat ihr gefallen.«

Ich spürte, wie die Eifersucht hochkochte und mir den Appetit verschlug, meine Laune war ein Salzfass. Es kam mir vor, als würden Onkel Lucho und Tante Olga an meiner Unruhe ablesen, was mit mir los war. Jedenfalls brauchte ich ihnen zu Tante Julia und diesem Dr. Osores nichts weiter aus der Nase zu ziehen, sie sprachen von nichts anderem. Vor etwa zehn Tagen hatte sie ihn kennengelernt, bei einem Cocktail der bolivianischen Botschaft, und als er erfuhr, wo sie wohnte, kam Dr. Osores sie besuchen. Er hatte ihr Blumen geschickt, sie angerufen, zum Tee ins Bolívar eingeladen und jetzt zum Essen in den Club de la Unión. Der Endokrinologe hatte Onkel Lucho gegenüber gescherzt: »Deine Schwägerin ist einfach klasse, Luis, wäre sie nicht die ideale Kandidatin, um mich zum zweiten Mal ins Joch zu stürzen?«

Ich versuchte gleichgültig zu tun, aber es gelang mir nur miserabel, und als wir für einen Augenblick allein waren, fragte Onkel Lucho, was mit mir los sei: Hatte ich mich vielleicht herumgetrieben, wo ich nicht hingehörte, und mir den Tripper geholt? Zum Glück kam Tante Olga und erzählte von den Hörspielserien, so konnte ich mich zurücklehnen. Während sie davon sprach, dass Pedro Camacho manchmal zu dick auftrage und dass allen ihren Freundinnen die Geschichte mit diesem Pastor, der sich vor dem Richter mit dem Brieföffner *verletzte*, um zu beweisen, dass er nicht ein Mädchen vergewaltigt habe, zu weit ginge, fiel ich schweigend von der Wut in die Enttäuschung und von der Enttäuschung in die Wut. Warum hatte mir Tante Julia kein Wort zu dem Arzt gesagt? In den letzten zehn Tagen hatten wir uns mehrmals gesehen, und nie hatte sie ihn erwähnt. Ob es stimmte, wie Tante Olga sagte, dass sie sich endlich für jemanden *interessierte*?

Im Sammeltaxi auf dem Weg zurück zu Radio Panamericana schlug das Gefühl der Demütigung in Hochmut um. Unsere Liebelei ging schon viel zu lange, jeden Moment würde man uns erwischen, und dann brach in der Familie der Spott los, der Skandal. Außerdem, was verlor ich meine Zeit mit einer Frau, die, wie sie selber sagte, praktisch meine Mutter sein konnte? Als Erfahrung reichte es. Osores hatte der Himmel geschickt, er befreite mich davon, die Bolivianerin abzuservieren. Ich war unruhig, verspürte ungewohnte Regungen wie den Wunsch, mich zu betrinken oder jemanden zu verprügeln, und im Sender geriet ich mit Pascual aneinander, der, sich selber treu, die Hälfte der Drei-Uhr-Nachrichten einem Brand in Hamburg gewidmet hatte, bei dem ein Dutzend türkischer Gastarbeiter verkohlt waren. Ich verbot ihm für alle Zukunft, ohne mein Plazet irgendeine Meldung mit Toten zu bringen, und fertigte recht unwirsch einen Kommilitonen von der San Marcos ab, als der anrief, um mich daran zu erinnern, dass es die Fakultät noch gebe, und darauf hinwies, dass mich am nächsten Tag eine Prüfung in Prozessrecht erwarte. Kaum hatte ich aufgelegt, klingelte das Telefon erneut. Es war Tante Julia:

»Ich habe dich wegen eines Endokrinologen sitzenlassen, Varguitas, ich nehme an, du hast mich vermisst«, sagte sie und klang wie das blühende Leben. »Du bist mir nicht böse, oder?«

»Ich, böse?«, antwortete ich. »Bist du nicht frei, zu tun, was du willst?«

»Aha, du bist also böse«, hörte ich sie sagen, schon ernster. »Jetzt sei kein Dummkopf. Wann sehen wir uns? Dann erkläre ich es dir.«

»Heute kann ich nicht«, erwiderte ich frostig. »Ich rufe dich an.«

Ich legte auf, wütender auf mich selbst als auf sie, ich kam mir lächerlich vor. Pascual und der Große Pablito sahen mich belustigt an, während der Katastrophenfreund sich dezent für meinen Verweis rächte:

»Sieh an, unser Don Mario kann ja ein richtiger Herzensbrecher sein.«

»Aber genau so muss man sie behandeln«, sprang der Große Pablito mir bei. »Nichts mögen sie lieber, als wenn man sie zur Vernunft bringt.«

Ich schickte meine beiden Redakteure zum Teufel, machte die Vier-Uhr-Nachrichten fertig und ging zu Pedro Camacho hinunter. Er nahm gerade eine Folge auf, also wartete ich in seinem Kabuff; ich schnüffelte in seinen Manuskripten, verstand aber kein Wort von dem, was ich las, denn ständig fragte ich mich, ob dieses Telefongespräch mit Tante Julia die Trennung bedeutete. Innerhalb von Sekunden hasste ich sie auf den Tod und vermisste sie von ganzem Herzen.

»Begleiten Sie mich, Gift zu kaufen«, sagte Pedro Camacho, der mit düsterer Miene plötzlich in der Tür stand und seine Löwenmähne schüttelte. »Für den Trunk bleibt uns noch Zeit.«

Während wir auf der Suche nach einem Gift durch die Querstraßen des Jirón de la Unión liefen, erzählte der Künstler mir, dass die Mäuse in der Pension La Tapada unerträglich geworden seien.

»Wenn sie sich damit begnügten, unter meinem Bett umherzulaufen, wäre mir das egal, es sind keine Kinder, ich habe keine Phobie vor Tieren«, erklärte er mir, während er mit seiner langen Nase an gelben Pülverchen schnupperte, die laut Ladenbesitzer eine Kuh töten konnten. »Aber diese schnurrbärtigen Gesellen fressen meine Nahrung, jede Nacht knabbern sie an meinen Vorräten, die ich ins Fenster an die frische Luft hänge. Es hilft alles nichts, ich muss sie ausrotten.«

Er feilschte um den Preis, mit Argumenten, dass der Ladenbesitzer nur glotzte, zahlte, ließ sich die Gifttütchen einpacken, und dann gingen wir in ein Café an der Colmena. Er bestellte seine Kräutermischung und ich einen Kaffee.

»Ich habe Liebeskummer, mein guter Camacho«, gestand ich ihm freiheraus und war selber überrascht von dieser Hörspielfloskel; aber ich spürte, wenn ich so sprach, gewann ich Abstand zu meiner eigenen Geschichte, und zugleich konnte ich mein Herz erleichtern. »Die Frau, die ich liebe, betrügt mich mit einem anderen Mann.«

Er musterte mich angestrengt, seine Glubschäugelchen waren kälter und ungelaunter denn je. Sein schwarzer Anzug war so oft gereinigt, gebügelt und getragen worden, dass er glänzte wie eine Zwiebelschale.

»In diesen pöbelhaften Landen wird das Duell mit dem Kerker vergolten«, sprach er sehr ernst, während seine Hände durch die Luft zuckten. »Und was den Selbstmord betrifft, so weiß niemand mehr diese Geste zu schätzen. Man bringt sich um, und statt Gewissensbissen, Schauder, Bewunderung gibt es Spott. Die besten Rezepte sind die praktischen, mein Freund.«

Ich war froh, dass ich mich ihm anvertraut hatte. Da für Pedro Camacho, wie ich wusste, außerhalb seiner selbst nichts existierte, hatte er mein Problem sicher schon vergessen, es war bloß der Hebel gewesen, der seinen theoretisierenden Mechanismus in Gang setzte. Ihm zuzuhören wäre mir ein größerer (und weniger folgenschwerer) Trost, als mich zu betrinken. Nach einem angedeuteten Lächeln erläuterte Pedro Camacho mir sein Rezept:

»Ein harter, lapidarer, verletzender Brief an die Ehebrecherin«, sagte er, jedes Wort wie gestanzt, »ein Brief, bei dem sie sich fühlt wie eine herzlose Eidechse, eine schmutzige Hyäne. Ein Brief, der ihr beweist, dass man nicht dumm ist und um ihren Verrat weiß; der vor Verachtung strotzt und ihr den Ehebruch zu Bewusstsein bringt«, worauf er schwieg und einen Augenblick überlegte, und mit einem leichten Wechsel des Tonfalls gab er mir den größten Freundschaftsbeweis, den man von ihm erwarten konnte: »Wenn Sie möchten, schreibe ich ihn für Sie.«

Ich dankte ihm sehr herzlich, sagte aber, da ich seine Arbeitszeiten eines Galeerensklaven kennte, wollte ich ihm keinesfalls mit privaten Angelegenheiten noch mehr aufbürden. (Später bedauerte ich diese Skrupel, die mich um einen eigenhändig verfassten Text des Schreibkünstlers brachten.)

»Was den Verführer betrifft«, fuhr Pedro Camacho gleich fort, und in seinen Augen war ein böses Funkeln, »so ist das Beste der anonyme Brief, mit allen dienlichen Verleumdungen. Warum sollte das Opfer sich im Stillen grämen, während ihm Hörner wachsen? Warum sollte es zulassen, dass die Ehebrecher sich hurend ergötzen? Man muss ihnen ihre Liebe zunichtemachen, sie schlagen, wo es weh tut, sie mit Zweifeln vergiften. Soll der Keim des Misstrauens aufgehen, sollen sie sich anwidern, sich hassen. Oder ist Rache nicht süß?«

Anonyme Briefe, deutete ich an, seien vielleicht nichts für Kavaliere, aber er beruhigte mich sofort: Gegenüber Kavalieren habe man sich wie ein Kavalier zu benehmen und gegenüber Kanaillen wie eine Kanaille. Dies sei die »recht verstandene Ehre«, alles andere hieße, ein Idiot zu sein.

»Mit dem Brief und den anonymen Schreiben ist das Liebespaar bestraft«, sagte ich. »Aber was ist mit mir? Wer nimmt mir die Verbitterung, die Enttäuschung, den Schmerz?«

»Für all das gibt es nichts Besseres als Magnesiamilch«, erwiderte er, und mir war nicht mal zum Lachen zumute. »Ich weiß, es wird Ihnen als übertriebener Materialismus erscheinen. Aber hören Sie auf mich, ich habe Lebenserfahrung. In den meisten Fällen rührt das sogenannte Herzeleid et cetera von schlechter Verdauung, zähen Bohnen, die sich nicht auflösen, Fisch, der nicht mehr frisch ist, Verstopfung. Ein gutes Abführmittel verjagt den Liebeswahn.«

Diesmal gab es keinen Zweifel, er war ein subtiler Komiker und machte sich über mich wie über seine Zuhörer lustig; er glaubte kein Wort von dem, was er sagte, und gab sich dem aristokratischen Sport hin, sich selbst zu beweisen, dass wir Menschen unheilbare Trottel waren.

»Hatten Sie viele Liebschaften, ein reiches Gefühlsleben?«, fragte ich ihn.

»Ein sehr reiches, ja«, sagte er und schaute mir über die Tasse Minze mit Zitronenkraut hinweg in die Augen. »Aber eine Frau aus Fleisch und Blut habe ich nie geliebt.«

Er machte eine Kunstpause, als wollte er das Ausmaß meiner Unschuld oder Dummheit ermessen.

»Glauben Sie, ich könnte tun, was ich tue, wenn die Frauen meine Energie aufsaugten?«, fragte er, und in seiner Stimme schwang Ekel. »Glauben sie, dass man Kinder und Geschichten gleichzeitig produzieren kann? Dass man sich etwas ausdenken, vorstellen kann, wenn man in ständiger Angst vor der Syphilis lebt? Frauen und die Kunst schließen sich aus, mein Freund. In jeder Vagina liegt ein Künstler begraben. Sich fortzupflanzen, welchen Reiz hat das? Tun es nicht die Hunde, die Spinnen, die Katzen? Man muss originell sein, mein Freund.«

Er hatte kaum geendet, da sprang er auf und bedeutete mir, dass ihm gerade noch Zeit bleibe für das Hörspiel um fünf. Ich war enttäuscht, ich hätte ihm den ganzen Tag weiter zuhören können; so wie es schien, hatte ich ungewollt einen neuralgischen Punkt seiner Persönlichkeit berührt.

Im Büro bei Panamericana wartete schon Tante Julia auf

mich. Wie eine Königin saß sie auf meinem Schreibtisch und nahm die Huldigungen von Pascual und dem Großen Pablito entgegen, die um sie herumscharwenzelten und ihr die Meldungen zeigten und erklärten, wie der Nachrichtendienst funktionierte. Sie machte einen aufgeräumten Eindruck, doch als ich hereinkam, wurde sie ernst und eine Spur blass.

»Sieh an, welch eine Überraschung«, sagte ich, nur um etwas zu sagen.

Aber Tante Julia war für falsche Töne nicht zu haben.

»Ich bin hier, um dir zu sagen, dass mir keiner den Hörer auflegt«, sagte sie mit fester Stimme. »Und erst recht nicht so ein Spund wie du. Kannst du mir sagen, was in dich gefahren ist?«

Pascual und der Große Pablito standen stumm da und drehten ihre Köpfe von ihr zu mir und wieder zurück, überaus interessiert an diesem Auftakt zu einem Drama. Ich bat sie, kurz hinauszugehen, und sie zogen ein wütendes Gesicht, wagten aber nicht zu mucksen. Als sie gingen, warfen sie Tante Julia augenrollende Blicke zu.

»Ich habe den Hörer aufgelegt, aber eigentlich wäre ich dir am liebsten an die Gurgel gesprungen«, sagte ich, als wir allein waren.

»Diese Anwandlungen sind ja ganz etwas Neues«, sagte sie und schaute mir in die Augen. »Darf man wissen, was mit dir los ist?«

»Du weißt genau, was mit mir los ist, tu nicht so«, sagte ich.

»Bist du eifersüchtig, weil ich mit Dr. Osores essen gegangen bin?«, fragte sie mit spöttischem Unterton. »Da sieht man, was für ein Jungchen du bist, Marito.«

»Ich habe dir verboten, mich Marito zu nennen«, erinnerte ich sie. Ich spürte, wie ich immer gereizter wurde, wie meine Stimme zitterte und ich nicht mehr wusste, was ich sagte. »Und jetzt verbiete ich dir, mich Jungchen zu nennen.«

Ich setzte mich auf eine Ecke des Schreibtischs, und wie zum Ausgleich stand Tante Julia auf und ging ein paar

Schritte zum Fenster. Mit verschränkten Armen blickte sie in den grauen, diesigen, leise gespenstischen Tag. Aber sie sah ihn nicht, suchte nach Worten, um mir etwas zu sagen. Sie trug ein blaues Kleid und weiße Schuhe, und auf einmal hatte ich Lust, sie zu küssen.

»Stellen wir ein paar Dinge klar«, sagte sie schließlich, immer noch mit dem Rücken zu mir. »Du kannst mir gar nichts verbieten, auch nicht im Scherz, aus dem einfachen Grund, weil du für mich nichts bist. Du bist nicht mein Mann, nicht mein Verlobter, nicht mein Liebhaber. Dieses Spielchen, uns an der Hand zu halten, uns im Kino zu küssen, das ist nichts Ernsthaftes, und vor allem gibt es dir kein Recht über mich. Wenn das in deinen Kopf geht, mein Kleiner.«

»Jetzt sprichst du schon wie meine Mutter«, sagte ich.

»Ich *könnte* auch deine Mutter sein«, sagte Tante Julia, und ihr Gesicht wurde traurig. Es war, als wäre ihre Wut verraucht und nur ein alter Verdruss geblieben, ein tiefes Unbehagen. Sie drehte sich um, kam auf den Schreibtisch zu und blieb direkt vor mir stehen. Sie sah mich betrübt an: »Bei dir fühle ich mich alt, obwohl ich es nicht bin, Varguitas. Und das mag ich nicht. Unsere Geschichte hat keine Grundlage und noch weniger eine Zukunft.«

Ich fasste sie um die Taille, und sie ließ zu, dass ich sie sanft an mich drückte, doch während ich sie zärtlich küsste, auf die Wange, auf den Hals, aufs Ohr – ihre warme Haut pochte unter meinen Lippen, und mit Freuden spürte ich das verborgene Leben, das durch ihre Adern strömte –, sprach sie im selben Tonfall weiter:

»Ich habe lange nachgedacht, Varguitas, die Sache gefällt mir nicht mehr. Merkst du nicht, wie absurd das ist? Ich bin zweiunddreißig, ich bin geschieden, kannst du mir sagen, was ich mit einem Jungchen von achtzehn Jahren anfangen soll? Solche Verirrungen haben Frauen mit fünfzig, so weit bin ich noch nicht.«

Während ich ihren Hals und ihre Hände küsste, ihr zart ins

Ohr biss, mit den Lippen über ihre Nase, ihre Augen strich oder mit den Fingern ihr Haar lockte, war ich so aufgeregt und so verliebt, dass mir immer wieder entglitt, was sie sagte. Auch ihre Stimme war ein Auf und Ab, manchmal wurde sie so matt, dass es nur ein Säuseln war.

»Am Anfang hat es Spaß gemacht, das ganze Versteckspielen«, sagte sie und ließ sich küssen, ohne es mit einer Regung zu erwidern, »vor allem aber, weil ich mich wieder fühlte wie ein junges Mädchen.«

»Also was jetzt«, flüsterte ich ihr ins Ohr, »fühlst du dich mit mir wie eine perverse Fünfzigjährige oder wie ein junges Mädchen?«

»Wenn du auf einmal mit einem halbwüchsigen Habenichts zusammen bist, nur Händchen hältst, nur ins Kino gehst, nur hauchzart küsst, da fühlst du dich wieder wie eine Fünfzehnjährige«, sprach Tante Julia weiter. »Klar ist es schön, sich in einen schüchternen Jungen zu verlieben, der dich achtet, der dich nicht begrapscht, der es nicht wagt, mit dir zu schlafen, der dich wie ein kleines Kommunionmädchen behandelt. Aber es ist ein gefährliches Spiel, Varguitas, dahinter steht eine Lüge ...«

»Übrigens, ich schreibe gerade an einer Erzählung, der Titel ist *Gefährliche Spiele*«, flüsterte ich. »Über ein paar Straßenjungs, die am Flughafen dank der startenden Flugzeuge über der Piste schweben.«

Ich hörte, wie sie lachte. Und dann schlang sie die Arme um meinen Hals und drückte ihre Wange an die meine.

»Schon gut, ich bin nicht mehr sauer«, sagte sie. »Ich war nämlich fest entschlossen, dir die Augen auszukratzen. Wehe dir, wenn du mir noch einmal den Hörer auflegst.«

»Wehe dir, wenn du noch einmal mit dem Endokrinologen ausgehst«, sagte ich und suchte nach ihrem Mund. »Versprich mir, dass du nie wieder mit ihm ausgehst.«

Sie löste sich und sah mich mit streitlustig glänzenden Augen an.

»Vergiss nicht, dass ich nach Lima gekommen bin, um mir einen Mann zu suchen«, sagte sie halb im Scherz. »Und ich glaube, dass ich diesmal den passenden gefunden habe. Gutaussehend, gebildet, situiert und mit silbernen Schläfen.«

»Bist du sicher, dass dieser Wunderknabe dich heiraten wird?«, sagte ich, und wieder spürte ich Wut und Eifersucht.

In provokanter Pose, die Arme in die Hüften gestemmt, erwiderte sie:

»Dafür werde ich sorgen, dass er mich heiratet.«

Doch als sie mein Gesicht sah, musste sie lachen und schlang mir wieder die Arme um den Hals, und so standen wir da, küssten uns voller Liebe und Leidenschaft, als wir plötzlich Javiers Stimme hörten:

»Ihr kommt noch in den Knast, wegen Erregung öffentlichen Ärgernisses und Pornographie«, rief er; er war überglücklich, umarmte uns und verkündete: »Die kleine Nancy hat meine Einladung zum Stierkampf angenommen, das müssen wir feiern.«

»Wir hatten gerade unseren ersten richtigen Streit, du platzt mitten in die Versöhnung«, erzählte ich.

»Da sieht man, wie wenig du mich kennst«, warnte mich Tante Julia. »Bei einem richtigen Streit fliegen die Teller, fahre ich die Fingernägel aus, das überlebst du nicht.«

»Das Schöne am Streit ist die Freundschaft«, sagte Javier, der auf dem Gebiet Fachmann war. »Aber verdammt noch mal, ich komme her und freue mich wie ein Schneekönig wegen der Sache mit Nancy, und euch schert's einen Dreck. Was seid ihr nur für Freunde. Feiern wir das Ereignis mit einem Imbiss.«

Sie warteten, bis ich ein paar Nachrichten aufbereitet hatte, und dann gingen wir in ein kleines Restaurant auf der Calle Belén, das Javier gerne besuchte, weil es dort, auch wenn es eng und schmutzig war, die knusprigsten Schweinekrüstchen gab. Am Eingang von Panamericana standen Pascual und der Große Pablito und riefen den vorbeikommenden Damen

Komplimente nach, ich schickte sie gleich zurück in die Redaktion. Obwohl es mitten am Tag und mitten im Zentrum war, in Sichtweite unzähliger Augen von Verwandten und Freunden der Familie, gingen Tante Julia und ich Hand in Hand, und die ganze Zeit küsste ich sie. Sie hatte rosige Wangen, wie ein Mädchen vom Lande, und blickte fröhlich.

»Schluss mit der Pornographie, ihr Egoisten, ich bin auch noch da«, protestierte Javier. »Sprechen wir ein wenig von der kleinen Nancy.«

Die kleine Nancy war eine Cousine von mir, hübsch und sehr kokett. Javier war in sie verliebt, seit er denken konnte, und mit der Ausdauer eines Spürhunds hinter ihr her. Sie hatte ihn nie beachtet, aber irgendwie schaffte sie es immer, ihn glauben zu machen, dass vielleicht, dass bald, beim nächsten Mal ... Die Vorflirtphase dauerte an, seit wir auf der Schule waren, und als Javiers Vertrauter, Busenfreund und Kuppelbruder war ich über alle Einzelheiten im Bild. Zahllos waren die Körbe, die die kleine Nancy ihm gegeben hatte, ungezählt die Sonntagsmatineen, bei denen sie ihn am Eingang des Leuro hatte warten lassen, während sie ins Colina oder ins Metro ging, ungezählt die Male, die sie mit einem anderen Verehrer auf der samstäglichen Party erschien. Das erste Besäufnis meines Lebens hatte ich in Begleitung Javiers in einer kleinen Bar in Surquillo, wo wir, nachdem er erfahren hatte, dass die kleine Nancy dem Landwirtschaftsstudenten Eduardo Tiravanti ja gesagt hatte (der in Miraflores sehr beliebt war, weil er sich eine brennende Zigarette in den Mund klappen und wieder herausklappen und weiterrauchen konnte, als wäre nichts gewesen), seinen Kummer in Bier und Pisco mit Wermut ertränkten. Javier flennte nur, und abgesehen davon, dass ich sein Tränentuch sein durfte, kam mir die Aufgabe zu, ihn in seiner Pension ins Bett zu bringen, sobald der komatöse Zustand erreicht war (»Ich lasse mich volllaufen bis zu den Kiemen«, hatte er mich gewarnt und dabei Jorge Negrete nachgeahmt). Aber ich war es, der kapitulierte, mit röhrendem Erbrechen und einem Anfall von Delirium tremens, in dessen Verlauf ich – so die schuftige Version Javiers – auf die Theke geklettert war und eine Ansprache an all die Schluckspechte, Nachtschwärmer und Ganoven hielt, welche die Kundschaft im El Triunfo ausmachten:

»Alle in den Staub, vor Ihnen steht ein Dichter.«

Ewig warf er mir vor, dass ich ihn, statt mich zu kümmern und Trost zu spenden in jener traurigen Nacht, gezwungen hatte, mich durch die Straßen von Miraflores bis in die Ocharán zu schleifen, in einem derart aufgelösten Zustand, dass er, als er meine Überreste der erschrockenen Großmutter aushändigte, folgende unbedachte Bemerkung hinzugab:

»Señora Carmencita, ich glaube, mit unserem Varguitas geht es zu Ende.«

Seit damals hatte die kleine Nancy ein halbes Dutzend Mirafloriner erhört und verstoßen, und auch Javier hatte seine Liebchen gehabt, aber sie löschten das Feuer seiner großen Liebe nicht, sie schürten es nur noch, und er rief weiterhin meine Cousine an, besuchte sie, lud sie ein und erklärte sich ihr, gleichgültig gegenüber allen Abfuhren, Respektlosigkeiten, Kränkungen und geplatzten Verabredungen. Javier gehörte zu jenen Männern, denen die Leidenschaft mehr galt als die Eitelkeit, und es war ihm wirklich herzlich egal, was seine Freunde aus Miraflores über ihn dachten, denen die Witze über seine beharrlichen Werbeversuche nicht ausgingen. (Ein Junge aus dem Viertel schwor, er habe gesehen, wie er eines Sonntags nach der Elfuhrmesse mit folgendem Vorschlag an die kleine Nancy herangetreten sei: »Hey, Nancita, so ein schöner Tag, trinken wir etwas zusammen? Eine Coca-Cola, ein Gläschen Champagner?«) Ein paarmal ging die kleine Nancy mit ihm aus, meist zwischen zwei Flirts, ins Kino oder auf ein Fest, und sogleich schöpfte Javier wieder Hoffnung und schwebte in einem Zustand der Euphorie. So war es auch jetzt, wo er redete wie ein Wasserfall, während wir, in diesem Restaurant auf der Calle Belén namens El Palmero, einen Milchkaffee tranken und ein Sandwich mit Krüstchen aßen. Tante Julia und ich drückten unter dem Tisch die Knie aneinander, hielten unsere Finger verschlungen, schauten uns in die Augen, und dabei hörten wir, als wäre es Hintergrundmusik, wie Javier von der kleinen Nancy sprach.

»Die Einladung hat sie beeindruckt«, sagte er. »Klar, wer von diesen minderbemittelten Bubis aus Miraflores lädt ein Mädchen schon zum Stierkampf ein?«

»Wie hast du das geschafft?«, fragte ich. »Hast du in der Lotterie gewonnen?«

»Ich habe das Radio aus der Pension verkauft«, sagte er, ohne eine Spur von schlechtem Gewissen. »Sie denken, die Köchin hätte es gestohlen, und haben sie entlassen.«

Er erklärte uns, er habe einen unfehlbaren Plan. Mitten in der Corrida werde er die kleine Nancy mit einem bestechenden Geschenk überraschen: einer spanischen Mantille. Javier war ein großer Bewunderer des Mutterlandes und von allem, was damit zu tun hatte: Stierkampf, Flamenco, Sarita Montiel. Er träumte davon, nach Spanien zu gehen (so wie ich nach Frankreich), und das mit der Mantille war ihm eingefallen, als er eine Zeitungsannonce sah. Es hatte ihn einen Monatslohn bei der Zentralbank gekostet, aber er war sich sicher, dass die Investition sich auszahlen würde. Er erklärte uns, wie die Sache funktionierte. Er würde die Mantille, diskret eingeschlagen, mit in die Arena nehmen und einen emotionsgeladenen Moment abwarten, um das Päckchen zu öffnen, das gute Stück auszubreiten und meiner Cousine über die zarten Schultern zu legen. Was wir davon hielten? Wie die Kleine wohl reagierte? Ich riet ihm, das Ganze abzurunden, ihr auch einen Sevillaner Aufsteckkamm und Kastagnetten zu schenken und einen Fandango zu singen, aber Tante Julia unterstützte ihn begeistert und sagte, so wie er es geplant habe, sei es wunderbar, und wenn Nancy ein Herz habe, müsse sie zu Tränen gerührt sein. Würde ein Junge *ihr* einen solchen Liebesbeweis geben, wäre es um sie geschehen.

»Habe ich es dir nicht immer gesagt?«, sagte sie, als wollte sie mit mir schimpfen »Javier ist ein echter Romantiker, er macht einer Frau den Hof, wie es sich gehört.«

Verzückt schlug Javier uns vor, doch mal alle vier zusammen auszugehen, irgendwann nächste Woche, ins Kino, zum Tee, zum Tanzen.

»Und was würde die kleine Nancy sagen, wenn sie uns als Pärchen sieht?«, holte ich ihn von den Wolken herunter.

Seine Antwort war ein kalter Guss:

»Jetzt tu nicht so, sie weiß alles und findet es gut, ich habe es ihr neulich erzählt«, und als er unsere Überraschung sah, fügte er schelmisch hinzu: »Wo ich vor deiner Cousine doch keine Geheimnisse habe. Wo sie mich am Ende ja doch heiratet.«

Es beunruhigte mich, dass Javier ihr von unserer Romanze erzählt hatte. Wir verstanden uns bestens, und ich war sicher, dass sie uns nicht verriet, aber es konnte ihr etwas herausrutschen, und dann würde die Nachricht wie eine Feuerwalze durch den Familienwald ziehen. Tante Julia hatte erst stumm dagesessen, aber dann versuchte sie ihre Sorge zu überspielen, indem sie Javier in seinem tauro-amourösen Vorhaben weiter bestärkte. Bald machten wir uns auf den Rückweg und verabschiedeten uns am Eingang von Panamericana. Tante Julia und ich verabredeten uns für den Abend, der Vorwand war der übliche, wir wollten ins Kino gehen. Als ich sie küsste, sagte ich ihr ins Ohr: »Dank dem Endokrinologen ist mir klargeworden, dass ich in dich verliebt bin.« Sie nickte: »Das sehe ich, Varguitas.«

Ich sah ihr noch nach, wie sie mit Javier zur Haltestelle der Sammeltaxis ging, und erst da bemerkte ich die Menschen, die vor den Türen von Radio Central zusammengelaufen waren. Es waren vor allem junge Frauen, nur ein paar vereinzelte Männer. Sie standen in Zweierreihen, aber als immer mehr Leute kamen, löste sich die Formation unter Rempeleien auf. Ich trat neugierig hinzu, denn ich nahm an, dass der Grund Pedro Camacho war. Und tatsächlich, es waren

Autogrammjäger. Durchs Fenster des Kabuffs sah ich den Schreibkünstler, beschirmt von Jesusito und Genaro senior, wie er eine verschnörkelte Unterschrift auf Hefte, Kladden, lose Blätter und Zeitungen warf und seine Bewunderer mit einer hochfahrenden Geste verabschiedete. Sie schauten, bevor sie schüchtern an ihn herantraten, verzückt zu ihm hin und stammelten Worte der Wertschätzung.

»Er bereitet uns Kopfschmerzen, aber er ist der König des nationalen Rundfunks, ohne Zweifel«, sagte Genaro junior, legte mir die Hand auf die Schulter und deutete auf die Menge: »Was sagst du dazu?«

Ich fragte ihn, seit wann das so gehe mit den Autogrammen.

»Seit einer Woche, jeden Tag eine halbe Stunde, von sechs bis halb sieben, wohl keine Augen im Kopf«, sagte der fortschrittliche Unternehmer. »Liest du nicht unsere Anzeigen, hörst du nicht den Sender, für den du arbeitest? Ich war erst skeptisch, aber so kann man sich irren. Ich dachte, nach zwei Tagen kommt kein Mensch mehr, aber das kann noch einen ganzen Monat funktionieren.«

Er lud mich auf ein Glas in die Bar des Bolívar ein. Ich bestellte eine Coca-Cola, aber er bestand darauf, dass ich mit ihm einen Whisky trank.

»Ist dir klar, was diese Schlangen bedeuten?«, sagte er. »Sie sind der öffentliche Beweis dafür, dass Pedros Hörspielserien im Volk angekommen sind.«

Ich sagte ihm, dass ich daran nicht zweifelte, und wurde rot, als er mir, wo ich doch *literarische Neigungen* hätte, empfahl, dem Beispiel des Bolivianers zu folgen und mir seine Techniken anzueignen, um die Massen zu erobern. »Verschließ dich nicht in deinem Elfenbeinturm«, riet er mir. Er hatte fünftausend Fotos von Pedro Camacho drucken lassen, ab Montag sollten die Autogrammjäger sie als kleine Beigabe erhalten. Ich fragte ihn, ob der Künstler gegen die Argentinier abgerüstet habe.

»Das ist mittlerweile egal, er kann gegen wen auch immer vom Leder ziehen«, sagte er mit geheimnisvoller Miene. »Kennst du die große Neuigkeit noch nicht? Der General lässt sich keins von Pedros Stücken entgehen.«

Er ging ins Detail, damit ich ihm glaubte. Da die Regierungsangelegenheiten dem General keine Zeit ließen, sie tagsüber zu hören, lasse er sie für sich aufnehmen und höre sie jeden Abend vor dem Einschlafen, Folge für Folge. Die Frau Präsidentin persönlich habe es vielen Damen in Lima erzählt.

»Der General scheint ein feinfühliger Mensch zu sein, auch wenn die Leute anderes erzählen«, schloss Genaro junior. »Und wenn die Obrigkeit auf unserer Seite ist, was macht es da, wenn Pedro sich darin gefällt, über die Argentinier herzuziehen. Haben sie es nicht verdient?«

Das Gespräch mit Genaro junior, die Versöhnung mit Tante Julia, etwas hatte mich stimuliert, und so ging ich, zurück in der Dachbude, mit Schwung an meine Erzählung von den Freischwebern, während Pascual die Nachrichten erledigte. Das Ende hatte ich schon: Bei ihren Spielen schwebte einer der Straßenjungen einmal höher als die anderen, knallte auf den Boden, brach sich das Genick und starb. Der letzte Satz würde die erschrockenen Gesichter seiner Freunde beschreiben, wie sie den Jungen unter dem Donnern der Flugzeuge betrachteten. Es sollte eine nüchterne Erzählung sein, präzise wie ein Uhrwerk, im Stil von Hemingway.

Ein paar Tage danach besuchte ich meine Cousine Nancy, um zu erfahren, wie sie die Geschichte mit Tante Julia aufgenommen hatte. Sie litt noch unter den Folgen der Operation Mantille:

»Kannst du dir vorstellen, was dieser Idiot mir zugemutet hat, diese Blamage?«, sagte sie, während sie durchs Haus lief und nach Lasky suchte. »Mitten in der Plaza de Acho packt der auf einmal ein Paket aus, zieht so ein Torerotuch heraus und legt es mir über. Alle haben sich nach mir umgedreht, selbst der Stier hat sich totgelacht. Ich musste das Ding die ganzen Corrida anbehalten, und dann wollte er auch noch, dass ich damit auf die Straße gehe, du glaubst es nicht. In meinem Leben habe ich mich nicht so geschämt!«

Wir fanden Lasky unter dem Bett des Dieners – es war nicht nur ein nackter und hässlicher Hund, sondern auch einer, der mich andauernd beißen wollte –, und nachdem wir ihn in seine Hütte gebracht hatten, schleifte mich die kleine Nancy in ihr Zimmer, damit ich mir das Corpus Delicti ansah. Es war ein modernistisches Kleidungsstück und erinnerte an exotische Gärten, Zigeunerzelte, Luxusbordelle: In den Falten seines glänzenden Stoffs nisteten sämtliche Rottöne von Ochsenblut bis Dämmerrosa, daran lange, knotige schwarze Fransen, und die Schmucksteine und das Flittergold glitzerten, dass einem übel wurde. Unter schallendem Gelächter machte meine Cousine Torerofiguren oder wickelte sich ein. Ich sagte ihr, dass ich ihr nicht erlaubte, sich über meinen Freund lustig zu machen, und fragte, ob sie ihn endlich erhört habe.

»Ich denke darüber nach«, antwortete sie, so wie immer. »Aber als Freund gefällt er mir.«

Ich sagte ihr, sie sei ein herzloses Biest, Javier habe für das Geschenk sogar gestohlen.

»Und du«, sagte sie, faltete das gute Stück und steckte es in den Schrank. »Stimmt es, dass du mit Julita gehst? Schämst du dich nicht? Mit der Schwester von Tante Olga?«

Ich sagte, dass es stimmte, dass ich mich nicht schämte, und mein Gesicht glühte. Sie war selbst ein wenig verlegen, aber als echte Miraflorinerin war ihre Neugier stärker, und sie zielte ins Schwarze:

»Wenn du sie heiratest, bist du in zwanzig Jahren immer noch jung und sie eine Oma«, worauf sie mich am Arm nahm und die Treppe hinunter ins Wohnzimmer zog. »Komm, hören wir Musik, und dann erzählst du mir deine Liebesgeschichte von A bis Z.«

Sie wählte einen Stapel Schallplatten aus – Nat King Cole, Harry Belafonte, Frank Sinatra, Xavier Cugat – und gestand mir, dass sich ihr, seit Javier es erzählt hatte, die Nackenhaare aufstellten, wenn sie nur daran dachte, was passieren würde, wenn die Familie davon erfuhr. Oder waren unsere Verwandten etwa nicht so vertratscht, dass sie nur einmal mit einem anderen Jungen ausgehen musste, und schon riefen zehn Onkel, acht Tanten und fünf Cousinen bei ihrer Mutter an und erzählten es? Ich und in Tante Julia verliebt! Ein Skandal, Marito! Und sie rief mir in Erinnerung, dass die Familie einiges erwartete, dass ich die große Hoffnung des Clans sei. Das stimmte: Die wuchernde Verwandtschaft erwartete von mir, dass ich eines Tages Millionär würde oder, wenn gar nichts klappte, wenigstens Präsident der Republik. (Ich habe nie verstanden, woher diese hohe Meinung von mir kam. Meine Schulnoten konnten es nicht sein, die waren nie brillant. Vielleicht weil ich von klein auf für meine Tanten Gedichte schrieb oder weil ich ein frühreifes Kerlchen war, das zu allem eine Meinung hatte.) Nancy musste mir schwören, zu schweigen wie ein Grab. Sie hielt es kaum aus, Einzelheiten zu erfahren:

»Gefällt dir Tante Julia nur, oder bist du in sie verknallt?«

Schon einmal hatte ich ihr Vertrauliches aus meinem Gefühlsleben erzählt, und da sie sowieso schon Bescheid wusste, tat ich es jetzt auch. Die Geschichte, sagte ich ihr, hatte wie ein Spiel begonnen, doch auf einmal, genau an dem Tag, als ich eifersüchtig auf einen Endokrinologen war, merkte ich, dass ich mich verliebt hatte. Doch je länger ich darüber nachdachte, umso überzeugter war ich, dass dieses Spiel eine harte Nuss war. Nicht nur wegen des Altersunterschieds. Mir fehlten drei Jahre bis zum Jura-Abschluss, und ich vermutete, dass ich diesen Beruf niemals ausüben würde, denn das Einzige, was mich interessierte, war Schreiben. Aber Schriftsteller waren Hungerleider. Was ich bisher verdiente, reichte gerade für Zigaretten, ein paar Bücher und Kino. Ob Tante Julia wartete, bis ich ein solventer Mann war, wenn ich es denn jemals schaffte? Nancy war so gut, mir nicht zu widersprechen:

»Das ist der Punkt«, sagte sie in ihrer realistischen Art, »mal davon abgesehen, dass Julita dir dann vielleicht nicht mehr gefällt und du sie verlässt. Und dann hat die Ärmste ihre Zeit verplempert. Aber mal ehrlich, ist sie in dich verliebt oder will sie nur spielen?«

Ich sagte ihr, Tante Julia sei nicht so ein frivoles Fähnchen wie sie (was sie mit Entzücken vernahm). Doch die Frage hatte ich mir selber schon öfter gestellt. Auch Tante Julia stellte ich sie, ein paar Tage später. Wir waren ans Meer gegangen und saßen in einem wunderbaren kleinen Park mit unaussprechlichem Namen (Domodossola oder so ähnlich), und während wir uns umarmten und unablässig küssten, führten wir unser erstes Gespräch über die Zukunft.

»Ich sehe sie bis ins Detail vor mir, ich habe sie in einer Kristallkugel gesehen«, sagte Tante Julia, und es klang kein bisschen bitter. »Wenn es gut läuft, wird unsere Beziehung drei oder vielleicht vier Jahre halten, das heißt, bis du das Mädchen findest, das die Mutter deiner Kinder wird. Dann gibst du mir den Laufpass, und ich muss mir einen anderen Herrn suchen, den ich verführe. Und es erscheint das Wort Ende.«

Ich sagte, während ich ihre Hände küsste, dass es ihr nicht guttue, diese Seifenopern zu hören.

»Da siehst man, dass du nie welche hörst«, gab sie zurück. »In den Serien von Pedro Camacho geht es nur selten um Liebesaffären oder Ähnliches. Jetzt zum Beispiel warten wir immer gespannt auf das Hörspiel um drei. Die Tragödie eines jungen Mannes, der nicht schlafen kann, denn kaum schließt er die Augen, fährt er wieder ein kleines Mädchen tot.«

Ich kam zu unserem Thema zurück und sagte, da sei ich optimistischer. Und voller Hingabe, um mich selbst wie auch sie zu überzeugen, versicherte ich ihr, dass die Liebe, welche Unterschiede es auch gebe, nicht lange währe, wenn sie nur auf Körperlichem beruhe. Sobald das Neue nicht mehr neu sei und der Alltag einziehe, nehme die sexuelle Anziehung ab und erlösche (vor allem beim Mann), die Beziehung könne dann nur überleben, wenn zwischen den Partnern andere Anziehungskräfte wirkten: geistige, intellektuelle, moralische. Für eine solche Liebe zähle das Alter nicht.

»Klingt hübsch, würde mich freuen, wenn es so wäre«, sagte Tante Julia und rieb ihre immer kalte Nase an meiner Wange. »Aber das ist von vorn bis hinten Schmu. Das Körperliche eine Nebensache? Es ist das Wichtigste, damit zwei Menschen sich ertragen, Varguitas.«

War sie wieder mit dem Endokrinologen ausgegangen?

»Er hat mich ein paarmal angerufen«, sagte sie und spannte mich auf die Folter. Dann, mit einem Kuss, lüftete sie das Geheimnis: »Ich habe ihm gesagt, dass ich nicht weiter mit ihm ausgehe.«

Ich taumelte im Glück und erzählte ihr lang und breit von meiner Erzählung über die schwebenden Jungs: Zehn Seiten hätte ich schon, sie werde richtig gut, ich würde versuchen, sie in der Beilage von *El Comercio* zu veröffentlichen, mit einer kryptischen Widmung: »Für das Femininum von Julio«.

X

Die Tragödie von Lucho Abril Marroquín, einem jungen Pharmaberater, dem alle eine glänzende Zukunft voraussagten, begann an einem sonnigen Sommermorgen in der Umgebung eines historischen Schauplatzes: Pisco. Er hatte seine Reise beendet, die ihn, seit er vor zehn Jahren diesen fahrenden Beruf ergriff, durch Perus Dörfer und Städte führte und auf der er Arztpraxen und Apotheken besuchte, um Muster und Prospekte der Bayer-Werke zu präsentieren, und nun schickte er sich an, nach Lima zurückzukehren. Der Besuch der Mediziner und Pharmazeuten des Ortes hatte ihn drei Stunden in Anspruch genommen; und obwohl in der Luftwaffeneinheit Nr. 9, im benachbarten San Andrés, ein Schulkamerad von ihm diente, der jetzt Hauptmann war und bei dem er sonst, wenn er nach Pisco kam, noch zum Mittagessen blieb, beschloss er, diesmal gleich in die Hauptstadt zurückzufahren. Er war verheiratet, mit einem Mädchen von heller Haut und französischer Geburt, und sein junges Blut und sein verliebtes Herz drängten ihn, seiner Angetrauten bald wieder in die Arme zu sinken.

Es war kurz nach zwölf Uhr mittags. Sein nagelneuer Volkswagen, dessen Ratenvertrag er zur gleichen Zeit geschlossen hatte wie den Bund der Ehe – vor drei Monaten –, erwartete ihn an der Plaza unter einem dichtbelaubten Eukalyptus. Lucho Abril Marroquín verstaute den Handkoffer mit den Mustern und Prospekten, legte Jackett und Krawatte ab (welche nach den helvetischen Vorschriften der Firma alle Propagandisten zu tragen hatten, um einen seriösen Eindruck zu vermitteln), bekräftigte den Entschluss, seinen Fliegerfreund nicht zu besuchen, und entschied, statt eines ordentlichen Mittagessens nur eine leichte Erfrischung zu sich zu nehmen, nicht dass eine massive Verdauung ihm drei noch schläfrigere Stunden durch die Wüste bescherte.

Er ging über den Platz zur Eisdiele Piave, bestellte bei dem Italiener eine Coca-Cola und ein Pfirsicheis, und während er das spartanische Mahl einnahm, dachte er nicht an die Vergangenheit dieses Hafens im Süden, die bunte Anlandung des unsicheren Helden San Martín und seiner Befreiungsarmee, sondern – Sinnlichkeit und Egoismus der heißblütigen Männer – an sein zartes Frauchen, das eigentlich fast noch ein Kind war, weiß wie der Schnee, mit blauen Augen und goldenen Locken; dachte daran, wie die Kleine es im romantischen Dunkel der Nächte verstand, in ihm ein neronisches Feuer zu entfachen, wenn sie ihm, maunzend wie ein schmachtendes Kätzchen, in der erotischen Sprache par excellence (einem Französisch, das umso erregender war, je unverständlicher es blieb) ein Lied vom *Welken Laub* ins Ohr hauchte. Als er merkte, dass er ob dieser ehelichen Reminiszenzen unruhig wurde, warf er sich in andere Gedanken, zahlte und ging.

Bei einer nahen Tankstelle befüllte er den Tank mit Benzin und den Kühler mit Wasser und fuhr los. Auch wenn die Straßen von Pisco um diese Uhrzeit, da die Sonne am höchsten stand, fast menschenleer waren, fuhr er langsam und vorsichtig, besorgt nicht um die Unversehrtheit der Passanten, sondern um die seines gelben VW, der gleich nach der blonden Französin sein Augenstern war. Er dachte über sein Leben nach. Er war jetzt achtundzwanzig. Nach der Schule hatte er beschlossen, sich eine Arbeit zu suchen, denn für eine universitäre Übergangsphase fehlte ihm die Geduld. Er hatte eine Prüfung abgelegt und war in das Unternehmen eingetreten. In diesen zehn Jahren war er mit seiner Stellung und seinem Gehalt vorangekommen, und die Arbeit war nicht langweilig. Am liebsten war er draußen tätig, lieber als hinter einem Schreibtisch zu verkümmern. Nur dass er es sich jetzt nicht mehr leisten konnte, sein Leben auf Reisen zu verbringen und die zarte Blume aus Frankreich in Lima zurückzulassen, einer Stadt, in der es, wie allseits bekannt, von Haifischen wimmelt, die den Meerjungfrauen auflauern. Lucho Abril Marroquín hatte mit seinen Vorgesetzten gesprochen. Sie schätzten und ermunterten ihn: Ein paar Monate noch solle er reisen, Anfang nächsten Jahres bekomme er eine Stelle in der Provinz. Dr. Schwalb, ein Schweizer von wenigen Worten, hatte das Nötige hinzugefügt: »Die Stelle wird eine Beförderung sein.« Lucho Abril Marroquín malte sich schon aus, dass man ihm vielleicht die Leitung der Filiale in Trujillo, Arequipa oder Chiclayo anbieten würde. Was wollte er mehr?

Er ließ die Stadt hinter sich und bog auf die Überlandstraße ein. So oft war er die Strecke auf und ab gefahren – im Fernbus, im Sammeltaxi, als Fahrgast oder am Steuer –, dass er sie auswendig kannte. Das schwarze Asphaltband verlor sich am Horizont, zwischen Dünen und nackten Hügeln, ohne dieses quecksilbrige Glitzern, das andere Fahrzeuge verriet. Vor ihm fuhr ein alter klappriger Lastwagen, und er wollte ihn gerade überholen, als er die Brücke und die Kreuzung erblickte, wo die Südroute eine Schleife macht und die Landstraße verabschiedet, welche weiter in die Sierra hinaufführt, zu den metallenen Bergen von Castrovirreyna. Also beschloss er, mit der Umsicht des Mannes, der sein Auto liebt und das Gesetz fürchtet, bis nach der Abzweigung zu warten. Der Lastwagen fuhr nicht schneller als fünfzig Kilometer pro Stunde, und Lucho Abril Marroquín schickte sich drein, drosselte die Geschwindigkeit und hielt zehn Meter Abstand. Er sah die Brücke auf sich zukommen, die Kreuzung, dürftige Bauten – Getränkekioske, Tabakläden, das Kontrollhäuschen – und die Umrisse von Menschen, deren Gesichter er im Gegenlicht nicht erkennen konnte und die bei den Buden kamen und gingen.

Das Mädchen erschien, als er eben die Brücke passierte, wie aus dem Nichts, als wäre es unter dem Lastwagen hervorgetaucht. Der Erinnerung von Lucho Abril Marroquín sollte sich dieses Bild für immer einprägen, die kleine Gestalt, die da plötzlich zwischen ihm und der Fahrbahn stand, das erschrockene Gesichtchen und die erhobenen Hände und wie sie auf die Motorhaube des VW zuschoss. Es ging alles so schnell, dass er erst bremsen und ausweichen konnte, als die Katastrophe schon geschehen war (der Anfang der Katastrophe). Fassungslos und mit dem seltsamen Gefühl, dass dies alles nichts mit ihm zu tun hatte, spürte er den dumpfen Schlag gegen die Stoßstange und sah, wie der Körper sich erhob, eine Parabel beschrieb und acht oder zehn Meter weiter zu Boden fiel.

Jetzt allerdings bremste er, so abrupt, dass ihm das Lenkrad gegen die Brust schlug, und mit einer watteweißen Benommenheit und Bienen im Ohr stieg er aus, rannte, stolperte, dachte, ich bin ein Argentinier, ich töte Kinder, und als er bei der Kleinen war, hob er sie in seinen Armen auf. Sie mochte fünf oder sechs Jahre alt sein, war barfuß und ärmlich gekleidet, das Gesicht, die Hände und die Knie von Dreck verkrustet. Blut war keins zu sehen, aber sie hatte die Augen geschlossen und schien nicht zu atmen. Schwankend, als wäre er betrunken, drehte Lucho Abril Marroquín sich im Kreis, schaute nach rechts und nach links und rief in die Dünen, den Wind, die fernen Wellen: »Ein Krankenwagen, ein Arzt.« Wie im Traum nahm er wahr, dass von der Straße in die Berge ein Lastwagen herunterkam, und vielleicht bemerkte er sogar, dass seine Geschwindigkeit einem Fahrzeug, das auf eine Kreuzung zuhält, nicht angemessen war. Doch selbst wenn er es bemerkte, seine Aufmerksamkeit wurde sofort abgelenkt, denn nun sah er, wie ein Polizist sich von den Buden löste und auf ihn zugelaufen kam. Keuchend, schwitzend, amtlich fragte der Ordnungshüter mit einem Blick auf das Mädchen: »Ist sie bewusstlos oder schon tot?«

Zeit seines Lebens sollte Lucho Abril Marroquín sich fragen, was in diesem Moment die richtige Antwort gewesen wäre. War das Kind schwer verletzt, oder war es verstorben?

Er schaffte es nicht, dem keuchenden Gendarmen zu antworten, denn dieser machte, kaum hatte er seine Frage gestellt, ein so entsetztes Gesicht, dass Lucho Abril Marroquín gerade noch den Kopf wenden konnte, ehe er begriff, dass der von den Bergen herabkommende Lastwagen hupend auf sie zuraste. Er schloss die Augen, und ein Donnern riss ihm das Mädchen aus den Armen und stürzte ihn in eine Dunkelheit voller Sternchen. Er hörte noch fürchterlichen Lärm, Schreie, Wimmern, während er in einer fast mystischen Reglosigkeit verharrte.

Erst viel später erfuhr er, dass man ihn überfahren hatte, nicht weil es eine den Ereignissen innewohnende Gerechtigkeit gab, der es zukam, das ausgleichende »Auge um Auge, Zahn um Zahn« in die Tat umzusetzen, sondern weil bei dem Minenlaster die Bremsen versagt hatten. Desgleichen erfuhr er, dass der Gendarm, mit gebrochenem Genick, auf der Stelle tot war und das arme Mädchen – eine wahre Tochter des Sophokles – bei diesem zweiten Unfall (falls der erste es noch nicht vermocht hatte) nicht nur getötet, sondern spektakulär plattgewalzt worden war, als der hintere Doppelreifen des Lasters, den Teufeln zum fröhlichen Karneval, über sie hinwegrollte.

Doch nach all den Jahren sagte sich Lucho Abril Marroquín auch, dass von all den lehrreichen Erfahrungen dieses Tages die unauslöschlichste nicht der erste und auch nicht der zweite Unfall gewesen war, sondern das, was danach kam. Denn kurioserweise hatte der Handlungsreisende trotz des gewaltigen Stoßes (der ihm viele Wochen im Städtischen Krankenhaus bescherte, wo er sein von zahllosen Brüchen, Verrenkungen, Schnitten und Rissen ramponiertes Gerüst wiederherstellte) nicht das Bewusstsein verloren oder wenn, dann nur für ein paar Sekunden. Als er die Augen aufschlug, wusste er, dass alles gerade eben passiert war, denn aus den Buden, die er vor sich sah, kamen, immer noch im Gegenlicht, zehn, zwölf, vielleicht fünfzehn Hosen, Röcke auf ihn zugestürmt. Er konnte sich nicht bewegen, doch er spürte keinen Schmerz, nur eine linde Ruhe. Jetzt musste er nicht mehr denken, dachte er, und er dachte an die Ambulanz, an Ärzte, an hingebungsvolle Krankenschwestern. Dort kamen sie, waren schon da, und er versuchte in die Gesichter zu lächeln, die sich über ihn beugten. Aber dann kitzelte es, pikste und stach, und er begriff, dass die Herbeigekommenen ihm nicht halfen: Sie entrissen ihm die Uhr, fingerten in seinen Taschen, grapschten nach dem Portemonnaie, bemächtigten sich mit einem Ruck der Medaille mit dem Christus von Limpias, die er seit seiner Erstkommunion um den Hals trug. Erst jetzt, voller Verwunderung über die Menschheit, versank Lucho Abril Marroquín in der Nacht.

Diese Nacht dauerte praktisch ein Jahr. Zunächst schienen die Folgen der Katastrophe nur körperlicher Natur zu sein. Als Lucho Abril Marroquín das Bewusstsein wiedererlangte, war er in Lima, in einem kleinen Zimmer des Krankenhauses und von Kopf bis Fuß verbunden, und zu beiden Seiten des Bettes standen, Schutzengeln gleich, die dem Erschütterten den Frieden wiedergeben, die blonde Landsmännin von Juliette Gréco und Dr. Schwalb von den Bayer-Werken und schauten ihn besorgt an. Noch berauscht vom Geruch des Chloroforms überkam ihn große Freude, und Tränen rannen ihm über die Wangen, als er die Lippen seiner Frau auf der Mullbinde um die Stirn spürte.

Das Zusammenfügen der Knochen, die Rückgabe der Muskeln und Sehnen an ihren angestammten Ort sowie das Schließen und Vernarben der Wunden, das heißt die Instandsetzung der animalischen Hälfte seiner Person, nahm einige Wochen in Anspruch, die leidlich erträglich waren dank der hervorragenden Arbeit der Ärzte, dem Eifer der Krankenschwestern, der magdalenischen Hingabe seiner Frau und der Solidarität seiner Firma, die sich, was Mitgefühl und Brieftasche anbetraf, untadelig verhielt. Noch während Lucho Abril Marroquín im Städtischen Krankenhaus der Genesung pflegte, erfuhr er eine schmeichelhafte Neuigkeit: Die kleine Französin war schwanger, in sieben Monaten würde sie Mutter eines Kindes von ihm.

Erst als er das Krankenhaus verlassen hatte und wieder in sein Häuschen in San Miguel und zu seiner Arbeit zurückgekehrt war, rissen die tiefen, vielschichtigen Wunden auf, welche die Unfälle seinem Gemüt geschlagen hatten. Die Schlaflosigkeit war noch das gnädigste der Leiden, die über ihn hereinbrachen. Er durchwachte die Nächte, streifte im Dunkeln durchs Haus, rauchte unablässig, hielt, in einem Zustand höchster Erregung, wirre Stoßreden, aus denen seine Frau verwundert ein immer wiederkehrendes Wort heraushörte: »Herodes«. Als die Schlaflosigkeit mittels Tabletten chemisch bezwungen war, kam es noch schlimmer: Lucho Abril Marroquín wurde von Albträumen heimgesucht, in denen er sah, wie er seine noch ungeborene Tochter zerstückelte. Sein schrilles Heulen versetzte seine Frau in einen solchen Schrecken, dass sie bei einer Fehlgeburt ihr Kind verlor, einen Fötus vermutlich weiblichen Geschlechts. »Die Träume haben sich erfüllt, ich habe meine eigene Tochter ermordet, ich ziehe nach Buenos Aires«, rief Tag und Nacht, mit düsterer Miene, der oneirische Kindsmörder.

Aber auch das war nicht das Schlimmste. Auf die schlaflosen oder albgeplagten Nächte folgten grässliche Tage. Seit dem Unfall litt Lucho Abril Marroquín unter einer tiefsitzenden Phobie gegen alles, was Räder besaß; weder als Fahrer noch als Fahrgast konnte er irgendwo einsteigen, ohne dass ihm dies Schwindel und Übelkeit bereitete, ohne dass er Blut und Wasser schwitzte und schrie. Alle Versuche, das Tabu zu durchbrechen, waren vergeblich, und so musste er sich damit abfinden, mitten im zwanzigsten Jahrhundert zu leben wie im Inkareich (einer Gesellschaft ohne Räder). Hätten die zurückzulegenden Entfernungen lediglich in den fünf Kilometern zwischen seinem Zuhause und den Bayer-Werken bestanden, wäre die Sache nicht so ernst gewesen; für seinen gequälten

Geist hätten diese zwei Stunden morgendlichen und abendlichen Fußmarsches vielleicht eine lindernde Funktion gehabt. Doch für ihn als Pharmavertreter, dessen Tätigkeitsbereich das ganze weitgestreckte Peru umfasste, war die Räderphobie tragisch. Da es nicht die geringste Chance gab, die athletische Epoche der Botenläufer wiederauferstehen zu lassen, stand die berufliche Zukunft von Lucho Abril Marroquín auf dem Spiel. Die Firma entsprach seinem Wunsch, ihm eine Schreibtischtätigkeit zu geben, in ihrem Büro in Lima, und auch wenn man sein Gehalt nicht herabstufte, bedeutete der Wechsel in moralischer und psychologischer Hinsicht (seine Aufgabe war nunmehr die Verwaltung der Warenmuster) einen Abstieg. Zu allem Unglück verfiel die kleine Französin, die, eine würdige Nacheiferin der Jungfrau von Orléans, tapfer die nervlichen Überspanntheiten ihres Gatten ertragen hatte, nach dem Abgang des Fötus Abril der Hysterie. Eine Trennung wurde vereinbart, bis auf bessere Tage, und die junge Frau reiste, von einer Blässe, wie der Morgen sie kennt und die antarktische Nacht, in ihre französische Heimat, um im Schloss ihrer Eltern Trost zu finden.

So stand es um Lucho Abril Marroquín ein Jahr nach dem Unfall: Verlassen von seiner kleinen Frau, dem Schlaf und der Ruhe, mit einem Hass auf alle Räder und der Angst als einzigem Freund ging er (im Sinne des Wortes: zu Fuß) durchs Leben. (Der gelbe VW verschwand unter Efeu und Spinnweben, ehe er verkauft wurde, um für die Blonde die Überfahrt nach Frankreich zu bezahlen.) Mitarbeiter und Bekannte munkelten schon, als Ausweg bleibe ihm nur der geduckte Gang in die Irrenanstalt oder der Donnerschlag eines Selbstmords, als er – Manna vom Himmel, Regen auf dürstenden Sand – von der Existenz eines Menschen erfuhr, der weder Priester noch Medizinmann war und gleichwohl Seelen heilte: Dr. Lucía Acémila.

Als überlegene Frau ohne Komplexe und in einem Alter, das die Wissenschaft für ideal befunden hat – fünfzig –, war

Dr. Acémila – breite Stirn, Adlernase, durchdringender Blick, von aufrechtem Sinn und gütigem Wesen – die leibhaftige Verneinung ihres Nachnamens (auf den sie, auch wenn ein dummer Esel aus ihm herausschaute, sehr stolz war und den sie auf gedruckten Visitenkarten oder den Schildern ihrer Praxis wie eine Ruhmestat den Sterblichen vor Augen führte); jemand, bei dem die Intelligenz eine körperliche Eigenschaft war, was ihre Patienten (sie nannte sie lieber *Freunde*) sehen, hören, riechen konnten. In den großen Zentren des Wissens – im teutonischen Berlin, im phlegmatischen London, im sündigen Paris – hatte sie Diplome sonder Zahl und mit Auszeichnung erworben, doch die wichtigste Universität, an der sie das Viele gelernt hatte, das sie über das menschliche Elend und wie man ihm beikam wusste, war (wie konnte es anders sein) das Leben selbst gewesen. Sie war umstritten, wie jeder Mensch, der aus dem Mittelmaß heraussticht, wurde von ihren Kollegen kritisiert und verhöhnt, all diesen Psychiatern und Psychologen, die (im Gegensatz zu ihr) nicht in der Lage waren, Wunder zu bewirken. Dr. Acémila ließ es gleichgültig, dass man sie Hexe, Satanistin, Verderberin von Verderbten nannte, geisteskrank und dergleichen Schäbigkeiten mehr. Um zu wissen, dass sie recht hatte, genügte ihr die Dankbarkeit ihrer *Freunde*, dieser Heerschar von Schizophrenen, Verwandtenmördern, Paranoikern, Brandstiftern, manisch Depressiven, Onanisten, Katatonikern, Kriminellen, Entrückten und Stotterern, welche, einmal in ihren Händen und ihrer Behandlung unterworfen (ihren *Ratschlägen*, hätte sie es lieber genannt), als liebevolle Väter, gehorsame Kinder, tugendhafte Ehefrauen ins Leben zurückgekehrt waren, als rechtschaffene Angestellte, gewandte Gesprächsteilnehmer und pathologisch gesetzestreue Bürger.

Dr. Schwalb persönlich hatte Lucho Abril Marroquín den Besuch der Frau Doktor empfohlen, und persönlich auch, mit jener helvetischen Promptheit, der die Welt die pünktlichsten Uhren verdankt, hatte er einen Termin vereinbart.

Sich fügend mehr denn vertrauend, erschien der Schlaflose zur angegebenen Zeit in dem stattlichen, von einem Garten mit Engelstrompeten umgebenen rosa Haus im wohnlichen Viertel San Felipe, wo die Praxis (Tempel, Beichtstuhl, Labor des Geistes) von Lucía Acémila sich befand. Eine adrette Sprechstundenhilfe nahm einige Angaben auf und führte ihn in das Zimmer der Frau Doktor, einen hohen Raum mit Regalen, in denen die Ledereinbände sich stapelten, einem Mahagonischreibtisch, weichen Teppichen und einer Samtcouch in Minzgrün.

»Legen Sie alle Ihre Vorurteile ab, auch das Jackett und die Krawatte«, kam Dr. Lucía Acémila mit der entwaffnenden Natürlichkeit der Kundigen gleich zur Sache und deutete auf die Couch. »Und legen Sie sich dorthin, auf den Rücken, auf die Seite, wie Sie wollen, nicht um Sie mit Freudianischem zu behelligen, sondern weil ich möchte, dass Sie es bequem haben. Und jetzt erzählen Sie mir nicht Ihre Träume und beichten mir nicht, dass Sie in Ihre Mutter verliebt sind, sondern sagen mir so genau wie möglich, was der Bauch macht.«

Schüchtern und mit der Vermutung, dass es sich gewiss um eine Verwechslung handelte, trug der nunmehr auf der Couch liegende Ärztepropagandist leise vor, nicht der Bauch habe ihn in die Praxis geführt, sondern das Gemüt.

»Sie sind nicht voneinander zu trennen«, belehrte ihn die Frau Doktor. »Ein pünktlicher und vollständiger Stuhlgang ist der Zwillingsbruder eines klaren Verstands und einer besonnenen Seele. Dagegen befördert ein voller, träger, geiziger Darm schlechte Gedanken, verbittert den Charakter, leistet Komplexen und verqueren sexuellen Begierden Vorschub, schürt den Hang zum Verbrechen und ruft ein Bedürfnis hervor, andere für seine Verdauungsnöte zu bestrafen.«

Derart instruiert, bekannte Lucho Abril Marroquín, dass er zuweilen unter Verdauungsstörungen und Verstopfung leide, und sogar, dass seine Scherflein nicht nur unregelmäßig seien, sondern wandelbar in Färbung, Volumen und gewiss auch – er erinnerte sich nicht, sie in den letzten Wochen befühlt zu haben – in Konsistenz und Temperatur. Dr. Lucía Acémila nickte gütig und murmelte: »Ich wusste es.« Und befand, der junge Mann möge, bis auf weitere Anweisung, jeden Morgen und auf nüchternen Magen ein halbes Dutzend Backpflaumen zu sich nehmen.

»Nachdem wir die Vorfrage geklärt haben, kommen wir zu den anderen«, fuhr die Philosophin fort. »Sie können mir erzählen, was mit Ihnen ist. Aber Sie sollen wissen, dass ich Sie um Ihr Problem nicht erleichtern werde. Ich werde Ihnen beibringen, es zu lieben, stolz zu sein wie Cervantes auf seinen verlorenen Arm oder Beethoven auf seine Taubheit. Sprechen Sie.«

Mit einer Gewandtheit, die er sich in zehn Jahren des professionellen Austauschs mit den Jüngern Äskulaps angeeignet hatte, fasste Lucho Abril Marroquín seine Geschichte in aller Aufrichtigkeit zusammen, seit jenem unheilvollen Tag in Pisco bis zu den Albträumen der vergangenen Nacht, einschließlich der apokalyptischen Folgen des Dramas im Schoße seiner Familie. Beim Schlusskapitel brach er vor Selbstmitleid in Tränen aus und beendete seinen Bericht mit einem Ausruf, der jedem anderen, nur nicht Lucía Acémila, ins Herz geschnitten hätte: »Frau Doktor, helfen Sie mir!«

»Ihre Geschichte bekümmert mich nicht, sie langweilt mich, so trivial und dumm ist sie«, tröstete die Seelenklempnerin ihn liebevoll. »Wischen Sie sich die Nase und machen Sie sich klar, dass in den geistigen Gefilden Ihr Leiden dem entspricht, was für den Körper ein eingewachsener Nagel wäre. Hören Sie mir zu.«

Und mit der förmlichen Eleganz einer Frau, die in den Salons der feinen Gesellschaft verkehrt, erklärte sie ihm, was die Menschen ins Verderben stürze, sei die Angst vor der Wahrheit und ihr Widerspruchsgeist. Zu Ersterem steckte sie dem Schlaflosen ein Licht auf, indem sie erklärte, dass es den Zufall, auch wenn er sich *Unfall* nenne, nicht gebe, es sei eine Ausflucht, die sich die Menschen ausdächten, um zu verschleiern, wie schlecht sie seien.

»Kurz gesagt, Sie wollten das Mädchen umbringen und haben es umgebracht«, fasste die Frau Doktor ihren Gedanken plastisch zusammen. »Und eingeschüchtert von Ihrer Tat, aus Angst vor der Polizei oder der Hölle, wollten Sie von dem Lastwagen überfahren werden, um sich so Ihrer Strafe oder eines Alibis zu versichern.«

»Aber, aber ...«, stammelte der Pharmareferent, die Augen hervorspringend, Schweißperlen auf der Stirn, das Inbild tiefster Verzweiflung. »Und der Gendarm? Habe ich den auch umgebracht?«

»Wer hat nicht schon mal einen Polizisten umgebracht«, sann die Wissenschaftlerin. »Vielleicht Sie, vielleicht der Lastwagenfahrer, vielleicht war es Selbstmord. Aber das ist keine Werbeveranstaltung hier, mit Einlass für zwei zum Preis von einem. Bleiben wir bei Ihnen.«

Sie erklärte, indem die Menschen ihre natürlichen Triebe unterdrückten, verdrössen sie ihren Geist, und dieser räche sich mit Albträumen, Phobien, Komplexen, Ängsten, Depression.

»Man kann nicht gegen sich selber kämpfen, denn in diesem Kampf gibt es nur Verlierer«, predigte die Apostelin. »Schämen Sie sich Ihrer nicht, trösten Sie sich mit dem Gedanken, dass alle Menschen Hyänen sind, und gut zu sein bedeutet nichts anderes, als sich verstellen zu können. Schauen Sie in den Spiegel und sagen Sie sich: Ich bin ein Kindermörder und ein Feigling vor der Geschwindigkeit. Genug der Beschönigung: Kein Wort mehr von Unfällen oder dem Rädersyndrom.«

Worauf sie zu Beispielen überging und ihm erzählte, dass sie den ausgezehrten Onanisten, die sie auf Knien um Heilung bäten, pornographische Zeitschriften schenke, und den drogenabhängigen Patienten, über den Boden kriechenden

Wracks, die sich vor Verzweiflung die Haare rauften und von Schicksal redeten, biete sie Joints und Händevoll Kokain.

»Verschreiben Sie mir jetzt, dass ich weiter Kinder töte?«, brüllte der Arzneimittelvertreter, ein Lämmchen, das zum Tiger wird.

»Wenn Ihnen danach ist, warum nicht?«, erwiderte die Psychologin kühl. Und warnte ihn: »Schreien Sie mich nicht an. Ich bin keiner dieser Krämer, die glauben, der Kunde habe immer recht.«

Lucho Abril Marroquín versank erneut in Tränen, und Dr. Lucía Acémila beschrieb, zehn ungerührte Minuten lang, in Schönschrift mehrere Blätter Papier unter dem Obertitel *Lernübungen für ein aufrichtiges Leben.* Sie gab sie ihm und nannte ihm einen Termin in acht Wochen. Als sie ihn mit einem Händedruck verabschiedete, erinnerte sie ihn daran, nicht die morgendliche Pflaumendiät zu vergessen.

Wie die meisten Patienten von Dr. Lucía Acémila verließ Lucho Abril Marroquín die Praxis mit dem Gefühl, Opfer eines psychischen Hinterhalts geworden zu sein, ohne Zweifel war er einer exzentrischen Geistesgestörten in die Fänge geraten, sein Leiden würde also nur zunehmen, wenn er sich auf den Unsinn einließ und ihren Rezepten folgte. Weshalb er sich vornahm, die *Lernübungen* unbesehen im Klosett hinunterzuspülen. Doch noch am selben Abend, in dieser zehrenden Schlaflosigkeit, die zur Ausschweifung ruft, las er sie. Sie erschienen ihm von krankhafter Absurdität, und er musste lachen, bis er Schluckauf bekam (er bannte ihn, indem er, wie von seiner Mutter gelernt, ein Glas Wasser rückwärts trank). Dann verspürte er eine stechende Neugier, und zur Ablenkung, um die schlafleeren Stunden auszufüllen und ohne an ihre therapeutische Wirkung zu glauben, beschloss er sie zu praktizieren.

Er hatte keine Mühe, in der Spielwarenabteilung von Sears das Auto, den Lastwagen Nummer eins und den Lastwagen Nummer zwei zu finden, die er benötigte, ebenso die Püppchen, denen es zukam, das Mädchen, den Gendarmen, die Diebe und ihn selbst darzustellen. Den Anweisungen folgend, malte er die Fahrzeuge in den Originalfarben an, so wie er sie in Erinnerung hatte, desgleichen die Kleidung der Figuren (er hatte ein Händchen fürs Bemalen, die Uniform des Polizisten, die einfachen Kleider und die Dreckkruste des Mädchens gelangen ihm sehr gut). Um die sandigen Weiten bei Pisco nachzuempfinden, nahm er einen Bogen Packpapier, auf den er – es juckte ihn, die getreue Wiedergabe auf die Spitze zu treiben – an einem Ende den Pazifik malte: ein blauer Streifen mit schäumendem Saum. Am ersten Tag brauchte er, auf dem Boden der Wohnküche kniend, fast eine Stunde, um die Geschichte nachzuspielen, und als er zum Ende kam, das heißt, als die Diebe sich auf den Pharmaberater stürzten, um ihn auszurauben, war er fast so entsetzt und schmerzerfüllt wie an dem Tag, als es passierte. Von kaltem Schweiß bedeckt, lag er auf dem Rücken und schluchzte. Doch in den nächsten Tagen ließ die nervliche Anspannung nach, und die Aktion nahm sportliche Züge an, eine Übung, die ihn in seine Kindheit versetzte und ihm die Stunden vertrieb, die er sonst nicht hätte ausfüllen können, jetzt, wo er ohne Frau war, er, der sich nie damit gebrüstet hätte, ein Bücherwurm oder Musikliebhaber zu sein. Es war, als würde er mit dem Baukasten spielen, ein Puzzle zusammensetzen oder Kreuzworträtsel lösen. Manchmal, wenn er im Lager der Bayer-Werke Muster an die Propagandisten ausgab, ertappte er sich dabei, wie er in seinem Gedächtnis stöberte und nach einem Detail suchte, einer Geste, einem Grund für das Geschehene, um so eine Variante einzufügen und die abendlichen Aufführungen zu verlängern. Als die Frau, die zum Putzen kam, die auf dem Boden verstreuten Holzpüppchen und Plastikautos sah, fragte sie ihn, ob er daran denke, ein Kind zu adoptieren, und wies darauf hin, dass sie in diesem Fall mehr Geld verlangen würde. Schritt für Schritt, genau wie in den *Lernübungen* vorgezeichnet, schaffte er nach einer

Weile schon jeden Abend sechzehn Aufführungen im Liliputformat des – Unfalls?

Der Teil der *Lernübungen für ein aufrichtiges Leben*, der die Kinder betraf, schien ihm noch aberwitziger als das Püppchenkegeln, doch – ob Trägheit, die zum Laster verführt, oder Neugier, die die Wissenschaft weiterbringt – er befolgte auch diesen. Er war in zwei Abschnitte untergliedert: »Theoretische Übungen« und »Praktische Übungen«, und wie Dr. Acémila betonte, sei es unerlässlich, dass Erstere Letzteren vorangingen, denn war der Mensch nicht ein rationales Wesen, bei dem die Tat in der *Vor*stellung reifte? Der theoretische Teil vertraute weithin auf den beobachtenden und spekulativen Geist des Handlungsreisenden und beschränkte sich auf die Vorgabe: »Denken Sie täglich darüber nach, welches Unheil die Kinder über die Menschheit bringen.« Er sollte es zu jeder Zeit und an jedem Ort tun, ganz systematisch.

Aber was taten die unschuldigen Kindlein der Menschheit an? Waren sie nicht die Gnade, die Reinheit, die Freude, das Leben, fragte sich Lucho Abril Marroquín am Morgen der ersten theoretischen Übung, als er die fünf Kilometer zu seinem Büro ging. Und mehr aus Freude am Spiel denn aus Überzeugung gestand er sich ein, dass sie laut sein konnten. Ständig heulten sie, aus jedem Grund, wer wollte das bestreiten, und da sie das Alter der Vernunft noch nicht erreicht hatten, zogen sie auch weder die Schäden in Betracht, die dieser Drang verursachte, noch ließen sie sich von den Vorzügen der Stille *überzeugen*. Da war der Fall dieses Minenarbeiters, der nach einer erschöpfenden Schicht unter Tage heimkam und nicht schlafen konnte, weil das Neugeborene wie wahnsinnig schrie, so dass er es schließlich – umbrachte? Wie viele Millionen ähnlicher Fälle waren auf dem Erdenrund wohl zu verzeichnen? Wie vielen Arbeitern, Bauern, Händlern, Angestellten, die – hohe Lebenshaltungskosten, niedriges Einkommen, Wohnraummangel – in engen Behausungen lebten und ihr Schlafzimmer mit der Bagage teilten, war es verwehrt, sich einem wohlverdienten Schlaf hinzugeben, nur weil ein Kind plärrte und nicht in der Lage war zu sagen, ob es Durchfall hatte oder an die Brust wollte?

Bohrend, nachbohrend, während er die fünf abendlichen Kilometer zurückging, fand Lucho Abril Marroquín, dass man ihnen auch so manche Zerstörung zuschreiben konnte. Im Gegensatz zu den Tieren brauchten sie allzu lange, bis sie auf sich selbst gestellt waren, und wie viele Verwüstungen von diesem Defizit herrührten! Alles machten sie kaputt, ob kunstvoller Einband oder Kristallvase, sie rissen die Gardinen herunter, die die Hausfrau im Schweiße ihres Angesichts genäht hatte, und ohne jede Hemmung platzierten sie ihre kackeverschmierten Hände auf der gestärkten Tischdecke oder dem unter Entbehrungen und mit viel Liebe gekauften Spitzentuch. Ganz davon zu schweigen, dass sie mit ihren Fingern in die Steckdosen fassten und Kurzschlüsse verursachten oder sich einen völlig dummen tödlichen Stromstoß holten, was für die Familie hieß: kleiner weißer Sarg, Grabnische, Totenwache, Anzeige in *El Comercio*, Trauerkleidung, Beisetzung.

Dergleichen Training wurde ihm auf seinen Wegen zwischen Arbeitsplatz und San Miguel zur Gewohnheit. Um sich nicht zu wiederholen, fasste er zu Beginn rasch die bei der vorherigen Überlegung gesammelten Vorwürfe zusammen und entwickelte sodann einen neuen. Die Themen griffen spielend ineinander, und niemals gingen ihm die Argumente aus.

Die ökonomisch relevanten Tatbestände zum Beispiel gaben ihm Stoff für dreißig Kilometer. War es nicht erschütternd, zu sehen, wie *sie* das Haushaltsbudget ruinierten? Die elterlichen Einkünfte belasteten sie umgekehrt proportional zu ihrer Größe, nicht nur wegen ihrer unstillbaren Gefräßigkeit und ihres empfindlichen Magens, der Spezialnahrung erforderte, sondern wegen der unzähligen Einrichtungen, die *sie* veranlasst hatten, Hebammen, Kinderkrippen, Kinderheime, Kindergärten, Kindermädchen, Zirkusse, Vorschulen, Matineen, Spielzeugläden, Jugendgerichte, Besserungsanstalten, ohne die pädiatrischen Fachgebiete zu vergessen, welche, Schmarotzern gleich, die ihre Mutterpflanze ersticken, der Allgemeinmedizin, der Psychologie, der Zahnheilkunde und anderen Wissenschaften zugewachsen waren, ein ganzes Heer von Leuten, die gekleidet, ins Brot gesetzt und berentet werden mussten, und das von den armen *Eltern*.

Lucho Abril Marroquín standen die Tränen in den Augen, als er eines Tages an die armen jungen Mütter dachte, diese eifrigen Hüterinnen der Moral und Erfüllerinnen der gesellschaftlichen Erwartung, die sich lebendig begruben, um ihre Kleinen zu umsorgen, und auf Feste, Kino, Reisen verzichteten, worauf sie von ihren Männern verlassen wurden, die so lange allein ausgegangen waren, dass sie zwangsläufig sündigten. Und wie vergalten die Kleinen die schlaflosen Nächte und leidvollen Stunden? Sie wuchsen heran, gründeten ein eigenes Heim, setzten ihre Mütter in den Waisenstand des Alters.

Auf diesem Wege zerschlug er unmerklich den Mythos von *ihrer* Unschuld und Güte. Oder schnitten sie etwa nicht, mit der altbekannten Ausrede, die Vernunft sei ihnen noch nicht gegeben, Schmetterlingen die Flügel ab, steckten Küken lebendig in den Ofen, drehten Schildkröten auf den Rücken, bis sie krepierten, und stachen Eichhörnchen die Augen aus? War die Schleuder zum Vögelchentöten vielleicht eine Waffe der Erwachsenen? Und gaben sie sich nicht unerbittlich gegenüber schwächeren Kindern? Außerdem, wie konnte man Wesen *intelligent* nennen, die in einem Alter, in dem jedes Kätzchen sich seine Nahrung selber beschafft, noch plump durchs Zimmer tapsten, gegen die Wand liefen und sich Beulen holten?

Lucho Abril Marroquín hatte einen feinen ästhetischen Sinn, was ihm Spinnstoff für viele Märsche gab. Er hätte es gern gesehen, dass alle Frauen bis zu den Wechseljahren im Saft und in Form blieben, und es schmerzte ihn, eine Bestandsaufnahme der Verheerungen vorzunehmen, welche die Schwangerschaften anrichteten: Die Wespentaillen, die in eine Hand passten, schossen ins Fett, und auch die Brüste und Hintern und diese straffen Bäuche, Platten fleischigen Metalls, das die Lippen nicht dellen, erschlafften, blähten auf, hingen herab, bekamen Streifen, und manche Damen konnten infolge der Krämpfe und des Drückens bei schwierigen Geburten nur noch watscheln wie eine Ente. Mit Erleichterung rief Lucho Abril Marroquín sich den statuenhaften Körper der kleinen Französin seines Namens ins Gedächtnis, und er freute sich, dass sie zwar geboren hatte, aber nicht so ein strammes, ihre Schönheit vernichtendes Wesen, sondern lediglich die Gewebstrümmer eines Menschen. Ein andermal, als er gerade zur Ruhe kam – die Pflaumen hatten seinen Magen in einen englischen D-Zug verwandelt –, wurde ihm bewusst, dass er nicht mehr erschauerte, wenn er an Herodes dachte. Und eines Morgens ertappte er sich dabei, wie er einem Bettlerjungen eine Kopfnuss gab.

Nun wusste er, dass er, mit der Selbstverständlichkeit der Gestirne, die von der Nacht in den Tag reisen, zu den »Praktischen Übungen« übergegangen war. Dr. Lucía Acémila hatte den entsprechenden Anweisungen den Untertitel »Direkte Aktion« gegeben, und Lucho Abril Marroquín kam es vor, als hörte er, während er sie noch einmal las, ihre wissenschaftliche Stimme. Im Gegensatz zu den theoretischen waren sie sehr präzise. Hatte man erst ein klares Bewusstsein von dem Unheil, das *sie* über die Welt brachten, ging es nun darum, ganz individuell kleine Vergeltungsmaßnahmen zu ergreifen. Es musste diskret vonstattengehen, im Hinterkopf jene demagogischen Sprüche à la »Kinder brauchen Hilfe«, »Schlage nie ein Kind, und sei es mit der Rose« oder »Prügel schaffen nur Komplexe«.

Am Anfang kostete es ihn noch Überwindung, und wenn er einem von *ihnen* auf der Straße begegnete, wusste weder dieses noch er selbst, ob jene Hand auf dem kindlichen Köpfchen eine Strafe war oder eine unbeholfene Zärtlichkeit. Doch mit der Selbstsicherheit, wie sie die Praxis vergönnt, überwand er alles Schüchterne und die überkommenen Hemmungen, wurde mutiger, erhöhte die Standards, zeigte Initiative, und nach ein paar Wochen bemerkte er, so wie die *Lernübungen* es vorhersagten, dass die Kopfnüsse, die er an den Ecken verteilte, die Kniffe, die blaue Flecken malten, oder die Tritte, welche die Empfänger aufblöken ließen, nicht mehr ein Geschäft waren, das er sich aus moralischen oder theoretischen Beweggründen auferlegt hatte, sondern eine Art Vergnügen. Er mochte es, die kleinen Straßenverkäufer weinen zu sehen, wenn sie mit dem Glückslos auf ihn zutraten und plötzlich seine Hand im Gesicht spürten, und es erregte ihn wie beim Stierkampf, wenn der kleine Führer einer Blinden ihn, ein morgendliches Klimpern des Messingschälchens, ansprach, zu Boden stürzte und sich das Schienbein rieb, das seinen Fußtritt eingesteckt hatte. Die »Praktischen Übungen« waren gefährlich, aber den Propagandisten, der ein tollkühnes Herz an sich entdeckte, hielt dies nicht ab, es spornte ihn an. Nicht einmal an dem Tag, als er einen Fußball zerfetzte und von einer Horde Pygmäen mit Knüppeln und Steinen verfolgt wurde, ließ er von seinem Unternehmen ab.

So beging er in den Wochen, die die Behandlung währte, viele jener Taten, die man, aus geistiger Trägheit, welche die Leute verblödet, gemeinhin Schandtaten nennt. Er enthauptete die Puppen, mit denen die Kindermädchen *sie* im Park bei Laune hielten, entriss ihnen Lutscher, Toffees, Bonbons, die sie sich gerade in den Mund steckten, zertrat sie oder warf sie den Hunden vor; strich beim Zirkus herum, bei Matineen und Marionettentheatern und zog, bis seine Finger steif wurden, Zöpfe und Ohren lang; kniff in Ärmchen, Beinchen, Bürzelchen, und selbstverständlich bediente er sich der jahrhundertealten List, ihnen die Zunge herauszustrecken und

Grimassen zu schneiden; und bis zur Heiserkeit erzählte er ihnen vom Butzemann, vom bösen Wolf, vom Polizisten, vom Gerippe, von der Hexe, dem Vampir und anderem der Erwachsenenphantasie entsprungenen Personal, um *sie* zu erschrecken.

Doch eines Tages – ein Schneeball, der auf seinem Weg bergab zur Lawine wird – erschrak Lucho Abril so sehr, dass er sich ins Taxi warf, um so schnell wie möglich zur Praxis von Dr. Acémila zu kommen. Kaum betrat er, Eis schwitzend, mit zittriger Stimme, das gestrenge Sprechzimmer, rief er aus:

»Ich wollte schon ein kleines Mädchen unter die Räder der Straßenbahn nach San Miguel stoßen. In letzter Sekunde konnte ich mich zurückhalten, weil ein Polizist in der Nähe war«, und schluchzend wie eins von *ihnen* rief er: »Beinahe wäre ich zum Verbrecher geworden, Frau Doktor!«

»Ein Verbrecher waren Sie schon, vergesslicher junger Mann«, erinnerte ihn die Psychologin, jede Silbe betonend. Und nachdem sie ihn von Kopf bis Fuß gemustert hatte, entschied sie zufrieden: »Sie sind geheilt.«

In dem Moment – Pulverblitz in der Finsternis, Sternenregen über dem Meer – fiel Lucho Abril Marroquín ein, dass er im Taxi gekommen war, in einem Taxi! Er wollte schon auf die Knie fallen, doch die Gelehrte hielt ihn zurück:

»Niemand leckt mir die Hand, außer meiner Dogge. Schluss mit dem Gedöns! Sie können sich zurückziehen, neue *Freunde* warten. Die Rechnung wird Ihnen zugestellt.«

Ja, ich bin geheilt, sagte sich der Pharmaberater immer wieder überglücklich. Sieben Stunden täglich hatte er seit einer Woche geschlafen, und statt Albträumen waren es angenehme Träume gewesen, in denen er sich an exotischen Stränden von einer fußballrunden Sonne bräunen ließ und dem gemächlichen Gang der Schildkröten zwischen lanzenförmigen Palmen zusah, den schelmischen Geschlechtsakten der Delfine im wogenden Blau. Diesmal nahm er, mit der

Entschlossenheit und Verwegenheit des Mannes, der durchs Feuer ging, erneut ein Taxi, und auf der Fahrt zu den Labors kamen ihm die Tränen, als er feststellte, dass ihm die Tatsache, nunmehr durch die Welt zu *rollen*, kein tödliches Entsetzen mehr bereitete, keine kosmische Angst, sondern nur eine leichte Übelkeit. Er eilte durch die Flure und küsste die amazonischen Hände von Don Federico Téllez Unzátegui, nannte ihn seinen »Gönner, Erlöser, neuen Vater«, kniende Worte, die sein Chef mit jener Höflichkeit entgegennahm, die jeder Herr, der etwas auf sich hält, seinen Sklaven schuldet, wobei er ihn gleichwohl, im Herzen Calvinist ohne Einlass für das Gefühl, darauf hinwies, dass er sich, ob von mörderischen Komplexen geheilt oder nicht, bei Strafe pünktlich in der Nager-Stop AG einzufinden habe.

So kam es, dass Lucho Abril Marroquín aus dem Tunnel trat, der seit dem staubigen Unfall von Pisco sein Leben war. Und alles begann sich zu richten. Die holde Tochter Frankreichs kehrte, erlöst von ihrem Kummer dank zärtlicher Hege durch die Familie und stärkender normannischer Kost aus löchrigem Käse und glibbrigen Schnecken, mit rosigen Bäckchen und übervollem Herzen ins Land der Inkas zurück. Das Wiedersehen der Eheleute waren nimmer endende Flitterwochen, berauschende Küsse, zwanghafte Umarmungen und andere Gefühlsergüsse, die das verliebte Paar an den Rand der Anämie brachten. Der Pharmavertreter nahm, eine Schlange nach der Häutung, belebt von frischer Energie, bald wieder seine vormalige herausragende Stellung bei den Werken ein. Und auf eigenen Wunsch, weil er sich beweisen wollte, dass er wieder derselbe war wie vorher, bekam er von Dr. Schwalb erneut die Verantwortung dafür übertragen, auf dem Luft- und auf dem Landweg, über Flüsse und das Meer die Städte und Dörfer Perus zu bereisen, um bei Ärzten und Apothekern für die Bayer-Produkte zu werben. Dank seiner Frau und ihrem sparsamen Händchen konnten sie bald alle Schulden tilgen, die das Paar während der Krise gemacht hatte, und, wieder auf Ratenzahlung, einen neuen Volkswagen erwerben, der selbstverständlich ebenfalls ein gelber war.

Nichts, so schien es (aber weiß der Volksmund nicht, dass der Schein trügt?), verdunkelte den Himmel, unter dem das Leben der Abril Marroquíns seinen Weg ging. Nur selten erinnerte der Propagandist sich des Unfalls, und wenn, dann verspürte er statt Kummer Stolz, was er gleichwohl, ein Sohn des Mittelstands, der Konventionen achtet, kundzutun sich hütete. Doch in der Traulichkeit der heimischen Stube – Turteltäubchennest, zu Vivaldischen Geigenklängen flackernder Kamin – hatte etwas – ein Licht, das im All noch leuchtet, wenn der Stern längst erloschen ist, Haare und Nägel, die im Tod noch wachsen – überdauert, etwas, was die Therapie der Professorin Acémila in Gang gesetzt hatte. Zum einen war dies eine für das Alter von Lucho Abril Marroquín übertriebene Vorliebe für das Spiel mit Kegeln, Baukästen, Eisenbahnzügen und kleinen Soldaten. Zur Verblüffung von Nachbarn und Dienstmädchen türmten sich in der Wohnung bald die Spielsachen, und ein erster Schatten fiel auf den ehelichen Frieden, als die kleine Französin sich eines Tages beklagte, dass ihr Mann die Sonn- und Feiertage damit verbringe, Papierschiffchen durch die Badewanne zu steuern oder auf dem Haus Drachen steigen zu lassen. Doch schlimmer als dergleichen Neigung, und ihr scheinbar entgegenstehend, war die Kinderphobie, die sich in Lucho Abril Marroquíns Gemüt seit der Zeit der »Praktischen Übungen« gehalten hatte. Es war ihm nicht möglich, einem von *ihnen* auf der Straße, auf öffentlichen Plätzen oder im Park zu begegnen, ohne dem Kerlchen zuzufügen, was das einfache Volk eine Grausamkeit nennen würde; und in den Gesprächen mit seiner Frau belegte er *sie* gern mit abfälligen Ausdrücken wie »entwöhnte Bälger« und »die Vorhöllischen«. Beklemmend wurde diese Feindseligkeit an dem Tag, als die Blonde erneut schwanger war. Auf der Suche nach moralischem und wissenschaftlichem Rat flog das Paar – Fersen, die vor Schreck

Propeller werden – zu Dr. Acémila. Die hörte ihnen ungerührt zu:

»Sie leiden an Infantilismus und sind zugleich ein potentiell rückfälliger Kindermörder«, eröffnete sie kunstvoll telegrammatisch. »Zwei Nichtigkeiten, die keine Aufmerksamkeit verdienen und die ich so einfach heile, wie ich spucke. Keine Angst: Sie werden gesund sein, noch ehe der Fötus Augen hat.«

Würde sie ihn heilen? Würde sie Lucho Abril Marroquín von seinen Gespenstern erlösen? Würde die Behandlung seiner Infantophobie und seines Herodismus so abenteuerlich wie jene, die ihn von seinem Räderkomplex und der Obsession für das Verbrechen befreite? Wie würde es enden, dieses Psychodrama von San Miguel?

XI

An der Fakultät rückten die Halbjahresprüfungen näher, und da ich seit meiner Liaison mit Tante Julia noch weniger zur Uni ging und noch mehr Erzählungen schrieb (der pyrrhischen Art), war ich für den entscheidenden Tag nicht vorbereitet. Meine Rettung war ein Kommilitone namens Guillermo Velando aus Camaná. Er wohnte in einer Pension im Zentrum, nahe der Plaza Dos de Mayo, und war ein Musterstudent; nicht eine Vorlesung versäumte er, schrieb selbst die Atemzüge der Professoren mit und lernte, so wie ich Gedichte, die Gesetzesparagraphen auswendig. Immer sprach er von seinem Heimatort, wo er eine Freundin hatte, und er wartete nur darauf, sein Examen abzulegen, um Lima, einer Stadt, die er hasste, den Rücken zu kehren und sich in Camaná als Anwalt niederzulassen, wo er für den Fortschritt seiner Region kämpfen würde. Er lieh mir seine Aufzeichnungen, sagte mir bei den Prüfungen vor, und wenn diese hereinbrachen, ging ich zu seiner Pension, damit er mir irgendeine wunderbare Zusammenfassung des durchgenommenen Stoffs gab.

An jenem Sonntag hatte ich gerade drei Stunden in Guillermos Zimmer gehockt und steuerte nun, mit schwirrendem Kopf von all den juristischen Formeln und erschrocken über die Anzahl der lateinischen Begriffe, die es zu lernen galt, auf die Plaza San Martín zu, als ich in der Ferne, in der bleigrauen Fassade von Radio Central, das kleine Fenster von Pedro Camachos Kabuff offen sah. Natürlich wollte ich ihm guten Tag sagen. Je öfter ich ihn aufsuchte – auch wenn unsere Beziehung weiterhin auf sehr kurze Gespräche an einem Cafétisch beschränkt blieb –, umso mehr schlug er mich mit seiner Persönlichkeit, seinem Äußeren, seiner Rhetorik in Bann. Während ich über den Platz auf sein Büro zuging, musste ich wieder an diesen eisernen Willen denken, dem das asketische Männlein seine Leistungsfähigkeit verdankte, diese Tüchtigkeit, von früh bis spät, bei Tag und Nacht die stürmischsten Geschichten zu produzieren. Wann immer ich an ihn dachte, sagte ich mir: Jetzt schreibt er, und ich sah ihn, wie schon so oft, mit zwei flinken Fingerchen in die Remington hämmern und mit seinen sprühenden Augen auf die Walze schauen, und ich verspürte eine merkwürdige Mischung aus Mitleid und Neid.

Das Fenster des Kabuffs war angelehnt, nur der gleichmäßige Schlag der Tasten war zu hören, und so stieß ich es auf und grüßte ihn: »Guten Tag, Herr Arbeiter.« Aber es kam mir vor, als hätte ich mich im Zimmer oder in der Person geirrt, und erst Sekunden später erkannte ich unter dem Kostüm mit weißem Kittel, Chirurgenkappe und schwarzem Rabbinerbart den bolivianischen Schreibkünstler. Leicht über den Tisch gebeugt, ohne zu mir hinzusehen, schrieb er ungerührt weiter. Nach einer Weile hörte ich, wie er, als legte er zwischen zwei Gedanken eine Pause ein, mit seiner vollkommenen, zart gurrenden Stimme sagte:

»Der Gynäkologe Alberto de Quinteros entbindet soeben seine Nichte von Drillingen, und eins der Würmchen liegt quer. Können Sie fünf Minuten warten? Ich mache dem Mädchen einen Kaiserschnitt, dann trinken wir einen Minze mit Zitronenkraut.«

Ich rauchte, auf der Fensterbank sitzend, eine Zigarette und wartete, dass er die querliegenden Drillinge auf die Welt brachte, eine Operation, für die er tatsächlich nicht mehr als ein paar Minuten brauchte. Als er dann die Maske ablegte, sorgfältig die Kleider faltete und zusammen mit dem falschen Patriarchenbart in einen Kunststoffbeutel steckte, sagte ich zu ihm:

»Für eine Drillingsgeburt mit Kaiserschnitt und allem Drum und Dran brauchen Sie nur fünf Minuten, was wollen

Sie mehr. Ich habe drei Wochen an einer Erzählung über drei Straßenjungen gesessen, die durch den Luftdruck der Flugzeuge schweben.«

Auf dem Weg ins Bransa erzählte ich ihm, dass mir nach zahlreichen gescheiterten Versuchen die Geschichte mit den Schwebejungs ganz passabel vorgekommen war und dass ich sie mit schlotternden Knien zur Sonntagsbeilage von *El Comercio* gebracht hatte. Der Herausgeber hatte sie in meinem Beisein gelesen und mir eine rätselhafte Antwort gegeben: »Lassen Sie sie hier, es wird sich zeigen, was wir damit machen.« Seither waren zwei Sonntage vergangen, und jedes Mal hatte ich mir eifrig sofort die Zeitung gekauft, aber bisher nichts. Pedro Camacho verlor keine Zeit mit Problemen anderer:

»Verzichten wir auf die kleine Stärkung und spazieren wir«, sagte er, nahm mich, als ich mich schon setzen wollte, am Arm und ging mit mir zurück in die Colmena. »Ich spüre ein Kribbeln in den Waden, das einen Krampf ankündigt. Es ist das sesshafte Leben. Mir fehlt Bewegung.«

Nur weil ich mir seine Antwort schon denken konnte, schlug ich ihm vor, sich an Victor Hugo und Hemingway zu halten und im Stehen zu schreiben. Doch ich hatte mich geirrt:

»In der Pension La Tapada geschehen interessante Dinge«, sagte er, ohne auf mich einzugehen, während er mich fast im Trab immer wieder um das Denkmal für San Martín herumführte. »Da ist ein junger Mann, der in Mondnächten weint.«

Ich kam sonntags nur selten in die Altstadt und war überrascht, wie sehr sich die Leute von denen unterschieden, die ich unter der Woche sah. Statt der Büroangestellten aus der Mittelschicht waren es jetzt Dienstmädchen, die an ihrem freien Tag den Platz einnahmen, Leute aus den Bergen mit rötlichen Wangen und schweren Schuhen, barfüßige Mädchen mit Zöpfen, fliegende Fotografen und Straßenverkäuferinnen, die sich unter die bunte Menge mischten. Ich nötigte den Schreibkünstler, vor der Dame in Tunika stehenzubleiben, die am Sockel des Denkmals das Vaterland darstellt, und weil ich wissen wollte, ob er darüber lachte, erzählte ich ihm, warum sie dieses extravagante Kameltier auf dem Kopf trug: Als die Bronze in Lima gegossen wurde, verwechselten die Handwerker des Bildhauers Anweisung »Llama votiva« – Votivflamme – mit dem Lama aus den Anden. Aber er lächelte nicht einmal, was sonst. Er nahm mich wieder am Arm, und während er mich weiterzog und sich durch das Gewühl rempelte, spann er seinen Monolog fort, gleichgültig gegenüber allem ringsum, angefangen bei mir:

»Sein Gesicht hat niemand gesehen, aber es steht zu vermuten, dass er eine Missgeburt ist, ein Bankert der Pensionswirtin vielleicht, der mit Fehlbildungen geschlagen ist, mit Buckeln, Nanosomie, Bizephalismus, und um uns nicht zu erschrecken, versteckt Doña Atanasia ihn tagsüber und lässt ihn nur nachts an die frische Luft.«

Er sprach ohne die kleinste Regung, wie ein Tonbandgerät, und ich musste ihm die Würmer aus der Nase ziehen. Seine Hypothese, sagte ich, erscheine mir übertrieben: Konnte es nicht ein Junge sein, der aus Liebeskummer weinte?

»Wäre er verliebt, hätte er eine Gitarre, eine Geige, oder er würde singen«, sagte er und blickte mich mit mitleidiger Verachtung an. »Der Besagte weint nur.«

Ich legte mich ins Zeug, damit er mir alles von Anfang an erzählte, aber er war so ungreifbar und in sich vertieft wie noch nie. Das Einzige, was ich herausbekam, war, dass jemand seit vielen Nächten in einem Winkel der Pension weinte und dass die Pensionsgäste sich beklagten. Die Wirtin, Doña Atanasia, sagte, sie wisse von nichts, und laut dem Schreibkünstler benutzte sie »die Ausrede mit den Geistern«.

»Möglich ist auch, dass er ein Verbrechen beklagt«, mutmaßte Pedro Camacho im Tonfall eines Buchhalters, der Beträge addiert, wobei er mich, immer noch am Arm und nachdem wir das Monument ein Dutzend Mal umrundet hatten, zu Radio Central dirigierte. »Ein Verbrechen in der Familie? Ein Verwandtenmörder, der sich vor Reue die Haare ausreißt und ins Fleisch kratzt? Ein Sohn des Mannes mit den Ratten?«

Er war keine Spur erregt, aber mir fiel auf, dass er noch unzugänglicher war als andere Male, unfähig wie noch nie, anderen zuzuhören, ein Gespräch zu führen, daran zu denken, dass jemand an seiner Seite war. Wahrscheinlich sah er mich gar nicht. Ich versuchte seinen Monolog in Gang zu halten, denn mir war, als sähe ich seine Phantasie in voller Aktion; doch genauso unvermittelt, wie er angefangen hatte, von dem unsichtbaren Wimmerer zu sprechen, verstummte er. Ich sah, wie er sich wieder in sein Kabuff begab, sein schwarzes Jackett und die Fliege ablegte, mit einem Haarnetz seine Mähne bändigte und eine Damenperücke mit einem Dutt aufzog, die er aus einem anderen Beutel nahm. Ich konnte nicht mehr an mich halten und lachte schallend:

»Mit wem habe ich die Ehre?«, fragte ich und lachte immer noch.

»Ich muss einem frankophilen Laboranten ein paar Ratschläge geben, er hat seinen Sohn umgebracht«, erklärte er mit spöttischem Unterton und legte statt des biblischen Bartes von vorhin ein paar bunte Ohrringe und ein kokettes Schönheitspflästerchen an. »Ade, mein *Freund.*«

Ich hatte mich kaum umgewandt, da hörte ich schon – wiedererwacht, gleichmäßig, selbstsicher, obsessiv, ewiglich – das Klappern der Remington. Im Sammeltaxi nach Miraflores dachte ich über Pedro Camachos Leben nach. Welches gesellschaftliche Umfeld, welches Zusammentreffen von Menschen, Beziehungen, Umständen, von Zufälligkeiten und Ereignissen hatte diese literarische (literarische?, aber was sonst?) Neigung ausgeprägt, die es vermocht hatte, sich zu verwirklichen, zu einem Werk zu gerinnen und ein Publikum zu finden? Wie konnte er die Parodie eines Schriftstellers sein und zugleich der Einzige, der aufgrund der Zeit, die er seinem Beruf widmete, und des geschaffenen Werks diese Bezeichnung in Peru verdiente? Waren all die Politiker, Anwälte, Lehrer, die sich mit dem Titel Dichter, Romancier, Dramatiker schmückten, etwa Schriftsteller, nur weil sie in ein paar Ruhepausen ihres zu vier Fünfteln mit literaturfernen Tätigkeiten ausgefüllten Lebens ein schmales Gedichtbändchen oder eine dürftige Erzählsammlung hervorgebracht hatten? Warum sollten diese Gestalten, die sich der Literatur nur als Beiwerk oder Vehikel bedienten, echtere Schriftsteller sein als Pedro Camacho, der *ausschließlich* für das Schreiben lebte? Weil sie Proust, Faulkner, Joyce gelesen hatten (oder zumindest wussten, dass sie sie gelesen haben sollten) und Pedro Camacho in dieser Hinsicht quasi Analphabet war? Wann immer ich daran dachte, wurde ich traurig und beklommen. Jedes Mal wurde mir umso deutlicher, dass das Einzige, was ich im Leben werden wollte, Schriftsteller war, und jedes Mal auch war ich umso überzeugter, dass es nur möglich war, wenn ich mich mit Leib und Seele der Literatur hingab. Ich wollte auf keinen Fall ein Viertelliterat sein, sondern ein richtiger Schriftsteller, so wie – wer? Von allen, die ich kannte, kam einem solchen Vollzeitschriftsteller, für den seine Berufung Leidenschaft und Obsession war, der bolivianische Hörspielautor am nächsten, deshalb faszinierte er mich so.

Bei meinen Großeltern wartete Javier auf mich, sprudelnd vor Glückseligkeit und mit einem Sonntagsprogramm, um Tote zum Leben zu erwecken. Er hatte die monatliche Rate erhalten, die seine Eltern ihm aus Piura überwiesen, mit einem ordentlichen Taschengeld wegen der Nationalfeiertage, und er war entschlossen, die Extra-Sols zu viert auszugeben.

»Dir zu Ehren habe ich ein intellektuelles und kosmopolitisches Programm zusammengestellt«, sagte er und klopfte mir munter auf die Schulter. »Argentinische Theatertruppe von Francisco Petrone, deutsches Essen im Rincón Toni und französischer Ausklang im Negro-Negro mit Bolero-Tanzen im Dunkeln.«

So wie Pedro Camacho in meinem kurzen Leben einem Schriftsteller am nächsten kam, war Javier unter meinen Bekannten derjenige, der mit seiner Ausgelassenheit und Großzügigkeit am meisten einem Renaissancefürsten ähnelte. Noch dazu war er sehr effizient: Tante Julia und Nancy wussten bereits, was uns am Abend erwartete, und die Theaterkarten hatte er schon in der Tasche. Das Programm konnte nicht verführerischer sein und zerstreute auf einen Schlag alle düsteren Überlegungen zu meiner beruflichen Neigung und dem ärmlichen Los der Literatur in Peru. Auch Javier war glücklich: Seit einem Monat ging er mit Nancy, und diese Beständigkeit hatte schon etwas von einer festen Beziehung. Dass ich meiner Cousine von Tante Julia und mir erzählt hatte, war ihm sehr nützlich gewesen, denn unter dem Vorwand, als Kuppler zu dienen und uns das Ausgehen zu erleichtern, schaffte er es, Nancy mehrmals in der Woche zu sehen. Meine Cousine und Tante Julia waren schon unzertrennlich, sie gingen zusammen einkaufen, ins Kino, tauschten Geheimnisse aus. Mit ihrer Begeisterung war Nancy zur guten Fee unserer Romanze geworden, und eines Nachmittags hob sie meine Stimmung mit folgendem Gedanken: »Julita hat ein Wesen, das alle Altersunterschiede aufhebt, Marito.«

Das große Programm dieses Sonntags (an dem die Sterne, glaube ich, über einen guten Teil meiner Zukunft entschieden) begann unter den günstigsten Vorzeichen. Es gab damals, im Lima der fünfziger Jahre, nur wenige Gelegenheiten, lohnendes Theater zu sehen, und die argentinische Truppe von Francisco Petrone kam mit einer Reihe moderner Stücke, die in Peru noch nie aufgeführt worden waren. Nancy holte Tante Julia bei Tante Olga ab, und beide kamen mit dem Taxi ins Zentrum. Javier und ich erwarteten sie vor dem Teatro Segura. Javier, der bei solchen Dingen gerne sich selbst übertraf, hatte eine Loge genommen, die schließlich von allen die einzige besetzte war, womit wir fast so in den Mittelpunkt der Aufmerksamkeit gerieten wie die Bühne. Mit meinem schlechten Gewissen malte ich mir schon aus, wie Verwandte und Bekannte uns sahen und sich ihren Teil dachten. Doch kaum begann die Vorstellung, verflogen meine Befürchtungen. Gespielt wurde *Tod eines Handlungsreisenden* von Arthur Miller, und für mich war es die erste Aufführung eines Stücks, das nicht von traditioneller Machart war, vielmehr respektlos gegenüber den Konventionen von Raum und Zeit. Ich war so begeistert und aus dem Häuschen, dass ich in der Pause wie ein Wasserfall redete, das Stück in den höchsten Tönen lobte und mich über die Personen, die Technik, die Ideen ausließ, und als wir dann später im Rincón Toni an der Colmena saßen und Würste aßen und dunkles Bier tranken, war ich immer noch in Fahrt, auf eine so anstrengende Weise, dass Javier mir nachher den Kopf wusch: »Du hast gequasselt wie ein Papagei auf Amphetamin.« Cousine Nancy hatte meine literarischen Anwandlungen immer schon für eine ähnliche Absonderlichkeit gehalten wie die meines Onkels Eduardo – ein älterer Bruder meines Großvaters und pensionierter Richter, der dem seltenen Hobby frönte, Spinnen zu sammeln –, und nachdem sie mich so viel über das Theaterstück hatte schwadronieren hören, schwang sie sich zu der Vermutung auf, meine Neigungen könnten ein böses Ende nehmen: »Du wirst noch mal plemplem, Kleiner.«

Das Negro-Negro hatte Javier für den Abschluss des Abends gewählt, weil es den Nimbus intellektueller Boheme besaß – donnerstags wurden kleinere Vorstellungen gegeben: Einakter, Monologe, Dichterlesungen, und es waren immer Maler, Musiker und Schriftsteller dort –, aber auch, weil es der dunkelste Schuppen von Lima war, ein Kellerlokal bei den Arkaden an der Plaza San Martín mit nicht mehr als zwanzig Tischen und einer Einrichtung, die wir für *existentialistisch* hielten. Die wenigen Male, die ich dort gewesen war, hatte ich das Gefühl gehabt, ich wäre in einer *cave* in Saint-Germain-des-Prés. Wir setzten uns an einen kleinen Tisch am Rand der Tanzfläche, und Javier, so freigebig wie nie, bestellte vier Whisky. Er und Nancy standen gleich auf, um zu tanzen, und in diesem engen, überfüllten Keller erzählte ich Tante Julia weiter vom Theater und von Arthur Miller. Wir saßen nah beieinander, die Hände ineinander verflochten, und während sie mir selbstlos zuhörte, sagte ich ihr, dass ich an diesem Abend das Theater entdeckt hätte: es konnte etwas genauso Komplexes und Tiefes sein wie der Roman, und da es etwas Lebendiges war, bei dessen Umsetzung Menschen aus Fleisch und Blut hinzukamen und auch andere Künste wie die Malerei, die Musik, war es ihm womöglich sogar überlegen.

»Wer weiß, vielleicht wechsle ich das Genre, und statt Erzählungen schreibe ich für die Bühne«, sagte ich ganz aufgeregt. »Was meinst du?«

»Was mich angeht, spricht nichts dagegen«, antwortete Tante Julia und stand auf. »Aber jetzt forder mich zum Tanzen auf, Varguitas, und flüster mir was ins Ohr. In den Pausen kannst du mir, wenn du willst, von Literatur erzählen.«

Ich folgte ihren Anweisungen aufs Wort. Wir tanzten ganz eng, küssten uns, und ich sagte ihr, dass ich in sie verliebt sei, und sie, dass sie in mich verliebt sei, und es war das erste Mal, dass ich, befeuert von dem intimen, anregenden, verstörenden Ambiente und von Javiers Whisky, nicht verbarg, welche Lust ich auf sie hatte. Während wir tanzten, gruben sich meine Lippen langsam in ihren Hals, meine Zunge drang in ihren Mund und schlürfte ihren Speichel, ich drückte sie fest an mich, um ihren Busen, ihren Bauch, ihre Schenkel zu spüren, und als wir wieder am Tisch saßen, im Schutz der Schatten, streichelte ich ihre Beine und ihre Brüste. So saßen wir da, genüsslich und wie betäubt, als Nancy in einer Pause zwischen zwei Boleros an den Tisch kam und uns das Blut zu Eis gefrieren ließ:

»Himmel, habt ihr gesehen, wer da ist? Onkel Jorge.«

Es war ein Risiko, mit dem wir hätten rechnen müssen. Onkel Jorge, der jüngste der Onkel, vereinte in einem hochturbulenten Leben auf verwegene Weise alle Arten von Geschäften und unternehmerischen Abenteuern mit einem intensiven Nachtleben, mit Wein, Weib und Gesang. Von ihm erzählte man sich ein peinliches Missverständnis, das sich in einem anderen Nachtlokal zugetragen hatte, dem Embassy. Die Show hatte gerade begonnen, und die junge Sängerin konnte nicht weitersingen, weil an einem der Tische ein Betrunkener sie mit Ungehörigkeiten unterbrach, worauf Onkel Jorge, mitten in dem brechend vollen Club, aufgestanden war, wie ein Don Quichotte gebrüllt hatte: »Ruhe, schäbiger Lump, ich werde dich lehren, eine Dame zu respektieren«, und in Boxhaltung auf diesen Trottel zugegangen war; eine Sekunde später durfte er feststellen, dass er sich lächerlich machte, denn die Unterbrechung der Sängerin durch den Pseudogast war Teil der Show. Tatsächlich saß er nun dort, zwei Tische von uns entfernt, sehr elegant, das Gesicht nur im Schein der aufflammenden Streichhölzer der Raucher und der Lampen der Kellner zu sehen. Neben ihm erkannte ich seine Frau, Tante Gaby, und obwohl sie kaum ein paar Meter von uns entfernt waren, bemühten sich beide, nicht in unsere Richtung zu schauen. Es gab kein Vertun: Sie hatten gesehen, wie ich Tante Julia küsste, hatten alles bemerkt, wählten die diplomatische Variante und stellten sich blind. Javier bat um die Rechnung, und gleich darauf verließen wir das Negro-Negro; Onkel Jorge und Tante Gaby sahen sogar davon ab, uns einen Blick zu schenken, als wir direkt an ihnen vorbeikamen. Im Taxi nach Miraflores – wir vier sagten keinen Ton und machten lange Gesichter – brachte die kleine Nancy auf den Punkt, was alle dachten: »Das war's dann mit dem schönen Zauber, jetzt ist der Teufel los.«

Aber wie in einem guten Thriller passierte in den nächsten Tagen nichts. Es gab nicht den kleinsten Hinweis darauf, dass Onkel Jorge und Tante Gaby den Familienclan alarmiert hatten. Onkel Lucho und Tante Olga sagten gegenüber Tante Julia kein Wort, dem sie hätte entnehmen können, dass sie

Bescheid wussten, und als ich mich am Donnerstag mutig bei ihnen zum Mittagessen einfand, waren sie so natürlich und herzlich wie immer. Cousine Nancy war auch nicht das Ziel irgendeiner Fangfrage von Tante Laura und Onkel Juan, und meine Großeltern schienen mit den Gedanken woanders zu sein und fragten mich nur mit der engelhaftesten Miene der Welt, ob ich noch immer mit Julita ins Kino ginge, »wo sie doch so kinoverrückt ist«. Es waren ruhelose Tage, in denen Tante Julia und ich übervorsichtig waren und beschlossen, uns wenigstens eine Woche lang auch nicht heimlich zu sehen. Dafür telefonierten wir. Tante Julia rief mich von dem Laden an der Ecke an, mindestens dreimal am Tag, und wir teilten uns mit, was wir angesichts der gefürchteten Reaktion der Familie beobachtet hatten, und stellten alle erdenklichen Vermutungen an. Ob Onkel Jorge womöglich beschlossen hatte, das Geheimnis zu bewahren? Im Rahmen der Familiengepflogenheiten war das unvorstellbar. Aber was dann? Javier kam mit der These, Tante Gaby und Onkel Jorge hätten so viel Whisky intus gehabt, dass sie sich nur verschwommen erinnerten, in ihrem Gedächtnis sei nur ein vager Verdacht geblieben, und sie wollten keinen Skandal auslösen wegen einer Sache, die nicht vollständig bewiesen sei. Teils aus Neugier, teils aus Masochismus machte ich in dieser Woche einen Zug durch die Häuser des Clans, um herauszufinden, woran ich war. Ich bemerkte nichts Außergewöhnliches, außer einer merkwürdigen Auslassung, die in mir ein Feuerwerk an Spekulationen in Gang setzte. Tante Hortensia, die mich zu einem Tee und Biskuits einlud, erwähnte in zwei Stunden Unterhaltung nicht ein einziges Mal Tante Julia. »Sie wissen alles und haben etwas vor«, versicherte ich Javier, aber er war es leid, dass ich ihm von nichts anderem erzählte, und sagte: »Im Grunde brennst du nur darauf, dass es zum Skandal kommt, dann hast du etwas, worüber du schreiben kannst.«

In dieser an Ereignissen so reichen Woche sah ich mich unerwartet in eine Straßenschlägerei verwickelt, bei der ich so etwas wie den Part des Leibwächters von Pedro Camacho spielte. Ich kam gerade von der Universität San Marcos, wo ich mich nach den Ergebnissen der Prüfung in Prozessrecht erkundigt hatte – voller Gewissensbisse, weil meine Note besser war als die meines Freundes Velando, der schließlich alles wusste –, als ich auf dem Weg durch den Parque Universitario auf Genaro senior stieß, den Patriarchen der Eigentümerphalanx der Radiosender Panamericana und Central. Wir gingen zusammen zur Calle Belén und unterhielten uns. Er war ein immer dunkel gekleideter, immer ernster Herr, den der bolivianische Künstler manchmal, wenn er von ihm sprach, und der Grund war leicht zu erraten, den *Sklaventreiber* nannte.

»Ihr Freund, das Genie, bereitet mir nur Kopfschmerzen«, sagte er. »Ich habe die Nase gestrichen voll. Wenn er nicht so produktiv wäre, hätte ich ihn längst vor die Tür gesetzt.«

»Wieder ein Protest der argentinischen Botschaft?«, fragte ich.

»Ich weiß nicht, was er jetzt wieder anzettelt«, beklagte er sich. »Er hat angefangen, die Leute auf den Arm zu nehmen, setzt Personen von einer Serie in die andere und ändert ihre Namen, und die Zuhörer sind verwirrt. Meine Frau hatte mich schon darauf aufmerksam gemacht, und jetzt rufen sie an, zwei Briefe sind auch schon da. Der Pfarrer von Mendocita heiße auf einmal wie der Zeuge Jehovas und der wie der Pfarrer. Ich bin zu beschäftigt, um mir die Serien anzuhören. Verfolgen Sie sie ab und zu?«

Wir gingen die Colmena hinunter in Richtung Plaza San Martín, zwischen Bussen auf Provinzfahrt und kleinen Chinalokalen, und ich musste daran denken, wie Tante Julia mich vor ein paar Tagen, als wir von Pedro Camacho sprachen, zum Lachen gebracht und in meiner Vermutung bestärkt hatte, dass der Schreibkünstler ein verkappter Spaßvogel war: »Da ist etwas sehr Merkwürdiges passiert. Das Mädchen hat ihr Kleines bekommen, es ist bei der Geburt gestorben und mit allem Pipapo beerdigt worden. Wie erklärst du dir, dass sie es in der heutigen Folge auf einmal in der Kathedrale taufen?«

Ich sagte Genaro senior, dass ich auch keine Zeit hätte, sie mir anzuhören, womöglich sei dieses Verwirrspiel eine originelle Technik, Geschichten zu erzählen.

»Wir bezahlen ihn nicht, damit er originell ist, sondern damit er die Leute unterhält«, sagte Genaro senior, der zweifellos kein fortschrittlicher Unternehmer war, sondern ein traditioneller. »Mit seinen Scherzen vergrault er das Publikum, und die Werbekunden ziehen sich zurück. Sie sind doch sein Freund, sagen Sie ihm, er soll aufhören mit dem modernen Schnickschnack, sonst ist er seine Arbeit bald los.«

Ich legte ihm nahe, es ihm selbst zu sagen, er sei schließlich der Chef, seine Drohung habe mehr Gewicht. Doch Genaro senior schüttelte den Kopf, eine bekümmerte Geste, die Genaro junior von ihm geerbt hatte:

»Er duldet nicht, dass ich auch nur das Wort an ihn richte. Der Erfolg ist ihm zu Kopf gestiegen, und wenn ich mit ihm sprechen will, wird er ausfallend.«

Er war bei ihm gewesen, um ihn in aller Höflichkeit von den Anrufen zu informieren und ihm die Protestschreiben zu zeigen. Doch Pedro Camacho antwortete nichts, nahm die beiden Briefe, zerriss sie ungelesen und warf sie in den Papierkorb. Dann tippte er weiter, als wäre niemand im Raum, und als Genaro senior, am Rande eines Schlaganfalls, die feindliche Höhle verließ, hörte er ihn murmeln: »Schuster, bleib bei deinem Leisten.«

»Noch eine solche Flegelei, und ich müsste ihn rausschmeißen, und das wäre auch kein Weg«, schloss er mit einer entnervten Handbewegung. »Aber Sie haben nichts zu verlieren, Sie wird er nicht beleidigen, Sie sind doch auch ein halber Künstler, oder? Helfen Sie uns, tun Sie es für das Unternehmen, sprechen Sie mit ihm.«

Ich versprach es, und zu meinem Unglück ging ich tatsächlich nach dem Mittagsmagazin zu Pedro Camacho und lud ihn auf eine Tasse Minze mit Zitronenkraut ein. Wir verließen gerade Radio Central, als zwei Riesenkerle uns in den Weg traten. Ich erkannte sie sofort: Es waren die Grillmeister, zwei schnauzbärtige Brüder aus dem argentinischen Restaurant gegenüber der Schule der Bethlehemschwestern, gleich in der Straße, wo die beiden mit weißen Schürzen und hohen Kochmützen das blutige Fleisch und das Gekröse zubereiteten. Sie nahmen den bolivianischen Künstler mit Schlägermiene in die Zange, und der Dickere und Ältere der beiden herrschte ihn an:

»Soso, Camacho, du mieses Schwein, wir töten also kleine Kinder, ja? Hast du Penner geglaubt, in diesem Land gibt es keinen, der dir beibringt, was Anstand heißt?«

Beim Sprechen geriet er immer mehr in Wallung, wurde rot, die Stimme überschlug sich. Der jüngere Bruder nickte, und in einer zornigen Pause des älteren brachte auch er sich ein:

»Und die Läuse? Für die Frauen aus Buenos Aires sind die größten Leckerbissen also die Tierchen, die sie von den Köpfen ihrer Kinder klauben, ja, du Hurenbalg? Soll ich zusehen, wie du meine Mutter beleidigst?«

Der bolivianische Künstler war keinen Millimeter gewichen und hörte ihnen mit bestrebter Miene zu, während seine Glubschaugen vom einen zum anderen wanderten. Und plötzlich, mit der für ihn typischen Verneigung eines Zeremonienmeisters und in sehr feierlichem Ton, stellte er ihnen die höflichste aller Fragen:

»Sie sind nicht zufälligerweise Argentinier?«

Worauf der dicke Grillmeister, dem schon der Schaum durch den Bart quoll – sein Gesicht zwanzig Zentimeter über dem von Pedro Camacho, wofür er sich ordentlich bücken musste –, voll vaterländischem Stolz brüllte:

»Argentinier, jawohl, du kleiner Arsch, und es ist uns eine Ehre!«

In dem Moment sah ich, wie der bolivianische Künstler angesichts dieser Bestätigung – vollkommen überflüssig, denn zwei Wörter aus ihrem Mund genügten, und es war klar, dass sie Argentinier waren – bleich wurde, als wäre etwas in seinem Inneren explodiert; seine Augen glühten, er setzte eine drohende Miene auf, und mit dem Finger durch die Luft peitschend, sprach er zu ihnen:

»Habe ich es doch gerochen. Nun denn, dann schleichen Sie sich und singen Sie Tangos!«

Die Aufforderung war keineswegs humorig gemeint, sondern todernst. Die Grillmeister standen für eine Sekunde verblüfft da. Es war offensichtlich, dass der Künstler nicht scherzte: Mit seiner sturen Kleinwüchsigkeit und körperlichen Wehrlosigkeit schaute er voll grimmiger Verachtung zu ihnen hoch.

»Was haben Sie gesagt?«, sprach der Dicke schließlich, so wütend wie verwirrt. »Wir sollen … sollen was?«

»Tangos singen und sich die Ohren waschen!«, rundete Pedro Camacho seine Aufforderung in vollendeter Aussprache ab. Und nach einer knappen Pause artikulierte er mit einer unheimlichen Ruhe die raffinierte Verwegenheit, die uns ins Verderben stürzte: »Wenn Sie keinen Nasenstüber wollen.«

Diesmal war ich noch verdutzter als die beiden Freunde vom Grill. Dass dieses Persönchen von der Statur eines Viertklässlers zwei hundertkiloschweren Muskelpaketen Schläge versprach, war abersinnig und Selbstmord dazu. Doch der Dicke reagierte schon, packte den Künstler am Hals, und unter dem Gelächter der Leute, die sich ringsum versammelt hatten, hob er ihn hoch wie eine Feder und tobte:

»Nasenstüber? Ich zeig's dir, du Zwerg …«

Als ich sah, wie der ältere Grillbruder sich anschickte, Pedro Camacho mit einer Rechten zu Mus zu schlagen, blieb mir nichts anderes übrig, als einzuschreiten. Ich packte ihn am Arm, versuchte den Vielschreiber zu befreien, der schon blau anlief und wie eine Spinne in der Luft zappelte, und konnte gerade noch so etwas sagen wie: »Kommen Sie, nicht übertreiben, lassen Sie ihn los«, als der Jüngere mich ohne Vorwarnung mit einem Faustschlag zu Boden streckte. Während ich mich unter Mühen aufrappelte und der Philosophie meines Großvaters besann, eines Herrn der alten Schule, der mir beigebracht hatte, dass kein Mann aus Arequipa, der dieses Landstrichs würdig war, jemals eine Aufforderung zum Kampf zurückwies (schon gar nicht eine so überzeugende wie einen Kinnhaken), sah ich, wie der ältere Griller einen wahren Hagel von Ohrfeigen (er hatte Ohrfeigen den Faustschlägen vorgezogen, aus Barmherzigkeit angesichts des liliputanischen Formats des Gegners) auf den Künstler niedersausen ließ. Ich schubste und schlug mich noch mit dem jüngeren Gesellen (zur Verteidigung der Kunst, dachte ich), aber dann konnte ich nicht mehr viel sehen. Die Schlägerei dauerte nicht lange, doch als Leute von Radio Central uns schließlich aus den Händen der beiden Kleiderschränke befreiten, hatte ich ein paar Beulen, und der Schreibkünstler hatte ein so geschwollenes und verquollenes Gesicht, dass Genaro senior ihn zur Unfallstation bringen musste. Von Genaro junior erhielt ich an diesem Nachmittag, statt Dank dafür, dass ich unter Einsatz meiner Gesundheit seinem Exklusivstar Flankenschutz gewährt hatte, einen Verweis wegen einer Meldung, die Pascual in dem ganzen Durcheinander in zwei aufeinanderfolgenden Nachrichten eingeschmuggelt hatte und die (leicht überzogen) folgendermaßen begann: »Mitglieder einer Bande vom Río de la Plata haben heute auf kriminelle Weise unseren Nachrichtenchef angegriffen, den bekannten Journalisten« und so weiter.

Als Javier später in der Dachbude bei Radio Panamericana erschien, lachte er schallend über die Geschichte mit der Schlägerei und begleitete mich zum Schreibkünstler, um ihn zu fragen, wie es ihm gehe. Man hatte ihm eine Piratenbinde über dem rechten Auge angelegt, dazu zwei Heftpflaster am Hals und unter der Nase. Wie er sich fühle? Er machte eine abfällige Handbewegung, maß der Sache keine Bedeutung bei, auch dankte er mir nicht, dass ich mich aus Solidarität ins Getümmel gestürzt hatte. Von seinem einzigen Kommentar war Javier besonders entzückt:

»Dass man uns getrennt hat, war ihre Rettung. Noch ein paar Minuten, und die Leute hätten mich erkannt, dann wäre es aus gewesen mit ihnen, die hätten sie gelyncht.«

Wir gingen ins Bransa, wo er uns erzählte, dass in Bolivien einmal ein Fußballspieler »aus diesem Land«, der sein Programm gehört habe, mit einem Revolver zum Rundfunksender gekommen sei, aber die Wächter hätten ihn zum Glück abgefangen.

»Sie sollten auf sich aufpassen«, sagte Javier. »Lima ist zurzeit voller Argentinier.«

»Sei's drum, früher oder später fressen uns ohnehin die Würmer«, philosophierte Pedro Camacho.

Und er belehrte uns über die Seelenwanderung, die für ihn ein Glaubenssatz zu sein schien. Dann vertraute er uns etwas an: Wenn man wählen könnte, wäre er in seiner nächsten Daseinsform gerne ein Meerestier, langlebig und in sich ruhend wie die Schildkröten oder die Wale. Ich nahm seine gute Laune zum Anlass, meiner ehrenvollen Aufgabe, als Brücke zwischen ihm und den Genaros zu fungieren, gerecht zu werden, und überbrachte ihm die Botschaft von Genaro senior: Es gebe Anrufe, Briefe, Hörspielpassagen, die manche Leute nicht verstünden. Der Alte bitte ihn, die Handlung nicht zu verkomplizieren und das eher niedrige Niveau des Durchschnittshörers zu berücksichtigen. Ich versuchte ihm die Pille zu versüßen, indem ich mich auf seine Seite schlug (tatsächlich war ich auf seiner Seite): Die Bitte sei natürlich absurd, man müsse frei sein, zu schreiben, was man wolle, ich gäbe lediglich wieder, um was man mich gebeten habe.

Er hörte mir so stumm und ausdruckslos zu, dass mir ganz unbehaglich war. Und als ich schwieg, sagte er auch kein Wort. Er trank seinen letzten Schluck Zitronenkraut, stand auf, murmelte, er müsse in seine Werkstatt zurück, und ging, ohne auch nur Tschüss zu sagen. Ob es ihn gekränkt hatte, dass ich ihm vor einem Fremden von den Anrufen erzählte? Javier glaubte es und riet mir, ihn um Entschuldigung zu bitten. Ich schwor mir, nie wieder den Genaros als Vermittler zu dienen.

In dieser Woche, in der ich Tante Julia kein einziges Mal sah, traf ich mich abends ein paarmal mit Freunden aus Miraflores, mit denen ich seit meiner heimlichen Liebschaft nicht mehr ausgegangen war. Es waren ehemalige Schulkameraden oder Kumpel aus der Nachbarschaft, Jungs, die Ingenieurtechnik studierten wie Mohrchen Salas oder Medizin wie der blonde Molfino oder die schon arbeiteten wie Coco Lañas. Seit meiner Kindheit hatten wir die wunderbarsten Sachen miteinander geteilt: das Fußballspielen und den Parque Salazar, das Schwimmen im Terrazas und die Wellen von Miraflores, die Feten am Samstag, die Flirts und das Kino. Doch nachdem ich sie monatelang nicht mehr gesehen hatte, merkte ich, dass etwas von unserer Freundschaft verlorengegangen war. Wir hatten nicht mehr allzu viel gemeinsam. An diesen Abenden vollbrachten wir die gleichen Heldentaten wie immer: Wir gingen zu dem kleinen alten Friedhof von Surco und strichen bei Mondlicht um die von den Erdbeben in Bewegung geratenen Gräber, um zu sehen, ob wir einen Schädel klauen konnten; badeten nackt in dem großen Schwimmbad im Badeort Santa Rosa bei Ancón, wo noch gebaut wurde, und zogen durch die düsteren Bordelle an der Avenida Grau. Sie waren dieselben wie immer, machten dieselben Witze, sprachen von denselben Mädchen, aber ich konnte ihnen nicht von den Dingen erzählen, die mir etwas bedeuteten: Literatur und Tante Julia. Wenn ich ihnen gesagt hätte, dass ich Erzählungen schrieb und davon träumte, einmal Schriftsteller zu werden, hätten sie, genau wie die kleine Nancy, bestimmt gedacht, bei mir wäre eine Schraube locker. Und wenn ich ihnen – so wie sie mir von ihren Eroberungen – erzählt hätte, dass ich mit einer geschiedenen Frau zusammen war, nicht als meine Geliebte, sondern als meine feste Freundin (im miraflorinischsten Sinne des Wortes), hätten sie mich, wie es ein damals beliebter Ausdruck auf so schöne wie esoterische Weise bezeichnete, für einen Trottel unterm Wind gehalten. Ich verachtete sie nicht im Geringsten dafür, dass sie keine Bücher lasen, betrachtete mich nicht als etwas Besseres, weil ich mit einer richtigen Frau ging, aber ich kann nicht verhehlen, dass ich mich in diesen Nächten, in denen wir zwischen Eukalyptus- und Pfefferbäumen auf dem Friedhof von Surco in Gräbern stocherten, unter den Sternen von Santa Rosa planschten oder bei Nanette Bier tranken und mit den Nutten feilschten – dass ich mich langweilte und mir die *Gefährlichen Spiele* (die auch am letzten Wochenende nicht in *El Comercio* erschienen waren) und Tante Julia näher waren als das, was sie mir zu sagen hatten.

Als ich Javier von dem enttäuschenden Wiedersehen mit meinen Kumpeln aus dem Viertel erzählte, warf er sich in die Brust:

»Sind eben noch Kinder. Du und ich, wir sind schon Männer, Varguitas.«

XII

Im staubigen Zentrum der Stadt, auf halber Höhe des Jirón Ica, steht ein altes Haus mit Balkons und hölzernen Gitterfenstern, dessen Wände, von den Jahren und kulturlosen Passanten befleckt (schwärmerische Hände, die Pfeile und Herzen schneiden und Namen von Frauen ritzen, ungeratene Finger, die Geschlechtsteile und derbe Wörter stechen), noch immer wie aus weiter Ferne eine Ahnung geben von dem, was einmal der ursprüngliche Anstrich war, diese Farbe, die zur Zeit der Kolonie die Herrenhäuser des Adels zierte: Indigoblau. Das Gebäude, ehemals Wohnsitz von Markgrafen?, ist heute ein mürbes, vielfach geflicktes Gemäuer, das wie durch ein Wunder nicht nur den Erdstößen, sondern auch den gemäßigten Winden und selbst dem hauchfeinen Sprühregen von Lima widersteht. Bis auf den Grund von Termiten zerfressen und Herberge von Ratten und Spitzmäusen, hat man es gleichwohl viele Male geteilt und wieder geteilt – Innenhöfe und Zimmer, welche die Not in Bienenstöcke verwandelt –, um weitere Bewohner aufzunehmen. Ungezählte Menschen aus bescheidenen Verhältnissen leben zwischen (und werden womöglich erschlagen von) seinen schwächlichen Wänden und kümmerlichen Decken. Und ebendort, im oberen der beiden Stockwerke, in einem halben Dutzend an Alter und Gerümpel reichen Zimmern, die sich vielleicht nicht peinlich sauber, moralisch aber ohne Fehl und Tadel zeigen, versieht die Pension Colonial ihr Geschäft.

Besitzer und Betreiber sind die Berguas, eine dreiköpfige Familie, die vor mehr als dreißig Jahren aus der gepflasterten Andenstadt mit den zahllosen Kirchen, Ayacucho, nach Lima kam und hier, o Manen des Lebens, abgestiegen ist, körperlich, wirtschaftlich, gesellschaftlich und auch seelisch, und die ohne Zweifel in dieser Stadt der Könige ihren Geist aushauchen und als Fisch, Vogel oder Insekt wiedergeboren wird.

Heute erlebt die Pension Colonial einen betrüblichen Niedergang, die Gäste sind einfache, zahlungsschwache Menschen, bestenfalls Priesterlein aus der Provinz, die in die Hauptstadt kommen, um erzbischöfliche Formalitäten zu erledigen, schlimmstenfalls Bauerntrampel mit tiefdunklen Wangen und den Augen eines Hochlandkamels, die ihr Geld in rosa Tüchern verwahren und den Rosenkranz auf Quechua beten. Zimmermädchen gibt es selbstverständlich keine in der Pension, alle Verrichtungen, ob Bettenmachen, Aufräumen, Einkaufen oder Essenbereiten, obliegen der Señora Margarita Bergua und ihrer Tochter, einem Fräulein von vierzig Jahren, das auf den duftenden Namen Rosa hört. Señora Margarita Bergua ist (wie ihr diminutivischer Name fast schon andeuten möchte) von recht kleinem Wesen, spindeldürr und noch runzliger als eine Rosine, und seltsamerweise riecht sie nach Katze (von denen es in der Pension keine gibt). Rastlos schafft sie von früh bis spät, und die Bahnen, die sie durchs Haus wie durchs Leben zieht, sind ein Schauspiel für sich, denn da ein Bein zwanzig Zentimeter kürzer ist als das andere, trägt sie eine Art Stelzschuh mit hölzerner Plateausohle, einem Schuhputzerkasten nicht unähnlich, den vor Jahren einmal ein anstelliger Altarschnitzer aus Ayacucho für sie gefertigt hat und der, wenn er über den Dielenboden schleift, seine erschütternde Wirkung nicht verfehlt. Sie war schon immer sparsam, doch mit den Jahren geriet die Tugend zur Manie, und heute besteht kein Zweifel, dass ihr das bittere Beiwort geizig zukommt. Das Duschen zum Beispiel erlaubt sie den Pensionsgästen nur am ersten Freitag eines jeden Monats, und eingeführt hat sie auch den argentinischen, in den Stuben des Bruderlandes so beliebten Brauch, die Klosettspülung nur einmal am Tag zu betätigen (was sie persönlich übernimmt, vor dem Schlafengehen), einen Brauch, dem die

Pension Colonial zu hundert Prozent dieses ständige, dichte, mollige Gerüchlein verdankt, das den Gästen zumal am Anfang Übelkeit bereitet (sie selbst behauptet mit der Phantasie einer Frau, die eine Antwort für alles im Topf hat, ebendrum schliefen sie besser).

Señorita Rosa hat (besser gesagt: hatte, denn nach der großen nächtlichen Tragödie hat sich auch das geändert) die Seele und die Finger einer Künstlerin. In ihrer Kindheit in Ayacucho, als die Familie den Gipfel ihres Aufstiegs erreichte (drei Häuser aus Stein und ein paar Schafswiesen), begann sie Klavier zu lernen, und sie lernte es so gut, dass sie gar ein Konzert im Stadttheater gab, bei dem der Bürgermeister und der Präfekt zugegen waren und ihre Eltern beim Applaus vor Rührung weinten. Ermuntert von dem ruhmreichen Ereignis, bei dem auch einige Inkaprinzessinnen tanzten, beschlossen die Berguas, alle Habe zu verkaufen und nach Lima zu ziehen, auf dass ihre Tochter Konzertpianistin werde. So erwarben sie das alte Haus (das sie später stückweise verkauften und vermieteten), so kauften sie ein Klavier, so schickten sie das begabte Kind auf das Konservatorium. Doch die große lüsterne Stadt zerschlug rasch alle eitlen Provinzträume, denn bald entdeckten die Berguas, was sie nie vermutet hätten: Lima war eine Lasterhöhle mit einer Million Sünder, und sie alle, ohne eine einzige armselige Ausnahme, wollten mit dem begnadeten Mädchen aus Ayacucho Unzucht treiben. Das zumindest erzählte, die großen Augen vom Schrecken gerundet und genetzt, die Heranwachsende mit den leuchtenden Zöpfen morgens, mittags und abends: Der Theorielehrer hatte sich schnaubend auf sie gestürzt und versucht, die Sünde auf einer Matratze aus Partituren zu begehen, der Pförtner des Konservatoriums hatte schamlos angefragt: »Möchtest du meine Dirne sein?«, zwei Mitschüler hatten sie aufgefordert, mit auf die Toilette zu kommen und ihnen beim Pinkeln zuzusehen, der Polizist an der Ecke, den sie nach einer Straße fragte und der sie mit jemandem verwechselte, wollte sie melken, und im Bus hatte der Fahrer ihr beim Kassieren in die Brustwarze gekniffen … Fest entschlossen, die Unversehrtheit ihres Hymens zu verteidigen, das die junge Pianistin – sittliche Gebote des Hochlands, ungebeugt wie der Marmor – allein ihrem zukünftigen Herrn und Gatten opfern sollte, nahmen die Berguas sie vom Konservatorium, engagierten ein Fräulein, das Hausunterricht erteilte, kleideten Rosa wie eine Nonne und verboten ihr, auf die Straße zu gehen, es sei denn in Begleitung der Eltern. Seither sind fünfundzwanzig Jahre vergangen, und tatsächlich ist das Hymen noch unberührt und an seinem Platz, doch mittlerweile ist es kaum noch von Bedeutung, denn außer diesem Umstand – von den modernen jungen Männern noch dazu geringgeschätzt – hat die ehemalige Pianistin (nach der Tragödie wurde der Unterricht abgeschafft und das Klavier verkauft, um das Krankenhaus und die Ärzte zu bezahlen) keine anderen Reize mehr zu bieten. Ihr Körper ist nun steif, krumm, eingefallen, und versunken in ihren antiaphrodisischen Gewändern und diesen Kapuzen, die ihr Haar und ihre Stirn bedecken, ähnelt sie mehr einem wandelnden Sack denn einer Frau. Noch immer behauptet sie, die Männer wollten sie anfassen, mit unflätigen Anträgen einschüchtern und vergewaltigen, doch inzwischen fragen sich selbst ihre Eltern, ob diese Geschichten je etwas anderes waren als Hirngespinste.

Die wahrhaft ergreifende, patronale Gestalt der Pension Colonial jedoch ist Don Sebastián Bergua, ein älterer Herr mit breiter Stirn, Adlernase, durchdringendem Blick, von aufrechtem Sinn und gütigem Wesen. Als Mensch, den man durchaus altmodisch nennen kann, hat er von seinen fernen Vorfahren, den Gebrüdern Bergua von den kastilischen Höhen Cuencas, die einst mit Pizarro nach Peru kamen, weniger jene Befähigung zur Maßlosigkeit geerbt, welche die Eroberer dazu trieb, Hunderte von Inkas zu garrotieren (ein jeder von ihnen) und eine vergleichbare Anzahl von Vestalinnen aus Cusco zu schwängern, als vielmehr den aufrichtig katholischen Geist und die kühne Überzeugung, dass ein Caballero alten Geschlechts von Raub und Zins leben kann, nicht aber von seinem Schweiß. Von klein auf war er jeden Tag in die Messe gegangen, hatte zu Ehren des Christus von Limpias, dem er in hartnäckiger Frömmigkeit ergeben war, jeden Freitag die heilige Kommunion empfangen, und an wenigstens drei Tagen im Monat hatte er sich kasteit oder den Bußgürtel getragen. Sein Widerwille gegen die Arbeit, ein schändliches Geschäft für Menschen aus Buenos Aires, war immer so ausgeprägt gewesen, dass er sich sogar weigerte, die Pacht für die Grundstücke einzutreiben, von der sie lebten, und als sie nach Lima zogen, bequemte er sich nicht ein einziges Mal zur Bank, um die Zinsen der Schatzbriefe entgegenzunehmen, in denen er sein Geld angelegt hatte. Dergleichen Obliegenheiten, praktischer Natur und also von Frauen zu bewältigen, fielen stets der emsigen Margarita zu, und als die Tochter heranwuchs, auch der ehemaligen Pianistin.

Bis zu der Tragödie, die den Niedergang der Berguas grausam beschleunigte, diesem Fluch über einer Familie, von der am Ende nicht einmal der Name bleibt, war Don Sebastiáns hauptstädtisches Leben das eines gewissenhaften christlichen Edelmannes gewesen. Er pflegte spät aufzustehen, nicht aus Trägheit, sondern weil er ohne die Pensionsgäste frühstücken wollte – nicht dass er das einfache Volk verachtete, aber er glaubte an die Notwendigkeit gesellschaftlicher Distanz, zumal zwischen den Rassen –, nahm einen schmalen Imbiss und ging in die Messe. Als neugieriger, für die Historie empfänglicher Geist besuchte er jedes Mal andere Kirchen – San Agustín, San Pedro, San Francisco, Santo Domingo –, um auf diese Weise, während er Gott gefällig war, auch seiner Empfindsamkeit Genüge zu tun und die Meisterwerke kolonialer Gläubigkeit zu betrachten; zumal die steinernen Zeugen ihn in die Zeiten der Conquista und der Kolonie versetzten – so viel farbenfroher als die graue Gegenwart –, in denen er gerne gelebt hätte und ein tollkühner Hauptmann gewesen wäre oder ein frommer Zerstörer des Götzendienstes. Seinen rückwärtsgewandten Phantasien hingegeben, ging Don Sebastián durch die geschäftigen Straßen des Zentrums – aufrecht und achtsam in seinem tadellosen schwarzen Anzug, seinem Hemd mit abnehmbarem Kragen und ebensolchen Manschetten, die von Stärke blitzten, seinen Lackschuhen aus der Zeit der Jahrhundertwende – zurück zur Pension Colonial, wo er auf einem bequemen Schaukelstuhl vor dem holzvergitterten Balkon – der seinem vom Epochengeist der Perricholi umwehten Gemüt so schmeichelte – den restlichen Vormittag verbrachte und vor sich hin murmelnd die Zeitungen las, Annoncen eingeschlossen, um zu erfahren, wie es um die Welt stand. Seiner Herkunft treu, beging er nach dem Mittagessen – das mit den Pensionsgästen zu teilen er nicht umhinkam, so dass er sie zuvorkommend behandelte – das spanische Ritual der Siesta. Danach schlüpfte er wieder in sein gestärktes Hemd und seinen dunklen Anzug, zog seinen grauen Hut auf und begab sich gemächlichen Schrittes zum Club Tambo-Ayacucho, eine Einrichtung, die in einem Obergeschoss am Jirón Cailloma viele Bekannte aus seiner schönen Andenheimat versammelte. Und dort, beim Domino oder Kartenspiel – Casino, Rocambor – und während sie über Politik klatschten und manchmal gar – er war auch nur ein Mensch – über Themen, die nichts für die Ohren junger Mädchen waren, sah er, wie es Abend wurde und die Nacht hereinbrach. Danach kehrte er ohne Eile in die Pension Colonial zurück, nahm Suppe und Eintopf allein in seinem Zimmer zu sich, hörte irgendeine Sendung im Radio und schlief ein, im Reinen mit sich und mit Gott.

Aber das war vorher. Heute setzt Don Sebastián keinen Fuß mehr vor die Tür, wechselt seine Kleider nicht – bei Tag und Nacht trägt er einen ziegelroten Pyjama, einen blauen Morgenrock, Wollstrümpfe und Hausschuhe aus Alpaka –, und seit der Tragödie hat er auch keinen Satz mehr gesprochen. Er geht nicht mehr in die Kirche, liest keine Zeitung.

Wenn es ihm gutgeht, sehen die betagten Pensionsgäste (als die Wirtsleute herausfanden, dass alle Männer auf der Welt Lüstlinge waren, nahmen sie nur noch weibliche Kundschaft auf oder gebrechliche, Herren, deren sexuelles Verlangen sichtlich aufgezehrt war von Krankheit oder Alter), wie er gleich einem Gespenst durch die dunklen Gemächer zieht, verlorenen Blicks, unrasiert, die schuppigen Haare zerzaust, oder wie er sich sanft im Schaukelstuhl wiegt, stumm, erstarrt, Stunden um Stunden. Weder Frühstück noch Mittagessen nimmt er mit den Gästen ein, denn Don Sebastián kann sich, ein schmerzhaftes Gefühl der Lächerlichkeit, das die Aristokraten bis ins Armenhaus verfolgt, das Besteck nicht an den Mund führen, und so sind es Frau und Tochter, die ihn füttern. Wenn es ihm schlechtgeht, sehen die Gäste ihn nicht mehr: Der edle alte Herr bleibt im Bett, sein Zimmer abgeschlossen. Aber sie hören ihn; hören sein Brüllen, sein Klagen, sein Jammern oder die Schreie, welche die Scheiben erklirren lassen. Neuankömmlinge in der Pension wundern sich bei diesen Anfällen, dass Doña Margarita und das Fräulein Rosa, während der Nachfahre der Konquistadoren heult, weiter aufräumen, fegen, kochen, bedienen und sich unterhalten, als wäre nichts geschehen. Sie denken, die beiden seien lieblose Menschen mit einem Herzen aus Eis, gleichgültig gegenüber dem Leiden des Gatten und Vaters. Den allzu Neugierigen, die es wagen, mit Verweis auf die geschlossene Tür zu fragen: »Fühlt Don Sebastián sich nicht wohl?«, antwortet Señora Margarita unleidig: »Es ist nichts, er erinnert sich an einen Schrecken, geht schon vorbei.« Und tatsächlich, nach zwei oder drei Tagen ist der Anfall vorüber, und Don Sebastián zieht wieder durch die Flure und Zimmer der Pension Bayer, blass und eingefallen inmitten der Spinnweben, das Grauen im Gesicht.

Doch was für eine Tragödie war es? Wo, wann, wie ist sie geschehen?

Alles begann, zwanzig Jahre ist es her, als in der Pension

Colonial ein junger Mann mit traurigen Augen erschien, der das Gewand des Herrn der Wunder trug. Er war Handelsreisender und kam aus Arequipa, litt unter chronischer Verstopfung, trug den Namen eines Propheten und den Nachnamen eines Fisches – Ezequiel Delfín – und wurde trotz seiner Jugend als Pensionsgast aufgenommen, denn mit seinem vergeistigten Äußeren (schmalbrüstig, blasswangig, zartknochig) und seiner offenkundigen Religiosität – abgesehen von Krawatte, Tüchlein und Armband, sämtlich violett, barg er eine Bibel im Gepäck, und aus den Falten seines Gewands lugte ein Skapulier – schien er eine Versicherung gegen jeden Versuch der Befleckung des mannbaren Mädchens zu sein.

Und tatsächlich, am Anfang machte der junge Ezequiel Delfín der Familie Bergua nur Freude. Er war appetitlos und höflich, bezahlte seine Rechnungen pünktlich und war so charmant, mal Doña Margarita ein paar Veilchen, mal Don Sebastián eine Nelke fürs Knopfloch mitzubringen, und Rosa schenkte er zu ihrem Geburtstag Klaviernoten und ein Metronom. Seine Schüchternheit erlaubte ihm nicht, das Wort an jemanden zu richten, der ihn vorher nicht angesprochen hatte, und wenn dies geschah, sprach er immer leise und mit zu Boden gesenkten Augen, niemals ins Gesicht des Gegenübers, was den Berguas, noch dazu bei seinem korrekten Benehmen und seinem korrekten Wortschatz, ausnehmend gefiel, so dass sie bald Zuneigung zu dem Gast fassten und vielleicht, in der Tiefe ihres Herzens, als Familie, der das Leben die Philosophie des kleineren Übels nahegebracht hatte, den Plan hegten, ihn später einmal in den Stand eines Schwiegersohns zu erheben.

Besonders Don Sebastián gewann ihn lieb: Hätschelte er in dem zarten Reisenden vielleicht gar das Bild dieses Sohnes, den das emsig hinkende Frauchen ihm zu schenken nicht vermocht hatte? Eines Nachmittags im Dezember nahm er ihn mit auf einen Spaziergang zur Kapelle der heiligen Rosa von Lima, wo er sah, wie er eine goldene Münze in den Brunnen warf und um eine geheime Gnade bat, und eines glühenden Sommersonntags lud er ihn in den Arkaden der Plaza San Martín zu einem Zitrussorbet ein. In seiner Schweigsamkeit und Melancholie machte der Junge ihm einen vornehmen Eindruck. Oder hatte er eine mysteriöse Krankheit der Seele, des Körpers, die ihn auffraß, eine Liebeswunde, die nicht verheilte? Ezequiel Delfín war stumm wie ein Grab, und als die Berguas ihm einmal, mit aller gebotenen Vorsicht, ihren Trost anboten und ihn fragten, warum er, wo er so jung war, immer allein blieb, warum er nie auf ein Fest ging, ins Kino, warum er nicht lachte und, den Blick im Nichts verloren, so viel seufzte, da errötete er lediglich und schloss sich, eine Entschuldigung stammelnd, rasch auf der Toilette ein, wo er bisweilen unter Hinweis auf seine Verstopfung Stunden zubrachte. Auf seine Geschäftsreisen ging er wie eine wahre Sphinx – die Familie wusste nie, wann er kam und wann er ging, und konnte auch nicht in Erfahrung bringen, in welcher Branche er reiste, welche Produkte er vertrieb –, und wenn er in Lima war und nicht arbeitete, schloss er sich in seinem Zimmer ein – betete er mit der Bibel, meditierte er? In kupplerischer Absicht und aus Mitleid ermunterten Doña Margarita und Don Sebastián ihn, sich Rosita beim Klavierüben beizugesellen, *um auf andere Gedanken zu kommen*, und er folgte ihnen, hörte reglos und aufmerksam in einer Ecke des Wohnzimmers zu und klatschte am Ende höflich. Oftmals begleitete er Don Sebastián in die Morgenmesse, und in der Karwoche ging er mit den Berguas in der Prozession. Damals schien er bereits ein Mitglied der Familie zu sein.

Dies war auch der Grund, weshalb die Berguas sich große Sorgen machten, als Ezequiel eines Tages, nach der Rückkehr von einer Reise in den Norden, beim Mittagessen plötzlich in ein solches Schluchzen ausbrach, dass die übrigen Gäste – ein Friedensrichter aus Ancash, ein Pfarrer aus Cajatambo und zwei Mädchen aus Huánuco, angehende Krankenschwestern – auffuhren und er die magere Portion Linsen, die man ihm serviert hatte, über den Tisch schüttete. Zu dritt begleiteten sie ihn auf sein Zimmer, Don Sebastián lieh ihm sein Taschentuch, Doña Margarita bereitete ihm einen Tee mit Minze und Zitronenkraut, und Rosa legte ihm eine Decke über die Füße. Nach ein paar Minuten fand Ezequiel Delfín seine Fassung wieder, entschuldigte sich für seine *Schwäche*, erklärte, er sei in letzter Zeit sehr nervös, warum, das wisse er nicht, aber sehr oft, zu jeder Zeit und an jedem Ort, kämen ihm die Tränen. Beschämt und mit dünnem Stimmchen offenbarte er ihnen, dass er des Nachts Anfälle von Panik habe; bis zum Morgen liege er zusammengekauert, schlaflos und von kaltem Schweiß bedeckt, denke an Gespenster und bemitleide sich selbst für seine Einsamkeit. Bei seinem Geständnis bekam Rosa feuchte Augen, und die Hinkende schlug das Kreuzzeichen. Don Sebastián erbot sich, in seinem Zimmer zu schlafen, um dem Verängstigten Linderung zu verschaffen und Vertrauen einzuflößen. Aus Dankbarkeit küsste der ihm die Hände.

Ein zweites Bett wurde im Zimmer aufgeschlagen und von Doña Margarita und ihrer Tochter flink hergerichtet. Don Sebastián war da im besten Alter, fünfzig Jahre, und pflegte vor dem Schlafen ein halbes Hundert Bauchmuskelübungen zu absolvieren (er machte seine Gymnastik, wenn er zu Bett ging, nicht wenn er aufstand, um sich auch darin vom gemeinen Volk zu unterscheiden), doch an diesem Abend wollte er Ezequiel nicht stören und verzichtete. Der nervöse Junge war früh zur Ruhe gegangen, nachdem er eine freundliche Fleischbrühe zu Abend gegessen und versichert hatte, Don Sebastiáns Gesellschaft habe ihn schon jetzt beruhigt, gewiss werde er schlafen wie ein Murmeltier.

Nie wieder sollten aus der Erinnerung des Edelmannes aus Ayacucho die Geschehnisse jener Nacht getilgt werden; wachend und im Schlaf, bis ans Ende seiner Tage würden sie auf ihn einstürmen und, wer weiß, vielleicht noch in seiner nächsten Daseinsform verfolgen. Er hatte das Licht bald gelöscht, hatte in dem benachbarten Bett das ruhige Atmen des sensiblen Jungen gehört und zufrieden gedacht: Er ist eingeschlafen. Er spürte, wie auch ihn der Schlaf überkam, und er hörte noch die Glocken der Kathedrale, das ferne Gelächter eines Betrunkenen. Dann schlief er ein und träumte friedlich den angenehmsten und erholsamsten aller Träume: Auf einer spitz aufragenden Burg mit einem Gewirk aus Wappen, Adelsbriefen, heraldischen Blumen und Stammbäumen, welche die Spur seiner Vorfahren bis zu Adam zurückverfolgten, nahm der Herr von Ayacucho (er selbst!) reichen Tribut und flammende Huldigungen von Scharen verlauster Indios entgegen, die seine Truhen wie seine Eitelkeit ergebenst mästeten.

Plötzlich – waren fünfzehn Minuten vergangen, drei Stunden? – weckte ihn etwas, das ein Geräusch sein konnte, eine Ahnung, ein stolpernder Geist. In der Dunkelheit, die auch ein Fädchen Straßenlicht im geteilten Vorhang kaum milderte, konnte er erkennen, wie ein Schemen sich vom Bett nebenan erhob und still auf die Tür zuschwebte. Vom Schlaf noch halb benommen, nahm er an, dass der hartleibige Junge auf den Abort ging, um zu drücken, oder dass ihm wieder unwohl war, und mit gedämpfter Stimme fragte er: »Ezequiel, geht es Ihnen gut?« Statt einer Antwort hörte er deutlich den Türriegel (der rostig war und quietschte). Er verstand nicht, richtete sich ein Stück auf, und leicht beklommen fragte er noch einmal: »Ist etwas mit Ihnen, Ezequiel, kann ich Ihnen helfen?« Da spürte er, dass der Junge, Katzenmenschen gleich, die ob ihrer Geschmeidigkeit allgegenwärtig scheinen, zurückgekommen war und jetzt vor ihm stand, neben seinem Bett, und den kleinen Lichtstrahl vom Fenster verdeckte. »So antworten Sie doch, Ezequiel, was ist mit Ihnen«, flüsterte er und tastete nach dem Schalter der Nachtlampe. In dem Moment erhielt er den ersten Messerstich, den tiefsten, bohrendsten, der in den Plexus schnitt wie in Butter und ein Schlüsselbein durchschlug. Er war sich sicher, dass er geschrien, laut um Hilfe gerufen hatte, und während er noch versuchte, sich zu wehren und von dem Lakenknäuel zu befreien, in dem seine Füße steckten, erstaunte es ihn sehr, dass weder seine Frau noch seine Tochter, noch andere Pensionsgäste herbeikamen. Doch in Wirklichkeit hörte niemand etwas. Später, als die Polizei und der Richter die Metzelei rekonstruierten, waren alle verwundert gewesen, dass er den Täter nicht hatte entwaffnen können, wo er so kräftig und Ezequiel ein Hänfling war. Sie konnten nicht wissen, dass der Pharmaberater in der blutbefleckten Finsternis offenbar von einer übernatürlichen Kraft besessen war: Nur im Geiste konnte Don Sebastián Schreie ausstoßen und versuchen, die Bahn des nächsten Hiebs zu erraten und den Stich mit den Händen abzuwehren.

Vierzehn oder fünfzehn waren es (die Ärzte dachten, die klaffende Öffnung in der linken Gesäßbacke könne, ein erstaunlicher Zufall, wie er einem Mann über Nacht graue Haare und den Glauben an Gott schenkt, von zwei Messerstichen an derselben Stelle stammen), gleichmäßig über den ganzen Körper verteilt, mit Ausnahme des Gesichts, das – ein Wunder des Christus von Limpias, wie Doña Margarita dachte, oder der heiligen Rosa, wie deren Namensschwester befand? – nicht einen Kratzer aufwies. Das Messer, stellte sich später heraus, gehörte der Familie Bergua, eine scharfe Klinge von fünfzehn Zentimetern Länge, die eine Woche zuvor auf mysteriöse Weise aus der Küche verschwunden war und den Mann aus Ayacucho mit mehr Löchern und Narben versah, als ein tüchtiger Raufbold sein Eigen nennt.

Welchem Umstand verdankte er, dass er nicht starb? Dem Zufall, der Barmherzigkeit Gottes und (dies vor allem) einer gewissermaßen höheren Tragödie. Niemand hatte etwas vernommen, Don Sebastián verlor mit seinen vierzehn – fünfzehn? – Stichen im Leib das Bewusstsein und ergoss sich in die Dunkelheit, und der triebhafte Junge war frei, auf die Straße zu entkommen und für immer zu verschwinden. Doch wie so viele berühmte Menschen in der Geschichte stürzte eine überspannte Laune ihn ins Verderben. Denn kaum hatte sein Opfer den Widerstand aufgegeben und Ezequiel das Messer fallen lassen, zog er sich nicht an, sondern aus. Und nackt, wie er auf die Welt kam, öffnete er die Tür, ging über den Flur, trat in das Zimmer von Doña Margarita Bergua und warf sich, ohne sich weiter zu erklären, auf das Bett, in der unmissverständlichen Absicht, mit ihr zu verkehren. Warum mit ihr? Woher das Ansinnen, eine Dame zu schänden, die zwar aus gutem Hause war, wohl wahr, aber schon fünfzig und kurzbeinig, klein, ungestalt und, mit einem Wort, nach allen herkömmlichen ästhetischen Maßstäben hoffnungs- und rettungslos hässlich? Wieso nicht der naheliegendere Versuch, die verbotene Frucht der halbwüchsigen Pianistin zu pflücken, die nicht nur jungfräulich war, sondern einen kräftigen Atem hatte, pechschwarzes Haar und alabasterne Haut? Warum hatte er nicht versucht, in den geheimen Serail der Krankenschwestern aus Huánuco einzudringen, die erst zwanzig waren und wahrscheinlich von festem, appetitlichem Fleisch? Dergleichen demütigende Überlegungen waren es, welche die richterliche Gewalt veranlassten, dem Vortrag der Verteidigung zu folgen, wonach Ezequiel Delfín verwirrt sei, und ihn ins Larco Herrera zu schicken statt im Gefängnis einzusperren.

Als sie so unerwartet den galanten Besuch des jungen Mannes erhielt, begriff Señora Margarita Bergua, dass etwas Fürchterliches geschah. Sie war eine realistische Frau und machte sich über ihre Reize keine Illusionen: »Mich vergewaltigt man nicht mal im Traum, ich wusste gleich, dass der Nackte geistesgestört oder kriminell war«, sagte sie aus. Sie hatte sich gewehrt wie eine wütende Löwin – in ihrer Zeugenaussage schwor sie bei der Heiligen Jungfrau, dass der Heißsporn es nicht geschafft habe, ihr auch nur einen Kuss zuzufügen –, und sie verhinderte nicht nur, dass er sie entehrte, sie rettete ihrem Mann auch das Leben. Während sie den Triebtäter kratzend, beißend, mit Ellbogen- und Kniestößen auf Abstand hielt, schrie sie (sie allerdings), Schreie, welche ihre Tochter und die anderen Bewohner weckten. Und so überwältigten sie, Rosa, der Richter aus Ancash, der Pfarrer aus Cajatambo und die Krankenschwestern aus Huánuco, den Exhibitionisten, banden ihn und liefen zu Don Sebastián: Lebte er noch?

Es dauerte fast eine Stunde, bis sie eine Ambulanz herbeigeholt hatten, die ihn ins Krankenhaus Arzobispo Loayza brachte, und fast drei, bis die Polizei kam, um Lucho Abril Marroquín aus den Klauen der jungen Pianistin zu befreien, die solcherart in Rage war (wegen der Wunden, die er ihrem Vater beigebracht hatte?, der Beleidigung ihrer Mutter?, oder vielleicht – Menschenseele von trübem Mark und giftigen Kanten – ob der Geringschätzung ihrer Person?), dass sie ihm die Augen ausreißen und sein Blut trinken wollte. Als der junge Pharmaberater auf der Wache die gewohnte Sanftheit in Bewegung und Stimme wiedergewonnen hatte, bestritt er, vor Schüchternheit errötend, beharrlich die offensichtliche Tat. Die Familie Bergua und die Pensionsgäste verleumdeten ihn; niemals sei er jemandem zu nahe getreten, niemals habe er auch nur in Gedanken einer Frau Gewalt angetan und noch viel weniger einer Versehrten wie Margarita Bergua, einer Dame, die mit ihrer Güte und feinen Art die Person sei – nach seiner Ehefrau natürlich, diesem Mädchen mit den italienischen Augen und den musikalischen Ellbogen und Knien aus dem Land des Gesangs und der Liebe –, welche er am meisten auf der Welt achte und verehre. Seine Ruhe, seine Höflichkeit, seine Sanftmut, die ausgezeichneten Referenzen, die seine Vorgesetzten und Kollegen von den Bayer-Werken ihm ausstellten, sein blütenweißes Polizeiregister ließen die Hüter der Ordnung schwanken. War es, unergründliche Magie des trügerischen Scheins, vorstellbar, dass alles eine Verschwörung von Frau und Tochter des Opfers gegen diesen zarten Jungen war, im Bund mit den Pensionsgästen? Die vierte Gewalt im Staate sah die These mit Sympathie und beförderte sie.

Was die Sache noch erschwerte und zugleich die Spannung in der Stadt aufrechterhielt, war, dass das Objekt des Verbrechens, Don Sebastián Bergua, die Zweifel nicht ausräumen konnte, da er in dem volksnahen Hospital an der Avenida Alfonso Ugarte zwischen Leben und Tod schwebte. Er erhielt reichlich Bluttransfusionen, die viele Heimatfreunde aus dem Club Tambo-Ayacucho an den Rand der Tuberkulose brachten, nachdem sie, kaum dass sie von der Tragödie erfuhren, herbeigeeilt waren, um sich als Spender anzubieten; und diese Übertragungen, dazu das Serum, die Nähte, die Desinfektionen, die Verbände, die Krankenschwestern, die sich an seinem Bett abwechselten, die Ärzte, die seine Knochen zusammenfügten, seine Organe wiederherstellten und seine Nerven beruhigten, sie verschlangen binnen Wochen die bereits (durch Inflation und den Galopp der Lebenshaltungskosten) geschmälerten Einkünfte der Familie. So musste diese ihre Schatzbriefe verschleudern, den Grundbesitz beschneiden und stückweise vermieten und sich in jenes Obergeschoss zurückziehen, wo sie nun ein kümmerliches Dasein fristete.

Don Sebastián war davongekommen, ja, aber seine Genesung schien zunächst noch nicht so weit gediehen, dass er die polizeilichen Zweifel hätte zerstreuen können. Unter dem Eindruck der Messerstiche, des Schocks oder der moralischen Entehrung seiner Frau war er verstummt (und, wie gemunkelt wurde, gar verblödet). Er brachte kein Wort über die Lippen, betrachtete alle und alles mit der dumpfen Ausdruckslosigkeit einer Schildkröte, und auch die Finger gehorchten ihm nicht mehr, denn er konnte (wollte?) nicht einmal die Fragen schriftlich beantworten, die man ihm beim Verfahren gegen den unbesonnenen jungen Mann stellte.

Der Prozess nahm ungeahnte Ausmaße an, und solange die Anhörungen dauerten, hielt die Stadt der Könige den Atem an. Lima, Peru – das ganze mestizische Amerika? – verfolgte mit leidenschaftlicher Anteilnahme die gerichtlichen Erörterungen, die Einwendungen und Gegeneinwendungen der Sachverständigen, die Vorträge des Staatsanwalts und des Strafverteidigers, eines berühmten Rechtsgelehrten, der sich eigens aus Rom, der marmornen Stadt, eingefunden hatte, um Lucho Abril Marroquín zu verteidigen, Ehemann einer kleinen Italienerin, die nicht nur eine Landsmännin von ihm war, sondern seine Tochter.

Das Land teilte sich in zwei Lager. Wer von der Unschuld des Pharmaberaters überzeugt war – die Tageszeitungen allesamt –, vertrat die Ansicht, Don Sebastián sei um ein Haar seiner Frau und ihrem Spross zum Opfer gefallen, beide in Verabredung, zweifellos in erbschleicherischer Absicht und aus Gewinnsucht, mit dem Richter aus Ancash, dem Geistlichen aus Cajatambo und den Krankenschwestern aus Huánuco. Der römische Gelehrte verfocht mit imperialer Verve diese These und brachte vor, Familie und Pensionsgäste hätten sich, als sie die friedliche Demenz von Lucho Abril Marroquín bemerkten, verschworen, ihm das Verbrechen in die Schuhe zu schieben (oder ihn zur Tat anzustiften?). Und er reihte Argumente aneinander, die von den Presseorganen gepriesen, bejubelt und als schlagender Beweis verkündet wurden: Konnte jemand, der bei Verstand war, tatsächlich glauben, ein Mensch nehme vierzehn oder fünfzehn Messerstiche mit ehrfurchtsvollem Schweigen hin? Und wenn Don Sebastián Bergua, logischerweise, vor Schmerzen gebrüllt hatte, konnte da jemand, der bei Verstand war, tatsächlich glauben, weder die Ehefrau noch die Tochter, noch der Richter, der Priester oder die Krankenschwestern hätten die Schreie vernommen, wo die Zwischenwände in der Pension Colonial aus Lehm und Stroh seien, durch die man das Summen der Fliegen und das Krabbeln eines Skorpions höre? Und wie konnte es sein, dass die weiblichen Pensionsgäste aus Huánuco, immerhin Schwesternschülerinnen mit Bestnoten, es nicht vermochten, dem Verletzten erste Hilfe zu leisten, und stattdessen ungerührt, während der edle Mann verblutete, auf die Ambulanz warteten? Wie konnte es sein, dass angesichts des Ausbleibens des Krankenwagens bei keiner der sechs erwachsenen Personen die selbst für einen Schwachsinnigen selbstverständliche Idee heranreifte, ein Taxi zu rufen, wo es einen Taxistand direkt an der Ecke der Pension Colonial gab? War das alles nicht merkwürdig, undurchsichtig, indiziös?

Nachdem der Geistliche aus Cajatambo, der nur für vier Tage in die Hauptstadt gekommen war, um einen neuen Christus für die Kirche seines Dorfes zu beantragen, weil die Straßenjungs den vorhandenen mit ihren Schleudern enthauptet hatten, nun schon drei Monate in Lima festgehalten wurde, versagte ihm bei der Aussicht, wegen versuchten Mordes verurteilt zu werden und den Rest seiner Tage im Gefängnis zu verbringen, das zitternde Herz, und er starb. Sein Tod elektrisierte die öffentliche Meinung und hatte verheerende Folgen für die Verteidigung; die Zeitungen kehrten dem importierten Gelehrten den Rücken, schimpften ihn einen Kasuisten, Operettenadvokaten, Fremdling, Kolonialisten und beschuldigten ihn, er habe mit seinen sibyllinischen und antichristlichen Verdächtigungen den Tod eines guten Hirten auf dem Gewissen, worauf die Richter ihn, geschmeidig wie das Schilf, das im Wind der Presse schwankt, als Ausländer ausschlossen und ihm das Recht entzogen, bei Gericht vorzutragen; und mit einer Entscheidung, welche die Zeitungen mit nationalistischem Juchhe feierten, sandten sie ihn als unerwünscht nach Italien zurück.

Der Tod des Geistlichen aus Cajatambo rettete Mutter, Tochter und Pensionsbewohner vor einer absehbaren Verurteilung wegen Beinahemords und Strafvereitelung. Im Einklang mit der Presse und der öffentlichen Meinung sympathisierte der Staatsanwalt nun wieder mit den Berguas und machte sich, wie zu Beginn, ihre Version der Ereignisse zu eigen. Der neue Anwalt von Lucho Abril Marroquín, ein heimischer Jurist, änderte die Strategie radikal: Er erkannte an, dass sein Mandant die Verbrechen begangen habe, berief sich jedoch auf seine völlige Unzurechnungsfähigkeit aufgrund von seelischer Verkümmerung und Paropsie in Verbindung mit Schizophrenie und weiteren psychopathologischen Auffälligkeiten, welche von führenden Psychiatern in kurzweiligen Aussagen bestätigt wurden. Als entscheidenden Beweis für die Störung wurde angeführt, dass der Angeklagte von den vier Frauen in der Pension Colonial die älteste gewählt habe und die einzige, die hinke. Während des Schlussplädoyers des Staatsanwalts – dramatischer Höhepunkt, der die Akteure in den Götterstand erhebt und das Publikum schaudern macht – hob Don Sebastián, der bis dahin still und triefäugig dagesessen hatte, als beträfe der Prozess ihn nicht, langsam die Hand, und mit Augen, welche die Anstrengung, die Wut oder die Demütigung röteten, deutete er starr, eine mit der Uhr gestoppte (so ein Reporter) volle Minute lang auf Lucho Abril Marroquín. Die Geste wurde so hoch geschätzt, als wäre das Reiterstandbild Simón Bolívars tatsächlich losgeritten … Das Gericht übernahm alle Argumente des Staatsanwalts, und Lucho Abril Marroquín wurde für immer in die Irrenanstalt gesperrt.

Nie wieder kam die Familie Bergua auf die Füße. Der materielle und moralische Verfall nahm seinen Lauf. Ruiniert von Krankenhäusern und Winkelschreibern, mussten sie den Klavierunterricht aufgeben (und somit das Ansinnen, Rosa einmal als weltbekannte Künstlerin zu feiern) und ihren Lebensstandard auf eine Weise einschränken, dass es schon solch schlechten Angewohnheiten wie Fasten und Verwahrlosen nahekam. Das alte Haus alterte noch mehr, Staub zog in jede Ritze, Spinnweben breiteten sich aus, die Termiten fraßen es auf; die Kundschaft schwand zunehmend und sank im Niveau herab bis zum Dienstmädchen und zum Lastenträger. Der Tiefpunkt war erreicht, als eines Abends ein Bettler an die Tür klopfte und die schreckliche Frage stellte: »Ist hier der *Schlafplatz* Colonial?«

Und so vergingen, Tag um Tag, Monat um Monat, dreißig Jahre.

Die Berguas schienen sich schon in den Niederungen des Lebens eingerichtet zu haben, als plötzlich – eine Atombombe, die eines Morgens japanische Städte in Asche legt –, etwas sie in Aufruhr versetzte. Seit Jahren schon funktionierte das Radio nicht mehr, und seit ebenso vielen verwehrte ihnen das Familienbudget, noch Zeitungen zu kaufen. So erreichten die Nachrichten der Welt sie nur selten und auf Umwegen, über Bemerkungen und das Gerede ihrer unkultivierten Gäste.

Doch an jenem Nachmittag, welch Zufall, kam ein Lastwagenfahrer aus Castrovirreyna ins Wohnzimmer, ließ, begleitet von einem grünen Schleimklumpen, ein schmutziges Lachen erschallen und brummte: »Der Verrückte ist wirklich eine Marke!«, worauf er die eben gelesene Ausgabe von *Última Hora* auf das zerkratzte Beistelltischchen knallte. Die Expianistin nahm die Zeitung, blätterte sie durch. Und auf einmal lief sie, blass wie eine Frau nach dem Kuss des Vampirs, in ihr Zimmer und rief laut nach ihrer Mutter. Gemeinsam lasen sie immer wieder die zerknitterte Meldung, und dann lasen sie sie, unter Geschrei sich abwechselnd, Don Sebastián vor, der ohne Zweifel verstand, denn sogleich bekam er einen seiner schallenden Anfälle, hicksend, schwitzend, heulend und sich wälzend wie ein Besessener.

Welche Nachricht war es, die in dieser untergehenden Familie eine solche Bestürzung auslöste?

Am Morgen zuvor hatte in einem rege besuchten Trakt der Psychiatrischen Anstalt Víctor Larco Herrera in Magdalena del Mar ein Pflegling, der in ihren Mauern die Zeit für ein Anrecht auf Ruhestand verbracht hatte, einem Pfleger mit dem Seziermesser die Kehle durchgeschnitten, einen alten Katatoniker im Nachbarbett erwürgt und war mit einem athletischen Sprung über die Mauer an der Costanera in die Stadt geflüchtet. Sein Verhalten überraschte, denn er war stets ein

Muster an Friedfertigkeit gewesen, hatte niemals Launen gezeigt oder die Stimme erhoben. Seine einzige Beschäftigung in dreißig Jahren war es gewesen, imaginäre Messen für den Christus von Limpias zu zelebrieren und unsichtbare Hostien an nicht vorhandene Kommunikanten auszuteilen. Bevor er floh, hatte Lucho Abril Marroquín – der soeben das vornehmste Alter des Mannes erreichte, fünfzig Jahre – ein höfliches Abschiedsbillett geschrieben: »Es tut mir leid, aber ich habe keine andere Wahl. Mich erwartet ein Feuer in einem alten Haus in Lima, wo ein hinkendes Weib, das brennt wie eine Fackel, und ihre Familie sich tödlich gegen Gott versündigen. Ich habe den Auftrag erhalten, die Flammen zu löschen.«

Würde er es tun? Würde er sie löschen? Würde dieser Auferstandene vom Grund der Jahre sich bei den Berguas einfinden, um sie ein zweites Mal ins Grauen zu stürzen, so wie er sie jetzt schon in Todesangst versetzte? Welches Ende würde es nehmen mit der panischen Familie aus Ayacucho?

XIII

Die denkwürdige Woche begann mit einer pittoresken Begebenheit (ohne die Gewaltmerkmale der Begegnung mit den Freunden vom Grill), an der ich als Zeuge und halb auch als Hauptperson beteiligt war. Genaro junior, der für sein Leben gern Neuerungen in die Programme einführte, hatte eines Tages beschlossen, die Nachrichten mit Interviews aufzulockern, und nachdem er Pascual und mich auf Trab gebracht hatte, sendeten wir nun im Abendmagazin immer ein Interview zu irgendeinem aktuellen Thema. Für den Nachrichtendienst bedeutete es mehr Arbeit (ohne Lohnerhöhung), aber ich bedauerte es nicht, denn es war recht unterhaltsam. Außerdem lernte ich, während ich im Studio an der Calle Belén oder mit einem Tonbandgerät Cabaret-Künstler und Parlamentarier, Fußballspieler und Wunderkinder befragte, dass ausnahmslos jeder Mensch Thema einer Erzählung sein konnte.

Vor der pittoresken Begebenheit war die bemerkenswerteste Person, die ich interviewte, ein venezolanischer Stierkämpfer gewesen. In der laufenden Saison hatte er in der Plaza de Acho einen ungeheuren Erfolg gefeiert. Bei seiner ersten Corrida erhielt er mehrere Ohren, und bei der zweiten, nach einer erstaunlichen Leistung in der Schlussphase, gaben sie ihm einen Fuß, worauf die Menge ihn auf den Schultern vom Rímac bis zu seinem Hotel an der Plaza San Martín trug. Doch bei der dritten und letzten Corrida – die Eintrittskarten wurden auf dem Schwarzmarkt schon zu astronomischen Preisen gehandelt – bekam er keinen einzigen Stier zu Gesicht, denn vor lauter Panik rannte er den ganzen Nachmittag nur vor ihnen davon; er brachte keine einzige anständige Figur zustande und tötete die Tiere so kläglich, dass beim zweiten Stier viermal zur Verlängerung geläutet wurde. Der Unmut auf den Sperrsitzen war so groß, dass die Leute schon die Arena niederbrennen und den Venezolaner lynchen wollten, der schließlich, unter einem Pfeifkonzert und einem Hagel von Sitzkissen, von der Guardia Civil zum Hotel eskortiert werden musste. Am nächsten Morgen, Stunden bevor er das Flugzeug nahm, interviewte ich ihn in einem kleinen Salon des Hotels Bolívar. Verblüfft stellte ich fest, dass er weniger intelligent war als die Stiere, mit denen er kämpfte, und fast so unfähig wie diese, sich mit Worten auszudrücken. Er schaffte es nicht, auch nur einen einzigen zusammenhängenden Satz zu formulieren, benutzte zielsicher das falsche Tempus, und die Art, wie er seine Gedanken ordnete, erinnerte an einen Tumor, an Babylallen, einen Affenmenschen. Die Form war nicht weniger außergewöhnlich als der Gehalt: Er sprach in einem unsäglichen Tonfall, verkleinerte und verschliff alles, und die häufigen Phasen geistiger Leere färbte er mit zooartigen Grunzern.

Dagegen war der Mexikaner, den ich am Montag der denkwürdigen Woche interviewen durfte, ein luzider Geist und unbefangener Plauderer. Er gab eine Zeitschrift heraus, hatte Bücher über die mexikanische Revolution geschrieben, leitete eine Delegation von Wirtschaftsexperten und wohnte ebenfalls im Bolívar. Er hatte sich bereit erklärt, in den Sender zu kommen, und ich holte ihn persönlich ab. Er war ein großer, aufrechter Herr um die sechzig, gut gekleidet, mit weißem Haar. Ihn begleitete seine Gattin, eine Frau von kleiner Statur und mit lebhaften Augen, die ein Blumenhütchen trug. Zwischen Hotel und Sender bereiteten wir das Interview vor, und in fünfzehn Minuten hatten wir es aufgenommen, zum Schrecken von Genaro junior, denn als Antwort auf eine Frage kritisierte der Ökonom und Historiker heftig die Militärdiktaturen (in Peru waren wir mit einer solchen geschlagen, angeführt von einem gewissen Odría).

Es geschah, als ich das Paar wieder ins Bolívar begleitete. Es war Mittag, und die Calle Belén und die Plaza San Martín quollen über von Menschen. Die Frau ging auf dem Bürgersteig, ihr Mann in der Mitte und ich am Straßenrand. Wir kamen gerade an Radio Central vorbei, und nur um etwas zu sagen, versicherte ich dem bedeutenden Herrn noch einmal, wie ausgezeichnet das Interview gewesen sei, da wurde ich klar und vernehmlich von dem Stimmchen der mexikanischen Dame unterbrochen:

»O Gott, Hilfe, ich glaube, ich kann nicht mehr …«

Ich schaute zu ihr hin und sah, wie eingefallen sie war, sie klappte die Augen auf und zu und bewegte ganz merkwürdig den Mund. Das Verwunderlichste aber war die Reaktion des Ökonomen und Historikers. Als er die Bemerkung hörte, warf er einen raschen Blick zu seiner Frau, dann zu mir, völlig aufgelöst, und sofort schaute er wieder geradeaus und ging, statt stehenzubleiben, schneller. Die mexikanische Dame blieb an meiner Seite und schnitt fürchterliche Grimassen. Ich schaffte es gerade noch, sie am Arm zu fassen, als sie zusammenbrach. Sie war so zierlich, dass ich sie zum Glück halten und ihr helfen konnte, während der bedeutende Herr mit großen Schritten Reißaus nahm und mir die delikate Aufgabe überließ, seine Frau über den Bürgersteig zu schleifen. Die Leute machten uns Platz, blieben stehen und glotzten, und auf einmal – wir waren auf Höhe des Kinos Colón, und die kleine mexikanische Dame schnitt jetzt nicht nur Grimassen, ihr rannen auch Speichel, Rotz und Tränen übers Gesicht – hörte ich, wie ein Zigarettenverkäufer sagte: »Die pinkelt auch noch.« So war es: Die Gattin des Ökonomen und Historikers (der die Colmena überquert hatte und am Eingang der Bar des Bolívar im Gedränge verschwand) zog eine gelbe Spur hinter sich her. An der Ecke blieb mir nichts anderes übrig, als sie auf die Arme zu nehmen und so, ein galantes Schauspiel, die letzten fünfzig Meter zu tragen, zwischen hupenden Autofahrern, pfeifenden Polizisten und auf uns zeigenden Passanten. Dabei wand sich die kleine mexikanische Dame unaufhörlich, fuhr fort mit ihren Grimassen, und meine Hände und meine Nase sagten mir, dass sie nicht nur pinkelte, sondern auch ein noch unschöneres Geschäft erledigte. Aus ihrer Kehle drang ein verkümmerter, immer wieder aussetzender Laut. Als ich ins Bolívar trat, hörte ich, wie man mir knapp befahl: »Zimmer 301.« Es war der bedeutende Herr, halb versteckt hinter einem Vorhang. Kaum hatte er mir Anweisung gegeben, machte er sich wieder davon, lockeren Schrittes zum Aufzug hin, und während wir hochfuhren, ließ er sich nicht ein einziges Mal dazu herab, mich oder seine Frau Gemahlin anzuschauen, als wollte er nicht aufdringlich erscheinen. Der Liftboy half mir, die Dame zum Zimmer zu bringen. Doch kaum hatten wir sie aufs Bett gelegt, schob uns der bedeutende Herr buchstäblich zur Tür, und ohne Dankeschön oder Auf Wiedersehen knallte er sie uns, mit einer ungenießbaren Miene, vor der Nase zu.

»Er ist kein schlechter Ehemann«, erklärte Pedro Camacho mir später, »sondern ein sensibler Mensch mit einem feinen Gespür für das Peinliche.«

Am Nachmittag wollte ich Tante Julia und Javier eine Erzählung vorlesen, die ich gerade beendet hatte: *Tante Eliana.* Die Geschichte von den schwebenden Jungs war nie in *El Comercio* erschienen, und so tröstete ich mich, indem ich eine andere Geschichte schrieb, ausgehend von einem Geschehnis in meiner Familie. Eliana war eine der vielen Tanten, die bei uns ein und aus gingen, als ich noch klein war, und sie war mir die liebste von allen, weil sie mir Schokolade mitbrachte und mich manchmal zum Tee ins Cream Rica mitnahm. Ihre Schwäche für Süßes war bei den Versammlungen des Clans immer wieder Anlass zu spöttischen Bemerkungen, und es hieß, alles Geld, das sie als Sekretärin verdiene, gebe sie für die sahnigen Törtchen, knusprigen Hörnchen, luftigen Küchlein und den satten Kakao in der Tiendecita Blanca aus. Sie war ein liebes Dickerchen, fröhlich und redselig, und ich verteidigte sie, wenn hinter ihrem Rücken wieder jemand sagte, sie würde bestimmt keinen Mann abkriegen. Irgendwann tauchte Tante Eliana seltsamerweise nicht mehr auf und wurde von der Familie fortan mit keinem Wort erwähnt. Ich war damals vielleicht sechs oder sieben, und ich weiß noch, wie mich, wenn ich nach ihr fragte, die Antworten der Verwandten misstrauisch machten: Sie sei verreist, sie sei krank, bald komme sie bestimmt wieder. Etwa fünf Jahre danach trug die ganze Familie eines Tages Trauer, und am Abend, ich war bei meinen Großeltern, erfuhr ich, dass sie auf Tante Elianas Beerdigung gewesen waren, sie war an Krebs gestorben. Auch das Geheimnis wurde gelüftet. Tante Eliana hatte, als sie schon zur Ehelosigkeit verurteilt schien, Knall auf Fall einen Chinesen geheiratet, Besitzer eines Kramladens in Jesús María, und die Familie war, angefangen bei ihren Eltern, so entsetzt über diesen Skandal – damals glaubte ich, das Skandalöse sei, dass er Chinese war, aber heute nehme ich an, sein größter Makel war es, Ladenbesitzer zu sein –, dass man sie noch zu Lebzeiten für tot erklärte und künftig weder besuchte noch empfing. Doch als sie starb, verziehen sie ihr – im Grunde waren alle in der Familie Gefühlsmenschen –, gingen zur Totenwache und zur Beerdigung und vergossen viele Tränen um sie.

Die Erzählung nun war der Monolog eines Kindes, das in seinem Bett liegt und versucht, dem Geheimnis um das Verschwinden seiner Tante auf die Spur zu kommen, und als Epilog dann die Totenwache. Es war eine *gesellschaftskritische* Erzählung, voller Wut auf die in Vorurteilen befangenen Verwandten. Ich hatte sie in wenigen Wochen geschrieben und Tante Julia und Javier so viel davon erzählt, dass sie sich geschlagen gaben und mich baten, sie ihnen vorzulesen. Doch vorher erzählte ich ihnen an diesem Montagnachmittag von der Geschichte mit der kleinen mexikanischen Dame und dem bedeutenden Herrn. Es war ein Fehler, den ich teuer bezahlte, denn die Anekdote gefiel ihnen sehr viel besser als meine Erzählung.

Seit einiger Zeit kam Tante Julia immer zu mir in den Sender. Wir hatten herausgefunden, dass es der sicherste Ort war, zumal wir auf Pascual und den Großen Pablito als Komplizen zählen konnten. Sie kam erst nach fünf, wenn die ruhigere Tageszeit begann; die Genaros waren gegangen, und fast niemand ließ sich in unserer Bude blicken. Meine Arbeitskollegen baten dann – eine stillschweigende Vereinbarung – um Erlaubnis, *auf ein Tässchen Kaffee* zu gehen, und Tante Julia und ich konnten uns küssen und allein miteinander sprechen. Manchmal schrieb ich, und sie las eine Zeitschrift oder plauderte mit Javier, der sich uns beständig gegen sieben Uhr anschloss. Wir waren inzwischen ein unzertrennliches Gespann, und meine Liaison mit Tante Julia fand in diesem Bretterverschlag zu einer wunderbaren Natürlichkeit. Wir konnten uns an den Händen fassen oder uns küssen, und niemandem fiel es auf. Es machte uns glücklich. Die Grenzen des Dachbüros nach innen zu überschreiten hieß, frei zu sein, über unsere Taten zu bestimmen, wir konnten unsere Liebe leben, über alles sprechen, was uns wichtig war, uns von Verständnis umgeben fühlen. Sie nach außen zu überschreiten hieß, in feindliches Gebiet einzudringen, wo wir gezwungen waren, zu lügen und uns zu verstecken.

»Kann man sagen, das hier ist unser Liebesnest?«, fragte mich Tante Julia. »Oder ist das auch kitschig?«

»Klar ist das kitschig, und sagen kann man es auch nicht«, antwortete ich. »Aber wir können es unser Montmartre nennen.«

Wir spielten Lehrer und Schülerin, und ich erklärte ihr, was kitschig war, was man weder sagen noch tun durfte, und ihre Lektüre hatte ich einer inquisitorischen Zensur unterworfen, ich verbot ihr alle ihre Lieblingsautoren von Frank Derby bis Corín Tellado. Wir amüsierten uns wie verrückt, und manchmal fiel Javier mit seiner feurigen Dialektik in unser Kitschspiel ein.

Als ich *Tante Eliana* vorlas, waren, weil ich mich nicht traute, sie hinauszukomplimentieren, auch Pascual und der Große Pablito dabei, und es war ein Glück, denn sie waren die Einzigen, die die Erzählung lobten, auch wenn mir ihre Begeisterung, da sie meine Untergebenen waren, verdächtig vorkam. Javier fand sie unglaubwürdig, niemand würde mir abnehmen, dass eine Familie eine junge Frau in die Wüste schickt, bloß weil sie einen Chinesen heiratet, und er versicherte, wenn der Mann ein Schwarzer wäre oder ein Indio, könnte die Geschichte noch durchgehen. Tante Julia versetzte mir den Todesstoß, als sie sagte, die Erzählung sei melodramatisch geraten, und ein paar Wörtchen wie zitternd und schluchzend hätten in ihren Ohren kitschig geklungen. Ich hob schon an, *Tante Eliana* zu verteidigen, als ich in der Tür der Bude die kleine Nancy sah. Ein Blick genügte, und es war klar, warum sie kam:

»Jetzt haben wir den Kladderadatsch«, legte sie gleich los.

Pascual und der Große Pablito, die gleich eine schöne Klatschgeschichte witterten, streckten die Köpfe vor. Ich hielt meine Cousine zurück, bat Pascual, die Nachrichten für das Abendmagazin zusammenzustellen, und wir gingen auf einen Kaffee hinunter. An einem Tisch im Bransa berichtete sie uns die Neuigkeit. Sie hatte, während sie sich die Haare wusch, ein Telefongespräch zwischen ihrer Mutter und Tante Jesús belauscht. Ihr waren die Fingernägel schockgefroren, als sie hörte, wie von dem *Pärchen* die Rede war, und ihr klarwurde, dass es sich um uns handelte. Es war nicht ganz eindeutig, aber sie hatten unsere Romanze schon vor einer ganzen Weile mitbekommen, denn einmal sagte Tante Laura: »Und stell dir vor, selbst Camunchita hat sie am Händchen gesehen, diese Schamlosen, in San Isidro, im Olivenpark« (was stimmte, ein einziges Mal, vor Monaten). Als die kleine Nancy aus dem Badezimmer kam (»schlotternd«, wie sie sagte), stand sie Aug in Aug ihrer Mutter gegenüber, und sie hatte noch versucht, sich zu verstellen, die Ohren klingelten ihr vom Krach des Föhns, sie höre nichts, doch Tante Laura sagte, sie solle bloß den Mund halten, schimpfte mit ihr und nannte sie »Helfershelferin von diesem Flittchen«.

»Das Flittchen bin ich?«, fragte Tante Julia, mehr neugierig als wütend.

»Ja, du«, erklärte meine Cousine und wurde rot. »Sie glauben, du bist die Anstifterin von dem Ganzen.«

»Das stimmt, ich bin minderjährig, gab mich in Frieden meinem Jurastudium hin, bis eines Tages«, sagte ich, aber niemand lachte auch nur müde.

»Wenn sie erfahren, dass ich es euch erzählt habe, bringen sie mich um«, sagte Nancy. »Also kein Wort, schwört es mir, bei Gott.«

Ihre Eltern hatten sie in aller Form darauf aufmerksam gemacht, dass man sie, wenn sie ihr Vertrauen auch nur im Geringsten missbrauche, ein Jahr lang einsperren würde, und vor die Tür nicht mal zur Messe. Sie hatten so feierlich zu ihr gesprochen, dass sie erst zögerte, uns überhaupt davon zu erzählen. Die Familie hatte von Anfang an alles gewusst und sich bedeckt gehalten, weil man dachte, es sei nur eine Dummheit, die unbedeutende Tändelei einer oberflächlichen Frau, die der Liste ihrer Eroberungen eine exotische hinzufügen wollte, einen Halbwüchsigen. Aber da Tante Julia nun keine Skrupel mehr habe, sich mit dem Bengel auf Straßen und Plätzen zu zeigen, und immer mehr Freunde und Verwandte diese Liebschaft mitbekämen – selbst Oma und Opa hatten davon erfahren, Tante Celia hatte getratscht –, und da es eine Schande sei und dem Kleinen (also mir) sicher schon schadete, wo er wahrscheinlich, seit die Geschiedene ihm den Kopf verdrehte, nicht einmal zum Studium noch Lust habe, habe die Familie sich zum Eingreifen entschlossen.

»Und was haben sie vor, um mich zu retten?«, fragte ich, noch einigermaßen ruhig.

»Deinen Eltern schreiben«, sagte die kleine Nancy. »Sie haben es schon. Die beiden ältesten Onkel: Onkel Jorge und Onkel Lucho.«

Meine Eltern lebten in den USA, und mein Vater war sehr streng, ich hatte große Angst vor ihm. Ich war bei meiner Mutter und ihrer Familie aufgewachsen, weit weg von ihm, und als meine Eltern sich wieder versöhnten und ich zu ihm zog, kamen wir überhaupt nicht miteinander aus. Er war konservativ und autoritär, seine Wutanfälle hatten etwas Eiskaltes, und wenn es stimmte, dass sie ihm geschrieben hatten, würde die Nachricht wie eine Bombe einschlagen, seine Reaktion würde entsprechend heftig sein. Unter dem Tisch nahm Tante Julia meine Hand:

»Du bist ganz blass, Varguitas. Jetzt hast du mal ein Thema für eine gute Erzählung.«

»Das Beste ist, einen kühlen Kopf und kaltes Blut zu bewahren«, munterte Javier mich auf. »Nur keine Angst, dann planen wir eine gute Strategie und stürzen uns ins Getümmel.«

»Auf dich sind sie auch sauer«, warnte ihn Nancy. »Für dich haben sie auch so ein blödes Wort.«

»Kuppler?« Tante Julia lächelte, und dann drehte sie sich zu mir und wurde traurig: »Für mich heißt das, dass sie uns trennen werden und dass ich dich nicht wiedersehe.«

»Das ist kitschig und darf man so nicht sagen«, erklärte ich ihr.

»Wie sie sich die ganze Zeit verstellt haben«, sagte Tante Julia. »Weder meine Schwester noch mein Schwager, kein einziger deiner Verwandten hat zu erkennen gegeben, dass sie es wissen und mich verachten. Immer so liebevoll, diese Heuchler.«

»Fürs Erste dürft ihr euch nicht mehr treffen«, sagte Javier. »Julita geht mit Verehrern aus, du lädst andere Mädchen ein. Soll die Familie glauben, ihr hättet Schluss gemacht.«

Geknickt kamen Tante Julia und ich überein, dass es die

einzige Lösung war. Doch als Nancy dann ging – wir schworen ihr, sie niemals zu verraten – und Javier ihr folgte und Tante Julia mich zu Panamericana begleitete, wussten wir beide, während wir mit hängendem Kopf und Hand in Hand über die regenfeuchte Calle Belén liefen, dass diese Strategie, und wir mussten es gar nicht aussprechen, die Lüge zur Wahrheit machen konnte. Wenn wir uns nicht sahen, wenn jeder seiner Wege ging, würde unsere Geschichte früher oder später zu Ende sein. Wir verabredeten, jeden Tag miteinander zu telefonieren, zu festen Uhrzeiten, und verabschiedeten uns mit einem langen Kuss.

Als ich mit dem rappelnden Aufzug wieder zum Dach hinauffuhr, verspürte ich, wie schon einige Male, den seltsamen Drang, Pedro Camacho von meinem Unglück zu erzählen. Es muss eine Ahnung gewesen sein, denn im Büro erwarteten mich, vertieft in ein angeregtes Gespräch mit dem Großen Pablito, während Pascual den Nachrichten Katastrophen beimischte (natürlich hielt er sich nicht an mein Totenverbot), die wichtigsten Mitarbeiter des bolivianischen Schreibkünstlers: Luciano Pando, Josefina Sánchez und Batán. Sie warteten artig, bis ich Pascual bei den letzten Nachrichten geholfen hatte, und als der und der Große Pablito uns noch einen schönen Abend gewünscht hatten und wir vier allein in der Bude waren, warfen sie sich unbehagliche Blicke zu, ehe sie sprachen. Es ging, daran bestand kein Zweifel, um den Künstler.

»Sie sind sein bester Freund, deshalb sind wir hier«, brachte Luciano Pando hervor. Er war klein und um die sechzig, ganz krumm und schief, mit Augen, die in unterschiedliche Richtungen schielten, und sommers wie winters, Tag und Nacht trug er ein speckiges Halstuch. Ich kannte ihn auch nur in diesem braunen Anzug mit blauen Streifen, der vom vielen Waschen und Bügeln bloß noch ein fadenscheiniges Etwas war. Sein rechter Schuh hatte auf dem Spann eine alte Narbe, durch die der Strumpf hindurchschien. »Es handelt sich um eine sehr delikate Angelegenheit. Sie können es sich schon denken …«

»Ehrlich gesagt, nein, Don Luciano«, sagte ich. »Oder meinen Sie Pedro Camacho? Na ja, wir sind befreundet, stimmt, aber Sie wissen ja, er ist ein Mensch, den man niemals wirklich kennenlernt. Ist etwas mit ihm?«

Er nickte, blieb aber stumm und schaute auf seine Schuhe, als bedrückte ihn, was er sagen wollte. Mit den Augen befragte ich seine Begleiterin und Batán, die ernst und reglos dastanden.

»Wir tun es aus Zuneigung und Dankbarkeit«, flötete Josefina Sánchez mit ihrer wunderschönen Samtstimme. »Denn niemand vermag einzuschätzen, junger Mann, was wir, die wir in diesem so schlecht bezahlten Beruf arbeiten, Pedro Camacho verdanken.«

»Wir waren immer das fünfte Rad am Wagen, niemand hat einen Pfifferling auf uns gegeben, wir waren so voller Komplexe, dass wir uns für Abschaum hielten«, sagte Batán, und er war derart aufgewühlt, dass ich schon an einen Unfall dachte. »Dank ihm haben wir unseren Beruf erst gesehen, haben gelernt, dass es ein künstlerischer ist.«

»Sie sprechen ja, als wäre er gestorben«, sagte ich.

»Was wären die Menschen ohne uns?«, zitierte Josefina Sánchez ihr Idol, ohne mir zu antworten. »Wer gibt ihnen die Hoffnung und die Gefühle, die ihnen im Leben helfen?«

Die schöne Stimme war dieser Frau gegeben, um sie für die Anhäufung von Irrtümern zu entschädigen, aus denen ihr Körper bestand. Es war unmöglich, ihr Alter zu erraten, auch wenn sie das halbe Jahrhundert schon hinter sich haben musste. Ihr dunkles Haar schaute, strohblond gefärbt, unter einem granatroten Turban hervor und hing ihr in Strähnen über die Ohren, ohne diese ganz zu verbergen, leider, denn sie waren riesig, wie begierig aufgesperrt vor den Geräuschen der Welt. Das Auffälligste aber war ihr Doppelkinn, ein praller Hautsack, der sich auf ihre bunte Bluse senkte. Dazu hatte sie einen dichten Damenbart, den man auch Schnurrbart hätte nennen können, und pflegte die fürchterliche Angewohnheit, beim Sprechen darüberzustreichen. Ihre Beine steckten in elastischen Fußballstutzen, weil sie unter Krampfadern litt. Zu jeder anderen Zeit hätte ihr Besuch meine Neugier geweckt. Doch an dem Abend war ich zu sehr mit meinen eigenen Problemen beschäftigt.

»Natürlich weiß ich, was die Leute Pedro Camacho zu verdanken haben«, sagte ich ungeduldig. »Nicht umsonst sind seine Hörspielserien die beliebtesten im Land.«

Ich sah, wie sie einen Blick wechselten, sich Mut machten.

»Das ist es ja«, sagte schließlich Luciano Pando, unruhig und betrübt. »Zuerst haben wir der Sache keine Bedeutung beigemessen. Wir dachten, es seien Nachlässigkeiten, Zerstreutheiten, wie sie jedem einmal passieren. Erst recht, wenn jemand von früh bis spät arbeitet.«

»Was ist denn nun mit Pedro Camacho?«, unterbrach ich ihn. »Ich verstehe gar nichts, Don Luciano.«

»Die Hörspielserien, junger Mann«, murmelte Josefina Sánchez, als würde sie ein Sakrileg begehen. »Sie werden immer eigenartiger.«

»Wir Schauspieler und Techniker wechseln uns ab und antworten den Hörern, die bei Radio Central anrufen und protestieren, wir spielen den Prellbock«, nahm Batán den Faden auf. Seine Stachelschweinfrisur glänzte, als hätte er Pomade im Haar, und wie immer trug er seinen Overall und die Schuhe ohne Schnürsenkel. Er schien gleich zu weinen. »Damit die Genaros ihn nicht hinauswerfen, Señor.«

»Wer wüsste besser als Sie, dass er auch nur von der Hand in den Mund lebt«, fügte Luciano Pando hinzu. »Was würde aus ihm, wenn sie ihn vor die Tür setzen? Er würde hungers sterben!«

»Und aus uns!«, sagte Josefina Sánchez empört. »Was würde aus uns, ohne ihn?«

Jetzt brach es aus ihnen heraus, sie rissen sich ums Wort

und erzählten mir alles ausführlich. Mit den Unstimmigkeiten (den »Schnitzern«, sagte Luciano Pando) hatte es vor etwa zwei Monaten angefangen, aber zuerst waren sie so unbedeutend, dass wahrscheinlich nur die Darsteller sie bemerkten. Zu Pedro Camacho hatten sie kein Wort gesagt, sie kannten sein Temperament und trauten sich nicht, außerdem dachten sie noch eine ganze Weile, es könnten bewusste Kniffe sein. Aber in den letzten drei Wochen war alles immer nur schlimmer geworden.

»Mittlerweile sind die Serien ein einziger Mischmasch, junger Mann«, sagte Josefina Sánchez untröstlich. »Sie geraten völlig durcheinander, und wir schaffen es selber nicht mehr, das Knäuel zu entwirren.«

»Hipólito Lituma war immer ein Sergeant, der Schrecken des Verbrechens von Callao, in der Serie um zehn«, sagte Luciano Pando mit aufgelöster Stimme. »Und vor drei Tagen ist das auf einmal der Name des Richters in der Serie um vier. Aber der Richter hieß Pedro Barreda. Nur als Beispiel.«

»Und jetzt soll Pedro Barreda Ratten jagen, weil sie seine kleine Tochter aufgefressen haben«, Josefina Sánchez kamen die Tränen. »Aber wen sie aufgefressen haben, war die kleine Schwester von Federico Téllez Unzátegui.«

»Können Sie sich vorstellen, was wir bei den Aufnahmen mitmachen?«, stammelte Batán. »Was wir da sagen und tun, ist blühender Unsinn.«

»Und die Verwechslungen zu korrigieren ist auch unmöglich«, schluchzte Josefina Sánchez. »Sie haben ja gesehen, wie der Herr Camacho die Sendungen im Griff hat. Er erlaubt nicht, auch nur ein Komma zu ändern. Sonst bekommt er einen fürchterlichen Wutanfall.«

»Er ist erschöpft, das ist die Erklärung«, sagte Luciano Pando und schüttelte kummervoll den Kopf. »Man kann nicht zwanzig Stunden am Tag arbeiten, ohne dass einem die Gedanken durcheinandergehen. Er braucht Urlaub, damit er wieder der wird, der er war.«

»Sie verstehen sich doch mit den Genaros«, sagte Josefina Sánchez. »Könnten Sie nicht mit ihnen sprechen? Ihnen nur sagen, dass er erschöpft ist, dass sie ihm ein paar Wochen Erholung gönnen sollen.«

»Das Schwierigste wird sein, ihn selbst davon zu überzeugen«, sagte Luciano Pando. »Aber so kann es nicht weitergehen. Sie würden ihn am Ende entlassen.«

»Im Sender klingelt andauernd das Telefon«, sagte Batán. »Wir müssen wahre Wunder vollbringen, um den Leuten etwas vorzugaukeln. Neulich stand sogar schon etwas in *La Crónica*.«

Ich sagte ihnen nicht, dass Genaro senior schon Bescheid wusste und mich beauftragt hatte, mit Pedro Camacho zu sprechen. Wir kamen überein, dass ich bei Genaro junior einmal vorfühlen sollte, und je nach seiner Reaktion würden wir entscheiden, ob es ratsam wäre, dass sie selber, im Namen aller Kollegen, zu ihm hingingen und die Verteidigung des Künstlers betrieben. Ich dankte ihnen für ihr Vertrauen und versuchte sie ein wenig optimistisch zu stimmen: Genaro junior sei moderner und verständnisvoller als Genaro senior, sicher lasse er sich überzeugen und gebe ihm Urlaub. Wir sprachen noch weiter, während ich die Lichter löschte und das Dachbüro abschloss. Auf der Calle Belén gaben wir uns die Hand, und ich sah, wie sie sich, unansehnlich und mit großem Herzen, auf der menschenleeren Straße im Nieselregen verloren.

In der Nacht bekam ich kein Auge zu. Wie üblich erwartete mich im Haus meiner Großeltern das Essen fertig und zugedeckt, aber ich aß keinen Bissen (und warf, um Großmutter nicht zu beunruhigen, das Panierte mit Reis in den Mülleimer). Die beiden waren schon im Bett, aber noch wach, und als ich für einen Gutenachtkuss zu ihnen ging, nahm ich sie detektivisch unter die Lupe, um an ihren Gesichtern Spuren der Sorge um meine skandalöse Liebesaffäre abzulesen. Aber nichts, kein Indiz: Sie waren von aufmerksamer Herzlichkeit, und Großvater fragte mich etwas für ein Kreuzworträtsel. Sie hatten auch eine gute Nachricht: Meine Mutter habe geschrieben, dass sie und mein Vater bald nach Lima kämen, um hier Urlaub zu machen, das genaue Datum der Ankunft teilten sie noch mit. Den Brief konnten sie mir nicht zeigen, eine Tante habe ihn. Es war das Ergebnis der denunziatorischen Briefe, kein Zweifel. Sicher hatte mein Vater gesagt: »Wir fahren nach Peru und bringen die Sache in Ordnung.« Und meine Mutter: »Wie Julia uns das nur hat antun können!« (Tante Julia und sie waren Freundinnen gewesen, als meine Familie in Bolivien lebte und ich noch nicht das Alter der Vernunft erreicht hatte.)

Das Zimmer, in dem ich schlief, war winzig und vollgestopft mit Büchern, Koffern und Truhen, in denen die Großeltern ihre Andenken aufbewahrten, viele Fotos ihres einstigen Wohlstands, als sie in Camaná eine Baumwollfarm besaßen, als Großvater als Landwirtschaftspionier nach Santa Cruz de la Sierra ging, als er in Cochabamba Konsul war oder in Piura Präfekt. Auf dem Bett liegend, starrte ich an die dunkle Decke und dachte an Tante Julia und dass sie uns früher oder später, auf die eine oder andere Weise ganz bestimmt trennen würden. Es machte mich wütend, das alles erschien mir dumm und schäbig, und plötzlich stand mir das Bild von Pedro Camacho vor Augen. Ich hatte an die Anrufe von Onkeln und Tanten, Cousins und Cousinen gedacht, die nach Tante Julia und mir fragten, und jetzt hörte ich die Anrufe der Radiohörer, wie sie irritiert nach den Personen fragten, die plötzlich einen anderen Namen trugen und von der Serie um drei in die um fünf sprangen, nach den Episoden, die ineinanderwucherten wie ein Dschungel, und ich versuchte angestrengt zu erraten, was wohl in dem verschlungenen Kopf des Künstlers vor sich ging, aber mir war nicht zum Lachen zumute, im Gegenteil, es berührte mich, wenn ich an die Darsteller bei Radio Central dachte, wie sie sich mit den Tontechnikern, den Sekretärinnen, den Pförtnern verbündeten, um die Anrufe einzudämmen und seine Entlassung zu verhindern. Es rührte an meine Seele, dass Luciano Pando, Josefina Sánchez und Batán gedacht hatten, ausgerechnet ich, der ich auch nur ein fünftes Rad am Wagen war, könnte auf die Genaros einwirken. Wie klein mussten sie sich fühlen, welchen Schandlohn mussten sie verdienen, dass ich ihnen einflussreich erschien. Immer wieder überkam mich ein unstillbares Verlangen, jetzt gleich Tante Julia zu sehen, zu berühren, zu küssen. Bis es hell wurde und ich die Morgenhunde bellen hörte.

Ich war früher als sonst bei Panamericana, und als um acht Uhr Pascual und der Große Pablito in die Bude kamen, hatte ich die Nachrichten schon vorbereitet, hatte alle Zeitungen gelesen, hatte (fürs Plagiat) angestrichen und umrahmt. Dabei schaute ich immer auf die Uhr. Tante Julia rief mich genau zur vereinbarten Zeit an.

»Ich habe die ganze Nacht kein Auge zugetan«, flüsterte sie mit tonloser Stimme. »Ich habe dich so lieb, Varguitas.«

»Ich dich auch, von ganzem Herzen«, flüsterte ich und wurde sauer, als ich sah, wie Pascual und der Große Pablito interessiert näher traten. »Ich habe auch kein Auge zugetan, ich habe an dich gedacht.«

»Wenn du wüsstest, wie nett meine Schwester und mein Schwager zu mir waren«, sagte Tante Julia. »Wir haben noch Karten gespielt. Ich kann es kaum glauben, dass sie Bescheid wissen und eine Verschwörung planen.«

»Aber das tun sie«, sagte ich. »Meine Eltern haben angekündigt, nach Lima zu kommen. Der einzige Grund sind wir. Um diese Zeit verreisen sie sonst nie.«

Sie schwieg, und ich konnte mir denken, was für ein trauriges, wütendes, enttäuschtes Gesicht sie am anderen Ende der Leitung machte. Ich sagte ihr noch einmal, dass ich sie liebte.

»Ich rufe dich um vier an, wie besprochen«, sagte sie schließlich. »Ich bin bei dem Chinesen an der Ecke, eine ganze Schlange wartet schon. Küsschen.«

Ich ging zu Genaro junior hinunter, aber er war nicht da. Ich ließ ihm ausrichten, ich müsse dringend mit ihm sprechen, und um etwas zu tun, um irgendwie die Leere in mir auszufüllen, ging ich in die Universität. Es lief eine Vorlesung in Strafrecht, der Professor war mir schon immer vorgekommen wie eine Figur aus einer Erzählung. In seiner vollkommenen Verbindung von Donjuanismus und Koprolalie schaute er die Studentinnen an, als würde er sie ausziehen, und alles diente ihm als Vorwand für einen doppeldeutigen Satz oder eine Obszönität. Ein Mädchen mit flachem Busen, das auf eine Frage eine prägnante Antwort gegeben hatte, beglückwünschte er mit den Worten: »So *knapp* gefallen Sie mir, Señorita«, was er sich auf der Zunge zergehen ließ, und die Erläuterung irgendeines Paragraphen endete in einem langen Vortrag über Geschlechtskrankheiten. Im Sender erwartete mich Genaro junior in seinem Büro:

»Ich nehme an, du kommst nicht wegen einer Gehaltserhöhung«, stellte er gleich an der Tür klar. »Wir sind fast bankrott.«

»Ich möchte mit dir über Pedro Camacho sprechen«, beruhigte ich ihn.

»Weißt du, dass er mittlerweile allen möglichen Unfug treibt?«, sagte er, als feierte er einen Dummejungenstreich. »Er versetzt Personen von einer Serie in die andere, ändert ihre Namen, vermischt die Handlung und macht aus allen Geschichten eine einzige. Ist das nicht genial?«

»Mir ist da was zu Ohren gekommen«, sagte ich und wusste nicht, was ich von seiner Begeisterung halten sollte. »Gestern Abend habe ich mit den Darstellern gesprochen. Sie sind besorgt. Er arbeitet zu viel, sie glauben, es könnte zu einem Kollaps führen. Du würdest die Henne verlieren, die goldene Eier legt. Warum gibst du ihm nicht einen kleinen Urlaub, damit er ein wenig zu Kräften kommt.«

»Camacho und Urlaub?«, erschrak der fortschrittliche Unternehmer. »Hat er dich um so etwas gebeten?«

Ich sagte nein, nur eine Anregung seiner Mitarbeiter.

»Sie sind es leid, dass er sie an die Kandare nimmt, und wollen ihn für ein paar Tage quitt sein«, erklärte er. »Es wäre Wahnsinn, ihm jetzt Urlaub zu geben«, worauf er mit triumphaler Miene ein paar Blätter schwang: »Diesen Monat haben wir erneut den Hörerrekord gebrochen. Das heißt, seine Idee, die Geschichten miteinander zu verschneiden, funktioniert. Mein Vater war schon besorgt über diesen Existenzialistenkram, aber der Erfolg gibt ihm recht, da sind die Umfragen«, und wieder lachte er. »Egal, solange es dem Publikum gefällt, müssen wir mit seinen Launen leben.«

Ich drang nicht weiter in ihn, um nichts Falsches zu sagen. Und warum sollte Genaro junior nicht recht haben? Konnte es nicht sein, dass der bolivianische Schreibkünstler diese Unstimmigkeiten perfekt geplant hatte? Ich hatte keine Lust, nach Hause zu gehen, und beschloss, einmal richtig zu aasen. Ich überredete den Kassierer des Senders, mir einen Vorschuss zu geben, und nach dem Mittagsmagazin ging ich zum Kabuff von Pedro Camacho und lud ihn zum Essen ein. Er hackte wie eine Berserker in die Maschine, was sonst. Ohne große Begeisterung nahm er die Einladung an und sagte gleich, er habe nicht viel Zeit.

Wir gingen in ein typisches Restaurant hinter dem Colegio de la Inmaculada, am Jirón Chancay, wo es Gerichte aus Arequipa gab, die ihn vielleicht, sagte ich, an die berühmten pikanten Speisen aus Bolivien erinnerten. Doch getreu seinen spartanischen Grundsätzen begnügte sich der Künstler mit einer Bouillon mit Ei und einem Bohnenmus, an dem er kaum roch. Er verzichtete auf den Nachtisch und protestierte in geschraubten Worten, welche die Kellner verwundert zur Kenntnis nahmen, dass sie nicht in der Lage seien, ihm seinen Tee mit Minze und Zitronenkraut zu bereiten.

»Ich habe großes Pech in letzter Zeit«, sagte ich, kaum dass wir bestellt hatten. »Meine Familie hat herausgefunden, dass ich mit Ihrer Landsmännin zusammen bin, und da sie älter ist als ich und geschieden, sind sie wütend. Sie werden etwas unternehmen, um uns zu trennen, und das tut mir weh.«

»Mit meiner Landsmännin?«, fragte er überrascht. »Sie haben Ihr Herz an eine Argentinierin verloren, Pardon, eine Bolivianerin?«

Ich erinnerte ihn daran, dass er Tante Julia kannte, dass wir in seinem Zimmer in der Pension La Tapada gewesen waren und bei ihm gegessen hatten, dass ich ihm schon von meinem Liebeskummer erzählt und er mir verordnet hatte, sie mit Pflaumen auf nüchternen Magen und anonymen Briefen zu kurieren. Ich sagte es ganz bewusst, strich jeden Punkt heraus, beobachtete ihn. Er hörte mir sehr ernst zu, ohne zu blinzeln.

»Solche Unannehmlichkeiten sind nicht das Schlechteste«, sagte er und schlürfte seinen ersten Löffel Bouillon. »Das Leid ist eine gute Schule.«

Worauf er das Thema wechselte und sich über die Kunst des Kochens ausließ sowie die Notwendigkeit, sich zu mäßigen, um geistig gesund zu bleiben. Er versicherte, zu viel Fett, Stärke und Zucker lähme die moralischen Prinzipien und mache die Menschen anfällig für das Verbrechen und das Laster.

»Nehmen Sie Ihre Bekannten und stellen Sie eine Statistik auf«, riet er mir. »Sie werden sehen, die Abartigen rekrutieren sich vor allem aus den Dicken. Einen Dünnen mit verderblichen Neigungen werden Sie nicht finden.«

Er war darum bemüht, es sich nicht anmerken zu lassen, aber ihm war nicht wohl in seiner Haut. Er sprach nicht mit derselben Natürlichkeit und Überzeugung wie andere Male, sondern plapperte nur, das war offensichtlich, abgelenkt von Sorgen, die er verbergen wollte. Auf seinen Glubschaugen lag ein unheilvoller Schatten, eine Furcht, etwas Beschämtes, und immer wieder biss er sich auf die Lippen. In seiner langen Mähne wimmelte es von Schuppen, und an seinem Hals, der im Hemdkragen schlackerte, entdeckte ich eine kleine

Medaille, über die er manchmal mit zwei Fingern strich. Er zeigte sie mir und erklärte: »Ein sehr wundertätiger Herr: der Christus von Limpias.« Sein schwarzes Jackett rutschte ihm über die Schultern, er sah blass aus. Eigentlich hatte ich die Hörspiele nicht erwähnen wollen, aber da er sich nicht mehr erinnerte, dass es Tante Julia gab und wir über sie gesprochen hatten, verspürte ich eine krankhafte Neugier. Wir hatten die Bouillon mit Ei gegessen und warteten bei einer Mais-Chicha auf das Hauptgericht.

»Heute Morgen habe ich mit Genaro junior von Ihnen gesprochen«, sagte ich so ungezwungen wie möglich. »Gute Neuigkeiten: Nach den Umfragen der Werbeagenturen sind die Hörerzahlen Ihrer Serien noch einmal gestiegen. Alles, was Beine hat, hört sie.«

Ich bemerkte, wie er erstarrte, den Blick abwandte, die Serviette zusammen- und wieder auseinanderrollte, ganz schnell, und ununterbrochen blinzelte. Ich fragte mich, ob ich fortfahren oder das Thema wechseln sollte, doch die Neugier war stärker:

»Genaro junior glaubt, der Anstieg der Hörerzahlen hat mit dieser Idee zu tun, die Personen von einer Serie in die andere zu stecken und die Geschichten zu verbinden«, sagte ich und sah, wie er die Serviette losließ, nach meinen Augen suchte, kreidebleich wurde. »Er findet es genial.«

Da er nichts sagte und mich nur anschaute, sprach ich weiter, und ich spürte, wie es mir immer schwerer von der Zunge ging. Ich sprach von der Avantgarde, von experimenteller Literatur, zitierte oder erfand Autoren, die, versicherte ich, in Europa die Sensation seien, weil sie Neuerungen ähnlich den seinen einführten: Wechsel der Identität von Personen im Laufe der Geschichte, Vortäuschung von Unstimmigkeiten, um die Spannung zu halten. Man hatte das Bohnenmus serviert, und ich fing an zu essen, glücklich, dass ich schweigen und auf den Teller schauen konnte und mich nicht weiter dem Unbehagen des bolivianischen Künstlers aussetzen musste. Eine Weile saßen wir so da, ich essend, er mit seiner Gabel in dem Bohnenmus oder den Reiskörnern stochernd.

»Da ist etwas höchst Unangenehmes«, hörte ich ihn schließlich sagen, ganz leise, wie zu sich selbst. »Ich verliere den Überblick über die Skripte, ich bin mir unsicher, Irrtümer schleichen sich ein«, und er schaute mich besorgt an. »Ich weiß, dass Sie ein loyaler junger Mann sind, ein Freund, dem man vertrauen kann. Kein Wort davon zu den Krämern!«

Ich tat überrascht, beteuerte wieder und wieder, wie sehr ich ihm zugetan sei. Aber er war ein anderer Mensch: gequält, unsicher, zerbrechlich, und auf seiner grünlichen Stirn glänzte der Schweiß. Er fasste sich an die Schläfen:

»Mein Kopf ist ein Vulkan von Ideen, gewiss«, sagte er. »Verräterisch ist das Gedächtnis. Das mit den Namen meine ich. Im Vertrauen, mein Freund. Ich werfe sie nicht durcheinander, sie geraten durcheinander. Wenn ich es merke, ist es zu spät. Man muss gehörig jonglieren, um sie wieder dahin zu bekommen, wo sie hingehören, um ihre Umzüge zu erklären. Ein Kompass, der Nord und Süd verwechselt, kann schlimm sein, sehr schlimm.«

Ich sagte, das sei die Erschöpfung, niemand könne in einem solchen Rhythmus arbeiten, ohne sich kaputtzumachen, er solle Urlaub nehmen.

»Urlaub? Erst im Grab«, erwiderte er, fast drohend, als hätte ich ihn beleidigt.

Doch dann erzählte er mir in aller Bescheidenheit, dass er, als er die *Vergesslichkeiten* bemerkte, versucht habe, eine Kartei anzulegen. Nur dass es unmöglich sei, ihm bleibe nicht einmal Zeit, die gesendeten Stücke zu Rate zu ziehen, jede Minute sei in Anspruch genommen von der Herstellung neuer Skripte. »Wenn ich aufhöre, wäre es das Ende der Welt«, murmelte er. Und warum konnten seine Mitarbeiter ihm nicht helfen? Warum ging er nicht zu ihnen, wenn Fragen aufkamen?

»Niemals«, antwortete er. »Sie würden die Achtung vor mir

verlieren. Sie sind Rohmaterial, meine Soldaten, und wenn ich patze, ist es ihre Pflicht, mit mir zu patzen.«

Er brach das Gespräch abrupt ab, um den Kellnern wegen des faden Kräutertees die Leviten zu lesen, und dann mussten wir im Galopp zum Sender zurück, weil ihn die Serie um drei erwartete. Als wir uns verabschiedeten, sagte ich, ich würde alles tun, um ihm zu helfen.

»Das Einzige, worum ich Sie bitte, ist Stillschweigen«, sagte er. Und mit seinem eisigen Lächeln fügte er hinzu: »Keine Sorge: Not macht erfinderisch.«

In meiner Dachbude sah ich die Zeitungen vom Nachmittag durch, markierte die Meldungen und verabredete für sechs Uhr ein Interview mit einem historisch interessierten Neurochirurgen, der mit inkaischem Gerät aus dem Anthropologischen Museum eine Schädelöffnung verübt hatte. Ab halb vier sah ich abwechselnd auf die Uhr und zum Telefon. Punkt vier rief Tante Julia an. Pascual und der Große Pablito waren noch nicht da.

»Meine Schwester hat heute Mittag mit mir gesprochen«, sagte sie mit düsterer Stimme. »Sie meint, der Skandal sei zu groß, deine Eltern würden mir die Augen ausreißen. Sie hat mich gebeten, nach Bolivien zurückzukehren. Was soll ich tun? Hierbleiben kann ich nicht, Varguitas.«

»Willst du mich heiraten?«, fragte ich sie.

Sie lachte, und es klang nicht sehr fröhlich.

»Ich meine es ernst«, sagte ich.

»Du möchtest wirklich, dass ich dich heirate?«, und wieder lachte Tante Julia, diesmal schon heiterer.

»Heißt das ja oder nein?«, ließ ich nicht locker. »Jetzt sag schon, gleich kommen Pascual und der Große Pablito.«

»Willst du deiner Familie beweisen, dass du schon erwachsen bist?«, fragte Tante Julia liebevoll.

»Auch, ja«, musste ich zugeben.

XIV

Die Geschichte des ehrwürdigen Paters Don Seferino Huanca Leyva, Pfarrer in jener Brutstätte des Lasters, die an das fußballerische Viertel La Victoria grenzt und sich Mendocita nennt, begann vor einem halben Jahrhundert, als eines Karnevalsabends ein junger Mann aus gutem Hause, der gerne im Volk badete, in einer Hinterhofkolonie im Chirimoyo eine lebenslustige Wäscherin schändete: die Schwarze Teresita.

Als sie merkte, dass sie schwanger war, nahm sie, da schon mit acht Kindern gesegnet, aber keinem Ehemann und ohne Hoffnung, dass bei ihrem zahlreichen Nachwuchs einer sie zum Altar führte, rasch die Dienste von Doña Angélica in Anspruch, einer weisen alten Frau von der Plaza de la Inquisición, die sich als Hebamme erbot, vor allem aber die Vorhölle mit Gästen versah (einfacher gesagt: sie war Engelmacherin). Doch trotz der giftigen Absude, die Doña Angélica der Schwarzen Teresita zu trinken gab (Eigenurin mit mazerierten Mäusen), verweigerte die Frucht der Schändung mit einer Hartnäckigkeit, die den späteren Charakter schon erahnen ließ, die Loslösung von der mütterlichen Plazenta, und so blieb der Fötus an Ort und Stelle, zusammengerollt wie eine Schraube, wuchs heran und bildete sich aus, bis der Wäscherin, neun Monate nach der karnevalistischen Unzucht, nichts anderes übrigblieb, als ihn zu gebären.

Man gab ihm den Namen Seferino, um seinem Taufpaten zu gefallen, einem gleichnamigen Pförtner im Kongressgebäude, sowie die beiden Nachnamen der Mutter. In seiner Kindheit deutete nichts darauf hin, dass er einmal Priester würde, denn am liebsten waren ihm nicht die frommen Übungen, sondern das Spiel mit Kreiseln und fliegenden Drachen. Doch immer zeigte er, auch als er noch nicht sprechen konnte, einen ausgeprägten Willen. Teresita, die Wäscherin, praktizierte intuitiv eine von Sparta oder Darwin inspirierte Philosophie der Erziehung, und so brachte sie ihren Kindern bei, dass sie, wenn ihnen daran gelegen war, in diesem Dschungel zu bestehen, lernen mussten, Bisse einzustecken und auszuteilen, und dass Milch zu trinken oder zu essen eine Angelegenheit war, die ab dem Alter von drei Jahren einzig ihnen selbst oblag, denn auch wenn sie zehn Stunden am Tag Wäsche wusch und acht weitere die Wäsche in ganz Lima austrug, schaffte sie es nur, sich selber und jene Kinder über Wasser zu halten, die nicht das Mindestalter erreicht hatten, um für sich allein zu sorgen.

Das Kind der Schändung legte hierbei die gleiche Sturheit an den Tag, die es schon bewiesen hatte, als es sich im Mutterleib an das Leben klammerte, und ernährte sich von allen möglichen Schweinereien, die es in Mülleimern fand oder von Bettlern und Hunden erstritt. Während seine Halbgeschwister wie die Fliegen starben, an Vergiftung, Tuberkulose, oder wie all jene Kinder, die das Erwachsenenalter rachitisch und psychisch beschädigt erreichen, die Prüfung nur halb bestanden, wuchs Seferino Huanca Leyva gesund und kräftig und geistig einigermaßen intakt heran. Als die Wäscherin (an Wasserscheu leidend?) nicht mehr arbeiten konnte, war er es, der sie ernähren musste, und später bezahlte er für sie eine von der Casa Guimet ausgerichtete Beerdigung erster Klasse, die das ganze Chirimoyo als die schönste in der Geschichte des Viertels pries (da war er schon Pfarrer von Mendocita).

Der Junge war frühreif und scheute keine Tätigkeit. Zugleich mit dem Sprechen lernte er, von den Passanten auf der Avenida Abancay ein Almosen zu erbetteln, wobei er das Gesicht eines kleinen Schmutzengels aufsetzte, was die Damen aus altem Adel mildtätig stimmte. Dann war er Schuhputzer, bewachte Autos, verkaufte Zeitungen, Emollienzien, Mandelgebäck, war Platzanweiser im Stadion und Altkleiderhändler.

Wer hätte gesagt, dass dieses Kind mit den schwarzen Fingernägeln, schmutzigen Füßen und einem Kopf voller Nissen, notdürftig bedeckt von einem löchrigen Pullover, Jahre später einmal zum umstrittensten Geistlichen Perus würde?

Wie er lesen lernte, war ein Rätsel, denn eine Schule hatte er niemals betreten. Im Chirimoyo hieß es, sein Pate, der Pförtner beim Kongress, habe ihm das Alphabet beigebracht und wie man Silben bildet, alles andere habe er, mit der Beharrlichkeit jener Kinder aus der Gosse, die es zum Nobelpreis schaffen, durch reine Willenskraft erreicht. Als Seferino Huanca Leyva mit zwölf Jahren durch die Stadt zog und in den Palästen nach ausgedienter Kleidung und alten Schuhen fragte (die er dann in den Armenvierteln verkaufte), lernte er die Person kennen, die ihn in den Stand versetzen sollte, ein Heiliger zu werden: Mayte Unzátegui, eine baskische Großgrundbesitzerin, bei der man nicht wusste, was größer war, ihr Vermögen oder ihr Glaube, ihre Ländereien oder ihre Verehrung des Christus von Limpias. Die Dame kam gerade aus ihrem maurischen Wohnsitz an der Avenida San Felipe in Orrantia, und der Chauffeur hielt ihr den Schlag des Cadillacs auf, als sie mitten auf der Straße, neben seinem Karren mit den gesammelten Kleidungsstücken des Morgens, die Frucht der Schändung bemerkte. Sein bitteres Elend, die intelligenten Augen und Züge eines zielstrebigen jungen Wolfes gefielen ihr. Bei Sonnenuntergang, sagte sie, werde sie ihn besuchen.

Im Chirimoyo wurde herzlich gelacht, als Seferino Huanca Leyva verkündete, am Abend komme eine Dame in einer Luxuskarosse zu ihm, gefahren von einem Chauffeur in blauer Uniform. Doch als um sechs Uhr der Cadillac vor dem beengten Vielfamilienhaus hielt und Doña Mayte Unzátegui, elegant wie eine Herzogin, in den offenen Gang trat und nach Teresita fragte, waren alle überzeugt (und sprachlos). Doña Mayte, eine jener Geschäftsfrauen, die selbst noch die Zeit für die Menstruation einplanen, unterbreitete der Wäscherin sogleich ein Angebot, das diese mit einem Freudenschrei quittierte. Sie würde die Ausbildung von Seferino Huanca Leyva bezahlen und seine Mutter mit einer Zuwendung von zehntausend Sol bedenken, unter der Voraussetzung, dass der Junge Pfarrer werde.

So kam es, dass das Kind der Schändung Schüler des Priesterseminars Santo Toribio de Mogrovejo in Magdalena del Mar wurde. Anders als in anderen Fällen, bei denen die Berufung dem Beruf vorausgeht, entdeckte Seferino Huanca Leyva erst als Seminarist, dass er zum Pfarrer geboren war. Er wurde zu einem frommen und tüchtigen Schüler, war der Liebling der Lehrer, erfüllte die Schwarze Teresita und seine Gönnerin mit Stolz. Doch während seine Zensuren in Latein, Theologie und Patristik in luftige Höhen schossen und seine Religiosität, ob er Messen hörte, Gebete sprach oder sich Geißelungen auferlegte, in untadeliger Weise zum Ausdruck kam, machten sich bei ihm, als er in die Pubertät kam, Anzeichen von etwas bemerkbar, was später einmal, bei den großen Debatten, welche die kühnen Taten des Pfarrers auslösten, seine Verteidiger als die Ungeduld des religiösen Eifers und seine Verleumder als das kriminelle, rauflustige Vermächtnis des Chirimoyo bezeichneten. So verbreitete er zum Beispiel, noch bevor er ordiniert wurde, unter den Seminaristen die These, dass es notwendig sei, die Kreuzzüge wiederzubeleben und Satan nicht nur mit den weiblichen Waffen des Gebets und der Aufopferung zu bekämpfen, sondern erneut mit den männlichen (und, wie er betonte, wirksameren) des Körpers, mit Faustschlägen und Kopfstößen, und sofern die Umstände es erforderten, auch mit dem Messer und der Kugel.

Seine Oberen waren so besorgt, dass sie eiligst gegen dergleichen närrische Ansichten vorgingen, doch fanden diese in Doña Mayte Unzátegui eine glühende Verfechterin, und da die philanthropische Großgrundbesitzerin für ein Drittel der Seminaristen den Unterhalt bestritt, mussten sie in den sauren Apfel beißen, machten gute Miene zum bösen Spiel und verschlossen Augen und Ohren vor Seferino Huanca Leyvas Theorien. Aber es waren nicht nur Theorien, die Praxis bekräftigte sie. Kein freier Tag, an dem der Junge nicht abends aus dem Chirimoyo zurückkam und ein Beispiel anführte für das, was er die bewaffnete Predigt nannte. So hatte er einmal im Trubel der Straßen seines Viertels gesehen, wie ein Betrunkener seine Frau verprügelte, war dazwischengegangen und hatte dem Rabauken mit Fußtritten beide Schienbeine gebrochen, worauf er ihm einen Vortrag hielt, wie ein christlicher Ehemann sich zu verhalten habe. Ein andermal hatte er, als er im Bus Richtung Cinco Esquinas einen unerfahrenen Taschendieb erwischte, der eine alte Frau ausrauben wollte, diesen mit Kopfstößen an seinem Vorhaben gehindert (und ihn dann persönlich zur Unfallstation gebrachte, damit man ihm das Gesicht nähte). Und einmal schließlich, als er im hohen Gras des Matamula-Parks ein Pärchen dabei überraschte, wie es sich auf tierische Weise ergötzte, hatte er sie beide bis aufs Blut geschlagen und, wenn sie nicht noch weitere Prügel wollten, auf Knien schwören lassen, unverzüglich zu heiraten. Seferino Huanca Leyvas Grundsatz »Reinheit muss man, wie das ABC, in die Köpfe bimsen« fand seine Krönung (um es irgendwie zu benennen) jedoch in dem Faustschlag, den er, ausgerechnet in der Kapelle des Seminars, seinem Tutor und Lehrer in thomistischer Philosophie versetzte, dem sanften Pater Alberto de Quinteros, als der ihn, in einer Anwandlung brüderlicher Verbundenheit, auf den Mund zu küssen versuchte. Als einfacher und nicht im Geringsten nachtragender Mensch (er war erst spät in den Priesterstand getreten, nachdem er als Psychologe mit einem berühmten Fall, der Heilung eines jungen Arztes, der seine eigene Tochter in der Umgebung von Pisco totgefahren hatte, zu Ruhm und Vermögen gekommen war) sprach sich der ehrwürdige Pater Quinteros, kaum dass er aus dem Krankenhaus zurückkehrte, wo man ihm die Wunde am Mund schloss und die drei ausgeschlagenen Zähne ersetzte, gegen eine Verweisung des jungen Seferino Huanca Leyva aus, und er selbst ministrierte, mit der Großzügigkeit jener großen Geister, die so oft die andere Wange hinhalten, dass sie postum heiliggesprochen werden, die Messe, bei der das Kind der Schändung zum Priester geweiht wurde.

Doch nicht nur die Überzeugung des Seminaristen Seferino Huanca Leyva, die Kirche habe das Böse mit der Faust zu bekämpfen, trieb die Oberen um, viel mehr noch war es sein (uneigennütziger?) Glaube, dass es zu dem weiten Katalog der Todsünden keinesfalls gehören dürfe, sich selbst zu berühren. Trotz der Rügen seiner Lehrer, die ihn – ein Bündel biblischer Zitate und päpstlicher Bullen, herabgeschleudert auf Onan – aus seinem Irrtum reißen sollten, hetzte der Junge der Engelmacherin Doña Angélica, stur, wie er schon vor der Geburt gewesen war, des Nachts seine Mitschüler auf und versicherte ihnen, der Handakt sei von Gott ersonnen, um die Geistlichen für das Keuschheitsgelübde zu entschädigen oder es zumindest erträglich zu gestalten. Die Sünde, argumentierte er, liege in der Lust, welche das Fleisch der Frau verspreche oder (noch perverser) das Fleisch *anderer*, aber warum sollte sie in der einsamen, bescheidenen, unfruchtbaren Erleichterung liegen, welche die Vereinigung von Fingern und Phantasie schenke? In einer Abhandlung, die er im Unterricht des ehrwürdigen Paters Leoncio Zacarías vortrug, deutete er, verfängliche Stellen des Neuen Testaments auslegend, gar an, dass es gute Gründe gebe, der gar nicht so abwegigen Hypothese zuzuneigen, Christus selbst habe einmal – nachdem er Magdalena kennengelernt hatte? – auf masturbatorische Weise die Versuchung zur Unkeuschheit bekämpft. Pater Zacarías bekam einen Ohnmachtsanfall, und der Schützling der baskischen Pianistin stand kurz davor, als Gotteslästerer vom Priesterseminar verwiesen zu werden.

Er bereute, bat um Verzeihung, tat die ihm auferlegte Buße, und für eine Weile unterließ er es, weiter diese absonderlichen

Gerüchte in die Welt zu setzen, die seine Lehrer zur Weißglut und die Seminaristen in Wallung brachten. Doch was ihn selber betraf, so ließ er nicht ab, sie zu praktizieren, denn schon bald hörten seine Beichtväter ihn, kaum dass er im knarrenden Gehäuse kniete, sagen: »In dieser Woche war ich der Geliebte der Königin von Saba, der Ehefrau des Holofernes und von Dalilah.« Es war dieser Eigensinn, der es Seferino Huanca Leyva verwehrte, eine Reise anzutreten, die seinen Geist bereichert hätte. Er war gerade ordiniert worden, und da er trotz seines heterodoxen Zeitvertreibs ein außergewöhnlich fleißiger Schüler gewesen war und niemand je seinen flirrenden Verstand in Zweifel zog, beschloss die Obrigkeit, ihn zum Doktorstudium nach Rom an die Gregorianische Universität zu schicken. Sogleich verkündete der frischgeweihte Priester, er werde – jenen Gelehrten gleich, die vom Nachschlagen in den staubigen Manuskripten der Vatikanischen Bibliothek erblinden – eine Dissertation schreiben mit dem Titel: *Vom einsamen Laster als Fels der klerikalen Keuschheit.* Als man sein Vorhaben zornig zurückwies, verzichtete er auf die Reise nach Rom und begrub sich in der Hölle von Mendocita, aus der er nicht mehr herauskommen sollte.

Er selbst hatte sich, als er erfuhr, dass alle Priester von Lima es fürchteten wie die Pest, dieses Viertel ausgesucht, weniger weger der hohen Mikrobendichte, die seine hieroglyphische Landschaft aus sandigen Fußwegen und buntgewirkten Hütten – Pappe, Wellblech und Stroh, Bretter, Lumpen, Zeitungspapier – zu einem Labor der raffiniertesten Formen von viraler und parasitärer Infektion gemacht hatte, als vielmehr wegen der gesellschaftlichen Gewalt, die in Mendocita herrschte. Das Armenviertel war damals tatsächlich eine Hochschule des Verbrechens, mit seinen proletarischsten Fachrichtungen wie Einbruchs- und Einstiegsdiebstahl, Prostitution, Messerstecherei, Kleinbetrug, Drogenhandel, Zuhälterei.

Mit eigenen Händen baute Pater Seferino Huanca Leyva

in wenigen Tagen eine Lehmziegelhütte, in die er keine Tür einsetzte, trug eine Pritsche aus zweiter Hand und eine Strohmatratze hinein, beide erworben auf dem Straßenmarkt von La Parada, und gab bekannt, er werde fortan jeden Morgen um sieben Uhr eine Messe unter freiem Himmel lesen. Desgleichen verkündete er, dass er von Montag bis Samstag die Beichte abnehme, den Frauen von zwei bis sechs und den Männern von sieben bis Mitternacht, um unerwünschte Tuchfühlung zu vermeiden. Ferner wies er darauf hin, dass er gedenke, vormittags von acht bis um zwei eine Vorschule einzurichten, um den Kindern des Viertels das Alphabet, die Zahlen und den Katechismus beizubringen. Doch sein Enthusiasmus zerschellte an der Wirklichkeit. Bei den Morgenmessen bestand seine Kundschaft aus kaum einer Handvoll triefäugiger alter Männer und Frauen mit ersterbenden körperlichen Reflexen, Menschen, die zuweilen, ohne es zu bemerken, diesen unfrommen Brauch der Bewohner eines gewissen Landes pflegten (bekannt für seine Rinder oder seine Tangos?), einen fahrenzulassen und ihre Notdurft, gänzlich bekleidet, während des Gottesdienstes zu verrichten. Und was die nachmittägliche Beichte und die vormittägliche Schule anbetraf, so erschien nicht einmal ein Schaulustiger, den der Zufall vorbeischickte.

Was war passiert? Der Wunderheiler des Viertels, Jaime Concha, ein stämmiger ehemaliger Sergeant der Guardia Civil, der, nachdem ihn der Befehl ereilte, einen armen, von einem Hafen Asiens als blinder Passagier nach Callao gekommenen Gelben mit der Kugel hinzurichten, seine Uniform an den Nagel hängte und sich fortan mit solchem Erfolg der volksnahen Medizin widmete, dass das Herz von Mendocita ganz und gar in seiner Hand war, sah mit Argwohn die Ankunft eines möglichen Konkurrenten und betrieb nun den Boykott der Pfarrkirche.

Kaum hatte eine Denunziantin ihn darüber informiert (die ehemaligen Zauberin von Mendocita, Doña Mayte Unzátegui, eine indigoblaublütige Baskin, die abgerutscht und von Jaime Concha als Königin und Herrin des Viertels verdrängt worden war), da wusste Pater Seferino Huanca Leyva, mit jener freudigen Erregung, welche die Augen verschleiert und in der Brust ein Feuer entfacht, dass der Moment gekommen war, seine Theorie von der bewaffneten Predigt in die Tat umzusetzen. Wie ein Zirkusschreier lief er durch die gesprenkelten Gassen und rief in die Welt, dass am nächsten Sonntag um elf Uhr vormittags auf dem Fußballacker er und der Wunderheiler mit den Fäusten herausfinden würden, wer von ihnen mannhafter wäre. Als der kräftige Jaime Concha sich bei dem Lehmziegelhäuschen einfand und Pater Seferino fragte, ob dies als Herausforderung zu verstehen sei, sich zu prügeln, fragte der Mann aus dem Chirimoyo lediglich kühl zurück, ob es ihm lieber sei, wenn sie statt mit nackten Fäusten mit Messern zum Kampf erschienen. Der ehemalige Sergeant ging wieder, sich biegend vor Lachen, und erklärte den Bewohnern, als er noch bei der Guardia Civil gewesen sei, habe er, wenn er auf der Straße einem bissigen Hund begegnete, diesen mit einer Kopfnuss getötet.

Der Streit zwischen dem Priester und dem Wunderdoktor schürte eine außerordentliche Erwartung, und nicht nur ganz Mendocita, auch La Victoria, El Porvenir, der Cerro San Cosme und El Agustino kamen herbei. Pater Seferino fand sich in Hose und Unterhemd ein und bekreuzigte sich vor dem Kampf. Dieser war kurz, aber sehenswert. Der Mann aus dem Chirimoyo hatte körperlich weniger zu bieten als der ehemalige Polizist, war ihm an Tricks jedoch überlegen. Zur Eröffnung streute er ihm eine gute Portion Chilipulver in die Augen, das er in der Tasche bei sich trug (später erklärte er den Fans: »Bei einer echten peruanischen Rauferei ist alles erlaubt«), und als der Goliath, angeschlagen vom intelligenten Treffer aus der Schleuder Davids, blind zu taumeln begann, schwächte er ihn mit einer zusätzlichen Salve von Fußtritten in die Weichteile, bis er sah, dass er sich krümmte. Eine

Verschnaufpause gönnte er ihm nicht, er ging gleich zum Frontalangriff auf sein Gesicht über, linker Haken, rechter Haken, und änderte seinen Stil erst, als er ihn zu Boden gestreckt hatte. Er vollendete das Massaker, indem er ihm auf die Rippen und in den Magen trat. Brüllend vor Schmerz und vor Scham gab Jaime Concha sich geschlagen. Und unter dem Beifall der Menge fiel Pater Seferino Leyva auf die Knie und sprach ein Gebet, das Gesicht zum Himmel gewandt, die Hände über der Brust gekreuzt.

Dieses Ereignis – das selbst in die Zeitungen gelangte und den Erzbischof verärgerte – trug Pater Seferino die ersten Sympathien seiner noch potentiellen Schäfchen ein. Die morgendlichen Messen waren nun besser besucht, und ein paar sündige Seelen, weibliche zumal, erbaten die Beichte, auch wenn es seltene Fälle blieben, die nicht den zehnten Teil seiner ausgedehnten Arbeitszeiten in Anspruch nahmen, wie der optimistische Pfarrer sie – das Sündenvermögen von Mendocita über den Daumen geschätzt – veranschlagt hatte. Eine weitere Tat, die im Viertel wohlwollend aufgenommen wurde und ihm neue Kundschaft brachte, war, wie er sich gegenüber Jaime Concha nach dessen demütigender Niederlage verhielt. Er selbst half den Nachbarinnen, ihm Jod und Arnika aufzutragen, und ließ ihn wissen – Großzügigkeit der Napoleons dieser Welt, die erst die Armee aufreiben und dann den geschlagenen General zum Champagner bitten und mit ihrer Tochter verheiraten –, dass er ihn nicht aus Mendocita verstoße, sondern im Gegenteil bereit sei, ihn als Küster in die Pfarrei aufzunehmen. Dem Wunderheiler blieb es weiterhin gestattet, einen Trank für die Freundschaft oder die Feindschaft, den bösen Blick oder die Liebe auszugeben, jedoch zu moderaten Preisen, vom Pfarrer persönlich festgesetzt, und untersagt war ihm nur, sich mit Seelenangelegenheiten zu beschäftigen. Er erlaubte ihm auch, sich weiter als Knochendoktor zu betätigen, für jene Anwohner, die sich etwas ausgerenkt oder Schmerzen im Gelenk hatten, nur durfte er nicht versuchen, anderweitig Erkrankte zu heilen, sie waren ins Krankenhaus zu bringen.

Die Art, wie Pater Seferino Huanca Leyva es schaffte, die kleinen Jungen von Mendocita – Fliegen, die den Honig riechen, Pelikane, die den Fisch erblicken – in seine geschmähte Vorschule zu locken, war recht unorthodox und trug ihm die erste ernstliche Verwarnung der bischöflichen Kurie ein. Er gab bekannt, dass sie für jede Woche Anwesenheit als Geschenk ein Andachtsbildchen bekämen. Dergleichen Köder wäre unzureichend gewesen für das begierige Lumpenvölkchen, wenn die milde so umschriebenen *Andachtsbildchen* des jungen Mannes aus dem Chirimoyo nicht in Wirklichkeit Nacktbilder von Frauen gewesen wären, die man nur schwer mit Jungfrauen hätte verwechseln können. Einigen Familienmüttern, die sich von seinen pädagogischen Methoden verwundert zeigten, versicherte der Pfarrer feierlich, dass die Bildchen, auch wenn es unglaublich klinge, ihre Bengel von dem unreinen Fleisch fernhielten und dafür sorgten, dass sie artiger, fügsamer und schläfriger würden.

Um die Mädchen des Viertels einzunehmen, bediente er sich der Neigungen, welche die Frau zur ersten biblischen Sünderin machten, dazu der Dienste von Mayte Unzátegui, die als Pfarrhelferin nunmehr ebenfalls Teil der Belegschaft war. Sie wusste sich – eine Weisheit, die nur zwanzig Jahre Erfahrung als Bordellwirtin in Tingo María vergönnen – die Herzen der Mädchen zu gewinnen, indem sie ihnen einen Unterricht gab, der ihnen große Freude bereitete, und so lernten diese, wie man sich Lippen, Wangen, Augenbrauen anmalt, ohne im Laden Schminke kaufen zu müssen, wie man mit Watte, Kissen und selbst Zeitungspapier falsche Brüste, Hüften, Hinterteile anfertigt und die modischen Tänze tanzt: Rumba, Huaracha, Porro und Mambo. Als der Visitator der Kirche die Pfarrei inspizierte und in der Mädchenabteilung der Vorschule das Gedränge der Gören sah, die sich mit dem einzigen Paar hochhackiger Schuhe des Viertels abwechselten und vor der lehramtlichen Aufsicht der Exkupplerin in den Hüften wiegten, da rieb er sich die Augen. Als er seine Sprache wiederfand, fragte er Pater Seferino, ob er eine Schule für Prostitution eingerichtet habe.

»Die Antwort ist ja«, erwiderte der Sohn der Schwarzen Teresita, ein Mann, der das Wort nicht fürchtete. »Da ihnen nichts anderes übrigbleibt, als diesen Beruf zu ergreifen, sollen sie ihn wenigstens mit Verstand ausüben.«

(Wofür er die zweite ernstliche Verwarnung der Kurie erhielt.)

Allerdings stimmt es nicht, dass Pater Seferino, wie seine Verleumder später verbreiteten, der Oberlude von Mendocita gewesen wäre. Er war nur ein realistischer Mensch, der das Leben wie seine Westentasche kannte. Er förderte nicht die Prostitution, er versuchte sie in eine anständige Form zu bringen und lieferte sich heiße Schlachten, um die Frauen, die sich den Lebensunterhalt mit ihrem Körper verdienten (in Mendocita alle zwischen zwölf und sechzig) vor dem Tripper und der Ausplünderung durch die Zuhälter zu bewahren. Die Beseitigung der zwei Dutzend Luden des Viertels (in einigen Fällen ihre Rehabilitierung) war ein heldenhaftes Werk der gesellschaftlichen Hygiene, die Pater Seferino mehrere Messerstiche und einen Glückwunsch des Bürgermeisters von La Victoria eintrug. Dabei bediente er sich seiner Philosophie der bewaffneten Predigt. Durch Jaime Concha ließ er öffentlich ausrufen, dass Gesetz und Religion es den Menschen verböten, wie Schmarotzer auf dem Rücken untergeordneter Wesen zu leben, und wer immer eine Frau ausbeute, bekomme seine Fäuste zu spüren. So renkte er dem Großen Schmalzkopf Pacheco den Unterkiefer aus, schlug den Deckhengst einäugig, Knüppel-Pedrito impotent, Macho Sampedri schwachsinnig und den Schwarzfisch Huambachano veilchenblau. Im Verlauf dieses abenteuerlichen Feldzugs wurde er eines Nachts in einen Hinterhalt gelockt und von Messerstichen durchlöchert; die Angreifer hielten ihn für tot und ließen ihn im Matsch liegen, für die Hunde. Doch der darwinistische junge Mann war robuster als die rostigen Messerklingen, die ihn stachen, und er überlebte, bewahrte jedoch – eiserne Male an Mannes Leib und Gesicht, von lasziven Damen appetitlich genannt – ein halbes Dutzend Narben, für die man den Anführer des Überfalls, nach dem Prozess, als unheilbar verrückt in die Psychiatrische Anstalt schickte, jenen Mann aus Arequipa mit dem religiösen Vornamen und dem maritimen Nachnamen, Ezequiel Delfín.

Opfer und Mühen schenkten die erwarteten Früchte, und Mendocita war, zum allgemeinen Erstaunen, von Zuhältern frei. Pater Seferino wurde zum Schwarm der Frauen des Viertels, sie strömten in die Messe und beichteten jede Woche. Um sie vor ungesunden Einflüssen auf das Gewerbe, das ihnen zu essen gab, zu bewahren, lud Pater Seferino einen Arzt der Katholischen Aktion ein, damit er ihnen Ratschläge zur Sexualhygiene gebe und sie über die praktischen Möglichkeiten belehre, rechtzeitig, beim Freier oder sich selbst, den Auftritt des Gonokokkus zu erkennen. Bei Fällen, in denen die Techniken der Geburtenkontrolle, wie Mayte Unzátegui sie ihnen einschärfte, das gewünschte Ergebnis versagten, ließ Pater Seferino eine Schülerin von Doña Angélica aus dem Chirimoyo nach Mendocita kommen, um die Knirpse der söldnerischen Liebe zu gelegener Zeit in den Limbus zu befördern. Die ernstliche Verwarnung, welche die Kurie ihm erteilte, als sie erfuhr, dass der Pfarrer ein Anhänger der Abtreibung war und den Gebrauch von Präservativen und Pessaren begünstigte, war die dreizehnte.

Die vierzehnte kam wegen der sogenannten Gewerbeschule, die er so dreist war zu gründen. In ihr lehrten die Erfahrenen des Viertels in unterhaltsamen Gesprächen – eine Anekdote hier, eine Anekdote da, unter den Wolken oder gelegentlichen Sternen der Nacht von Lima – den noch unbeschriebenen Neulingen mannigfache Arten, sich den Lebensunterhalt zu verdienen. Wer wollte, konnte dort zum

Beispiel jene Übungen erlernen, die aus den Fingern überaus gescheite und ebenso diskrete Eindringlinge machen, welche sich ins Innerste einer jeden Hosentasche, Handtasche, Brieftasche oder Reisetasche stehlen und unter den verschiedenartigsten Dingen die begehrte Beute erkennen; oder mit handwerklicher Geduld herausfinden, wie beim Öffnen von Türen jeder Draht selbst den barocksten Schlüssel aufs Schönste zu ersetzen vermag und wie die Motoren der unterschiedlichsten Automodelle anspringen, falls man zufällig nicht der Halter ist. Es wurde beigebracht, im Fluge Wertgegenstände an sich zu reißen, ob zu Fuß oder auf dem Fahrrad, über Mauern zu klettern und in aller Stille die Fenster der Häuser vom Glas zu befreien, ein jedes Ding, das plötzlich den Besitzer wechselt, einer plastischen Chirurgie zu unterziehen und, auch ohne die Genehmigung des Kommissars, die artenreiche Kerkerlandschaft Limas zu verlassen. Selbst die Herstellung von Messern und – dem Neid entsprungenes Gerede? – die Gewinnung von Schnee aus der Kokapaste lernte man an dieser Schule, was Pater Seferino schließlich die Freundschaft und Kumpanei der Männer von Mendocita und auch das erste Scharmützel mit der Wache von La Victoria einbrachte, wo man ihm eines Nachts, abgeführt als graue Eminenz des Verbrechens, Prozess und Gefängnis androhte. Gerettet wurde er, wie sollte es anders sein, von seiner einflussreichen Gönnerin.

Pater Seferino war längst eine populäre Gestalt, deren sich Zeitungen, Zeitschriften und das Radio annahmen. Seine Initiativen gaben Anlass zu Polemiken. Für manche war er ein Erzheiliger, ein Vorläufer jenes neuen Jahrgangs von Priestern, die einmal die Kirche revolutionieren würden; andere waren überzeugt, dass er zur fünften Kolonne Satans gehörte und den Auftrag hatte, das Haus Petri zu untergraben. Mendocita wurde (sein Verdienst oder seine Schuld?) zu einer touristischen Attraktion: Neugierige, Betschwestern, Journalisten, Snobs kamen ins ehemalige Paradies der Ganoven, um

Pater Seferino zu sehen, zu berühren, zu interviewen oder um ein Autogramm zu bitten. So viel Öffentlichkeit spaltete die Kirche: Ein Teil begrüßte sie, ein anderer meinte, sie sei der Sache abträglich.

Als Pater Seferino Huanca Leyva anlässlich einer Prozession zu Ehren des Christus von Limpias – ein Kultus, den er in Mendocita eingeführt hatte und der wie trockenes Stroh entbrannt war – triumphal verkündete, in der Pfarrgemeinde gebe es kein einziges lebendes Kind, einschließlich der in den letzten zehn Stunden geborenen, das nicht getauft wäre, ergriff die Gläubigen ein Gefühl des Stolzes, und die Obrigkeit schickte ihm, nach all den Ermahnungen, ausnahmsweise einen kleinen Glückwunsch.

Dagegen kam es zum Skandal, als er beim Fest für die Schutzpatronin von Lima, die heilige Rosa, in einer Predigt unter freiem Himmel auf dem Fußballacker von Mendocita der Welt mitteilte, dass es innerhalb der staubigen Grenzen seines Amtes kein Paar gebe, dessen Bund nicht vor Gott und dem Altar der Lehmziegelhütte gesegnet worden wäre. Überaus verblüfft, denn wer wusste nicht, dass im ehemaligen Reich der Inkas die solideste und geachtetste Institution – abgesehen von Kirche und Armee – der außereheliche Beischlaf war, kamen die Prälaten der peruanischen Kirche (schlurfenden Fußes?), um sich persönlich von der Heldentat zu überzeugen. Was sie vorfanden, als sie sich in den Wohnungen von Mendocita durch das Gemenge schnüffelten, schmetterte sie nieder und hinterließ den bitteren Beigeschmack eines verhöhnten Sakraments. Pater Seferinos Erklärung kam ihnen abstrus und seine Redeweise verpöbelt vor (nach so vielen Jahren im Elendsviertel hatte der junge Mann aus dem Chirimoyo das reine Spanisch des Seminars verlernt und alle Absonderlichkeiten der Gaunersprache von Mendocita angenommen), und so war es der Exwunderheiler und Expolizist Lituma, der ihnen das angewandte Verfahren zur Abschaffung der wilden Ehe erläuterte. Es war schändlich einfach. Es bestand darin, mit dem Evangeliar in der Hand jede bestehende oder sich bildende Verbindung in Christus zu festigen. Hatten sich die Paare zum ersten Mal miteinander vergnügt, eilten sie gleich herbei, um sich vor ihrem geliebten Pfarrer nach allen Regeln zu verheiraten, und Pater Seferino spendete ihnen, ohne sie mit ungehörigen Fragen zu belästigen, das Sakrament. Und da auf diese Weise viele Bewohner des Viertels am Ende mehrmals verheiratet waren, ohne dass sie zuvor verwitweten – mit Raketengeschwindigkeit gingen die Paare auseinander, mischten sich, fanden sich neu –, behob Pater Seferino die schweren Sündenschäden bei der reinigenden Beichte. (Er hatte es mit einem Sprichwort erklärt, das nicht nur ketzerisch war, sondern ordinär: »Ein Furunkel überdeckt den anderen.«) Mit einem Verbot belegt, gerügt, vom Erzbischof beinahe geohrfeigt, feierte Pater Seferino Huanca Leyva ein hohes Jubiläum: ernstliche Verwarnung Nummer hundert.

Und so, zwischen waghalsigen Neuerungen und werbewirksamen Verweisen, stets Ziel von Polemiken, geliebt von den einen und von anderen verunglimpft, erreichte Pater Seferino Huanca Leyva das beste Alter: fünfzig Jahre. Er war ein Mann mit breiter Stirn, Adlernase, durchdringendem Blick, von aufrechtem Sinn und gütigem Wesen, und seit seinen Tagen im Morgenrot des Seminars hatte ihn die Überzeugung, dass die eingebildete Liebe keine Sünde sei, sehr wohl aber ein machtvoller Wächter der Keuschheit, tatsächlich rein gehalten. Doch da hielt in das Viertel von Mendocita, eine Schlange aus dem Paradies, welche die sinnlichen, fruchtbaren, von lüsternem Glanz erfüllten Formen der Frau annimmt, ein verderbtes Weib Einzug, das sich Mayte Unzátegui nannte und als Sozialarbeiterin ausgab (in Wahrheit war sie, von einer Frau nicht anders zu erwarten?, eine Dirne).

Sie sagte, sie habe sich im Dschungel von Tingo María aufgeopfert, um die Bäuche der Einheimischen von Parasiten zu befreien, und als eine Bande fleischfressender Ratten ihren

Sohn verschlang, sei sie erbost von dort geflohen. Sie war baskischen und demnach adligen Geblüts, und auch wenn ihre schwellenden Linien und ihr gallertartiger Gang ihn vor der Gefahr hätten warnen sollen, beging Pater Seferino Huanca Leyva, angezogen von jenem Abgrund, der monolithische Tugenden hat stürzen sehen, die Torheit, sie als Helferin aufzunehmen, in dem Glauben, ihre Absicht sei es, so wie sie sagte, Seelen zu retten und Parasiten zu vernichten. In Wirklichkeit aber wollte sie, dass er sündigte. Sie setzte ihren Plan in die die Tat um, zog in die Lehmziegelhütte ein und schlief auf einer Pritsche, von ihm getrennt durch einen lächerlichen, da durchscheinenden Fetzen als Vorhang. Unter dem Vorwand, so schlafe sie besser und halte ihren Organismus gesund, machte die Verführerin abends, beim Schein einer Kerze, Leibesübungen. Aber konnte man das Heilgymnastik nennen, diesen Haremstanz aus Tausendundeiner Nacht, den die Baskin dort aufführte, auf der Stelle die Hüften schwingend, die Schultern schüttelnd, die Beine schwenkend und die Arme werfend, einen Tanz, dem der keuchende Geistliche durch den vom Widerschein der Kerze erleuchteten Vorhang wie einem beirrenden Schattenspiel zusah? Und später dann, als die Bewohner von Mendocita im Schlaf verstummt waren und sie das Knarren des Nachbarbettes hörte, besaß Mayte Unzátegui auch noch die Dreistigkeit, mit honigsüßer Stimme zu fragen: »Können Sie nicht schlafen, Paterchen?«

Zwar stimmt es, dass die schöne Verderberin, um sich nichts anmerken zu lassen, zwölf Stunden am Tag arbeitete, Impfungen vornahm und die Krätze heilte, verdreckte Behausungen desinfizierte und alte Leute in die Sonne schob. Aber sie tat es in Shorts, Beine und Bauch, Arme und Schultern frei, und gab vor, im Dschungel habe sie sich daran gewöhnt, so durch die Welt zu laufen. Pater Seferino versah weiterhin sein schöpferisches Amt, aber er magerte zusehends ab, hatte Ringe um die Augen, sein Blick wanderte umher auf der Suche nach Mayte Unzátegui, und wenn er sie vorbeikommen sah, klappte ihm der Mund auf, und ein lässliches Speichelfädchen netzte seine Lippen. In jener Zeit nahm er die Gewohnheit an, Tag und Nacht die Hände in den Hosentaschen zu lassen, und seine Küsterin, die ehemalige Engelmacherin Doña Angélica, prophezeite schon, es dauere nicht mehr lange, und er speie das Blut der Schwindsüchtigen.

Würde der gute Hirte dem bösen Zauber der Sozialarbeiterin erliegen, oder würden seine zehrenden Gegenmittel ihm erlauben zu widerstehen? Würden diese ihn ins Irrenhaus bringen, ins Grab? Mit Sportsgeist verfolgten die Schäfchen von Mendocita dergleichen Kampf und begannen Wetten abzuschließen, bei denen Stichtage festgesetzt und empfindliche Optionen ins Spiel gebracht wurden: Die Baskin würde vom Samen des Pfarrers geschwängert; der Mann aus dem Chirimoyo würde sie töten, um die Versuchung abzutöten; er würde die Soutane an den Nagel hängen und sie heiraten. Das Leben selbst übernahm es, sie mit einer gezinkten Karte auszustechen.

Mit dem Argument, man müsse zur Kirche der Frühzeit zurückkehren, zum reinen und einfachen Christentum der Evangelien, als alle Gläubigen zusammenlebten und ihre Habe teilten, begann Pater Seferino tatkräftig eine Kampagne, um in Mendocita, diesem wahren christlichen Versuchslabor, das Gemeindeleben zu erneuern. Die Paare sollten sich auflösen und in Gruppen von fünfzehn oder zwanzig Mitgliedern zusammenschließen, welche die Arbeit, den Unterhalt und die häuslichen Pflichten untereinander aufteilten, und gemeinsam in Häusern leben, die diesen neuen Zellen des gesellschaftlichen Lebens eine Herberge boten. Pater Seferino ging mit gutem Beispiel voran, erweiterte seine Hütte und nahm neben der Sozialarbeiterin auch die beiden Küster auf: den ehemaligen Sergeanten Lituma und die ehemalige Engelmacherin Doña Angélica. Ihre Mikrokommune war die erste in Mendocita, nach deren Beispiel sich die anderen gründen sollten.

Pater Seferino bestimmte, dass es innerhalb einer jeden katholischen Kommune die größtmögliche demokratische Gleichheit unter Geschlechtsgenossen gebe. Männer und Frauen hatten sich jeweils untereinander zu duzen, doch riet er, damit sie nicht die gottgegebenen Unterschiede in Muskulatur, Intelligenz und gesundem Menschenverstand vergaßen, dass die Frauen die Männer mit Sie ansprachen und sich zum Zeichen des Respekts bemühten, ihnen nicht in die Augen zu sehen. Tätigkeiten wie Kochen, Fegen, Wasserholen, Kakerlaken- und Rattentöten, Wäschewaschen und sonstige Aufgaben waren reihum zu bewältigen, und das Geld, das die einzelnen Mitglieder – auf die eine oder andere Weise – verdienten, war vollständig der Gemeinschaft zu überlassen, welche es ihrerseits, nachdem die gemeinsamen Unkosten bestritten waren, zu gleichen Teilen zuwies. Die Wohnungen hatten keine Wände, um die sündige Angewohnheit der Geheimhaltung zu unterbinden, und alle Verrichtungen des Lebens, von der Entleerung des Darms bis zum geschlechtlichen Kuss, hatten vor aller Augen zu geschehen.

Doch noch bevor Polizei und Armee in Mendocita einfielen und mit einem filmreifen Aufgebot an Karabinern, Gasmasken und Bazookas jene Razzia unternahmen, welche die Männer und Frauen des Viertels für viele Tage in Kasernen sperrte, nicht für das, was sie in Wirklichkeit waren oder einst gewesen waren (Diebe, Messerstecher, Dirnen), sondern als subversive und zersetzende Elemente; noch bevor Pater Seferino vor ein Militärgericht kam, weil er, so die Anklage, im Schutze der Soutane einen Brückenkopf des Kommunismus errichtet habe (er wurde freigesprochen dank der Betreibungen seiner Gönnerin, der Millionärin Mayte Unzátegui), noch vor alldem war das Experiment der archaischen christlichen Gemeinschaften bereits verurteilt.

Verurteilt von der bischöflichen Kurie, was sonst (zweihundertdreiunddreißigste ernstliche Verwarnung), da man es für verdächtig in der Theorie und unvernünftig in der Praxis hielt (die Wirklichkeit, ach, gab ihnen recht), vor allem aber vom Naturell der Männer und Frauen von Mendocita, die auf Kollektivismus eindeutig allergisch reagierten. Problem Nummer eins war der geschlechtliche Verkehr. In der stimulierenden Dunkelheit des gemeinsamen Schlafraums kam es, von Matratze zu Matratze, zu heißesten Berührungen, samenspendenden Darreichungen, Reibungen oder, ganz direkt, Schändungen, sodomitischen Praktiken, Schwangerschaften und, in deren Folge, zahllosen Eifersuchtsverbrechen. Problem Nummer zwei waren die Diebstähle: Statt den Drang nach Eigentum zu unterdrücken, steigerte das Zusammenleben ihn bis zum Irrsinn. Die Bewohner raubten sich noch den fauligen Dunst, den sie atmeten. Das Miteinander verband die Menschen von Mendocita nicht, es verfeindete sie auf den Tod. In jenen wilden, aus den Fugen geratenen Tagen nun erklärte die Sozialarbeiterin (Mayte Unzátegui?), sie sei schwanger, und der ehemalige Sergeant Lituma bekannte, er sei der Vater des Kindes. Mit Tränen in den Augen gab Pater Seferino auch dieser, seinen sozialkatholischen Neuerungen entsprungenen Verbindung den christlichen Segen. (Wie es heißt, schluchzt er seither des Nachts und singt Klagelieder an den Mond.)

Doch schon bald brach eine Katastrophe über ihn herein, die noch schlimmer war als der Verlust der Baskin, die zu besitzen er nie vermocht hatte: das Eintreffen eines Konkurrenten ersten Ranges, des Evangelisten Don Sebastián Bergua. Dieser war noch jung, eine sportliche Erscheinung mit kräftigem Bizeps, und kaum war er da, verkündete er seine Absicht, innerhalb von sechs Monaten ganz Mendocita für die wahre Religion zu gewinnen – die reformierte –, einschließlich des katholischen Pfarrers und seiner drei Getreuen. Don Sebastián (der, bevor er Pastor wurde, ein millionenschwerer Gynäkologe gewesen war?) hatte das nötige Kleingeld, um die Einwohner zu beeindrucken: Für sich selbst ließ er ein Häuschen aus Ziegelsteinen bauen, womit er den Leuten eine fürstlich bezahlte Arbeit gab, und er richtete das sogenannte *religiöse Frühstück* ein, zu dem er all jene kostenfrei einlud, die an seinen Gesprächen über die Bibel teilnahmen und gewisse Lieder auswendig lernten. Betört von seiner Beredtheit und Baritonstimme, vielleicht auch von dem Milchkaffee und den Schweinefleischsandwichs, die sie begleiteten, liefen die Bewohner Mendocitas bald von den katholischen Lehmziegeln zu den evangelikalen Tonziegeln über.

Pater Seferino hielt sich, wie auch anders, an die bewaffnete Predigt. Er forderte Don Sebastián Bergua auf, mit den Fäusten auszumachen, wer der wahre Diener Gottes sei. Doch geschwächt vom übermäßigen Praktizieren der Übungen Onans, die es ihm erlaubt hatten, den Provokationen des Teufels zu widerstehen, ging der Mann aus dem Chirimoyo beim zweiten Faustschlag des Gegners k.o. zu Boden, zumal Don Sebastián Bergua zwanzig Jahre lang, eine Stunde täglich, Gymnastik und Boxsport betrieben hatte (im Fitnessstudio Remigius in San Isidro?). Aber nicht die zwei verlorenen Schneidezähne und die eingeschlagene Nase trieben Pater Seferino in die Verzweiflung, sondern die Demütigung, dass man ihn mit seinen eigenen Waffen schlug und er mit ansehen musste, wie er von Tag zu Tag mehr Schäfchen an den Widersacher verlor.

Doch gleich jenen tollkühnen Männern, die im Angesicht der Gefahr über sich hinauswachsen und nach der Devise handeln, je fetter die Kröte, desto dicker der Stein, trug der Mann aus dem Chirimoyo eines Tages ein paar Kanister voll Flüssigkeit in sein Lehmziegelhäuschen, die er vor den Blicken der Neugierigen verbarg (auch wenn eine empfindliche Nase das Kerosin gleich gerochen hätte). In der Nacht, als alle schliefen, zog er in Begleitung seines getreuen Lituma los, um mit schweren Brettern und wuchtigen Nägeln die Fenster und Türen des Tonziegelhauses von außen zu verbarrikadieren. Don Sebastián Bergua schlief den Schlaf der Gerechten und träumte von einem inzestuösen Neffen, der seine eigene

Schwester entehrt hatte und aus Reue darüber als papistischer Priester in einem Armenviertel von Lima lebte: in Mendocita? Litumas Hammerschläge, die den evangelikalen Tempel in eine Mausefalle verwandelten, konnte er nicht hören, denn die ehemalige Hebamme Doña Angélica hatte ihm auf Anordnung von Pater Seferino einen satten, betäubenden Trank gegeben. Als das Missionshaus vernagelt war, besprengte der Mann aus dem Chirimoyo es persönlich mit Kerosin. Dann riss er, sich bekreuzigend, ein Streichholz an und wollte es schon werfen. Doch etwas ließ ihn zögern. Der Exsergeant Lituma, die Sozialarbeiterin, die Exengelmacherin, die Hunde von Mendocita, sie alle sahen, wie er, lang und hager unter dem Sternenzelt, die Augen gepeinigt und ein Streichholz zwischen den Fingern, sich fragte, ob er seinen Feind verbrennen sollte.

Würde er es tun? Würde er das Streichholz werfen? Würde Pater Seferino Huanca Leyva die Nacht von Mendocita in ein prasselndes Inferno verwandeln? Würde er so ein ganzes, der Religion und dem Gemeinwohl gewidmetes Leben zerstören? Oder würde er das Flämmchen, das schon an seinen Fingernägeln leckte, austreten, die Tür des Tonziegelhauses öffnen und den evangelikalen Pastor auf Knien um Verzeihung anflehen? Wie würde es enden, dieses Gleichnis aus dem Armenviertel?

XV

Die erste Person, der ich erzählte, dass ich Tante Julia einen Heiratsantrag gemacht hatte, war nicht Javier, sondern meine Cousine Nancy. Ich rief sie gleich nach dem Telefongespräch mit Tante Julia an und schlug ihr vor, ins Kino zu gehen. In Wirklichkeit gingen wir ins El Patio, ein Kneipenrestaurant an der Calle San Martín in Miraflores, wo sich die Catcher trafen, die Max Aguirre, der Promoter des Luna Park, nach Lima holte. Das Lokal – ein einstöckiges, für die Mittelschicht entworfenes Wohnhaus, dessen Nutzung als Kneipe immer wieder irritierte – war leer, und so konnten wir uns in Ruhe unterhalten, ich bei meiner zehnten Tasse Kaffee an diesem Tag und Nancy bei einer Coca-Cola.

Kaum hatten wir uns gesetzt, überlegte ich, wie ich ihr die Nachricht möglichst schonend beibringen konnte. Aber sie kam mir mit Neuigkeiten zuvor. Am Abend hatte es ein Treffen bei Tante Hortensia gegeben, zu dem ein Dutzend Verwandte erschienen waren, um die *Affäre* zu besprechen. Onkel Lucho und Tante Olga, hatte man beschlossen, sollten Tante Julia bitten, nach Bolivien zurückzukehren.

»Sie haben es für dich getan«, erklärte mir die kleine Nancy. »Wie es aussieht, ist dein Vater auf hundertachtzig, er hat einen schrecklichen Brief geschrieben.«

Onkel Jorge und Onkel Lucho, die mich so mochten, waren besorgt wegen der Strafe, die er mir aufbrummen konnte. Sie dachten, wenn er nach Lima käme und Tante Julia wäre schon abgereist, würde er sich etwas beruhigen und nicht so streng sein.

»Das alles ist jetzt nicht mehr wichtig«, sagte ich selbstgefällig. »Ich habe Tante Julia nämlich gefragt, ob sie mich heiratet.«

Ihre Reaktion war sehenswert, karikaturesk, geradezu filmreif. Sie trank gerade ihre Cola, verschluckte sich und bekam einen Hustenanfall, der eindeutig beleidigende Züge annahm, und in ihren Augen standen die Tränen.

»Was soll das Getue, dumme Kuh«, schimpfte ich, ich war stinksauer. »Ich brauche deine Hilfe.«

»Ich habe mich nicht deshalb verschluckt, ich habe das Zeug nur in den falschen Hals gekriegt«, stammelte meine Cousine, immer noch hüstelnd, und wischte sich die Augen. Und nach ein paar Sekunden sagte sie, mit leiserer Stimme: »Du bist wirklich noch ein kleiner Junge. Hast du etwa Geld, um zu heiraten? Und dein Vater? Der bringt dich um!«

Doch gepackt von ihrer schrecklichen Neugier, löcherte sie mich gleich darauf mit Fragen zu Dingen, über die nachzudenke ich noch gar keine Zeit gehabt hatte. Hatte Tante Julia ja gesagt? Würden wir abhauen? Wer sollten die Trauzeugen sein? Kirchlich heiraten konnten wir nicht, weil sie geschieden war, oder? Wo wollten wir leben?

»Mensch, Marito«, beendete sie ihre Kaskade, immer noch verwundert: »Ist dir eigentlich klar, dass du erst achtzehn bist?«

Sie lachte, und ich musste auch lachen. Ich sagte ihr, vielleicht habe sie ja recht, aber jetzt gehe es darum, mir zu helfen, das Vorhaben in die Tat umzusetzen. Wir waren praktisch im Doppelpack aufgewachsen und mochten uns sehr, und ich wusste, dass sie, was immer passierte, auf meiner Seite sein würde.

»Klar, wenn du mich bittest, helfe ich dir, ich mache jeden Unsinn mit, auch wenn sie mich mit dir umbringen«, sagte sie schließlich. »Apropos, hast du daran gedacht, wie die Familie reagiert, wenn du wirklich heiratest?«

In bester Laune spielten wir durch, was Onkel und Tanten, Cousins und Cousinen sagen und tun würden, wenn man sie mit der Nachricht konfrontierte. Tante Hortensia würde weinen, Tante Jesús liefe in die Kirche, Onkel Javier brächte seinen klassischen Ausruf (Eine Unverschämtheit!), und der Benjamin unter den Cousins, Jaimito, der drei Jahre alt war und lispelte, würde fragen, was das sei, Mama, heiraten. Am Ende lachten wir Tränen, ein nervöses Lachen, und die Kellner kamen herbei und wollten wissen, was denn so lustig sei. Als wir uns beruhigt hatten, erklärte sich Nancy bereit, uns als Spionin zu dienen und über alle Ränke und Schachzüge der Familie auf dem Laufenden zu halten. Ich hatte keine Ahnung, wie viele Tage ich für die Vorbereitungen brauchte, und musste wissen, was die Verwandtschaft im Schilde führte. Außerdem sollte sie zwischen mir und Tante Julia die Botin spielen und ab und zu mit ihr ausgehen, damit ich sie sehen konnte.

»Okay, okay«, sagte Nancy, »ich bin dann die gute Fee. Aber wenn ich euch eines Tages mal brauche, verhaltet ihr euch hoffentlich genauso.«

Als wir wieder draußen waren, auf dem Weg zu ihr, tippte sich meine Cousine an die Stirn:

»Du hast vielleicht ein Glück«, sagte sie. »Genau das, was du jetzt brauchst, kann ich dir besorgen. Ein kleines Reihenhäuschen an der Calle Porta. Ein einziges Zimmer, mit kleiner Küche und Bad, ein Puppenstübchen, ganz entzückend. Und nur fünfhundert im Monat.«

Das Häuschen war vor ein paar Tagen frei geworden, eine Freundin vermietete es, Nancy wollte mal mit ihr sprechen. Ich war beeindruckt von der zupackenden Art meiner Cousine, die es schaffte, in einem solchen Moment an so irdische Fragen wie die Unterkunft zu denken, während ich mich noch in der romantischen Stratosphäre verlor. Außerdem waren fünfhundert Sol für mich drin. Jetzt brauchte ich nur noch etwas mehr zu verdienen, »für den kleinen Luxus« (wie Großvater immer sagte). Ich überlegte es mir nicht zweimal und bat sie, ihrer Freundin zu sagen, sie habe einen Mieter.

Nachdem ich mich von Nancy verabschiedet hatte, lief ich

zu Javiers Pension in der Avenida 28 de Julio, aber im Haus war alles dunkel, und ich traute mich nicht, die Wirtin zu wecken, die ein echter Sauertopf war. Meine Enttäuschung war groß, denn ich wollte unbedingt meinem besten Freund von meinen großen Plänen erzählen und seinen Rat hören. In dieser Nacht schlief ich einen Schlaf, in dem sich die Albe tummelten. Am Morgen frühstückte ich zusammen mit Großvater, der immer aufstand, sobald es hell wurde, und lief gleich wieder zur Pension. Javier kam gerade heraus. Wir gingen zur Avenida Larco, um das Sammeltaxi ins Zentrum zu nehmen. Am Abend zuvor hatte er zum ersten Mal im Leben die komplette Folge eines Hörspiels von Pedro Camacho gehört, zusammen mit der Wirtin und den anderen Pensionsgästen, und er war schwer beeindruckt.

»Dein Kumpel Camacho ist tatsächlich zu allem fähig«, sagte er. »Weißt du, was gestern passiert ist? Eine alte Pension in Lima, eine Familie, die aus den Bergen kam, arme Schlucker. Sie sitzen gerade beim Mittagessen und unterhalten sich, und plötzlich: ein Erdbeben. Das Zittern der Scheiben und Rappeln der Türen, das ganze Geschrei war so echt, dass wir alle aufgesprungen sind, die alte Gracia ist sofort raus in den Garten …«

Ich konnte mir den genialen Batán lebhaft vorstellen, wie er röhrte, um das Grollen der Erde nachzuahmen, wie er mit Tamburinschellen oder klirrenden Glaskügelchen am Mikrophon das Tanzen der Gebäude und Wohnhäuser von Lima wiedergab, wie er mit den Füßen Nüsse knackte oder Steine aneinanderstieß, um das Knirschen von aufreißenden Decken und Wänden, von splitternden und einstürzenden Treppen zu Gehör zu bringen, während Josefina, Luciano und die anderen Darsteller erschraken, beteten, vor Schmerz heulten und um Hilfe riefen, unter den wachen Blicken von Pedro Camacho.

»Aber das Erdbeben war noch das Wenigste«, unterbrach mich Javier, als ich ihm von Batáns Können erzählte. »Das

Beste war, als die Pension einstürzte und alle zerquetschte. Keiner hat sich retten können, nicht ein Einziger, wirklich unglaublich. Ein Typ, der es schafft, das ganze Personal seiner Geschichte mit einem Erdbeben umzubringen, der verdient Respekt.«

Wir waren am Stand der Sammeltaxis, und ich konnte nicht mehr an mich halten. Ich erzählte ihm in drei Worten, was am Tag vorher passiert war, und dann von meinem großen Entschluss. Er tat, als wäre er nicht überrascht:

»Na ja, auch du bist zu allem fähig«, sagte er und schüttelte mitleidig den Kopf. Und nach ein paar Sekunden: »Bist du dir sicher, dass du heiraten willst?«

»Noch nie in meinem Leben war ich mir einer Sache so sicher«, schwor ich.

Mittlerweile stimmte es auch. Als ich Tante Julia gefragt hatte, ob sie mich heirate, hatte ich noch das Gefühl, dass es etwas Unüberlegtes war, bloß so ein Satz, fast ein Scherz, aber jetzt, nachdem ich mit Nancy gesprochen hatte, spürte ich eine große Gewissheit. Mir war, als würde ich ihm eine nach reiflicher Überlegung getroffene, felsenfeste Entscheidung mitteilen.

»Dumm nur, dass deine verrückten Ideen mich noch ins Gefängnis bringen«, bemerkte Javier resigniert, als wir im Sammeltaxi saßen. Und ein paar Straßen weiter, auf Höhe der Avenida Javier Prado: »Dir bleibt nicht viel Zeit. Wenn dein Onkel und deine Tante Julita gebeten haben abzureisen, kann sie nicht mehr allzu lange bleiben. Und die Sache muss über die Bühne sein, bevor der Butzemann da ist. Wenn dein Vater erst mal hier ist, wird es schwer.«

Wir schwiegen eine Weile still, während das Sammeltaxi an jeder Ecke der Avenida Arequipa hielt und Fahrgäste aus- und einsteigen ließ. Als wir am Colegio Raimondi vorbeikamen, fing Javier, der inzwischen vollkommen besessen von der Sache war, wieder an:

»Du wirst Geld brauchen. Was willst du tun?«

»Beim Sender um einen Vorschuss bitten. Alle alten Sachen verkaufen, Kleidung, Bücher. Und meine Schreibmaschine verpfänden, meine Uhr, na ja, alles, was sich zu Geld machen lässt. Und mir noch andere Jobs suchen, egal was.«

»Ich kann auch ein paar Sachen verpfänden, mein Radio, meine Füller, meine Uhr, die ist aus Gold«, sagte Javier. Und die Augen halb geschlossen, mit den Fingern addierend, rechnete er: »Ich glaube, ich kann dir etwa tausend Sol leihen.«

An der Plaza San Martín trennten wir uns und verabredeten uns für mittags in meiner Dachbude bei Panamericana. Mit ihm zu sprechen hatte mir gutgetan, und ich kam bestens gelaunt und voller Optimismus ins Büro. Ich las die Zeitungen, wählte die Meldungen aus, und ein weiteres Mal waren, als Pascual und der Große Pablito kamen, die ersten Nachrichten schon fertig. Dummerweise waren beide da, als Tante Julia anrief, und verdarben das Gespräch. Ich traute mich nicht, ihr vor ihnen zu erzählen, dass ich mit Nancy und Javier gesprochen hatte.

»Ich muss dich heute unbedingt sehen, und sei es für ein paar Minuten«, bat ich sie. »Alles ist auf dem Weg.«

»Auf einmal habe ich das heulende Elend gekriegt«, sagte Tante Julia. »Wo ich es noch immer geschafft habe, gute Miene zum bösen Spiel zu machen, aber jetzt bin ich völlig am Boden.«

Sie hatte einen guten Grund, in die Innenstadt zu kommen, ohne Verdacht zu erregen: ihren Flug nach La Paz, den sie bei der Lloyd Aéreo Boliviano reservieren wollte. Gegen drei Uhr würde sie im Sender vorbeikommen. Weder sie noch ich erwähnten das Thema Heirat, aber mir wurde ganz anders, als ich sie von Flugzeugen sprechen hörte. Kaum hatte ich den Hörer aufgelegt, ging ich zum Rathaus von Lima, um herauszufinden, was man für die standesamtliche Trauung benötigte. Ein Freund von mir arbeitete dort und erkundigte sich für mich, er dachte, es gehe um einen Verwandten, der eine geschiedene Ausländerin heiraten wollte. Die Anforderungen waren mehr als beunruhigend. Tante Julia musste ihre Geburtsurkunde vorlegen und das Scheidungsurteil, beglaubigt von den Außenministerien Boliviens und Perus. Ich meine Geburtsurkunde. Aber da ich minderjährig war, brauchte ich für die Eheschließung eine notariell beglaubigte Erlaubnis meiner Eltern, oder ich musste von ihnen »mündiggesprochen« (für volljährig erklärt) werden, und das vor einem Jugendrichter. Beide Möglichkeiten waren ausgeschlossen.

Als ich das Rathaus verließ, überschlug ich: Allein die Beglaubigung von Tante Julias Dokumenten, wenn sie sie denn in Lima hatte, würde Wochen dauern. Wenn sie erst in Bolivien angefordert werden mussten, beim Standesamt und beim Gericht, dann Monate. Und meine Geburtsurkunde? Ich war in Arequipa geboren, und einem Verwandten zu schreiben, er möge sie mir schicken, würde auch seine Zeit brauchen (und wäre überdies riskant). Die Schwierigkeiten türmten sich, eine Herausforderung nach der anderen, aber statt mich umzustimmen, bekräftigten sie meinen Entschluss (schon als Kind war ich ein Dickkopf gewesen). Auf halbem Weg zum Sender, auf der Höhe von *La Prensa*, schlug ich plötzlich, wie unter einer Eingebung, eine andere Richtung ein, und fast im Laufschritt eilte ich zum Parque Universitario, wo ich schwitzend ankam. Im Sekretariat der Juristischen Fakultät empfing mich mit ihrer immergleichen mütterlichen Miene die Señora Riofrío, der es zukam, uns unsere Zensuren mitzuteilen, und voller Wohlwollen hörte sie sich die komplizierte Geschichte an, die ich ihr erzählte, eine Geschichte von dringenden gerichtlichen Formalitäten und der einzigartigen Chance, eine Arbeit zu bekommen, die mir helfen würde, mein Studium zu finanzieren.

»Die Vorschriften verbieten es«, seufzte sie, hob ihre milde Beleibtheit von dem morschen Schreibtisch und ging, mit mir an ihrer Seite, zum Archiv. »Ich habe nun mal ein gutes Herz, aber ihr nutzt es aus. Ich werde noch meine Stelle verlieren für all diese kleinen Gefallen, und niemand wird einen Finger für mich krumm machen.«

Ich sagte ihr, während sie in den Studentenakten wühlte und so viele Staubwölkchen aufwirbelte, dass wir niesen mussten, wenn das eines Tages passierte, würde die ganze Fakultät in den Streik treten. Schließlich fand sie meine Akte, in der tatsächlich eine Geburtsurkunde von mir steckte, und wies mich darauf hin, dass sie mir das Dokument nur für eine halbe Stunde ausleihe. Ich brauchte knapp fünfzehn Minuten, um in einem Schreibwarenladen auf der Calle Azángaro zwei Kopien zu ziehen und eine davon der Señora zurückzubringen. Als ich wieder im Sender war, jauchzte ich, ich fühlte mich in der Lage, sämtliche Drachen zu vernichten, die mir über den Weg liefen.

Ich hatte schon zwei weitere Nachrichten aufgesetzt und für das Mittagsmagazin den Gaucho Guerrero interviewt (einen argentinischen Langstreckenläufer mit peruanischer Staatsbürgerschaft, der sein Leben damit zubrachte, seinen eigenen Rekord zu brechen, indem er Tag und Nacht um einen Platz lief und es schaffte, beim Laufen zu essen, sich zu rasieren, zu schreiben und zu schlafen), und entzifferte gerade, nach der Amtsprosa der Urkunde, ein paar Angaben zu meiner Geburt – ich war am Boulevard Parra geboren, mein Großvater und mein Onkel Alejandro waren zum Rathaus gegangen, um meine Ankunft mitzuteilen –, als Pascual und der Große Pablito in die Bude kamen und mich ablenkten. Sie sprachen von einem Brand und lachten sich halb tot über das Gejammer der Opfer, die in den Flammen umkamen. Ich versuchte weiter die krause Urkunde zu lesen, aber die Bemerkungen meiner Redakteure über die Polizisten in einer Wache in Callao, die ein geistesgestörter Pyromane mit Benzin übergossen hatte, und wie sie alle völlig verbrannten, vom Kommissar bis zum letzten Spitzel und selbst dem Hund, ihrem Maskottchen, sie lenkten mich erneut ab.

»Wo habt ihr das denn her? Ich habe die Zeitungen durchgesehen, ist wohl an mir vorbeigegangen«, sagte ich. Und zu Pascual: »Pass nur auf, dass du heute nicht alle Nachrichten dem Brand widmest«, und zu beiden: »Was seid ihr nur für Sadisten.«

»Das ist keine Nachricht, das ist die Hörspielserie um elf«, erklärte der Große Pablito. »Die Geschichte von dem Sergeanten Lituma, dem Schrecken der Unterwelt von Callao.«

»Der wurde auch gegrillt«, schloss Pascual gleich an. »Er hätte sich retten können, er wollte gerade seine Runde drehen, aber er ist zurückgegangen, um seinem Hauptmann das Leben zu retten. Sein gutes Herz war sein Pech.«

»Nicht dem Hauptmann, Choclito, dem Hündchen«, korrigierte der Große Pablito.

»Das blieb letztlich offen«, sagte Pascual. »Das Gitter einer Zelle ist auf ihn gekracht. Wenn Sie Pedro Camacho gesehen hätten, als er verbrannte. Was für ein Schauspieler!«

»Und erst Batán«, schwärmte der Große Pablito, das musste er ihm lassen. »Wenn mir jemand erzählt hätte, dass man mit zwei Fingern einen Brand zum Knistern bringt, ich hätte es nicht geglaubt. Aber wo ich es mit eigenen Augen gesehen habe, Don Mario!«

Javier kam und unterbrach das Gespräch. Wir gingen auf unseren üblichen Kaffee ins Bransa, wo ich ihm meine Nachforschungen zusammenfasste und triumphierend die Geburtsurkunde zeigte.

»Ich habe darüber nachgedacht und muss dir sagen, dass es eine Dummheit wäre zu heiraten«, schoss er gleich los, wenn auch ein wenig unbehaglich. »Nicht nur, weil du noch jung bist, sondern vor allem wegen der Geldfrage. Du wirst dich mit den dümmsten Jobs abstrampeln müssen, damit ihr etwas zu essen habt.«

»Das heißt, von dir bekomme ich auch nur zu hören, was meine Mutter und mein Vater mir sagen werden«, spottete ich. »Dass ich, wenn ich heirate, mein Studium abbreche? Dass ich nie ein großer Jurist werde?«

»Dass du, wenn du heiratest, nicht mal Zeit hast, ein Buch zu lesen«, sagte Javier. »Dass du, wenn du heiratest, nie und nimmer ein Schriftsteller wirst.«

»Wir streiten uns noch, wenn du so weitermachst«, brummte ich.

»Na schön, ich halte die Klappe«, sagte er und lachte. »Mein Gewissen kann ruhig sein, ich habe dir die Zukunft vorausgesagt. Aber ehrlich, wenn die kleine Nancy wollte, würde ich sie auch vom Fleck weg heiraten. Womit fangen wir an?«

»Da nicht zu erwarten ist, dass meine Eltern mir die Heirat erlauben oder mich mündigsprechen, und da es sein kann, dass auch Julia nicht alle nötigen Papiere hat, ist die einzige Lösung, dass wir einen netten Bürgermeister finden.«

»Du meinst, einen bestechlichen Bürgermeister«, korrigierte er mich. Und musterte mich wie einen Käfer: »Aber wen kannst du schon bestechen, du Hungerleider?«

»Einen Bürgermeister, der nicht ganz durchblickt«, ließ ich nicht locker. »Einen, dem man eine Geschichte auf die Nase binden kann.«

»Na schön, dann suchen wir diesen Volltrottel, der es schafft, dich gegen alle bestehenden Gesetze zu trauen«, und er lachte wieder los. »Schade, dass Julita geschieden ist, sonst könntest du kirchlich heiraten. Das wäre ein Kinderspiel, unter den Pfaffen herrscht an Trotteln kein Mangel.«

Javier schaffte es immer, mich aufzuheitern, und am Ende scherzten wir über meine Flitterwochen, über den Lohn, den er verlangen würde (ich müsste ihm beim Entführen der kleine Nancy helfen, logisch), und beklagten, dass wir nicht in Piura lebten, wo es guter Brauch war, ein Paar nach kurzer Flucht als verheiratet anzuerkennen, und wo es nicht schwer wäre, den Trottel zu finden. Als wir uns verabschiedeten, hatte er sich verpflichtet, noch am selben Tag mit der Suche nach einem solchen Bürgermeister zu beginnen und als Beitrag zur Hochzeit all seine entbehrliche Habe zu verpfänden.

Tante Julia sollte um drei Uhr vorbeikommen, und als sie

um halb vier immer noch nicht da war, wurde ich unruhig. Um vier verknoteten sich meine Finger über der Schreibmaschine, ich rauchte Kette. Um halb fünf fragte der Große Pablito, ob es mir nicht gutgehe, ich sähe so blass aus. Um fünf bat ich Pascual, bei Onkel Lucho anzurufen und nach ihr zu fragen. Sie war noch nicht zurück. Und auch eine halbe Stunde später war sie nicht da, nicht um sechs und nicht um sieben. Nach den letzten Nachrichten fuhr ich, statt in der Straße meiner Großeltern auszusteigen, mit dem Sammeltaxi weiter bis zur Avenida Armendáriz; ich strich um das Haus meiner Großeltern und traute mich nicht zu läuten. Durchs Fenster sah ich Tante Olga, wie sie das Wasser einer Blumenvase wechselte, und kurz danach Onkel Lucho, wie er im Esszimmer das Licht löschte. Ich ging ein paarmal um den Block, bewegt von widerstreitenden Gefühlen, Unruhe, Wut, Trauer, hatte Lust, Tante Julia zu ohrfeigen und zu küssen. Ich beendete gerade eine dieser aufgewühlten Runden, als ich sah, wie sie aus einer Luxuskarosse mit Diplomatenkennzeichen stieg. Ich sprang zu ihr hin, vor Eifersucht mit zitternden Knien und in Rage, entschlossen, meinen Rivalen zusammenzuschlagen, wer immer es war. Es war ein weißhaariger Herr, außerdem saß noch eine Dame im Wagen. Tante Julia stellte mich als einen Neffen ihres Schwagers vor und die beiden als den Herrn Botschafter von Bolivien und seine Frau. Mir war lächerlich zumute, und zugleich fiel mir ein Stein vom Herzen. Als der Wagen losfuhr, nahm ich Tante Julia am Arm und schleifte sie fast über die Straße, hinunter in Richtung Malecón.

»Mensch, was ist denn in dich gefahren«, hörte ich sie sagen, während wir aufs Meer zugingen. »Du hast ein Gesicht gemacht, als wolltest du den armen Dr. Gumucio erwürgen.«

»Wenn ich jemanden erwürge, dann dich«, sagte ich. »Seit drei Uhr warte ich auf dich, und jetzt ist es elf. Hast du vergessen, dass wir verabredet waren?«

»Habe ich nicht«, sagte sie sehr bestimmt. »Ich habe dich absichtlich versetzt.«

Wir kamen in den kleinen Park vor dem Jesuitenseminar. Es war kein Mensch zu sehen, und auch wenn es nicht regnete, glänzten die Lorbeerbäume, die Geranien, der Rasen unter der Feuchtigkeit. Der Dunst hüllte die gelben Lichtkegel der Laternen in ein gespenstisches Kleid.

»Schon gut, verschieben wir den Streit auf ein andermal«, sagte ich und führte sie über den Malecón zu dem Mäuerchen über der Steilküste, wo das Rauschen des Meeres tief und gleichmäßig heraufdrang. »Wir haben jetzt wenig Zeit und viele Probleme. Hast du deine Geburtsurkunde und das Scheidungsurteil hier?«

»Was ich hier habe, ist mein Ticket nach La Paz«, sagte sie und tippte auf ihre Handtasche. »Ich fliege am Sonntag, um zehn Uhr morgens. Und ich bin froh. Von Peru und den Peruanern habe ich die Nase gestrichen voll.«

»Das tut mir leid für dich, nur sehe ich vorläufig keine Möglichkeit, dass wir das Land wechseln«, sagte ich, setzte mich neben sie und legte ihr den Arm um die Schultern. »Aber ich verspreche dir, eines Tages gehen wir nach Frankreich und leben über den Dächern von Paris.«

Bis dahin war sie, trotz ihrer aggressiven Bemerkungen, ruhig geblieben, leicht spöttisch, sehr selbstsicher. Doch auf einmal verzog sich ihr Gesicht zu einer bitteren Miene, und sie sprach mit harter Stimme, ohne mich anzuschauen:

»Mach es mir nicht noch schwerer, Varguitas. Ich gehe wegen deiner Verwandten zurück nach Bolivien, aber auch weil das mit uns eine Dummheit ist. Du weißt genau, dass wir nicht heiraten können.«

»Klar können wir«, sagte ich und küsste sie auf die Wange, auf den Hals, drückte sie an mich, strich begierig über ihre Brüste, suchte mit dem Mund nach dem ihren. »Wir brauchen einen Bürgermeister, der ein gutherziger Trottel ist. Javier hilft mir. Und Nancy hat schon eine Wohnung für uns gefunden, in Miraflores. Es gibt keinen Grund, pessimistisch zu sein.«

Sie ließ sich küssen und streicheln, blieb aber unnahbar, sehr ernst. Ich erzählte ihr von dem Gespräch mit meiner Cousine, mit Javier, von meinen Erkundigungen im Rathaus und wie ich an meine Geburtsurkunde gekommen war; sagte ihr, dass ich sie von Herzen liebte, dass wir heiraten würden, auch wenn ich dafür einen Haufen Leute umbringen müsste. Als ich versuchte, mit der Zunge zwischen ihre Zähne zu kommen, blieb sie stur und hielt sie fest zusammen, aber dann öffnete sie den Mund, und ich konnte hinein und schmeckte ihren Gaumen, ihr Zahnfleisch, ihren Speichel. Ich spürte, wie sich ihr freier Arm um meinen Hals schlang, wie sie sich an mich kuschelte und schluchzte, dass ihre Brust bebte. Ich tröstete sie, meine Stimme ein wirres Säuseln, und küsste sie immer weiter.

»Du bist noch ein kleiner Junge«, hörte ich sie murmeln, halb lachend, halb weinend, während ich ihr atemlos sagte, dass ich sie brauchte, dass ich sie liebte, dass ich sie niemals nach Bolivien zurückkehren ließe, dass ich mich umbrächte, wenn sie ginge. Schließlich sprach sie wieder, ganz leise, und versuchte einen Scherz: »Wer mit einer Rotznase ins Bett geht, ist am Morgen angeschmiert. Kennst du den Spruch?«

»Das ist zwar nicht kitschig, aber billig, das kann man nicht sagen«, sagte ich und trocknete ihr die Augen mit den Lippen, den Fingerkuppen. »Hast du die Papiere hier? Könnte dein Botschafterfreund sie beglaubigen?«

Sie war jetzt etwas gefasster, weinte nicht mehr und sah mich zärtlich an.

»Wie lange würde es gehen, Varguitas?«, fragte sie, und es klang traurig. »Wann wärst du mich leid? Nach einem Jahr, nach zwei, nach drei? Ist das nicht unfair, dass du mich nach zwei oder drei Jahren abservierst und ich wieder von vorn anfangen kann?«

»Kann der Botschafter sie beglaubigen?«, fragte ich noch einmal. »Wenn er sie für die bolivianische Seite beglaubigt, wird es leicht sein, auch die peruanische Beglaubigung zu bekommen. Im Ministerium finde ich bestimmt einen Freund, der uns hilft.«

Sie sah mich an, mitleidig und gerührt. Auf ihrem Gesicht erschien ein Lächeln.

»Wenn du mir schwörst, dass du mich fünf Jahre aushältst, ohne dich in eine andere zu verlieben, und nur mich liebst, okay«, sagte sie. »Fünf Jahre Glück, und ich bin so verrückt.«

»Hast du die Papiere?«, sagte ich, zupfte ihre Frisur zurecht, küsste sie. »Kann der Botschafter sie beglaubigen?«

Sie hatte sie, und wir schafften es tatsächlich, dass die bolivianische Botschaft sie mit einem ganzen Schwung von bunten Stempeln und Unterschriften beglaubigte. Die Aktion dauerte kaum eine halbe Stunde, denn der Botschafter war so diplomatisch und schluckte die Geschichte von Tante Julia: Sie benötige die Papiere noch am selben Vormittag, um eine Formalität zu erledigen, die es ihr erlaube, das bei der Scheidung zugesprochene Vermögen aus Bolivien auszuführen. Es war auch nicht schwer, den peruanischen Außenminister zu bewegen, die bolivianischen Dokumente seinerseits zu beglaubigen. Behilflich war mir dabei ein Professor von der Universität, Berater beim Ministerium, für den ich mir eine weitere Seifenoper ausdachte: Eine krebskranke Dame, die auf den Tod lag und so rasch wie möglich mit dem Mann verheiratet werden sollte, mit dem sie seit Jahren zusammenlebte, auf dass sie in Frieden mit Gott sterbe.

Dort im Ministerium, in einem altkolonial möblierten Zimmer des Palacio de Torre Tagle, wo sich die lackierten Schnösel tummelten, hörte ich, während ich darauf wartete, dass der zuständige Beamte nach einem ermunternden Anruf meines Professors weitere Stempel auf die Geburtsurkunde und das Scheidungsurteil von Tante Julia setzte und die dazugehörigen Unterschriften einsammelte, wie von einer neuen Katastrophe die Rede war. Es ging um ein Schiffsunglück, unfassbar. Ein italienischer Dampfer, der in Callao am Kai lag, vollbesetzt mit Passagieren und verabschiedenden

Besuchern, hatte sich plötzlich, gegen alle Gesetze der Physik und des Verstandes, um sich selbst gedreht, hatte Schlagseite nach Backbord bekommen und war auf der Stelle im Pazifik versunken, wobei alle Menschen an Bord ums Leben kamen, zerquetscht, ertrunken oder, erstaunlicherweise, von Haifischen zerbissen. Zwei Damen erzählten es, die sich in Erwartung irgendeiner Amtshandlung neben mir unterhielten. Sie scherzten nicht, sie nahmen das Schiffsunglück sehr ernst.

»Das war im Radio, in einer Serie von Pedro Camacho, nicht wahr?«, mischte ich mich ein.

»In der um vier«, bestätigte die Ältere der beiden, eine energische, knochige Frau mit starkem slawischem Akzent. »Die mit Alberto de Quinteros, dem Kardiologen.«

»Der letzten Monat Gynäkologe war«, kommentierte lächelnd eine junge Frau an der Schreibmaschine. Und sie tippte sich an die Schläfe, wie um zu sagen, dass da jemand verrückt geworden war.

»Haben Sie denn die Sendung gestern nicht gehört?«, nahm sich die Begleiterin der Ausländerin liebevoll meiner an, eine Dame mit Brille und einem Tonfall aus dem tiefsten Lima. »Dr. Quinteros wollte nach Chile in Urlaub fahren, mit seiner Frau und seiner Tochter Charo. Alle drei sind ertrunken!«

»*Alle* sind ertrunken«, präzisierte die ausländische Dame. »Sein Neffe Richard und auch Elianita und ihr Mann, der Rotfuchs Antúnez, dieser Dummkopf, und selbst das Kind ihrer Blutschande, der kleine Rubencito. Sie waren auf dem Schiff, um sie zu verabschieden.«

»Bloß komisch, dass der Leutnant Jaime Concha ertrunken ist, der war schon bei dem Brand von Callao umgekommen, in einer anderen Serie, vor drei Tagen«, fiel die junge Frau wieder ein und lachte sich halb tot; sie hatte aufgehört zu schreiben. »Diese Radioserien sind ein Witz geworden, meinen Sie nicht?«

Ein lackierter Schnösel mit Intellektuellenmiene (Fachgebiet Landesgrenzen) schenkte ihr ein wohlwollendes Lächeln und uns einen Blick, den Pedro Camacho mit Recht einen argentinischen hätte nennen dürfen.

»Habe ich dir nicht gesagt, dass dieser Trick, die Figuren von einer Geschichte in die andere zu setzen, eine Erfindung von Balzac ist?«, sagte er mit vor Belesenheit geschwellter Brust. Doch dann zog er einen Schluss, der ihm das Genick brach: »Wenn der erfährt, dass Camacho ihn plagiiert, schickt er ihn ins Gefängnis.«

»Die Sache ist nicht, dass er sie von einer in die andere setzt, sondern dass er sie wieder zum Leben erweckt«, verteidigte sich das Fräulein. »Leutnant Concha ist verbrannt, während er Donald Duck las, wie kann er da jetzt ertrinken?«

»Der Mann hat eben kein Glück«, bemerkte der lackierte Schnösel, der meine Papiere brachte.

Die Dokumente hatte ich in der Tasche, und so zog ich fröhlich von dannen und überließ die beiden Damen, die Sekretärin und die Jungdiplomaten ihrer angeregten Unterhaltung über den bolivianischen Künstler. Tante Julia erwartete mich in einem Café. Sie musste lachen über die Geschichte; die Sendungen ihres Landsmanns hatte sie nicht wieder gehört.

Abgesehen von der Beglaubigung der Dokumente, die letztlich ein Kinderspiel war, erwiesen sich alle sonstigen Schritte, die ich in dieser Woche der endlosen Erkundigungen und Betreibungen in den Amtsstuben von Lima unternahm, ob allein oder in Begleitung von Javier, als frustrierend und bedrückend. Den Sender betrat ich nur für das Mittagsmagazin, alle anderen Nachrichten überließ ich Pascual, der den Zuhörern auf diese Weise ein solches Fest an Unglücken, Verbrechen, Überfällen und Entführungen schenkte, dass bei Radio Panamericana so viel Blut floss wie nebenan bei meinem Freund Camacho mit seinem systematischen Genozid am Serienpersonal.

Ich begann meine Tour in aller Frühe. Zuerst ging ich

in die Rathäuser, die am ärmlichsten waren und nicht im Zentrum lagen, in Rímac, El Porvenir, Vitarte, Chorrillos. X-mal (zuerst errötend, dann forsch drauflos) erklärte ich das Problem Bürgermeistern, stellvertretenden Bürgermeistern, Bevollmächtigten, Gemeindesekretären, Pförtnern, Bürogehilfen, und ebenso oft erhielt ich eine kategorische Ablehnung. Der Stein des Anstoßes war immer derselbe: Solange ich keine notariell beglaubigte Erlaubnis meiner Eltern vorlegte oder vor Gericht mündiggesprochen wurde, konnte ich nicht heiraten. Danach versuchte ich mein Glück auf den Ämtern anderer Viertel; um Miraflores und San Isidro (wo es Bekannte der Familie geben konnte) machte ich einen Bogen. Das Ergebnis war dasselbe. Erst sahen die Amtspersonen die Unterlagen durch, dann machten sie sich, ein Schlag in die Magengrube, über mich lustig: »Ist das dein Ernst, willst du deine Mutter heiraten?« »Sei doch nicht dumm, Junge, wozu heiraten, leb doch einfach mit ihr zusammen.« Der einzige Ort, wo ein Hoffnungsschimmer aufleuchtete, war die Verwaltung von Surco, wo uns ein rundlicher, mürrisch blickender Sekretär sagte, die Sache lasse sich für zehntausend Sol regeln, man müsse eben »vielen Leuten den Mund stopfen«. Ich versuchte zu feilschen und bot ihm schließlich eine Summe, die ich schwerlich hätte aufbringen können (fünftausend Sol), aber der Mops hatte wohl Angst vor der eigenen Courage, denn am Ende machte er einen Rückzieher und warf uns hinaus.

Zweimal am Tag telefonierte ich mit Tante Julia und gab vor, alles sei auf dem Weg, sie solle einen kleinen Koffer mit allem Notwendigen bereithalten, jeden Moment würde ich ihr sagen, »es ist so weit«. Aber zunehmend sank mir der Mut. Als ich am Freitagabend zu meinen Großeltern kam, fand ich ein Telegramm meiner Eltern vor: »Ankommen Montag, Panagra, Flug 516.«

Nachdem ich im Bett ewig gegrübelt und mich hin und her gewälzt hatte, knipste ich das Nachttischlämpchen an und schrieb in ein Heft, in dem ich Themen für Erzählungen notierte, welche Möglichkeiten und in welcher Reihenfolge ich ausschöpfen wollte. Die erste war, Tante Julia zu heiraten und die Familie vor eine rechtlich vollendete Tatsache zu stellen, mit der sie sich abfinden musste, ob sie wollte oder nicht. Da uns nur wenige Tage blieben und die Ämter von Lima sich beharrlich weigerten, wurde diese erste Option immer utopischer. Die zweite war, mit Tante Julia ins Ausland zu fliehen. Nicht nach Bolivien; allein die Vorstellung, in einer Welt zu leben, wo sie ohne mich gelebt und so viele Bekannte hatte, einschließlich ihres Exmanns, war mir unangenehm. Das passende Land war Chile. Sie konnte nach La Paz fliegen, um die Familie zu täuschen, und ich würde es mit dem Bus oder dem Sammeltaxi nach Tacna schaffen. Es fand sich bestimmt ein Weg, heimlich über die Grenze nach Arica zu kommen und dann über Land weiter nach Santiago, wo Tante Julia sich später mit mir treffen oder schon auf mich warten würde. Der Gedanke, ohne Pass zu reisen und zu leben (um sich einen ausstellen zu lassen, brauchte man ebenfalls eine Erlaubnis der Eltern), schien mir nicht allzu verwegen, er gefiel mir sogar, es hatte etwas von einem Roman. Wenn die Familie, womit zu rechnen war, nach mir suchen ließ, mich aufspürte und in die Heimat zurückholte, würde ich wieder entwischen, so oft es sein musste, bis ich das ersehnte, befreiende Alter von einundzwanzig erreicht hatte. Die dritte Möglichkeit war, mich umzubringen und einen Brief in wohlgesetzten Worten zu hinterlassen, um meine Verwandten in ein Meer von Gewissensbissen zu stürzen.

Am nächsten Tag eilte ich in aller Frühe zu Javier in die Pension. Jeden Morgen gingen wir, während er sich duschte und rasierte, die Ereignisse des Vortags durch und entwarfen den Aktionsplan für den Tag. Auf dem Klodeckel sitzend, sah ich zu, wie er sich einseifte, und las ihm aus dem Heft vor, in dem ich, mit Randbemerkungen versehen, die Optionen zusammengefasst hatte, die sich meinem Schicksal boten.

Während er noch die Seifenreste abspülte, bat er mich eindringlich, die Reihenfolge umzukehren und den Selbstmord an den Anfang zu stellen:

»Wenn du dich umbringst, wird der Schrott, den du geschrieben hast, interessant, die Leute sind so krank, dass sie es lesen wollen, und die Sachen lassen sich leicht als Buch veröffentlichen«, redete er auf mich ein und trocknete sich wie ein Wilder ab. »So wirst du, wenn auch postum, ein Schriftsteller.«

»Wegen dir verpasse ich noch die ersten Nachrichten«, drängte ich. »Hör auf, den Cantinflas zu spielen, dein Humor hat mir gerade noch gefehlt.«

»Wenn du dich umbringst, habe ich weniger Fehlzeiten in der Uni und auf der Arbeit«, machte Javier beim Anziehen weiter. »Ideal wäre, noch heute, heute Morgen, jetzt gleich. Du würdest mir ersparen, meine Sachen zu verpfänden, am Ende werden sie ja doch versteigert, oder meinst du, du zahlst es mir eines Tages zurück?«

Und dann, als wir draußen waren und zum Sammeltaxi trotteten, ein Komiker vor dem Herrn:

»Zu guter Letzt: Wenn du dich umbringst, wirst du berühmt, und über deinen besten Freund, deinen Vertrauten, den Zeugen der Tragödie, erscheinen Reportagen, die Zeitungen bringen Fotos. Glaubst du nicht, deine Cousine Nancy würde sich erweichen lassen von so viel Werbung?«

In der (hässlicherweise) so genannten Pfandleihanstalt an der Plaza de Armas versetzten wir meine Schreibmaschine und sein Radio, meine Uhr und seine Füllfederhalter, und am Ende überredete ich ihn, auch seine Uhr zu verpfänden. Wir feilschten wie die Teppichhändler, konnten aber nur zweitausend Sol herausschlagen. In den Tagen davor hatte ich, ohne dass die Großeltern es merkten, bei den Trödlern auf der Calle La Paz nach und nach Anzüge, Schuhe, Hemden, Krawatten, Pullover verkauft, bis mir praktisch nur noch blieb, was ich auf dem Leib trug. Aber das Garderobenopfer brachte lediglich vierhundert Sol. Mehr Glück hatte ich mit dem fortschrittlichen Unternehmer, der sich nach einer dramatischen halben Stunde breitschlagen ließ, mir vier Monatslöhne vorzuschießen und sie im Laufe des Jahres abzuziehen. Das Gespräch fand ein unvermutetes Ende. Ich schwor ihm, das Geld sei für eine Bruchoperation meiner Großmutter, ganz dringend, aber es rührte ihn kein Stück. Doch dann sagte er plötzlich: »Na schön.« Und mit kumpelhaftem Lächeln fügte er hinzu: »Gib zu, es ist, damit deine kleine Freundin abtreibt.« Ich schlug die Augen nieder und bat ihn, das Geheimnis wohl zu hüten.

Als Javier sah, wie sehr mich die magere Ausbeute im Pfandhaus deprimierte, begleitete er mich noch bis zum Sender. Wir vereinbarten, dass wir uns beide frei nahmen, um am Nachmittag nach Huacho zu fahren. Vielleicht waren in der Provinz die Behördenvertreter einfühlsamer. Kaum war ich in meiner Dachbude, klingelte das Telefon. Tante Julia tobte. Gestern Abend waren Tante Hortensia und Onkel Alejandro zu Onkel Lucho zu Besuch gekommen und hatten ihren Gruß nicht erwidert.

»Sie haben mich mit tiefster Verachtung angesehen, fehlte nur noch, dass sie mich Nutte nannten«, erzählte sie empört. »Ich musste mir auf die Zunge beißen, um sie nicht du weißt schon wohin zu wünschen. Ich habe es für meine Schwester getan, aber auch für uns, um die Sache nicht noch zu verkomplizieren. Wie läuft's denn, Varguitas?«

»Montag, ganz früh«, versicherte ich ihr. »Sag ihnen, du musst den Flug nach La Paz um einen Tag verschieben. Ich habe fast alles so weit.«

»Vergiss deinen vertrottelten Bürgermeister«, sagte Tante Julia. »Ich habe eine solche Wut, dass es mir schon egal ist. Ob du einen findest oder nicht, wir hauen einfach ab.«

»Warum heiraten Sie nicht in Chincha, Don Mario?«, hörte ich, kaum dass ich aufgelegt hatte, Pascuals Stimme. Als er sah, wie ich erstarrte, wurde er verlegen: »Nicht dass ich verklatscht wäre, ich will mich auch nicht einmischen. Aber wir haben Sie beide ja gehört, und klar, da haben wir es mitbekommen. Ich will Ihnen nur helfen. Der Bürgermeister von Chincha ist mein Cousin und hat Sie im Nu getraut, mit oder ohne Papiere, volljährig oder nicht.«

Noch am selben Tag fand alles eine wunderbare Auflösung. Javier und Pascual fuhren am Nachmittag nach Chincha, mit den Dokumenten und der Weisung, für Montag alles vorzubereiten. Derweil ging ich mit meiner Cousine Nancy das kleine Reihenhäuschen in Miraflores mieten, bat im Sender um drei Tage frei (und bekam sie, nach einer Auseinandersetzung homerischen Formats mit Genaro senior, dem ich tollkühnerweise zu kündigen drohte, sollte er sie mir verweigern) und plante unsere Flucht aus Lima. Samstagabend kehrte Javier mit guten Nachrichten zurück. Der Bürgermeister war ein sympathischer junger Kerl, und als Pascual und er ihm die Geschichte erzählten, hatte er gelacht und die Idee mit der Entführung toll gefunden. »Wie romantisch«, hatte er gesagt, die Unterlagen entgegengenommen und versichert, unter Freunden könne man die Sache mit dem Aufgebot abbiegen.

Am Sonntag gab ich Tante Julia am Telefon bekannt, dass ich unseren Trottel gefunden hätte, am nächsten Tag würden wir durchbrennen, um acht Uhr morgens, und mittags wären wir Mann und Frau.

XVI

Joaquín Hinostroza Bellmont, der einst die Stadien zum Beben bringen sollte, nicht Tore schießend oder Elfmeter vereitelnd, sondern Fußballspiele pfeifend, und dessen Alkoholdurst in den Kneipen von Lima Spuren und Schulden hinterließ, kam in einem jener Herrenhäuser auf die Welt, welche die Mandarine sich vor dreißig Jahren in La Perla erbauten, als man bestrebt war, dieses Brachland in die Copacabana von Lima zu verwandeln (ein misslungenes Bestreben ob der Feuchtigkeit, welche – Strafe des Kamels, das sich darauf versteift, durchs Nadelöhr zu gehen – Kehlen und Bronchien des peruanischen Adels zerstörte).

Joaquín war der einzige Sohn einer Familie, die nicht nur wohlhabend war, sondern auch – ein dichtes Geäst aus Titeln und Wappen – mit einem Stammbaum gesegnet, der Markgrafschaften in Spanien und Frankreich umschloss. Doch der Vater des zukünftigen Schiedsrichters und Trinkers hatte die Adelsbriefe beiseitegelegt und sein Leben dem modernen Ideal gewidmet, sein Vermögen mit Geschäften zu mehren, die von der Kaschmirverarbeitung bis zur Einführung des feurigen Anbaus von Pfeffer in Amazonien reichten. Die Mutter, eine lymphatische Madonna und selbstlose Ehefrau, hatte ihr Leben lang das Geld, das ihr Mann erwarb, für Ärzte und Wunderheiler ausgegeben (denn sie litt unter verschiedenen Krankheiten der Oberschicht). Als sie Joaquín bekamen, waren beide, nachdem sie immer wieder zu Gott gebetet hatten, er möge ihnen einen Erben schenken, bereits im vorgerückten Alter. Seine Ankunft bedeutete ein unbeschreibliches Glück für die Eltern, die schon an der Wiege für ihn eine Zukunft als Industriebaron, König der Landwirtschaft, Magier der Diplomatie oder Luzifer der Politik erträumten.

War es Rebellentum, Aufsässigkeit gegen ein Schicksal in pekuniärer Herrlichkeit und gesellschaftlichem Glanz, dass der Junge Fußballschiedsrichter wurde, oder eher eine Unzulänglichkeit der Psyche? Nein, es war echte Berufung. Natürlich hatte er, vom Fläschchen bis zum Flaumbart, eine bunte Reihe von Gouvernanten, die man aus exotischen Ländern importierte: Frankreich, England. Und aus den besten Schulen Limas wurden Lehrer angeworben, um ihm die Zahlen und die Buchstaben beizubringen. Doch sie alle, einer nach dem anderen, verzichteten früher oder später auf das einträgliche Salär, hysterisch und demoralisiert von der metaphysischen Gleichgültigkeit des Jungen gegenüber jeder Art von Wissen. Mit acht Jahren konnte er noch nicht addieren und behielt vom Alphabet mit Müh und Not die Vokale. Er sprach nur einsilbige Wörter, war ein ruhiges Kind und spazierte, zwischen Bergen von Spielsachen, die man zu seiner Kurzweil in verschiedenen Weltgegenden erwarb – deutsche Baukästen, japanische Eisenbahnen, chinesische Puzzles, österreichische Zinnsoldaten, nordamerikanische Dreiräder –, mit tödlich gelangweilter Miene durch die Zimmer des Hauses in La Perla. Das Einzige, was ihn aus seiner brahmanischen Benommenheit zu reißen vermochte, waren die Fußballfigürchen in den Schokolädchen von Mar del Sur, die er in Glanzpapierhefte einklebte und Stunden um Stunden gebannt betrachtete.

Bei der Vorstellung, das letzte Glied eines Geschlechts gezeugt zu haben, einen debilen Bluter, der später zum Gespött der Öffentlichkeit würde, wandten sich die Eltern entsetzt an die Wissenschaft. Illustre Ärzte machten in La Perla ihre Aufwartung. Der Star unter den Kinderärzten von Lima war es, Dr. Alberto de Quinteros, der den Gepeinigten ein leuchtendes Licht aufsteckte:

»Er hat, was ich das Treibhausleiden nenne«, erklärte er

ihnen. »Blumen, die nicht im Garten stehen, zwischen Blumen und Insekten, wachsen welk heran, und ihr Duft ist ein Gestank. Der goldene Käfig verdummt ihn. Kinderfräulein und Schulmeister sind zu entlassen und der Junge an einer Lehranstalt anzumelden, damit er mit Kindern seines Alters verkehrt. Er wird normal sein an dem Tag, an dem ein Kamerad ihm die Nase bricht!«

Bereit zu jedem Opfer, nur um ihn zu entblöden, erlaubte das stolze Paar, dass der kleine Joaquín in die plebejische Außenwelt eintauchte. Man wählte für ihn, versteht sich, die teuerste Schule von Lima und schickte ihn zu den Patres des Colegio Santa María, und um nicht alle Hierarchien zu zerstören, ließ man ihm eine Schuluniform in der vorgeschriebenen Farbe schneidern, aber aus Samt.

Das Rezept des berühmten Medikus zeitigte beachtliche Ergebnisse. Zwar erhielt Joaquín ungewöhnlich schlechte Noten, wohl wahr, und damit er seine Klassenarbeiten bestand, mussten seine Eltern – funkelnde Habgier, wie sie zu Schismen führte – großzügige Spenden leisten (Buntglasfenster für die Schulkapelle, Röcke aus Tuch für die Ministranten, robuste Pulte für die Armenschule et cetera), doch der Junge wurde umgänglich, und seither sah man ihn ein paarmal sogar fröhlich. In jenen Tagen gab es den ersten Hinweis auf seine Genialität (sein verständnisloser Vater nannte es einen Defekt): ein Interesse für das Fußballspiel. Als man ihnen mitteilte, dass der kleine Joaquín sich, kaum zog er die Fußballschuhe an, von einem einsilbigen, anästhetischen Wesen in ein dynamisches Plappermaul verwandelte, freuten sich die Eltern sehr. Und sogleich erwarben sie ein Grundstück neben ihrem Haus in La Perla, um dort einen Fußballplatz von ansehnlichen Ausmaßen anzulegen, auf dass ihr Joaquincito sich dort nach Belieben vergnügte.

Fortan sah man in der dunstigen Avenida de las Palmeras, wie nach Schulschluss aus dem Bus des Colegio Santa María – die Gesichter wechselten, aber die Zahl blieb gleich – zweiundzwanzig Schüler ausstiegen, die kamen, um auf dem Fußballplatz der Hinostroza Bellmonts zu spielen. Nach der Partie bewirtete die Familie die Spieler mit einem Tee, dazu Schokolade, Wackelpudding, Baisers und Eis. Die reichen Leute genossen den Anblick, wie der kleine Joaquín jeden Nachmittag glücklich keuchte.

Erst nach Wochen fiel dem Pionier des Pfefferanbaus in Peru auf, dass etwas Merkwürdiges geschah. Zwei, drei, zehn Mal hatte er gesehen, wie Joaquín das Spiel als Schiedsrichter leitete. Mit einer Trillerpfeife im Mund und einer Schirmmütze gegen die Sonne lief er den Spielern hinterher, ahndete Fouls, pfiff Freistöße. Dem Jungen verursachte es offenbar keine Komplexe, diese Rolle zu übernehmen, statt den Ball zu spielen, doch der Millionär ärgerte sich. Da lud er die Kinder nach Hause ein, mästete sie mit Süßigkeiten, erlaubte ihnen, von Gleich zu Gleich mit seinem Sohn zu verkehren, und dann besaßen sie die Dreistigkeit, ihn auf das mediokre Amt des Schiedsrichters zu verweisen? Am liebsten hätte er die Zwinger der Dobermänner geöffnet und diesen Frechlingen einen ordentlichen Schrecken eingejagt. Aber dann schimpfte er nur mit ihnen. Zu seiner Verwunderung erklärten sich die Jungen für unschuldig und schworen, Joaquín sei Schiedsrichter, weil er es sein wollte, und der Betroffene selbst bestätigte, bei Gott und bei seiner Mutter, so sei es. Ein paar Monate später, als er sein Notizbuch und die Berichte der Dienerschaft konsultierte, stand der Vater vor folgender Bilanz: In einhundertzweiunddreißig bestrittenen Partien hatte Joaquín Hinostroza Bellmont bei keiner einzigen als Spieler auf seinem Platz gestanden und einhundertzweiunddreißig Mal als Schiedsrichter gepfiffen. Die Eltern wechselten einen Blick und sagten sich, ohne Worte, dass etwas schieflief: Wie konnte das normal sein? Erneut wurde die Wissenschaft angerufen.

Es war der namhafteste Astrologe der Stadt, ein Mann, der die Seele in den Sternen deutete und den Gemütern seiner

Kunden (er hätte lieber gesagt: *Freunde*) anhand der Sternzeichen Linderung verschaffte, Professor Lucio Acémila, welcher nach vielen Horoskopen, Befragungen der Himmelskörper und langer Mondmeditation das Urteil sprach, das vielleicht nicht das treffendste war, für die Eltern aber das schmeichelhafteste:

»Der Junge ist sich bis ins Mark seines Adels bewusst, und aus Treue zu seiner Herkunft duldet er den Gedanken nicht, den anderen gleich zu sein«, erklärte er ihnen und nahm sich die Brille ab – damit das intelligente Fünkchen besser zur Geltung kam, das bei der Prognose in seinen Pupillen blitzte? »Er ist lieber Schiedsrichter als Spieler, denn wer ein Spiel pfeift, hat das Sagen. Dachten Sie, auf dem grünen Rasen gehe es Joaquincito um Sport? Falsch, ganz falsch. Er lebt ein uraltes Bedürfnis nach Beherrschung aus, nach Einzigartigkeit und Hierarchie, und er hat es ohne Zweifel im Blut.«

Selig schluchzend, erstickte der Vater seinen Sohn unter Küssen, nannte sich einen glücklichen Menschen und hängte an die schon königliche Honorarsumme, die ihm Professor Acémila in Rechnung stellte, eine Null an. Und in der festen Überzeugung, diese Marotte, die Fußballspiele seiner Klassenkameraden zu pfeifen, rühre von einem überwältigenden Drang nach Übermacht und Unterwerfung, welcher seinen Sohn später einmal zum Herrn der Welt machen würde (oder doch wenigstens von Peru), verließ der Industrielle an vielen Tagen sein vielfaches Büro, um sich – Schwächen eines Löwen, der eine Träne verdrückt, wenn sein Junges ein erstes Schaf zerfetzt – in sein Privatstadion von La Perla zu begeben und väterlich am Anblick von Joaquín zu erfreuen, wie er in dem schönen Trikot, das er ihm geschenkt hatte, hinter diesem ungeratenen Auflauf (den Spielern?) herpfiff.

Zehn Jahre später blieb den verwirrten Eltern nichts anderes übrig, als sich zu sagen, dass die Sterne vielleicht doch zu optimistisch gesprochen hatten. Joaquín Hinostroza Bellmont war nun schon achtzehn und hatte die letzte Klasse der Sekundarschule erst Jahre nach seinen ursprünglichen Kameraden und nur dank der familiären Philanthropie erreicht. Die Gene eines Welteneroberers, die laut Lucio Acémila unter der harmlosen Laune des Fußballpfeifens schlummerten, zeigten sich nirgends, wohingegen auf schreckliche Weise ans Licht drang, dass der Aristokratensohn, wenn es um anderes als Freistöße ging, eine Katastrophe sondergleichen war. Wollte man danach gehen, was er sagte, lag seine Intelligenz, darwinistisch betrachtet, zwischen Schwachsinn und Affe, und sein Mangel an Charme, Ehrgeiz, Interesse für alles, was nicht jene hektische Schiedsrichtertätigkeit betraf, machte ihn zu einem ganz und gar unerheblichen Zeitgenossen.

Nun ließ der Junge, was sein erstes Laster anbelangte (das zweite war der Alkohol), allerdings durchaus etwas erkennen, was man Talent nennen konnte. Seine monströse Unparteilichkeit (in dem *heiligen* Raum des Spielfelds und der *zauberischen* Zeit des Wettkampfs?) verschaffte ihm unter den Schülern und Lehrern des Colegio Santa María Ansehen als Schiedsrichter und auch – ein Sperber in den Wolken, der unter dem Johannisbrotbaum die Ratte ausmacht, die sein Mittagessen sein wird – einen scharfen Blick, der es ihm erlaubte, auf jede Entfernung und aus jedem Winkel untrüglich den listigen Fußtritt des Verteidigers gegen das Schienbein des Mittelstürmers oder den gemeinen Ellenbogenstoß des Außenstürmers gegen den mit ihm hochgesprungenen Torwart zu erkennen. Ungewöhnlich war auch sein regelwerkliches Allwissen und die glückliche Intuition, mit der er qua Blitzentscheid die Lücken im Reglement stopfte. Sein Ruhm flog bald über die Mauern des Santa María, und der Aristokrat aus La Perla pfiff Schulwettkämpfe und Stadtteilturniere, und eines Tages erfuhr man, dass er – im Stadion von El Potao? – in einem Spiel der zweiten Liga als Schiedsrichter eingesprungen war.

Als er die Schule beendete, stellte sich seinen sorgenschweren Eltern ein Problem: Joaquíns Zukunft. Der Gedanke, ihn auf die Universität zu schicken, wurde mit Bedauern verworfen, um dem Jungen unnötige Demütigungen und Minderwertigkeitskomplexe zu ersparen und dem Familienvermögen weitere Angriffe in Form von Spenden. Ein Versuch, ihn Sprachen erlernen zu lassen, endete in einem himmelschreienden Fiasko. Ein Jahr in den Vereinigten Staaten und ein weiteres in Frankreich führten ihm kein einziges Wort Englisch oder Französisch zu Gemüt, dafür trieben sie sein ohnehin schon kränkelndes Spanisch in die Schwindsucht. Als er nach Lima zurückkehrte, beschloss der Kaschmirfabrikant, sich damit abzufinden, dass sein Sohn nie einen Titel tragen würde, und in seiner Ernüchterung schickte er ihn zur Arbeit ins Dickicht der häuslichen Firmen. Das Ergebnis war, wie vorherzusehen, katastrophal. Binnen zweier Jahre hatten seine Taten oder Unterlassungen zwei Spinnereien in den Bankrott geführt, das florierendste Unternehmen des Konglomerats – eine Straßenbaufirma – in die roten Zahlen gestürzt, und die Pfefferplantagen im Urwald waren von Plagen zerfressen, Schlammlawinen niedergewalzt und Hochwassern überschwemmt (was bestätigte, dass Joaquincito auch ein Unglücksbringer war). Wie betäubt von der unermesslichen Unfähigkeit seines Sohnes, tief in seinem Selbstwertgefühl getroffen, verlor der Vater alle Kraft, wurde Nihilist und ließ die Geschäfte schleifen, die in kurzer Zeit von gierigen Sachwaltern ausgesaugt waren, worauf er sich einen lächerlichen Tick zuzog, der darin bestand, die Zunge herauszustrecken in dem (unsinnigen?) Versuch, sich das Ohr zu lecken. Seine Nervosität und seine Schlaflosigkeit trieben ihn, auf den Spuren seiner Frau, in die Hände von Psychiatern und Psychoanalytikern (Alberto de Quinteros? Lucio Acémila?), die seinen Resten an Verstand und Geld rasch den Garaus machten.

Wirtschaftlicher Zusammenbruch und geistiger Niedergang brachten Joaquín Hinostroza Bellmont nicht an den

Rand des Selbstmords. Er wohnte noch immer in La Perla, in einem geisterhaften Herrenhaus, von dem die Farbe abgeblättert war, das vermoderte, sich entvölkerte, seiner Gärten und des Fußballplatzes verlustig ging (es galt Schulden zu bezahlen), in das der Schmutz und die Spinnen Einzug hielten. Den Tag verbrachte der junge Mann damit, die Spiele zu pfeifen, welche die Streuner des Viertels auf dem freien Gelände zwischen Bellavista und La Perla organisierten. Bei einem dieser Spiele nun, ausgetragen von chaotischen Gassenbengeln mitten auf dem öffentlichen Verkehrsweg mit ein paar Steinen als Tor und einem Fenster und einer Laterne als Spielfeldgrenzen, Spiele, die Joaquín mit der Prinzipienfestigkeit des Eleganten, der sich selbst im Urwald zum Abendessen in Schale wirft, auf eine Weise pfiff, als wären sie das Finale eines Turniers, lernte der Aristokratensohn die Person kennen, die aus ihm einen zirrhotischen Star machen sollte: Sarita Huanca Salaverría?

Er hatte sie schon ein paarmal gesehen bei diesen Dutzendpartien, und da sie den Gegner besonders hart attackierte, hatte er viele Fouls von ihr gepfiffen. Zwar wurde sie Marimacho genannt, Mannweib, gleichwohl wäre Joaquín nie auf die Idee gekommen, dass dieser herbe Teenager mit den alten Turnschuhen, den Blue Jeans und dem lumpigen Pullover eine Frau war. Er entdeckte es auf die erotische Art. Eines Tages, als er ein Foul mit einem einwandfreien Elfmeter ahndete (Marimacho hatte den Ball samt Keeper ins Tor getreten), kassierte er von ihr eine wüste Beleidigung seiner Mutter.

»Was hast du gesagt?«, empörte sich der Aristokratensohn – der daran dachte, wie seine Mutter gerade eine Pille schluckte, einen Arzneitrank schlürfte, einen Nadelstich ertrug? »Sag das noch einmal, wenn du ein Mann bist.«

»Bin ich nicht, aber ich sage es noch mal«, erwiderte Marimacho. Und wiederholte, mit dem Stolz einer Spartanerin, die lieber auf den Scheiterhaufen steigt, als dass sie klein beigibt, noch einmal, angereichert mit Adjektiven aus der Gosse, die Beleidigung seiner Mutter.

Joaquín versuchte einen Faustschlag zu landen, stieß aber nur in die Luft, und sogleich sah er sich von einem Kopfstoß Marimachos niedergestreckt, die sich auf ihn warf und mit Händen, Füßen, Knien, Ellbogen traktierte; und am Boden liegend, wie bei jenem sportlichen Gerangel auf der Matte, das am Ende aussieht wie die liebende Umarmung, entdeckte er verblüfft, erogenisiert, ejakulierend, dass sein Gegner eine Frau war. Die Erregung ob der boxerischen Berührung dieser unerwarteten Rundungen war so groß, dass sie sein Leben veränderte. Als sie sich nach dem Kampf befreundeten und er erfuhr, dass sie Sarita Huanca Salaverría hieß, lud er sie gleich ins Kino ein, Tarzan zu sehen, und eine Woche später trug er ihr an, sie zum Altar zu führen. Saritas Ablehnung, seine Frau zu werden oder sich auch nur küssen zu lassen, trieb Joaquín ganz klassisch in die Kneipen. Schon bald wurde aus dem Romantiker, der seinen Kummer in Whisky ertränkt, ein unerlöster Alkoholiker, der seinen afrikanischen Durst mit Brennstoff löscht.

Was aber weckte Joaquíns Leidenschaft für Sarita Huanca Salaverría? Sie war jung und von hühnchenschlankem Wuchs, hatte wetterfeste Haut und eine tanzende Haartolle, und als Fußballspielerin war sie nicht schlecht; und wenn man sah, wie sie sich kleidete, was sie tat und mit wem sie Umgang pflegte, konnte man meinen, ihr Frausein ärgere sie. Ob es vielleicht das war – Drang nach Originalität, Sucht nach Extravaganz –, was sie für den Aristokraten so anziehend machte? Als er Marimacho zum ersten Mal in das verfallene Haus in La Perla führte, sahen seine Eltern sich, kaum war das Paar gegangen, angewidert an. Der Exmillionär sperrte die Bitternis seiner Seele in einen einzigen Satz: »Wir haben nicht nur einen Dummkopf gezeugt, sondern einen Perversen.«

Doch wenn Sarita Huanca Salaverría Joaquín auch in die

Trunkenheit führte, war sie zugleich das Sprungbrett, das ihn von den Straßenspielen mit lumpigen Bällen zu den Meisterschaften im Nationalstadion katapultierte.

Marimacho begnügte sich nicht damit, die Leidenschaft des Adelssprosses zurückzuweisen; sie hatte Freude daran, ihn leiden zu sehen. Sie ließ sich ins Kino einladen, zum Fußball, zum Stierkampf, ins Restaurant, nahm kostspielige Geschenke entgegen (für die der Verliebte die Trümmer des Familienvermögens verscherbelte?), duldete aber nicht, dass Joaquín von Liebe sprach. Kaum versuchte er ihr zu sagen, wie sehr er sie liebte, schwer schluckend, mit der Schüchternheit des Jünglings, der errötet, wenn er einer Blume schmeichelt, schon stand Sarita Huanca Salaverría wutschnaubend auf, kränkte ihn mit Beleidigungen, die in ihrer Vulgarität nach Bajo el Puente gehörten, und verdrückte sich. Damals war es, als Joaquín zu trinken begann, als er durch die Kneipen zog und alle Getränke mischte, um eine sofortige, explosive Wirkung zu erzielen. Für seine Eltern war es ein alltägliches Schauspiel, ihn zur Eulenzeit nach Hause kommen und durch die Fluchten von La Perla stolpern zu sehen, hinter sich eine Spur von Erbrochenem. Wenn er sich schon ganz in Alkohol aufzulösen schien, holte ein Anruf von Sarita ihn wieder auf die Beine. Dann schöpfte er neue Hoffnung, und der Teufelskreis begann von vorn. Zerfressen von Bitterkeit, starben der Mann mit dem Tick und die Hypochonderin fast zur selben Zeit und wurden in einer Familiengruft auf dem Friedhof Presbítero Maestro bestattet. Der geschrumpfte Wohnsitz in La Perla wurde, ebenso wie die überlebende Habe, von Gläubigern versteigert oder vom Staat beschlagnahmt. Und Joaquín Hinostroza Bellmont musste sich selbst seinen Lebensunterhalt verdienen.

Berücksichtigt man, wer er war (seine Vergangenheit schrie, er werde an Auszehrung sterben oder als Bettler enden), so tat er es mit Bravour. Welchen Beruf wählte er? Schiedsrichter! Angespornt vom Hunger und vom Wunsch, der abweisenden Sarita den Hof zu machen, verlangte er von den Straßenjungen, deren Spiele er pfeifen sollte, nun ein paar Sol, und als er sah, dass sie ihre Scherflein zusammentrugen und ihm gaben – zwei mal zwei macht vier und vier plus zwei macht sechs –, erhöhte er die Tarife und hielt seine Ausgaben im Blick. Da seine Tüchtigkeit auf dem Spielfeld bekannt war, bekam er Verträge für Jugendmeisterschaften, und eines Tages war er so kühn, sich beim Verband der Fußballtrainer und -schiedsrichter zu melden und seine Aufnahme zu beantragen. Er bestand die Prüfungen mit einer solchen Brillanz, dass denen, die er von nun an (bloße Einbildung?) Kollegen nennen durfte, schwindlig wurde.

Der Auftritt von Joaquín Hinostroza Bellmont im Nationalstadion José Díaz – schwarzes Trikot mit weißen Steppnähten, grüne Sonnenblende über der Stirn, silberne Trillerpfeife im Mund – war ein denkwürdiges Ereignis in der Fußballgeschichte des Landes. Ein erfahrener Sportreporter formulierte es später so: »Mit ihm hielten unnachgiebige Gerechtigkeit und künstlerische Inspiration auf dem Rasen Einzug.« Seine Korrektheit, seine Unparteilichkeit, die Schnelligkeit, mit der er einen Verstoß entdeckte, und sein Fingerspitzengefühl, mit dem er ihn ahndete, seine Autorität (wenn die Spieler sich an ihn wandten, senkten sie die Augen und sprachen ihn mit Don an) und seine körperliche Verfassung, die es ihm erlaubte, über neunzig Minuten zu laufen und nie weiter als zehn Meter vom Ball entfernt zu sein, all dies machte ihn bald überaus beliebt. Er war, wie es in einer Rede hieß, der einzige Schiedsrichter, dem die Spieler niemals den Gehorsam versagten und den die Zuschauer niemals beschimpften, der einzige, dem nach jedem Spiel die Ränge stürmisch applaudierten.

Erwuchs dergleichen Fähigkeit und Einsatzfreude allein aus einem überragenden professionellen Bewusstsein? Auch. Der tiefere Grund aber war, dass Joaquín Hinostroza Bellmont mit seinem schiedsrichterlichen Zauber – Geheimnis eines jungen Mannes, der in Europa triumphiert und gleichwohl in der Verbitterung lebt, denn was er sich ersehnt, ist der Beifall seines kleinen Andenlandes – nur Marimacho beeindrucken wollte. Sie sahen sich weiterhin fast täglich, und im schlüpfrigen Gerede des Volkes waren sie ein Liebespaar. In Wirklichkeit aber, und trotz seiner beharrlichen Gefühle, die all die Jahre unbeschadet überstanden, hatte der Referee es nicht vermocht, Saritas Widerstand zu brechen.

Eines Tages, als sie ihn vom Boden einer Kneipe in Callao aufgesammelt, in seine Pension in der Altstadt gebracht, von Speichelflecken und Sägemehl gesäubert und ins Bett befördert hatte, erzählte sie ihm das Geheimnis ihres Lebens. So erfuhr Joaquín Hinostroza Bellmont, blass wie ein Mann nach dem Kuss des Vampirs, dass es in der frühen Jugend dieses Mädchens eine verfluchte Liebe und ein Ehebeben gegeben hatte. Tatsächlich war zwischen Sarita und ihrem Bruder (Richard?) eine tragische Verliebtheit aufgekeimt, welche sich – Feuerkatarakte, giftiger Regen, der auf die Menschheit niedergeht – zu einer Schwangerschaft ausgewachsen hatte. Nachdem sie so klug gewesen war, einen zunächst abgewiesenen Verehrer zu ehelichen (den Rotfuchs Antúnez? Luis Marroquín?), auf dass die Frucht des Inzestes einen unbefleckten Namen bekomme, hatte der glückliche junge Ehemann jedoch – Schwanz des Teufels, der in die Schüssel stippt und den Teig verdirbt – das hinterlistige Spiel rechtzeitig bemerkt und die Schwindlerin, die ihm ein Stiefkind als eigenes unterschieben wollte, verstoßen. Zur Abtreibung gezwungen, floh Sarita aus ihrer vornehmen Familie, aus ihrem Wohnviertel, aus ihrem klingenden Nachnamen, wurde zur Herumtreiberin und nahm auf dem unbebauten Gelände von Bellavista und La Perla die Persönlichkeit von Marimacho wie auch den Namen an. Damals hatte sie geschworen, sich nie wieder einem Mann hinzugeben und praktisch für immer (außer, ach, für die Sache mit den Spermatozoen?) als Mann zu leben.

Die Tragödie von Sarita Huanca Salaverría, garniert mit Freveln, Tabubrüchen, Angriffen auf bürgerliche Moral und religiöse Gebote, tat der verliebten Leidenschaft von Joaquín Hinostroza Bellmont keinen Abbruch, im Gegenteil. Der Mann aus La Perla fasste gar den Gedanken, Marimacho von ihren Traumata zu heilen und sie mit der Gesellschaft und den Männern zu versöhnen, aus ihr wieder eine feminine und kokette, freche wie charmante Frau aus Lima zu machen – wie die Perricholi?

Während sein Ruhm wuchs, er für Länderspiele in Lima und im Ausland umworben wurde und ihn Offerten aus Mexiko, Brasilien, Kolumbien, Venezuela erreichten, die er, mit dem Patriotismus des Gelehrten, der auf die Computer aus New York verzichtet, um weiter mit den tuberkulösen Versuchskaninchen am San Fernando zu experimentieren, stets zurückwies, belagerte er immer hartnäckiger das Herz der Inzestuösen.

Und ihm war, als sähe er Zeichen – Rauchwölkchen der Apachen über den Hügeln, Tamtams im afrikanischen Busch –, die ihm sagten, dass Sarita Huanca Salaverría ihn erhörte. So konnte Joaquín eines Nachmittags, nach einem Kaffee mit Croissant im Haití an der Plaza de Armas, die rechte Hand des Mädchens mehr als eine Minute lang (sein Schiedsrichterverstand stoppte die exakte Zeit) in den seinen halten. Bald darauf trat die Nationalelf gegen ein gewisses Land von minderem Ruf an – Argentinien oder so ähnlich? –, eine Mörderbande, die das Spielfeld mit nägelgespickten Schuhen, Knie- und Ellenbogenschützern betrat, welche in Wahrheit Werkzeuge waren, um den Gegner schwer zu verletzen. Ohne etwas auf die Einwände zu geben, dass es in ihrem Land (was im Übrigen stimmte) üblich sei, so Fußball zu spielen – unter Zusatz von Folter und Verbrechen? –, verwies Joaquín Hinostroza sie einen nach dem anderen des Platzes, bis die peruanische Mannschaft, mangels Gegner technisch überlegen, das Spiel gewann. Der Schiedsrichter wurde selbstverständlich von der Menge auf den Schultern hinausgetragen, und Sarita Huanca Salaverría schlang ihm, als sie allein waren – eine Anwandlung von Heimatstolz, sportliche Gefühlsduselei? –, die Arme um den Hals und küsste ihn. Als er einmal krank war (still und leise mineralisierte die Zirrhose die Leber des Mannes der Stadien und führte in Abständen, unheilkündend, zu Anfällen), kümmerte sie sich um ihn und wich in der Woche, die er im Krankenhaus Carrión lag, nicht von seiner Seite; und eines Nachts sah Joaquín, wie sie ein paar Tränen vergoss – um ihn? All das gab ihm Mut, und jeden Tag trug er ihr mit immer neuen Argumenten die Ehe an. Vergebens. Sarita Huanca Salaverría besuchte alle Spiele, die er zur Aufführung brachte (die Reporter verglichen seine Leitung mit dem Dirigieren einer Symphonie), begleitete ihn ins Ausland, und sie war sogar in die Pension Colonial gezogen, wo Joaquín mit seiner Pianistenschwester und seinen betagten Eltern lebte. Aber sie bestand darauf, dass diese Geschwisterliebe eine keusche bleibe und nicht in Bettspielen ende. Die Ungewissheit, ein Gänseblümchen, dessen Blütenblätter niemand bis zum Ende auszuzupfen vermag, befeuerte noch den Alkoholismus von Joaquín Hinostroza Bellmont, und schließlich sah man ihn öfter betrunken als nüchtern.

Der Alkohol war die Achillesferse in seinem Berufsleben, der Klotz am Bein, sagten die Kenner, der es ihm verwehrte, in Europa zu pfeifen. Aber wie kam es dann, dass ein Mann, der so viel trank, einen Beruf ausüben konnte, der so viel körperlichen Einsatz verlangte? Tatsache ist, dass er, eins jener Rätsel, welche die Geschichte pflastern, beide Neigungen zugleich verfolgte und ab seinem dreißigsten Lebensjahr auch gleichzeitig: Joaquín Hinostroza Bellmont pfiff die Spiele stockbetrunken an, und in den Kneipen pfiff er sie im Geiste noch weiter.

Der Alkohol minderte sein Talent keineswegs, trübte nicht seinen Blick, schwächte nicht seine Autorität, verzögerte nicht seinen Lauf. Zwar sah man ihn mitten im Spiel von einem Schluckauf bedrängt, und es ging die Rede – Verleumdungen, welche die Luft verseuchen und die Tugend niederstechen –, einmal habe er, von saharischem Durst gequält, einem Sanitäter beim Einsatz am verletzten Spieler den Kampferspiritus entrissen und die Flasche ausgetrunken, als wäre es Wasser. Doch diese Episoden, pittoresker Anekdotenschatz, Mythenkranz um das Genie, unterbrachen seine Erfolgskarriere nicht.

Und so, zwischen donnerndem Applaus im Stadion und reuevollen Besäufnissen, mit denen er – inquisitorische Zangen, die sich ins Fleisch graben, ausgerenkte Knochen auf der Streckbank – die Gewissensbisse in seiner Seele eines Missionars des wahren Glaubens (der Zeugen Jehovas?) zu besänftigen versuchte, weil er wie von ungefähr, in einer verrückten Nacht in seiner Jugend, eine Minderjährige aus La Victoria vergewaltigt hatte (Sarita Huanca Salaverría?), so erreichte Joaquín Hinostroza Bellmont das beste Alter: fünfzig Jahre. Er war ein Mann mit breiter Stirn, Adlernase, durchdringendem Blick, von aufrechtem Sinn und gütigem Wesen, und er hatte den Gipfel seiner Karriere erklommen.

In ebenjener Zeit kam es der Stadt Lima zu, Austragungsort der bedeutendsten fußballerischen Begegnung des letzten halben Jahrhunderts zu sein, des Endspiels der Südamerikameisterschaft zwischen zwei Mannschaften, die in den Ausscheidungskämpfen ihre Gegner mit einem schon unwürdigen Kantersieg bezwungen hatten: Bolivien und Peru. Auch wenn es guter Brauch war, ein solches Spiel von einem Schiedsrichter eines neutralen Landes leiten zu lassen, forderten beide Mannschaften und – Ritterlichkeit des Altiplano, Edelmut von den Höhen der Anden, Ehrgefühl der Aymara – mit besonderem Nachdruck die Ausländer, dass es der berühmte Joaquín Hinostroza Marroquín sei, der das Spiel pfeife. Und da Spieler, Ersatzbank und Trainer für den Fall, dass man ihnen nicht entgegenkam, mit Streik drohten, stimmte der Fußballverband zu, und man betraute den Zeugen Jehovas mit der Leitung dieses Matchs, das alle als ein denkwürdiges vorhersagten.

Die standhaften grauen Wolken von Lima verzogen sich an diesem Sonntag, auf dass die Sonne die Begegnung wärmte. Viele Menschen hatten die Nacht unter freiem Himmel verbracht, in der Hoffnung, Eintrittskarten zu erwerben (es war bekannt, dass sie seit einem Monat ausverkauft waren). Mit Anbruch des Tages wurde die Umgebung des Nationalstadions zu einem einzigen brodelnden Kessel, in dem die Menschen die Schwarzhändler belagerten, bereit zu jedem Verbrechen, nur um hineinzukommen. Zwei Stunden vor Anpfiff passte keine Maus mehr ins Stadion. Mehrere hundert Bürger des großen südlichen Landes (Bolivien?), die von ihren klaren Höhen per Flugzeug, Auto oder zu Fuß nach Lima gekommen waren, hatten sich auf der Osttribüne zusammengefunden. Die Jubelrufe und Fanfaren der Besucher und Einheimischen heizten, während sie auf die Mannschaften warteten, die Stimmung an.

Angesichts des massiven Volksauflaufs hatten die Behörden Vorsichtsmaßnahmen getroffen. Und um die Sicherheit und das Miteinander der Bürger auf Tribünen und Plätzen zu gewährleisten, wurde die berühmteste Einheit der Guardia Civil, die so heldenhaft wie selbstlos, verwegen wie gesittet binnen weniger Monate Callao von Kriminellen und ruchlosen Subjekten gesäubert hatte, nach Lima verlegt. Ihr Chef, der berühmte Hauptmann Lituma, Schrecken des Verbrechens, streifte fiebrig durch das Stadion, lief Eingänge und umliegende Straßen ab, kontrollierte, ob die Männer auf ihrem Posten standen, und gab seinem gestählten Stellvertreter, Leutnant Jaime Concha, inspirierte Anweisungen.

Auf der Westtribüne befanden sich beim Anpfiff, eingequetscht in der tobenden Menge und nach Atem schnappend, außer Sarita Huanca Salaverría – mit dem Masochismus des Opfers, das sich in seinen Vergewaltiger verliebt hat, ließ sie kein einziges seiner Spiele aus – auch der ehrwürdige Don

Sebastián Bergua, der sich erst unlängst von seinem Schmerzenslager erhoben hatte, auf das die Messerstiche des Pharmavertreters Luis Marroquín Bellmont ihn einst streckten (im Stadion auch er, auf der Nordtribüne, mit einer sehr besonderen Ausnahmegenehmigung der Gefängnisbehörde?), sowie seine Frau Margarita und seine Tochter Rosa, ganz und gar genesen von den Bissen, die ihr – o unheilvoller Morgen im Dschungel – eine Horde Ratten zugefügt hatte.

Nichts deutete auf die Tragödie hin, als Joaquín Hinostroza (Tello? Delfín?), wie üblich genötigt, die olympische Runde zu drehen und für den Beifall zu danken, im schmucken Dress und hellwach das Spiel anpfiff. Im Gegenteil, alles verlief in einer begeisterten, ritterlichen Atmosphäre: die Aktionen der Spieler, der Beifall, mit dem die Zuschauer das Vorrücken der Stürmer belohnten, die Paraden der Torwarte. Von Anbeginn war offenkundig, dass die Orakel sich erfüllten: Das Spiel war ausgeglichen und, bei aller Fairness, hart. Kreativer denn je glitt Joaquín Hinostroza (Abril?) wie auf Schlittschuhen über den Rasen, ohne die Spieler zu behindern, stand immer im günstigsten Winkel, und seine ebenso strengen wie gerechten Entscheidungen verhinderten, dass im Eifer des Gefechts, die Handgreiflichkeit stets nah, die Partie in Gewalt ausartete. Doch konnte, wo die menschliche Natur an ihre Grenzen stößt, auch ein heiliger Zeuge Jehovas nicht verhindern, dass sich erfüllte, was das Schicksal – Gleichgültigkeit eines Fakirs, Phlegma eines Engländers – angezettelt hatte.

Unaufhaltsam kam der höllische Mechanismus in der zweiten Halbzeit in Gang, als das Spiel eins zu eins stand, die Zuschauer schon heiser waren und ihre Hände glühten. Hauptmann Lituma und Sergeant Concha sagten sich treuherzig, dass alles bestens lief; kein einziger Zwischenfall, ob Diebstahl, Schlägerei oder abhandengekommenes Kind, hatte den Nachmittag getrübt.

Doch siehe, um vier Uhr und dreizehn Minuten war es den

fünfzigtausend Zuschauern gegeben, das Außergewöhnliche zu erleben. Aus den drangvollsten Tiefen der Südtribüne tauchte mit einem Mal – schwarz, mager, riesengroß, langzahnig – ein Mann auf, der sich mit Leichtigkeit über die Absperrung schwang und unter unverständlichen Schreien auf das Spielfeld rannte. Die Leute verwunderte weniger seine Nacktheit – er trug nicht mehr als einen Lendenschurz um die Hüften –, als dass sein Körper von Kopf bis Fuß mit Schnitten übersät war. Ein panisches Brausen ließ die Tribünen erbeben, denn was der Tätowierte vorhatte, begriffen alle, war den Schiedsrichter umzubringen. Es gab keinen Zweifel: Der heulende Riese lief direkt auf den großen Publikumsliebling zu (Gumercindo Hinostroza Delfín?), der ihn, versunken in seiner Kunst, nicht gesehen hatte und die Partie weiter modellierte.

Wer war der nahende Angreifer? Vielleicht jener blinde Passagier, der auf mysteriöse Weise nach Callao kam und von der Nachtstreife überrascht wurde? War er dieser arme Kerl, den die Behörden aus euthanasischen Erwägungen hinzurichten beschlossen und dem der Sergeant (Concha?) in einer dunklen Nacht das Leben schenkte? Weder Hauptmann Lituma noch Sergeant Concha blieb Zeit, es herauszufinden. Denn als der Hauptmann begriff, dass ein Stolz des Landes, wenn sie nicht unverzüglich handelten, einem Attentat zum Opfer fallen konnte, befahl er dem Sergeanten – Vorgesetzter und Untergebener hatten gelernt, sich mit einem Wimpernschlag zu verständigen –, in das Geschehen einzugreifen. Und Jaime Concha zog, ohne aufzustehen, seine Pistole und feuerte alle zwölf Schüsse ab, die sämtlich (fünfzig Meter weiter) den Nackten an unterschiedlichen Körperstellen trafen. Auf diese Weise erfüllte der Sergeant, besser spät als nie, wie das Sprichwort sagt, den Befehl, denn es war tatsächlich der blinde Passagier von Callao!

Kaum sah die Menge den eben noch gehassten potentiellen Henker ihres Idols von Schüssen durchsiebt, da erklärte sie sich – frivole Launen einer sentimentalen Seele, Koketterie einer wankelmütigen Frau – mit ihm solidarisch, sah in ihm das Opfer und wandte sich gegen die Guardia Civil. Ein Pfeifkonzert, das die Vögel am Himmel betäubte, erhob sich von den Tribünen im Schatten und in der Sonne und trug ihre Wut in die Lüfte, ihre Empörung über dieses Schauspiel, wie der Schwarze dort auf dem Boden aus zwölf Löchern sein Blut verlor. Die Schüsse hatten die Gehilfen in Verwirrung gestürzt, doch sich selber treu, ließ der Große Hinostroza (Téllez Unzátegui?) nicht zu, dass man die Fiesta unterbrach, und zeigte, rings um den Leichnam des Spontankämpfers, weiter seine Kunststücke, taub gegenüber dem Pfeifkonzert, aus dem jetzt auch Flüche, Schreie, Schimpfwörter erschollen. Und schon kamen, bunt flatternd, die Sendboten einer wahren Sintflut von Sitzkissen herabgesegelt, die bald auf die Einheit von Hauptmann Lituma niedergehen sollte. Der witterte den Sturm und beschloss zu handeln. Er befahl seinen Leuten, die Tränengasgranaten bereitzuhalten. Um jeden Preis wollte er einen Aderlass verhindern. Und kurz darauf, als die Brüstung schon an vielen Stellen der Arena überwunden war und sich hier und da entflammte Taurophile kampflustig ins Rund stürzten, befahl er seinen Männern, das Gelände mit ein paar Granaten einzudecken. Tränende Augen und niesende Nasen, dachte er, würden die Zornigen besänftigen, und wenn der Wind dann die chemischen Dünste zerstob, herrschte erneut Frieden in der Plaza de Acho. Desgleichen ordnete er an, dass vier seiner Männer Sergeant Jaime Concha umringten, der nun zur Zielscheibe der Aufgebrachten geworden war, welche sichtlich entschlossen waren, ihn zu lynchen, auch wenn sie dafür dem Stier gegenübertreten mussten.

Doch Hauptmann Lituma hatte etwas Wesentliches nicht bedacht: Er selbst hatte, um die Aficionados ohne Eintrittskarte, die wie eine Drohung um die Arena strichen, an einem gewaltsamen Betreten der Örtlichkeit zu hindern, zwei

Stunden zuvor den Befehl gegeben, die eisernen Gitter und Rolltore zu schließen, welche den Zugang zu den Sperrsitzen verwehrten. Und als nun die Polizisten, prompte Vollstrecker, dem Publikum einen Schwarm Gasgranaten schenkten; als hier und da, binnen Sekunden, scheußlich stinkende Nebelwolken von den Tribünen aufstiegen, da reagierten die Zuschauer mit Flucht. Überstürzt, sich schubsend, ein Taschentuch vor dem Mund und mit tränenden Augen rannten, sprangen sie auf die Ausgänge zu. Doch die reißenden Menschenströme wurden aufgehalten von den eisernen Toren und Gittern. Aufgehalten? Ein paar Sekunden nur, bis die ersten Reihen einer jeden Kolonne, vom Druck der hinteren in Rammböcke verwandelt, sie beulten, bogen, aufbrachen, aus den Angeln rissen. Auf diese Weise konnten die Einwohner von Rímac, die zufällig an diesem Sonntag um vier Uhr und dreißig Minuten in der Umgebung der Plaza de Acho vorbeikamen, ein Schauspiel von barbarischer Originalität erleben: Nach einem letzten, knirschenden Seufzer flogen die Tore der Arena krachend in Stücke und spuckten zerquetschte Leichen aus, über die, ein Unglück kommt selten allein, die verrückte Menge trampelte, die durch die blutigen Breschen entkam.

Zu den ersten Opfern des Holocausts von Bajo el Puente mussten sich die Wegbereiter der Zeugen Jehovas in Peru zählen lassen: der Mann aus Moquegua, Don Sebastián Bergua, seine Frau Margarita und Tochter Rosa, die vortreffliche Blockflötistin. Ins Verderben stürzte die religiöse Familie, was sie hätte retten sollen: ihre Vorsicht. Denn kaum war es zu dem Zwischenfall mit dem spontanen Kannibalen gekommen, kaum lag der, vom Kampfstier zerfetzt, am Boden, hatte Don Sebastián Bergua mit hochgezogenen Brauen und gebieterischem Finger seiner Sippe befohlen: »Rückzug.« Es war nicht Angst, ein Wort, das der Prediger nicht kannte, sondern Geistesgegenwart, der Gedanke, dass weder er noch seine Angehörigen mit einem Skandal in Berührung kommen durften, den seine Feinde nur zum Vorwand nehmen würden, um den guten Ruf ihres Glaubens zu beschmutzen. So verließ die Familie Bergua hastig ihren Sperrsitz auf der Sonnenseite und strebte die Stufen hinunter zum Ausgang, als plötzlich die Tränengasgranaten explodierten. Und als alle drei glückselig am eisernen Rolltor Nummer sechs standen und darauf warteten, dass es aufging, sahen sie, wie hinter ihnen, donnernd und tränenreich, das Volk hereinbrach. Ihnen blieb keine Zeit, die Sünden zu bereuen, die sie nicht begangen hatten, denn schon wurden sie von der panischen Menge an dem eisernen Tor buchstäblich zerdrückt (zu Brei, menschlicher Suppe?). Eine Sekunde, bevor er in jenes andere Leben einging, dessen Existenz er leugnete, rief Don Sebastián noch, starrköpfig, gläubig, heterodox: »Christus starb an einem Stamm, nicht an einem Kreuz!«

Der Tod des Geistesgestörten, der Don Sebastián Bergua niedergestochen und Doña Margarita und die Künstlerin geschändet hatte, war, wenn man so sagen darf, weniger ungerecht. Denn als die Tragödie ihren Lauf nahm, sah der junge Marroquín Delfín seine Chance gekommen: In dem Durcheinander würde er vor dem Aufseher, den ihm die Gefängnisbehörde anlässlich der historischen Corrida als Bewachung zur Seite gestellt hatte, fliehen, würde aus Lima, aus Peru entkommen und im Ausland, unter anderem Namen, ein neues Leben in Wahnsinn und Verbrechen beginnen. Hoffnungen, die fünf Minuten später zunichtewurden, als am Ausgang Nummer fünf dem Gefängniswärter Chumpitaz und (Lucho? Ezequiel?) Marroquín Delfín, von jenem an der Hand gehalten, die zweifelhafte Ehre zuteilwurde, zur ersten Reihe der Stierkampffreunde zu gehören, welche die Menge zerquetschte. (Die verflochtenen Finger des Uniformierten und des Pharmavertreters gaben, wenn auch als Leichen, Anlass zu Gerede.)

Das Ableben von Sarita Huanca Salaverría besaß zumindest die Finesse, auf dergleichen Melange zu verzichten. Es war ein Fall von fatalem Missverständnis, von irrtümlicher Einschätzung seitens der Amtsgewalt, was Handlungen und Absichten betraf. Als es zu den Vorfällen kam und das Mädchen aus Tingo María den Kannibalen auf den Hörnern des Stiers sah, die Rauchschwaden der Granaten, als sie das Heulen der Menschen hörte und wie ihre Knochen brachen, da beschloss sie – Leidenschaft der Liebe, die dem Tod die Angst nimmt –, an die Seite des Mannes zu eilen, dem sie in ihrem Herzen zugetan war. Anders als die Freunde der Arena stieg sie also in diese hinab, was sie davor bewahrte, zerquetscht zu werden. Nicht jedoch bewahrte es sie vor dem Adlerauge Hauptmann Litumas, der sich, als er unter den wabernden Gaswolken eine unsichere, ungeduldige kleine Gestalt über die Schutzwand springen und auf den Torero zulaufen sah (welcher trotz allem das Tier weiterhin reizte und auf Knien Figuren darbot), auf seine Pflicht besann, den Matador, solange ihm ein Fünkchen Leben blieb, vor jeglichem Angriff zu schützen, so dass er seinen Revolver zog und mit drei flinken Schüssen dem Lauf und dem Leben der Verliebten ein Ende setzte: Sarita schlug, zu Füßen von Gumercindo Bellmont, tot hin.

Der Mann aus La Perla war der Einzige unter den Toten dieses griechischen Nachmittags, der eines natürlichen Todes starb. Sofern man ein in prosaischen Zeiten so ungewöhnliches Phänomen natürlich nennen mag, wenn einem Mann der Anblick seiner Vielgeliebten, tot zu seinen Füßen, das Herz lähmt. Neben Sarita fiel er zu Boden, und mit dem letzten Atemzug gelang es den beiden noch, sich in die Arme zu schließen und so, vereint, in die Nacht der unglücklichen Liebespaare einzugehen (wie eine gewisse Julia und ein gewisser Romeo?) …

Darauf nahm der Ordnungshüter mit der makellosen Personalakte, wehmütig bedenkend, dass trotz seiner Erfahrung und allen Scharfsinns die Ordnung nicht nur aus den Fugen geraten, sondern die Arena samt Umgebung ein Friedhof voller unbestatteter Leichen war, die letzte Kugel, die ihm noch blieb, um sie sich, ein alter Seebär, der sein Schiff auf den Grund des Meeres begleitet, in den Kopf zu jagen und unter seine Biographie einen (männlichen, wenn schon nicht erfolgreichen) Schlusspunkt zu setzen. Als sie ihren Chef sterben sahen, ging auch die Moral der Polizisten zuschanden; sie ließen alle Disziplin, den Korpsgeist, die Liebe zu ihrer Truppe fahren und dachten nur daran, die Uniform auszuziehen und in der Zivilkleidung, die sie den Toten entrissen, zu entkommen. Mehrere schafften es. Nicht aber Jaime Concha, den die Überlebenden, nachdem sie ihn kastriert hatten, mit seinem ledernen Koppel am Querbalken des Stierzwingers aufknüpften. Da hing nun der empfindsame Leser von Donald Duck, der zuverlässige Zenturio, und schaukelte unter dem Himmel von Lima, welcher sich, um mit dem Geschehen zu harmonieren?, zu kräuseln begann und seinen winterlichen Sprühregen weinte …

Würde die Geschichte so, in einem dantesken Blutbad, enden? Oder würde sie, mit neuen Folgen und eigensinnigen Personen, wie Phoenix, die Taube (das Huhn?), aus der Asche auferstehen? Was würde werden aus dieser Stierkampftragödie?

XVII

Um neun Uhr morgens fuhren wir von Lima los, mit einem Sammeltaxi, das wir am Parque Universitario nahmen. Tante Julia hatte das Haus von Onkel Lucho und Tante Olga unter dem Vorwand verlassen, sie wolle vor ihrem Abflug noch ein paar Besorgungen erledigen, und ich das meiner Großeltern, als ginge ich zur Arbeit in den Sender. Sie hatte einen Beutel mit einem Nachthemd und einer Garnitur Unterwäsche dabei; ich hatte mir meine Zahnbürste, einen Kamm und einen Rasierapparat (der mir, ehrlich gesagt, noch nicht allzu viel nutzte) in die Tasche gesteckt.

Pascual und Javier warteten am Parque Universitario auf uns, den Fahrpreis hatten sie schon gezahlt. Zum Glück erschien kein weiterer Fahrgast. Pascual und Javier waren so diskret und setzten sich vorne hin, zum Chauffeur, und überließen die Rückbank Tante Julia und mir. Es war ein typischer Wintermorgen, mit bedecktem Himmel und einem anhaltenden Nieselregen, der uns ein gutes Stück durch die Wüste begleitete. Fast die ganze Fahrt küssten Tante Julia und ich uns, drückten uns die Hände, ohne ein Wort, während wir durch den Motorlärm hindurch wie ein Rauschen das Gespräch zwischen Pascual und Javier hörten und manchmal auch eine Bemerkung des Fahrers. Um halb zwölf kamen wir in Chincha an, bei strahlender Sonne und wunderbar angenehmer Temperatur. Der klare Himmel, das Leuchten der Luft, das Stimmengewirr auf den Straßen, alles schien Glück zu verheißen. Tante Julia lächelte, sie war froh.

Während Pascual und Javier zum Rathaus vorgingen, um zu sehen, ob alles so weit war, quartierten Tante Julia und ich uns im Hotel Sudamericano ein. Es war ein altes, einstöckiges Haus aus Holz und Lehmziegeln mit einem überdachten Patio, der zugleich als Essraum diente, und einem Dutzend kleiner Zimmer, die sich beiderseits eines gefliesten Gangs wie in einem Bordell aneinanderreihten. Der Mann am Empfang bat uns um unsere Ausweise; er begnügte sich mit meinem Presseausweis, und als ich neben meinen Namen »und Frau« schrieb, warf er nur einen spöttischen Blick in Richtung Tante Julia. Das kleine Zimmer, das man uns gab, hatte gesprungene Fliesen, so dass die Erde zum Vorschein kam, ein durchgelegenes Doppelbett unter einer Decke mit grünen Rauten, ein Strohstühlchen und ein paar dicke Nägel in der Wand als Garderobe. Kaum hatten wir die Tür hinter uns geschlossen, umarmten wir uns hitzig und küssten und streichelten uns, bis Tante Julia mich von sich schob. Sie lachte:

»Stopp, Varguitas, erst müssen wir heiraten.«

Sie glühte förmlich, ihre Augen glänzten fröhlich, und ich spürte, wie sehr ich sie liebte, ich war überglücklich, sie zu heiraten, und während ich wartete, dass sie sich in dem gemeinsamen Bad auf dem Flur die Hände wusch und kämmte, schwor ich mir, dass wir nicht so sein würden wie die vielen anderen Ehepaare, die ich kannte, ein weiteres Desaster, sondern dass wir immer glücklich sein würden und dass zu heiraten mich nicht daran hinderte, eines Tages Schriftsteller zu werden. Schließlich kam Tante Julia wieder heraus, und Hand in Hand spazierten wir zum Rathaus.

Wir trafen Pascual und Javier an der Tür eines Gemischtwarenladens, wo sie eine Limonade tranken. Der Bürgermeister hatte noch eine Einweihung zu absolvieren, er würde bald kommen. Ich fragte sie, ob sie wirklich sicher seien, dass sie mit dem Verwandten von Pascual abgemacht hätten, uns mittags zu trauen, aber sie machten sich nur über mich lustig. Javier witzelte über den ungeduldigen Bräutigam und kam mit einem passenden Spruch: Hoffen und Harren hält manchen zum Narren. Um uns die Zeit zu vertreiben, drehten wir zu viert einige Runden unter den Eukalyptusbäumen und

Eichen auf der Plaza de Armas. Ein paar Jungs tollten herum, ältere Herren ließen sich, während sie eine Zeitung aus Lima lasen, die Schuhe putzen. Eine halbe Stunde später waren wir im Rathaus. Der Gemeindesekretär, ein dünnes Männlein mit großzügiger Brille, hatte eine schlechte Nachricht für uns: Der Bürgermeister war von der Einweihung zurück, aber zum Mittagessen ins El Sol de Chincha gegangen.

»Haben Sie ihm denn nicht gesagt, dass wir auf ihn warten, für die Trauung?«, fragte Javier vorwurfsvoll.

»Er war in größerer Begleitung, es war nicht der Moment«, sagte der Sekretär, sichtlich auf Etikette bedacht.

»Dann gehen wir zum Restaurant und holen ihn ab«, beruhigte mich Pascual. »Nur keine Sorge, Don Mario.«

Wir fragten uns durch und fanden das El Sol de Chincha schließlich in der Nähe der Plaza. Es war ein ortstypisches Restaurant mit kleinen Tischen ohne Tischdecke und einem Herd am Ende des Gastraums, wo es prasselte und dampfte und ein paar Frauen mit Kupfertöpfen, Kasserollen und duftenden Schüsseln hantierten. Aus einer Musiktruhe dröhnte ein Vals, das Lokal war gut besucht. Als Tante Julia, noch in der Tür, sagte, dass es vielleicht klüger wäre, zu warten, bis der Bürgermeister mit dem Essen fertig sei, erkannte dieser Pascual und rief ihn zu sich. Darauf sahen wir, wie der Redakteur von Panamericana einen jungen, ziemlich blonden Mann umarmte, der von einem Tisch in der Ecke aufgestanden war; ein halbes Dutzend Gäste saßen dort, alles Männer, vor ihnen ebenso viele Flaschen Bier. Pascual winkte uns herbei.

»Aber sicher, das Brautpaar, hatte ich völlig vergessen«, sagte der Bürgermeister, gab uns die Hand und taxierte Tante Julia mit Kennermiene von oben bis unten. Dann wandte er sich wieder an seine Tischgenossen, die ihn unterwürfig ansahen, und erzählte mit lauter Stimme, um sich gegen den Vals zu behaupten: »Die beiden hier sind eben aus Lima durchgebrannt, ich werde sie trauen.«

Es wurde gelacht, geklatscht, Hände streckten sich uns

entgegen, und der Bürgermeister forderte uns auf, Platz zu nehmen, worauf er noch ein paar Bier bestellte, um auf unser Glück anzustoßen.

»Aber bloß nicht nebeneinander, dafür habt ihr noch das ganze Leben«, sagte er beschwingt, nahm Tante Julia am Arm und platzierte sie neben sich. »Die Braut hierher, an meine Seite, meine Frau ist zum Glück nicht da.«

Das Gefolge johlte. Sie waren älter als der Bürgermeister, Händler oder Landwirte, alle im Sonntagsstaat und offensichtlich so betrunken wie er. Einige kannten Pascual und fragten ihn, wie es ihm in Lima ergehe und wann er in die Heimat zurückkehre. Ich saß am Ende der Tafel, neben Javier, und versuchte zu lächeln, nippte an einem recht lauen Bier und zählte die Minuten. Schon bald verloren der Bürgermeister und sein Gefolge das Interesse an uns. Eine Flasche folgte auf die andere, erst solo, dann begleitet von marinierten Meeresfrüchten, Seebarsch in Tomatensud, Karamellbiskuits und wieder solo. Niemand dachte mehr an die Trauung, nicht einmal Pascual, der mit geröteten Augen und schmalziger Stimme auch noch in den Valsgesang des Bürgermeisters einfiel. Der versuchte, nachdem er Tante Julia die ganze Zeit Komplimente gemacht hatte, den Arm um ihre Schulter zu legen und sein gedunsenes Gesicht an das ihre zu drücken. Tante Julia hielt ihn mit einem verlegenen Lächeln auf Abstand und warf uns immer wieder einen beklommenen Blick zu.

»Ruhig Blut, mein Guter«, sagte Javier zu mir. »Denk ans Heiraten und sonst nichts.«

»Ich glaube, das hat sich erledigt«, sagte ich, als ich hörte, wie der im siebten Himmel schwebende Bürgermeister davon sprach, Gitarristen zu holen, das El Sol de Chincha zu schließen und den Tanz zu eröffnen. »Und in den Knast komme ich auch, diesem Blödmann poliere ich nämlich gleich die Fresse.«

Ich war wütend und wild entschlossen, zuzuschlagen, falls

er unverschämt wurde, aber dann erhob ich mich und sagte nur zu Tante Julia, wir gingen jetzt. Sie war erleichtert, stand gleich auf, und der Bürgermeister versuchte nicht, sie zurückzuhalten. Er sang jetzt Marineras, den Ton traf er gut, und als er sah, wie wir hinausgingen, verabschiedete er uns mit einem so feinen Lächeln, dass ich mir verhöhnt vorkam. Javier, der hinter uns herkam, meinte, das sei nur der Alkohol. Auf dem Weg zum Hotel Sudamericano wünschte ich Pascual die Pest an den Hals, ich machte ihn, warum auch immer, für dieses absurde Mittagessen verantwortlich.

»Du benimmst dich wie ein verzogenes Kind, lern endlich, einen kühlen Kopf zu bewahren«, fuhr Javier mich an. »Der Typ hat einen in der Krone und erinnert sich an nichts. Aber gräm dich nicht, heute traut er euch. Wartet im Hotel, bis ich euch rufe.«

Kaum waren wir allein im Zimmer, fielen wir uns in die Arme und küssten uns, als triebe die Verzweiflung uns an. Wir sagten nichts, aber unsere Hände und unsere Lippen sagten sich wortreich alles Tiefe und Schöne, was wir fühlten. Erst standen wir noch an der Tür, aber dann schoben wir uns nach und nach zum Bett, setzten uns und legten uns schließlich hin, ohne uns auch nur für eine Sekunde aus unserer festen Umarmung zu lösen. Fast blind vor Seligkeit und Lust streichelte ich Tante Julias Körper mit unerfahrenen, gierigen Händen, erst über der Kleidung, dann knöpfte ich ihre schon zerknitterte ziegelrote Bluse auf, und ich küsste gerade ihre Brüste, als ungelegene Fingerknöchel die Tür erschütterten.

»Es ist so weit, ihr wilden Eheleute«, hörten wir Javiers Stimme. »In fünf Minuten im Rathaus. Unser Trottel erwartet euch.«

Wir sprangen vom Bett auf, freudig, verblüfft, und Tante Julia strich sich, rot vor Scham, die Kleider glatt, während ich mit geschlossenen Augen, so wie vor Jahren, an allerlei Abstraktes und Achtbares dachte – Zahlen, Dreiecke, Kreise, die

Oma, meine Mutter –, damit die Erektion verschwand. Im Bad auf dem Gang machten wir uns, erst ich, dann sie, ein wenig frisch, kämmten uns und gingen wieder zum Rathaus, so schnellen Schrittes, dass wir atemlos eintrafen. Der Sekretär führte uns gleich in die Dienststube des Gemeindeoberhaupts, ein geräumiges Zimmer mit einem peruanischen Wappen an der Wand, das auf den Schreibtisch mit seinen Wimpeln und Registerbüchern herabsah, und einem halben Dutzend Bänken, wie die Pulte in der Schule. Mit gewaschenem Gesicht, das Haar noch feucht und sehr amtlich, sandte der rotwangige Bürgermeister uns von seinem Platz aus einen steifen Gruß. Er war nun ein anderer Mensch, überaus förmlich und feierlich. Links und rechts des Schreibtischs standen Javier und Pascual und lächelten frech.

»Dann wollen wir beginnen«, sagte der Bürgermeister. Seine Stimme verriet ihn: Schwankend, breiig schien sie an seiner Zunge zu kleben. »Wo sind die Dokumente?«

»Die haben Sie schon, Herr Bürgermeister«, erwiderte Javier und gab sich unendlich höflich. »Pascual und ich haben sie Ihnen am Freitag dagelassen, um die Formalitäten zu beschleunigen, erinnern Sie sich?«

»Mensch, Cousin, was musst du getrunken haben, dass du das vergessen hast«, lachte Pascual, und auch er klang alkoholisiert. »Du selbst hast uns doch gebeten, sie dazulassen.«

»Na schön, dann muss der Sekretär sie haben«, murmelte der Bürgermeister unbehaglich, und mit einem verärgerten Blick auf Pascual rief er: »Sekretär!«

Das dünne Männlein mit der großzügigen Brille brauchte einige Minuten, um die Geburtsurkunden und Tante Julias Scheidungsurteil zu finden. Wir warteten schweigend, während der Bürgermeister rauchte, gähnte und ungeduldig auf die Uhr sah. Schließlich brachte der Sekretär sie, widerwillig darin blätternd. Als er sie auf den Schreibtisch legte, säuselte er in nicht unbürokratischem Ton:

»Hier sind sie, Herr Bürgermeister. Es gibt ein Ehehindernis aufgrund des Alters des jungen Mannes, ich sagte es bereits.«

»Hat jemand Sie etwas gefragt«, sagte Pascual und trat einen Schritt auf ihn zu, als wollte er ihn erwürgen.

»Ich tue nur meine Pflicht«, antwortete der Sekretär. Und wieder zum Bürgermeister gewandt, mit dem Finger auf mich zeigend, insistierte er säuerlich: »Er ist erst achtzehn und hat keinen gerichtlichen Altersdispens vorgelegt.«

»Mensch, Cousin, das kann doch nicht wahr sein, so einen Knallkopf als Gehilfen«, explodierte Pascual. »Schmeiß ihn raus und hol dir einen, der ein bisschen mehr Grips hat.«

»Du halt den Mund, das Bier ist dir zu Kopf gestiegen, und jetzt wirst du ausfällig«, sagte der Bürgermeister. Er räusperte sich, überlegte. Dann verschränkte er die Arme und schaute Tante Julia und mich streng an. »Ich war bereit, euch einen Gefallen zu tun und das Aufgebot zu übergehen. Aber das hier ist eine ernstere Sache. Tut mir leid.«

»Wie bitte?«, sagte ich fassungslos. »Das mit dem Alter wussten Sie schon seit Freitag, oder etwa nicht?«

»Was soll das Spiel«, mischte Javier sich ein. »Wir waren so verblieben, dass Sie sie auf jeden Fall trauen.«

»Wollen Sie, dass ich mich strafbar mache?«, empörte sich der Bürgermeister nun seinerseits. Und mit beleidigter Miene: »Und werden Sie nicht laut. Man redet miteinander und schreit sich nicht an.«

»Mensch, Cousin, spinnst du«, sagte Pascual, und er war so außer sich, dass er auf den Schreibtisch schlug. »Du warst einverstanden, du wusstest das mit dem Alter, du hast gesagt, das sei egal. Komm mir jetzt nicht mit Gedächtnisschwund oder Gesetzestreue. Trau sie endlich und hör auf mit dem Scheiß!«

»Keine unanständigen Wörter vor einer Dame, und sauf nicht wieder, dazu fehlt dir der Verstand«, sagte der Bürgermeister in aller Ruhe. Er wandte sich zum Sekretär, und mit einem Wink bedeutete er ihm, sich zurückzuziehen. Als wir allein waren, senkte er die Stimme und lächelte uns komplizenhaft zu: »Seht ihr nicht, dass dieser Mensch ein Spion meiner Feinde ist? Jetzt, wo er davon weiß, kann ich euch nicht mehr trauen. Er würde mich in Mordsschwierigkeiten bringen.«

Er war durch nichts umzustimmen: Ich schwor ihm, meine Eltern lebten in den USA, deshalb könne ich keinen Altersdispens vorlegen, niemand in meiner Familie würde wegen der Eheschließung Ärger machen, nach der Trauung würden wir für immer ins Ausland gehen.

»Wir waren uns doch einig, das können Sie uns nicht antun«, sagte Javier.

»Mensch, Cousin, sei nicht so ein Lump«, sagte Pascual und nahm ihn am Arm. »Ist dir eigentlich klar, dass wir extra aus Lima hergekommen sind?«

»Immer mit der Ruhe, jetzt macht mich nicht fertig, mir fällt schon etwas ein, ich hab's, alles geklärt«, sagte der Bürgermeister schließlich. Er stand auf und zwinkerte uns zu: »Tambo de Mora! Martín, der Fischer! Fahrt sofort hin. Sagt ihm, ihr kommt von mir. Martín ist ein unheimlich sympathischer Zambo. Er wird euch mit Freuden trauen. Ist besser so, ein kleines Örtchen, keine Scherereien. Martín, der Bürgermeister Martín. Drückt ihm eine Kleinigkeit in die Hand und fertig. Er kann kaum lesen und schreiben, er wird die Papiere nicht einmal ansehen.«

Ich versuchte ihn zu überreden, er möge mitkommen, machte Scherze, schmeichelte, flehte, aber nichts: Er hatte Verpflichtungen, Arbeit, seine Familie wartete auf ihn. Er begleitete uns bis zum Ausgang und versicherte, in Tambo de Mora wäre alles eine Sache von Minuten.

Gleich vor dem Amt heuerten wir ein altes Taxi mit geflickter Karosserie an, uns nach Tambo de Mora zu bringen. Während der Fahrt sprachen Javier und Pascual über den Bürgermeister. Javier sagte, er sei der schlimmste Zyniker, dem er je begegnet sei, Pascual wollte dem Sekretär die

Schuld in die Schuhe schieben, und auf einmal packte es den Chauffeur, und er fing ebenfalls an, Gift und Galle zu speien, der Bürgermeister von Chincha kenne ja nur Klüngelei und Schmiergeld. Tante Julia und ich hatten unsere Finger ineinander verflochten, schauten uns in die Augen, und immer wieder flüsterte ich ihr ins Ohr, dass ich sie liebte.

Es dämmerte schon, als wir nach Tambo de Mora kamen, und vom Strand aus sahen wir eine Feuerscheibe im Meer versinken, unter einem wolkenlosen Himmel, an dem bald unzählige Sterne aufschienen. Wir liefen die zwei Dutzend Hütten aus Lehm und Stroh ab, aus denen die Ortschaft bestand, zwischen lecken Booten und Fischernetzen, die zum Flicken über Stangen hingen. Wir rochen nach frischem Fisch und nach Meer. Halbnackte dunkelhäutige Kinder umringten uns und bestürmten uns mit Fragen, wer wir seien, wo wir herkämen, was wir kaufen wollten. Schließlich fanden wir die Hütte des Bürgermeisters. Seine Frau, eine Schwarze, die mit einem Strohfächer ein Kohlenbecken schürte und sich mit der anderen Hand den Schweiß von der Stirn wischte, sagte, ihr Mann sei auf dem Meer. Sie schaute zum Himmel und fügte hinzu, er müsse bald kommen. Wir gingen zu dem kleinen Strand, um auf ihn zu warten, und eine Stunde lang saßen wir auf einem Baumstamm und sahen zu, wie die Boote nach getaner Arbeit zurückkehrten, sahen das komplizierte Geschäft, sie über den Sand zu schleifen, sahen, wie die Frauen der eben Angekommenen, von gierigen Hunden bedrängt, gleich an Ort und Stelle den Fischen den Kopf abschnitten und sie ausnahmen. Martín kam als Letzter. Es war dunkel, der Mond war aufgegangen.

Martín war ein Schwarzer mit grauen Haaren und einem ungeheuren Bauch, fidel und redselig, und trotz der Abendkühle trug er nur eine alte Kniehose, die ihm an der Haut klebte. Wir begrüßten ihn, als wäre er vom Himmel herabgestiegen, halfen ihm, sein Boot an Land zu ziehen, und begleiteten ihn zu seiner Hütte. Auf dem Weg, beim spärlichen

Licht der Feuerstellen in den türlosen Behausungen der Fischer, erklärten wir ihm den Grund für unseren Besuch. Er bleckte seine Pferdezähne und lachte:

»Nie im Leben, Freunde«, sagte er mit volltönender Stimme, »sucht euch einen anderen Dummen, der euch diesen Braten grillt. Für einen ähnlichen Scherz hätte ich mir beinahe eine Kugel eingefangen.«

Er erzählte uns, vor ein paar Wochen habe er, um dem Bürgermeister von Chincha einen Gefallen zu tun, ein Pärchen ohne Aufgebot getraut. Vier Tage später sei, rasend vor Wut, der Mann der Braut zu ihm gekommen, schon seit zwei Jahren sei sie verheiratet, »ein Mädchen aus dem Dorf Cachiche, wo alle Frauen einen Besen haben und nachts fliegen«, sagte er, und dann habe er gedroht, diesen Kuppler umzubringen, der es gewagt habe, die Verbindung der Ehebrecher zu legalisieren.

»Mein Kollege aus Chincha ist mit allen Wassern gewaschen, der kommt direkt in den Himmel, so clever ist der«, spottete er und klopfte sich auf seinen dicken, von Tröpfchen glänzenden Bauch. »Jedes Mal, wenn ihm eine faule Sache unterkommt, schickt er sie als Geschenk zum Fischer Martín, soll der Schwarze es ausbaden. Wirklich ein cleveres Kerlchen!«

Er war durch nichts zu erweichen, wollte nicht einmal einen Blick in die Papiere werfen, und auf meine Argumente und die von Javier, von Pascual – Tante Julia blieb stumm und rang sich angesichts der schelmischen Fröhlichkeit des Schwarzen nur das eine oder andere Lächeln ab – antwortete er mit Scherzen, lachte über den Bürgermeister von Chincha oder erzählte uns prustend noch mal die Geschichte von dem Ehemann, der ihn, weil er die kleine Hexe aus Cachiche getraut hatte, obwohl er selbst gar nicht gestorben oder geschieden war, hatte umbringen wollen. Als wir zu seiner Hütte kamen, fanden wir in seiner Frau eine unerwartete Verbündete. Er erzählte ihr, was wir wollten, während er sich das

Gesicht, die Arme, den breiten Rumpf abtrocknete und mit sichtlichem Appetit an dem brodelnden Topf auf dem Kohlenbecken schnupperte.

»Dann trau sie doch, gefühlloser Zambo«, sagte sie und deutete mitleidig auf Tante Julia. »Sieh dir die Ärmste an, erst wird sie geraubt, und dann kann sie nicht heiraten, das muss doch schrecklich sein. Was macht es dir schon aus, oder ist dir der Bürgermeister zu Kopf gestiegen?«

Martín ging mit seinen Quadratfüßen auf dem gestampften Boden der Hütte auf und ab, sammelte Gläser ein, Tassen, während wir nicht lockerließen und ihn mit Angeboten überhäuften, angefangen bei unserem ewigen Dank bis hin zu einer Belohnung, die dem Fang vieler Tage entsprach. Er blieb unnachgiebig und raunzte am Ende seine Frau an, sie solle sich nicht in Sachen einmischen, von denen sie nichts verstehe. Doch sogleich war er wieder bei Laune und drückte jedem von uns ein Gläschen oder eine Tasse in die Hand und schenkte ein Schlückchen Pisco ein:

»Damit ihr die Reise nicht umsonst gemacht habt, Freunde«, tröstete er uns, ohne eine Spur von Ironie, und hob das Glas. Sein Trinkspruch war, angesichts der Umstände, ein Stich ins Herz: »Prost, auf das glückliche Brautpaar.«

Beim Abschied sagte er uns, es sei ein Fehler gewesen, nach Tambo de Mora zu kommen, wegen des Vorfalls mit dem Mädchen aus Cachiche. Aber wir sollten nach Chincha Baja fahren, nach El Carmen, Sunampe, San Pedro, in irgendein anderes Örtchen in der Provinz, man würde uns auf der Stelle trauen.

»Die Bürgermeister dort hängen nur herum, sie haben nichts zu tun, und wenn sich ihnen eine Hochzeit bietet, besaufen sie sich vor Freude«, rief er uns nach.

Wir kehrten zum Taxi zurück, ohne ein Wort. Der Fahrer machte uns darauf aufmerksam, dass wir uns, da er so lange gewartet habe, über den Preis noch einmal unterhalten müssten. Auf der Rückfahrt nach Chincha beschlossen wir, am nächsten Tag in aller Frühe die Bezirke und Weiler ringsum abzuklappern und großzügige Belohnungen anzubieten, bis wir den verdammten Bürgermeister gefunden hätten.

»Es muss bald neun Uhr sein«, sagte Tante Julia auf einmal. »Ob sie meine Schwester schon benachrichtigt haben?«

Ich hatte den Großen Pablito auswendig lernen und zehnmal wiederholen lassen, was er Onkel Lucho oder Tante Olga sagen sollte, und zur Sicherheit hatte ich es ihm auf einen Zettel geschrieben: »Mario und Julia haben geheiratet. Machen Sie sich keine Sorgen um sie. Es geht ihnen sehr gut, in ein paar Tagen kommen sie nach Lima zurück.« Um neun Uhr abends sollte er sie von einer öffentlichen Telefonzelle aus anrufen und nach der Durchsage gleich auflegen. Ich riss ein Streichholz an und sah auf die Uhr: Ja, die Familie wusste Bescheid.

»Bestimmt bombardieren sie Nancy jetzt mit Fragen«, sagte Tante Julia und bemühte sich, natürlich zu sprechen, als ginge es um andere Leute. »Sie wissen, dass sie mit von der Partie ist. Der Kleinen machen sie die Hölle heiß.«

Das alte Taxi hüpfte über die Schlaglöcher der Piste und schien jeden Moment steckenzubleiben, in allen Blechen und Schrauben knirschte es. Der Mond legte einen zarten Glanz über die Dünen, und hier und da erblickten wir Tupfen von Palmen, Feigenbäumen und Huarangos. Der Himmel war voller Sterne.

»Das heißt, dein Vater ist im Bilde«, sagte Javier. »Gleich beim Aussteigen aus dem Flugzeug. Was für ein Empfang.«

»Wir werden einen Bürgermeister finden, bei Gott«, sagte Pascual. »Ich will nicht aus Chincha kommen, wenn wir Sie nicht morgen in meiner Heimat trauen. Mein Wort als Mann.«

»Sie brauchen einen Bürgermeister, der Sie traut?«, erkundigte sich der Fahrer. »Sind Sie mit dem Fräulein durchgebrannt? Warum sagen Sie das nicht gleich, wohl kein Vertrauen. Ich hätte Sie nach Grocio Prado gebracht, der Bürgermeister ist ein Kumpel von mir, er hätte Sie sofort getraut.«

Ich schlug vor, nach Grocio Prado weiterzufahren, aber er dämpfte meinen Schwung. Um diese Zeit sei der Bürgermeister bestimmt nicht im Dorf, sondern auf seinem kleinen Hof, etwa eine Stunde Wegs mit dem Esel. Es wäre besser, bis morgen zu warten. Wir vereinbarten, dass er uns um acht abholte, und ich bot ihm ein gutes Trinkgeld, wenn er uns bei seinem Kumpel half.

»Aber klar doch«, munterte er uns auf. »Sie werden im Dorf der seligen Melchorita heiraten, was will man mehr.«

Im Hotel Sudamericano wollten sie den Speiseraum gerade schließen, aber Javier überredete den Kellner, uns noch etwas zuzubereiten. Er brachte ein paar Coca-Cola und Spiegeleier mit aufgewärmtem Reis, den wir kaum probierten. Wir waren noch beim Essen, als uns plötzlich klarwurde, dass wir so leise sprachen wie Verschwörer, und wir bekamen einen Lachanfall. Als wir auf unsere Zimmer gingen – Pascual und Javier sollten gleich nach der Trauung wieder nach Lima fahren, aber so wie sich die Dinge ergeben hatten, blieben sie über Nacht, und um Geld zu sparen, teilten sie sich eins –, sahen wir noch, wie ein Halbdutzend Typen in den Speiseraum kamen, einige in Stiefeln und Reithosen, und laut brüllend Bier bestellten. Mit ihren alkoholschweren Stimmen, ihrem Gelächter, ihrem Gläsergeklirr, ihren dummen Witzen und ordinären Trinksprüchen, später dann gefolgt von ihrem Rülpsen und Würgen, spielten sie die Hintergrundmusik zu unserer Hochzeitsnacht. Trotz der amtlichen Enttäuschung des Tages war es eine sehr schöne, tief empfundene Hochzeitsnacht, in der wir in diesem alten, unter unseren Küssen wie eine Katze maunzenden und sicher von Flöhen wimmelnden Bett mehrmals miteinander schliefen, mit einem Feuer, das immer aufs Neue entflammte; und während unsere Hände und Lippen sich kennen und genießen lernten, sagten wir uns, dass wir uns liebten, dass wir uns niemals anlügen, niemals betrügen, niemals trennen würden. Als es an der Tür klopfte – wir hatten gebeten, uns um sieben zu wecken –, waren die Zechbrüder gerade verstummt, und wir lagen noch mit offenen Augen da, nackt und fest umschlungen auf der Decke mit den grünen Rauten, versunken in einer betörenden Benommenheit, uns dankbar anblickend.

Das Gemeinschaftsbad des Hotels war etwas für Unerschrockene. Die Dusche schien noch nie benutzt worden zu sein. Aus dem vergammelten Duschkopf spritzte es in alle Richtungen, außer in die des Duschenden, und eine ganze Weile bekam man nur eine schwarze Brühe ab, ehe das Wasser sauber floss. Handtücher gab es keine, nur einen schmutzigen Lappen für die Hände, so dass wir uns mit den Bettlaken abtrockneten. Aber wir waren glücklich und in Hochstimmung, und die Unannehmlichkeiten belustigten uns. Im Speiseraum trafen wir auf Javier und Pascual, sie waren schon so weit, fahl vor Müdigkeit, und besahen sich angewidert den katastrophalen Zustand, in dem die Zechbrüder vom Vorabend den Raum hinterlassen hatten: Glasscherben, Kippen, Erbrochenes und Ausgerotztes, über das ein Angestellter eimerweise Sägespäne schüttete, dazu ein fürchterlicher Gestank. Wir gingen hinaus, einen Milchkaffee trinken, in einem kleinen Laden, von wo die hohen, dichtbelaubten Bäume auf dem Platz zu sehen waren. Es war ein seltsames Gefühl, aus dem aschgrauen Dunst von Lima zu kommen und den Beginn des Tages mit mächtiger Sonne und wolkenlosem Himmel zu erleben. Als wir zum Hotel zurückkamen, wartete schon der Taxifahrer auf uns.

Während der Fahrt nach Grocio Prado, über eine staubige Piste und an Wein- und Baumwollfeldern vorbei, hinter denen man in der Ferne, jenseits der Wüste, den braunen Horizont der Anden erblickte, sprach der Fahrer, gepackt von einer Mitteilsamkeit, die unser Schweigen noch befeuerte, die ganze Zeit von der seligen Melchorita: Was sie hatte, gab sie den Armen, sie pflegte Alte und Kranke und tröstete die Leidenden, und schon zu Lebzeiten war sie so berühmt gewesen, dass aus allen Bezirken fromme Verehrer kamen, um bei ihr zu beten. Er erzählte uns einige ihrer Wunder. Sie hatte unheilbar Kranke vom Totenbett auf die Füße geholt, mit Heiligen gesprochen, die ihr erschienen waren, hatte Gott gesehen und eine Rose aus einem Stein erblühen lassen, den es noch heute gab.

»Sie ist noch beliebter als die Selige von Humay und der Christus von Luren, allein all die Leute, die zu ihrer Kapelle und zur Prozession kommen«, sagte er. »Es gibt gar keinen Grund, sie nicht heiligzusprechen. Sie kommen doch aus Lima, tun Sie was und beschleunigen Sie die Sache. Das ist nur gerecht, glauben Sie mir.«

Als wir endlich, von Kopf bis Fuß mit Staub bedeckt, an dem großen quadratischen, baumlosen Platz von Grocio Prado hielten, konnten wir sehen, wie beliebt Melchorita tatsächlich war. Scharen von Kindern und Frauen umringten den Wagen und schlugen uns schreiend und fuchtelnd vor, uns die Wallfahrtskapelle zu zeigen, das Haus, in dem sie geboren war, den Ort, an dem sie sich kasteite, wo sie Wunder getan hatte, wo sie beerdigt lag, und sie boten uns Andachtsbildchen an, Gebete, geweihte Bänder und Medaillen mit dem Bildnis der Seligen. Der Fahrer musste ihnen erst klarmachen, dass wir weder Pilger noch Touristen waren, ehe sie uns in Ruhe ließen.

Das Rathaus, ein ärmliches Lehmziegelhäuschen mit Wellblechdach, kümmerte an einer Seite des Platzes dahin. Es war geschlossen.

»Mein Freund wird sicher bald kommen«, sagte der Fahrer. »Warten wir so lange im Schatten.«

Wir setzten uns unter den Dachvorsprung auf den Bürgersteig und konnten von dort aus sehen, dass ringsum, am Ende der geraden, unbefestigten Straßen, in weniger als fünfzig Meter Entfernung die mickrigen Häuschen und Hütten aus Zuckerrohrstängeln endeten und die Felder begannen, die Wüste. Tante Julia saß neben mir, den Kopf an meiner Schulter, die Augen geschlossen. So saßen wir eine halbe

Stunde da, sahen, wie die Eseltreiber vorbeikamen, zu Fuß oder auf dem Grautier, Frauen mit Wasser von einem Bächlein, das an einer der Ecken floss, als ein alter Mann auf einem Pferd geritten kam.

»Warten Sie auf Don Jacinto?«, fragte er und zog seinen großen Strohhut. »Er ist in Ica, mit dem Präfekten sprechen, damit er seinen Sohn aus der Kaserne lässt. Die Soldaten haben ihn zum Militärdienst mitgenommen. Er wird erst am Abend wieder da sein.«

Der Fahrer schlug vor, in Grocio Prado zu bleiben und die Wallfahrtsorte zu besuchen, aber ich bestand darauf, unser Glück in anderen Ortschaften zu versuchen. Nach einigem Feilschen willigte er ein, bis zum Mittag mit uns zu fahren.

Es war erst neun Uhr morgens, als wir die weitere Fahrt begannen, die uns, über Saumpfade schaukelnd, auf von Dünen halb verschluckten Pisten im Sand versinkend, mal näher am Meer, mal hin zu den Ausläufern der Kordilleren, praktisch durch die ganze Provinz Chincha führte. Als wir nach El Carmen kamen, platzte ein Reifen, und da der Fahrer keinen Wagenheber hatte, mussten wir zu viert den Wagen halten, während er das Reserverad aufzog. Ab dem späteren Vormittag war die Sonne so gleißend, dass sie die Karosserie aufheizte und es zur Qual wurde, wir schwitzten wie im Dampfbad. Der Kühler qualmte schon, und wir mussten immer einen Kanister voll Wasser zur Hand haben, um nachzuschütten.

Wir sprachen mit drei oder vier Bezirksbürgermeistern und ebenso vielen stellvertretenden Bürgermeistern in Weilern, die manchmal nur aus zwanzig Hütten bestanden, einfachen Leuten vom Lande, die wir auf ihren Feldern aufsuchten oder in einem Laden, wo sie den Bewohnern Öl und Zigaretten verkauften; einen von ihnen, in Sunampe, mussten wir gar aus einem Graben wachrütteln, wo er seinen Rausch ausschlief. Kaum hatten wir die Amtsperson ausfindig gemacht, stieg ich aus dem Taxi, mal mit Pascual, mal mit dem Fahrer, mal mit Javier – je mehr wir waren, lehrte uns die Erfahrung, desto verschüchterter reagierte der Angesprochene –, und trug unser Anliegen vor. Doch welche Argumente es auch immer waren, untrüglich sah ich im Gesicht des Bauern, Fischers oder Händlers (der in Chincha Baja stellte sich als Heilkünstler vor), wie das Misstrauen aufstieg, ein beunruhigtes Glitzern in den Augen. Nur zwei lehnten rundheraus ab. Der von Alto Larán, ein alter Mann, der, während ich sprach, ein paar Esel mit Luzernenbündeln belud, sagte uns, er traue niemanden, der nicht aus dem Dorf komme; und der von San Juan de Yanac, ein dunkelhäutiger Bauer, der bei unserem Anblick sehr erschrak, dachte, wir seien von der Polizei und wollten ihn für irgendetwas belangen. Als er erfuhr, was wir wollten, wurde er wütend: »Nein, nie im Leben, da muss etwas faul sein, wenn Weiße in dieses gottverlassene Dorf kommen, um zu heiraten.« Die anderen hatten mehr oder weniger dieselben Ausreden. Die beliebteste: Das Registerbuch sei verlorengegangen oder voll, und bis man aus Chincha ein neues schicke, könne das Amt weder Geburtsurkunden noch Totenscheine ausstellen und auch niemanden trauen. Die einfallsreichste Antwort gab uns der Bürgermeister von Chavín: Er habe keine Zeit, er müsse einen Fuchs töten, der jede Nacht in der Gegend zwei oder drei Hühner reiße. Nur in Pueblo Nuevo hätten wir es beinahe geschafft. Der Bürgermeister hörte uns aufmerksam zu, nickte und sagte, die Befreiung vom Aufgebot würde uns fünfhundert Sol kosten. Meinem Alter maß er keine Bedeutung bei, er schien zu glauben, was wir ihm versicherten, dass nämlich die Volljährigkeit nicht mehr mit einundzwanzig, sondern mit achtzehn gelte. Wir hatten schon Aufstellung genommen, vor einem Brett auf zwei Fässern, das als Schreibtisch diente (das Amt war eine Lehmziegelhütte mit einem löchrigen Dach, durch das der Himmel zu sehen war), als der Bürgermeister anfing, Wort für Wort die Dokumente zu entziffern. Seinen Argwohn weckte die Tatsache, dass Tante Julia Bolivianerin war.

Wir erläuterten ihm, dass dies kein Ehehindernis sei, auch Ausländer dürften heiraten, boten ihm mehr Geld, aber es half alles nichts. »Ich will nicht in etwas hineingezogen werden«, sagte er. »Dass die Señorita Bolivianerin ist, kann eine sehr ernste Sache sein.«

Gegen drei Uhr nachmittags fuhren wir zurück nach Chincha, halb tot vor Hitze, eingestaubt und deprimiert. Als wir auf den Ort zufuhren, fing Tante Julia an zu weinen. Ich umarmte sie, sagte ihr ins Ohr, dass sie sich nicht aufregen solle, dass ich sie liebte, dass wir heiraten würden, selbst wenn wir dafür alle Dörfer Perus abklappern müssten.

»Ich weine nicht, weil wir nicht heiraten können«, sagte sie unter Kullertränen und versuchte zu lachen. »Sondern weil das alles so lächerlich ist.«

Im Hotel baten wir den Fahrer, eine Stunde später wiederzukommen, um nach Grocio Prado zu fahren und zu sehen, ob sein Kumpel zurück war.

Keiner von uns vieren hatte großen Hunger, so dass wir zum Mittagessen nur rasch an der Theke ein Käsesandwich und eine Coca-Cola zu uns nahmen. Dann legten wir uns hin. Trotz schlafloser Nacht und der Enttäuschungen des Vormittags hatten wir Lust, miteinander zu schlafen, und wir liebten uns wie wild auf der Rautendecke, in einem schütteren, erdgrauen Licht. Vom Bett aus sahen wir die Sonne tröpfchenweise hereinsickern, verdünnt und ausgelaugt von den verschmierten Scheiben eines Oberlichts. Gleich danach fielen wir, statt aufzustehen und uns mit unseren Komplizen im Speiseraum zu versammeln, in den Schlaf. Es war ein begieriger, unruhiger Schlaf, und auf heftige Lustattacken, bei denen wir uns unwillkürlich suchten und streichelten, folgten Albträume. Später erzählten wir sie uns und erfuhren, dass uns beiden die Gesichter von Verwandten erschienen waren. Tante Julia musste lachen, als ich ihr sagte, einmal sei mir im Traum so gewesen, als durchlebte ich eine von Pedro Camachos jüngsten Katastrophen.

Ein Klopfen an der Tür weckte mich. Es war dunkel, auf dem Oberlicht waren Schlieren von elektrischem Licht zu erkennen. Ich rief, ich käme gleich, schüttelte den Kopf, um mich aus meiner schläfrigen Benommenheit zu reißen, zündete ein Streichholz an und sah auf die Uhr. Es war sieben Uhr abends. Mir war, als stürzte die Welt über mir zusammen; ein weiterer verlorener Tag, und schlimmer noch, mir blieb kaum noch Geld, um weiter nach Bürgermeistern zu suchen. Ich tastete nach der Tür, öffnete sie einen Spalt und wollte schon mit Javier schimpfen, weil er mich nicht geweckt hatte; da sah ich, dass er übers ganze Gesicht grinste:

»Alles arrangiert, Varguitas«, sagte er, stolz wie ein Pfau. »Der Bürgermeister von Grocio Prado bereitet gerade den Eintrag und die Urkunde vor. Hört auf zu sündigen und beeilt euch. Wir warten im Taxi.«

Er schloss die Tür, und ich hörte, wie sein Lachen sich entfernte. Tante Julia hatte sich im Bett aufgerichtet und rieb sich die Augen, im Dunkel erahnte ich ihre verwunderte, ungläubige Miene.

»Diesem Chauffeur widme ich das erste Buch, das ich schreibe«, sagte ich beim Anziehen.

»Freuen wir uns nicht zu früh«, meinte Tante Julia. »Das glaube ich nicht mal mit dem Trauschein in der Hand.«

Wir hasteten auf den Flur, vorbei am Speiseraum, und einer der Männer, die dort schon wieder saßen und Bier tranken, machte Tante Julia ein so witziges Kompliment, dass alles lachte. Pascual und Javier saßen im Taxi, aber es war nicht dasselbe wie am Morgen, der Fahrer war auch ein anderer.

»Er war so oberschlau, dass er angesichts der Umstände das Doppelte kassieren wollte«, erklärte Pascual. »Da haben wir ihn in die Wüste geschickt und den Chef hier engagiert, ein anständiger Kerl.«

Bei der Vorstellung, wegen des Fahrerwechsels könnte sich die Hochzeit ein weiteres Mal zerschlagen, schossen mir panische Gedanken durch den Kopf. Aber Javier beruhigte uns. Nicht der andere Fahrer sei mit ihnen am Nachmittag nach Grocio Prado gefahren, sondern der hier. Wie einen Bubenstreich erzählten sie uns, sie hätten uns »ausruhen lassen«, damit Tante Julia nicht eine weitere Abfuhr miterlebte, und die Sache in Grocio Prado ohne uns betrieben. Mit dem Bürgermeister hätten sie ein langes Gespräch geführt.

»Ein aufgewecktes Kerlchen, der Cholo, einer dieser außergewöhnlichen Menschen, wie sie nur die Gegend um Chincha hervorbringt«, sagte Pascual. »Einen Dank schuldest du der Melchorita, bei der Prozession bist du dabei.«

Der Bürgermeister von Grocio Prado hatte in Ruhe Javiers Erläuterungen zugehört, alle Dokumente bedächtig durchgelesen, eine ganze Weile überlegt und dann zwei Bedingungen gestellt: tausend Sol und dass man in meiner Geburtsurkunde eine sechs in eine drei änderte, so wäre ich drei Jahre früher geboren.

»Die Intelligenz des Proletariats«, sagte Javier. »Wir sind eine Klasse im Niedergang, lass dir das gesagt sein. Es ist uns nicht einmal in den Sinn gekommen, und dieser Mann aus dem Volk hat es mit seinem lichten Menschenverstand gleich gesehen. Es ist so weit, du bist volljährig.«

Noch in der Amtsstube hatten der Bürgermeister und Javier die sechs in eine drei geändert, handschriftlich, und der Mann hatte gesagt, was soll's, dass die Tinte nicht die gleiche ist, worauf es ankommt, ist der Inhalt. Als wir nach Grocio Prado kamen, war es acht Uhr. Der Himmel war sternenklar, es wehte ein wohltuend laues Lüftchen, in allen Häusern und Hütten des Ortes flackerten Lämpchen. Wir sahen ein helles Leuchten, ein Geprassel von Kerzen zwischen Schilfrohrwänden, und Pascual bekreuzigte sich und sagte, es sei die Klause, in der die fromme Frau gelebt habe.

Im Rathaus nahm der Bürgermeister gerade den Eintrag vor, in einem großen Buch mit schwarzem Einband. Der Boden des einzigen Raums war aus gestampfter Erde und vor kurzem erst besprengt worden, ein feuchter Dunst stieg auf.

Drei Kerzen brannten auf dem Tisch, und in ihrem ärmlichen Schein sahen wir an den getünchten Wänden eine mit Reißzwecken befestigte peruanische Fahne und ein kleines Bild mit dem Porträt des Präsidenten der Republik. Der Bürgermeister war um die fünfzig, dick, ein nichtssagendes Gesicht; er schrieb langsam und tauchte den Federhalter nach jedem Satz in ein Tintenfass mit langem Hals. Er grüßte Tante Julia und mich mit einer düsteren Verneigung. Bei dem Tempo, mit dem er schrieb, musste er für den Eintrag länger als eine Stunde gebraucht haben. Als er fertig war, sagte er, ohne eine Miene zu verziehen:

»Zwei Zeugen sind erforderlich.«

Javier und Pascual traten vor, aber nur Letzterer wurde vom Bürgermeister akzeptiert, Javier war minderjährig. Ich ging hinaus zum Fahrer, der im Taxi sitzen geblieben war; für hundert Sol war er einverstanden, unser Trauzeuge zu sein. Er war ein schlanker Zambo mit einem Goldzahn; die ganze Zeit rauchte er, und auf der Herfahrt hatte er kein Wort gesprochen. Als der Bürgermeister auf die Stelle deutete, wo er unterschreiben sollte, schüttelte er bekümmert den Kopf:

»Eine Schande ist das«, sagte er, als bereute er es. »Eine Hochzeit ohne eine armselige Flasche, um auf das Brautpaar anzustoßen? Wo gibt es denn so was, dabei kann ich nicht Trauzeuge sein«, worauf er uns einen mitleidigen Blick zuwarf, und von der Tür aus: »Warten Sie eine Sekunde.«

Der Bürgermeister verschränkte die Arme und schloss die Augen, und es sah aus, als würde er einschlafen. Tante Julia, Pascual, Javier und ich schauten uns ratlos an. Schließlich wollte ich auf der Straße nach einem anderen Zeugen suchen.

»Lass nur, der kommt wieder«, sagte Pascual. »Außerdem, stimmt doch, was er sagt. Wir hätten ans Anstoßen denken sollen. Der Zambo hat uns eine Lektion erteilt.«

»Das halten die stärksten Nerven nicht aus«, flüsterte Tante Julia und nahm meine Hand. »Wie bei einem Bankraub, und auf einmal kommt die Polizei, geht es dir nicht so?«

Der Zambo ließ auf sich warten, zehn Minuten, die wie Jahre waren, aber er kam zurück, in der Hand zwei Flaschen Wein. Die Zeremonie konnte weitergehen. Als die Zeugen unterschrieben hatten, ließ der Bürgermeister Tante Julia und mich unterschreiben, schlug ein Gesetzbuch auf, schob es an eine der Kerzen heran und las uns, so langsam wie er schrieb, die entsprechenden Paragraphen zu den ehelichen Pflichten vor. Danach reichte er uns eine Urkunde und sagte, nun seien wir verheiratet. Wir küssten uns, und dann umarmten uns die Zeugen und der Bürgermeister. Der Fahrer entkorkte mit den Zähnen die Weinflaschen. Gläser gab es keine, wir tranken aus der Flasche und reichten sie nach jedem Schluck weiter. Auf der Rückfahrt nach Chincha – wir waren alle aufgedreht und ruhten zugleich in uns – versuchte Javier, mit katastrophalem Erfolg, den Hochzeitsmarsch zu pfeifen.

Nachdem wir das Taxi bezahlt hatten, gingen wir zur Plaza de Armas, wo Javier und Pascual einen Kleinbus nach Lima nehmen wollten. Es gab einen, der in einer Stunde fuhr, so blieb uns noch Zeit, zusammen im El Sol de Chincha zu essen. Dort entwarfen wir einen Plan. Javier würde in Miraflores gleich zu Tante Olga und Onkel Lucho gehen, um zu sehen, wie die Familie gestimmt war, und uns dann anrufen. Tante Julia und ich kämen am nächsten Tag frühmorgens nach Lima zurück. Pascual sollte sich eine gute Ausrede einfallen lassen, um im Sender sein Fernbleiben von mehr als zwei Tagen zu rechtfertigen.

Wir verabschiedeten sie an der Haltestelle und gingen wieder ins Hotel Sudamericano, dabei unterhielten wir uns wie ein altes Ehepaar. Tante Julia fühlte sich nicht wohl und glaubte, es sei der Wein aus Grocio Prado. Ich sagte ihr, meiner Meinung nach sei es ein köstlicher Wein gewesen; was ich nicht sagte, war, dass ich zum ersten Mal in meinem Leben Wein getrunken hatte.

XVIII

Der Barde von Lima, Crisanto Maravillas, kam im alten Zentrum der Stadt zur Welt, an einem Hinterhofgang bei der Plaza de Santa Ana, wo rings von den Dächern die schmucksten Drachen Perus aufstiegen, wundervolle Objekte aus Seidenpapier, denen, wenn sie sich anmutig über Barrios Altos erhoben, die in Klausur lebenden Nonnen des Klosters der Unbeschuhten durch die Fenster ihrer Zellen nachspähten. Tatsächlich fiel die Geburt des Jungen, der Jahre später den Vals, die Marinera, die Polka zu drachengleichen Höhen führen sollte, mit der Taufe eines solchen zusammen, einem Fest, das in ebenjenem Hof die besten Gitarristen, Cajónspieler und Sänger des Viertels versammelte. Als die Hebamme das kleine Fenster der Wohnung H, wo die Entbindung stattfand, aufriss, um zu verkünden, dass die Bevölkerungszahl in diesem Winkel der Stadt zugenommen habe, sagte sie voraus: »Wenn er überlebt, wird er Volksmusikant.«

An seinem Überleben aber durfte gezweifelt werden, denn er wog weniger als ein Kilo, und seine Beinchen waren so kümmerlich, dass er wohl nie würde laufen können. Sein Vater, Valentín Maravillas, hatte sein Leben lang versucht, der Verehrung des Christus von Limpias im Viertel den Weg zu bereiten (bei sich zu Hause hatte er die Bruderschaft gegründet und, ob ein Akt der Verwegenheit oder der Gerissenheit, um sich eines hohen Alters zu versichern, geschworen, noch vor seinem Tod hätte sie mehr Mitglieder als die des Herrn der Wunder), und nun verkündete er, sein Schutzpatron werde das Werk vollbringen, werde seinen Sohn retten und ihm erlauben, wie ein normaler Mensch zu laufen. Seine Mutter, María Portal, eine Köchin mit magischen Händen, die nie auch nur eine Erkältung gekannt hatte, war derart erschüttert, als sie sah, dass der so ersehnte, von Gott erbetene Sohn dieses Ding war – die Larve eines Hominiden, ein trauriger Fötus? –, dass sie den Vater hinauswarf und vor allen Nachbarn beschuldigte, wegen seiner Frömmelei sei er nur ein halber Mann.

Doch Crisanto Maravillas überlebte, und trotz seiner lächerlichen Beinchen lernte er laufen, nicht sehr anmutig, wohl wahr, eher wie eine Marionette, die jeden Schritt in drei Bewegungen gliedert – das Bein heben, das Knie beugen, den Fuß senken –, und so langsam, dass wer neben ihm herging, das Gefühl hatte, er stecke in einer engen Gasse im Stau einer Prozession. Immerhin, sagten seine (wieder versöhnten) Eltern, konnte Crisanto sich ohne Krücken und aus freien Stücken durch die Welt bewegen. In der Kirche Santa Ana dankte Don Valentín auf Knien und mit feuchten Augen dem Christus von Limpias, doch María Portal sagte, der Urheber des Wunders sei ausschließlich der berühmteste Arzt der Stadt, ein Spezialist für Krüppel, der unzählige Paralytiker zu wahren Sprintern gemacht hatte: Dr. Alberto de Quinteros. In seinem Haus hatte María denkwürdige peruanische Festessen zubereitet, und der weise Doktor hatte ihr Massagen beigebracht, Gymnastik und andere Kuren, damit Crisantos Gliedmaßen ihn, auch wenn sie noch so schmächtig und verkümmert waren, stützten und auf den Wegen durch die Welt geleiteten.

Niemand würde behaupten, Crisanto Maravillas hätte eine Kindheit gehabt, die sich vergleichen ließe mit der Kindheit anderer in jenem traditionellen Viertel, in das er hineingeboren wurde. Zu seinem Unglück oder auch Glück erlaubte ihm sein schwächlicher Organismus nicht, an den Aktivitäten teilzunehmen, die Körper und Geist der Jungen aus der Nachbarschaft formten: Er spielte nicht mit einem Lumpen Fußball, boxte nie in einem Ring und prügelte sich nicht an der Ecke; nie beteiligte er sich an diesen Kämpfen mit Steinwürfen, Schleudern oder Tritten, bei denen in den Straßen des alten Lima die Jungs von der Plaza de Santa Ana und die Banden aus dem Chirimoyo, aus Cocharcas, Cinco Esquinas oder dem Cercado aufeinandertrafen. Er konnte nicht mit seinen Kameraden von der kleinen staatlichen Schule an der Plazuela de Santa Clara (wo er lesen lernte) losziehen und in den Gärten von Cantogrande oder Ñaña Obst klauen, nicht nackt im Rímac baden oder auf den Koppeln von El Santoyo auf ungesattelten Eseln reiten. Klein bis an die Grenze der Zwergwüchsigkeit, dünn wie ein Besenstiel, mit der Schokoladenhaut seines Vaters und dem glatten schwarzen Haar seiner Mutter, so schaute Crisanto von ferne und mit intelligenten Augen seinen Kameraden zu und sah sie herumtollen, schwitzen, größer werden und an ihren verbotenen Abenteuern wachsen, und in seinem Gesicht lag – die Melancholie des Verzichts, milde Traurigkeit?

Eine Weile schien es, als würde er so religiös wie sein Vater (der, abgesehen von seiner Verehrung des Christus von Limpias, sein Leben damit zubrachte, bei den Prozessionen die Gestelle der verschiedenen Christus- und Marienfiguren zu tragen und Bußgewänder zu wechseln), denn jahrelang war er ein eifriger Messdiener in den Kirchen nahe der Plaza de Santa Ana. Da er aufmerksam war, die Liturgie aus dem Effeff kannte und unschuldig dreinsah, verziehen die Pfarrer des Viertels ihm seine trägen und ungeschickten Bewegungen und riefen ihn gerne, bei den Messen zu ministrieren, in der Karwoche beim Kreuzweg das Glöckchen zu läuten oder bei den Prozessionen Weihrauch zu schwenken. Wenn sie ihn so sah, in seinem immer zu großen Gewand, oder hörte, wie er andächtig und in bestem Latein die Gebete sprach, vor dem Altar der Trinitarierinnen, dem Altar von San Andrés, El Carmen, Buena Muerte und selbst dem Kirchlein von Cocharcas (auch aus diesem entlegenen Viertel wurde er gerufen), dann musste María Portal, die ihrem Sohn eine stürmische Zukunft als Soldat, als Abenteurer, als unwiderstehlicher Liebhaber gewünscht hätte, einen Seufzer unterdrücken. Doch dem König der Laienbrüder von Lima, Valentín Maravillas, ging das Herz über bei der Aussicht, der Klang seines Blutes werde einmal in einem Priester widerhallen.

Alle irrten sie, denn zu Religiösem fühlte sich der Junge nicht berufen. Er war mit einem intensiven Seelenleben ausgestattet, doch seine Empfindsamkeit wusste nicht, wie, wo und womit sie sich nähren sollte. Knisternde Kerzen, Räucherwerk und Gebete, von Votivgaben bedeckte Bilder, Responsorien, Kreuzzeichen, Kniebeugen, all das dämpfte nur seinen frühen Drang nach Poesie, sein Verlangen nach Spiritualität. María Portal ihrerseits half den unbeschuhten Schwestern bei den Verrichtungen in der Konditorei und den Handarbeiten, und so war sie eine der wenigen Personen, die in die strenge Klausur des Klosters eindrangen. Dabei nahm die erlauchte Köchin Crisanto mit, und als der herangewachsen war (an Jahren, nicht an Körpergröße), hatten sich die Unbeschuhten so an seinen Anblick gewöhnt (ein Ding nur, ein Kaulquapp, Halbwesen, menschliches Anhängsel), dass sie ihn durch die Klosteranlagen streichen ließen, während María Portal mit den Nonnen das himmlische Gebäck zubereitete, die zittrigen Maisspeisen, weißen Seufzerchen, Falschen Eier und Marzipanstücke, die später verkauft wurden, um Geld zu sammeln für die Missionsstationen in Afrika. So kam es, dass Crisanto Maravillas im Alter von zehn Jahren die Liebe kennenlernte …

Das Mädchen, dem er auf der Stelle verfiel, hieß Fátima, war so alt wie er und übte in der Frauenwelt der Unbeschuhten die einfache Tätigkeit einer Dienstmagd aus. Als Crisanto Maravillas sie zum ersten Mal sah, hatte die Kleine gerade die Bruchsteinplatten der Gänge geschrubbt und wollte nun die Rosenstöcke und Lilien im Garten gießen. Auch wenn sie in einem löchrigen Sack steckte und ihr Haar unter einem bloßen Nessellappen als Haube, konnte sie ihre Herkunft nicht verbergen: elfenbeinerner Teint, bläuliche Schatten um die Augen, stolzes Kinn, schlanke Fesseln. Es handelte sich, Tragödien des blauen Blutes, vom gemeinen Volk mit Neid bedacht, um ein Findelkind. In einer Winternacht hatte man es, gehüllt in eine himmelhelle Decke, in der Drehlade an der Calle Junín ausgesetzt, dazu eine tränenreich geschriebene Nachricht: »Ich bin die Tochter einer verhängnisvollen Liebe, die eine ehrenwerte Familie in die Verzweiflung stürzt. In der Gesellschaft könnte ich nicht leben, denn ich wäre der anklagende Finger, der auf die Sünde meiner Erzeuger zeigt, welche, da sie denselben Vater und dieselbe Mutter haben, mich zu lieben, zu behalten und anzuerkennen gehindert sind. Sie, glückselige Unbeschuhte, sind die einzigen Menschen, die mich aufziehen können, ohne sich meiner zu schämen noch mich zu beschämen. Meine gepeinigten Eltern werden der Ordensgesellschaft dieses barmherzige Werk in Fülle vergelten, möge es Ihnen die Tore zum Himmel öffnen.«

Bei der Frucht des Inzests fanden die Nonnen einen Beutel voll Geld, der sie am Ende – Kannibalen aus der Heidenwelt, die es zum Christentum zu bekehren, zu bekleiden und zu nähren gilt – überzeugte: Sie würde als Hausmädchen bei ihnen wohnen, und wenn sie später eine Berufung zeigte, würde sie, in weißer Ordenstracht, zu einer weiteren Dienerin des Herrn. Sie tauften sie auf den Namen Fátima, denn aufgenommen wurde sie an dem Tag, an dem die Jungfrau einst den Hirtenkindern in Portugal erschien. So wuchs das Mädchen heran, fern der Welt, zwischen den unbefleckten Mauern der Unbeschuhten, in einer Atmosphäre der Makellosigkeit, ohne je einen anderen Mann zu sehen (vor Crisanto) als den alten gichtkranken Don Sebastián (Bergua?), den Kaplan, der einmal in der Woche kam, um die Nonnen von ihren kleinen (stets lässlichen) Sünden loszusprechen. Sie war ein liebes, sanftmütiges, gehorsames Mädchen, und die kundigsten Ordensfrauen sagten, aus ihrem Wesen, von jener Reinheit des Geistes, die den Blick begütigt und den

Atem beseligt, sprächen die untrüglichen Zeichen der Heiligkeit.

Crisanto Maravillas kostete es eine übermenschliche Anstrengung, die Schüchternheit zu überwinden, die ihm die Zunge band, ehe er an das Mädchen herantrat und sie fragte, ob er ihr helfen dürfe, im Garten die Blumen zu gießen. Sie erlaubte es, und wann immer María Portal nun zum Kloster ging und mit den Nonnen in der Backstube stand, fegten Fátima und Crisanto gemeinsam die Zellen, scheuerten gemeinsam die Höfe oder stellten gemeinsam frische Blumen auf den Altar, putzten gemeinsam die Fensterscheiben, wachsten gemeinsam die Böden, staubten gemeinsam die Gebetbücher ab. Zwischen dem hässlichen Jungen und dem schönen Mädchen erwuchs, erste Liebe, an die man sich stets als die schönste erinnert, eine Verbindung, die – nur der Tod zerriss?

Als der halbgelähmte Junge um das zwölfte Lebensjahr strich, bemerkten Valentín Maravillas und María Portal die zarten Knospen jener Neigung, die Crisanto binnen kurzem zu einem hochinspirierten Dichter und berühmten Komponisten machen sollte.

Es geschah während der Festlichkeiten, die mindestens einmal in der Woche die Nachbarn der Plaza de Santa Ana versammelten. In der Remise des Schneiders Chumpitaz, in dem kleinen Patio der Eisenwarenhandlung der Lamas, im Hinterhof von Valentín, anlässlich einer Geburt oder Totenwache (um ein freudiges Ereignis zu feiern oder einen Kummer zu vergessen?), unter welchem Vorwand auch immer wurden Tanzvergnügen organisiert, und bis in den Morgen klimperten die Gitarren, erklang der Cajón, schlugen die Hände und erschollen die Stimmen der Tenöre. Wenn die Paare in Schwung kamen – hitziger Schnaps und würzige Speisen von María Portal! – und auf den Bodenfliesen Funken schlugen, schaute Crisanto Maravillas den Gitarristen, Sängern und Cajónspieler zu, als kämen ihre Worte und Klänge aus einer anderen Welt. Und wenn die Musiker eine Pause machten, um eine Zigarette zu rauchen oder ein Gläschen zu nippen, trat der Junge voll Ehrfurcht an die Gitarren heran, streichelte sie sanft, um sie nicht zu erschrecken, berührte die sechs Saiten, und man hörte Arpeggios …

Sehr bald war klar, dass es sich um eine besondere Fähigkeit handelte, eine herausragende Begabung. Der Lahme hatte ein bemerkenswertes Gehör, erfasste auf der Stelle jeden Rhythmus, und so schwach seine Händchen auch waren, verstand er es, kunstvoll jede Volksmusik auf dem Cajón zu begleiten. Sobald die Kapelle eine Pause machte, um zu essen oder anzustoßen, lernte er allein die Geheimnisse und wurde ein enger Freund der Gitarren. Die Nachbarschaft gewöhnte sich daran, ihn auf den Festen spielen zu sehen, als gehörte er zu den Musikern.

Seine Beine waren nicht gewachsen, und auch wenn er nun schon vierzehn war, sah er aus wie acht. Er war sehr dünn, denn er lebte – Zeichen für eine Künstlernatur, Schlankheit, welche die Inspirierten verbindet – chronisch appetitlos, und wenn nicht María Portal mit ihrem militärischen Schwung gewesen wäre, die ihm das Essen in den Mund stopfte, hätte sich der junge Barde in Luft aufgelöst. Was das zerbrechliche Geschöpf jedoch nicht kannte, war Müdigkeit, wenn es um die Musik ging. Die Gitarristen des Viertels kippten schon erschöpft zu Boden, nachdem sie stundenlang gespielt und gesungen hatten, bekamen Krämpfe in den Fingern, krächzten sich ins Verstummen, doch der Lahme spielte weiter auf seinem Strohhocker (Japanerfüßchen, die niemals den Boden berühren, kleine unermüdliche Finger), entlockte den Saiten die entzückendsten Harmonien und trällerte, als hätte das Fest erst begonnen. Eine mächtige Stimme hatte er nicht; er wäre nicht in der Lage gewesen, den Kunststücken des berühmten Ezequiel Delfín nachzueifern, der, wenn er bestimmte Valses sang, in G, die Fensterscheiben zerspringen ließ. Doch der Mangel an Kraft wurde aufgewogen durch seine nicht nachlassende Intonation, eine geradezu manische Reinheit des Klangs, diesen Reichtum an Farben, der niemals eine Note verachtete oder verdarb.

Gleichwohl waren es nicht seine Qualitäten als Interpret, die ihn berühmt machten, sondern seine Kompositionen. Dass der verkrüppelte Junge aus Barrios Altos nicht nur Volksmusik spielen und singen konnte, sondern sie auch erdachte, wurde eines Samstags bekannt, im Trubel eines Festes, das man zu Ehren des Namenstages der Köchin unter bunten Girlanden, Windspielen und Luftschlangen im Hof feierte. Um Mitternacht überraschten die Musiker das Publikum mit der Premiere einer kleinen Polka, die ein schelmisches Zwiegespräch zum Besten gab:

Womit kommst du?
Mit Liebe, mit Liebe, mit Liebe
Und bringst?
Eine Blume, eine Blume, eine Blume
Die ist?
Aus Kristall, aus Kristall, aus Kristall
Für wen?
María Portal, María Portal, María Portal …

Der Rhythmus war so ansteckend, dass alle den drängenden Wunsch verspürten, zu tanzen, zu springen, zu hüpfen. Der Text amüsierte und rührte sie zugleich, und die Neugier war groß: Wer war der Verfasser? Die Musiker drehten ihre Köpfe und deuteten auf Crisanto Maravillas, der, mit der Bescheidenheit der wahrhaft Großen, die Augen niederschlug. María Portal verschlang ihn mit Küssen, Bruder Valentín verdrückte eine Träne, und das ganze Viertel lohnte es dem angehenden Verseschmied mit rauschendem Beifall. Der Stadt der koketten Schleier ward ein Künstler geboren.

Crisanto Maravillas' Laufbahn (sofern man mit diesem an gemeine sportliche Betätigung erinnernden Begriff bezeichnen kann, was gesalbt war vom – Atem Gottes?) verlief kometenhaft. Schon nach wenigen Monaten wurden seine Lieder in Lima gesungen, und ein paar Jahre darauf trug ganz Peru sie im Herzen und in der Erinnerung. Er war noch keine zwanzig, als Hoch und Nieder zugeben musste, dass er der beliebteste Komponist des Landes war. Seine Valses belebten die Feierlichkeiten der Reichen, sie wurden getanzt bei den Festessen der Mittelschicht, waren die Speise der Armen. Die Kapellen der Hauptstadt wetteiferten darum, seine Musik aufzuführen, und es gab niemanden, ob Mann oder Frau, der nicht, wenn er sich für den schwierigen Beruf des Sängers entschied, sein Repertoire mit Maravillas' Wunderwerken bestückte. Schallplatten wurden aufgenommen, Liedersammlungen gedruckt, im Radio und in den Revuen war seine Musik Pflicht. Im Reden der Menschen wie in ihren Träumen wurde der lahme Komponist aus Barrios Altos zur Legende.

Ruhm und Beliebtheit stiegen dem schlichten Jungen gleichwohl nicht zu Kopf, er nahm die Huldigungen mit der Ungerührtheit eines Schwans. Noch in der Mittelstufe verließ er die Schule, um sich ganz der Kunst zu widmen. Von den Geschenken, die er erhielt, wenn er auf Festen spielte, Ständchen gab oder Akrostichen verfasste, konnte er sich eine Gitarre kaufen. Als er sie in Händen hielt, war er glücklich, denn nun hatte er eine Vertraute für seinen Kummer, eine Gefährtin in der Einsamkeit und eine Stimme für die Inspiration.

Noten konnte er weder lesen noch schreiben, und er lernte es auch nicht. Er arbeitete nach dem Gehör, hörte auf seine Eingebung. Sobald er eine Melodie im Kopf hatte, sang er sie dem Cholo Blas Sanjinés vor, einem Lehrer aus dem Viertel, der sie aufs Notenblatt brachte. Bewirtschaften wollte er sein Talent nie: Weder sicherte er sich das Urheberrecht an seinen Kompositionen, noch kassierte er Tantiemen, und wenn Freunde ihm erzählten, dass die Stümper aus der künstlerischen Halbwelt seine Melodien und Texte plagiierten, gähnte er nur. Trotz dieser Gleichgültigkeit verdiente er einiges Geld, das ihm die Schallplattenfirmen und Radiosender schickten oder die Hausherren aufnötigten, wenn er zum Fest spielte. Crisanto gab das Geld seinen Eltern, und als die gestorben waren (er war da schon dreißig), gab er es mit seinen Freunden aus. Niemals wollte er Barrios Altos verlassen, nicht die Wohnung mit dem Buchstaben H in dem Hof, in dem er zur Welt kam. War es Treue und Zuneigung zu seiner einfachen Herkunft, die Liebe zur Gosse? Auch, ohne Zweifel. Vor allem aber war es, weil er in diesem schmalen Gang nur einen Steinwurf von dem Mädchen mit dem blutsverwandten Blut entfernt war, Fátima geheißen, die er kennenlernte, als sie eine Dienstmagd war, und die nun die Ordenstracht angelegt und als Braut Christi die Gelübde des Gehorsams, der Armut und (ach) der Keuschheit abgelegt hatte.

Es war der Quell, das Geheimnis seines Lebens, der tiefe Grund für jene Traurigkeit, die alle Welt, blind für die Wunden der Seele, seinen geschundenen Beinen zuschrieb, seiner asymmetrischen Gestalt. Außerdem hatte Crisanto dank dieser Missbildung, mit der er den Jahren hinterherhinkte, seine Mutter weiterhin in die religiöse Festung der Unbeschuhten begleitet, und wenigstens einmal in der Woche konnte er das Mädchen seiner Träume sehen. Liebte Schwester Fátima den Krüppel ebenso wie er sie? Wer konnte das wissen. Als Gewächshausblume, die nichts wusste von den lüsternen Geheimnissen des Blütenstaubs auf den Feldern, hatte Fátima Bewusstsein erlangt, Gefühle, war in ihrer keimfreien klösterlichen Welt, im Kreise alter Frauen, vom Kind zur Jugendlichen und zur Frau gereift. Was immer ihr zu Ohren, zu Gesicht, zu Gemüte kam, hatte das feine moralische Sieb der Ordensgesellschaft passiert (der strengsten unter den strengen). Wie hätte diese fleischgewordene Tugend ahnen können, dass das, was sie für eine Eigenschaft Gottes hielt (die Liebe?), auch dem menschlichen Verkehr eignete?

Doch wie das Wasser, das von den Bergen herabkommt,

um den Fluss zu finden, einem Kälbchen gleich, das noch vor dem Augenaufschlag nach der Zitze sucht, um die weiße Milch zu saugen, liebte sie ihn vielleicht tatsächlich. Er war ihr Freund, das war gewiss, der einzige Mensch in ihrem Alter, den sie kannte, ihr einziger Spielgefährte, wenn man diese Arbeiten, die sie gemeinsam verrichteten, während María Portal, die vortreffliche Näherin, den Nonnen das Geheimnis ihrer Stickereien beibrachte, Spielen nennen kann: Böden fegen, Fenster putzen, Pflanzen gießen und Kerzen anzünden.

Wahr ist auch, dass die Kinder, später Jugendlichen, sich im Laufe der Jahre viel miteinander unterhielten. Arglose Zwiegespräche – sie war unschuldig, er schüchtern –, bei denen, zart wie die Lilien, spirituell wie die Tauben, von der Liebe die Rede war, ohne sie zu erwähnen, vermittels Themen wie die hübschen Farben von Schwester Fátimas Sammlung von Heiligenbildchen oder Crisantos Erläuterungen, wenn er ihr beibrachte, was Straßenbahnen waren, Autos, Kino. Wer Ohren hat, zu hören, mag all das in Maravillas' Liedern finden, gewidmet dieser geheimnisvollen Frau, die niemals genannt wird außer in jenem berühmten Vals, dessen Titel seinen Bewunderern keine Ruhe ließ: *Fátima ist die Jungfrau von Fátima.*

Auch wenn er wusste, dass er sie niemals aus dem Kloster holen und zu seiner Frau machen konnte, war Crisanto Maravillas glücklich, seine Muse jede Woche für ein paar Stunden zu sehen, kurze Begegnungen, aus denen seine Inspiration gestärkt hervorging, und so entstanden all die Mozamalas, Yaravíes, Festejos und Resbalosas, zu denen das Volk tanzte. Die zweite Tragödie seines Lebens (nach seiner Verkrüppelung) geschah an dem Tag, als die Oberin der Unbeschuhten zufällig sah, wie er die Blase entleerte. Mutter Lituma wechselte mehrmals die Farbe und bekam einen Schluckanfall. Sie lief zu María Portal und fragte sie, wie alt ihr Sohn sei, und die Näherin gestand, dass er, auch wenn seine Körpergröße und sein Äußeres einem Zehnjährigen entsprachen, schon achtzehn war. Mutter Lituma bekreuzigte sich und verbot ihm den Zutritt zum Kloster auf immer.

Für den Barden von der Plaza de Santa Ana war dies ein fast tödlicher Schlag, und er erkrankte an einem ungreifbaren romantischen Leiden. Viele Tage lag er im Bett – hohes Fieber, melodiöse Delirien –, während Ärzte und Wunderheiler mit Salben und Beschwörungen versuchten, ihn aus seinem Koma zu wecken. Als er sich endlich vom Bett erhob, war er ein Gespenst, das sich kaum auf den Beinen hielt. Doch seiner Geliebten entrissen zu sein war – wer hätte anderes erwartet? – der Kunst förderlich: Seine Musik wurde sentimental, dass die Tränen flossen, und die Texte atmeten eine männliche Dramatik. Die großartigen Liebeslieder von Crisanto Maravillas stammen aus diesen Jahren. Wenn die Musikerfreunde, die seine lieblichen Melodien begleiteten, die herzzerreißenden Verse von dem eingesperrten Mädchen hörten – kleiner Stieglitz in seinem Käfig, eingefangenes Täubchen, eine Blume, aufgelesen und entführt in den Tempel des Herrn –, die Verse von dem leidgebeugten Mann, der in der Ferne und ohne jede Hoffnung liebt, dann fragten sie sich jedes Mal: »Wer ist sie?« Und sie versuchten, mit jener Neugier, die Eva ins Verderben stieß, die Angebetete unter den Frauen zu erkennen, die den Troubadour belagerten.

Denn trotz seiner Schrumpfgestalt und Hässlichkeit besaß Crisanto Maravillas für die Weiblichkeit Limas einen zauberischen Reiz. Weiße Frauen mit Konten auf der Bank, belanglose Mestizinnen, Mulattinnen aus den kolonialen Hofhäusern, junge Mädchen, die das Leben lernten, oder alte Weiber auf Abwegen, sie alle erschienen vor der bescheidenen Tür mit dem H und gaben vor, um ein Autogramm zu bitten. Sie kamen mit schönen Augen, kleinen Geschenken und großen Komplimenten, schmeichelten sich ein, schlugen Rendezvous vor, wenn nicht offen Sündiges. Ob diese Frauen, wie die eines gewissen Landes, das selbst im Namen seiner Hauptstadt noch Schaum schlägt (gute Winde, gutes Wetter, heilsame Lüfte?), die Angewohnheit hatten, ungestalte Männer zu bevorzugen, weil sie jenes dumme Vorurteil hegten, wonach diese in ehelichen Dingen besser seien als normalgewachsene? Nein, es war der Reichtum seiner Kunst, der das Männlein von der Plaza de Santa Ana mit der Aureole geistiger Schönheit umgab, einer Schönheit, die sein körperliches Elend überstrahlte und ihn begehrenswert machte.

Doch mit der Sanftheit des von der Tuberkulose Genesenden schlug Crisanto Maravillas alle Avancen wohlerzogen aus und ließ die Bewerberinnen wissen, sie verlören ihre Zeit. Damals sprach er jenen dunklen Satz, der in seiner Umgebung zu aufgeregtem Flüstern führte: »Ich glaube an die Treue und bin ein kleiner Hirtenjunge aus Portugal.«

Sein Leben in diesen Jahren war die Boheme der Zigeuner des Geistes. Gegen Mittag stand er auf und ging mit dem Pfarrer von Santa Ana essen, einem ehemaligen Untersuchungsrichter, in dessen Amtsstube sich ein Quäker (Don Pedro Barreda y Zaldívar?) verstümmelt hatte, um zu beweisen, dass er schuldlos war an einem Verbrechen, das man ihm zur Last legte (einen Schwarzen umgebracht zu haben, der als blinder Passagier im Bauch eines Überseedampfers aus Brasilien kam?). Dr. Don Gumercindo Tello war so erschüttert gewesen, dass er die Robe gegen die Soutane tauschte. Unsterblich machte Crisanto Maravillas den Vorfall mit der Verstümmelung in einem Festejo mit Gitarre, Quijada und Cajón: *Das Blut spricht mich frei.*

Der Barde und Pater Gumercindo gingen gerne gemeinsam durch jene Straßen von Lima, in denen Crisanto – ein Künstler, der sich vom Leben selbst nährte? – Figuren und Themen für seine Lieder sammelte. Seine Musik – Tradition, Geschichte, Folklore, Klatsch – fasste die Typen und Bräuche der Stadt in Melodien für die Ewigkeit. In den Höfen nahe der Plaza del Cercado und Santo Cristo sahen Maravillas und Pater Gumercindo zu, wie die Hahnenzüchter ihre Champions für die Kämpfe im Coliseo Sandia trainierten, und so entstand die Marinera *Hüte dich vor dem Chiliroten, Mamá*. Oder sie sonnten sich auf dem kleinen Platz vor dem Kloster von Carmen Alto, wo Crisanto, als er dem Puppenspieler Monleón zusah, wie er die Nachbarschaft mit seinen Lumpenpuppen amüsierte, das Thema für seinen Vals *Das kleine Mädchen vom Carmen Alto* fand (das so beginnt: »Ach, mein Liebes, Fingerchen aus Draht hast du, ein Herz aus Stroh«). Ohne Zweifel war Crisanto bei einem dieser Streifzüge durch das alte Lima auch den alten Weibern mit den schwarzen Umhängen begegnet, von denen in dem Vals *Betschwesterchen, auch du warst eine Frau* die Rede ist, hatte den Raufereien der Jugendlichen zugeschaut, von denen die kleine Polka *Gossenjungen* spricht.

Gegen sechs Uhr trennten sich die Freunde dann; der Geistliche ging wieder in seine Pfarrkirche, um für die Seele des in Callao ermordeten Kannibalen zu beten, und der Barde ging in die Remise des Schneiders Chumpitaz. Mit seinen besten Freunden – dem Cajónspieler Sifuentes, dem Perkussionisten Tiburcio, der Sängerin Lucía Acémila?, den Gitarristen Felipe und Juan Portocarrero – probte er neue Lieder, arrangierte sie, und wenn es dunkel wurde, zog einer die brüderliche Flasche Pisco hervor. Und so, im Spiel und im Gespräch, beim Üben und dem einen oder anderen Schluck, vergingen die Stunden. Später am Abend ging die Gruppe in irgendein Restaurant der Stadt, wo der Künstler stets Ehrengast war. An anderen Tagen erwarteten sie Feste – Geburtstage, Verlobungen, Hochzeiten – oder Engagements in einem Club. Wenn es Tag wurde, kehrten sie heim, und die Freunde verabschiedeten den lahmen Barden an der Tür seines Zuhauses. Doch kaum waren sie gegangen und schliefen in ihren Buden, tauchte der Schatten einer verwachsenen, staksenden kleinen Gestalt aus dem Hof hervor, durchquerte die feuchte Nacht, eine Gitarre schleppend, gespenstisch unter dem Nieselregen und dem morgendlichen Nebel, und setzte sich, an der menschenleeren Plaza de Santa Ana, auf die steinerne Bank gegenüber dem Kloster der Unbeschuhten. Die Katzen der Frühe lauschten dann den innigsten Arpeggios, die je einer irdischen Gitarre entsprangen, den glühendsten Liebesliedern, die ein Schöpfergeist ersonnen. Als ein paar zeitige Betschwestern ihn überraschten, wie er leise und mit Tränen in den Augen vor dem Kloster sang, verbreiteten sie das scheußliche Gerücht, er habe sich in blinder Eitelkeit in die Jungfrau Maria verliebt und bringe ihr bei Tagesanbruch Ständchen.

Die Wochen, die Monate, die Jahre zogen ins Land. Und gleich dem Ballon, der wächst und aufsteigt, der Sonne nach, breitete Crisanto Maravillas' Ruhm sich aus wie seine Musik. Doch niemand, auch nicht sein bester Freund, Pfarrer Gumercindo Lituma, ehemals Angehöriger der Guardia Civil, der, nachdem seine Frau und seine Kinder ihn brutal niedergeschlagen hatten (weil er Mäuse züchtete?), noch während seiner Genesung den Ruf des Herrn hörte, nicht einmal er ahnte etwas von seiner unermesslichen Leidenschaft für die abgeschieden lebende Schwester Fátima, die in all den Jahren ihren Weg zur Heiligkeit weitergezogen war. Seit dem Tag, an dem die Oberin (Schwester Lucía Acémila?) entdeckte, dass der Barde ein mit Männlichkeit ausgestattetes Wesen war (trotz des Vorfalls an jenem unheilvollen Tag im Zimmer des Untersuchungsrichters?), hatte das keusche Paar kein Wort miteinander wechseln können. Doch in diesen Jahren war ihnen das Glück vergönnt, sich zu sehen, wenn auch unter Mühen und aus der Ferne. Schwester Fátima ging, nachdem sie Nonne geworden war, wie ihre Klostergefährtinnen in die Kapelle beten, wo die Unbeschuhten vierundzwanzig Stunden am Tag, immer zu zweit, Vigilien hielten. Von der Öffentlichkeit trennte die wachenden Nonnen ein hölzernes Gitter, das den Menschen auf beiden Seiten, auch wenn es sehr fein durchbrochen war, erlaubte, sich zu sehen. Dies erklärt zu einem nicht geringen Teil die beharrliche Religiosität des Barden von Lima, die ihn oftmals dem Gespött der Nachbarn preisgab; Maravillas antwortete ihnen mit einem frommen Tondero: *Jawohl, gläubig bin ich ...*

Tatsächlich verbrachte Crisanto viele Minuten des Tages in der Kirche der Unbeschuhten. Mehrmals trat er ein, um sich zu bekreuzigen und einen Blick auf das Gitter zu werfen. Wenn er – stockendes Herz, rasender Puls, ein kalter Rücken – durch die kleinen Karos auf einem der Betstühle, besetzt von den immerwährenden Silhouetten der weißen Ordenstrachten, Schwester Fátima erkannte, fiel er sofort auf die Knie. Und dort, auf den kolonialen Fliesen, nahm er eine schräge Haltung ein (sein Äußeres half ihm, denn es war nicht leicht, en face und Profil voneinander zu unterscheiden), womit er den Eindruck erweckte, er schaute zum Altar, obwohl seine Augen in Wirklichkeit an diesem talarartigen Gewölk hingen, diesen gestärkten Flöckchen, die den Körper seiner Geliebten umhüllten. Bisweilen, eine Verschnaufpause, die der Athlet sich gönnt, um neue Kräfte zu sammeln, unterbrach Schwester Fátima ihre Gebete, hob den Blick zum (kreuzworträtselgemusterten?) Altar und erkannte auf halbem Wege die undeutliche Gestalt von Crisanto. Beim Anblick des Freundes aus der Kindheit erschien ein kaum wahrnehmbares Lächeln auf dem schneeweißen Antlitz der kleinen Nonne, und in ihrem zerbrechlichen Herzen regte sich ein zärtliches Gefühl. Ihre Augen fanden sich, und in diesen Sekunden – Schwester Fátima fühlte sich verpflichtet, die ihren zu senken – sagten sie sich Dinge, die – selbst die Engel im Himmel erröten ließen? Denn ja, ja, dieses kleine Mädchen, wundersamerweise errettet vor dem Tod unter den Rädern eines Autos mit dem Pharmavertreter Lucho Abril Marroquín am Steuer, der sie eines sonnigen Morgens überfuhr, in der Nähe von Pisco, als sie noch keine fünf Jahre alt war, diese Kleine, die aus Dankbarkeit für die Jungfrau von Fátima Nonne geworden war, sie hatte mit der Zeit, in der

Einsamkeit ihrer Zelle, tatsächlich und aus tiefster Seele den Troubadour von Barrios Altos lieben gelernt.

Crisanto Maravillas wusste, dass er sich mit seiner Geliebten niemals fleischlich, sondern nur auf diese sublime Weise in der Kapelle vereinen konnte. Womit er sich nicht abfand, war die grausame Vorstellung – grausam für einen Menschen, dessen einzige Schönheit die Kunst war –, dass Schwester Fátima seine Musik nicht hörte, die Lieder, die sie, ohne es zu wissen, inspirierte. Er hatte den Verdacht – eine Gewissheit für jeden, der einen Blick auf die Mauern der Klosterfeste warf –, dass an die Ohren seiner Geliebten keines jener Ständchen gedrungen war, die er ihr, der Lungenentzündung trotzend, seit zwanzig Jahren Morgen für Morgen sang. Eines Tages begann Crisanto Maravillas, sein Repertoire um religiöse und mystische Themen zu erweitern, und auf die melodiösen Sittengemälde folgten die Wunder der heiligen Rosa, die (zoologischen?) Taten des heiligen Martin von Porres, Anekdoten von Märtyrern, Verdammungen des Pilatus. Der Wertschätzung im Volk tat dies keinen Abbruch, es führte ihm vielmehr Scharen neuer Anhänger zu: Pfarrer und Mönche, Nonnen, die Katholische Aktion. Und die kreolische Musik, in Würde gesetzt, nach Weihrauch duftend, von Heiligkeit umflort, überwand die Mauern, die sie in Festsälen und Clubs gesperrt hielten, und erklang nun an Orten, die bis dahin undenkbar schienen, in Kirchen, Exerzitienhäusern, Priesterseminaren, bei Prozessionen.

Zehn Jahre dauerte es, aber der kluge Plan ging auf. Das Kloster der Unbeschuhten konnte ein Angebot nicht ausschlagen, dem im Sprengel allseits gehätschelten Barden, dem Dichter der Ordensgesellschaften, dem Musiker der Kreuzwege zu gestatten, in seiner Kapelle und den Innenhöfen einen Liederabend für die Mission in Afrika zu geben. Der Erzbischof von Lima, purpurne Weisheit und Kennerohren, teilte mit, er werde die Veranstaltung genehmigen und für einige Stunden die Klausur aufheben, auf dass die unbeschuhten Schwestern sich an der Musik ergötzten. Er selbst beabsichtige, mit seinem Gefolge von Würdenträgern dem Vortrag beizuwohnen.

Die Veranstaltung, das Jahrhundertereignis in der Stadt der Vizekönige, fand an dem Tag statt, an dem Crisanto Maravillas das beste Alter erreichte: fünfzig Jahre? Er war ein Mann mit durchdringender Stirn, breiter Nase, Adlerblick, von aufrechtem Sinn und gütigem Wesen, und sein gefälliges Äußeres entsprach der Schönheit seiner Seele.

Zwar hatte man – Vorsichtsmaßnahmen, die der Einzelne trifft und die Mühlen der Gesellschaft zermahlen – persönliche Einladungen verteilt mit dem Hinweis, dass niemand ohne eine solche an dem Konzert werde teilnehmen können, doch die Wirklichkeit wog schwerer: Die Polizeisperre, befehligt von dem berühmten Sergeanten Lituma und seinem Stellvertreter, Korporal Jaime Concha, wich vor der Menge zurück wie Seidenpapier. Schon seit dem Abend zuvor hatten sich die Menschen versammelt und fluteten nun, in ehrerbietiger Haltung, in das Gebäude, überschwemmten Kreuzgänge, Flure, Treppen, Hallen. Die geladenen Gäste mussten durch eine Geheimtür direkt ins Obergeschoss geschleust werden, wo sie, zusammengedrängt hinter alten Geländern, Aufstellung nahmen, um das Schauspiel zu erleben.

Als der Barde schließlich um sechs Uhr nachmittags – Erobererlächeln, marineblauer Anzug, federnder Schritt, das goldene Haar im Wind – in Begleitung von Chor und Orchester einzog, ließ ein Beifall, der von den Decken widerhallte, das Kloster der Unbeschuhten erzittern. Und als Gumercindo Maravillas niederkniete und mit Baritonstimme ein Vaterunser und ein Ave-Maria anstimmte, erblickten seine (honigsanften?) Augen unter all den Köpfen einen Strauß von Bekannten.

Gleich in der ersten Reihe saß ein berühmter Astrologe, Professor (Ezequiel?) Delfín Acémila, der, die Himmel erforschend, die Gezeiten messend, kabbalistische Handbewegungen vollführend, das Schicksal von Limas Millionärsgattinnen ergründete und, Einfalt des Weisen, der mit Murmeln spielt, eine Schwäche für die Volksmusik besaß. Ebenfalls anwesend war, piekfein, mit nagelneuem Strohhut und einer roten Nelke im Knopfloch, der beliebteste Schwarze von Lima, der, nachdem er als blinder Passagier – im Bauch eines Flugzeugs? – das Meer überquerte, in der Stadt ein neues Leben begonnen hatte (und das bürgerliche Hobby pflegte, mit Hilfe typischer Gifte seines Stamms Mausetiere zu töten, womit er am Ende reich wurde?). Und, ein Zufall, wie der Teufel oder das Schicksal ihn fädelt, erschienen ebenfalls, angelockt von ihrer gemeinsamen Bewunderung für den Musiker, der Zeuge Jehovas Lucho Abril Marroquín, der sich durch ein aufsehenerregendes Schauspiel mit ihm in der Hauptrolle (sich selbst mit einem flotten Brieföffner den Zeigefinger der rechten Hand kupierend?) den Spitznamen Stummel erwarb, sowie Sarita Huanca Salaverría, die Schöne aus La Victoria, kapriziös und anmutig, die dergleichen harte Prüfung von ihm als Unterpfand der Liebe verlangt hatte. Und wie sollte nicht auch, blutleer unter der eingesessenen Menge, der Mirafloriner Richard Quinteros zugegen sein? Die Gelegenheit beim Schopfe packend, dass sich einmal im Leben die Tore der Karmelitinnen öffneten, war er ins Kloster geschlüpft und hatte sich unter die Leute gemischt, um wenigstens von weitem seine eigene Schwester zu sehen (Schwester Fátima? Schwester Lituma? Schwester Lucía?), die ihre Eltern, um sie von ihrer inzestuösen Liebe zu erlösen, dort eingesperrt hatten. Und selbst die Berguas, Taubstumme, die niemals ihre Pension Colonial verließen, wo sie sich der selbstlosen Beschäftigung hingaben, den armen gehörlosen und sprachlosen Kindern beizubringen, sich mit Gebärden und Grimassen zu unterhalten, selbst sie hatten sich, angesteckt von der allgemeinen Neugier, eingefunden, um das große Idol der Stadt zu sehen (wenn schon nicht zu hören).

Die Apokalypse, welche die Stadt in tiefe Trauer stürzen

sollte, brach los, als Pater Gumercindo Tello das Konzert bereits begonnen hatte. Vor den Hunderten von hypnotisierten Zuschauern, die sich in Eingängen und Höfen, auf Treppen und Dächern drängten, sang der Vokalist zum Orgelspiel die letzten Töne der vortrefflichen Apostrophe *Meine Religion verkaufe ich nicht.* Und der Beifallssturm, der Pater Gumercindo belohnte, riss, gleich Gut und Böse, das sich mischt wie Milch im Kaffee, die Anwesenden ins Verderben. Denn gefesselt von der Musik, allzu andächtig dem Klatschen, den Hurras und Hochrufen hingegeben, verwechselten sie die ersten Anzeichen der Katastrophe mit der freudigen Erregung, die der Kanari des Herrn ihnen schenkte. Noch wäre es möglich gewesen, aufzuspringen, hinauszurennen, sich in Sicherheit zu bringen, aber sie reagierten nicht. Und als sie feststellten, dass nicht sie selbst bebten, sondern, vulkanisches Gebrüll, das die Trommelfelle zerfetzt, die Erde, da war es zu spät. Denn die drei einzigen Ausgänge des Karmelitinnenklosters waren, ob Zufall, Wille Gottes oder Dummheit des Architekten, nach den ersten Einstürzen versperrt, das Haupttor blockiert von dem steinernen Engel, der den Sergeanten Crisanto Maravillas unter sich begrub, als der, zusammen mit dem Korporal Jaime Concha und dem Guardia Lituma, zu Beginn des Erdstoßes versuchte, das Gemäuer zu evakuieren. Der tapfere Bürger und seine beiden Gehilfen waren die ersten Opfer der unterirdischen Verpuffung. Und so endeten, Kakerlaken unter der Sohle eines Schuhs, erschlagen von der Ungerührtheit einer Granitgestalt an den heiligen Pforten der Karmelitinnen (in Erwartung des Jüngsten Gerichts?), die drei Musketiere der Feuerwehr Perus.

Unterdessen starben die Gläubigen, die sich im Innern des Klosters zu Musik und Religion versammelt hatten, wie die Fliegen. Dem Applaus war ein Chor gefolgt, ein vielstimmiges Weh und Ach, ein Heulen und Schreien. Die edlen Steine, die alten Ziegel vermochten der Erschütterung aus den Tiefen – endlos, zuckend – nicht zu widerstehen. Die

Mauern rissen auf, brachen zusammen, zerquetschten jene, die sie, auf der Flucht zur Straße hin, zu erklimmen suchten. So starben berühmte Vernichter von Ratten und Mäusen: die Berguas? Sekunden darauf stürzten, Höllenlärm und Tornadostaub, die Galerien ein und schleuderten – lebendige Geschosse, menschliche Boliden – die Besucher, die oben Platz genommen hatten, um Mutter Gumercinda besser zu hören, auf die im Hof zusammengedrängte Menge. So starb, mit zerschlagenem Schädel auf den Fliesen, Limas großer Psychologe Lucho Abril Marroquín, der mit einer selbst erfundenen Therapie (dem dröhnenden Kegelspiel?) die halbe Stadt entneurotisisert hatte. Der Einsturz der karmelitischen Decken war es jedoch, der die größtmögliche Anzahl an Toten in der geringstmöglichen Zeit bewirkte. Und so starb auch Mutter Lucía Acémila, die sich einst den Ruhm der Welt erwarb, als sie ihre Sekte verließ, die Zeugen Jehovas, und ein Buch schrieb, das selbst der Papst rühmte: *Zum Hohne des Stammes im Namen des Kreuzes.*

Das Ende von Schwester Fátima und Richard war, Ungestüm der Liebe, von keinem Blut und keiner Ordenstracht gehemmt, noch trauriger. All die Ewigkeiten, die das Feuer wütete, lagen die beiden sich in den Armen und blieben unversehrt, während ringsumher, erstickt, zertrampelt, versengt, die Menschen starben. Dann erlosch der Brand, und zwischen verkohlten Haufen und dichten Schwaden, inmitten des Todes küssten die beiden Liebenden sich. Jetzt endlich konnten sie es wagen, auf die Straße zu entkommen. Und so nahm Richard Mutter Fátima um die Taille und zog sie auf eine der Öffnungen zu, die das Feuer in seinem Grimm in die Mauern geschlagen hatte. Doch kaum waren die Geliebten ein paar Schritte gegangen, da tat sich – Bosheit des Raubtiers Erde, himmlische Gerechtigkeit? – der Boden unter ihren Füßen auf. Die Flammen hatten die Falltür über der kolonialen Krypta verschlungen, wo die Karmelitinnen die Gebeine ihrer Toten aufbewahrten, und dorthinein stürzten, auf die Bewohner jener Schädelstätte schmetternd, die (luziferischen?) Geschwister.

Hatte der Teufel sie geholt? War die Hölle der Epilog ihrer Liebe? Oder erbarmte sich Gott ihres unseligen Schicksals und nahm sie auf in den Himmel? War dies das Ende, oder würde es eine überirdische Fortsetzung geben mit dieser Geschichte von Blut und Gesang, Mystik und Feuer?

XIX

Javier rief uns um sieben Uhr morgens aus Lima an. Die Verbindung war miserabel, aber weder das Brummen noch das Knistern in der Leitung konnten übertönen, wie beunruhigt seine Stimme war.

»Schlechte Nachrichten«, sagte er als Erstes. »Haufenweise schlechte Nachrichten.«

Etwa fünfzig Kilometer vor Lima war der Kleinbus, mit dem er und Pascual am Abend zurückgefahren waren, von der Straße abgekommen und hatte sich im Sand überschlagen. Keiner der beiden wurde verletzt, aber der Fahrer und ein anderer Insasse hatten sich schwere Prellungen zugezogen. Es war ein Albtraum gewesen, bis es ihnen mitten in der Nacht gelang, ein Auto anzuhalten, das ihnen half. Als Javier endlich zu seiner Pension kam, war er wie gerädert. Dort bekam er einen noch größeren Schreck. An der Tür erwartete ihn mein Vater. Er war auf ihn zugetreten, zornesrot, hatte mit einem Revolver gefuchtelt und ihm gedroht, ihn zu erschießen, wenn er nicht sofort sagte, wo ich und Tante Julia seien. In panischer Angst (»Mensch, Junge, bisher kannte ich Revolver nur aus dem Film«) schwor Javier ihm bei seiner Mutter und allen Heiligen, dass er es nicht wisse, er habe mich seit einer Woche nicht gesehen. Am Ende hatte sich mein Vater ein wenig beruhigt und ihm einen Brief gegeben, den er mir persönlich übergeben sollte. Noch ganz verstört (»was für eine Nacht, Varguitas«) beschloss Javier, kaum dass mein Vater gegangen war, sofort mit Onkel Lucho zu sprechen, um zu erfahren, ob die Familie meiner Mutter auch derart in Rage war. Onkel Lucho empfing ihn im Bademantel. Sie hatten fast eine Stunde miteinander gesprochen. Er war nicht wütend, er war bekümmert, besorgt, verwirrt. Javier bestätigte ihm, dass wir rechtmäßig verheiratet waren, und versicherte, auch er habe versucht, mich umzustimmen, aber vergeblich. Onkel Lucho meinte, wir sollten so bald wie möglich nach Lima kommen, den Stier bei den Hörnern packen und versuchen, die Dinge zu regeln.

»Das große Problem ist dein Vater, Varguitas«, schloss Javier seinen Bericht. »Die anderen werden sich irgendwann damit abfinden. Aber der Alte ist fuchsteufelswild. Du kannst dir nicht vorstellen, was er dir geschrieben hat!«

Ich schimpfte mit ihm, weil er fremder Leute Briefe las, und sagte, wir würden auf der Stelle nach Lima zurückfahren, am Mittag käme ich auf seiner Arbeit vorbei oder riefe ihn an. Ich erzählte es Tante Julia, während sie sich anzog, und verschwieg nichts, formulierte es nur weniger schauerlich.

»Was mir gar nicht gefällt, ist das mit dem Revolver«, bemerkte Tante Julia. »Ich nehme an, wen er da erschießen will, bin ich, oder? Ich will nur hoffen, dass mein Schwiegervater mich nicht mitten in den Flitterwochen umbringt. Und das mit dem Unfall? Armer Javier, armer Pascual! Was haben wir ihnen da eingebrockt, Varguitas.«

Sie war kein bisschen erschrocken oder bekümmert, sah vielmehr recht vergnügt aus, fest entschlossen, allen Katastrophen ins Auge zu sehen. So fühlte ich mich auch. Wir bezahlten das Hotel, gingen auf der Plaza de Armas einen Milchkaffee trinken, und eine halbe Stunde später waren wir wieder auf der Landstraße, in einem alten Kleinbus Richtung Lima. Wir küssten uns während der ganzen Fahrt, auf den Mund, auf die Wangen, auf die Hände, sagten uns ins Ohr, dass wir uns liebten, und machten uns lustig über die unruhigen Blicke der Fahrgäste und des Chauffeurs, der im Rückspiegel nach uns spähte.

Um zehn Uhr waren wir wieder in Lima. Es war ein grauer Tag, der Nebel machte Häuser und Menschen zu Gespenstern, alles war feucht, und man konnte meinen, man atmete

Wasser. Der Bus ließ uns beim Haus von Onkel Lucho und Tante Olga aussteigen. Bevor wir klopften, drückten wir uns fest die Hand, um uns Mut zuzusprechen. Tante Julia war sehr ernst geworden, und ich spürte, wie mir das Herz davonraste.

Onkel Lucho kam selber an die Tür. Er setzte ein Lächeln auf, das schrecklich bemüht wirkte, küsste Tante Julia auf die Wange und gab auch mir einen Kuss.

»Deine Schwester ist noch im Bett, aber schon wach«, sagte er zu Tante Julia und deutete zum Schlafzimmer. »Geh ruhig hinein.«

Dann ging er mit mir in das kleine Wohnzimmer oben, von wo aus man, wenn kein Nebel war, das Jesuitenseminar sah, den Malecón und das Meer. Jetzt waren nur verschwommen die Mauer und das rote Backsteindach des Seminars zu erkennen.

»Ich werde dir nicht die Ohren langziehen, dafür bist du schon zu groß«, sagte Onkel Lucho leise. Er sah wirklich niedergeschlagen aus, die Schlaflosigkeit hatte Spuren hinterlassen. »Ahnst du wenigstens, in was du dich hineingeritten hast?«

»Es war die einzige Möglichkeit, dass man uns nicht trennt«, erwiderte ich, die Sätze hatte ich mir zurechtgelegt. »Julia und ich lieben uns. Wir haben nichts Unbesonnenes getan. Wir haben es uns gut überlegt und wissen, was wir getan haben. Ich verspreche dir, wir werden über die Runden kommen.«

»Du bist noch fast ein Kind, hast keinen Beruf und kein Geld, du wirst die Universität verlassen müssen und dich abrackern, um deine Frau zu ernähren«, sprach Onkel Lucho vor sich hin, zündete sich eine Zigarette an, schüttelte den Kopf. »Die Suppe hast du dir selber eingebrockt. Keiner hier ist damit einverstanden, die ganze Familie hat erwartet, dass aus dir einmal etwas wird. Es tut einem in der Seele weh, wenn man sieht, wie du dich wegen einer Laune ins Mittelmaß stürzt.«

»Ich werde das Studium nicht aufgeben, ich werde die

Universität beenden, werde dasselbe tun, was ich ohne Heirat getan hätte«, versicherte ich ihm voller Schwung. »Du musst mir glauben und dafür sorgen, dass die Familie mir glaubt. Julia wird mir helfen, jetzt werde ich mit viel größerer Lust studieren und arbeiten.«

»Erst müssen wir deinen Vater auf den Teppich holen, er ist völlig aus dem Häuschen«, sagte Onkel Lucho und wurde auf einmal milde. Er hatte seinen Auftrag erfüllt, mir die Ohren langzuziehen, und jetzt schien er bereit, mir zu helfen. »Mit Vernunft ist ihm nicht beizukommen, er droht damit, Julia bei der Polizei anzuzeigen und was weiß ich.«

Ich sagte, ich würde mit ihm sprechen, vielleicht akzeptierte er die Dinge ja. Onkel Lucho musterte mich von Kopf bis Fuß: Eine Schande sei es, dass ein frischgebackener Ehemann im schmutzigen Hemd herumlaufe, ich solle mich duschen und umziehen und bei der Gelegenheit die Großeltern beruhigen, sie seien sehr besorgt. Wir unterhielten uns noch eine Weile, tranken sogar einen Kaffee, aber Tante Julia kam immer noch nicht aus Tante Olgas Zimmer. Ich spitzte die Ohren, um zu hören, ob geweint wurde, geschrien, gestritten. Nein, kein Laut drang durch die Tür. Schließlich erschien Tante Julia, allein. Sie war knallrot, als hätte sie zu lange in der Sonne gelegen, und lächelte.

»Na, wenigstens lebst du noch«, sagte Onkel Lucho. »Ich dachte schon, deine Schwester geht dir an den Skalp.«

»Als ich reinkam, hätte sie mir fast eine Ohrfeige gegeben«, seufzte Tante Julia und setzte sich neben mich. »Sie hat mir alles Mögliche an den Kopf geworfen, klar. Aber wie es aussieht, kann ich trotzdem hierbleiben, bis sich alles geklärt hat.«

Ich stand auf und sagte, ich müsse zu Radio Panamericana, es wäre eine Tragödie, wenn ich ausgerechnet jetzt meine Arbeit verlöre. Onkel Lucho begleitete mich zur Tür, sagte, ich solle zum Mittagessen wiederkommen, und als ich Tante Julia zum Abschied küsste, sah ich ihn lächeln.

Ich rannte in den Laden an der Ecke, um meine Cousine Nancy anzurufen, und hatte das Glück, dass sie selbst an den Apparat ging. Als sie mich erkannte, verschlug es ihr die Stimme. Wir verabredeten uns für zehn Minuten später im Parque Salazar. Als ich hinkam, war die Kleine schon da, vor Neugier schier platzend. Bevor sie mir irgendetwas erzählte, musste ich ihr das ganze Abenteuer von Chincha erzählen und auf unzählige Fragen antworten, auf die ich zuallerletzt gekommen wäre, zum Beispiel welches Kleid Tante Julia zur Hochzeit angezogen hatte. Was sie besonders entzückte (auch wenn sie mir nicht glaubte, aber sie musste schallend lachen), war die leicht abgefälschte Version, wonach der Bürgermeister, der uns getraut hatte, ein schwarzer Fischer war, halb nackt und ohne Schuhe. Erst danach konnte ich sie dazu bewegen, mir zu berichten, wie die Familie die Nachricht aufgenommen hatte. Das Vorhersehbare war passiert: ein Hin und Her zwischen den Häusern, ein Brodeln hinter verschlossenen Türen, unzählige Telefonate, reichlich Tränen, und meine Mutter war, wie es schien, getröstet, besucht, begleitet worden, als hätte sie ihren einzigen Sohn verloren. Was Nancy selbst betraf, so hielt man sie für unsere Verbündete und hatte ihr mit Fragen und Drohungen zugesetzt, damit sie verriet, wo wir waren. Doch sie war standhaft geblieben, hatte rundheraus geleugnet und sogar ein paar Krokodilstränen vergossen, die sie verunsicherten. Auch Nancy war beunruhigt wegen meines Vaters:

»Solange er noch diese Stinkwut hat, würde ich lieber nicht zu ihm gehen«, warnte sie mich. »Er ist so gereizt, dass er es fertigbringt, dich aus dem Verkehr zu ziehen.«

Ich fragte sie nach dem Reihenhäuschen, das ich hatte mieten wollen, und ein weiteres Mal überraschte sie mich mit ihrer zupackenden Art. Am Morgen erst hatte sie mit der Eigentümerin gesprochen. Nur musste das Bad repariert, eine Tür ausgetauscht und alles gestrichen werden, in zehn Tagen wäre es bewohnbar. Mir rutschte das Herz in die Hose.

Auf dem Weg zu meinen Großeltern fragte ich mich, wo zum Teufel wir uns in diesen zwei Wochen hinflüchten sollten.

Eine Lösung fand ich nicht, und so kam ich zum Haus meiner Großeltern, wo ich meine Mutter antraf. Sie saß im Wohnzimmer, und als sie mich sah, war sie gleich ein einziges Tränenmeer. Sie umarmte mich fest, und während sie mir über die Augen und die Wangen strich und mit den Fingern durchs Haar fuhr, halb erstickt von ihren Schluchzern, sagte sie immer wieder, voll unendlichem Mitgefühl: »Mein Junge, Liebling, Schatz, was hat man dir angetan, was hat diese Frau mit dir gemacht.« Ich hatte sie fast ein halbes Jahr nicht gesehen, und trotz ihres tränenverquollenen Gesichts fand ich, sie sah jünger aus, sehr gut sogar. Ich versuchte alles Mögliche, um sie zu beruhigen, versicherte, dass man mir nichts angetan habe, ich ganz allein hätte die Entscheidung getroffen zu heiraten. Sie konnte den Namen ihrer taufrischen Schwiegertochter nicht hören, ohne dass ihr Jammern wieder anschwoll; sie bekam Wutausbrüche, nannte Tante Julia »die Alte«, »eine Wiegenräuberin«, »das geschiedene Weib«, und mitten in dieser Szene bemerkte ich etwas, was mir nie in den Sinn gekommen wäre: Mehr als das Gerede der Leute war es die Religion, weshalb sie so litt. Sie war sehr katholisch, und dass Tante Julia älter war als ich, machte ihr weniger aus als die Tatsache, dass sie geschieden war (und somit daran gehindert, kirchlich zu heiraten).

Mit Hilfe der Großeltern gelang es mir schließlich, sie zu besänftigen. Die alten Herrschaften waren ein Muster an Güte, Feingefühl und Diskretion. Als Großvater mir den üblichen knappen Kuss auf die Stirn gab, sagte er lediglich: »Sieh an, der Dichter, endlich lässt du dich mal wieder blicken, wir haben uns schon Sorgen gemacht.« Und Großmutter, die mich ausgiebig küsste und umarmte, flüsterte mir, mit einem schelmischen Zwinkern, ganz leise, damit meine Mutter es nicht hörte, ins Ohr: »Und Julita geht es gut?«

Nachdem ich mich geduscht und umgezogen hatte – ich

fühlte mich befreit, als ich die Sachen, die ich vier Tage getragen hatte, in die Wäsche warf –, konnte ich mich mit meiner Mutter unterhalten. Sie weinte nicht mehr und trank einen Tee, den Großmutter ihr gebracht hatte; die saß jetzt auf der Lehne des Sessels und streichelte sie wie ein kleines Kind. Ich versuchte sie aufzuheitern, mit einem Scherz, den sie gar nicht lustig fand (»ach, Mama, du solltest froh sein, wo ich eine gute Freundin von dir geheiratet habe«), aber dann schlug ich zartere Saiten an und schwor, ich würde das Studium nicht aufgeben, würde das Juraexamen machen, und meine Meinung über die peruanischen Diplomaten (»wer von denen kein Idiot ist, ist schwul, Mama«) würde ich ja vielleicht auch ändern und in den auswärtigen Dienst eintreten, der Traum ihres Lebens. Allmählich löste sich ihre Verhärtung, und sie fragte mich, wenngleich immer noch mit Trauermiene, nach der Universität, nach meinen Zensuren, nach der Arbeit im Radio, und sie schimpfte mit mir, wie undankbar ich sei, da ich ihr fast nie schriebe. Für meinen Vater, sagte sie, sei es ein herber Schlag gewesen; auch er wünsche mir nur das Allerbeste, deshalb werde er verhindern, dass *diese Frau* mein Leben ruiniere. Er habe Anwälte konsultiert, die Ehe sei ungültig und werde annulliert, und Tante Julia könne wegen Verführung Minderjähriger angeklagt werden. Mein Vater war so in Wallung, dass er mich vorerst nicht sehen wollte, damit nicht »etwas Schreckliches« passierte, und er verlangte, dass Tante Julia auf der Stelle das Land verließ. Wenn nicht, hätte sie die Folgen zu tragen.

Ich sagte ihr, genau deswegen hätten Tante Julia und ich ja geheiratet, um nicht getrennt zu werden, und man könne kaum erwarten, dass ich meine Frau zwei Tage nach der Hochzeit aus dem Land werfe. Aber sie wollte nicht diskutieren: »Du kennst deinen Vater, du weißt, was für ein Temperament er hat, man muss auf ihn zugehen, denn wenn nicht …«, und sie machte entsetzte Augen. Irgendwann sagte ich ihr, ich käme zu spät zur Arbeit, wir würden noch miteinander sprechen, und bevor ich mich verabschiedete, beruhigte ich sie noch einmal, was meine Zukunft betraf, und versicherte, ich würde mein Examen ablegen.

Im Sammeltaxi in die Innenstadt hatte ich eine düstere Ahnung: Und wenn jetzt jemand anderes an meinem Schreibtisch saß? Drei Tage hatte ich gefehlt, und wegen der zermürbenden Behördengänge hatte ich wochenlang die Nachrichten völlig schleifen lassen, bestimmt hatten Pascual und der Große Pablito allen möglichen Unsinn getrieben. Niedergeschlagen dachte ich daran, was wäre, abgesehen von den jetzigen persönlichen Schwierigkeiten, wenn ich die Stelle verlor. Ich überlegte mir schon Argumente, die Genaro junior und Genaro senior erweichen konnten. Doch als ich, Blut und Wasser schwitzend, das Gebäude von Radio Panamericana betrat und im Aufzug mit dem fortschrittlichen Unternehmer zusammentraf, war ich mehr als überrascht, denn er grüßte mich, als hätten wir uns vor zehn Minuten noch gesehen. Er machte ein ernstes Gesicht:

»Es ist tatsächlich so weit gekommen«, sagte er, kummervoll den Kopf wiegend, als hätten wir eben erst davon gesprochen. »Kannst du mir sagen, was wir jetzt tun sollen? Er muss eingewiesen werden, eine Katastrophe.«

Er stieg im ersten Stock aus, und um das Spiel mitzuspielen, als wüsste ich genau, wovon er sprach, murmelte ich mit Leichenbittermiene »ach, verdammt, ein Jammer«, und freute mich, dass etwas so Schlimmes passiert war, dass keiner meine Abwesenheit bemerkt hatte. In der Dachbude stand Nelly, die Sekretärin von Genaro junior; Pascual und der Große Pablito lauschten ihr mit Grabesernst. Sie grüßten mich nur knapp und schauten untröstlich. Niemand machte einen Witz über meine Trauung.

»Sie haben Pedro Camacho in die Klapsmühle gebracht«, stammelte der Große Pablito mit flatternder Stimme. »Ein Trauerspiel, Don Mario.«

Dann erzählten sie mir die Einzelheiten, vor allem Nelly,

die die Ereignisse von der Geschäftsleitung aus verfolgt hatte. Alles hatte angefangen in den Tagen, als ich mit meinen vorehelichen Laufereien beschäftigt war. Der Anfang vom Ende waren die Katastrophen gewesen, all diese Brände, Erdbeben, Verkehrsunfälle, Schiffbrüche, Entgleisungen, die die Serien entvölkerten und binnen Minuten Dutzende von Personen zur Strecke brachten. Selbst die Darsteller und Techniker von Radio Central waren nun so erschrocken, dass sie nicht länger als Schutzwall für den Künstler herhalten wollten oder einfach nicht mehr verhindern konnten, dass die Proteste der verwirrten Zuhörer bis zu den Genaros drangen. Die waren längst durch die Zeitungen aufgewacht, deren Rundfunkkritiker seit Tagen über Pedro Camachos Schreckensszenarien spotteten. Die Genaros hatten ihn zu sich gerufen, befragt und dabei die größte Vorsicht walten lassen, um ihn nicht zu verletzen oder aufzubringen. Doch mitten in der Besprechung war er ihnen kollabiert, eindeutig ein Nervenzusammenbruch. Die Katastrophen seien ein Trick, hatte er gesagt, um mit den Geschichten wieder bei null anzufangen, weil sein Gedächtnis versage, er wisse nicht mehr, was vorher geschehen sei, wer welche Person sei, nicht einmal, zu welcher Geschichte sie gehöre, und er hatte ihnen – »heulend, sich die Haare raufend«, versicherte Nelly – gestanden, dass in den letzten Wochen seine Arbeit, sein Leben, seine Nächte eine Qual gewesen seien. Die Genaros hatten ihn von einem namhaften Arzt untersuchen lassen, Dr. Honorio Delgado, und der befand auf der Stelle, dass der Schreibkünstler nicht arbeitsfähig sei, sein »erschöpfter Geist« müsse eine Weile ausruhen.

Wir hingen gebannt an Nellys Lippen, als das Telefon klingelte. Es war Genaro junior, er wollte mich dringend sprechen. Ich ging in sein Büro hinunter, davon überzeugt, jetzt käme zumindest eine Ermahnung. Aber er empfing mich wie schon im Aufzug und hielt es für selbstverständlich, dass ich über seine Probleme auf dem Laufenden war. Er hatte eben mit Havanna telefoniert und fluchte, weil CMQ die Situation ausnutzte und die Preise vervierfacht hatte.

»Es ist ein Drama, ein Pech sondergleichen, es waren die beliebtesten Sendungen, die Werbekunden haben sich darum gerissen«, sagte er und wühlte in Papieren. »Ein Desaster, wieder von den kubanischen Radiohaien abhängig zu sein!«

Ich fragte ihn, wie es Pedro Camacho gehe, ob er ihn gesehen habe, wann er wieder arbeiten könne.

»Es ist hoffnungslos«, grummelte er, als wäre er einfach nur wütend, doch dann schlug er einen mitfühlenderen Ton an. »Doktor Delgado sagt, seine Psyche ist in Auflösung begriffen. Auflösung. Verstehst du das? Dass seine Seele in Stücke geht, nehme ich an, dass sein Kopf verfault oder so ähnlich, nicht? Als mein Vater ihn fragte, ob es Monate dauern könne, bis er wieder gesund werde, sagte er: ›Vielleicht Jahre.‹ Kannst du dir das vorstellen!«

Er senkte bedrückt den Kopf, und mit der Gewissheit eines Hellsehers sagte er voraus, was passieren würde: Sobald sich herumsprach, dass die Skripte in Zukunft von CMQ kämen, würden die Werbekunden ihre Buchungen stornieren oder fünfzig Prozent Rabatt verlangen. Zu allem Übel würden die neuen Serien erst in drei Wochen oder einem Monat kommen, in Kuba herrsche das Chaos, es gebe Terrorismus, Guerrillas, bei CMQ gehe es drunter und drüber, Leute säßen im Gefängnis, nur Schwierigkeiten. Aber es sei undenkbar, die Leute einen Monat auf die Serien warten zu lassen, Radio Central würde sein Publikum verlieren, Radio La Crónica oder Radio Colonial würden es sich krallen, die rückten ihm schon auf die Pelle mit ihren argentinischen Serien, diesem Kitsch.

»Apropos, genau darum wollte ich mit dir sprechen«, sagte er und sah mich an, als fiele ihm jetzt erst meine Anwesenheit auf. »Du musst uns helfen. Du bist doch auch so ein Intellektueller, für dich ist das ein Leichtes.«

Er wollte, dass ich ins Archiv von Radio Central ging, wo

die alten Skripte lagerten, die von vor Pedro Camacho. Ich sollte sie durchsehen und herausfinden, welche sofort zu gebrauchen waren, bis die frischen Stücke aus Kuba kamen.

»Das bekommst du natürlich extra bezahlt«, fügte er hinzu. »Hier wird niemand ausgebeutet.«

Ich empfand große Dankbarkeit für Genaro junior, aber auch großes Mitleid bei all seinen Problemen. Selbst wenn er mir nur hundert Sol gab, für mich waren sie ein Segen. Als ich sein Büro verließ, stoppte seine Stimme mich an der Tür:

»Warte, ich habe gehört, du hast geheiratet«, und als ich mich umdrehte, machte er ein liebevolles Gesicht. »Wer ist das Opfer? Eine Frau, nehme ich an, oder? Na, dann herzlichen Glückwunsch. Wir stoßen noch darauf an.«

Von meinem Büro aus rief ich Tante Julia an. Sie sagte, Tante Olga habe sich ein wenig beruhigt, aber alle Augenblicke wundere sie sich erneut und sage zu ihr: »Ein verrücktes Huhn bist du.« Es bekümmerte sie nicht allzu sehr, dass unser Häuschen noch nicht zur Verfügung stand (»schließlich haben wir so lange getrennt geschlafen, dass wir es auch noch zwei weitere Wochen schaffen, Varguitas«), und nachdem sie schön geduscht und sich umgezogen habe, sei sie ganz zuversichtlich. Ich sagte, dass ich zum Mittagessen nicht kommen könne, ich müsse fremdgehen mit einem Haufen von Hörspielen, wir würden uns abends sehen. Ich machte das Mittagsmagazin und noch zwei weitere Nachrichten und vergrub mich im Archiv von Radio Central. Es war ein lichtloses Loch voller Spinnweben, und als ich hineintrat, hörte ich, wie die Mäuse durchs Dunkel huschten. Überall war Papier: gestapelt, lose, verstreut, zu Bündeln geschnürt. Ich musste gleich niesen, so staubig und feucht war es, ich konnte unmöglich dort arbeiten. Also machte ich mich daran, das Ganze stapelweise ins Kabäuschen von Pedro Camacho zu schleppen, wo ich mich an den Tisch setzte, der einmal sein Schreibtisch gewesen war. Alle Spuren von ihm waren gelöscht: keine Zitatensammlung, kein Stadtplan von

Lima, keine soziopsychologisch-volkskundlichen Zettel. Der Zustand der alten Hörspielserien von CMQ war bemerkenswert: Die Feuchtigkeit hatte die Buchstaben aufgelöst, Mäuse und Kakerlaken hatten die Seiten angeknabbert und vollgekackt, und die Skripte waren ein Mischmasch wie die Geschichten von Pedro Camacho. An Auswahl gab es nicht viel, ich konnte allenfalls versuchen, ein paar lesbare Texte zu finden.

Nach drei Stunden allergischen Niesens und Tauchgängen in diesem schaurigen Schmalz, um irgendwelche Puzzleteilchen zu einem Hörspiel zusammenzusetzen, stand auf einmal Javier in der Tür des Kabuffs.

»Ich kann es nicht glauben, als hättest du nicht genug am Hals, und du machst einfach weiter mit deiner Camachomanie«, fauchte er. »Ich komme von deinen Großeltern. Nimm wenigstens zur Kenntnis, was los ist, und zittere.«

Er warf mir zwei Umschläge auf den mit schmachtenden Skripten garnierten Schreibtisch. Einer war der Brief, den mein Vater ihm am Tag vorher gegeben hatte. Er ging so:

»Mario. Ich gebe dieser Frau achtundvierzig Stunden, um das Land zu verlassen. Wenn nicht, lasse ich meine Beziehungen spielen und sorge dafür, dass ihre Dreistigkeit sie teuer zu stehen kommt. Was dich betrifft, sollst du wissen, dass ich eine Waffe trage und es nicht dulden werde, dass du mich hintergehst. Wenn du nicht tust, was ich dir sage, und diese Frau nicht das Land verlässt, knalle ich dich mit fünf Schüssen auf offener Straße ab wie einen Hund.«

Er hatte mit seinen beiden Nachnamen samt Schnörkel unterschrieben und ein PS angefügt: »Du kannst um Polizeischutz bitten, wenn du willst. Und um alle Missverständnisse auszuschließen, unterschreibe ich noch einmal meinen festen Entschluss, dich wo auch immer abzuknallen wie einen Hund.« Tatsächlich hatte er ein zweites Mal unterschrieben, mit noch energischerem Schriftzug als beim ersten Mal. Den anderen Umschlag hatte meine Großmutter Javier vor einer halben Stunde mitgegeben. Ein Polizist hatte ihn gebracht, es war eine Vorladung zum Revier in Miraflores. Am nächsten Morgen um neun sollte ich erscheinen.

»Der Brief ist nicht das Schlimmste, aber wenn ich an gestern Abend denke, macht er die Drohung am Ende noch wahr«, tröstete mich Javier und setzte sich auf die Fensterbank. »Was tun, mein Lieber?«

»Einen Anwalt fragen«, war das Einzige, was mir einfiel. »Zu der Eheschließung und allem anderen. Kennst du einen, der uns umsonst beraten kann, oder auf Pump?«

Wir gingen zu einem jungen Anwalt, einem Verwandten von ihm, mit dem wir am Strand von Miraflores ein paarmal gesurft hatten. Er war sehr freundlich, nahm die Chincha-Geschichte mit Humor und machte ein paar Scherze; wie Javier ihn eingeschätzt hatte, wollte er kein Geld. Er erklärte mir, die Ehe sei nicht nichtig, könne aber, wegen der Änderung meines Geburtsdatums in der Urkunde, annulliert werden. Allerdings gehe das nur auf dem Rechtsweg. Wenn der nicht beschritten werde, gelte die Ehe nach zwei Jahren automatisch als »rechtsgültig geschlossen« und könne nicht mehr angefochten werden. Was Tante Julia betreffe, so könne man sie sehr wohl wegen »Verführung Minderjähriger« belangen, bei der Polizei Strafanzeige erstatten und sie festnehmen lassen, zumindest vorübergehend. Dann gebe es ein Gerichtsverfahren. Angesichts der Umstände – das heißt, da ich nun mal achtzehn war und nicht zwölf – war er sich aber sicher, dass die Klage keinen Erfolg hätte, jedes Gericht würde sie freisprechen.

»Aber wie auch immer, wenn er will, kann dein Vater Julita erst einmal böse mitspielen«, schloss Javier, als wir über den Jirón de la Unión zum Sender zurückgingen. »Stimmt es, dass er gute Beziehungen zur Regierung hat?«

Ich wusste es nicht, vielleicht war er mit einem General befreundet, Kumpel irgendeines Ministers. Und spontan beschloss ich, nicht bis zum nächsten Tag zu warten, ehe ich erfuhr, was man auf der Wache von mir wollte. Ich bat Javier, mir zu helfen, bei Radio Central ein paar Hörspiele aus dem Papierbrei zu fischen, damit ich mir am selben Tag noch Gewissheit verschaffen konnte. Er war einverstanden und bot sogar an, mich zu besuchen, wenn sie mich einsperrten, und mir immer Zigaretten mitzubringen.

Um sechs Uhr übergab ich Genaro junior zwei mehr oder weniger zusammengeflickte Serien und versprach, am nächsten Tage bekäme er weitere drei; ich sah rasch die Sieben- und die Acht-Uhr-Nachrichten durch, sagte, für das Abendmagazin sei ich wieder zurück, und eine halbe Stunde später waren Javier und ich auf der Wache am Malecón 28 de Julio in Miraflores. Wir mussten lange warten, aber schließlich empfingen uns der Kommissar – ein Major in Uniform – und der Leiter der Kriminalpolizei. Mein Vater war am Morgen gekommen und hatte darum gebeten, von mir eine offizielle Erklärung zu dem Vorgefallenen aufzunehmen. Sie hatten eine handschriftliche Liste mit Fragen, aber meine Antworten schlug der Polizist in Zivil in die Schreibmaschine, was ewig dauerte, so miserabel tippte er. Ich bejahte, geheiratet zu haben (»auf eigenen Wunsch und aus freiem Willen«, wie ich nachdrücklich betonte), weigerte mich aber zu sagen, an welchem Ort und auf welchem Amt. Ich sagte auch nicht, wer die Trauzeugen waren. Die Fragen waren auf eine Weise formuliert, dass man meinen konnte, ein böswilliger Rechtsverdreher hätte sie aufgesetzt: mein Geburtsdatum und dann (als wäre es mit dem Vorhergehenden nicht gesagt), ob ich minderjährig sei oder nicht, wo ich wohnte und mit wem und natürlich das Alter von Tante Julia (die *Doña* Julia genannt wurde), eine Frage, die zu beantworten ich mich ebenfalls weigerte, ein Gentleman, sagte ich, verrate das Alter einer Frau nicht. Worauf die beiden Polizisten eine kindliche Wissbegier an den Tag legten, und nachdem ich die Erklärung unterschrieben hatte, fragten sie mich mit väterlicher Miene, »nur so aus Neugier«, wie viele Jahre älter als ich die »Dame« sei. Als wir das Revier verließen, war ich völlig deprimiert und kam mir vor, als wäre ich ein Dieb oder ein Mörder.

Javier meinte, ich hätte einen Bock geschossen. Mich zu weigern, den Ort der Trauung zu nennen, sei eine Provokation, die meinen Vater nur reizen würde, außerdem völlig unnötig, in ein paar Tagen hätte er es sowieso herausgefunden. In meiner Verfassung fiel es mir schwer, am Abend noch in den Sender zu gehen, und so ging ich zu Onkel Lucho. Tante Olga machte mir die Tür auf; sie empfing mich mit ernstem Gesicht und einem Blick, als wollte sie mich umbringen, sagte aber kein Wort und hielt mir für einen Kuss sogar die Wange hin. Sie ging mit mir ins Wohnzimmer, wo Tante Julia und Onkel Lucho saßen. Ich brauchte sie nur zu sehen, und ich wusste, die Sache sah rabenschwarz aus. Ich fragte, was los sei.

»Es wird langsam brenzlig«, sagte Tante Julia und schlang ihre Finger um die meinen; ich sah, wie unwohl Tante Olga dabei zumute war. »Mein Schwiegervater will mich als unerwünscht des Landes verweisen lassen.«

Onkel Jorge, Onkel Juan und Onkel Pedro hatten am Nachmittag eine Unterredung mit meinem Vater gehabt und waren erschrocken über seinen Zustand. Eine eiskalte Wut, ein starrer Blick, eine Art zu sprechen, die eine durch nichts zu erschütternde Entschlossenheit verriet. Er forderte kategorisch, Tante Julia solle Peru innerhalb von achtundvierzig Stunden verlassen, andernfalls habe sie es sich selbst zuzuschreiben. Tatsächlich war er ein guter Freund – ein Schulkamerad vielleicht – des Arbeitsministers der Diktatur, eines Generals namens Villacorta, mit dem er schon gesprochen hatte, und wenn Tante Julia nicht aus freien Stücken ginge, würde sie von Soldaten zum Flugzeug gebracht. Was mich betraf, würde ich, wenn ich nicht gehorchte, teuer dafür bezahlen. Und genau wie Javier hatte er auch meinen Onkeln den Revolver gezeigt. Ich vervollständigte das Bild, zeigte ihnen den Brief und erzählte von dem Polizeiverhör. Der Brief meines Vaters hatte den schönen Effekt, dass sie nun ganz auf unserer Seite waren. Onkel Lucho schenkte uns einen Whisky ein, und als wir tranken, fing Tante Olga auf einmal an zu weinen, sie sagte, das dürfe doch nicht wahr sein, ihre Schwester behandelt wie eine Kriminelle, bedroht mit der Polizei, wo sie einer der besten Familien Boliviens entstammten.

»Es gibt keinen anderen Ausweg, als dass ich gehe, Varguitas«, sagte Tante Julia. Ich sah, wie sie und die beiden einen Blick wechselten, und begriff, dass sie es schon besprochen hatten. »Sieh mich nicht so an, das ist keine Verschwörung, es ist nicht für immer. Nur bis dein Vater sich abgeregt hat. Um uns nicht noch mehr Ärger einzuhandeln.«

Sie hatten es zu dritt durchdiskutiert und einen Plan in der Tasche. Bolivien hatten sie ausgeschlossen, sie schlugen vor, dass Tante Julia nach Chile ging, nach Valparaíso, wo ihre Großmutter lebte. Dort würde sie so lange bleiben, bis die Gemüter sich beruhigt hätten. Sobald ich sie rief, würde sie sofort kommen. Ich erhob wütend Einspruch, sagte, Tante Julia sei meine Frau, ich hätte sie geheiratet, damit wir zusammen seien, wenn schon, dann gingen wir gemeinsam. Sie erinnerten mich daran, dass ich minderjährig war, ohne väterliche Erlaubnis konnte ich weder einen Pass beantragen noch das Land verlassen. Ich sagte, dann ginge ich heimlich über die Grenze. Sie fragten mich, wie viel Geld ich hätte, um im Ausland zu leben. (Mir blieb kaum genug, um für ein paar Tage Zigaretten zu kaufen; die Trauung und die Miete für das Häuschen hatten den Vorschuss von Radio Panamericana und den Erlös aus dem Pfandhaus und aus dem Verkauf meiner Klamotten längst aufgezehrt.)

»Wir sind verheiratet, und das werden sie uns nicht nehmen«, sagte Tante Julia, fuhr mir durch die Haare, küsste mich, die Augen tränenfeucht. »Es ist nur für ein paar Wochen, höchstens ein paar Monate. Ich will nicht, dass du wegen mir erschossen wirst.«

Beim Essen trugen Tante Olga und Onkel Lucho ihre Argumente vor. Ich müsse vernünftig sein, meinen Kopf hätte ich doch durchgesetzt und geheiratet, jetzt müsse ich erst einmal ein Zugeständnis machen, um abzuwenden, was nicht wiedergutzumachen wäre. Auch müsse ich sie verstehen, für sie als Schwester und Schwager von Tante Julia sei die Position gegenüber meinem Vater und dem Rest der Familie nicht unproblematisch, sie könnten weder gegen noch für sie sein. Aber sie würden uns helfen, ebenjetzt täten sie es ja, und es sei an mir, auch etwas zu tun. Solange Tante Julia in Valparaíso sei, müsse ich mir eine andere Arbeit suchen, denn sonst, wovon zum Teufel sollten wir leben, wer würde uns ernähren. Mein Vater würde sich irgendwann beruhigen, die Dinge akzeptieren.

Es war schon fast Mitternacht – Onkel Lucho und Tante Olga hatten sich diskret zurückgezogen, und Tante Julia und ich liebten uns ganz fürchterlich, halb angezogen, nervös auf jedes Geräusch lauschend –, als ich mich geschlagen gab. Es war keine andere Lösung in Sicht. Am nächsten Morgen wollten wir versuchen, das Ticket nach La Paz gegen eins nach Valparaíso zu tauschen. Als ich dann eine halbe Stunde später durch die Straßen von Miraflores lief, hin zu meinem Junggesellenzimmer im Haus meiner Großeltern, spürte ich eine bittere Ohnmacht, und ich verfluchte mich, weil ich nicht einmal Geld hatte, mir ebenfalls einen Revolver zu kaufen.

Zwei Tage später flog Tante Julia in aller Frühe nach Chile. Die Luftfahrtgesellschaft hatte das Ticket anstandslos umgetauscht, es gab nur einen Preisunterschied, doch dank einem Darlehen von eintausendfünfhundert Sol, das uns kein Geringerer als Pascual gab, konnten wir ihn ausgleichen (ich war baff, als er mir erzählte, er habe fünftausend Sol auf einem Sparbuch, bei seinem Lohn wahrlich eine Leistung). Damit Tante Julia etwas Geld mitnehmen konnte, verkaufte ich dem Buchhändler in der Calle La Paz alle Bücher, die mir geblieben waren, einschließlich der Gesetzessammlungen und juristischen Lehrbücher, und mit dem Ertrag tauschte ich fünfzig Dollar ein.

Tante Olga und Onkel Lucho kamen mit zum Flughafen. Am Abend vorher war ich bei ihnen zu Hause geblieben. Tante Julia und ich schliefen nicht, liebten uns nicht. Als die beiden sich nach dem Essen zurückzogen, setzte ich mich auf die Bettkante und sah zu, wie Tante Julia akkurat ihren Koffer packte. Dann gingen wir ins Wohnzimmer, das im Dunkeln lag. Dort blieben wir drei oder vier Stunden, die Hände ineinander verschlungen, eng beieinander im Sessel, und sprachen leise, um Onkel und Tante nicht zu wecken. Immer wieder umarmten wir uns, drückten unsere Gesichter aneinander, küssten uns, aber die meiste Zeit rauchten wir und redeten. Wir sprachen davon, was wir machen würden, wenn wir wieder zusammen wären, wie sie mir bei der Arbeit helfen würde und wie wir, auf die eine oder andere Weise, früher oder später, nach Paris gehen und in dieser Mansarde leben würden, in der ich endlich ein Schriftsteller sein könnte. Ich erzählte ihr von ihrem Landsmann Pedro Camacho, der jetzt in einer Klinik war, umgeben von Verrückten, wo er bestimmt auch verrückt wurde, und wir nahmen uns vor, uns jeden Tag zu schreiben, lange Briefe, in denen wir uns ausführlich alles erzählten, was wir machten, dachten und fühlten. Ich versprach ihr, wenn sie zurück sei, hätte ich alles geregelt und würde so viel verdienen, dass wir nicht am Hungertuch nagen müssten. Als um fünf Uhr der Wecker klingelte, war es noch stockfinster, und als wir eine Stunde später am Flughafen Limatambo ankamen, wurde es gerade erst hell. Tante Julia hatte sich das blaue Kleid angezogen, das ich so mochte, sie sah hübsch aus. Beim Abschied war sie sehr gefasst, aber ich spürte, wie sie in meinen Armen zitterte, und als ich sie, von der Terrasse aus, im anbrechenden Morgen ins Flugzeug steigen sah, hatte ich einen Kloß im Hals, und mir kamen die Tränen.

Das chilenische Exil währte einen Monat und vierzehn Tage. Für mich waren es sechs entscheidende Wochen, in denen es mir (dank meiner Betreibungen bei Freunden, Bekannten, Kommilitonen, Professoren, die ich aufsuchte, bat, nervte, verrückt machte, damit sie mir halfen) tatsächlich gelang, sieben Jobs zu sammeln, den bei Panamericana natürlich eingeschlossen. Der erste war eine Beschäftigung in der Bibliothek des Club Nacional, gleich beim Sender um die Ecke; meine Aufgabe war es, zwei Stunden am Tag, immer zwischen den Vormittagsnachrichten, die neuen Bücher und Zeitschriften zu registrieren und einen Katalog der alten Bestände anzulegen. Ein Geschichtsprofessor von der San Marcos, in dessen Seminar ich recht gute Noten gehabt hatte, engagierte mich als seinen Assistenten; nachmittags von drei bis fünf ging ich zu ihm nach Miraflores und exzerpierte die Chronisten auf verschiedene Themen für eine geplante *Geschichte Perus*, bei der er für die Bände »Eroberung« und »Befreiung« zuständig war. Der ausgefallenste unter meinen neuen Jobs war eine Anstellung bei der Öffentlichen Wohlfahrt von Lima. Auf dem Friedhof Presbítero Maestro gab es eine Reihe von Grabstellen, noch aus der Kolonialzeit, deren Register verschollen war. Meine Aufgabe bestand darin, zu ergründen, was die Grabsteine dieser Gräber besagten, und Listen mit den Namen und Daten anzulegen. Ausführen konnte ich die Tätigkeit, wann immer ich wollte, bezahlt wurde pro Stück: ein Sol je Verstorbenen. Ich machte es abends, zwischen den Sechs-Uhr-Nachrichten und dem Magazin um neun, und Javier, der um die Zeit frei hatte, begleitete mich oft. Da es Winter war und früh dunkel wurde, lieh der Direktor des Friedhofs, ein dicker Mann, der sagte, er habe persönlich im Kongress den Amtsantritt von acht Präsidenten Perus erlebt, uns Taschenlampen und eine kleine Leiter, damit wir die Grabnischen oben lesen konnten. Manchmal alberten wir herum und taten so, als hörten wir Stimmen, Jammern, Kettenrasseln und sähen weißliche Gestalten zwischen den Gräbern, und am Ende erschraken wir tatsächlich. Zwei- oder dreimal in der Woche ging ich auf den Friedhof, auch die Sonntagvormittage verbrachte ich dort. Die anderen Arbeiten waren mehr oder weniger (eher weniger als mehr) literarischer Natur. Für die Sonntagsbeilage von *El Comercio* führte ich jede Woche ein Interview mit einem Dichter, Romancier oder Essayisten, das als Kolumne unter dem Titel »Der Mensch und sein Werk« erschien. In der Zeitschrift *Cultura Peruana* schrieb ich monatlich einen Artikel für eine Rubrik, die ich mir ausgedacht hatte: »Menschen, Bücher, Gedanken«, und schließlich beauftragte ein weiterer befreundeter Professor mich, für die Studienbewerber der Universidad Católica (obwohl ich ein Schüler der San Marcos war, der Rivalin) Texte zur Bürgerkunde zu schreiben; jeden Montag musste ich ihm ein ausgearbeitetes Thema für das Aufnahmeprogramm präsentieren (das breit gefächert war, von den Landessymbolen über die einheimische Flora und Fauna bis hin zur Polemik zwischen Anhängern des Indigenismus und der Hispanität).

Mit diesen Tätigkeiten (die mir ein wenig das Gefühl gaben, Pedro Camacho nachzueifern) schaffte ich es, meine Einkünfte zu verdreifachen und genug zusammenzutragen, dass zwei Personen davon leben konnten. Überall bat ich um einen Vorschuss, und so konnte ich meine Schreibmaschine auslösen, die unerlässlich war für den journalistischen Part (auch wenn ich viele Artikel bei Panamericana schrieb), und so konnte auch Nancy ein paar Sachen kaufen, um das kleine Häuschen herauszuputzen, das die Eigentümerin mir tatsächlich nach zwei Wochen übergab. Es war ein freudiger Tag, als ich die beiden Zimmerchen mit dem winzigen Bad in Besitz nahm. Ich schlief weiterhin bei meinen Großeltern, weil ich beschlossen hatte, es an dem Tag einzuweihen, wenn Tante Julia kam, aber fast jeden Abend ging ich hin, um Artikel zu schreiben und Totenlisten anzufertigen. Unaufhörlich machte ich irgendwas, war unterwegs von hier nach da, aber ich fühlte mich nicht müde und nicht deprimiert, im Gegenteil, ich war wie aufgedreht, und ich glaube, ich habe noch genauso viel gelesen wie vorher (wenn auch nur in den zahllosen Bussen und Sammeltaxis, in denen ich jeden Tag saß).

Wie versprochen kamen Tante Julias Briefe täglich, und Großmutter gab sie mir mit einem spitzbübischen Leuchten in den Augen, wobei sie flüsterte: »Von wem der Brief wohl ist, von wem nur?« Ich schrieb ihr auch, es war das Letzte, was ich jeden Abend tat, oft vor Müdigkeit ganz benommen, und ich erzählte ihr vom Treiben des Tages. In der ersten Zeit nach ihrem Abflug begegnete ich überall meiner zahlreichen Verwandtschaft, bei meinen Großeltern, bei Onkel Lucho und Tante Olga, auf der Straße, und so registrierte ich ihre Reaktionen. Sie waren unterschiedlich und manchmal unerwartet. Onkel Pedro zeigte die strengste: Er ließ meinen Gruß unerwidert und kehrte mir, mit einem eisigen Blick, den Rücken zu. Tante Jesús vergoss ein paar dicke Tränen, umarmte mich und sprach mit dramatischer Flüsterstimme: »Armes Kind!« Andere Onkel und Tanten taten so, als wäre nichts gewesen; sie waren freundlich zu mir, erwähnten Tante Julia aber mit keinem Wort und ließen sich nicht anmerken, dass sie von der Heirat wussten.

Meinen Vater hatte ich nicht gesehen, ich wusste aber, dass er ein wenig milder gestimmt war, nachdem seine Forderung, Tante Julia solle das Land verlassen, erfüllt war. Meine Eltern wohnten bei Verwandten meines Vaters, die ich nie besuchte, aber meine Mutter kam jeden Tag zum Haus der Großeltern, so dass wir uns sahen. Ihre Haltung mir gegenüber war uneindeutig, erst liebevoll und mütterlich, aber wann immer direkt oder indirekt das Tabuthema aufkam, wurde sie blass, ihr kamen die Tränen, und sie versicherte: »Ich werde es niemals billigen.« Als ich ihr vorschlug, sich einmal unser Häuschen anzuschauen, war sie gekränkt, als hätte ich sie beleidigt; und dass ich meine Kleidung und meine Bücher verkauft hatte, war für sie, so oft wie sie es ansprach, eine Tragödie griechischen Ausmaßes. Ich konnte es nicht mehr hören und sagte zu ihr: »Mama, bitte, fang nicht wieder mit deinen Seifenopern an.« Meinen Vater erwähnte sie nie, ich fragte auch nicht nach ihm, aber von anderen Verwandten erfuhr ich, dass sein Zorn einer Verzweiflung über mein Schicksal gewichen war und dass er immer sagte: »Er muss mir gehorchen, bis er einundzwanzig ist, danach kann er sich zugrunde richten.«

Trotz meiner zahlreichen Beschäftigungen schrieb ich in diesen Wochen eine Erzählung. Sie hieß *Die selige Frau und Pater Nicolás*, spielte in Grocio Prado, wo sonst, und war antiklerikal: die Geschichte eines bauernschlauen Geistlichen, der, als er sieht, wie das Volk Melchorita verehrt, beschließt, sie zu seinem eigenen Vorteil zu vermarkten, worauf er mit dem Ehrgeiz und kühlen Kopf eines Unternehmers einen vielfältigen Handel organisiert, Andachtsbildchen, Skapuliere, Medaillen und alle möglichen Reliquien der frommen Frau herstellt und verkauft, Eintritt kassiert für die Orte, an denen sie gelebt hat, und Kollekten und Tombolas veranstaltet, um mit dem Erlös eine Kapelle zu errichten und Kommissionen zu finanzieren, die in Rom ihre Heiligsprechung betreiben. Ich schrieb zwei unterschiedliche Epiloge, in der Art einer Zeitungsnotiz: In der einen decken die Einwohner von Grocio Prado die Geschäfte von Pater Nicolás auf und lynchen ihn, in der anderen wird der Pfarrer Erzbischof von Lima (ich wollte mich für das eine oder andere Ende entscheiden, nachdem ich die Erzählung Tante Julia vorgelesen hatte). Ich schrieb sie in der Bibliothek des Club Nacional, wo das Katalogisieren neuer Titel ein eher symbolischer Akt war.

Die Hörspielserien, die ich aus dem Archiv von Radio Central rettete (eine Arbeit, die mir zweihundert Sol extra einbrachte), wurden für die Sendungen eines Monats zusammengestrickt, so lange würde es dauern, bis die neuen Skripte aus Kuba kamen. Aber wie der fortschrittliche Unternehmer vorausgesehen hatte, konnten weder diese noch jene die riesige Zuhörerschaft halten, die Pedro Camacho gewonnen hatte. Die Hörerzahlen gingen zurück, und die Werbetarife mussten gesenkt werden, um keine Kundschaft zu verlieren.

Aber für die Genaros war die Sache nicht allzu schlimm, denn immer einfallsreich und dynamisch, schufen sie sich mit einer Sendung namens Die Vierundsechzigtausend-Sol-Frage eine neue Goldgrube. Übertragen wurde sie aus dem Kino Le Paris, und dabei beantworteten Kandidaten, die auf den unterschiedlichsten Gebieten beschlagen waren (Autos, Sophokles, Fußball, die Inkas), Fragen für Summen bis zu dieser Höhe. Über Genaro junior, mit dem ich (jetzt nur noch ab und zu) auf einen Kaffee ins Bransa an der Colmena ging, verfolgte ich das Schicksal von Pedro Camacho. Fast einen Monat verbrachte er in der Privatklinik von Dr. Delgado, aber da sie sehr teuer war, ließen die Genaros ihn ins Larco Herrera verlegen, die Irrenanstalt der Öffentlichen Wohlfahrt, wo man seine Person, wie es schien, sehr schätzte. Eines Sonntags, nachdem ich auf dem Friedhof Presbítero Maestro Gräber aufgelistet hatte, fuhr ich mit dem Bus bis zum Eingang des Larco Herrera, um ihn zu besuchen. Als kleine Aufmerksamkeit hatte ich ein paar Beutel Minze und Zitronenkraut dabei, damit er sich einen Tee machen konnte. Aber als ich dann, zusammen mit anderen Besuchern, durch das Anstaltstor treten wollte, entschied ich mich um. Allein die Vorstellung, unseren Schreibkünstler an diesem von Mauern umschlossenen, jeder Privatsphäre beraubten Ort wiederzusehen – im ersten Studienjahr hatten wir dort ein Psychologiepraktikum gemacht –, zu sehen, wie er nun einer unter den vielen Verrückten war, es verursachte mir eine solche Beklemmung, dass ich auf dem Absatz kehrtmachte und nach Miraflores zurückfuhr.

An diesem Montag sagte ich meiner Mutter, dass ich mich gerne mit meinem Vater treffen würde. Sie riet mir, vorsichtig zu sein, nichts zu sagen, was ihn unter Druck setzte, nicht zu riskieren, dass er mir etwas antat, und gab mir die Telefonnummer des Hauses, wo sie wohnten. Mein Vater teilte mir mit, dass er mich am nächsten Tag empfangen würde, um elf Uhr vormittags, in dem Büro, in dem er gearbeitet hatte, bevor er in die USA ging. Es lag am Jirón Carabaya, am Ende eines gekachelten Gangs, an dem zu beiden Seiten Wohnungen und Büros lagen. In der Import-Export-Firma – ich erkannte einige Angestellte wieder, die damals schon mit ihm gearbeitet hatten – führte man mich zur Geschäftsleitung. Mein Vater war allein und saß an seinem alten Schreibtisch. Er trug einen cremefarbenen Anzug und eine grüne Krawatte mit weißen Tupfen; er war schlanker als vor einem Jahr und ein wenig blass.

»Guten Tag, Papa«, sagte ich von der Tür aus und musste mich anstrengen, meiner Stimme einen festen Ton zu geben.

»Sag mir, was du zu sagen hast«, sagte er, eher neutral als zornig, und deutete auf einen Stuhl.

Ich setzte mich auf die Kante und holte Luft, wie ein Athlet vor dem Wettkampf.

»Ich bin gekommen, um dir zu erzählen, was ich gerade mache, was ich vorhabe«, stotterte ich.

Er schwieg und wartete darauf, dass ich fortfuhr. Dann beschrieb ich ihm, leise sprechend, um gelassen zu erscheinen, auf seine Reaktion lauernd, ausführlich die Jobs, die ich gefunden hatte, was ich dort jeweils verdiente, wie ich mir meine Zeit eingeteilt hatte, um ihnen allen gerecht zu werden und darüber hinaus auch für die Universität zu lernen und die Prüfungen abzulegen. Nicht dass ich log, aber ich stellte alles im günstigsten Licht dar: Ich hatte mein Leben auf intelligente und ernsthafte Weise organisiert und wünschte mir nichts lieber, als mein Studium erfolgreich abzuschließen. Als ich schwieg, blieb mein Vater weiterhin stumm, er wartete auf die Schlussfolgerung. Also musste ich es, schwer schluckend, aussprechen:

»Wie du siehst, kann ich mir mein Geld verdienen, mein Leben bestreiten und dabei weiter studieren«, und dann, meine Stimme wurde so dünn, dass sie kaum zu hören war: »Ich möchte dich um Erlaubnis bitten, Julia herzuholen. Wir haben geheiratet, und sie kann nicht alleine leben.«

Er blinzelte, wurde noch blasser, und für eine Sekunde dachte ich, er würde einen dieser Wutanfälle bekommen, die der Albtraum meiner Kindheit waren. Aber er sagte nur frostig:

»Wie du weißt, ist die Ehe ungültig. Als Minderjähriger kannst du ohne Erlaubnis nicht heiraten. Wenn du also geheiratet hast, kannst du es nur getan haben, indem du die Erlaubnis oder deine Dokumente gefälscht hast. In beiden Fällen lässt sich die Ehe leicht annullieren.«

Er erklärte mir, die Fälschung einer öffentlichen Urkunde sei ein schweres Vergehen und stehe unter Strafe. Aber wenn einer die Sache auszubaden habe, dann nicht ich, der Minderjährige, den die Richter für den Angestifteten hielten, sondern die Volljährige, die man logischerweise als die Anstifterin betrachten würde. Nach dieser juristischen Darlegung, die er in eisigem Ton vortrug, sprach er lange und ließ dabei nach und nach ein wenig Gefühl anklingen. Ich glaubte ja, dass er mich hasste, wo er in Wirklichkeit immer nur mein Bestes gewollt habe, und wenn er einmal streng gewesen sei, dann nur, um meine Fehler zu korrigieren und mich auf die Zukunft vorzubereiten. Meine Aufsässigkeit und mein Widerspruchsgeist stürzten mich noch Verderben. Diese Ehe sei der Strick gewesen, den ich mir um den Hals legte. Nur zu meinem eigenen Wohl habe er Einspruch erhoben und nicht, wie ich glaubte, um mir weh zu tun, denn welcher Vater habe seinen Sohn nicht lieb? Außerdem verstehe er, dass ich mich verliebt hätte, dagegen sei nichts zu sagen, letztlich sei es ein Zeichen von Männlichkeit, viel schlimmer wäre es gewesen, wenn es mir etwa in den Sinn gekommen wäre, schwul zu sein. Aber mit achtzehn Jahren, fast noch ein Kind und noch Student, eine ältere und obendrein geschiedene Frau zu heiraten, das sei eine unermessliche Dummheit, deren wirkliche Konsequenzen ich erst später würde begreifen können, wenn ich wegen dieser Heirat zu einem verbitterten Menschen würde, einem Nichts im Leben. Genau das wünsche er mir nicht, nur das Beste und Schönste. Wie auch immer, ich solle zumindest versuchen, nicht das Studium abzubrechen, ich würde es immer bereuen. Er stand auf, und ich erhob mich ebenfalls. Es folgte eine unbehagliche Stille, durchbrochen nur vom Klappern der Schreibmaschinen nebenan. Ich stammelte, dass ich ihm verspräche, das Studium abzuschließen, und er nickte. Zum Abschied, nach einer zögerlichen Sekunde, umarmten wir uns.

Von seinem Büro ging ich gleich zur Hauptpost und gab ein Telegramm auf: »Amnestiert. Schicke Ticket baldmöglichst. Küsse.« Den ganzen Nachmittag, beim Historiker, auf dem Dach von Panamericana, auf dem Friedhof zermarterte ich mir den Kopf, wie ich das Geld auftreiben könnte. Am Abend stellte ich eine Liste von Personen zusammen, von denen ich mir etwas leihen wollte, dazu jeweils die Summe. Doch am nächsten Tag traf bei den Großeltern das Antworttelegramm ein: »Komme morgen Flug LAN. Küsse.« Später erfuhr ich, dass sie für das Ticket ihre Fingerringe, Ohrringe, Broschen, Armbänder und fast alle Kleider verkauft hatte. So dass ich, als ich sie am Donnerstagnachmittag vom Flughafen Limatambo abholte, eine bettelarme Frau in die Arme schloss.

Ich brachte sie direkt zu unserem kleinen Häuschen, das meine Cousine Nancy persönlich gewischt und gebohnert und mit einer Rose geschmückt hatte, die besagte: »Willkommen.« Tante Julia sah sich alles an, als wäre es ein neues Spielzeug. Sie war amüsiert, als sie die säuberlich sortierten Karteikarten vom Friedhof sah, meine Notizen zu den Artikeln für *Cultura Peruana*, die Liste der zu interviewenden Schriftsteller für *El Comercio*, meinen Stundenplan und die Tabelle mit den Ausgaben, die ich angelegt hatte und womit theoretisch bewiesen war, dass wir leben konnten. Nachdem ich mit ihr geschlafen hätte, sagte ich, würde ich ihr eine Erzählung vorlesen, *Die selige Frau und Pater Nicolás*, ich brauchte ihre Hilfe, um das Ende auszuwählen.

»Mensch, Varguitas«, sagte sie lachend und zog sich schon hastig aus. »Du wirst ja ein richtiger Mann. Und damit alles perfekt ist und du dieses Milchgesicht loswirst, versprich mir, dass du dir einen Schnurrbart wachsen lässt.«

XX

Die Ehe mit Tante Julia war wirklich ein Erfolg und hielt sehr viel länger, als alle Verwandten und auch sie selbst befürchtet, sich gewünscht oder vorhergesagt hatten: acht Jahre. In dieser Zeit erfüllten sich, dank meiner Hartnäckigkeit, ihrer Begeisterung und Unterstützung und verbunden mit einer guten Portion Glück, weitere Vorhersagen (Träume, Leidenschaften). Wir hatten es geschafft, in unserer famosen Mansarde in Paris zu leben, und ich war sogar Schriftsteller geworden und hatte einige Bücher veröffentlicht. Das Jurastudium beendete ich nicht, aber um mich der Familie irgendwie erkenntlich zu zeigen und leichter unseren Lebensunterhalt verdienen zu können, erwarb ich einen Hochschulabschluss in einer ebenso langweiligen akademischen Perversion wie Jura: in Romanistik.

Als Tante Julia und ich uns scheiden ließen, flossen in meiner ausgedehnten Familie reichlich Tränen, denn alle (angefangen bei meiner Mutter und meinem Vater, klar) mochten sie sehr. Und als ich ein Jahr danach wieder heiratete, diesmal eine Cousine (Tochter von Tante Olga und Onkel Lucho, welch ein Zufall), ging der Familienkrach weniger geräuschvoll als beim ersten Mal über die Bühne (er bestand vor allem aus sprudelndem Gerede). Allerdings gab es, um mich zu zwingen, kirchlich zu heiraten, eine ausgemachte Verschwörung, bei der selbst der Erzbischof von Lima seine Hand im Spiel hatte (auch er ein Verwandter, was sonst), denn er beeilte sich, den Dispens zu unterschreiben und so die eheliche Verbindung zu genehmigen. Die Familie wunderte sich mittlerweile über nichts mehr und war bei mir gefasst auf (was so viel hieß wie: man verzieh mir im Voraus) jeden Unsinn.

Mit Tante Julia hatte ich ein Jahr in Spanien und fünf in Frankreich gelebt, danach lebte ich mit Cousine Patricia weiter in Europa, zuerst in London und dann in Barcelona. Zu der Zeit hatte ich eine Vereinbarung mit einer Zeitschrift aus Lima, wonach ich ihnen Artikel schickte und sie mich mit Flugtickets bezahlten, was es mir erlaubte, jedes Jahr ein paar Wochen in Peru zu verbringen. Diese Reisen, bei denen ich die Familie und die Freunde wiedersah, waren für mich sehr wertvoll, denn ich wollte auf unbestimmte Zeit in Europa bleiben, wofür es vielfältige Gründe gab, vor allem aber, weil ich dort immer, als Journalist, Übersetzer, Radiosprecher oder Lehrer, eine Arbeit gefunden hatte, die mir genug freie Zeit ließ. Als ich zum ersten Mal nach Madrid kam, hatte ich zu Tante Julia gesagt: »Ich will versuchen, Schriftsteller zu werden, und werde nur eine Arbeit annehmen, die mich nicht von der Literatur abhält.« Worauf sie antwortete: »Soll ich mir einen Schlitz ins Kleid machen, einen Turban aufsetzen und gleich heute auf der Gran Vía nach Freiern Ausschau halten?« Jedenfalls hatte ich viel Glück. Ob ich in der Pariser Berlitz School Spanisch unterrichtete, bei Agence France-Presse Meldungen verfasste, für die UNESCO übersetzte, in den Studios von Gennevilliers Filme synchronisierte oder für den öffentlichen Rundfunk Sendungen machte, immer hatte ich auskömmliche Beschäftigungen gefunden, die mir mindestens die Hälfte des Tages Zeit zum Schreiben ließen. Die Sache war, dass alles, was ich schrieb, in Peru spielte. Dabei wurde ich immer unsicherer, meine Perspektive (es sollte unbedingt eine *realistische* Prosa sein) verengte sich. Aber allein der Gedanke, in Lima zu leben, war mir unvorstellbar. Bei der Erinnerung an meine sieben Brotjobs in Lima, die uns gerade so erlaubten zu essen, mir kaum Zeit ließen zum Lesen und Gelegenheit zum Schreiben nur heimlich, wenn ich mir ein paar Minuten freischaufeln konnte oder schon müde war – bei dieser Erinnerung sträubten sich mir die Haare, und ich schwor mir, um keinen Preis zu diesem Zustand zurückzukehren. Außerdem war Peru für mich immer schon das Land der traurigen Menschen gewesen.

Deshalb war der Tauschhandel, den zuerst die Tageszeitung *Expreso* und dann die Zeitschrift *Caretas* mit mir vereinbarte und wonach ich Artikel schickte und jährlich zwei Flüge erhielt, ein Geschenk des Himmels. Der Monat, den wir einmal im Jahr in Peru verbrachten, meist im Winter (Juli oder August), erlaubte mir, in die Atmosphäre, die Landschaft, das Leben der Menschen einzutauchen, über die ich in den elf Monaten zuvor versucht hatte zu schreiben. Es war ungeheuer nützlich (ich weiß nicht, ob in Wirklichkeit, aber psychologisch gesehen ganz bestimmt), war eine regelrechte Energiespritze, wieder das peruanische Spanisch zu hören, diesen Tonfall um mich herum, die Wörter und Wendungen, die mich erneut in eine Welt zogen, der ich mich mit all meinen Sinnen nahe fühlte, von der ich mich aber gleichwohl entfernt hatte, so dass mich Veränderungen nicht mehr erreichten und mir von Jahr zu Jahr Anklänge, Schwingungen, Schlüssel verlorengingen.

Die Besuche in Lima waren also Ferien, in denen ich buchstäblich nicht eine Sekunde ruhte, und immer kehrte ich erschöpft nach Europa zurück. Allein die dschungelgleiche Familie und die zahlreichen Freunde bedeuteten jeden Tag Einladungen zum Mittag- oder Abendessen, die übrige Zeit war ich auf Recherche. So hatte ich einmal eine Reise in das Gebiet des Alto Marañón unternommen, um von nahem eine Welt zu sehen, zu hören und zu riechen, die der Schauplatz des Romans war, an dem ich schrieb, und ein andermal hatte ich, begleitet von zuverlässigen Freunden, eine systematische Erkundung der einschlägigen Nachtlokale unternommen – Clubs, Bars, Bordelle –, in denen sich das unschöne Leben der Hauptperson einer anderen Geschichte abspielte. Und indem ich so die Arbeit und das Vergnügen verband – denn für mich waren diese Recherchen niemals eine Pflicht, eher etwas Lebensnotwendiges, das mir an sich große Freude machte und nicht nur einen möglichen literarischen Nutzen bedeutete –, tat ich auf diesen Reisen Dinge, die ich früher, als ich in Lima lebte, nie getan hatte und die ich heute, da ich wieder in Peru lebe, auch nicht tue: Ich ging zu Peñas Criollas, um mir die Folklore anzuhören, in die Coliseos, um Volkstänze zu sehen, machte Streifzüge durch die Viertel am Stadtrand mit ihren Elendsbuden, spazierte durch Bezirke, die ich kaum oder gar nicht kannte wie Callao, Bajo el Puente und Barrios Altos, wettete bei Pferderennen und schnüffelte in den Katakomben der Kirchen aus der Kolonialzeit und dem (angeblichen) Haus der Perricholi.

Im ersten Jahr mit Cousine Patricia dagegen widmete ich mich einer eher trockenen Materie. Ich schrieb an einem Roman, der in der Regierungszeit des Generals Manuel Apolinario Odría spielte (1948-1956), und während meines Urlaubsmonats in Lima ging ich jede Woche ein paar Vormittage in die Nationalbibliothek, um in den Zeitschriften und Zeitungen dieser Jahre zu stöbern und, mit einem Anflug von Masochismus, auch einige der Reden zu lesen, die seine Berater (alles Anwälte, der juristischen Rhetorik nach zu urteilen) dem Diktator in den Mund gelegt hatten. Wenn ich gegen Mittag aus der Bibliothek kam, spazierte ich zu Fuß über die Avenida Abancay, die sich allmählich in einen einzigen großen Straßenmarkt verwandelte. Auf den Bürgersteigen drängten sich Männer und Frauen, viele von ihnen in Ponchos und Bauernröcken, und verkauften auf Decken, die sie auf dem Boden ausbreiteten, auf Zeitungen und an Ständen, die sie mit Kisten, Dosen und Planen errichteten, allen nur denkbaren Krempel, von Stecknadeln und Haarnadeln bis hin zu Kleidern und Anzügen, und natürlich auch jede Art von Speisen, die über kleinen Feuerstellen zubereitet wurden. Die Avenida war einer der Orte in Lima, die sich am meisten verändert hatten, ein einziges andinisches Gewimmel, in dem man nicht selten, überwölbt von dem sehr kräftigen Geruch von Frittiertem und Gewürzen, Quechua sprechen hörte. Sie erinnerte in nichts an die breite, strenge Avenida der Büroangestellten mit dem einen oder anderen Bettler, über die ich zehn Jahre vorher, als ich noch Studienanfänger war, in Richtung ebenjener Nationalbibliothek ging. In konzentrierter Form war auf diesen Straßenabschnitten zu sehen und zu greifen, was die Landflucht bedeutete, die innerhalb eines Jahrzehnts die Bevölkerung von Lima auf das Doppelte anwachsen und auf den Hügeln, Sandflächen und Müllhalden jenen Ring von Elendsvierteln entstehen ließ, wo die Tausende und Abertausende von Menschen landeten, die wegen Dürre, harter Arbeitsbedingungen, fehlender Perspektiven oder schlicht Hunger aus den Provinzen abwanderten.

Dieses neue Gesicht der Stadt lernte ich nun kennen, wenn ich die Avenida Abancay hinunterging, in Richtung Parque Universitario und zu dem, was früher die Universität San Marcos gewesen war (die Fakultäten hatten sich in die Außenbezirke von Lima geschlagen, und in dem alten Gebäude, in dem ich Jura und Philologie studiert hatte, waren nun ein Museum und Büros untergebracht). Ich ging nicht nur aus Neugier und einer gewissen Nostalgie dorthin, sondern auch aus literarischem Interesse, denn in dem Roman, an dem ich arbeitete, spielten einige Episoden in ebenjenem Park, in dem ehemaligen Unigebäude und in den Antiquariaten, Billardsalons und verrußten Lokalen der Umgebung. Ausgerechnet an diesem Morgen stand ich wie ein Tourist vor der wunderschönen Kapelle mit dem Pantheon für die Helden des Unabhängigkeitskampfes und betrachtete das fliegende Volk ringsum – Schuhputzer, Verkäufer von Karamellkeksen, Sandwichs, Eis –, als ich spürte, wie mich jemand an der Schulter packte. Es war – zwölf Jahre älter, aber genau wie früher – der Große Pablito.

Wir drückten uns an die Brust. Er hatte sich tatsächlich kein bisschen verändert, war noch der gleiche stämmige und fröhliche, asthmatische Cholo, der beim Gehen kaum die Füße vom Boden hob und durchs Leben zu schlittern schien, ohne ein einziges graues Haar, auch wenn er schon an die sechzig sein musste, die glatten Strähnen mit viel Pomade sorgfältig auf den Schädel geklebt, wie ein Argentinier aus den Vierzigern. Aber er sah viel besser gekleidet aus als zu der Zeit, als er (theoretisch) Redakteur bei Radio Panamericana war: grüner Anzug mit Karos, leuchtende Krawatte (es war das erste Mal, dass ich ihn mit Schlips sah) und blitzende Schuhe. Ich freute mich sehr, ihn zu sehen, und schlug vor, zusammen einen Kaffee zu trinken. Er war einverstanden, und bald saßen wir im Palermo, einem kleinen Kneipenrestaurant, das in meiner Erinnerung ebenfalls mit den Unijahren verbunden war. Ich sagte ihm, dass ich ihn nicht fragte, wie es ihm ergangen sei, das sei ja deutlich zu sehen, nämlich sehr gut. Er lächelte zufrieden – am Zeigefinger steckte ein goldener Ring mit einem Inkamuster – und stimmte mir zu:

»Ich kann nicht klagen«, sagte er. »Nach all der Plackerei hat sich im Alter mein Schicksal gewendet. Aber lassen Sie uns erst ein Bierchen trinken, auf die große Freude, Sie wiederzusehen.« Er rief den Kellner, bestellte ein gut gekühltes Pilsen und stieß ein Lachen aus, das ihm seinen klassischen Asthmaanfall bescherte. »Es heißt, wer heiratet, hat das Leben hinter sich. Bei mir war es umgekehrt.«

Während wir unser Bier tranken, erzählte der Große Pablito mit den Unterbrechungen, die seine Bronchien ihm abverlangten, dass die Genaros ihn, als das Fernsehen nach Peru kam, als Pförtner, mit granatroter Livree und Mütze, in das Gebäude schickten, das sie für Canal Cinco auf der Avenida Arequipa gebaut hatten.

»Vom Redakteur zum Pförtner, das klingt nach Degradierung«, sagte er achselzuckend. »Und das war es auch, was die Bezeichnung betrifft. Aber macht die einen satt? Ich bekam eine Gehaltserhöhung, und das war die Hauptsache.«

Pförtner zu sein war keine Arbeit, die einen umbrachte: Besucher anmelden, den Weg zu den einzelnen Fernsehabteilungen erklären, dafür sorgen, dass die Zuschauer, die zu den Sendungen kamen, sich ordentlich in die Schlange stellten. Ansonsten unterhielt er sich mit dem Polizisten an der Ecke über Fußball. Doch nach ein paar Monaten – und er schnalzte mit der Zunge, wie um eine dankbare Erinnerung auszukosten – gehörte es auch zu seiner Arbeit, diese leckeren Käse- oder Fleischempanadas zu besorgen, die es im Berisso gab, dem Laden an der Arenales, eine Straße von Canal Cinco entfernt. Die Genaros waren verrückt danach, genauso die Angestellten, Schauspieler, Sprecher und Produktionsleiter, denen der Große Pablito ebenfalls Empanadas brachte, womit er sich ein gutes Trinkgeld verdiente. Und bei diesem Hin und Her zwischen dem Sender und dem Berisso (seine Livree hatte ihm bei den Kindern des Viertels den Spitznamen Feuerwehr eingetragen) lernte der Große Pablito nun seine künftige Ehefrau kennen, ebendie, welche die knusprigen Köstlichkeiten herstellte: die Köchin des Berisso.

»Meine Livree und die Generalsmütze haben sie beeindruckt, sie sah mich und war hin und weg.« Der Große Pablito lachte, bekam kaum Luft, trank einen Schluck Bier, bekam wieder keine Luft und fuhr fort. »Ein tolles Weib. Schön dunkel, zwanzig Jahre jünger als meine Wenigkeit. Und ein Paar Titten, da prallt jede Kugel ab. Ich kann Ihnen sagen, Don Mario.«

Er hatte sie ins Gespräch gezogen und ihr Komplimente gemacht, sie hatte gelacht, und schon gingen sie zusammen aus. Sie hatten sich verliebt und eine wahre Filmromanze erlebt. Die Köchin war von der resoluten Art, hatte Unternehmergeist und den Kopf voller Pläne. Es war ihre Idee, ein Restaurant aufzumachen. Und als der Große Pablito sie fragte: »Und womit?«, antwortete sie, mit dem Geld, das sie beide bekämen, wenn sie kündigten. Es schien ihm eine Verrücktheit zu sein, das Sichere gegen das Unsichere zu tauschen, aber sie setzte sich durch. Die Abfindungen reichten für ein klitzekleines Lokal am Jirón Paruro, und sie mussten sich von allen möglichen Leuten Geld leihen für die Tische und das Küchengerät, und er selbst strich die Wände und malte den Namen über die Tür: El Pavo Real. Im ersten Jahr hatte es kaum zum Leben gereicht, und die Arbeit war eine Schufterei. Sie standen in aller Herrgottsfrühe auf, um auf dem Großmarkt La Parada die besten Zutaten zum besten Preis zu bekommen, und alles machten die beiden allein: Sie kochte, er bediente und kassierte, und gemeinsam fegten sie und räumten auf. Sie schliefen auf Matratzen, die sie, wenn das Lokal schloss, zwischen den Tischen auslegten. Doch ab dem zweiten Jahr wurde die Kundschaft mehr. Es kamen so viele, dass sie eine Küchenhilfe einstellen mussten und noch einen als Kellner, und schließlich mussten sie Gäste abweisen, weil es zu voll war. Da kam sie auf die Idee, das Haus nebenan zu mieten, das dreimal größer war. Sie bereuten es nicht. Mittlerweile hatten sie sogar das Obergeschoss hergerichtet, und für sich selbst hatten sie ein kleines Haus gegenüber dem Pavo Real. Und da sie sich so gut verstanden, heirateten sie.

Ich beglückwünschte ihn und fragte, ob er kochen gelernt habe.

»Was halten Sie davon«, sagte der Große Pablito, »wir holen Pascual ab, und dann gehen wir zusammen im Restaurant essen. Erlauben Sie mir, Sie als meine Gäste zu bewirten, Don Mario.«

Ich nahm die Einladung an, weil ich noch nie eine ablehnen konnte, aber ich war auch neugierig, Pascual zu sehen. Der Große Pablito erzählte, dass er eine Illustrierte herausgebe, auch er sei vorangekommen. Sie sahen sich oft, Pascual war Stammgast im Pavo Real.

Die Zeitschrift *Extra* hatte ihren Sitz ziemlich weit weg in Breña, in einer Seitenstraße der Avenida Arica. Wir nahmen einen Bus, den es zu meiner Zeit noch nicht gab, und mussten eine Weile herumlaufen, weil sich der Große Pablito nicht an die Adresse erinnerte. Schließlich fanden wir sie, in einem verlorenen Gässchen hinter dem Kino Fantasía.

Schon von außen war zu sehen, dass *Extra* nicht gerade im Geld schwamm: zwei Garagentore, dazwischen ein notdürftig mit einem Nagel befestigtes Schild, das den Namen der Wochenzeitschrift anzeigte. Drinnen stellte sich heraus, dass die Garagen durch einen einfachen Durchbruch miteinander verbunden waren, unverputzt und ohne Rahmen, als hätte der Maurer die Baustelle halb fertig verlassen. Eine spanische Wand aus Pappe, vollgeschmiert wie in den öffentlichen Toiletten mit derben Wörtern und obszönen Zeichnungen, verdeckte die Öffnung. An den feuchten, fleckigen Wänden der Garage, in die wir eintraten, hingen Fotos, Plakate und Titelblätter von *Extra*; Gesichter von Fußballspielern waren zu erkennen, von Sängern und ganz offensichtlich Verbrechern und Opfern. Jeder Titel wurde begleitet von schrillen Schlagzeilen, und ich konnte Sätze lesen wie »Mutter getötet, um Tochter zu heiraten«, »Razzia auf Maskenball: Alles Männer!« Der Raum war offenbar Redaktion, Fotostudio und Archiv in einem, und es war ein solches Durcheinander, dass es schwer war, sich einen Weg zu bahnen: Tischchen mit Schreibmaschinen, an denen zwei Burschen hastig tippten, Haufen von remittierten Exemplaren, die ein Junge zu Packen stapelte und mit einer Schnur zusammenband, in einer Ecke ein offener Kleiderschrank voller Negative, Fotos, Druckplatten, und hinter einem Tisch, der mit einer Ecke auf ein paar Ziegelsteinen auflag, trug ein Mädchen im roten Pullover Zahlungsbelege in ein Kassenbuch ein. Dinge und Menschen in diesem Raum schienen in einem Zustand äußerster Bedrängnis zu sein. Niemand trat auf uns zu oder fragte uns etwas, und niemand erwiderte unseren Gruß.

Auf der anderen Seite des Paravents, vor Wänden, die ebenfalls mit reißerischen Titelblättern tapeziert waren, standen drei Schreibtische, auf denen jeweils ein mit Tinte beschriebenes Schildchen die an diesem Ort ausgeübte Tätigkeit angab: Direktion, Chefredaktion, Administration. Als wir hereinkamen, schauten zwei Männer, die sich über ein paar Korrekturbögen beugten, einer im Stehen, zu uns auf. Der Stehende war Pascual.

Wir umarmten uns herzlich. Anders als der Große Pablito hatte er sich ziemlich verändert; er war dick geworden, mit Wampe und Doppelkinn, und so wie er schaute, hatte er fast etwas von einem alten Mann. Er trug einen sehr merkwürdigen kleinen Schnurrbart, der ein wenig an Hitler erinnerte und grau schimmerte. Er bekundete lebhaft seine Freude, mich zu sehen, und als er lachte, sah ich, dass ihm ein paar Zähne fehlten. Nach der Begrüßung stellte er mich dem anderen vor, einem dunklen Herrn im senfgelben Hemd, der an seinem Schreibtisch sitzen blieb:

»Der Herausgeber von *Extra*«, sagte Pascual. »Dr. Rebagliati.«

»Da wäre ich ja beinahe ins Fettnäpfchen getreten, der Große Pablito sagte, du wärst der Herausgeber«, sagte ich und gab Dr. Rebagliati die Hand.

»Es geht bergab, aber so weit unten sind wir noch nicht«, bemerkte er. »Setzen Sie sich, setzen Sie sich.«

»Ich bin Chefredakteur«, erklärte Pascual. »Das ist mein Schreibtisch.«

Der Große Pablito sagte, wir seien gekommen, um mit ihm im Pavo Real essen zu gehen und uns an die alten Zeiten bei Panamericana zu erinnern. Er fand es eine tolle Idee, wir müssten allerdings ein paar Minuten warten, er bringe noch eben die Abzüge in die Druckerei an der Ecke, die Ausgabe gehe heute in Druck. Er ging und ließ uns mit Dr. Rebagliati allein zurück. Als der erfuhr, dass ich in Europa lebte, löcherte er mich mit Fragen. Waren die Französinnen so leicht zu haben, wie es immer hieß? Waren sie so frech und erfahren im Bett? Er wollte unbedingt von mir Statistiken zu den Frauen in Europa, Vergleichstabellen. Und in jedem Land hatten die Frauen ihre besonderen Eigenheiten, oder? Er zum Beispiel (der Große Pablito hörte zu und rollte vor Wonne die Augen) hatte von Leuten, die viel herumgekommen waren, überaus

Interessantes gehört. Stimmte es, dass die Italienerinnen ganz wild aufs Lutschen waren? Und dass die Pariserinnen nie zufrieden waren, wenn man sie nicht von hinten knallte? Dass die Skandinavierinnen es ihren eigenen Vätern besorgten? Ich antwortete, so gut ich konnte, auf den Wortschwall von Dr. Rebagliati, während er die Atmosphäre in diesem kleinen Raum mit seiner sämigen Lüsternheit verseuchte, und bedauerte immer mehr, mich auf dieses Mittagessen eingelassen zu haben, das bestimmt erst wer weiß wie spät endete. Der Große Pablito lachte, verwundert und höchst erregt von den erotisch-soziologischen Enthüllungen des Herausgebers. Als ich dessen Neugier nicht länger standhielt, fragte ich, ob ich telefonieren dürfe. Er machte ein sarkastisches Gesicht:

»Das ist seit einer Woche tot, Rechnung nicht bezahlt«, sagte er mit herausfordernder Offenheit. »Schauen Sie sich doch um, die Zeitschrift wird untergehen, und wir Trottel, die wir hier arbeiten, versinken alle mit.«

Und sogleich erzählte er mit geradezu masochistischem Vergnügen, dass *Extra* in der Ära Odría unter einem guten Stern gestartet war; das Regime schaltete Anzeigen und steckte unter der Hand Geld zu, damit man gewisse Leute attackierte und andere protegierte. Außerdem war sie eine der wenigen Zeitschriften, die erscheinen durften, und sie verkaufte sich wie verrückt. Doch als Odría nicht mehr an der Macht war, begann ein fürchterlicher Konkurrenzkampf, und bald war sie pleite. So hatte er sie übernommen, praktisch als Leiche. Und er hatte *Extra* wieder hochgezogen, die ganze Linie geändert und zu einem Sensationsblatt gemacht. Eine Weile lief alles wie geschmiert, trotz der Schulden am Bein. Bis zum letzten Jahr, denn als die Papierpreise und die Druckkosten stiegen, ihre Feinde eine Kampagne gegen sie ritten und das Anzeigengeschäft einbrach, war es düster geworden. Außerdem hatten sie Prozesse verloren, irgendwelche Schufte hatten sie wegen Verunglimpfung verklagt. Vor lauter Panik hatten die Eigentümer jetzt alle Aktien den Redakteuren geschenkt, sie wollten nicht den Kopf hinhalten müssen, wenn das Ende kam. Was nicht mehr lange auf sich warten ließ, schon seit ein paar Wochen war die Situation dramatisch: kein Geld für die Gehälter, die Leute nahmen die Schreibmaschinen mit, verkauften die Tische, rissen sich alles unter den Nagel, was irgendeinen Wert hatte, um dem Zusammenbruch zuvorzukommen.

»Das dauert keinen Monat mehr, mein Freund«, betonte er und schnaufte mit einer Art freudigem Verdruss. »Wir sind längst eine Leiche, riechen Sie nicht die Verwesung?«

Ich wollte ihm schon sagen, dass ich sie tatsächlich roch, als das Gespräch von einem spindeldürren Männlein unterbrochen wurde, das, ohne den Wandschirm beiseiteschieben zu müssen, durch den schmalen Spalt hereintrat. Das Kerlchen trug einen recht lächerlichen deutschen Haarschnitt und war angezogen wie ein Obdachloser, mit einem verschossenen blauen Overall und einem geflickten Hemdchen unter einer irgendwie grauen Wollweste, die ihm viel zu eng war. Das Ungewöhnlichste aber waren seine Schuhe: ausgebleichte rote Turnschuhe, die so alt waren, dass eine der Spitzen von einer Schnur zusammengehalten wurde, als hätte sich die Sohle gelöst und fiele sonst ab. Kaum sah Dr. Rebagliati ihn, schimpfte er gleich los:

»Wenn Sie glauben, Sie könnten mich zum Narren halten, haben Sie sich getäuscht«, sagte er und trat mit einer so bedrohlichen Miene auf ihn zu, dass das Spindelchen einen Hüpfer machte. »Sollten Sie nicht gestern Abend die Ankunft des Monsters von Ayacucho liefern?«

»Das habe ich, Herr Direktor. Ich war hier, mit allen sachdienlichen Angaben, eine halbe Stunde nach Übergabe der bewussten Person durch den Streifenwagen in der Präfektur«, trug das Männlein vor.

Meine Überraschung war so groß, dass ich geglotzt haben muss wie eine Kuh. Die vollkommene Diktion, das warme Timbre, das gestelzte »sachdienliche Angaben« und »bewusste Person«, es konnte nur von einem stammen. Aber wie hätte ich in dieser mickrigen Vogelscheuche, die Dr. Rebagliati da gerade zurechtstutzte, den bolivianischen Schreibkünstler wiedererkennen sollen?

»Hören Sie auf zu lügen«, brüllte er, »und stehen Sie wenigstens zu Ihren Fehlern. Sie haben das Material nicht geliefert, und Melcochita konnte seine Reportage nicht ergänzen, jetzt geht der Bericht halbgar raus. Ich mag keine halbgaren Sachen, das ist schlechter Journalismus!«

»Ich habe sie geliefert, Herr Direktor«, antwortete Pedro Camacho so höflich wie beunruhigt. »Die Zeitschrift war bereits geschlossen. Es war auf die Minute Viertel nach elf. Ich habe einen Passanten nach der Uhrzeit gefragt, Herr Direktor. Und da ich um die Wichtigkeit der Angaben wusste, habe ich mich zu Melcochita nach Hause begeben. Ich habe auf dem Bürgersteig auf ihn gewartet, bis zwei Uhr morgens, aber er hat sich nicht zur Nachtruhe eingefunden. Es ist nicht meine Schuld, Herr Direktor. Die Polizisten, die das Monster brachten, waren von einem Erdrutsch aufgehalten worden und kamen erst um elf statt um neun. Bezichtigen Sie mich nicht der Vernachlässigung meiner Pflicht. Für mich kommt die Zeitschrift an erster Stelle, noch vor der Gesundheit, Herr Direktor.«

Stückchenweise und nicht ohne Mühe setzte ich das, was ich von Pedro Camacho in Erinnerung hatte, mit dem zusammen oder in Verbindung, was vor mir stand. Die Glubschaugen waren dieselben, aber sie hatten ihren fanatischen Glanz verloren, dieses besessene Flirren. Es war jetzt nur noch ein dürftiger Schimmer, trübe, flüchtig und verängstigt. Wie früher waren auch sein Mienenspiel und seine Gesten, die Art, beim Sprechen zu gestikulieren, diese unnatürliche, an einen Marktschreier erinnernde Bewegung von Arm und Hand, und genauso seine unvergleichliche, rhythmisch gurrende Stimme.

»Ach was, Sie mit Ihrer Knauserei, nur keinen Bus, nur

kein Taxi, sie kommen überall zu spät, da liegt der Hase im Pfeffer«, schnarrte Dr. Rebagliati. »Seien Sie nicht so geizig, verdammt noch mal, geben Sie das bisschen Geld aus, das ein Bus kostet, und kommen Sie rechtzeitig hin.«

Die Unterschiede aber waren größer als die Ähnlichkeiten. Die wesentliche Veränderung kam durch die Frisur; er hatte sich die Mähne abgeschnitten, die ihm früher bis auf die Schulter reichte, und den Schädel fast kahl geschoren, wodurch sein Gesicht eckiger geworden war, kleiner, es hatte an Glaubwürdigkeit verloren, an Charakter. Außerdem war er unendlich viel dünner, er sah aus wie ein Fakir, fast ein Geist. Der Grund, weshalb ich ihn nicht gleich erkannte, war aber wohl seine Kleidung. Früher hatte ich ihn immer nur in Schwarz gesehen, in seinem Friedhofsanzug im Zwiebelschalenglanz und mit Fliege, beide untrennbar mit seiner Person verbunden. Doch jetzt, im Packer-Overall, mit diesem geflickten Hemd und den auseinanderfallenden Turnschuhen, sah er aus wie die Karikatur der Karikatur, die er vor zwölf Jahren gewesen war.

»Es ist keineswegs so, wie Sie denken, Herr Direktor«, verteidigte er sich im Brustton der Überzeugung. »Ich habe Ihnen bewiesen, dass ich zu Fuß überallhin schneller komme als in diesen stinkenden Karren. Ich gehe nicht aus Knauserei zu Fuß, sondern um meine Pflichten eifriger zu erfüllen. Und sehr oft renne ich, Herr Direktor.«

Auch darin war er noch derselbe wie früher: in seiner völligen Humorlosigkeit. Er sprach ohne den kleinsten Anflug von Hintersinn, Witz oder auch nur Gefühl, auf eine mechanische, entpersönlichte Weise, auch wenn das, was er jetzt sagte, damals aus seinem Mund undenkbar gewesen wäre.

»Hören Sie auf mit dem Quatsch und Ihrem Spleen, aus dem Alter bin ich raus, dass man mich auf den Arm nimmt«, Dr. Rebagliati wandte sich zu uns und nahm uns als Zeugen: »Haben Sie schon mal einen solchen Blödsinn gehört? Dass man Limas Reviere schneller zu Fuß als mit dem Bus abklappert? Und der Herr will, dass ich diesen Stuss glaube«, worauf er sich wieder dem bolivianischen Schreibkünstler zuwandte, der ihn stur ansah, ohne uns auch nur einen verstohlenen Blick zu schenken. »Ich muss Sie nicht daran erinnern, denn ich nehme an, Sie denken jedes Mal daran, wenn Sie vor einem Teller Essen sitzen: Mit der Arbeit hier tun wir Ihnen einen großen Gefallen, und das, obwohl wir in einer Situation sind, dass wir Redakteure einsparen müssten, von Zuträgern ganz zu schweigen. Seien Sie also wenigstens dankbar und tun Sie Ihre Pflicht.«

In dem Moment kam Pascual zurück und sagte vom Wandschirm aus: »Alles fertig, die Nummer ist im Druck«, und er entschuldigte sich, dass er uns hatte warten lassen. Als Pedro Camacho gerade gehen wollte, trat ich an ihn heran:

»Wie geht es Ihnen, Pedro«, sagte ich und streckte ihm die Hand hin. »Erinnern Sie sich nicht an mich?«

Er schaute mich von oben bis unten an, kniff die Augen zusammen und schob die Nase vor, überrascht, als sähe er mich zum ersten Mal im Leben. Schließlich gab er mir die Hand, eine knappe, förmliche Begrüßung, und mit seiner typischen Verbeugung sagte er:

»Angenehm. Pedro Camacho, ein Freund.«

»Aber das kann doch nicht sein«, sagte ich und war nur noch verwirrt. »Bin ich so alt geworden?«

»Jetzt spiel nicht den Vergesslichen«, Pascual gab ihm einen Klaps, dass er ins Wanken geriet. »Erinnerst du dich nicht mehr, dass du ständig mit ihm im Bransa warst und einen Kaffee geschnorrt hast?«

»Eher Minze mit Zitronenkraut«, scherzte ich, und auf der Suche nach einem Zeichen musterte ich das aufmerksame und zugleich teilnahmslose Gesichtchen von Pedro Camacho. Er nickte (ich sah seinen fast blanken Schädel) und zeigte ganz kurz ein provisorisches Lächeln, das seine Zähne entblößte:

»Sehr empfehlenswert für den Magen, verdauungsfördernd, außerdem verbrennt es Fett«, sagte er. Und rasch, als wollte er ein Zugeständnis machen, um sich von uns zu befreien: »Ja, das ist möglich, ich streite es nicht ab. Wir werden uns kennengelernt haben, sicher«, und dann noch einmal: »Angenehm.«

Der Große Pablito war ebenfalls herangetreten und legte ihm den Arm um die Schulter, eine väterlich belustigte Geste. Während er ihn halb liebevoll, halb herablassend schüttelte, wandte er sich an mich:

»Unser guter Pedrito will sich nicht daran erinnern, als er noch jemand war, jetzt, wo er das letzte Rad am Wagen ist.« Pascual lachte, der Große Pablito lachte, ich tat, als ob ich lachte, und selbst Pedro Camacho zeigte sich um ein Lächeln bemüht. »Sogar uns kommt er mit der Geschichte, er würde sich weder an Pascual noch an mich erinnern«, worauf er ihm wie einem Hündchen über das bisschen Haar strich. »Wir gehen gleich essen und wollen uns an die Zeiten erinnern, als du der König warst. Du bist ein Glückspilz, Pedrito, heute gibt es warmes Essen. Du bist eingeladen!«

»Haben Sie vielen Dank, meine Herren Kollegen«, sagte er sogleich und machte seine rituelle Verbeugung. »Aber es ist mir nicht möglich, Sie zu begleiten. Meine Frau erwartet mich. Sie wäre beunruhigt, wenn ich nicht zum Mittagessen käme.«

»Sie hat dich unter der Fuchtel, du bist ihr Sklave, eine Schande ist das«, und noch einmal schüttelte der Große Pablito ihn.

»Sie haben geheiratet?«, fragte ich verdutzt, es wollte mir nicht in den Kopf, dass Pedro Camacho ein Zuhause hatte, eine Frau, Kinder … »Mensch, herzlichen Glückwunsch, ich dachte, Sie wären ein eingefleischter Junggeselle.«

»Wir haben unsere silberne Hochzeit gefeiert«, erwiderte er in seinem präzisen und aseptischen Ton. »Eine großartige Ehefrau, mein Herr. Selbstlos und gutherzig wie keine. Wir waren getrennt, das Leben hat es so gewollt, aber als ich Hilfe brauchte, kam sie zurück und war mir eine Stütze. Eine großartige Ehefrau, ich sagte es. Sie ist Künstlerin, eine ausländische Künstlerin«, und ich sah, wie der Große Pablito, Pascual und Dr. Rebagliati einen amüsierten Blick wechselten, doch Pedro Camacho fühlte sich nicht gemeint. Nach einer Pause fügte er hinzu: »Nun denn, viel Vergnügen, meine Herren Kollegen, ich werde in Gedanken bei Ihnen sein.«

»Nur aufgepasst, dass Sie mir nicht wieder versagen, es wäre das letzte Mal«, warnte ihn Dr. Rebagliati, als der Schreibkünstler hinter dem Paravent verschwand.

Pedro Camachos Schritte waren noch nicht verhallt – er musste gleich an der Tür zur Straße sein –, da brachen Pascual, der Große Pablito und Dr. Rebagliati in schallendes Gelächter aus, zwinkerten sich zu, zogen schelmische Mienen und deuteten auf die Stelle, wo er verschwunden war.

»Er ist nicht so blöd, wie er aussieht, er stellt sich nur so, um das Gehörn zu verbergen«, sagte Dr. Rebagliati und frohlockte: »Jedes Mal, wenn er von seiner Frau spricht, bekomme ich Lust, ihm zu sagen, hör auf, Künstlerin zu nennen, was man auf gut Peruanisch eine billige Stripteasetänzerin nennt.«

»Keiner kann sich vorstellen, was für ein Scheusal sie ist«, sagte Pascual zu mir und machte ein Gesicht wie ein Kind, das den Butzemann sieht. »Eine steinalte, feiste Argentinierin, wasserstoffblond und dick geschminkt. Sie singt halb nackt Tangos, im Mezzanine, diesem Nachtclub für Arme.«

»Jetzt hört schon auf und seid nicht undankbar, alle beide habt ihr sie gevögelt«, sagte Dr. Rebagliati. »Ich auch, wenn ihr's wissen wollt.«

»Von wegen Künstlerin, sie ist eine Nutte«, rief der Große Pablito mit Augen wie die Glut. »Ich weiß es. Ich war selbst im Mezzanine, und nach der Show hat sie sich an mich geschmissen und gemeint, für zweihundert bläst sie mir einen. Aber nein danke, Mütterchen, wo du schon keine Zähne mehr hast, und ich mag es, wenn man mir sanft dran knabbert. Nicht mal umsonst, und wenn du mich dafür bezahlst.

Ich schwöre Ihnen, wirklich, sie hat keine Zähne, Don Mario.«

»Sie waren schon verheiratet gewesen«, sagte Pascual, krempelte die Hemdsärmel herunter und zog sich Sakko und Krawatte an. »Drüben, in Bolivien, bevor Pedrito nach Lima kam. Wie es aussieht, hat sie ihn verlassen, um da herumzuhuren. Als er in der Klapsmühle war, haben sie sich wieder zusammengetan. Deshalb erzählt er überall, sie wäre eine so selbstlose Frau. Weil er sich wieder mit ihr zusammengetan hat, als er verrückt war.«

»Diese hündische Dankbarkeit zeigt er nur, weil er wegen ihr etwas zu essen hat«, korrigierte ihn Dr. Rebagliati. »Oder glaubst du, sie können leben von dem, was Camacho mit seinen Informationen von der Polizei verdient? Sie leben von der dicken Nutte, er hätte sonst längst Tuberkulose.«

»Viel braucht Pedrito jedenfalls nicht zum Leben«, sagte Pascual, und zu mir: »Sie wohnen in einem Hinterhofloch in Santo Cristo. Tief gesunken, nicht wahr? Unser Doktorchen hier will mir nicht glauben, dass er eine echte Persönlichkeit war, als er noch Hörspiele schrieb, dass die Leute sich um ein Autogramm rissen.«

Wir verließen den Raum. In der Garage nebenan waren das Mädchen mit den Zahlungsbelegen, der Junge mit den Remittenden und die Redakteure verschwunden. Das Licht war gelöscht, und die ganzen Stapel und die Unordnung hatten etwas Gespenstisches. Als wir auf der Straße waren, machte Dr. Rebagliati die Tür zu und schloss ab. Wir gingen in Richtung Avenida Arica, auf der Suche nach einem Taxi, alle vier in einer Reihe. Um etwas zu sagen, fragte ich, warum Camacho nur Zuträger sei, warum nicht Redakteur.

»Weil er nicht schreiben kann«, sagte Dr. Rebagliati, das war vorauszusehen. »Er ist gespreizt, benutzt Wörter, die kein Mensch versteht, das Gegenteil von Journalismus. Deswegen lasse ich ihn die Reviere abklappern. Ich brauche ihn nicht, aber ich habe meinen Spaß, er ist mein Hofnarr, außerdem verdient er weniger als ein Dienstbote«, und er lachte obszön und fragte: »Also, reden wir Klartext, bin ich nun eingeladen zu dem Essen oder nicht?«

»Aber selbstverständlich, das wäre ja noch schöner«, sagte der Große Pablito. »Sie und Don Mario sind die Ehrengäste.«

»Der Kerl besteht nur aus Macken«, sagte Pascual, als wir im Taxi saßen, in Richtung Jirón Paruro, und schon war er wieder beim Thema. »Zum Beispiel will er keinen Bus nehmen. Er macht alles zu Fuß, angeblich ist es schneller. Wenn ich nur daran denke, was er jeden Tag läuft, breche ich zusammen, allein die Reviere in der Innenstadt sind viele Kilometer. Ihr habt gesehen, wie seine Schuhe aussehen, ja?«

»Ein blöder Geizhals ist er«, sagte Dr. Rebagliati verärgert.

»Ich glaube nicht, dass er geizig ist«, verteidigte der Große Pablito ihn. »Nur ein bisschen plemplem, und außerdem ein Pechvogel.«

Das Mittagessen zog sich hin, eine lange Folge peruanischer Gerichte, bunt und feurig, begossen mit kühlem Bier, und es war alles dabei, pikante Histörchen, Anekdoten aus der Vergangenheit, reichlich Klatsch, eine Prise Politik auch, und wieder musste ich die überschießende Neugier zu den europäischen Frauen befriedigen. Es roch sogar nach einer Schlägerei, als der betrunkene Dr. Rebagliati der Frau des Großen Pablito an die Wäsche wollte, einer recht gutaussehenden dunklen Vierzigjährigen. Immerhin schaffte ich es, dass im Laufe dieser zähen Stunden keiner der drei auch nur ein weiteres Wort über Pedro Camacho sagte.

Als ich zum Haus von Tante Olga und Onkel Lucho kam (die jetzt nicht mehr Schwägerin und Schwager, sondern meine Schwiegereltern waren), hatte ich Kopfschmerzen und war deprimiert, und Abend wurde es auch schon. Cousine Patricia machte ein pikiertes Gesicht. Sie sagte, mit der Geschichte, ich müsse für meine Romane recherchieren, hätte ich Tante Julia vielleicht um den Finger wickeln und mich verdrücken können, die habe es ja nicht gewagt, auch nur ein

Wort zu sagen, damit niemand dächte, sie vergehe sich an der Kultur. Aber ihr sei es völlig egal, sich an der Kultur zu vergehen, und wenn ich das nächste Mal um acht Uhr morgens mit dem Märchen losmarschierte, ich ginge in die Nationalbibliothek, um die Reden des Generals Manuel Apolinario Odría zu lesen, und dann um acht Uhr abends mit roten Augen und einer Bierfahne und wahrscheinlich auch Rougeflecken auf dem Taschentuch wiederkäme, würde sie mir das Gesicht zerkratzen oder einen Teller an den Kopf werfen. Cousine Patricia ist ein sehr charakterstarkes Mädchen und sehr wohl in der Lage, in die Tat umzusetzen, was sie mir damals versprach.

Lima - Peru
La Paz - Bolivien

Inhalt

S. 15 „Intellektueller"

S. 26 „Frühlingsmorgen
Hochzeitsfeier ↓

101 Zomba – Kliffhänger

146 Gericht – "

Mehmets: „Mann im besten Alter,
50 Jahre ..."

185 Rattentöten – Kliffhänger

202 Hoffnungen der Verwandtschaft in Mario.

206 „Les feuilles mortes"
Schaimaverlieben – Kliffhänger

Messerstecherei: Kriminalpolizei
Untersuchungen? Fingerabdrücke

145 Joaquin in Pension
Colonial? Mit Pianisten-schwester?

394 Mann von 50 J.